Andreas Schlüter
Mario Giordano
Pangea – Der achte Tag

Michael zum
Zum Zeugnis am
22.7.2011

Andreas Schlüter
Mario Giordano

PANGEA

Der achte Tag

cbj ist der Kinder- und Jugendbuchverlag
in der Verlagsgruppe Random House

Verlagsgruppe Random House fsc-deu-0100
Das für dieses Buch verwendete fsc-zertifizierte Papier *Munken Premium*
liefert Arctic Paper Munkedals AB, Schweden.

Gesetzt nach den Regeln der Rechtschreibreform

1. Auflage 2008
© 2008 cbj Verlag, München
Alle Rechte vorbehalten
Umschlaggestaltung: HildenDesign, München
Umschlagmotiv: Maximilian Meinzold
unter Verwendung eines Bildes von Shutterstock
SE · Herstellung: WM
Satz: Uhl + Massopust, Aalen
Druck: GGP Media GmbH, Pößneck
ISBN 978-3-570-13554-9
Printed in Germany

www.cbj-verlag.de

INHALT

Träume 7
Ankunft 31
Entscheidungen 40
Zwei Völker 64
Wut 93
Held ohne Tat 114
Lìyas Aufgabe 145
Revolution 164
Der Mistkerl 169
Aufbruch 197
Tribunal 209
Schicksal 234
Überleben 240
Feinde 273

Durch die Berge 292
Verdacht 308
Die GON 341
Große Weite 344
Khanh 380
Schwarzes Land 389
Nebelwald 400
Der Große Plan 424
Aufstieg 428
Gestrandet 444
Erwachen 449
Der Krater 453
Begegnungen 473

TRÄUME

An dem Morgen, an dem Huan das Verschwinden des roten Katers bemerkte, verstand er plötzlich, dass sich alles verändern würde. Alles. Sein Leben. Die Welt. Er selbst. Einfach alles. Und das war nicht nur so ein Gefühl. Nicht nur ein allgemeines Unbehagen wie manchmal kurz nach dem Aufwachen oder die Gänsehaut nach einer flüchtigen zärtlichen Berührung.

Es war anders. Gewissheit.

Sozusagen ein Blick in die Zukunft. Und diese Zukunft verhieß nichts weniger als große Veränderung. Ein Riss klaffte mit einem Mal in der Welt, raste knirschend voran, wurde größer und größer, gähnte ihn an aus entsetzlicher Tiefe. Etwas Gewaltiges donnerte auf Huan zu, und er *wusste*, dass schon sehr bald nichts mehr so sein würde, wie es einmal war. Er wusste es so klar, wie man plötzlich erkennt, dass man lebt.

Oder sterben muss.

»*Alles in Ordnung mit dir?*« Die Stimme seiner Mutter riss ihn aus den Gedanken.

»Hm«, log Huan und konzentrierte sich auf sein Frühstück. Seine Mutter stand an der Espressomaschine, ein chromglänzendes Monstrum, das sein Vater vor Kurzem angeschafft hatte, und versuchte, sich einen simplen Kaffee zu machen. Die Maschine zischte und gurgelte bösartig, sprötzelte dann gnädig ein paar Tröpfchen Espresso in die Tasse, die Huans Mutter mit heißem Wasser verdünnte. Dann setzte sie sich zu Huan an den Tisch und blickte ihn an.

»*Lüg mich nicht an. Ich seh doch, dass dich irgendwas bedrückt.*«

Wie immer, wenn sie mit Huan allein war, sprach sie Mandarin, ihre Muttersprache, die Hochsprache Chinas, gesprochen von fast einer Milliarde Menschen. Mit allen anderen, auch mit Huans Vater, sprach sie dagegen tadelloses Deutsch mit einem kleinen badischen Einschlag, da sie in Freiburg studiert hatte. Huans Mutter war in Peking geboren und aufgewachsen. Sie war die beste Schülerin ihres Abschlussjahrgangs gewesen, daher hatte man sie mit neunzehn Jahren zum Studieren nach Deutschland geschickt. Dort hatte sie in Rekordzeit Deutsch gelernt, Medizin studiert, einen Biologiestudenten kennengelernt und geheiratet, mit ihm Huan bekommen und gleichzeitig angefangen, in Hamburg als Neurochirurgin zu arbeiten. Inzwischen war sie Oberärztin in der Eppendorfer Universitätsklinik. Huan stellte sich seine Mutter manchmal vor, wie sie Gehirne operierte und anderen Menschen ins gräulich-weiße Innere ihrer Köpfe blickte. Kein Wunder, dass man sie nicht anlügen konnte.

»Nein, wirklich, alles in Ordnung«, nuschelte Huan auf Deutsch, denn auf Mandarin konnte er nicht lügen. Aber auch das wusste seine Mutter natürlich. Sie ließ den Blick nicht von ihm und trank langsam ihren Kaffee. Gefährlich langsam.

»*Hast du wieder was… gesehen?*«

Huan wusste, worauf seine Mutter anspielte. Seine Vorahnungen. »… nein«, log er.

Seit er denken und fühlen konnte, gab es diese Momente, in denen er schlagartig Dinge *erkannte*, die sehr bald geschehen würden. Und immer auch geschahen. Kleine Dinge. Ein roter Kater, der sich in einem Maschendrahtzaun verfing. Ein Blitz, der ins Nachbarhaus einschlug. Ein Kinderwagen, der plötzlich davonrollte. Kleine, alltägliche Dinge, bei denen man helfen und sich beliebt machen konnte. Jetzt, mit fünfzehn, galt Huan in der Nachbarschaft als der gut erzogene und hilfsbereite Halbchinese, auf den man sich verlassen konnte. Der vielleicht manchmal etwas unheimliche hilfsbereite Halbchinese, der so verblüffend oft zur Stelle war, wenn etwas passierte.

Verdächtig oft. Beunruhigend oft.

Aber auch an das heimliche Misstrauen seiner Umgebung hatte Huan sich inzwischen gewöhnt. Er sprach niemals über seine kleinen Vorahnungen, noch nicht einmal mehr mit seinen Eltern. Als er klein war, hatte ihm das nur Schwierigkeiten eingetragen. Seine Mutter war mit ihm von einem Psychologen zum anderen gerannt, so lange, bis Huan irgendwann einfach aufgehört hatte, über seine Vorahnungen zu sprechen.

Und dabei wünschte sich Huan nichts sehnlicher, als endlich mit jemand darüber reden zu können. Jemand, der ihn nicht gleich für verrückt hielt.

Vielleicht ein Mädchen. Vielleicht Jana.

Aber Jana war so unerreichbar geworden wie ein intergalaktischer Sternnebel. Hatte sich von ihm wegkatapultiert mit einer einzigen SMS, noch bevor sie es *getan* hatten. Jetzt ging sie mit Christoph Glasing und hatte es vermutlich längst mit ihm *getan*. Eine SMS und das war's. Huan wurde immer noch schlecht, wenn er an den Augenblick dachte. Eine Woche war das jetzt her und der Schmerz hatte noch kein bisschen nachgelassen.

Seine Mutter forschte in Huans Gesicht nach den verräterischen Spuren der Lüge. Nichts hasste sie mehr als Lügen. Lügen waren schlimmer als Drogen. Lügen waren der Anfang vom Ende.

»*Gibt es irgendein Problem in der Schule? Möchtest du darüber reden?*«

»Nein.«

Huan langte nach einem herumliegenden Werbeprospekt und einem Kugelschreiber auf dem Tisch und begann, darauf herumzukritzeln, um seine Mutter nicht ansehen zu müssen. Mit der anderen Hand schaufelte er sich weiter Cornflakes mit Zucker aus einer Schale in den Mund. Ohne Milch, denn wie viele Asiaten vertrug er Milchprodukte schlecht. Käse hielt er für das Widerlichste überhaupt.

»*Gibt es kein Problem oder möchtest du nicht darüber reden?*«

»Gibt kein Problem!«

»*Sprich Mandarin mit mir! Schau mich an!*«

Seine Mutter war eine schöne Frau, soweit Huan das beurteilen konnte. Sehr groß für eine Chinesin und mit einer strengen, königlichen Anmut, die Begehren bei Männern weckte, wie Huan kürzlich voller Eifersucht bemerkt hatte. Obwohl sie leise sprach, wurde sie niemals überhört. Huan hatte erlebt, wie sie einmal einen Assistenzarzt wegen eines vertauschten Krankenblattes aber so was von zusammengefaltet hatte. Sie war nicht laut geworden, aber mit ihrer Stimme hätte man Papier schneiden können.

Huan zwang sich, aufzublicken und ihr in die Augen zu sehen.

»*Wenn es irgendetwas gibt, was dich bedrückt, egal was – dann würdest du es mir doch erzählen, oder?*«

Huan schluckte. »... klar.« Er erwartete nicht einmal, dass sie ihm glaubte.

»*Egal was du tust, Papa und ich lieben dich, und wir werden dich immer lieben.*«

»Mama!«

Unvermittelt schaltete sie um auf Deutsch. »Ich meine es so. Du darfst das nie vergessen, hörst du? Nie! Wir lieben dich mehr als alles andere auf der Welt.«

»Ich vergess es nicht.«

Leider wieder gelogen.

Denn Huan glaubte nicht, dass die Liebe seiner Eltern zu ihm so unerschütterlich feststand wie eine Kompassnadel auf

Nord. Im Gegenteil hielt er die Liebe seiner Eltern für etwas sehr Zerbrechliches. Zerreißbar wie Papier. Und das lag daran, dass er schon sein ganzes Leben das Gefühl hatte, etwas stehe zwischen ihm und seinen Eltern.

Ein Schatten. Ein Geheimnis, uralt. Das womöglich noch nicht einmal seine Eltern kannten.

Seit er denken und fühlen konnte, war da ETWAS gewesen, für das Huan keine Worte fand. Er wusste nur, was immer ES auch war – ES wollte zurück und konnte nicht. In einer fernen Zeit hatte ES zu ihm gehört und war ihm entrissen worden. Und klemmte nun fest, gefangen irgendwo zwischen Raum und Zeit. Und rief ihn. Immer wieder.

»Was malst du denn da?«, fragte seine Mutter.

»Nichts. Nur so.«

»Und das da?« Sie deutete auf ein Element in dem Gekritzel, das sich auffällig oft wiederholte. Jetzt fiel es auch Huan auf.

»Ist das ein Symbol oder so etwas?«

»Keine Ahnung.«

»Sieht interessant aus. Wie ein chinesisches Schriftzeichen. Wo hast du das gesehen?«

»Nirgendwo. Ich hab's nur so hingemalt.«

»Hast du es geträumt?«

Huan schob die Zeichnungen weg und beugte sich noch tiefer über seine Cornflakes. »Nein.«

»Morgen machen wir ein EEG.«

»Mama! Ich bin kein Psycho!«

»Das behauptet auch niemand. Ich will nur ausschließen, dass du wieder diese epileptischen Anfälle kriegst.«

Huan stöhnte und wandte sich ab. Er hatte keine Anfälle. Er träumte nur.

In letzter Zeit waren diese Träume allerdings intensiver und auch dunkler geworden. Träume von gigantischen Tintenfischen, die an Land krochen, um die Erde zu erobern. Manchmal träumte er neuerdings auch von einem Mädchen. Er konnte sie nie genau erkennen, aber ganz sicher war es nicht Jana, denn das Mädchen hatte asiatische Augen wie er. Sie war klein und kräftig, obwohl sie zart wirkte. Huan hatte dieses Mädchen noch nie gesehen. In seinen Träumen tauchte sie irgendwo zwischen den Kalmaren auf und blickte Huan an mit einer Mischung aus Neugier, Misstrauen und Feindseligkeit. Manchmal sang sie auch in einer unbekannten Sprache. Eine Sprache, die ihn an keine Sprache der Welt erinnerte. Ein seltsames Lied ohne Strophen oder eindeutige Melodie. Ein monotoner Singsang, ein rätselhafter Strom von Worten ohne Anfang, ohne Ende. Huan hatte einmal versucht, das Lied tagsüber nachzusingen. Allerdings hatte Jana ihn zufällig dabei beobachtet und ziemlich befremdet reagiert. Mädchen standen nicht auf Psychos, das hatte Huan inzwischen verstanden, also hörte er mit dem Lied auf. Es ging ihm dennoch nicht aus dem Kopf, so fremdartig es auch klang.

In letzter Zeit träumte er auch immer öfter von dunklen Wassern. Vom Ertrinken. Was sicher auch damit zusammenhing, dass er nicht schwimmen konnte. Huan träumte in letzter Zeit immer öfter, dass er sterben würde. Schon sehr bald.

Seltsamerweise ließ ihn das kalt.

Nicht so das Verschwinden des roten Katers. Das hatte er nicht vorausgesehen und es beunruhigte ihn mehr als alles andere. Er hatte den Kater vor zwei Jahren als ganz junges Kätzchen gefunden, eingeklemmt in dem Maschendrahtzaun, der das Grundstück seiner Eltern begrenzte. Er hatte den Kater nur gefunden, weil er so jämmerlich und durchdringend gemaunzt hatte. Aber als Huan sich zu ihm durch das dornige Gestrüpp vor dem Zaun vorgearbeitet hatte und nach ihm greifen wollte, hatte das rote Fellknäuel ihn angefaucht wie ein tasmanischer Teufel und ihm in die Hand gebissen. Huan hatte ihn dennoch befreien können und ins Haus gebracht. Und seine Mutter, die gerade dabei gewesen war, ein scharfes Currygericht zu kochen, hatte dem Kater seinen Namen gegeben: Kurkuma. Weil sein Fell die Farbe dieses gelborangeroten Gewürzes hatte.

Kurkuma, der rote Kater.

Kurkuma, der sich abends auf Huans Brust legte und dort einschlief, ein kleines Gewicht, ein kleines Glück.

Kurkuma, der sich morgens auf Huans Gesicht oder auf seine volle Blase legte, damit er endlich aufwachte.

Kurkuma, der Spinner.

Kurkuma, der Kämpfer.

Kurkuma, der Pisser.

Kurkuma, der Vielfraß.

Kurkuma, der einzige Freund.

»*Sag mal, hast du Kurkuma heute schon gesehen?*«, fragte seine Mutter. »*Er war heute noch gar nicht am Fressnapf.*«

Huan schüttelte nur den Kopf. Er hatte bereits beschlossen, an diesem Tag nicht zur Schule zu gehen und stattdessen den Kater zu suchen.

Huan lebte mit seinen Eltern in einer großen, schönen Hamburger Altbauwohnung mit Garten in einer weiß getünchten Villa nahe der Außenalster. Die Außenalster war ein See mitten in der Stadt. Im Sommer voll mit hingetupften Segeljollen und Tretbooten, in besonders kalten Wintern manchmal zu einer riesigen Eisfläche gefroren. Dort versammelte sich dann ganz Hamburg, um an zahlreichen Buden Glühwein zu trinken. Huan mochte die Alster, den freien Blick über das Wasser. Nur den Blick. Wasser selbst mochte er nicht. Im

Gegenteil, vor nichts fürchtete er sich mehr als vor Wasser. Nie im Leben wäre er in eine Jolle gestiegen oder hätte sich auf eine noch so feste Eisfläche gewagt. Im Wasser, so ahnte Huan, würde er eines Tages den Tod finden.

Seit drei Jahren, seit seine Mutter die Stelle an der Eppendorfer Uniklinik angenommen hatte, lebten sie jetzt in Hamburg. Huans Vater war Biologe und arbeitete inzwischen als Wissenschaftsjournalist für eine Zeitung. Huan war das einzige Kind seiner Eltern. Einzelkind zu sein, störte ihn nicht, es hätte ihm aber auch nichts ausgemacht, Geschwister zu haben. Ob seine Eltern gern noch mehr Kinder gehabt hätten oder warum es bei einem geblieben war, wusste er nicht. Überhaupt stellte Huan nicht viele Fragen, denn er vermisste nichts. Er wusste nicht, was seine Eltern verdienten, aber es war offenbar genug. Geld bedeutete Huan ohnehin nicht viel, denn seine Eltern schenkten ihm ihre ganze Aufmerksamkeit, waren lustig und hörten ihm zu. Ansonsten brauchte er nicht viel. Kein besonderes Spielzeug, keine besonderen Schuhe, Jacken oder Handys. Er trug meist nur Jeans und T-Shirts, war zufrieden mit dem, was er hatte oder was seine Eltern ihm von Zeit zu Zeit schenkten, und behandelte seine Sachen mit ausgesuchter Sorgfalt. Spezielle Interessen oder Hobbys hatte Huan bislang noch nicht entwickelt. Er war höflich zu jedermann, hatte aber am liebsten seine Ruhe, konnte in klaren Sätzen sprechen, und in der Schule gab es keine Probleme. Huan war vollkommen unauffällig, bis auf sein asiatisches Äußeres, obwohl er schon viel weniger chinesisch aussah als seine Mutter. Er wurde zwar gelegentlich zu Geburtstagen von Schulfreunden eingeladen, aber von Huan selbst kam nie eine Einladung zurück. Er war nicht daran interessiert, Freunde zu haben. Er beteiligte sich nicht an den Pausenspielen oder Quälereien, er drängte sich weder auffällig vor noch drückte er sich, saß bei Schulausflügen immer irgendwo in der Mitte im Bus, hielt sich aus allem heraus. Bis man irgendwann vergaß, dass er überhaupt da war. Selbst seine Lehrer wussten nur wenig über ihn zu sagen. Er fiel nie auf, schrieb durchschnittlich gute Noten, antwortete ausführlich, wenn ein Lehrer ihn zufällig ansprach, und wurde allmählich unsichtbar.

Genau das, was er wollte. Erst mit Kurkuma hatte sich etwas verändert. Der rote Kater hatte ihm seine Freundschaft und seine Liebe praktisch aufgedrängt. Seit Huan ihn befreit und Kurkuma ihm dabei in die Hand gebissen hatte, war der Kater Huan nicht mehr von der Seite gewichen. Wenn Huan aus der Schule kam, wartete der Kater an der Tür auf ihn und berichtete aufgekratzt von seinen Abenteuern. Wenn Huan aufwachte, starrte der Kater ihn bereits durchdringend an. Manchmal erwachte Huan allein von diesem Blick. Wenn Huan in den Garten ging, folgte der Kater bei Fuß, selbst aufs Klo begleitete er Huan und schaute ihm bewundernd zu, von Mann zu Mann. Huan war die Sonne und Kurkuma ein kleiner roter Planet, der sie ewig umkreiste. Umso verwunderlicher und beunruhigender sein plötzliches Verschwinden.

Die seltsame Liebe des Katers hatte Huan verändert. Er hatte entdeckt, dass er gewisse Gefühle und Wünsche hatte, wenn er Mädchen sah. Bei Jana vor allem. Im Grunde war nur der Kater schuld, dass Huan sich in Jana verliebt hatte und sich ihm nun immer noch der Magen umdrehte, wenn er an sie dachte. Auch das ein guter Grund, die Schule zu schwänzen. Aber welch besseren Grund konnte es geben, als seinen besten Freund zu finden.

Huan versuchte es als Erstes an Kurkumas Lieblingsstellen. Seine kleinen Verstecke im Garten zwischen Büschen, eine Kuhle am Zaun, der Geräteschuppen. Huan machte kleine, lockende Schnalzgeräusche und rief den Kater beim Namen. Aber nirgendwo auch nur eine Spur. Huan hatte eine Packung Trockenfutter mitgenommen und ließ es vernehmlich rascheln und klackern. Ein Geräusch, das normalerweise geradezu hypnotisch auf Kurkuma wirkte.

Diesmal keine Reaktion. Huan suchte das nahe Alsterufer ab, weil er wusste, dass der Kater dort manchmal gerne den Enten zusah. Er traute sich nie, sie anzugreifen, schien sie eher für rätselhafte und wunderbare Wesen zu halten, denen man nur mit Ehrfurcht begegnen konnte. Aber auch bei den Enten Fehlanzeige. Huan begann zu fürchten, dass Kurkuma sich auf ein Nachbargrundstück gewagt und dort verirrt oder verletzt hatte. Möglicherweise war er von einem der großen Hunde angegriffen worden oder hatte sich sogar bis zur Straße vorgewagt und war angefahren worden. Huan suchte sämtliche Straßen in der Umgebung links und rechts nach einem reglosen roten Katzenkörper ab, aber zu seiner Erleichterung fand er nichts.

Der Kater blieb verschwunden. Huan fragte Nachbarn, die Müllmänner, den Postboten und Passanten, aber niemand hatte einen roten Kater gesehen. Gegen Mittag begann Huan zu ahnen, dass der Kater möglicherweise nicht mehr auftauchen würde. Und diese Vorstellung war unerträglicher als jede SMS von Jana.

Huan hatte seine Suche inzwischen auf das gesamte Ufer der Außenalster ausgedehnt. Er glaubte zwar nicht, dass Kurkuma sich wirklich so weit von zu Hause entfernt hatte, aber er wusste auch nicht, wo er sonst noch suchen sollte. Gegen Mittag wurde es bereits sehr warm, obwohl es noch früh im Mai war. Huan zog seinen Pullover aus und wickelte ihn sich um die Hüften. Sofort fühlte er sich leichter. Die Kirschbäume im Alsterpark standen in voller Blüte wie ein grandioses, vollmundiges Versprechen des Sommers, und Huan begann, sich zu fragen, wie man einen Sommer ertragen konnte ohne Jana, ohne den roten Kater.

Halb unbewusst, halb, um sich von der Sorge um Kurkuma und der Angst vor dem Sommer abzulenken, summte er dabei die ganze Zeit die Melodie des seltsamen Liedes aus seinen Träumen. Mehr noch, er sang sogar leise den Text mit. Irgendwo in den frisch getünchten und ausgefegten Räumen seiner Erinnerungen, die noch darauf warteten, mit Krempel gefüllt zu werden, den Souvenirs eines Lebens, den Schachteln voller Seufzer, Kisten voll Freude, Eimern voll Verwirrung, Entrüstung und Rührung und den ordentlich aufeinandergestapelten Schubladen mit den verschiedensten Abstufungen des Schmerzes – irgendwo dort hatte sich das Lied inzwischen zu einer großen Staubfluse angesammelt, die nun vom Luftzug seiner Sorge um Kurkuma aufgewirbelt wurde. Huan sang das rätselhafte Lied in jener Sprache, deren Sinn ihm nach wie vor völlig schleierhaft blieb.

Und das Lied schien ihn zu führen.

Huan merkte es zunächst an der Melodie. Was er bislang für einen monotonen Singsang gehalten hatte, war im Gegenteil eine komplizierte Abfolge von Tönen. Der Text des Liedes dagegen, die unbekannten Worte und Silben, sofern es überhaupt Worte und Silben waren, hatten ihren eigenen Rhythmus. Aber beides, Melodie und Text, schien perfekt zusammenzupassen, denn das Lied sang sich so mühelos, als ob es einzig für Huan maßangefertigt wäre. Als ob es das einzige, das einzig wahre Lied auf der Welt wäre.

Das perfekte Lied.

Es übertrug sich auf seinen Körper, füllte ihn aus, ganz und gar, spannte die Haut, pulsierte in seinen Ohren und vibrierte in jedem Muskel. Seine Arme zuckten im Takt und seine Beine passten sich mit kleineren oder größeren Schritten dem Rhythmus an. Und plötzlich gab es besondere Stellen in dem Lied, kurze Pausen, die einen Wechsel in der Melodie einleiteten. An diesen Stellen blieb Huan jedes Mal stehen, machte eine kleine Drehung – und ging dann weiter, sobald das Lied wieder einsetzte.

Denn das Lied kontrollierte ihn. Huan erschrak, als er

sich dessen bewusst wurde. Gleichzeitig aber schien ihm von einem Lied keine Gefahr auszugehen. Es war doch nur ein Lied! Man konnte ja jederzeit aufhören zu singen.

Theoretisch.

Tatsächlich hatte das Lied von ihm längst Besitz ergriffen und sang sich selbst weiter. Dennoch wehrte sich Huan nicht, denn erstens war er seltsame Vorahnungen – und um nichts anderes schien es sich hier zu handeln, nur in neuer Form – gewohnt, und zweitens brachte ihn das Lied womöglich zu Kurkuma. Also sang er weiter, und das Lied führte Huan kreuz und quer durch den Alsterpark bis zu der Stelle an der großen Freiwiese, wo bereits Buden und Würstchenstände aufgebaut wurden. Jetzt erinnerte sich Huan daran, dass an diesem Abend das alljährliche Japanische Kirschblütenfest an der Alster gefeiert wurde. Und wie jedes Jahr würde es ein großes Feuerwerk geben. Huan war einmal mit seinen Eltern da gewesen und hatte es langweilig gefunden. Feuerwerke mochte er ohnehin nicht und mit Japan hatte das Kirschblütenfest auch nicht viel zu tun. An den Buden gab es Bier und Würstchen wie überall sonst auch, also auch nur wieder eine umständlichere Art und Weise, betrunken zu werden. Und es gab noch einen Grund, auf keinen Fall zum Kirschblütenfest zu gehen: Fast seine ganze Schule würde dort sein und natürlich auch Jana mit Christoph Glasing. Dem Arsch.

In diesem Moment hörte er auf zu singen, oder vielmehr hörte das Lied auf, sich durch ihn zu singen. Kein Laut. Kein Windhauch auf seinem Gesicht. Vor ihm glitzerte die Alster metallisch im Mittagslicht wie ein kostbares, gehämmertes Silbertablett. Für einen Moment blieb er wie benommen stehen, wie verloren, wie der Welt völlig abhanden gekommen. Das nächste Gefühl war Erleichterung, dass das seltsame Lied endlich zu Ende war.

Huan hatte sich inzwischen weit von zu Hause entfernt und glaubte nicht mehr daran, dass Kurkuma bis hierher gelaufen war. Kurkuma musste etwas zugestoßen sein. Womöglich war er bereits tot.

Niedergeschlagen wandte Huan sich ab, um nach Hause zurückzukehren – als er das Zeichen sah. Das Symbol.

Jemand hatte es mit einem Finger in den Schmutz an der Rückseite einer Würstchenbude gemalt. Groß und deutlich. Im Grunde nicht zu übersehen und ohne jeden Zweifel das gleiche Zeichen, das Huan am Morgen unbewusst auf einen Werbeprospekt gekritzelt und das die Aufmerksamkeit seiner Mutter erregt hatte. Und in diesem Moment wurde ihm klar, dass ihn das Lied womöglich gar nicht zu Kurkuma hatte führen sollen, sondern zu dem Symbol. Und das ärgerte ihn. Er ärgerte sich über seine Träume, die ihm nichts weiter einbrachten als sinnlose Vorahnungen, seltsame Lieder, rätselhafte Symbole und Ärger mit seiner Mutter. Sobald es wirklich wichtig wurde, wenn ein Freund spurlos verschwand, zum Beispiel, versagten sie. Huan fühlte sich betrogen und benutzt. Daher beschloss er, sämtliche Zeichen und Ähnliches künftig zu ignorieren und weiter den Kater zu suchen. Er hatte bloß keine Ahnung, wo.

Auf dem Anrufbeantworter zu Hause erwartete ihn bereits die Stimme seines Vaters und informierte ihn, dass er an diesem Abend noch länger in der Redaktion zu tun haben würde. Damit hatte Huan bereits gerechnet, schließlich stand die neue Ausgabe des Magazins, für das sein Vater arbeitete, kurz vor der Produktion. Seine Mutter hatte nach ihrer Tagschicht Bereitschaftsdienst, was bedeutete, dass sie die Nacht im Krankenhaus verbringen würde. Also würde

Huan den ganzen Tag bis spät in die Nacht allein sein. Huan machte es nichts aus, allein zu sein. Wenn nur der rote Kater auftauchen würde.

Huan kochte sich Spaghetti und wärmte sich fertige Nudelsoße dazu auf. Er aß langsam und konzentriert und dachte dabei an den Kater. Was mit ihm geschehen sein konnte. Wo er ihn noch suchen sollte. Wie sich sein Fell anfühlte. Wie sehr er ihn jetzt schon vermisste.

Huan nahm ein Blatt Papier und einen Stift, um eine Liste mit den ihm bekannten Lieblingsstellen des Katers zu machen. Stattdessen jedoch zeichnete er das Symbol nach. Und trotz seines Ärgers über das Lied schien ihm das plötzlich eine wichtige und für das Auffinden des Katers notwendige Tätigkeit zu sein. Als er merkte, dass ihm das Nachzeichnen des Symbols eine gewisse Erleichterung verschaffte, spülte er hastig seinen Teller ab und holte einen Stapel Reispapier und seinen Tuschkasten. Er räumte den Esstisch frei und breitete Papier, Pinsel, Tusche und das Wasserschälchen sorgfältig vor sich aus. Einen Moment lang blieb er vor seinen Malsachen sitzen, bevor er einen der Tuschpinsel wählte, ihn vorsichtig in die Tusche stippte und dann mit entschlossenen, aber leichten Strichen begann. Er merkte schnell, dass das Symbol aus drei Strichen bestand. Dennoch fiel es ihm nicht leicht, die richtigen Proportionen zu treffen. Er zwang sich, jeweils nur ein Symbol auf ein Blatt zu tuschen, und legte das Blatt danach zum Trocknen auf den Boden. Es war seltsam, ein Zeichen zu malen, dessen Bedeutung ihm völlig unbekannt war. Manchmal dachte er, es stelle eine Gestalt dar, manchmal hielt er es für eine Art mittelalterliches Werkzeug. Je mehr er sich auf das Zeichen konzentrierte und versuchte, seine Idealform mit drei wie hingehauchten Strichen zu treffen, umso weiter schien es sich von ihm zu entfernen und ihn aus der Ferne zu rufen. Nur was, blieb unverständlich. Nach etwa zwölf Blättern verstand Huan immerhin zwei Dinge.

Erstens: Das Symbol barg ein Geheimnis und eine Antwort.

Zweitens: Der Kater lebte. Noch.

Huan konzentrierte sich noch stärker auf das Zeichnen. Aber mehr, als dass Kurkumas gegenwärtiger Aufenthaltsort sehr weit weg lag, weiter als eine Katze in einer Nacht marschieren konnte, zeigte ihm das Symbol nicht.

Huan zeichnete in die Nacht hinein, die erste richtige Frühlingsnacht mit einer Luft, so weich wie Janas Nacken an jener geheimnisvollen und bislang nur ihm bekannten Stelle. In den letzten beiden Wochen hatte er jeden Augenblick an sie gedacht.

Jeden. Verdammten. Augenblick.

Umso mehr erstaunte es ihn, wie leicht es ihm nun fiel, den Gedanken an sie auszuschalten. Mit jedem Blatt, das er tuschte, schien eine Last von ihm abzufallen. Er dachte nur noch an Kurkuma und das Zeichen. Er wurde eins mit dem Zeichen und spürte eine seltsame Energie, die vom Papier durch den Pinsel in ihn hineinzitterte und ihn ganz und gar erfüllte. Etwas Großes war da um ihn herum, spannte sich auf zwischen Erde und Himmel, und Huan spürte, dass er – wie winzig auch immer – ein Teil davon war.

Das war der Moment, als er mit dem Tuschen aufhörte. Er hatte fast acht Stunden ohne Unterbrechung gezeichnet, dennoch spürte er keinerlei Müdigkeit. Im Gegenteil. Er wollte sich bewegen. Rennen, rennen, rennen – auf einen Abgrund zu, und dann die Arme ausbreiten und fliegen.

Die ganze Wohnung war mittlerweile bedeckt, bepflastert und tapeziert mit Tuschzeichnungen des Symbols. Das letzte Blatt, das vor ihm lag, erschien ihm immer noch nicht hundertprozentig perfekt, aber Huan war zufrieden.

Es wurde Zeit zu gehen.

Huan hatte keinen Zweifel, wohin er gehen sollte. Zu der

Würstchenbude, an der er das Symbol zuletzt gesehen hatte. Irgendetwas wartete dort auf ihn, für das er sich erst hatte vorbereiten müssen. Jetzt, aufgeladen mit der Energie des Symbols, spürte Huan, dass es keinen anderen Weg für ihn gab. Das Zeichen rief ihn. Sehr deutlich.

Dennoch zögerte Huan einen Moment. Eine kalte Hand griff nach seinem Herz, und er überlegte, ob er eine Nachricht für seine Eltern hinterlassen sollte, nur für den Fall, dass er sich verspätete. Oder um die vielen Zeichnungen zu erklären. Es mussten Hunderte sein. Seine Eltern würden sich wundern, und Huan hatte gelernt, dass ihm das nur Scherereien einbrachte. Aber Huan schüttelte die Angst und den Gedanken an seine Eltern ab und nahm sich vor, in jedem Fall zeitig genug wieder zurück zu sein, um die Blätter noch wegräumen zu können. Aber jetzt musste er los.

Huan verließ das Haus gegen halb zehn. Er wusste, dass um zehn Uhr das japanische Feuerwerk beginnen würde. Das bedeutete, der Platz an der Alster um die Würstchenbude herum würde voller Menschen sein. Irgendwie beunruhigte ihn das. Aus einem ihm unbekannten Grund wollte er vor dem Feuerwerk dort sein. Also beeilte er sich.

Von allen Seiten strömten Menschen zur Alster, herausgelockt von der milden Nachtluft. Huan bewegte sich schnell und geschmeidig durch die Dunkelheit, ohne zu rennen, dennoch hatte er Mühe, durchzukommen. Auf der großen Wiese wurde es noch schlimmer. Der ganze Platz war bereits dicht gepackt mit Menschen, Plastikbecher mit Bier und Würstchen in der Hand. Von irgendwo gewitterte Musik über den Platz. Verkleidete Werbeträger für Biermarken und Energydrinks wankten zwischen den Massen herum wie staunende Aliens. Huan entdeckte einige aus seiner Schule, beachtete sie aber gar nicht, sondern steuerte weiter auf die Stelle am Ufer zu, wo die Würstchenbude sein musste.

Als er die Bude erreichte, sah er, dass das Symbol verschwunden war. Irgendwer hatte es abgewischt. Dann entdeckte Huan die Männer. Sie waren zu viert. Auf den ersten Blick wirkten sie wie Werbeträger, denn sie trugen auffällige anliegende Kleidung, fast wie Taucheranzüge, jedoch aus einem ganz anderen Material. Es wirkte weniger gummiartig, viel weicher und fließender, und flirrte in allen Regenbogenfarben. Und das war nicht bloß eine optische Täuschung. Die Anzüge der vier Männer flimmerten bunt wie ein schlecht eingestellter Fernseher. Das erregte ringsum natürlich Aufmerksamkeit, man zeigte auf die Männer, sprach sie an oder suchte den Laserprojektor in der Nähe, der die farbigen Muster auf die Kleidung zauberte. Aber die Männer reagierten gar nicht. Entweder gehörte das zu ihrem Job, oder sie verstanden einfach nicht, was man von ihnen wollte. Huan sah, dass die Männer einen kleinen Rucksack aus dem gleichen Material trugen. Und er verstand sofort, dass die vier keine harmlosen Werbeträger waren, sondern eine tödliche Gefahr, dass sie ihn suchten, aus welchem verdammten Grund auch immer.

Seine nächste Empfindung war uralt. So alt wie das Leben: panischer Fluchtreflex. Eine Welle aus Adrenalin und Angst brandete durch seinen Körper und jede Faser seines Körpers schrie Flucht. Die Empfindung war so stark und eindeutig, dass ihm davon übel wurde und Huan ihr sofort nachgegeben hätte – wenn die unmittelbar darauf folgende Empfindung es nicht verhindert hätte. Und auch dieses Gefühl war so alt wie die Menschheit: Neugier. Wenn diese Männer ihn schon töten wollten, dann wollte Huan wenigstens verstehen, warum. Einen Augenblick lang.

Einen Wimpernschlag. Und noch einen. Beim dritten Wimpernschlag begann das Feuerwerk mit einer ersten dumpfen Explosion hoch oben im Nachthimmel und einer der Männer wandte sich um und entdeckte ihn.

Beim vierten Wimpernschlag rannte Huan wie ein Hase, der von einem Rudel ausgehungerter Wölfe gejagt wird.

Als der Blick des Mannes in der flirrenden Kleidung ihn traf, wusste Huan, dass er keine Chance hatte. Trotz ihrer lächerlichen Aufmachung sahen die vier kräftig aus, gut ausgebildet und trainiert wie ein Kommandotrupp. Wie Krieger. Und die Rucksäcke sahen auch nicht aus wie Trinkschläuche mit Apfelsaftschorle. In dem Moment, in dem der eine Krieger Huan bemerkte, reagierten auch die drei anderen, als hätten sie es gespürt.

Huan war noch nie verfolgt worden. Huan hatte noch nie um sein Leben rennen müssen. Huan war nur ein fünfzehnjähriger Junge mit Liebeskummer, der manchmal seltsam träumte und sich ansonsten für einen coolen Typen hielt. Huan wusste nicht, was ein gejagtes Wild tun muss, um zu überleben.

Aber sein Körper wusste es. Im Moment der Flucht erinnerte er sich an uralte, genetisch vererbte Verhaltensmuster aus einer Zeit vor aller Zeit. Huan musste nicht mehr nachdenken, um das Richtige zu tun. Mit einer einzigen geschmeidigen Bewegung, die der rote Kater nicht besser hingekriegt hätte, verschwand er rückwärts in der Menge und rannte los, so schnell er konnte.

Von Rennen konnte allerdings kaum die Rede sein. Das Feuerwerk hatte begonnen, die Leute drängten dichter nach vorn, um besser sehen zu können, und bildeten eine schier undurchdringliche Mauer aus Leibern, durch die sich Huan mühsam durchkämpfen musste. Oben am Hamburger Nachthimmel wurde es donnernder Frühling, gewaltig und bunt und laut, wie es sich für eine so reiche Stadt gehörte. Und irgendwo darunter rannte Huan um sein Leben, rannte im Zickzack durch die Menge, von der Alster weg in Richtung Stadt, um sich irgendwo in einer der nächsten Straßen zu verstecken. Huan kümmerte sich nicht mehr um Höflichkeit, rempelte sich mit der Schulter zwischen die Leute, rammte ältere Frauen, stieß ein Kind um, trat einem Mann im Lauf in die Fersen. Aber Huan musste auch einstecken. Ein großer Ellbogen traf ihn hart an der Schläfe und warf ihn fast aus der Bahn. Jemand schubste ihn heftig von sich, dass er ins Stolpern kam und frontal gegen einen Baum rannte. Huan beachtete es gar nicht. Schmerz war nur noch eine unbedeutende Empfindung am Rande. Von den vier Kriegern sah er nichts mehr, aber er spürte, dass sie irgendwo ganz in der Nähe waren und ihn bereits verfolgten.

Und so war es auch. Im selben Moment, als Huan zurück durch die Menge geflohen war, hatten sie die Verfolgung aufgenommen. Im Gegensatz zu Huan bewegten sie sich jedoch völlig mühelos und mit hoher Geschwindigkeit. Ihre seltsamen Anzüge flackerten nicht mehr bunt und hatten die Farben der Umgebung angenommen. Wie körperlose Geister, wie vier heiße Messer durch weiche Butter durchdrangen sie die Menschenmenge. Dabei fiel kein einziges Wort, kein Kommando. Die vier Männer schienen die ganze Zeit über zu wissen, wo Huan war, kreisten ihn ein und zogen den Kreis dann enger.

Unter normalen Umständen wäre es aussichtslos gewesen. Aber Huan hatte das seltsame Lied geträumt, und während er im Zickzack weiterrannte, fiel es ihm wieder ein. Er hatte keinen Atem mehr, um zu singen, aber das brauchte er auch gar nicht. Das Lied dröhnte in seinem Kopf, lauter als das Feuerwerk hoch über ihm, und Huan passte seine Schritte widerspruchslos dem Rhythmus der Melodie an.

Was dabei herauskam, war mehr ein seltsames Ballett als eine Flucht. Huan hielt plötzlich inne, drehte sich, duckte sich, rannte weiter. Nach einigen Schritten schlug er unvermittelt einen Haken, hielt an, rannte wieder weiter. Huan dachte nicht darüber nach, warum er das tat, er tat es einfach. Nur ein genauer Beobachter aus der Luft, aus der Höhe etwa, wo die Feuerwerkskörper zu gleißendem Goldregen detonierten, hätte den Zusammenhang zwischen Huans eigenartigen Bewegungen und seinen Verfolgern erkannt. Dieser Beobachter hätte, wenn er die vier Krieger in der Menge überhaupt entdeckt hätte, gesehen, wie Huan, geführt von dem Lied, seinen Verfolgern mehrfach um Haaresbreite entwischte. Praktisch unter ihren Händen davonschlüpfte. Die Krieger schienen es nicht gewohnt zu sein, dass ihnen jemand entkam, und wirkten einen Moment orientierungslos. Das verschaffte Huan einen kleinen Vorsprung. Vielleicht genug, um endlich aus der dichten Menschenmenge herauszufinden, um die nächste Straße zu erreichen mit Lichtern und Verkehr und dahinter den ersten Pöseldorfer Villen, wo die Millionäre wohnten. Vielleicht hätte Huan es wirklich schaffen können, geführt von einem mächtigen fremden Lied in seinem Kopf.

Wenn dieses Wort nicht erklungen wäre.

»*Sariel!*«

Es surrte wie von einer Sehne abgeschossen von irgendwoher über den Platz und traf Huan in vollem Lauf.

»*Sariel!*«

Huan hatte das Wort noch nie zuvor gehört. Und doch rammte es ihn mit der Wucht eines Schlages und raubte ihm allen Atem, alle Kraft. Huan krümmte sich wie getroffen und hielt sofort inne. Er beugte sich vor, keuchte vor Anstrengung und Verwirrung und spürte jetzt langsam die Seitenstiche und das Hämmern in seinem Kopf.

Ich muss weiterlaufen!, dachte er. *Ich. Muss. Weiterlaufen.*

Verzweifelt versuchte er, den Befehl an seine Beine weiterzuleiten, richtete sich auf und blickte sich um. Die vier Männer waren nirgendwo zu sehen. Erleichterung überflutete Huan. Die Erleichterung, es geschafft zu haben.

In diesem Moment schlugen sie zu.

Sie kamen aus dem Nichts, waren plötzlich einfach da, dicht um ihn herum, drückten ihn zu Boden, warfen eine Decke über ihn, rollten ihn fest darin ein und nahmen ihn zu zweit hoch. Das Ganze dauerte nur Sekunden und wurde von niemandem bemerkt. Huan wollte sich wehren, aber in dem Augenblick, als sie die Decke über ihn warfen, konnte er sich nicht mehr bewegen. Noch nicht einmal schreien. Die Decke war glatt und dünn wie Seide, fühlte sich aber irgendwie metallisch an und verströmte auf der Innenseite einen scharfen, künstlichen Geruch, der ihm sofort den Atem raubte und jede Bewegung lähmte. Das vergrößerte Huans Panik umso mehr. Er war inzwischen sicher, dass die vier Männer ihn gleich hier an Ort und Stelle töten würden.

Aber es kam noch schlimmer.

Huan merkte es nur an den Bewegungen der Männer, die ihn trugen – sie rannten. Die Decke war leicht transparent. Huan konnte schemenhaft Lichtflecken erkennen. Das Feuerwerk. Er konnte es auch noch hören, dumpf irgendwo über sich, genau wie das Keuchen der laufenden Männer, die ihn eisern festhielten.

Daraus schloss er, dass sie sich immer noch in der Nähe der Alster befanden. Hätte Huan mehr durch die Decke erkennen können, hätte er gesehen, dass die Männer geradewegs auf das Alsterufer zurannten. Mitten durch die Menge. Mehr als jetzt schon hätte sich Huan dann gefragt, warum, zum Teufel, niemand auf vier Männer aufmerksam wurde, die mit einem auffälligen Bündel quer durch eine Menschenmenge rannten. Die Antwort wäre allerdings so einfach wie unglaublich gewesen: Niemand sah sie. Ihre Anzüge, die zuvor noch wegen einer ärgerlichen technischen Störung in allen Regenbogenfarben geleuchtet hatten, funktionierten nun wieder einwandfrei. Der Stoff wechselte immer noch seine Farben, nun aber spiegelte er immer genau das, was der jeweilige Körper gerade verdeckte. Die Decke, in die Huan stramm und bewegungslos eingewickelt war, bestand aus dem gleichen Material. Der leichte metallische Stoff reagierte in Sekundenbruchteilen mit größter fotografischer Präzision.

27

Niemand half Huan, weil er unsichtbar geworden war. Weil er schon nicht mehr Teil dieser Welt war.

Das Nächste, was Huan wahrnahm, war das Wasser. Er spürte, wie er aufs Wasser aufschlug, als sie ihn in die Alster warfen. Er hörte das Platschen, spürte plötzlich die Kälte, und dann wurde es endgültig dunkel und alles erstarb, alle Geräusche, alles Licht, die ganze Welt.

Es war wie in Huans Traum. Er sank. Immer tiefer. Er versuchte zu schwimmen, aber es ging nicht. Er konnte immer noch weder Arme noch Beine bewegen. Als seine Füße den schlammigen Grund der Alster berührten, schlug Huan die Augen auf. Um ihn herum war es dunkel, aber von oben sah er die Lichter der Stadt und das Feuerwerk. Die Lichter wirkten freundlich. Und unerreichbar. Aber auch hier unten gab es Licht. Irgendetwas leuchtete in der Ferne und kam auf ihn zu. Huans Lungen dehnten sich und schrien schon jetzt nach Luft.

Ein Delfin kann eine Viertelstunde lang tauchen und das bis in achthundert Meter Tiefe. Wale schaffen es noch länger und noch tiefer. Menschen nicht.

Huans Körper reagierte bereits in den ersten Sekunden unter Wasser und schaltete sein Herz umgehend auf Sparflamme. Von 70 Schlägen auf 45 Schläge pro Minute.

Nach 13 Sekunden unter Wasser fühlte Huan den Druck in seiner Lunge. Die verbrauchte Luft, das Kohlendioxid, sammelte sich in seinem Blut und seinen Körperzellen an und signalisierte der Lunge, dringend auszuatmen. *Ausatmen!*

Huan zwang sich jedoch, diesem Drang zu widerstehen. Er wusste, wenn er ausatmete, würde er ebenso dringend einatmen wollen. Und sobald er Wasser einatmete, wäre das sein sicherer Tod. Stattdessen versuchte Huan, sich auf seine Arme und Beine zu konzentrieren. *Bewegt euch, verdammt!*

Ohne Erfolg. Nach 41 Sekunden unter Wasser begann sein

Bewusstsein zu schwinden. Das Licht um ihn herum wurde schwächer. Sein ganzer Körper schrie Alarm, sein Blut war inzwischen mehr blau als rot und Huan verspürte ein Brennen in seinen Arm- und Beinmuskeln wie von einem starken Muskelkater. Auch das eine Folge des extremen Sauerstoffmangels. Huan hörte auf zu denken. Er hatte nur noch einen Wunsch: aus- und wieder einzuatmen.

Dann sah er das Mädchen. Das Mädchen aus seinen Träumen.

Sie hatte lange dunkle Haare, die sie unter Wasser umwehten wie Seetang. Sie war in seinem Alter, schätzte Huan, und blickte ihn ernst und neugierig an. Ein breites Gesicht mit weit auseinanderliegenden Mandelaugen wie er. Und Brüste. Kleine Brüste, aber deutlich zu erkennen. Denn das Mädchen trug keinen Badeanzug. Huan fand den Anblick irgendwie unangenehm. Das Mädchen schwamm mit kräftigen Zügen auf ihn zu, anscheinend erstaunt, ihn hier in der Alster anzutreffen. Dann lächelte sie Huan an und winkte ihm zu. Huan, zur Höflichkeit erzogen, lächelte und winkte schwach zurück. Für einen Moment ließ auch der brennende Schmerz in seinen Lungen nach.

Wer bist du?, fragte das Mädchen in traditionellem Chinesisch. Huan hörte ihre Stimme ganz klar, obwohl sie die Lippen nicht bewegte. Es verwunderte ihn noch nicht einmal, dass sie Mandarin sprach.

Huan.

Auch er musste dabei nicht die Lippen bewegen. Seine Stimme war einfach da im Wasser. Huan fühlte sich mit einem Mal sehr leicht.

Was machst du hier, Huan?

Ich ertrinke.

Das Mädchen machte ein betrübtes Gesicht und schwamm einmal um ihn herum. Ganz leicht und elegant.

Dann tauch doch auf.

29

Ich kann nicht.

Warum nicht?

Ich kann mich nicht bewegen. Ich bin gefesselt.

Das Mädchen betrachtete Huan eingehend und schüttelte dann den Kopf.

Bist du nicht.

Nicht?

Nein. Deine Arme und Beine sehen völlig in Ordnung aus.

Huan schaute selbst nach. Das Mädchen hatte recht. Arme und Beine, alles wie immer, keine Decke mehr, die ihn einwickelte. Das Mädchen umkreiste Huan ein weiteres Mal. Auch das Ding, das unter Wasser so viel Licht verbreitete, kam immer näher. Huan spürte, dass der Schmerz in der Lunge und in seinen Muskeln zurückkehrte. Es wurde Zeit für ihn!

Ich helfe dir.

Damit nahm sie seine linke Hand und zog ihn mit sich. Direkt auf das leuchtende Ding unter Wasser zu. Huan war jetzt schon über eine Minute unter Wasser und seine Lungen schienen gleich zu explodieren. Huan wollte nur noch atmen. Atmen, atmen, atmen!

Warte noch!, warnte das Mädchen.

Ich kann nicht mehr!

Warte!

Das Ding, auf das sie zuschwammen, war jetzt sehr nah. Es gleißte vor Licht. Huan blickte das Mädchen an und erkannte jetzt überrascht, dass sie grüne Augen hatte. Die erste Chinesin mit grünen Augen, die er sah.

Dann hielt er es nicht länger aus, öffnete den Mund und atmete ein. Im nächsten Moment wurde es schwarz um ihn herum.

ANKUNFT

Was ist mit seinen Augen?«
Unbekannte, weibliche Stimme. Ein Mädchen.
Weit, weit weg aus dem Dunkel. Besorgt.
»Kann er uns sehen?«
»Nein, das täuscht. In diesem Stadium haben sie seltsamerweise alle die Augen offen.«
Noch eine Stimme. Ein Mann. Beruhigend.
»Wird er überleben?«
»Im Augenblick können wir nur abwarten. Er hat den Transfer ganz gut überstanden, die Werte sind gut. Aber man weiß nie. Es kann immer Komplikationen geben. In ein paar Tagen wissen wir mehr.«
Dann Schweigen. Und immer noch dieses Dunkel, dieses ewige, alles erstickende Dunkel. Dann etwas Warmes, ganz nah. Der Hauch eines Atems dicht über seinem Gesicht. Und dann – ein Kuss. Flüchtig und sanft wie ein Sommerregen auf seinen Lippen, die er kaum spürte.
»Sei nicht kindisch, Eyla. Das ist kein Märchen hier.«
»Doch. Wenn er der Sariel ist – dann ist es ein Märchen.«
Ein Gedanke formte sich im Dunkel, kondensierte mühsam aus dem Nichts wie ein einzelner Tautropfen in der Wüste: Huan. Nur dieses eine Wort. HUAN.
Sein Name. Das wurde ihm plötzlich klar. Und dieser Erkenntnis folgte sofort eine zweite, kurz bevor es wieder schwarz und still um ihn herum wurde: Ich lebe.
Fragte sich nur, wie lange noch.
»Kann er uns hören?«, fragte das Mädchen.
»Nein. Er befindet sich in einer Art künstlichem Koma.«

31

»Hat er Schmerzen?«

»Keine Sorge, Eyla.«

»Sariel!«, flüsterte ihm das Mädchen jetzt ins Ohr. »Hörst du mich?«

»Du solltest jetzt gehen, Eyla!«

»Ich gehe, wann ich will!«, erklärte das Mädchen scharf. »Der Sariel gehört mir!«

Sariel. Das Wort kam Huan bekannt vor, es fiel ihm nur nicht ein, woher. Überhaupt fragte er sich nun, wo, zum Teufel, er hier war! Sah nichts, konnte sich nicht bewegen, neben ihm sprachen sie über ihn wie über ein sonderbares Stück Strandgut und ein Mädchen küsste ihn. Nicht ganz normal.

Vielleicht ein Traum.

Wieder so ein Traum.

Und alles nur, weil der Kater verschwunden war. Kurkuma.

Dann verlor er erneut das Bewusstsein.

Das Nächste, was er sah, war weißes Licht. Grelles, alles überstrahlendes weißes Licht. Das erinnerte ihn an Fernsehsendungen, in denen Menschen sich damit brüsteten, bereits einmal tot gewesen zu sein und dabei ein ähnliches Licht gesehen zu haben. Huan hatte sich mit den Jungs darüber lustig gemacht. Im Moment kamen ihm langsam Zweifel.

Mittlerweile nahm er auch wieder Geräusche wahr. Kleine Geräusche. Klick. Surr. Piep. Brumm. Klick. Surr. Freundliche kleine Geräusche. Aber auch undeutliche, ruhige, ernste Stimmen, die ihn an seine Mutter erinnerten. Ärzte. Das beruhigte ihn etwas, denn es konnte nur bedeuten, dass er in einem Krankenhaus lag, vermutlich sogar im UKE in der Nähe seiner Mutter. Also war er irgendwie vor dem Ertrinken und vor den vier Männern gerettet worden. Mit einem Mal erinnerte sich Huan an die vier Männer und Panik überschwemmte ihn sofort wieder. Neben ihm begann etwas, hektisch zu piepen.

32

»Was ist da los?«

»Keine Sorge, das ist eine normale physiologische Reaktion. Ein gutes Zeichen. Er kommt zurück.«

Zwei Männer sprachen miteinander. Die eine Stimme kannte Huan bereits, vermutlich der Arzt. Die andere Stimme war neu. Huan beruhigte sich etwas und das Gerät neben ihm kriegte sich ebenfalls ein. Huan fragte sich, ob auch das Mädchen, das ihn geküsst hatte, wieder im Raum war. Er wäre gern noch einmal geküsst worden. Er fragte sich, ob das Jana gewesen sein konnte. Aber dann erinnerte er sich, dass der Arzt sie Eyla genannt hatte. Und sie hatte über Sariel gesprochen. Sariel. Das Wort, das ihn in vollem Lauf ausgebremst hatte. Das Wort, das eine Falle gewesen war. Und noch etwas beunruhigte ihn plötzlich: Alle Stimmen – der Arzt, der zweite Mann und das Mädchen – sprachen Mandarin. Keiner sprach hier Deutsch.

Sofort wieder die Panik, und sofort wieder wimmerte das Gerät neben ihm los. Diesmal schien das die Leute um ihn herum tatsächlich zu alarmieren. Huan spürte Bewegung um sich herum. Er wurde hochgehoben, und etwas sehr Langes wurde aus seinem Rachen gezogen, das offenbar tief in seinem Körper gesteckt hatte. Huan spürte immer noch keinen Schmerz, nur einen krampfartigen Würgereflex.

»Wir sollten nicht länger warten. Er ist jetzt stabil. Ich würde ihn holen.«

»Gut. Dann holt ihn.«

Um ihn herum immer noch alles weiß. Immer noch konnte Huan nichts sehen, aber etwas Warmes strömte jetzt in seinen Körper. Von den Zehen hinauf in die Füße, in die Beine und weiter in seinen Rücken, seinen Bauch, überallhin. Es ging schnell und war nicht unangenehm, denn mit der Wärme kehrten vertraute Empfindungen zurück. Die Beine kribbelten, sein Darm rumorte und seine Haut spannte und juckte überall. Deutliche Zeichen, dass er ins Leben zurückkehrte. Die Wärme erreichte jetzt seinen Kopf, füllte ihn aus wie einen kleinen Krug. Mit einem Mal veränderte sich das gleißende Weiß vor seinen Augen, riss auf wie ein Schleier. Huan sah erst Schatten, dann immer deutlichere Konturen, die sich um ihn herum bewegten. Farben traten hervor, zuerst noch blass und milchig. Sie wurden aber schnell kräftiger. Huan sah, dass er sich in einem hellen, fensterlosen Raum befand. Er lag auf einer Art bequemen Pritsche, allerdings völlig nackt, wie er erschrocken bemerkte. Es gab nicht viel in dem Raum, an dem sich der Blick festhalten konnte. Ihm gegenüber stand ein Apparat mit einem Leuchtdisplay, das unverständliche Symbole in rascher Folge darstellte. Aber vielleicht erkannte Huan sie auch noch nicht richtig. Dafür erkannte er nun drei Männer. Alle um die vierzig. Zwei trugen bequeme hellblaue Kleidung, Hosen und kurzärmelige Hemden ohne Taschen, anscheinend aus Baumwolle, jedenfalls nicht aus dem geheimnisvollen Material, das die vier Männer getragen hatten. Dazu einen passenden Kopfschutz, eine Art Käppi. Der dritte Mann trug etwas Ähnliches in Grau, allerdings trug er noch einen locker gewickelten Seidenschal in leuchtendem Orange dazu. Huan sah, dass er sehr volles, fast weißes Haar hatte. Alle drei Männer waren groß und schlank und sehr bleich, als wären sie lange nicht mehr ans Sonnenlicht gekommen. Sie sahen sich sehr ähnlich. Brüder, war Huans erster Gedanke. Sie betrachteten ihn freundlich und neugierig, wie ein sehr seltenes Tier, das sie gefangen hatten, um es nun zu untersuchen.

»Kannst du mich erkennen?«, fragte einer von den beiden in der hellblauen Kleidung. Huan nickte schwach.

»Kannst du sprechen?«

Huan versuchte es, aber es kam nur ein heiseres Krächzen dabei heraus.

»Das geht bald vorbei, mach dir keine Sorgen«, sagte der Arzt. »Das ist eine normale Folge des Transfers.«

Huan bemerkte einen scharfen Blick des Grauen, als der Arzt »Transfer« sagte.

»Wo … bin … ich?«, krächzte Huan kraftlos und richtete sich etwas auf. Das allein kostete ihn enorme Anstrengung.

»Schone dich«, sagte jetzt der Graue, legte ihm eine Hand auf die Schulter und drückte ihn sanft auf die Liege zurück. »Wir werden alle deine Fragen schon bald beantworten. Wir sind sehr froh, dass du hier bist. Und …«, fügte er zögernd hinzu, »… dass du lebst.«

Der Graue lächelte ihn aufmunternd an. Ein angenehmes, väterliches Lächeln.

Er musste wohl wieder das Bewusstsein verloren haben. Als er das nächste Mal die Augen aufschlug, war er allein. Huan überlegte einen Moment, wie viel Zeit wohl seit seinem letzten Wegdämmern vergangen war, aber es gab keinen Hinweis. Er konnte hier schon Tage liegen. Oder Wochen. Oder nur Minuten.

Es wurde Zeit, das herauszufinden.

Huan probierte, ob er sich aufrichten konnte. Es gelang ganz gut, obwohl ihm zum Schluss schwindelig wurde. Er wartete ein paar Sekunden, dann setzte er sich auf den Rand der Pritsche. Sehr gut. Klappte doch. Also weiter. Aufstehen.

Ihm wurde erneut schwindelig, als er aufstand. Er war noch etwas wackelig auf den Beinen, aber sie trugen ihn. Daraus schloss Huan, dass er nicht lange gelegen haben konnte, denn er wusste, dass die Beinmuskulatur ohne Bewegung schon nach wenigen Tagen zu schwach werden konnte, den eigenen Körper zu tragen. Vorsichtig versuchte er ein paar Schritte und sah sich eingehender in dem Raum um. Tatsächlich gab es kein Fenster, aber immerhin eine Tür. Allerdings ohne Klinke und verschlossen. Huan machte ein paar Versuche, sie zu öffnen, aber er wusste Bescheid über automa-

35

tische Türen und versuchte es gar nicht erst mit Gewalt. Er blickte sich um, um herauszufinden, wo er war. Das medizinische Gerät, das er gesehen hatte, war verschwunden. Im Raum gab es nur die Pritsche, zwei Plastikstühle wie aus einer Designerzeitschrift und eine Art Kommode, auf der Handtücher und ein Stapel gebügelter und gefalteter Kleidung lagen. Das erinnerte Huan daran, dass er immer noch nackt war.

Die Kleidung wirkte wie neu und roch nach nichts. Es handelte sich um eine hellblaue Hose und ein hellblaues Hemd ohne Knöpfe aus dem baumwollartigen Stoff, den auch die beiden Männer getragen hatten. Der Stoff war leicht und fühlte sich angenehm auf der Haut an. Nicht zu warm und nicht zu kühl. Sobald Huan Hose und Hemd übergestreift hatte, zog sich der Stoff ein wenig zusammen und passte sich seinen Proportionen an, ohne hauteng anzuliegen. Einfach nur bequem. Angezogen fühlte sich Huan auch gleich besser. Was aber nichts daran änderte, dass man ihn offensichtlich eingesperrt hatte.

Huan setzte die Inspektion seines Gefängnisses fort, allerdings ohne wesentliche neue Erkenntnisse. Das Einzige, was ihm auffiel, war das Material, aus dem sämtliche Gegenstände und auch die Wände des Raumes bestanden. Es war glatt und hellgrau. Offenbar eine Art Kunststoff, der sich anfühlte wie Metall. Dafür jedoch, dass es sich um ein neuartiges Material handeln musste, wirkte es erstaunlich alt. Huan entdeckte überall Kratzer, Risse und kleine Beulen. Sogar Staub und Verfärbungen in Ecken und Spalten. Alles in dem Raum wirkte, als ob es schon sehr oft benutzt worden war. Huan versuchte gerade, mit dem Fingernagel etwas Staub aus einem Kratzer in der Wand zu prokeln, als es hinter ihm leise zischte.

Huan wirbelte herum. Die automatische Tür war aufgegangen und der Mann in Grau trat ein. Er wirkte nicht überrascht, Huan auf allen vieren in einer Ecke herumstöbern zu sehen, und lächelte ihn freundlich an. Hinter ihm schloss sich die automatische Tür wieder. Soviel Huan in der kurzen Zeit erkennen konnte, lag dahinter ein Korridor.

»Gruß, Sariel. Wie geht es dir?«

Huan richtete sich hastig auf. »Ich heiße Huan.«

»Das war vor langer Zeit. Nun heißt du Sariel.«

Was sollte man darauf sagen? Huan schüttelte nur den Kopf und wich langsam hinter das Bett zurück.

Der Graue kam näher. »Ich bin Lin-Ran.« Jetzt sah Huan, dass er irgendwas in der Hand hielt. »Du musst keine Angst haben.«

»Hab ich nicht«, log Huan.

»Das ist gut. Trink das.«

Damit reichte der Graue ihm einen durchsichtigen Becher, den er schon die ganze Zeit in der Hand hielt. In dem Becher schwappte eine bräunliche Flüssigkeit.

»Was ist das?«

»Nahrung«, sagte der Graue schlicht. »Etwas, das dich wieder zu Kräften bringt.«

»Nein, danke. Es geht mir gut.«

Der Graue hielt ihm weiter das bräunliche Getränk hin. »Wenn wir dich hätten töten wollen, hätten wir das längst tun können, das hast du doch verstanden, oder?«

Huan nickte. Dann nahm er den Becher mit beiden Händen entgegen und roch vorsichtig daran, wie der Kater an einer neuen Sorte Dosenfutter. Die Flüssigkeit war dick wie Brei und roch nur sehr schwach und unbestimmt nach Meer. Nicht unangenehm. Huan nippte einmal daran. Salzig. Aber auch fruchtig, süßlich und leicht bitter. Huan schmeckte noch etwas anderes, konnte es aber nicht genau bestimmen. Jedenfalls schmeckte der flüssige Brei nicht schlecht. Im Grunde sogar ganz gut. Er überwand seinen Widerwillen und trank das Getränk in drei großen Schlucken. Die zähe

Flüssigkeit füllte seinen Magen sofort ganz aus und verbreitete ein schweres, wohliges Gefühl in seinem Körper. Er fühlte sich augenblicklich wieder kräftig, lebendig und hellwach.

»Und?«, fragte der Graue. »Besser?«

Huan nickte.

»Sehr gut. Jetzt setz dich. Wir haben viel zu besprechen.« Der Graue setzte sich auf den einzigen Stuhl, faltete die Hände im Schoß und musterte Huan dabei unverwandt. Wie ein Priester bei der Beichte, dachte Huan kurz und setzte sich vorsichtig auf die Bettkante. Tausend Fragen schossen ihm durch den Kopf, zu viele auf einmal, um sich für eine zu entscheiden. Also tat Huan, was er in solchen Fällen immer tat – er hielt einfach die Klappe und wartete ab.

»Du bist klug«, sagte der Graue. »Du hast viele Fragen, aber du hast dich unter Kontrolle. Das ist sehr gut für einen Sariel. Also, ich habe schlechte und gute Nachrichten für dich. Die schlechten zuerst. Erstens: Wir haben dich entführt. Zweitens: Du bist weit weg von zu Hause, unvorstellbar weit weg. Drittens: Ob du jemals wieder nach Hause zurückkehrst, liegt nur an dir.«

Der Graue machte eine Pause und prüfte in Huans Gesicht, welche Wirkung die Eröffnung auf ihn hatte. Huan blieb äußerlich ruhig. Das mit der Entführung hatte er inzwischen bereits kapiert. Die Frage war bloß, warum.

»Wir hatten keine Wahl«, erklärte Lin-Ran. »Wir mussten dich entführen. Wenn wir dir vorher gesagt hätten, was dich erwartet, wärst du niemals mitgekommen. Und wir brauchen dringend deine Hilfe.«

»Also haben Sie diese vier Männer in den bunten Anzügen geschickt?«

Lin-Ran nickte. »Eine Spezialeinheit, nur für diese eine Aufgabe trainiert: dich zu holen. Das mit den bunten Anzügen war eine technische Panne. Was die Anzüge in Wirklichkeit leisten, hast du ja dann gesehen. Beziehungsweise nicht gesehen.«

Lin-Ran zeigte ein feines Lächeln und Huan las Stolz darin.

»Ich wäre jetzt gespannt auf die guten Nachrichten«, sagte er, und der Graue lachte leise auf.

»Du gefällst mir. Ich glaube, diesmal haben wir den Richtigen gefunden. Also, die gute Nachricht ist: Du wirst der berühmteste Mensch der Welt werden. Im Grunde bist du es schon. Man wird dich verehren wie einen Gott. Man wird dir jeden Wunsch erfüllen. Denn du bist der Sariel.«

Huan hätte fast gelacht. Dabei fand er das Ganze überhaupt nicht komisch. Im Gegenteil.

»Das ist doch oberbeknackt!«, rief er jetzt laut aus. »Vier Typen verfolgen mich und ersäufen mich fast in der Alster. Ich wache hier auf, keine Ahnung, wo ich bin, alle sprechen chinesisch, obwohl sie wie Europäer aussehen, und dann kommen Sie und behaupten, ich sei so eine Art Superstar. Ich will jetzt endlich wissen, was hier los ist.«

Der Graue nickte. »Du befindest dich hier in Sar-Han. So nennen wir diese Stadt.«

»Wer ist wir?«

»Das Volk der Sari. So nennen wir uns.«

»Sar-Han – noch nie gehört. Wo liegt das?«

»Das würde dir nicht viel sagen. Was dich mehr interessieren dürfte, ist nicht das Wo, sondern das Wann.« Er machte eine kleine Pause und blickte Huan dabei unverwandt in die Augen. »Du befindest dich in der Zukunft. Zweihundert Millionen Jahre nach deiner Zeitrechnung.«

ENTSCHEIDUNGEN

An dem Morgen, an dem ihr Vater seine Entscheidung verkündete, verstand Lìya, dass ihr Leben schlagartig beendet war. Ihr altes Leben. Gleichzeitig ahnte sie, dass irgendwo da draußen in der Regenschattenwüste ein neues Leben auf sie wartete. Ein Leben, so nagelneu und frisch, dass es noch knisterte und ihr undeutliche Versprechen zuraunte. »*Fang mich an, Lìya! Fang mich endlich an!*«

Es war noch dunkel gewesen, als ihr Vater sie in seine Jurte rief. Das Lager der Karawane lag einen Tagesritt von Ori-Nho-Yuri, dem Ziel ihrer Reise, entfernt. Obwohl es noch so früh war, hatte Lìya nicht mehr schlafen können, nicht nur wegen der Kälte. Ein Albtraum hatte sie geweckt. Lìya hatte vom Tod geträumt und von etwas Großem, das irgendwo fern auf sie wartete. Wasser hatte eine Rolle in dem Traum gespielt, ein ganzer Ozean, obwohl Lìya das Meer noch nie gesehen hatte. Und das Gesicht eines Jungen, an das sie sich aber schon nicht mehr genau erinnern konnte. Nur dass er seltsam ausgesehen hatte.

Aber Albträume waren eine Sache und ein Nein eine andere.

Ein Nein, das alles veränderte.

»Was heißt das – Nein???«, schrie sie fassungslos und spürte Wut und Enttäuschung in ihrem Gesicht aufflammen. Ihr Magen krampfte sich zusammen und ihr kamen die Tränen. Sie kämpfte dagegen an. Nur keine Schwäche zeigen! Selbstbeherrschung war alles für eine Zhàn Shì, und sie wollte ihrem Vater nicht den Triumph gönnen, mit seiner Entscheidung richtiggelegen zu haben.

Ihr Vater selbst blieb ganz ruhig und hielt den Blick auf Lìya gerichtet. Nicht mal ein Blinzeln. Lìya hätte dennoch Bedauern und Zärtlichkeit in seinen Augen lesen können – wenn ihre Wut das zugelassen hätte.

»Ich habe meine Gründe«, sagte er bloß. Als ob er nicht besser wusste, dass er ihr so nicht kommen konnte.

»Was für Gründe! Was für verdammte Scheißgründe?«

»Mäßige deine Sprache.« Ein strenger Ton plötzlich. Und dann das: »Du bist noch nicht so weit.«

»Was soll das heißen, noch nicht so weit? Ich bin die Beste, die Schnellste, die Stärkste. Ich bin zäh, ich kann einem Kalmar in den Arsch treten, wenn's sein muss!«

»Lìya!« Ihre Mutter trat in die Jurte. Sie blickte sie einmal scharf an, dann wurde ihr Blick wieder weich, und sie kam auf Lìya zu, um sie in den Arm zu nehmen.

Lìya entwand sich unwirsch. »Hast du es gewusst?«

»Natürlich.« Die Stimme ihrer Mutter rieselte so sanft wie Wüstensand. Sie hieß Yin, was »Mond« bedeutete, und genau das war sie immer für Lìya gewesen, sanft und leuchtend wie das Mondlicht. Aber ihre Worte schnitten Lìya jetzt mitten ins Herz. »Dein Vater hat es mir vorhin gesagt.«

»Und warum hast du ihn nicht umgestimmt?«

Lìyas Mutter wechselte einen raschen Blick mit ihrem Mann. »Es ist *seine* Entscheidung«, sagte sie dann zu Lìya und ließ sich jetzt nicht mehr von ihr abwehren, als sie Lìyas Gesicht in beide Hände nahm.

»Es wird alles gut«, flüsterte sie, küsste sie auf die Stirn, wie sie es immer tat, und schenkte ihr ein mattes Lächeln. Dann zog sie sich in eine Ecke der Jurte zurück und machte damit deutlich, dass dies eine Angelegenheit zwischen Lìya und ihrem Vater war.

»Ich habe dich in den letzten Wochen beobachtet«, fuhr Lìyas Vater fort. »Ich weiß, dass du immer davon geträumt hast, und es stimmt, du bist begabt. Aber…«

»…nicht begabt genug, meinst du das etwa?«

Ihr Vater sagte nichts dazu.

»Oder ist es, weil ich ein Mädchen bin?«

»Du weißt genau, dass das nichts damit zu tun hat. Du bist einfach noch nicht so weit.«

»Was ist mit Léisī und Lǐào?«

»Ich werde sie gehen lassen.«

»Aber sie haben die Gabe nicht!«, platzte Lìya heraus.

Die Gabe. Nur sehr wenige Ori besaßen Lìyas einzigartigen Orientierungssinn, den sie von ihrem Vater geerbt hatte. Eine Art sechster Sinn für Richtungen und Distanzen, vielleicht sogar mehr. Ein unschätzbarer, überlebenswichtiger Vorteil für eine Karawane in der endlosen Regenschattenwüste. Mit seinem Gespür lotste Lìyas Vater seine Leute unbeirrbar durch die endlose Wüste. Ohne die Gabe hätte er es nie zu einem der größten und reichsten Karawanenführer gebracht. Lìyas Brüder Léisī und Lǐào hatten die Gabe nicht. Und dennoch gestattete ihr Vater ihnen, Zhàn Shì zu werden. Krieger.

»Du lässt mich nicht gehen, weil du mich für die Karawane brauchst, das ist es doch!«

Ihr Vater verzog das Gesicht. Die erste offene Gefühlsregung seit dem endgültigen Nein.

»Vielleicht im nächsten Jahr«, versuchte er, sie zu besänftigen.

Lìya brauchte ihre ganze Selbstbeherrschung, um nicht zu schreien. Draußen vor der Jurte hörte sie ihren Kalmar unruhig schnaufen und konnte seinen tranigen Geruch bis hierher riechen. Er spürte bereits, dass irgendwas nicht stimmte.

»Im nächsten Jahr nehmen wir eine ganz andere Route! Und im übernächsten Jahr bin ich zu alt für die Kaste. Sie nehmen niemand über sechzehn auf!«

Ihr Vater wusste das natürlich.

Ihr Idol. Ihr Beschützer. Ihr Ein und Alles.

Ihr Vater war selbst einst Zhàn Shì gewesen, Mitglied der ältesten Kaste der wiedergeborenen Neuzeit. Die Zhàn Shì waren die einzige Kriegerkaste der Ori und sorgten in den Siedlungen für Ordnung und Sicherheit. Hauptsächlich aber war die Kaste zu einem anderen Zweck gegründet und über die Jahrhunderte erhalten worden: die Quelle der Mondtränen zu beschützen und jeden Sariel daran zu hindern, die Quelle zu vernichten. Wenn es sein musste, ihn auch zu töten. Lìyas Vater, der eine Karawane von zweihundert Kalmaren anführte, war einst ein berühmter Zhàn Shì gewesen. Chuàng Shǐ – eine lebende Legende. Er hatte vor zwanzig Jahren den letzten Sariel getötet.

Und nun löschte er ebenso kaltblütig ihren Lebenstraum aus, mit einem einzigen Wort, so gnadenlos, wie die Sonne in der zentralen Wüste jeden Keimling verbrennt, bevor er ein Pflänzchen werden kann.

»Nein!« Das kam jetzt von Lìya. »Das akzeptiere ich nicht!«

Ihr Vater blieb unbewegt. »Was willst du tun?«

Sie atmete durch. »Ich werde ohne deine Erlaubnis in die Kaste eintreten.«

»Du weißt, dass du meine Empfehlung brauchst.«

»Oder die des Ältestenrats. Und die hole ich mir, sobald wir die Oase erreichen.«

Ihr Vater seufzte tief auf. »Mach es mir bitte nicht so schwer. Glaubst du wirklich, dass der Ältestenrat meine Entscheidung infrage stellen wird? Das Einzige, was du damit erreichst, ist, mich und den Rat zu blamieren. Willst du das?«

Lìya schwieg trotzig. Ja, genau das wollte sie. Sie wollte ihren Vater verletzen, wie er sie verletzt hatte.

»Nein, natürlich nicht«, sagte sie dennoch und senkte den Kopf. Sie hatte inzwischen eine Entscheidung getroffen.

»Darf ich jetzt gehen?«, fragte sie steif. »Die Kalmare müssen noch versorgt werden. Die Sonne geht bald auf.«

»Wir lieben dich, Lìya«, sagte ihr Vater mit einem Blick zu seiner Frau. »Das darfst du nie vergessen, was immer auch passiert.«

»Darf ich jetzt gehen?«

Ihr Vater wirkte, als wollte er noch etwas sagen, aber dann nickte er nur.

Lìya wickelte sich fester in ihren breiten Kyrrschal, als sie aus der Jurte ihres Vaters trat. Nichts schützte besser gegen den pulverfeinen Sand und die extremen Temperaturen der Regenschattenwüste als ein echter Kyrrschal. Der Schal war ein Vermögen wert, ein Geschenk ihrer Mutter zu ihrem fünfzehnten Geburtstag – dem Tag der »Reife«. Er bestand aus reiner Kyrrhaut. Kyrr waren lang gestreckte, scheue Tiere mit unzähligen kurzen Beinchen und konnten bis zu drei Meter lang werden. Sie gehörten zu den wenigen Lebewesen, die sich an die feindlichen Bedingungen der Regenschattenwüste angepasst hatten. Bei den Kyrr hatte die Natur zu einem einzigartigen Trick gegriffen und aus zwei Lebewesen eines gemacht. Haut und Körper eines Kyrr waren zwei verschiedene Organismen, die in enger Symbiose lebten. So eng, dass sie durch ein gemeinsames Nervensystem, durch Adern und Gewebefasern untrennbar miteinander verbunden waren. Das Fleisch eines Kyrr schmeckte widerlich, aber auf monatelangen Wüstendurchquerungen durfte man nicht wählerisch sein. Was den Kyrr aber so kostbar machte, war seine Haut. Die Haut des Kyrr allein war ein Wunderwerk der Natur und schützte seinen Wirt durch eine besondere Zellart, die die Hitze der Wüste von außen in Kühle nach innen umwandelte. Umgekehrt funktionierte es genauso. Die Haut des Kyrr war eine lebende Klimaanlage.

Solange sie eben lebte.

Man musste den Kyrr durch einen Stich an einer bestimmten Stelle am Kopf töten und ihm die Haut in einem komplizierten Verfahren abziehen, nur dann blieb die Haut unversehrt und weiter am Leben, auch wenn sein Wirt bereits tot war. Nur wenige Gerber bei den Ori verstanden sich auf diese Technik. Entsprechend selten und entsprechend teuer waren Kyrrschals. Und der von Lìya war ein besonders großes Exemplar, fast zwei Meter lang und breit genug, dass sie sich fast vollständig darin einwickeln konnte. Dabei so leicht und fest und dünn wie Seide. Man musste Kyrrschals nur regelmäßig in Mondtränentee wässern, dann hielten sie jahrelang, bis sie allmählich abstarben und vertrockneten.

Lìya hatte den Kyrrschal für ein sicheres Zeichen gehalten, dass ihre Eltern sie zu den Zhàn Shì würden gehen lassen. Voller Stolz hatte sie den Schal in den ersten zwei Nächten nicht abgelegt und sich auch nicht darum geschert, als Léisī und Lǐào sie deswegen hänselten.

Nun wirkte der Schal wie eine vorweggenommene Entschädigung. Lìya hätte ihn am liebsten weggeworfen, aber das wäre sehr töricht gewesen. Sie wusste, was sie an ihrem Schal hatte. In der Wüste konnte ihr Leben davon abhängen.

Lìya dachte an ihre Heimat in der Nähe des Ngongoni und fragte sich, ob sie die Savanne jemals wiedersehen würde. Aber sie hatte eine Entscheidung getroffen und zwang sich, zu überlegen, was sie als Nächstes tun sollte. Auf der Stelle zur Oase reiten oder sich gedulden und auch das letzte Stück noch im Schutz der Karawane ziehen, auf die Gefahr hin, dass ihr Vater ihren Plan durchschaute und vor ihr mit dem Gon Shì sprach.

Sie wusste allerdings auch, dass es völliger Wahnsinn war, alleine durch die Wüste zu reiten. Nicht nur, dass ihr Kalmar sich ohnehin stur geweigert hätte. Selbst für eine Ori wie Lìya, die fast ihr ganzes Leben in der Wüste verbracht hatte und über die Gabe verfügte, war es lebensgefährlich. Jetzt, im ersten rötlichen Morgenlicht sah die Regenschattenwüste friedlich und wie verzaubert aus, aber innerhalb weniger Augenblicke konnte sie sich in ein tödliches Monster verwandeln. Von einem Augenblick auf den nächsten konnten mörderische Sandstürme losbrechen, in denen man ohne Schutz innerhalb von Sekunden qualvoll erstickte. Man konnte Tausenden widerlicher Gigamiten zum Opfer fallen und von ihnen in kürzester Zeit bis auf die Knochen abgenagt werden.

Man konnte auf einen hungrigen, verirrten Lauskäfer treffen, der einem das Blut und sämtliche Körperflüssigkeiten aussaugen und die Hülle achtlos zurücklassen würde.

Man konnte verbrennen oder erfrieren. Man konnte verdursten. Man konnte einen Fehler machen.

In dieser größten Wüste seit Entstehung der Erde stiegen die Temperaturen tagsüber auf bis zu 80 Grad, nachts sanken sie auf bis zu minus 30 Grad ab. Diese gewaltigen Temperaturunterschiede hatten ganze Gebirge pulverisiert. Die Luft enthielt fast keinerlei Feuchtigkeit, weil alles am Regenschattengebirge im Süden abregnete. Lìya hatte entlang der Karawanenwege oft mumifizierte Tiere und auch Ori gesehen. Sie wusste, dass ohne den Schutz der Karawane bereits eine Flasche Wasser zu wenig, ein Riss im Kyrrschal tödlich sein konnte. Die Wüste war menschenfeindlich.

Weil Menschen auf Pangea seit zweihundert Millionen Jahren nicht mehr vorgesehen waren. Die Menschheit war schon lange ausgestorben. Mit der eingeschlossenen Stadt der Sari und den Siedlungen der Ori waren die Menschen nur Fremdkörper. *Wie eine Krankheit*, dachte Lìya manchmal. *Für diese Welt sind wir eine Krankheit. Wie lange wird es dauern, bis sich die Welt von uns geheilt hat?*

Eine Böe erwischte sie und schmirgelte ihr Sand ins Gesicht. Lìya duckte sich, hustete und spuckte den Sand in ihren Schal. Das nahm sie als Zeichen. Würde sie eben das letzte Stück mit ihrer Karawane reiten. Danach jedoch würde sie keine Familie mehr haben.

Lìya ging hinüber zu den Kalmaren. Die Tiere lagerten unmittelbar hinter den Jurten. Die Nacht über hatten sie ihre uralten Träume geträumt. Jetzt mit der einsetzenden Morgendämmerung wurden sie unruhig. Schon sehr bald würde es heiß werden, und sie brauchten Mondtränen, um die Hitze überstehen zu können.

Die Kalmare waren gigantische Wesen, Nachfahren der Oktopusse, die zu Zeiten des Menschen die Meere bevölkert hatten und mit Knoblauchsoße verzehrt worden waren. Dabei waren sie schon damals erstaunlich intelligent gewesen. Lebewesen, die fast unverändert seit Urzeiten existierten. Einige Jahrmillionen nach der Großen Katastrophe hatte die Evolution der Kalmare begonnen. Sie hatten sich allmählich an Land gewagt, waren zu Amphibien geworden und später zu reinen Landbewohnern. In der Welt, in der Lìya lebte, gab es einige hundert Arten von Kalmaren. Die Kleinsten waren kleiner als Käfer, die großen Königskalmare hätten einen ausgewachsenen Elefanten aus Huans Zeit überragt. Ihre Tentakel hatten sich zu massiven Beinen ausgebildet, Saugnäpfe waren nur noch rudimentär zu erkennen. Wenn Kalmare schliefen – und seltsamerweise brauchten sie viel Schlaf –, dann senkten sie sich mit ihren massigen Leibern auf den Boden hinab und ringelten ihre Tentakel mit verblüffender Anmut ein. Ein Königskalmar konnte bis zu neun Tonnen wiegen und das Doppelte seines eigenen Gewichts tragen und dennoch zart wie eine Porzellanfigur wirken. Ohne Königskalmare wäre eine Wüstendurchquerung unmöglich gewesen. Sie überhaupt *Tiere* zu nennen, verbot sich fast, denn sie strahlten eine erhabene, feierliche Würde aus und besaßen überdies eine außerordentliche Intelligenz. Wenn der Mensch nur ein Fremdkörper in dieser neuen Welt war, vermutete Lìya, dann waren die Kalmare ihre wahren Herrscher. Deswegen behandelte Lìya ihre Kalmare auch mit größtem Respekt. Sie vergaß nie, sie pünktlich jeden Morgen mit Mondtränen zu füttern, und achtete darauf, dass die Gurte, mit denen die Lasten verzurrt wurden, ihnen nicht in die erstaunlich weichen Tentakel schnitten. Lìya liebte die riesigen Kopffüßler und fragte sich oft, warum sie sich so bereitwillig als Reit- und Lastentiere einsetzen ließen. Vielleicht, dachte Lìya manchmal, war das Teil eines großen weisen Plans der Kalmare, und sie hoffte, dass sie darin ebenfalls eine kleine Rolle spielte.

Sie ahnte nicht, wie nahe sie damit der Wahrheit kam.

Biao spürte ihr Kommen und richtete sich auf. Lìya konnte seine Unruhe fast körperlich spüren, und sie wusste, dass auch er ihre Wut und Enttäuschung deutlich spürte. Biao stieß ein leichtes Schnaufen aus und streckte Lìya einen Tentakel entgegen. Eines seiner gewaltigen Augen, so groß wie Lìyas Kopf, blinzelte ihr zu.

Lìya tätschelte den ausgestreckten Tentakel. Die Haut fühlte sich straff und rau an. Obwohl ihre Ursprünge in der Tiefsee lagen, waren Königskalmare bestens an ein Leben in der Wüste angepasst. Die Unterseiten ihrer Tentakel waren unempfindlich gegen den heißen Sand. Ihre Haut schützte sie vor dem Austrocknen und konnte je nach Sonnenstand oder Gefühlslage des Kalmars die Farbe wechseln. Tagsüber glänzte die Haut fast metallisch und speicherte die Hitze in einer dicken Zwischenschicht, um sie nachts dann wieder abzugeben. Aber die Regenschattenwüste bedeutete selbst für Königskalmare eine gewaltige Strapaze. Wie alle Lebewesen brauchten auch sie Wasser und Nahrung. Und Mondtränen. Der weißliche, leicht schleimige Pilz, der gebraten und gegrillt eine zähe, faserige Konsistenz annahm, schmeckte gut, spendete Energie und Trost, schärfte die Sinne, machte die Ori unempfindlich für Anstrengungen und Schmerzen. Solange man regelmäßig Mondtränen aß, konnte man seinen Kalmar spüren. Ohne Mondtränen wurde man jedoch schnell krank und starb innerhalb weniger Tage. Zunächst stellte sich ein unangenehmes Schwächegefühl ein, am zweiten Tag kamen Fieberschübe hinzu. Am dritten Tag ohne Mondtränen traten Lähmungen auf, zuerst in den Armen und Beinen, aber sie erstreckten sich schnell auch auf die Atemorgane. Bis man spätestens am vierten Tag qualvoll erstickte.

Lìya wusste nicht viel über diese rätselhafte Krankheit, sie wusste nur, dass Mondtränen der einzige Schutz dagegen waren. Und Mondtränen kamen in ausreichender Menge nur an einem einzigen Ort auf Pangea vor: am Fuße des Ngongoni. Der erloschene Vulkan lag inmitten der Siringit, der fruchtbaren Savanne jenseits des Regenschattengebirges, dort wo Lìya aufgewachsen war. Der Anblick des schwarzen, über fünftausend Meter hohen Kegelstumpfs des Ngongoni war eine von Lìyas ältesten Kindheitserinnerungen. Aber auch für die Kalmare schien der Vulkan von großer Bedeutung zu sein. Frei lebende Königskalmare unternahmen große Wanderungen mit ihren Herden. Alle ihre Routen führten irgendwann durch die Siringit und kreuzten sich um den Ngongoni herum. Und das bedeutete für die Ori, dass der Vulkan und alles, was auf ihm lebte, unter allen Umständen beschützt werden musste. So hatten sie ihre größte Siedlung auch in Sichtweite des Ngongoni errichtet. Orisalaama. Lìyas Heimatstadt. Von Orisalaama brachen regelmäßig die großen Karawanen auf und brachten Mondtränen zu den anderen Siedlungen und Oasen.

Lìya sehnte sich plötzlich zurück nach Orisalaama, als sie in die große Jurte trat, wo die Kanister mit den Mondtränen lagerten. Bis auf zwei waren bereits alle leer. Es war eine lange Reise gewesen, auf dem letzten Stück bis zur Oase würden die beiden letzten Kanister gerade noch für die Kalmare reichen. Die Ori würden so lange durchhalten müssen. Kalmare waren wichtiger. Das bedeutete aber auch, dass es auf dem letzten Stück keine weitere Verzögerung geben durfte.

Biaos Haut wechselte von einem dunklen Ocker in ein

zartes Rosa, als Lìya ihn fütterte. Ein Zeichen der Zuneigung. Lìya legte den Kopf an die trockene Haut und atmete Biaos vertrauten tranigen Geruch ein, den sie unter tausend Kalmaren erkannt hätte. Biao machte ein leises, schmatzendes Geräusch und berührte Lìya sanft mit einem seiner Tentakel am Bein. Lìya spürte die Verbindung zwischen ihnen, ein warmes Band, an dem sie sich festhalten konnte in dunkelsten Stunden. Wie jetzt. Einen Kalmar zu berühren, spendete Trost. Lìya merkte, wie ihr plötzlich doch die Tränen über die Wangen liefen.

»Lìya!« Ihre Mutter stand plötzlich hinter ihr. Lìya erschrak und trocknete sich hastig die Tränen ab.

»Was gibt's denn noch?«

Ihre Mutter blickte Lìya sanft und ein wenig traurig an.

»Ich habe noch einmal mit deinem Vater gesprochen. Er bleibt bei seiner Entscheidung, aber es bricht ihm das Herz.«

»Sein Problem«, erwiderte Lìya.

»Du musst verstehen … er wäre bestimmt stolz auf dich. Und er weiß so gut wie ich, dass du das Zeug zur Zhàn Shì hast. Aber er hält dich für zu unbeherrscht. Du hast deine Gefühle nicht unter Kontrolle und das ist gefährlich für eine Zhàn Shì. Der wesentliche Grund für seine Entscheidung ist aber … dass er Angst um dich hat. Und ich auch. In diesen Zeiten eine Zhàn Shì zu werden, ist kein Spiel. Dein Vater hat Träume gehabt, nach langer Zeit wieder. Andere Zhàn Shì hatten ähnliche Träume, und sag mir nicht, du nicht auch.«

Lìya schwieg. Ihre Mutter hatte recht.

»Jedes Mal wenn viele Zhàn Shì solche Träume hatten, erschien ein neuer Sariel. Dein Vater und ich haben einfach Angst, dass du sterben könntest.«

Lìya richtete sich auf und blickte ihre Mutter jetzt direkt an. Ihre Mutter hatte ausgesprochen, was Lìya schon lange geahnt hatte. Ein neuer Sariel würde bald erscheinen und sich mit einer furchtbaren Waffe zum Ngongoni aufmachen. Die Zhàn Shì würden aufbrechen, um ihn aufzuhalten, bevor er den Vulkan erreichte. Das Überleben ihres Volkes hing davon ab, ob sie ihn rechtzeitig erwischten. Lìya hatte ihr ganzes Leben davon geträumt, dabei zu sein, wenn die Zhàn Shì loszogen, und wurde plötzlich sehr ruhig. Sie wusste, was sie tun musste. Biaos Haut wechselte augenblicklich in ein schmutziges Blaugrau. Lìyas Mutter bemerkte es und runzelte die Stirn.

»Bist du nur gekommen, um mir das zu sagen?«

»Nein. Denn wir alle müssen unsere Angst überwinden, auch eine Mutter. Ich kenne dich gut genug, um zu wissen, zu welchen Dummheiten du fähig bist, wenn es darum geht, deinen Willen durchzusetzen. Um zu verhindern, dass du uns im Zorn verlässt, werde ich mich also beim Rat dafür einsetzen, dass du in die Kaste aufgenommen wirst. Wenn es mir auch das Herz zerreißt.«

Lìya empfand plötzlich große Zärtlichkeit für ihre Mutter. Ihre wunderbare, schöne Mutter. Prompt kamen ihr wieder die Tränen.

»Aber wenn du immer noch bei jeder Kleinigkeit losheulst, wird das wohl nichts«, sagte ihre Mutter lächelnd und strich ihr zärtlich mit dem Daumen die Tränen von den Wangen.

»Ich liebe dich, Lìya.«

»Ich liebe dich auch, Mama.«

Die Sonne hatte noch nicht ganz den Horizont überschritten, als die Karawane sich formierte und in Bewegung setzte. Die Kalmare spürten, dass die Oase nicht mehr fern war, und legten ein so frisches und zügiges Tempo vor, wie man es nach einer wochenlangen Reise fast nicht mehr erwartet hätte. Eine Karawane aus zweihundert Königskalmaren im Morgenrot war ein erhabener, majestätischer Anblick, der

Lìyas Herz immer noch höher schlagen ließ. Auf ihren sechs Beinen glitten die Kalmare mehr über den Boden, als dass sie ausschritten. Von Weitem sah es aus, als schwebten sie über den Boden. Lìya saß in einem speziellen Sattel auf Biao und spürte nicht das leichteste Schwanken, nicht die kleinste Bodenunebenheit. Ihr Vater führte die Karawane natürlich an. Gleich hinter ihm ritt ihre Mutter mit dem kleinen Lou im Schoß. Srì, der zweite Karawanenführer, folgte, dann kamen ihre Brüder Léisī und Lǐào, zwei Lastkalmare und dahinter erst Lìya. In einer Karawane hatte jeder seinen zugewiesenen Platz, den man niemals verlassen durfte. Auch das gehörte zu den strengen Überlebensregeln in der Wüste.

Ihr Vater wandte sich einmal kurz nach Lìya um und nickte ihr zu. Ein warmes Gefühl stieg in Lìya auf, dennoch reagierte sie nicht. Bald würde sie ein neues Leben führen, fern von ihrer Familie. Sentimentale Gefühle konnte sie sich nicht mehr erlauben.

Gegen Mittag stiegen die Temperaturen auf mörderische 60 Grad. Lìya wickelte sich fester in ihren Kyrrschal ein und drehte sich um. Die Kalmare schienen die Hitze nicht zu spüren und glitten mit unvermindertem Tempo über den glühenden Sand. Lìyas Wut hatte sich gelegt. Sie freute sich jetzt auf Ori-Nho-Yuri. Wie jede Siedlung wurde die Oase von einem Gon Shì und einem Ältestenrat geführt, dessen Entscheidungen und Urteilssprüche absolut bindend waren. Lìyas Vater hatte gute Chancen, in den nächsten Jahren in den Ältestenrat von Ori-Nho-Yuri aufgenommen zu werden. Er war bereits neununddreißig Jahre alt und galt daher als ein Mann mit viel Erfahrung.

Wie jede Ori kannte Lìya die Geschichte der Gründung von Ori-Nho-Yuri auswendig. Vom Karawanenführer Dho, der die Oase vor langer Zeit in einem Traum seines Kalmars gesehen hatte und mit ihm dorthin aufgebrochen war. Wie er halb verhungert und todkrank durch Mondtränenmangel die Oase erreicht und dort Mondtränen entdeckt hatte. Sogar ein unterirdisches Wasserreservoir. Wie die Ori die Oase zum heiligen Ort erklärt und besiedelt hatten. Weil man ganz einfach dort siedelte, wo es Mondtränen gab.

Später wurde die Oase dann zum Zentrum der Zhàn Shì. Hier war sie gegründet worden und hier hatte sie immer noch ihr Hauptquartier. Lìya freute sich auf das quirlige Leben, die verwinkelten Gassen, die wegen der Hitze so eng angelegt waren, dass Kalmare nur die Hauptwege passieren konnten. Wenn es dunkel wurde, war die Siedlung beleuchtet vom bläulichen Licht tausender Mimis, einer Pflanzenart, die das Sonnenlicht speicherte und nachts wieder abgab. Lìya erinnerte sich an den Geruch der Werkstätten, wo Shì und allerlei andere Druckluftgeräte hergestellt wurden.

Neben einer Art Machete, die vielseitig verwendbar war, bestand die traditionelle Bewaffnung der Zhàn Shì nur aus einer Druckluftharpune, dem Shì. Das Shì war ein kurzes, leichtes Rohr mit einer Druckluftkammer, die flüssigen Stickstoff enthielt, und einer Wasserkammer. In den Jahrhunderten vor dem Großen Zeitsprung hatten die Ori nach Kompromissen zwischen einer natürlichen Lebensweise und dem mäßigen, sinnvollen Einsatz von Technik gesucht und dabei die Vorzüge der Druckluft entdeckt. Die Ori nutzten eine physikalische Entdeckung der Sari und entwickelten ein geniales Verfahren, Luft auf sehr einfache Weise zu verflüssigen und in einem speziellen Kunststoff sicher und unkompliziert zu speichern. Danach ließ sich erstaunlich viel mit der Druckluft anstellen. Die Druckluftbehälter waren leicht und stabil, hielten Hitze und groben Stößen stand und konnten Druckluft bis zu fast tausend Bar speichern. Zelte ließen sich damit in Sekunden aufbauen, Maschinen betreiben und sogar Strom erzeugen. Da die Ori Waffen nur zur Jagd brauchten, hatten sie nur eine einzige Waffe entwickelt – das Shì. Das Prinzip des Shì war einfach: Durch ein ausgeklügeltes System im Rohr verwandelte der ausströmende Stickstoff eine kleine Wassermenge im Bruchteil einer Sekunde in einen Eisdorn und schoss ihn mit mehreren hundert Bar ab. Die Waffe hatte eine Reihe von Vorteilen. Sie war leicht, nahezu geräuschlos, sehr treffgenau bis auf fünfzig Meter und nach dem Schuss praktisch sofort wieder schussbereit. Lìya hatte bereits mit einem Shì gejagt und kannte daher auch den größten Nachteil der Waffe: die Windempfindlichkeit des Eisdorns. Starker Wind verringerte die Treffgenauigkeit erheblich und zwang den Schützen, sich sehr nah an sein Ziel heranzupirschen.

Lìya war eine ausgezeichnete Schützin. Sie hatte etliche Wettbewerbe gewonnen, auch gegen ihre Brüder. Dennoch würden Léisī und Lǐào sich morgen ihre Shìs kaufen dürfen und nicht sie.

Lìya spürte eine schwache Vibration, die von der Kopfhaut ihres Kalmars ausging. Offensichtlich stimmte etwas nicht. Lìya betrachtete Biao als Gefährten und Freund. Als ein Lebewesen, dem sie sehr nahestand. Auch wenn sie nicht mit ihm reden konnte. Seit Generationen suchten die Ori nach Wegen, die Bewegungen und emotionalen Signale der Kalmare in Sprache zu übersetzen. Bislang vergeblich. Lìya war überzeugt, dass es niemals gelingen würde. Kalmare kommunizierten eben nicht durch Wörter, sondern durch Gefühle. Dennoch war Lìya überzeugt, dass die Kalmare viel zu sagen hatten.

Über das Leben. Über Pangea.

Was hast du, Kleiner?, dachte Lìya beunruhigt und konzentrierte sich stärker auf Biao, den sie liebevoll und respektlos ›Kleiner‹ nannte. Die Vibration auf seiner Kopfhaut verstärkte sich und Lìya empfing nun auch ähnliche Signale von den anderen Kalmaren.

Was beunruhigt die Kalmare?

Lìyas Vater hatte es ebenfalls bemerkt und gab Anweisungen, das Tempo zu verschärfen. Das ließen sich Lìyas Brüder nicht zweimal sagen. Für ihren Geschmack bewegte sich die Karawane ohnehin viel zu langsam. Als Kuriere und Kundschafter besaßen Léisī und Lǐào die schnelleren Kalmare, eine etwas kleinere und sehr anmutige Gattung. Reinrassige Rennkalmare waren höchst selten. Da bei den Ori Züchtungen oder gar genetische Manipulationen strengstens verboten waren, existierten zahlreiche Mischformen, von denen einige zumindest schneller waren als ein gewöhnlicher Wüstenkalmar. Die Kalmare ihrer Brüder dagegen waren Vollblüter. Und sie wollten rennen.

Lìya sah, wie Léisī und Lǐào ausscherten und sich in hohem Tempo von der Karawane entfernten. Lìya selbst verspürte keine Lust, ihren Kalmar anzutreiben. Biao war eher der langsame, bedächtige Typ. Lìya schätzte das, sie mochte seine Zuverlässigkeit und Sensibilität.

Beim Anblick der beiden Rennkalmare dachte Lìya an das Meer, das sie noch nie gesehen hatte. Sie stellte es sich als einen paradiesischen, aber auch Furcht einflößenden Ort vor. Über die Sari und ihre Stadt wurden an den Lagerfeuern viele Geschichten und Schauermärchen erzählt.

Dass die Sari das Fleisch ihrer Kinder aßen, weil sie in ihrer Stadt eingesperrt waren. Dass sie mit Blicken töten konnten. Dass sie niemals starben.

Lìya glaubte nichts von alledem, dennoch waren ihr die Sari unheimlich. Niemand wusste etwas Genaues über sie, denn kein Ori hatte je ihre Stadt betreten. Sicher war nur so viel: Die Sari konnten aus irgendeinem Grund nicht aus ihrer Stadt heraus. Und die Sari schickten den Sariel, um die Quelle der Mondtränen zu vernichten. Das allein reichte, um sie zu hassen und zu fürchten.

»Lìya!« Der Ruf ihrer Mutter riss Lìya aus ihren Gedanken. Jetzt erst merkte sie, dass sie mit dem langsamen Biao zurückgefallen war. Lìya stieß einen kurzen Fluch aus. Das hätte ihr nicht passieren dürfen. Ihre Mutter ritt bereits auf sie zu und drängte sie mit ihrem Kalmar wieder in die Reihe zurück.

»Lìya! Träumst du? Was soll das!«

»Entschuldigung«, nuschelte Lìya. »Hat Papa das gesehen?«

»Zum Glück nicht. Sonst könnte ich die Steine zu Sand reden und es würde nichts mehr an seiner Entscheidung ändern.«

Lìya stöhnte.

»Hier, damit du auf andere Gedanken kommst«, sagte ihre Mutter und reichte ihr Lou, ihren zweijährigen Bruder. »Nimm ihn mal eine Weile.«

Lìya zog ein Gesicht. »Muss das sein? Er scheißt mir nur den Sattel voll.«

Aber ein Blick ihrer Mutter genügte, um jeden Widerspruch zu ersticken. Lìya übernahm ihren kleinen Bruder und setzte ihn vor sich in den Sattel. Sofort krallte sich der Kleine wie ein Alter am Sattel fest und fing an, wie am Spieß zu brüllen. Lìya verdrehte genervt die Augen. Ihre Mutter lachte hell, gab ihrem Kalmar einen Klaps und ritt dann zu ihrer Position zurück.

Dieser Moment blieb Lìya für immer in Erinnerung. Dieser Blick. Dieses Lachen. Dieser Klaps.

Es war das Letzte, was sie von ihrer Mutter sah.

Biao blieb plötzlich stehen, als scheute er vor etwas. Er machte nervöse Bewegungen mit seinen vorderen Fangtentakeln und fauchte giftig. Lìya spürte sofort, dass er alarmiert war, und dachte erst, er wolle einen Schwarm von Kratzkäfern abwehren. Im nächsten Augenblick flog ein großer Schatten über sie hinweg und Lìya wusste Bescheid. Sie musste nicht einmal mehr in den Himmel blicken. Instinktiv zog sie den kleinen Lou, der im gleichen Augenblick aufgehört hatte zu brüllen, fest an sich heran. Sie hörte bereits die Rufe um sich herum und spürte jetzt deutlich die Aufregung ihres Kalmars, auf dessen Haut sich schwarze Flecken zeigten. Kalmare wurden niemals panisch. Aber wenn sie schwarze Flecken bekamen, dann gab es einen guten Grund dafür.

Wie die Feuerspucker.

Lìya wagte nun einen Blick in den Himmel und sah ihre schlimmsten Befürchtungen bestätigt. Ein großer Schwarm Feuerspucker kreiste über ihnen. Der größte, den Lìya je gesehen hatte.

Die großen Raubvögel mit Spannweiten bis zu acht Metern waren vor siebzig Millionen Jahren ausgestorben und dann dreißig Millionen Jahre später als Mutation wieder aufgetaucht. Sie waren große Verwandte des bunten, flinken Schabenspießers, der nur in den kältesten Gebirgsregionen anzutreffen war. Feuerspucker hingegen umkreisten den wüstenhaften Rand des Gebirges, wagten sich aber auch weit in die Wüste hinein. Die Vögel mit den vier Schwingen ernährten sich von allem, was sich bewegte. Auch Menschen. Sie jagten ausschließlich in Schwärmen und scheuten sich auch nicht, Kalmare anzugreifen. Ihren Namen verdankten sie der hochkonzentrierten Säure, die sie beim Angriff verspritzten und die einen Menschen in Sekundenschnelle töten konnte. Bei Königskalmaren reichte es immerhin zu schlimmen Verätzungen.

Wie jedes Kind der Ori hatte Lìya von klein auf gelernt, dass es nur ein Mittel gegen Feuerspucker gab: Feuer!

Lìyas Vater hatte bereits reagiert und die Karawane zum Halten gebracht. Mit knappen, scharfen Kommandos trieb er die Menschen zu einem dichten Pulk zusammen. Jetzt bewunderte Lìya seine Disziplin und stoische Ruhe, die sie am Morgen noch rasend gemacht hatte. Lìya suchte ihre Mutter in dem Getümmel, konnte sie aber nicht mehr entdecken.

Die Männer auf den Lastkalmaren sprangen in den Sand und schossen mit ihren Shìs blaue Kugeln in die Luft, die meterhoch über der Karawane zerplatzten und sich zu einem feinen Gewebe verfilzten, das wie ein großer Fallschirm aussah. Die einzelnen Gewebe verbanden sich und bildeten blitzartig einen zähen Schutzschild, der langsam auf die Karawane herabsank.

Lìya sah, wie ihre beiden Brüder nach dem Gewebe griffen. Hundertmal geübte Handgriffe, rasch und ohne Panik. Auch Lìya griff nun nach dem schützenden Gewebe und zog es straff über sich. Mit der Rechten hielt sie dabei immer noch den kleinen Lou. Schon hatte sich die Karawane auf diese Weise in einen dichten, säurebeständigen Schutzmantel gehüllt. Die Männer luden die Shìs neu, diesmal mit gelben Magnesiumkegeln, und Lìya wusste, dass in wenigen Augenblicken die Hölle losbrechen würde. Hastig öffnete sie eine ihrer Satteltaschen und griff nach ihrer Schutzbrille. Erst in diesem Augenblick wurde ihr klar, dass sie nur eine hatte. Ihre Mutter hatte ihr den kleinen Bruder übergeben, jedoch vergessen, ihr auch seine Tasche zu reichen.

»Verdammt!«, fluchte Lìya und schaute sich um. Niemand hatte eine Schutzbrille übrig. Natürlich nicht. Jeder Ori war für seine Ausrüstung selbst verantwortlich. Ersatz gab es irgendwo bei einem der Lastkalmare, aber in dem augenblicklichen Gedränge würde sie es nicht mehr rechtzeitig schaffen. Ihr musste etwas einfallen, und zwar schnell. Lìya hörte bereits das Ploppen und Zischen der Shìs und wusste, dass sich die Magnesiumkegel in den nächsten Augenblicken in der Luft entzünden und den Himmel in Brand setzen würden. Wenn sie Glück hatten, würde dieses kurze Höllenfeuer reichen, um sämtliche Feuerspucker in der Luft zu verbrennen. Doch das gleißende Licht stellte auch für die Ori eine Gefahr dar: Ohne Schutzbrille führte es zu Verbrennungen der Augen und damit zur völligen Erblindung.

Hastig legte Lìya Lou die Schutzbrille an und drehte sich zu ihrem Vater um. Für einen Moment trafen sich ihre Blicke, und Lìya erkannte das Entsetzen und die Traurigkeit in seinem Blick, denn auch ihr Vater begriff sofort, was los war.

Dass Lìya erblinden würde. Falls sie es überhaupt überlebte.

Die Magnesiumkegel detonierten mitten im Schwarm der Feuerspucker. Lìya konnte ihre furchtbaren, heiseren Schreie hören. Gleichzeitig riss sie sich instinktiv den Kyrrschal vom Körper und wickelte ihn sich fest um den Kopf. Ungeschützt traf die Wüstenhitze sie jetzt wie ein Keulenschlag, doch das zählte nicht. Lìya beugte sich noch schützend über ihren Bruder – dann brach die Hölle los.

Eine Feuerblase breitete sich explosionsartig über Lìya aus. Als ob die Sonne auf die Erde stürzte. Lìya sah nur noch Weiß. Grelles, hässliches, beißendes Weiß. Brennendes Magnesium regnete auf sie herab, die verbrennenden Feuerspucker stürzten tonnenschwer vom Himmel, verkohlten noch in der Luft und prasselten als stinkender, heißer Ascheregen auf die Schutzplane nieder.

Lìyas Augen brannten. Sie schrie sich den Schmerz aus dem Leib. Alle schrien. Ihr Kalmar, Lou, die Männer ringsum. Die Feuerblase blähte sich zu ihrer vollen Größe auf, berührte fast die Plane, bevor sie schließlich kollabierte und nur noch den Mittagsdunst zurückließ und den Geruch nach glühendem Metall und verbranntem Fleisch. Es hatte nur Sekunden gedauert. Schlagartig war alles schon wieder vorbei. Für einen Moment Stille. Nur das Stöhnen der Männer und Frauen war zu hören, die von Säurespritzern getroffen worden waren. Lìya merkte als Erstes, dass Lou wieder schrie, und lockerte ihren Griff, mit dem sie ihn schmerzhaft fest an sich gepresst hatte. Immer noch sah sie nichts, hielt den Kyrrschal weiter um den Kopf gewickelt. Das Nächste, was sie wahrnahm, war, dass ihr jemand eine Thermodecke gegen die Hitze umwarf. Sie hörte eine Stimme. Ihr Vater. Dann spürte sie, wie ihr Kalmar sich beruhigte, und wusste, dass die Karawane den Angriff der Feuerspucker erfolgreich abgewehrt hatte. Immer noch hielt Lìya die Augen geschlossen. Sie brannten nach wie vor und das konnte nur eines bedeuten – sie war blind!

Lìya strich Lou über das dichte Haar. Zum ersten Mal fiel ihr auf, wie weich es sich anfühlte, und sie wünschte sich, es noch einmal sehen zu können.

»Lìya!« Die Stimme ihres Vaters. »Nimm den Schal ab.«

»Nein.«

Ihr Vater wickelte ihr vorsichtig den Schal vom Kopf. »Öffne die Augen!«

Lìya schüttelte den Kopf. »Ich hab Angst«, keuchte sie.

»Du bist nicht blind.«

»Und wenn doch?«

»Öffne die Augen!«

Lìya spürte eine beruhigende, warme Welle von ihrem Kalmar und gehorchte. Atmete einmal durch und öffnete blinzelnd die Augen. Unscharf erkannte sie die weichen, gewellten Haare ihres Bruders vor sich. Er hatte rot verheulte Augen, der Rotz lief ihm in Strömen aus der Nase – aber er lachte sie fröhlich an und deutete in den Himmel.

»Da!«

Durch die transparente Plane, die jetzt mit Asche, Schlick und verbrannten Feuerspuckerresten verschmiert war, konnte Lìya einige Feuerspucker erkennen, die dem Inferno entkommen waren und nun fern am Himmel davonflogen. Sie flohen. Die Frage war jedoch nicht, *ob*, sondern *wann* sie zurückkommen würden. Aber das zählte im Moment nicht für Lìya. Sie konnte sehen! Sie hatte im entscheidenden Moment das Richtige getan und dadurch ihr Augenlicht gerettet. Vor unbändiger Freude musste sie grinsen.

»Alles in Ordnung?«, fragte ihr Vater.

Lìya nickte. »Danke noch mal für den Kyrrschal, Papa.«

Ihr Vater lächelte sie an. »Gut reagiert«, lobte er und wandte sich dann um. Sie konnten nicht noch länger in der Mittagshitze lagern. Sie mussten dringend weiter zur Oase, wenn sie es vor Einbruch der Dunkelheit und vor der Rückkehr der Feuerspucker schaffen wollten.

»Wo ist Mama?«, rief Lìya und sah sich nach ihrer Mutter um.

Ihr Vater wandte den Blick und suchte seine Frau. Ihr Vater war immer die Ruhe selbst, doch sobald er auch nur für Momente nicht wusste, wo sich seine Frau befand, brach diese eiserne Selbstdisziplin zusammen und er wurde schlagartig nervös. Wie jetzt. Unruhig richtete er sich auf seinem Kalmar auf und rief sie.

»Yin!« Keine Antwort.

»YIN!!!« Er brüllte jetzt. Seine Stimme, aufgeladen mit Angst und Sorge, gewitterte über die Karawane hinweg und weiter in die Wüste, wo sie in der Hitze verdunstete.

Wieder rief er seine Frau. Die nicht antwortete. Nie mehr.

Sie fanden sie am Rand des Schutzkreises. Sie lag neben ihrem Kalmar, der schwere Ätzwunden an einer Flanke trug. Zwei Tentakel waren von der Säure der Feuerspucker verstümmelt. Der Kalmar gab jedoch keinen Laut des Schmerzes von sich. Seine leisen, gluckernden Geräusche waren Ausdruck tiefer Trauer.

Was von Lìyas Mutter übrig geblieben war, erinnerte kaum noch an die schöne Frau des Karawanenführers. Eine Masse aus blutigem, verätztem Fleisch vermischt mit Stoffresten. Der säurebeständige Schmuck im blutgetränkten Sand erst ließ es zur schrecklichen Gewissheit werden. Der Feuerspucker musste sie voll erwischt haben, als sie versucht hatte, unter die schützende Plane zu kommen. Sie war spät dran gewesen, da sie wenige Augenblicke zuvor ihren Platz in der

Karawane verlassen hatte, um Lìya den kleinen Lou zu übergeben. Im Getümmel und in der Eile der Schutzmaßnahmen hatte niemand ihren Tod bemerkt. Lìya eilte zu der Stelle, doch Léisī fing sie ab, wirbelte sie herum und hielt sie fest. Lìya sah nur noch, wie ihr Vater zu der Stelle kam, im Sand zusammensackte und einen Schrei ausstieß. Einen Schrei, den Lìya nie vergessen würde. Aller Schmerz der Welt lag darin, die Wüste erzitterte unter diesem Schrei und die Kalmare stimmten mit dumpfem Stöhnen ein.

Im ersten Moment empfand Lìya nichts, dachte nichts, bekam kaum mit, was um sie herum passierte. Dann aber füllte ein Gedanke sie aus, eine Erkenntnis, schwer und erschütternd: *Ich bin schuld. Ich bin schuld am Tod meiner Mutter.*

Einer jener Gedanken, die ihre eigene Wahrheit mitbringen. Die sich selbst Platz schaffen und einnisten im Herzen. Um es zu vergiften.

Lìya dachte daran, dass sie durch ihre Träumereien aus der Reihe ausgeschert war. Ihre Mutter war gekommen und hatte sie zurückgeführt, bevor ihr Vater es bemerkt hatte. Ihre Mutter hatte ihr Lou übergeben. Ihre Mutter hatte selbst ihren Platz in der Karawane verlassen und das war ihr zum Verhängnis geworden.

Ich bin schuld. Nur dieser eine Gedanke.

Was danach geschah, bekam Lìya kaum noch mit. Wie sie die Überreste ihrer Mutter behutsam in einen Kyrrschal wickelten, um sie später in der Oase zu bestatten. Wie ihr Vater die Menschen zum Weiterziehen antrieb. Wie irgendwann in der Dämmerung dieses furchtbaren Tages die Umrisse von Ori-Nho-Yuri am Horizont auftauchten, die ersten gedrungenen Würfel der Lehmhäuser mit ihren Antennenfühlern. Lìya bekam nicht mit, wie die Karawane in Ori-Nho-Yuri eintraf, wo sie bereits sehnsüchtig erwartet wurde. Lìya bekam auch nicht mit, wie die Freude der Bewohner in Bestürzung und Trauer umschlug, als sie es erfuhren.

Ich bin schuld.

Dieser Zustand hielt mehrere Tage an. Lìyas Mutter wurde feierlich beigesetzt. Lìyas Vater hatte seine Ruhe verloren, weinte jetzt oft. Auch die Brüder weinten viel. Lìya seltsamerweise nicht.

Ich bin schuld.

ZWEI VÖLKER

Wenn es ein Traum war, dann fühlte er sich entsetzlich echt an. Doch falls es kein Traum war, dann waren die Tatsachen ganz und gar beängstigend und völlig wahnsinnig.

Die Tatsachen.

Der Arzt war gekommen und hatte Lin-Ran gewarnt, Huan nicht zu sehr zu belasten. Also hatte sich Lin-Ran zurückgezogen und Huan mit seinen Gedanken und Ängsten allein gelassen. Zum Glück machte ihn das Getränk irgendwann müde und Huan war in einen langen, traumlosen Schlaf gefallen.

Als er erwachte, saß Lin-Ran bereits wieder geduldig an seinem Bett.

»Sitzen Sie da schon lange?« Huan fühlte sich zwar nicht weniger ängstlich, aber immerhin sofort erfrischt und wach.

»Schon eine Weile, aber das macht nichts. Die Hauptsache ist doch, dass wir dich gefunden haben.«

»Wie lange habe ich geschlafen?«

»Fast einen ganzen Tag. Das ist gut. Du musst dich erholen. Und du musst lernen. Viel lernen.«

Huan verstand nicht recht, was Schlafen mit Lernen zu tun haben sollte, doch das war nicht die drängendste Frage im Augenblick. Er setzte sich auf, blickte Lin-Ran misstrauisch an, und Lin-Ran kam ihm ohne Umschweife wieder mit Tatsachen.

Tatsachen.

»Du befindest dich also immer noch auf der Erde – allerdings zweihundert Millionen Jahre nach deiner Zeit. Ich weiß, das ist schier unvorstellbar, aber es ist eine Tatsache, die du akzeptieren musst. Die Kontinente haben sich verschoben und sind zu einem einzigen gewaltigen Kontinent verschmolzen, wie schon einmal in der Geschichte der Erde. Pangea II. Die Erde hat mehrere Eiszeiten und Warmzeiten erlebt, zwei Kometeneinschläge und zahllose Naturkatastrophen. Neue Tier- und Pflanzenarten sind entstanden und wieder ausgestorben. Das Gesicht der Erde hat sich vollkommen gewandelt. Nichts erinnert mehr an die Zeit, die du kennst. Die Menschheit existiert nicht mehr.«

»Wie bitte?«, fuhr Huan dazwischen.

»Ausgelöscht«, sagte Lin-Ran sachlich. »Durch einen gewaltigen Kometeneinschlag im Jahre 3865 deiner Zeitrechnung. Wie übrigens neunzig Prozent allen Lebens auf der Erde.«

»Und was ist dann mit Ihnen? Und mit mir?«

»Wir sind wie du Fremde in einer fremden Welt«, erklärte Lin-Ran umständlich. »Wir gehören hier nicht hin, aber wir hatten keine Wahl.«

»Sie meinen … alle sind tot? Meine Eltern, meine Freunde – alle?«

»Seit über zweihundert Millionen Jahren«, bestätigte der Graue. »Ich weiß, das ist jetzt schwer zu verstehen.«

Huan merkte, wie plötzlich Tränen in ihm aufstiegen. »Das glaube ich nicht!«, keuchte er. »Sie erzählen mir doch totalen Scheiß!«

»Warum sollte ich das tun?«

»Weil Sie ein Psycho sind!«, schrie Huan. »Was weiß ich, warum Sie das hier mit mir machen! Ich will zurück! Ich will sofort nach Hause!«

Lin-Ran schüttelte bedauernd den Kopf. »Das geht nicht, Sariel.«

»Und nennen Sie mich nicht dauernd Sariel, verdammt! Ich heiße Huan! Huan Mahler!«

»Du wirst dich an deinen neuen Namen gewöhnen. Aber vielleicht möchtest du jetzt lieber eine Weile alleine sein.« Der Graue erhob sich.

»Nein, nein!«, rief Huan. »Bleiben Sie! Nicht gehen!« Die Vorstellung, allein in dieser Zelle zurückgelassen zu werden, wer weiß für wie lange, erschien ihm unerträglich. Und gefährlich. Solange der Graue bei ihm war, dachte Huan, war die Situation einigermaßen unter Kontrolle. Huan hatte einmal eine Fernsehsendung über das Verhalten bei Entführungen gesehen. Deeskalation und Ruhe waren alles. Im Gespräch bleiben. Informationen sammeln. Berechenbar sein. Vertrauen schaffen.

Huan zwang sich zur Ruhe und würgte die Panik hinunter, die ihm fast die Luft abschnitt. Lin-Ran setzte sich langsam wieder hin.

»Geht es wieder?«

»Hm«, log Huan und atmete einmal durch. Ruhe bewahren. Informationen sammeln. »Und nur Sie haben überlebt? Ich meine, Sie und Ihre Sari?«

Lin-Ran nickte. »Wir haben uns rechtzeitig in Sicherheit gebracht. Der Komet war lange bekannt. Im Jahre 2024 wurde er zum ersten Mal gesichtet, bekam den Namen Varell-Xieu nach seinen beiden Entdeckern, wurde in den Sternkarten verzeichnet und wieder vergessen. Die Welt hatte drängendere Probleme als einen schmutzigen Eisbrocken, der auf einer exakten Parabelbahn durchs All raste. Dabei war seine schiere Größe schon beeindruckend: halb so groß wie Australien. Ein Monstrum. 2146 wurde der Komet erneut gesichtet. Diesmal erkannte man, dass Varell-Xieu auf einer neuen Bahn flog. Der Grund dafür war rätselhaft, denn Kometen fliegen auf mathematisch exakten Bahnen, und Zusammenstöße sind in der Leere des Alls etwa so wahrscheinlich wie ...«

»... das, was gerade hier abläuft«, sagte Huan bitter.

Lin-Ran ignorierte den Einwurf. »Die Berechnungen ergaben, dass der Komet auf seiner neuen Bahn im Jahr 3865 der Erde nahe kommen würde. Die Frage war nur, *wie nahe.* Die Berechnungen ergaben irgendwas zwischen Volltreffer und einer halben Million Kilometer. Die Ungenauigkeit lag nicht an den damaligen Messverfahren, sondern an einer seltsamen Schlingerbewegung von Varell-Xieu, die man nie zuvor bei einem Kometen angetroffen hatte und die sich als physikalisches Paradoxon herausstellte. Man konnte sie zwar beobachten, aber nicht berechnen. Und nach den Gesetzen der Physik hätte es sie gar nicht geben dürfen.«

Lin-Ran machte eine Pause. »Bin ich zu schnell?«

»Ich komm schon mit.«

»Möchtest du noch mehr Nglirr?«

»Was?«

»Noch so ein Getränk.«

»Nein danke.«

»Gut.« Lin-Ran sammelte sich, leckte sich einmal die trockenen Lippen und fuhr dann fort. »Dieses physikalische Paradoxon spaltete die Menschheit in den nächsten Jahrzehnten in zwei Lager. Die einen hielten das Phänomen für ein Zeichen Gottes und waren überzeugt, dass der Komet die Erde treffen würde. Der weitaus größte Teil der Menschheit aber glaubte, dass man dann eben die Gesetze der Physik neu schreiben und etwas finden müsse, um die Laufbahn des Kometen entweder genauer zu berechnen oder ihn abzuwehren. Panik brach nicht aus, denn bis zu dem möglichen Einschlag war ja noch viel Zeit, und der Mensch hatte auch damals noch nicht die Fähigkeit entwickelt, über sein eigenes Leben hinaus zu planen. Ich erspare dir eine Lehrstunde in Geschichte der Zukunft.

Jedenfalls schrumpfte die Menschheit in den nächsten Jahrhunderten durch Umweltzerstörung, Epidemien und eine Reihe von Naturkatastrophen auf etwa die Hälfte zusammen. Erdöl und viele andere Bodenschätze waren praktisch aufgebraucht. Die oberen Schichten der Atmosphäre so sehr angegriffen, dass harte Gammastrahlung aus dem All ungehindert auf die Erde prallte und schwere Krankheiten verursachte, wenn man sich zu lange ungeschützt im Freien bewegte. Schwere Stürme, schwerer als der gewaltigste Taifun deiner Zeit, verwüsteten regelmäßig ganze Landstriche. Nationalstaaten brachen zusammen, Völker verschwanden und übrig blieben zwei etwa gleich große Gruppen: die Sari und die Ori. Die Sari glaubten an den Kometeneinschlag und suchten nach Wegen, sich zu retten. In einer lebensfeindlichen Welt errichteten sie hermetisch abgeschlossene Städte, um sich vor der Außenwelt zu schützen, und förderten Technik und Wissenschaft. Sie beherrschten die Kernfusion zur Energiegewinnung und perfektionierten die Gentechnik. Da die Sari-Städte nur eine begrenzte Kapazität hatten, betrieben die Sari strenge Geburtenkontrolle und gingen mit der Zeit dazu über, ihren Nachwuchs nur noch durch künstliche Befruchtung und später durch künstliche Schwangerschaft und Geburt zu regulieren. Um Krankheiten und Epidemien zu vermeiden, gab es strenge genetische Vorschriften.

Die Ori gingen einen anderen Weg. Sie glaubten nicht an die eine letzte Große Katastrophe. Sie wollten sich nicht einschließen wie die Sari und lehnten Genmanipulation und künstliche Geburt ab. Die Ori entwickelten neue Lebensweisen und Techniken, um in ihrer gegenwärtigen Welt zu überleben. Erstaunlicherweise gelang ihnen das so gut, dass sie nicht ausstarben. Im Jahr der Großen Katastrophe gab es etwa gleich viele Sari wie Ori. Zu diesem Zeitpunkt hatten sich beide Teile der Menschheit allerdings extrem voneinander entfernt, schon rein äußerlich. Die Sari waren groß und schmal, feingliedrig und wegen der fehlenden direkten Sonneneinstrahlung sehr blass. Das entspricht bis heute unserem Schönheitsideal. Wir hatten bereits damals einen IQ von 140 und mehr.

68

Die Ori dagegen waren mal verwachsen, mal schön, mal klug und mal strohdämlich. Durch ihr Leben im Freien hatten sie eher dunkle Haut und wegen ihrer eiweißarmen Ernährung wurden sie kaum größer als du. Während wir Sari niemals krank waren und im Durchschnitt hundertfünfzig Jahre alt wurden, das ist auch in diesen Tagen so, bekamen die Ori alle Arten von Krankheiten und starben früh. Inzwischen war es beiden Völkern fast unmöglich, sich zu verständigen. Die Sari behielten Mandarin bei, das bereits 2104 zur Weltsprache erklärt worden war. Die Sprache der Ori dagegen verwilderte allmählich zu einem Gemisch aus alten, vergessenen Sprachen mit zahlreichen Nebendialekten. Da es kaum noch Kontakt zwischen den beiden Gruppen gab, gab es auch so gut wie keine Übersetzer. Auf der Erde existierten nun zwei grundverschiedene Völker, die sich mehr oder weniger ignorierten.

Über alle Jahrzehnte und Jahrhunderte hinweg verloren die Sari niemals ihr Ziel aus den Augen: sich vor dem Untergang der Welt zu retten. Varell-Xieu raste unaufhaltsam durchs All und konnte inzwischen schon mit einfachen Fernrohren als kleiner heller Punkt im Sternbild Cassiopeia beobachtet werden. Ausschließlich zu diesem einen Zweck, dem Überleben ihrer Art, trieben die Sari Forschung und Technik voran. Es gab viele Rückschläge und Sackgassen, aber im Jahre 3602 gelang endlich der Durchbruch mit einer Idee, die bis dahin als eher bizarr gegolten hatte und nur von wenigen Forschern verfolgt worden war – einer Zeitreise. Vielleicht weißt du, dass es nach Einsteins Relativitätstheorie möglich ist, in die Zukunft zu reisen.«

»Theoretisch«, wandte Huan ein.

»Nicht nur theoretisch. Je schneller du dich bewegst, desto langsamer vergeht für dich die Zeit. Für sämtliche Geschwindigkeiten, die man mit menschlichen Mitteln erzielen kann, sind diese Unterschiede allerdings unendlich gering. Aber wenn man mit Lichtgeschwindigkeit flöge, sähe das anders aus. Schon nach einem kurzen Rundflug wären deine Schulfreunde alte Leute.

Der Gedanke der Sari-Forscher war, weit in die Zukunft zu reisen. Bis zu einem Zeitpunkt, an dem die Erde die Katastrophe überstanden hatte und Leben wieder möglich war. Allerdings ist es unmöglich, die Masse von gut einer Milliarde Menschen auf Lichtgeschwindigkeit zu beschleunigen. Das schafften auch die Sari nicht. Es gelang aber, das Problem gewissermaßen mit einem Trick zu lösen. Ich erspare dir auch hier die physikalischen Details. Du würdest sie – nimm mir das bitte nicht übel – ohnehin nicht verstehen. So viel nur sei gesagt, dass es den Sari gelang, für einige Nanosekunden eine Art künstlicher Raum-Zeit-Blase zu erzeugen. In dieser Blase konnten Dinge in die Zukunft geschickt werden. Die Energiemengen, die zur Erzeugung dieser Raum-Zeit-Blase nötig waren, waren gigantisch. Zu Anfang gelang es mit sämtlichen Energiereserven nur, kleine Metallwürfel für Sekunden in die Zukunft zu transportieren. Doch die Ergebnisse machten Hoffnung und die Sari setzten jetzt alles auf die Zeitreisekarte. Die Zeitsprungtechnologie wurde zur obersten Priorität erklärt und weiter vorangetrieben. Innerhalb weniger Jahrzehnte gelang es, auch zunehmend größere Gegenstände zu transportieren. Selbst kleine Tiere, die den Zeitsprung inzwischen überlebten. Und das über Zeiträume von bald mehreren Tagen hinweg. Doch auch das war immer noch weit von der eigentlichen Aufgabe entfernt. Was die Sari wollten, war ein Zeitsprung für die Masse von über einer Milliarde Menschen inklusive ihrer Städte. Und das über eine Zeitkluft von mehreren hunderttausend Jahren hinweg. Ein geradezu biblisches Vorhaben, das sogar den Turmbau zu Babel in den Schatten stellte.

Es schien unmöglich. Aber es gelang. Im Jahre 3679, sechs Jahre vor dem erwarteten Einschlag, war die Technologie so weit, einen ziemlich exakt berechenbaren Zeitsprung von einigen Millionen Jahren durchzuführen. Nicht nur das – die Sari hatten auch entdeckt, dass für die Raum-Zeit-Blase keine Richtung in der Zeit existierte. Das bedeutete, dass die Sari sowohl in die Zukunft als auch in die Vergangenheit reisen konnten. Doch warnten die Philosophen und schärfsten Denker unter den Sari vor Reisen in die Vergangenheit, da es dabei zu unkalkulierbaren Auswirkungen auf die Gegenwart hätte kommen können. Ein falscher Schritt in der Vergangenheit konnte die Welt der Gegenwart radikal verändern und möglicherweise die Existenz der Sari bedrohen. Also wurden Reisen in die Vergangenheit strengstens verboten.

Das zweite Problem blieb immer noch die Masse, die man in die Zukunft transportieren wollte. Mehr als die Biomasse von zehn Millionen Menschen beziehungsweise fünf komplette Sari-Städte mit Einwohnern, Gebäuden und allem Drum und Dran war nicht möglich. Nicht in den kommenden sechs Jahren. Das bedeutete, dass nicht alle Sari gerettet werden konnten. Weniger als das. Nur knappe zehn Prozent. Kannst du dir vorstellen, welch ein Schock das für die Sari war? Für viele schien es, als ob all die Mühen der Generationen vor ihnen, ihrer Eltern, Großeltern, Urur- eltern, umsonst gewesen waren. Aber wir Sari sind pragmatische Menschen. Wir suchen immer nach Lösungen. Und die Lösung hieß: Nur die Besten werden gehen. Keine leichte Aufgabe, denn Sari sind einander so ähnlich, dass Unterschiede kaum auffallen. Man entwickelte ein kompliziertes Test- und Auswahlverfahren, das genetische Daten, Fähigkeiten, Alter und sozialen Status berücksichtigte. Die Auswahl traf ein Computer. Kein Sari aus dem Regierungskomitee hätte die Verantwortung tragen mögen, den Großteil des eigenen Volkes zum Untergang zu verurteilen. Ich weiß, wovon ich rede.

Als die Auswahl feststand, tauchte allerdings ein neues Problem auf, ein gänzlich unerwartetes: die Ori.

Im Jahr 3864 konnte man Varell-Xieu mit bloßem Auge

am Nachthimmel sehen. Auch die Ori lebten nicht gänzlich ohne Technologie. Ihre Astronomen hatten mit einfachen Instrumenten die Flugbahn des Kometen berechnet und dann die vergessenen alten Aufzeichnungen aus der Zeit herausgekramt, als die paradoxe Schlingerbewegung entdeckt worden war. Sie kamen dabei auf ähnliche Resultate wie die Sari: Varell-Xieu würde die Erde mit über achtzigprozentiger Wahrscheinlichkeit seitlich streifen, etwa bei Madagaskar. Falls die Erdkruste diesen Aufprall überhaupt überstand, wäre das mit Sicherheit das Ende allen Lebens auf der Erde.

Das wurde nun auch den Ori klar. Und daher versammelte sich ein Jahr vor der Katastrophe eine Ori-Delegation vor Sar-Khor, der größten Sari-Stadt, etwa dort, wo zu deiner Zeit Warschau lag.«

»Ich dachte, es gab keinen Kontakt mehr zwischen Ori und Sari«, wandte Huan ein.

Lin-Ran nickte. »Wenig Kontakt. Die Sari-Städte hatten sich seit über tausend Jahren fast komplett von der Außenwelt abgeschottet. Daher glaubte man in Sar-Khor zunächst an einen verzweifelten Angriff der Ori. Aber die Gruppe von etwa einhundert meist älteren Ori schlug in Sichtweite der Stadt ihr Lager auf und sendete Nachrichten über altertümliche Funkwellen, in denen sie um Kontaktaufnahme baten.«

»In welcher Sprache?«, fragte Huan.

Der Graue blickte ihn verblüfft an. »Gute Frage! Du bist wirklich klug. Die Ori formulierten ihre Bitte auf Mandarin. Offenbar konnte jemand von ihnen noch die alte Sprache. Den Sari in Sar-Khor wurde klar, dass auch die Ori sich vermutlich über die lange Zeit der Spaltung weiterentwickelt hatten, wenn auch anders als die Sari. Das Komitee von Sar-Khor beriet sich und entschied schließlich, sich auf das Ansinnen der Ori einzulassen. Man war schlichtweg neugierig, was die Ori wollten.«

»War das nicht offensichtlich?«, fragte Huan.

»So dachte man«, nickte Lin-Ran. »Dass sie mit ins Rettungsboot wollten, jetzt wo auch sie endlich erkannt hatten, dass ihr Schiff unrettbar sinken würde. Aber ganz so einfach war es nicht. Die Ori kamen nämlich nicht als Bittende, sondern Fordernde. Und sie hatten etwas anzubieten.«

Erneut machte Lin-Ran eine Pause und leckte sich die trockenen Lippen. Das schien eine Angewohnheit von ihm zu sein. »Wie wäre es jetzt mit noch einem Nglirr?«

Huan nickte. Er spürte, dass die belebende und gleichzeitig beruhigende Wirkung des Nglirrs inzwischen nachgelassen hatte. Er war hungrig. Und mit dem Hunger kamen wieder die Fragen und die Panik, denn all das hier war immer noch vollkommen verrückt.

Lin-Ran machte eine gezierte Handbewegung, und nur wenige Augenblicke später glitt die automatische Tür auf, und Huan verstand, dass er in diesem Raum die ganze Zeit über beobachtet wurde. Der Arzt trat ein, der Huan behandelt hatte, und lächelte ihm freundlich zu.

»Gruß Sariel«, sagte er und reichte ihm und dem Grauen einen Becher Nglirr. Der Graue dankte mit einem knappen Nicken und der Arzt zog sich ohne ein weiteres Wort zurück.

»Sie sind der, der hier das Sagen hat, was?«, sagte Huan.

Lin-Ran nickte. »Ich würde es allerdings etwas anders ausdrücken.« Er trank seinen Nglirr in raschen kleinen Schlucken. Eine Weile saßen sie sich so schweigend und trinkend gegenüber und wie schon zuvor spürte Huan die wohltuende Wirkung des Getränks.

»Aus was wird das gemacht?«, fragte er.

»Verschiedene Zutaten«, erwiderte Lin-Ran unbestimmt. »Das Rezept ist schon sehr alt.«

Das klang nicht wirklich appetitlich, fand Huan und dachte daran, dass die Sari so gut wie alles wiederverwer-

73

teten. Auf der anderen Seite – was so gut schmeckte und belebte, konnte im Grunde nicht schlecht sein.

Als er ausgetrunken hatte, leckte sich der Graue erneut die Lippen. »Wo waren wir stehen geblieben?« Huan glaubte nicht, dass Lin-Ran das wirklich vergessen hatte. Die Frage war ein Test.

»Die Ori hatten etwas anzubieten.«

»Ah ja.« Der Graue wirkte zufrieden. Test bestanden. »Die Ori verlangten in ihren Botschaften, dass die Hälfte der Menschen, die sich in die Zukunft retten würden, Ori waren. Eine völlig unannehmbare Forderung. Aber die Ori behaupteten, die ideale Landezeit für den Zeitsprung zu kennen. Natürlich wollten sie sie nur preisgeben, wenn die Sari auf die Forderung eingingen. Und das war der springende Punkt: die ideale Landezeit. Nachdem die Zeitsprungtechnologie entwickelt war, hatten die Sari in den folgenden Jahren kleine Expeditionen in die Zukunft geschickt, um herauszufinden, wann die Erde wieder ein blühender, lebenswerter Planet sein würde. Die Expeditionen waren Himmelfahrtkommandos aus jeweils drei Freiwilligen, die man eigens für diese Aufgabe trainierte. Man nannte sie *Zeitvögel*. So nennen sich heute noch die Männer, die dich hierher gebracht haben. Die Zeitvögel reisten nacheinander in kleinen Zeitblasen in die Zukunft. In Abschnitten von fünf Millionen Jahren, die Geologen und Biologen vorher berechnet hatten.«

»Aber bei ihrer Rückkehr mussten sie doch in die Vergangenheit reisen. War das kein Risiko?«, fragte Huan.

»Das ganze Unternehmen war voller Risiken. Um die Gegenwart nicht zu gefährden, musste der Zeitsprung zurück besonders exakt sein und wurde auf einige Sekunden nach dem ersten Zeitsprung berechnet. Damit wurden den Zeitvögeln jeweils ein paar Sekunden ihres Lebens genommen. Aber das war noch die geringste Gefahr.

Denn kein einziger Zeitvogel kehrte überhaupt zurück.

Ob sie in der Zukunft zugrunde gingen oder ob es beim Zeitsprung Probleme gab – die Gründe konnten nie geklärt werden. Die ersten Male schickte man den vermissten Zeitvögeln Rettungsteams hinterher, aber die blieben ebenso verschollen. Das ganze Rettungsunternehmen war plötzlich gefährdet. Alle Anstrengungen, die man unternommen hatte, um Zeitreisen möglich zu machen, schienen vergeblich, weil es nicht möglich war, einen geeigneten Zeitpunkt für die Landung in der Zukunft zu finden.«

»Sie hätten es ja auf gut Glück versuchen können«, meinte Huan.

»Mit dem Risiko, in einer vergifteten oder überhitzten Atmosphäre zu landen, inmitten von Vulkanausbrüchen, ewiger Dunkelheit, mörderischen Stürmen, Eiszeiten und völliger Abwesenheit von Leben auf der Erde? Ebenso gut hätten sie dann die Annäherung des Kometen abwarten können, denn die Wahrscheinlichkeit, dass er die Erde doch noch verfehlte, war genau so groß oder gering wie die Wahrscheinlichkeit, auf gut Glück in die richtige Zeit zu reisen.«

»Aber die Ori hatten plötzlich eine Lösung?«, fragte Huan.

»Ja, so war es. Die Ori, die vor Sar-Khor lagerten, behaupteten nichts weniger, als dass sie den idealen Zeitpunkt für eine Landung in der Zukunft kennen würden. Ganz abgesehen davon, dass die Sari immer noch rätselten, woher die Ori überhaupt so viele Informationen über das Zeitreiseprojekt und das Desaster mit den Zeitvögeln hatten, erschien es ihnen absolut unmöglich, dass die Ori etwas wissen konnten, was ihnen selbst trotz aller Technologie hartnäckig verborgen blieb. Die Ori behaupteten jedoch, es gebe unter ihnen einen großer Seher, der bereits viele Dinge sicher vorausgesagt habe. Dieser Seher, den sie *Auge der Zeit* nannten, habe vor Kurzem eine Vision von einer völlig veränderten Erde gehabt. Der Seher konnte nicht beurteilen, was er da sah. Er konnte auch die genaue Zeit nicht angeben. Er wusste nur, dass seine Vision die Erde einer sehr fernen Zukunft zeigte. Die Sari hielten das Ganze zunächst für Humbug oder einen Trick der Ori. Dennoch schickten sie der Ori-Gruppe eine kleine Delegation von Wissenschaftlern entgegen, die sich mit dem Seher unterhalten sollten, was die Ori bereitwillig gestatteten.

Die Sari hatten einen alten Mann erwartet und waren nicht wenig überrascht, als sich das Auge der Zeit als dreizehnjähriger Junge mit Pickeln und schiefen Zähnen herausstellte. Die Sari stellten dem Jungen viele Fragen, um herauszufinden, was er gesehen hatte. Der Junge erzählte, wie er in seinem Traum über die Erde geflogen sei. Er sprach von einem einzigen großen Kontinent, bevölkert von völlig unbekannten Pflanzen und Tierarten. Das alles hätten noch die abenteuerlichen Fantasiegespinste eines verrückten Jugendlichen sein können, aber Auge der Zeit schilderte Sternbilder, die er von verschiedenen Stellen der Erde aus gesehen hatte. Und anhand dieser Sternbilder konnten die Sari errechnen, dass der Junge ziemlich exakt die Erde in über zweihundert Millionen Jahren beschrieb. Das deckte sich mit seiner Vision eines einzigen Riesenkontinents. Denn es war lange bekannt, dass die Kontinente, die sich einst aus einem gigantischen Urkontinent namens Pangea geformt hatten, sich eines Tages auf ihrer Drift erneut zu einem gewaltigen Ganzen zusammenfügen würden. Diesen zweiten Einzelkontinent nannte man Pangea II.

Die Sari waren immer noch nicht überzeugt, denn jeder bessere Astronom hätte mit einfachen Mitteln die Sternbilder in zweihundert Millionen Jahren berechnen und einem dreizehnjährigen Jungen einpauken können. Und die Tatsache, dass es eines Tages erneut zur Bildung von Pangea II kommen würde, war ebenfalls seit Jahrhunderten bekannt. Die vielen Details des zukünftigen Gesichts der Erde, von denen der Junge berichtete, konnten begabte Spinnereien sein. Was die Sari allerdings wirklich elektrisierte und allmählich glauben ließ, dass etwas an der Vision dran sein könnte, war die detailgenaue Beschreibung einer Sari-Stadt, die der Junge gesehen hatte. Das Besondere war, dass er die Stadt von innen beschrieb. Und das war schier unmöglich, denn noch nie hatte ein Ori eine Sari-Stadt betreten. Dennoch stimmte jedes Detail. Der Junge hätte sich alles Mögliche ausdenken können – aber nicht das.

Nachdem die Wissenschaftler zurückgekehrt waren, hielten die Sari eine große Versammlung aller Sari-Städte ab. So beeindruckend der Junge auch gewesen war – eine echte Garantie, dass er den richtigen Landezeitpunkt gesehen hatte, gab es nicht. Es gab weniger als das, es gab nur eine Vermutung. Die Sari, gewohnt, die Welt genau zu berechnen, mussten etwas tun, das sie aus ganzer Seele verabscheuten: Sie mussten schätzen. Sie mussten sich auf den Traum eines pickeligen Ori-Jungen verlassen.

Und sie mussten noch etwas anderes tun, das sie zutiefst verabscheuten.

Es war eine schmerzhafte Entscheidung, aber am Ende war sie einstimmig. Man trat in Verhandlungen mit den Ori und vereinbarte schließlich, dass zwei Millionen Ori mit in die Zukunft genommen wurden. Das war weniger als ein Prozent aller Ori, aber zu mehr waren die Sari nicht bereit. Es bedeutete schließlich, dass sie selbst nur fünf kleinere Städte evakuieren konnten.«

»Warum haben sie die Ori überhaupt mitgenommen?«, fragte Huan. »Sie kannten den Zeitpunkt doch bereits. Sie hätten die Ori doch einfach bescheißen und zurücklassen können.«

Lin-Ran blickte Huan ernst an und ein Schatten von Missbilligung huschte über sein Gesicht. »So sind wir aber nicht. Wir sind keine gefühllosen Rechenmaschinen ohne Moral und Anstand. Die Besten unter uns sind Philosophen. Wir haben nicht nur die Zeitreise erfunden, sondern auch eine hochkomplexe Ethik, der wir uns alle verpflichtet fühlen. Und Kern dieser Ethik ist, dass wir unsere Versprechen einhalten. Findest du das vielleicht dumm? Oder altmodisch?« Das war offensichtlich keine Frage. Huan schüttelte dennoch den Kopf.

»Ob Sari oder Ori – wir sind immer noch Menschen. Der Untergang der Menschheit stand kurz bevor, und man hatte gemeinsam einen Weg gefunden, sich zu retten, wenigstens zum Teil. Die Ori hatten ihren Teil zur Rettung beigetragen, also sollten sie auch mitkommen dürfen. Das war die Entscheidung.«

»War ja nur eine Frage«, nuschelte Huan.

Der Graue beruhigte sich wieder. »Am 16. Dezember 3684 deiner Zeitrechnung, vier Monate vor dem Aufprall, war es dann so weit. Du kannst dir die technische Meisterleistung nicht vorstellen, die unsere Vorfahren vollbracht haben. Die Ausmaße einer Zeitturbine waren atemberaubend, und die Energiemengen, die sie verschlang, waren es ebenso. Dennoch bauten unsere Vorfahren fünf davon. Fünf Städte wurden ausgewählt, Sar-Khor, Sar-Pho, Sar-Han, Sar-Xi und Sar-Fen. Wer zufällig in einer dieser Städte lebte, hatte Glück, trotzdem war die Freude gedämpft. Denn erstens würden alle anderen Sari in den übrigen vierzig Städten sterben und zweitens konnte das ganze Unternehmen immer noch scheitern. Noch nie war ein so gewaltiger Zeitsprung gewagt worden und jeder dachte natürlich auch an das rätselhafte Schicksal der verschollenen Zeitvögel. Aber man wagte es.

In den Wochen vor dem großen Sprung versammelte sich die vereinbarte Anzahl von Ori mit ihrer gesamten Habe vor den fünf Städten. Es wirkte wie eine mittelalterliche Belagerung. Als die Ingenieure und Wissenschaftler meldeten, dass die Turbinen bereit waren, drückte der oberste Kontaktor einen unscheinbaren grauen Knopf. Daraufhin baute sich um jede Zeitturbine herum ein gewaltiges Kraftfeld aus einer Strahlung auf, die in deiner Zeit noch nicht bekannt war. Das Typische an dieser Strahlung war, dass sie dazu neigte, zu ›verklumpen‹. Anders kann ich es nicht ausdrücken. Ein ausreichend großes Kraftfeld bildete regelrechte Blasen. Wie warme Luft, die eine Zeit lang am Boden wabert, sich dann ablöst, aufsteigt und dabei Feuchtigkeit, Staub, Papier und leichtere Schwebeteile mitnehmen kann. Nur dass diese Strahlungsblasen nicht in die Höhe aufstiegen – sondern in die Zeit. Und dass sie stark genug waren, ganze Städte mitzureißen.

Als die Turbinen wenige Sekunden nach dem Start ihre volle Leistung erreicht hatten, hüllten fünf gewaltige Raum-Zeit-Blasen die Sari-Städte mit den davor lagernden Ori ein. In weitem Umkreis um die Städte war aus Sicherheitsgründen alles evakuiert worden. Die verschwundenen Städte würden ein großes Vakuum hinterlassen. Die umgebende Luft würde schlagartig mit Schallgeschwindigkeit nachströmen. Dieser Sturm hatte die Gewalt einer gigantischen Bombe. Nichts in der Nähe konnte ihm standhalten. Wäre dennoch ein leichtsinniger Beobachter zurückgeblieben, hätte sich ihm ein erhabenes Schauspiel geboten. Die Städte mit ihren Zeltlagern davor flirrten plötzlich, dann verloren sie alle Farbe, wurden geradezu durchsichtig. Und dann, von einem Augenblick auf den anderen, waren sie verschwunden und die Luft ringsum strömte mit einem gewaltigen Donnerschlag in das Vakuum, verwüstete alles im Umkreis von zehn Kilometern. Was von den Städten übrig blieb, war nur ein etliche Kilometer großer, exakt halbkreisförmiger Krater.«

»Wow«, sagte Huan nur. Der Graue beachtete es nicht.

»Dabei befanden sich die Städte immer noch an exakt der gleichen Position. Nur eben in der Zukunft. Zunächst nur wenige Momente weit in der Zukunft, aber die Blase beschleunigte und katapultierte die Städte immer schneller durch die Zeit.«

»Aber dann hätte man die Städte doch wenige Momente später wieder sehen müssen!«, wandte Huan ein.

»Nein«, korrigierte ihn Lin-Ran. »Wir reisen zwar auch ständig in die Zukunft, aber für uns ist subjektiv immer Gegenwart. Für die Städte dagegen, die in einer Raum-Zeit-Blase durch die Zukunft trudelten, existierte keine Gegenwart mehr. Wenn du so willst, befanden sich die Städte zwar immer noch an der gleichen Position – aber immer einen Tick später als du. Und sehr bald schon Stunden, Tage, Jahre später als du. Und dann – Jahrmillionen.«

Huan verstand nur sehr vage, was der Graue meinte.

»Wie war es überhaupt möglich, die Blasen an der richtigen Stelle zu stoppen?«, hakte er nach.

»Eine Frage der Berechnung. Wie warme Luft sich irgendwann abkühlt und wieder absinkt, fielen auch Raum-Zeit-Blasen irgendwann in sich zusammen und sanken durch die Zeit wieder zurück. Wenn das eintrat, wurde die Blase zu schwach, Materie zu transportieren. Die Materie ›kondensierte‹ praktisch aus und blieb einfach dort in der Zeit zurück, wo sie sich gerade befand. Der Trick war also, fünf Blasen zu erzeugen, die jeweils zum exakt gleichen Zeitpunkt in zweihundert Millionen Jahren kollabieren und fünf Sari-Städte unbeschädigt zurücklassen würden.«

»Alle Achtung«, meinte Huan.

»Ich habe nicht gesagt, dass es gelungen ist.«

Huan war irritiert. »Was? Sie haben doch gesagt, dass …«

»Ich habe gesagt, dass fünf Städte durch die Zeit reisten. Ich habe nicht gesagt, dass auch fünf Städte ihr Ziel erreichten.« Er seufzte leise auf, als laste ihm die Tragödie seines Volkes schwer auf der Seele. »Nur eine Stadt erschien zum geplanten Zeitpunkt wieder unversehrt auf der Erde: Sar-Han. Fast alle Einwohner und auch die Ori davor hatten überlebt. Die übrigen vier Städte blieben verschollen. Sie sind bis heute nicht aufgetaucht.«

»Weiß man, was mit ihnen passiert ist?«

»Das ist jetzt eine sehr törichte Frage für einen Sariel«, seufzte der Graue. »Wie soll man das wissen? Wir haben keine Möglichkeit, in Kontakt zu treten. Wir können nicht einfach durch die Zeit reisen und nachsehen! Es gibt drei Möglichkeiten: Entweder reisen die Städte immer noch durch die Zeit und werden irgendwann in einer unbestimmten Zukunft auch wieder erscheinen. Oder sie sind einige Millionen Jahre zu früh gelandet und inzwischen untergegangen. Wir haben an den geografischen Positionen der vier Städte mit Robotern nach Spuren und Überresten gesucht – ohne den geringsten Erfolg. Die dritte Möglichkeit ist, dass sie durch Raum-Zeit-Prozesse, die wir auch noch nicht kennen, zerstört wurden. Wenn du dir die fünf Städte als Flotte vorstellst, dann sind vier Schiffe möglicherweise mit Mann und Maus im Sturm gesunken.«

Was sollte man dazu sagen? Der Graue hatte viel erzählt, aber nichts von alledem ergab für Huan irgendeinen Sinn oder enthielt irgendeine nützliche Information über seine Lage.

»Bist du müde?«, fragte Lin-Ran.

Huan schüttelte den Kopf. »Wie spät ist es?«

»Fast Mittag.«

»Wann darf ich hier raus?«

»Bald. Sehr bald schon. Du bist kein Gefangener, Sariel. Du bist ein Gast.«

Huan fragte sich, wo der Unterschied war. Wenn man entführt und in einer Zelle festgehalten wurde. Wenn man aus seiner Zeit gerissen wurde. Wenn alle Menschen, die man kannte und liebte, tot waren. Wenn man einen neuen Namen verpasst bekam.

»Weiß man, ob der Komet die Erde wirklich getroffen hat?«

Der Graue hatte die Frage offenbar erwartet. »Ja. Unsere Bodenanalysen und alle Daten bestätigen einen gewaltigen Einschlag bei Madagaskar. Es ist gekommen, wie die Sari immer vorhergesagt haben. Die Menschheit wurde ausgelöscht und mit ihr neunzig Prozent allen Lebens auf der Erde. Direkte Folge des Einschlags war eine neue Eiszeit, die zweihunderttausend Jahre dauerte. Danach musste die Natur beinahe von vorne anfangen.«

»Aber bei Ihnen war ja zum Glück alles in Ordnung.«

Lin-Ran überhörte die Bitterkeit in Huans Stimme. »Ich war damals noch nicht geboren. Aber meine Vorfahren waren wirklich überglücklich. Eine erste Analyse nach der Landung ergab, dass Sar-Han ziemlich exakt zum berechneten Zeitpunkt gelandet war. Die Welt war zweihundert Millionen Jahre älter und hatte ein völlig neues Gesicht. Wie erwartet gab es nur noch einen einzigen riesigen Kontinent – Pangea II. Es ist eine schöne, lebenswerte Welt. Die Atmosphäre enthält etwas mehr Sauerstoff als zu deiner Zeit. Auch die Verhältnisse der anderen Luftgase sind erstaunlich ähnlich. Pangea II ist fruchtbar, es gibt unendliche Regenwälder und Savannen, bevölkert mit Milliarden von Tieren. Sar-Han landete jedoch ausgerechnet am Rand einer Wüste, das hatte man nicht beeinflussen können. Da die Rotationsgeschwindigkeit der Erde kontinuierlich abgenommen hatte, dauert ein Erdtag nun fast dreißig Stunden. Das führt in einigen Regionen von Pangea II zu extremen Klimaschwankungen. Am Äquator toben permanente Stürme, stärker, als du sie dir vorstellen kannst. Aber auch dort existiert Leben. Überall auf der Erde existieren neue, völlig andersartige Tier- und Pflanzenarten, die sich an die veränderten Bedingungen angepasst haben. Manche sind Nachfahren von Tieren, die du noch kennst. Andere hat die Natur völlig neu erschaffen.«

»Was passierte mit den Ori?«, fragte Huan.

»Die Ori zogen fort, kaum dass sie in der neuen Zeit gelandet waren. Vor allem, um Nahrung zu suchen. Niemand wusste, was in dieser neuen Welt genießbar und was giftig war. Wie wir aus spärlichen Kontakten zu den Ori wissen, müssen die ersten Monate die Hölle gewesen sein. Viele Ori vergifteten sich, wurden von wilden Tieren getötet und gefressen oder verendeten in der Regenschattenwüste. Eine heimtückische Krankheit hätte beinahe ihr ganzes Volk ausgelöscht. Aber die Ori sind ein wildes Volk. Irgendwie schafften sie es, sich zu behaupten und zu überleben. Schon in ihrer alten Zeit waren sie an ein Leben in einer unwirtlichen Umwelt angepasst. Sie verbreiteten sich in Clans über den Kontinent und gründeten Siedlungen. Wir nehmen an, dass es inzwischen fast fünf Millionen von ihnen gibt. Sie sind sehr fruchtbar.« Lin-Ran verzog spöttisch das Gesicht.

»Ihre größte Siedlung liegt in einer fruchtbaren Savanne, in der Nähe eines erloschenen Vulkans. Wir werden noch darauf zu sprechen kommen.«

»Warum haben Sie sich denn nicht einfach mit den Ori zusammengetan?«, unterbrach Huan. »Ich meine, als einzige Überlebende der Menschheit – da hätte man doch schon mal zusammenhalten können.«

»Es gab ein Angebot der Sari, sie in Sar-Han aufzunehmen, aber die Ori lehnten ab. Sie sind eigen. Außerdem gibt es noch ein anderes Problem…« Der Graue zögerte. Etwas in seiner Stimme machte Huan plötzlich neugierig. Lin-Ran schien zum entscheidenden Punkt gelangt zu sein. Der Punkt, warum Huan hier war.

»Als die Sari in der neuen Welt landeten, dachten sie, dass das Ende ihrer Isolation nun gekommen sei. Sie beschlossen, die Erde zu besiedeln. Ein unvorstellbarer Schritt, denn die Sari lebten bereits seit Jahrhunderten in ihren abgeschlossenen Städten. Aber irgendwie…«

»…hatten sie die Schnauze voll«, ergänzte Huan lapidar und kassierte dafür einen tadelnden Blick.

»Jedenfalls«, fuhr Lin-Ran fort, »beschlossen sie, die Welt zunächst sorgfältig zu erkunden, und schickten ferngesteuerte Roboter und Aufklärungsflugzeuge los, um sich ein Bild der neuen Erde zu machen. Leider blieben die meisten Maschinen verschollen, sodass unser Bild der Erde immer noch sehr lückenhaft ist.«

»Warum sind die Sari nicht einfach vor die Tür und haben selbst mal nachgesehen?«, fragte Huan.

Lin-Ran nickte schwer. »Das haben wir tatsächlich getan. Aber nur um festzustellen, dass wir da draußen nach kurzer Zeit sterben. Das ist eine bittere, aber absolute und unumstößliche Tatsache. Sobald ein Sari die Stadt verlässt, stirbt er. Es geht sehr schnell.«

»Woran liegt das?«, fragte Huan. Wieder machte der Graue eine Pause, bevor er fortfuhr.

»Es ist ein Virus, das überall auf Pangea vorkommt. Ich will dich nicht mit virologischen Details langweilen, aber das Virus, das wir GON nennen, greift direkt in den genetischen Code jeder einzelnen Zelle ein, indem es ein sogenanntes ›schlafendes Gen‹ aktiviert. Das sind Geninformationen, die seit der Evolution des Menschen existieren und irgendwann nicht mehr benötigt wurden.«

»Aber dann müsste es für Sie doch ein Leichtes sein, ein Gegenmittel zu finden. Mit Ihrem Wissen über Genetik.«

»Leider nicht. Selbst wir Sari haben eine Weile gebraucht, bis wir das verstanden hatten. Es war ein Schock, sich eingestehen zu müssen, dass das Virus uns ausgerechnet auf unserem stärksten Gebiet schlägt. Da wir in Sar-Han eingeschlossen sind, sind wir in unseren Möglichkeiten sehr eingeschränkt. Unsere Ressourcen gehen zur Neige. Wir müssen alles recyceln, um die Existenz unseres Volkes zu sichern. Trotzdem geht uns bald das Wasser aus. Das Virus belagert uns und wir kommen nur langsam mit unseren Forschungen voran. Außerdem mutiert das Virus sehr schnell, als ob es wisse, dass wir ihm auf der Spur sind. Der Mensch denkt aus Gewohnheit, er sei die Krone der Schöpfung. Aber nur weil der Mensch vom Antlitz dieser Erde verschwunden ist, bedeutet das nicht automatisch, dass es kein intelligentes Leben mehr gibt.«

»Soviel weiß ich aber auch noch aus Bio, dass ein Virus keine Intelligenz hat. Das ist doch Blödsinn!«

»Ich will dich nicht beleidigen oder herabsetzen, Sariel«, sagte Lin-Ran leise. »Aber was du einst im Biologieunterricht gelernt hast oder immer noch für Blödsinn hältst – nach fast zweitausendjähriger Genforschung wissen wir es einfach besser. Ich sage nicht, dass GON intelligent *ist* – aber es verhält sich so. Was wir wissen, ist: Bei dem ›schlafenden Gen‹ in der menschlichen DNS handelt es sich um einen uralten Genrest, der vor Jahrmillionen durch die Vermischung des Menschen mit dem Neandertaler entstanden ist.«

»Der Mensch hat Neandertalergene?«, rief Huan verblüfft.

»Nur ein einziges. Du dagegen hast zwei. Deswegen bist du hier.«

»Waaas? Wollen Sie damit sagen, ich sei im Prinzip ein Neandertaler?«

Lin-Ran schmunzelte. »Jedenfalls mehr als die meisten anderen Menschen. Aber keine Sorge, es ist kein Nachteil. Im Gegenteil macht es dich gegen das Virus immun. Wir schicken ständig Zeitvögel in die Vergangenheit, um nach Menschen wie dir zu suchen. Diese besonderen Menschen nennen wir den Sariel. Aber es gibt nur sehr wenige Sariel, nur einen in einer Milliarde. Die sprichwörtliche Suche nach der Stecknadel im Heuhaufen.«

»Was ist mit den Ori? Warum sterben sie nicht auch?«

»Sie sterben«, erklärte Lin-Ran. »Solange sie nicht regelmäßig eine bestimmte Pilzart verzehren, die sie eine Weile gegen das Virus schützt. Aber auch so werden sie selten älter als fünfzig.«

»Und warum essen Sie dann nicht auch diesen Pilz?«

Lin-Ran seufzte. »Weil uns auch dieser Pilz vergiften würden. Nach jahrhunderterlanger genetischer Manipulation sind wir Sari zwar immun gegen alle Krankheiten der Alten Welt, nicht aber der Neuen Welt. Unser Immunsystem ist leider sehr anfällig. Wir könnten natürlich die Gene des Pilzes verändern, aber dann würde er seine Schutzwirkung verlieren. Wie man es dreht und wendet, es läuft immer aufs Gleiche hinaus: Wir können die Stadt nicht verlassen, solange das Virus auf Pangea existiert.« Lin-Ran blickte Huan jetzt eindringlich an. Huan ahnte schon, warum.

»Und was hat das jetzt mit mir zu tun?«, fragte er zögernd.

»Wir müssen das Virus vernichten. Ein für alle Mal. Und du sollst uns dabei helfen.«

Hatte er befürchtet. Huan schluckte und schwieg.

»Willst du das Virus sehen?«, fragte Lin-Ran.

Lin-Ran führte Huan in eine Art Labor. Wie Huan vermutet hatte, lag hinter seiner Zelle ein schlichter Korridor mit weiteren Türen. Das Licht kam aus den Wänden und der Decke, die eine gleichmäßige, angenehme Helligkeit verbreiteten. Von irgendwo hörte Huan Musik.

Lin-Ran ging zügig vor. Huan hatte Mühe, Schritt zu halten. Die Sari, denen sie zwischendurch begegneten, Frauen und Männer in hellblauer Kleidung, erkannten ihn offenbar. Sie reagierten geradezu begeistert, verbeugten sich, kreuzten die Hände über der Stirn und riefen: »Gruß Sariel!« Als Huan sich einmal umdrehte, sah er, dass sie ihm noch lange nachblickten.

In dem Labor voller rätselhafter Geräte arbeiteten zwei Sari, die sich sofort verbeugten, als Lin-Ran und Huan eintraten. »Gruß Sariel!«, riefen auch sie. Huan bemerkte mit leichtem Unbehagen, dass jeder ihn bereits kannte.

86

Die beiden Sari im Labor führten ihn und Huan zu einer Glasscheibe am Ende des Raumes. Hinter der Scheibe lag ein weiterer Raum, der wie ein großes Terrarium gestaltet war. Lin-Ran trat an die Scheibe und winkte Huan näher.

»Darf ich vorstellen: GON! Oder auch *die* GON, wie du willst. Milliarden tödliche Viren.« Lin-Ran klopfte gegen die Glasscheibe. »Keine Sorge, das ist durchsichtige Keramik, mehrere Zentimeter dick, absolut unzerstörbar und absolut dicht.«

Huan trat an die Scheibe und blickte in das Terrarium. Der kiesige, felsige Boden war von weißlichen Flechten bedeckt, und in der Mitte des Raumes wuchsen zwei dürre Bäumchen, die ebenfalls von Flechten überwuchert waren.

Außer den Bäumen und den Flechten sah er nichts. Kein Tier, keine Bewegung. Dennoch lauerte hinter der Scheibe der Tod. Unsichtbar und raffiniert.

»Was ist das für ein weißes Zeugs auf den Ästen?«, fragte Huan, mehr um irgendwas zu sagen.

»Der Pilz, den die Ori als Schutz gegen das Virus essen.«

»Das Schleimzeugs?« Huan schüttelte sich. »Uuhh!«

»Angeblich soll der Pilz gebraten und gegrillt sehr gut schmecken. Die Ori nennen ihn *Mondtränen*.«

»Mondkotze würde besser passen.«

Lin-Ran lächelte bloß höflich. Er machte eine Bewegung mit der Hand, und augenblicklich surrte auf der anderen Seite ein Greifarm aus der Decke, der Lin-Rans Handbewegungen synchron folgte. Die Greifzange stieß zu Boden wie ein Raubvogel, zupfte eine der Flechten von dem felsigen Untergrund und hielt das tellergroße Stück näher an die Scheibe. Jetzt sah Huan, dass die Flechte sich veränderte. Sie zog sich zusammen, wechselte ihre Farbe zu einem schmutzigen Gelb und schien zäh zu werden. Nach einer Weile tropften erste Stücke zu Boden.

»Genauer gesagt ist es ein Schleimpilz«, erklärte Lin-Ran.

»Schon zu Zeiten des Menschen waren verschiedene Schleimpilzarten bekannt und stellten die Wissenschaft vor einige Rätsel. Denn sie ließen sich nicht eindeutig den Tieren oder den Pflanzen zuordnen. Mal verhielten sie sich wie Pflanzen, dann wieder wie tierische Organismen. Der Mensch hat die Schleimpilze gründlich unterschätzt. Sie haben alles überlebt. Den Kometeneinschlag, diverse Eiszeiten und Klimakatastrophen. Sie haben neue Arten entstehen und wieder aussterben sehen, und nach zweihundert Millionen Jahren ungestörter Evolution sind sie zu dem geworden, was du hier siehst. Virenfabriken.«

»Moment! Die Mondtränen produzieren das Virus? Ich denke, sie schützen dagegen?«

»Ja. Das eine wie das andere.«

»Warum? Das macht doch keinen Sinn!«

»Wir wissen es nicht«, sagte der Graue. »Wir wissen es einfach nicht.«

»Sie könnten doch in Schutzanzügen rausgehen.«

»Wir können nicht ein ganzes Volk in Schutzanzüge stecken.«

»Dann bleiben Sie eben zu Hause«, meinte Huan. »In Ihrer Stadt, wo Sie sicher sind. Machen Sie doch schon seit Jahrhunderten.«

»Vielleicht ist dir schon aufgefallen, dass vieles hier nach dreihundert Jahren ziemlich marode ist. Aber das Hauptproblem ist Wasser. Der Platz, wo wir gelandet sind, liegt äußerst ungünstig in einer völlig wasserlosen Gegend. Unsere Wasserreserven gehen dem Ende zu, obwohl wir jede Art von Flüssigkeit wiederverwenden.«

»*Jede* Art von Flüssigkeit?«

»Jede.«

Huan verzog das Gesicht und dachte an den Nglirr. »Uhh!«

»Trotzdem gibt es kein hundertprozentiges Recycling. Irgendwo gibt es immer Schwund. Wir rationieren unser Wasser bereits sehr stark. Wenn wir nicht bald eine Lösung finden, werden wir über kurz oder lang schlichtweg verdursten. Im Moment halten wir unsere Geburtenrate streng konstant. Aber wir wollen uns vermehren und neue Städte errichten. Wir Sari wollen nach so vielen Jahrhunderten der Isolation endlich eine neue Menschheit gründen. Wenn uns das nicht gelingt, war die ganze Evakuierung in die Zukunft umsonst. Wir haben keine Wahl. Für uns geht es ums Überleben. Um das Überleben der Menschheit.«

»Und wie soll das gehen, ein Virus auszumerzen, das praktisch überall auf der Welt vorkommt?«

»Es ist nicht so unmöglich, wie du denkst. Das Virus verbreitet sich zwar überall in der Atmosphäre, aber der Pilz, der das Virus erzeugt, wächst in Massen vor allem an einer einzigen Stelle auf Pangea. An dem Vulkan, von dem ich eben sprach. Die Ori nennen ihn Ngongoni.«

»Woher wissen Sie das alles?«

»Wir wissen es nicht. Wir haben es von den wenigen Ori gehört, mit denen wir in den letzten dreihundert Jahren Kontakt hatten.«

Huan verstand. »Sie wollen also die Mondtränen killen, um die GON auszurotten.«

»Ganz genau.«

Huan fühlte sich unbehaglich, so vor der Scheibe, hinter der der Tod lauerte, und neben sich Lin-Ran, der eine ganze Lebensform auslöschen wollte, auch wenn sie nur ein schleimiger Pilz war. Huan wusste mit einem Mal nicht, ob er wirklich wissen wollte, was der Plan war.

»Wir setzen auf eine Technologie, die wir inzwischen gut beherrschen«, fuhr Lin-Ran fort. »Unser Plan ist, eine Zeitmaschine in den erloschenen Krater des Ngongoni zu bringen, wo wir das Zentrum des Pilzvorkommens vermuten. Die Zeitmaschine wird den ganzen Vulkan irgendwohin in die Raumzeit katapultieren. Dahin, wo unsere anderen Städte und all die Zeitvögel verschollen sind. Irgendwo ins Nichts zwischen den Zeiten. Eine saubere Sache. Danach wird es noch einige Jahre dauern, bis die Virenkonzentration in der Luft zurückgegangen ist. Vielleicht wird es nicht gelingen, das Virus überall auf Pangea II völlig zu vernichten, aber zumindest wird es virenfreie Landstriche geben und wir werden endlich unsere Stadt verlassen können.

Aber dafür muss jemand bis zum Ngongoni vordringen und die Zeitmaschine platzieren. Und dieser Jemand, Sariel, bist du.«

Huan hatte es geahnt. Die ganze Zeit über. So ungeheuerlich die Ankündigung auch war, alles andere hätte keinen Sinn ergeben, die Entführung, die ganzen umständlichen Erklärungen. Seit Huan wieder einigermaßen klar denken konnte, hatte er darauf gewartet, dass sie ihm endlich verrieten, was sie eigentlich von ihm wollten.

»Also, nur um das noch mal richtig zu kapieren«, setzte Huan an, der allmählich seine Sprache wiederfand. »Ihr fahndet in der Vergangenheit nach Menschen mit einem doppelten Neandertalergen. Wenn ihr einen gefunden habt, entführt ihr ihn und schickt ihn los, um einen ganzen Vulkan voll mit Schleimpilzen in die Luft zu sprengen.«

»Im Prinzip ja.«

»Also bin ich nicht der erste Sariel?«

»Du bist der neunte.«

»Was ist mit den anderen acht passiert?«

»Wir wissen es nicht. Sie sind nie zurückgekehrt.«

Huan wurde übel. »Also hast du gelogen! Ihr wollt mich eben doch töten. Nur anders.«

Lin-Ran machte ein betrübtes Gesicht. »Es tut mir leid, dass du so denkst, aber ich kann es natürlich verstehen. Du musst aber auch verstehen, dass es für uns ums Überleben geht. Es hört sich vielleicht zynisch an, aber du hast eine gute

Chance, die Aufgabe zu meistern. Wir vermuten, dass die anderen Sariel vor dir einfach desertiert und irgendwo bei den Ori untergetaucht sind. Alles, was wir von dir erwarten, ist, dass du den Krater des Ngongoni erreichst und die Zeitmaschine dort ablegst. Dann verschwindest du von dort und kommst zurück. Das Virus kann dir nichts anhaben.«

»Woher verdammt wollt ihr das so genau wissen?«, rief Huan.

»Wir haben es ausprobiert«, entgegnete Lin-Ran trocken. »Kurz nachdem du ankamst, haben wir dich für einige Stunden in die Kammer gebracht.«

»IHR HABT WAAAAS?«, schrie Huan jetzt.

»Wir mussten ganz sichergehen. Du kannst beruhigt sein, du bist wirklich immun.«

Das beruhigte Huan keineswegs. Im Gegenteil erschreckte ihn zunehmend die Unerbittlichkeit, mit der die Sari ihr Ziel verfolgten. Das machte ihn wütend. Und mit dieser frischen Wut fühlte er sich gleich besser und mutiger.

»Und was, wenn ich nicht will? Wenn ich Nein sage. Wenn ihr mich alle mal könnt.« Lin-Ran blickte ihn fest an. Ein ruhiger, fast väterlicher Blick.

»Es ist deine Entscheidung. Aber wenn du uns hilfst und erfolgreich bist, schicken wir dich wieder zurück in deine Zeit, exakt zur gleichen Minute, in der wir dich geholt haben. Für deine Eltern, deine Freunde und deine ganze Welt wird es sein, als wärest du nie weg gewesen. Nur du wirst wissen, was passiert ist, nur du wirst wissen, dass du die Menschheit gerettet hast. Vielleicht wirst *du* es später einmal für einen Traum halten, aber *wir* werden es niemals vergessen. Für uns wirst du immer ein Held bleiben und noch Generationen nach uns werden deine Heldentat besingen und Legenden über dich erzählen.«

»Ich könnte doch einfach mit der Zeitmaschine abhauen, die ihr mir mitgebt.«

»Das würde ich dir nicht raten. Genauso gut könntest du versuchen, auf einer Rakete zu reiten. Diese Zeitmaschine entwickelt eine völlig ungerichtete Energie. Sie dient nur dazu, ein sehr großes Objekt irgendwohin in die Zeit zu katapultieren.«

»Aber wenn ich es nicht tue, lasst ihr mich dann trotzdem nach Hause?« Lin-Ran berührte Huan am Arm. Es war das erste Mal und Huan zuckte sofort zurück.

»Es kommt alles sehr plötzlich. Du bist verwirrt und willst erst deine Gedanken und Gefühle ordnen, das verstehe ich. Bleib eine Weile bei uns und lerne unsere Welt besser kennen. Vielleicht gefällt sie dir ja. In jedem Fall wirst du besser verstehen, warum wir das alles tun müssen. Wir wissen nicht, wie viele Sariel es überhaupt je auf der Welt gab. Vielleicht bist du der Letzte. Alles, worum wir dich bitten, ist deine Hilfe.«

Huan verstand, dass auch dies eine Antwort war.

Auf die Frage, ob sie ihn auch zurückschicken würden, wenn er sich verweigerte.

Die Antwort war Nein.

WUT

Biao war es, der Lìya allmählich ins Leben zurückholte. Wenn sie ihn wie mechanisch fütterte, rieb er seine Tentakel zärtlich an ihr, rollte sich zusammen und stieß kleine schmatzende Laute aus. Seine Körperfarbe wechselte jetzt rasch, bunte Flecken und Punkte, um Lìya aufzuheitern. Ein warmes Gefühl übertrug sich von dem Kalmar auf Lìya, und allmählich kehrte die Welt zu ihr zurück und erinnerte sie daran, weshalb sie hier war.

Lìya traf eine Entscheidung. Wenn sie schuld war am Tod ihrer Mutter, dann musste sie diese Schuld irgendwie abtragen. Musste dem letzten Wunsch ihrer Mutter folgen und der Gemeinschaft etwas geben. Wenn nötig, ihr Leben.

Es war bereits Abend, als Lìya nach drei Tagen zum ersten Mal den Dian verließ. Die zentrale Herberge für Karawanen war ein zweistöckiges Gebäude mit winzigen Zimmerchen, Kalmarställen, Gasträumen, Fluren und kleinen Innenhöfen, in denen sogar Dandas wuchsen, die mit ihren großen roten Blättern Schatten spendeten. Der Dian war so groß und verwinkelt, dass Lìya sich bei ihren ersten Besuchen mehrfach verlaufen hatte, trotz ihres guten Orientierungssinns. Wegen der Hitze und der Sandstürme gab es in Ori-Nho-Yuri kein Haus, das mehr als zwei Stockwerke hatte. Platz gab es jedoch genug, also erstreckte sich die Oase mit ihren zweihunderttausend Einwohnern über eine schier unüberschaubare Fläche.

Lìya merkte auf einmal, wie hungrig sie war. In den letzten Tagen hatte sie nichts weiter als dünnen Mondtränentee zu sich genommen. Jetzt bekam sie plötzlich Appetit auf ein ordentliches Stück *Mondkacke*, wie man gegrillte Mondtränen

93

nannte. Der Appetit auf Fleisch war ihr seit dem Angriff der Feuerspucker gründlich vergangen.

Von einem der Männer aus der Karawane erfuhr Lìya, dass ihre Brüder bereits in ihrem Lieblingstreffpunkt saßen, einer verrufenen Spelunke. Der kleine Lou war in die Obhut einer Amme gegeben worden.

Lìya kannte die Spelunke, wo Léisī und Lǐào am liebsten verkehrten, und wusste auch, warum: Mädchen. Für einen jungen Ori, der oft wochenlang mit seiner Karawane umherzog, gab es kaum Gelegenheiten, Mädchen kennenzulernen. Lìya machte sich nicht viel aus Jungs. Sie fand sich zu klein und zu hässlich und wollte sich das auf keinen Fall auch noch von einem Jungen bestätigen lassen. Sie verspürte wenig Lust, sich zu verlieben und zum Idioten zu machen. Zumal sie das, was sie bislang über dieses Gefühl gehört hatte, bereits für ihren Kalmar empfand. Das reichte.

Ein widerlicher Gestank schlug Lìya entgegen, als sie das Lokal betrat. Eine Mischung aus Schwefel, Moder und Kloake. Der unverwechselbare Geruch der Wald-Ori aus den dichten Wäldern am Ngongoni. Nur selten verirrten sie sich in die großen Siedlungen und noch seltener nach Ori-Nho-Yuri. Wald-Ori mochten es feucht. Und Wald-Ori bedeuteten meistens Ärger. Sie stahlen und soffen und ließen keinen Streit aus. Lìya hatte nie verstanden, wie das Leben innerhalb einer Wald-Ori-Gemeinschaft überhaupt funktionieren konnte, ohne dass sie sich gegenseitig die Schädel einschlugen. Vermutlich hatten sie einfach robuste Schädel.

Lìya erfasste die Situation sofort. Um einen groben Holztisch in einer hinteren Ecke der Schenke saßen neun Wald-Ori zusammen, fraßen, soffen und langweilten sich offensichtlich. Sie starrten die ganze Zeit zu Léisī und Lǐào hinüber, die mit zwei Mädchen dasaßen und sich bemühten, von den Wald-Ori keine Notiz zu nehmen. Lìya fragte sich, warum der Wirt überhaupt Wald-Ori in seine Schenke ließ, aber schließlich hatte das Lokal nicht umsonst einen zweifelhaften Ruf. Und das Gesetz der Gastfreundschaft, ein Grundpfeiler der Ori-Kultur, galt auch für Wald-Ori.

Es fiel Lìya schwer, ihren Blick von den Wald-Ori abzuwenden. Es würde Ärger geben, daran bestand kein Zweifel. Was Lìya aber viel mehr elektrisierte als die Anwesenheit von Wald-Ori, waren zwei junge Zhàn Shì, die etwas abseits zusammensaßen und die Wald-Ori im Auge behielten. Sie trugen die traditionelle Tracht der Kriegerkaste – einfache ockerfarbene Überwürfe aus Tentakelbaumfasern, die auf komplizierte Weise an Armen und Beinen geschnürt wurden, um beim Kampf nicht zu behindern. Lìya konnte nicht erkennen, ob die beiden bewaffnet waren, aber vermutlich waren sie es.

Lìya ging auf ihre Brüder zu, griff sich einen Stuhl, angelte sich ein Stück gegrillte Mondtränen von Lĭaos Teller und grinste die beiden Mädchen an. »Gruß.«

Ihre Brüder schienen nicht besonders begeistert zu sein, dass sich ihre Schwester dazusetzte.

»Gruß«, sagten die Mädchen wie aus einem Mund und kauten dabei weiter.

»Das ist Lìya, unsere Schwester«, stellte Léisī sie den Mädchen unwillig vor.

»Gruß, Lìya«, sagten die Oasenschönheiten abermals wie aus einem Mund. »Wir sind auch Schwestern.«

»Na, das passt ja.« Lìya griff sich den Rest Mondtränen vom Teller ihres Bruders und begann, langsam zu essen. »Habt ihr bemerkt, dass man euch beobachtet?«, fragte sie nebenbei.

»Ja«, sagte Léisī. »Die Stinker in der Ecke glotzen schon die ganze Zeit rüber. Bis jetzt sind sie aber noch friedlich.«

»Nicht mehr lang. Ich kann's förmlich riechen.«

»Dann sollten wir besser gehen«, meinte Lĭao, und die Schwestern nickten.

95

»Zu spät«, sagte Lìya, denn sie bemerkte aus dem Augenwinkel, wie einer der Wald-Ori aufstand und schwankend auf ihren Tisch zukam.

»Ding!«, grölte er. »Eh, Ding!« Er baute sich vor Lìya auf und rülpste ihr ins Gesicht. »Zwei Jungs, drei Ding«, sagte der Wald-Ori. »Ein Ding zu viel.« Er deutete auf Lìya. »Du, Ding, komm rüber.«

Lìya schüttelte langsam und entschieden den Kopf und spürte einen Anflug von Wut in sich aufsteigen. Léisī und Lĭào rückten näher zu ihr heran.

»Du, Ding, komm rüber!«, wiederholte der Wald-Ori jetzt ungehalten. Hinten erhoben sich bereits seine Kumpane. Die anderen Gäste im Lokal zogen sich zurück. Der Wirt war abgetaucht. Lìya sah, dass die beiden Zhàn Shì ungerührt weiteraßen, ohne dabei den Blick von den Wald-Ori zu nehmen. Der Anblick der Zhàn Shì ließ Lìya jetzt ebenfalls ruhig werden, und sie tat etwas, was man normalerweise besser nicht tat – sie sah den Wald-Ori direkt an.

»Nein«, sagte sie kaltblütig. »Ich komme nicht rüber. Ich esse hier mit meinen Brüdern und ihren Freundinnen.«

Der atemberaubende Gestank hinter ihr machte ihr klar, dass die restlichen Wald-Ori jetzt an ihrem Tisch standen.

»KOMM RÜBER, DING!«, brüllte der Wald-Ori und zückte einen stählernen Spitzdorn. Ein gefährliches Werkzeug, lang und spitz genug, um Lìya mit einem Stich zu durchbohren. Dann griff der Wald-Ori Lìya brutal in die Haare, riss sie von ihrem Stuhl und drückte ihr den Spitzdorn an die Kehle. Lìya spürte, wie die kalte, scharfe Metallspitze ihr fast die Haut durchstach. Sie selbst war, wie ihre Brüder, unbewaffnet.

»Komm rüber, Ding!«, keuchte ihr der Wald-Ori ins Ohr und presste sie an sich.

In diesem Moment setzten Lìyas Reflexe ein.

Ansatzlos schnellte ihre Rechte vor, ergriff die Hand mit

dem Spitzdolch und drehte sie herum. Der Wald-Ori war zu überrascht von Lìyas Schnelligkeit und Kraft, um zu reagieren. Lìya hielt seine Hand eisern fest, verdrehte ihm den Arm und tauchte unter ihm hindurch. Mit einer einzigen Bewegung stand sie plötzlich hinter ihm und riss ihm den Arm hinter dem Rücken hoch. Der Wald-Ori jaulte vor Schmerz auf und ließ seine Waffe fallen. In diesem Moment griffen seine acht Kumpane an, jeder von ihnen mit einem Spitzdorn bewaffnet. Die beiden Schwestern kreischten und verkrochen sich unter dem Tisch. Léisī und Lǐao sprangen ebenfalls auf und stellten sich an Lìyas Seite. Lìya warf einen raschen Blick zu den Zhàn Shì. Sie rührten sich immer noch nicht. Das machte Lìya wieder wütend. Mit ganzer Kraft trat sie dem ersten Wald-Ori vor ihr in den Magen. Er sackte zusammen wie ein nasser Sack. Zwei Wald-Ori holten aus und hieben mit den Spitzdornen nach ihr, doch Lìya duckte sich blitzschnell links, rechts, griff nach dem Spitzdorn auf dem Boden und rammte ihn wahllos in das nächstbeste Wald-Ori-Bein.

Wieder ein markerschütternder Schrei.

Sie waren zu neunt, sie waren kräftig vom Holzschleppen und sie waren bewaffnet. Aber sie waren zu betrunken und zu langsam für Lìya. Geschwindigkeit und Präzision waren alles, hatte ihr Vater ihr beigebracht. Lìya wirbelte herum, schlug einem mit der Rechten ins Gesicht und brach ihm die Nase, während sie mit der Linken einen Spitzdorn abwehrte. Eine Drehung und sie trat dem Nächsten mit vollem Schwung gegen das Bein und hörte das Knacken seines Wadenbeinknochens.

Léisī und Lǐao wehrten zwei weitere ab, die besinnungslos auf sie einprügelten. Lìya packte ihnen von hinten in die Haare und knallte ihre Schädel zusammen. Es gab ein hässliches Geräusch und die beiden Wald-Ori gingen stöhnend in die Knie. *So viel zur Frage, was ihre Schädel aushalten*, fuhr es Lìya durch den Kopf.

97

Der Kampf war ebenso schnell vorbei, wie er begonnen hatte. Lìya packte sich den Wald-Ori, der sie angebrüllt hatte, und setzte ihm den Spitzdolch an die Kehle. »Jetzt noch mal zum Mitschreiben: Ich. Komme. Nicht. Rüber. Ist das klar?« Der Wald-Ori gurgelte einen unverständlichen Fluch.

»Und noch was«, zischte sie ihm ins Ohr. »Nenn mich niemals Ding!« Damit stieß sie den Wald-Ori von sich. Die anderen acht rappelten sich stöhnend auf und zogen grunzend ab. Lìya trat einem von ihnen in den Hintern und brüllte ihm nach: »Haut ab! Verpisst euch!«

Die neuen Freundinnen ihrer Brüder kamen wieder unter dem Tisch hervor. »Ja, verpisst euch!«, riefen sie den Wald-Ori unisono nach und zwinkerten Lìya zu. Lìya fand die beiden plötzlich gar nicht mehr so unsympathisch.

Léisī und Lǐào tupften sich Blut aus Nase und Mundwinkel und grinsten Lìya an.

»Was ist? Essen wir noch was?«, fragte Lìya gut gelaunt.

Léisī machte eine Kopfbewegung. »Da will dich noch jemand sprechen.« Lìya wandte sich um. Die beiden Zhàn Shì standen jetzt vor ihr.

»Ja, bitte?«, fragte Lìya, immer noch aufgeladen von ihrem Triumph.

»Lìya, die Tochter von Chuàng Shǐ?«, fragte der ältere der beiden Zhàn Shì.

Kein Gruß. Lìya hatte bereits Zhàn Shì in der Jurte ihres Vaters getroffen und jedes Mal eine tiefe Bewunderung empfunden, denn für sie verkörperte jeder Zhàn Shì die Erfüllung ihres Lebenstraums. Daher wurde sie sofort nervös, als der eine ihren Namen nannte. Und sie reagierte wie immer, wenn irgendwas oder irgendwer sie nervös machte.

»Wer will das wissen?«, schnappte sie ruppig zurück, obwohl sie wusste, dass sie damit gegen alle Regeln des Anstands verstieß. Wenn man von einem Zhàn Shì angesprochen wurde, stellte man keine Gegenfragen.

Der Ältere tat, als habe er die Frage überhört. »Du bist schnell«, sagte er.

»Sehr schnell«, sagte der Jüngere.

»Weiß ich«, erwiderte Lìya.

Der Jüngere konnte ein Grinsen nicht unterdrücken. Der Ausdruck des Älteren dagegen gefror beinahe zu Eis. Er sah gut aus, fiel Lìya plötzlich auf. Sehr gut sogar. Sie wurde etwas verlegen. Der Ältere dagegen blieb unbewegt und kühl. Er nickte nicht einmal.

Arroganter Mistkerl, dachte Lìya. Sie fragte sich, was er von ihr wollte. Sie hatte gegen keine Regel der Kaste verstoßen und die Zhàn Shì waren außerdem keine Ordnungsmacht. Solange Lìya kein Mitglied war, hatten sie ihr nichts zu befehlen.

»Was wollt ihr?«, fragte sie barsch und bemerkte die besorgten Blicke ihrer Brüder.

»Komm mit!«, befahl der Mistkerl.

»Wohin? Warum?«

»Komm mit und stell keine Fragen.«

»Nein. Ich komme nicht mit.«

Zum ersten Mal zeigte der Mistkerl eine Regung. Er runzelte ungehalten die Stirn. Der Jüngere wurde unruhig.

»Mach keinen Scheiß!«, raunte ihr Léisī zu.

Lìya wusste, dass sie sich jede Chance verbaute, in der Kaste aufgenommen zu werden, wenn sie der Anweisung nicht Folge leistete. Gleichzeitig aber sträubte sich immer irgendetwas in ihr, Befehle ohne Erklärung zu befolgen. Sie hatte ständig Streit mit ihrem Vater deswegen.

»Der Gon Shì will dich sprechen«, ließ sich der Mistkerl schließlich herab, ihr zu antworten.

Der Gon Shì. Der Oberste Krieger der Oase.

Lìya bekam weiche Knie und fühlte, dass sie blass wurde. Die beiden Zhàn Shì bemerkten es wohl auch, denn sie wirkten äußerst befriedigt.

»Gut«, erklärte Lìya so huldvoll wie möglich. »Ich komme mit.«

Der ältere Krieger verzog spöttisch die Mundwinkel, wandte sich abrupt um und verließ ohne einen weiteren Kommentar die Spelunke. Der Jüngere beeilte sich, ihm zu folgen.

»Oh, oh! Das gibt Ärger!«, unkte Lǐao leise. Dieses Gefühl hatte Lìya allerdings auch. Sie winkte ihren Brüdern noch einmal und ging dann den beiden Zhàn Shì hinterher. Plötzlich erinnerte sie sich wieder an ihre Vorahnung. Auch ihre Brüder würde sie so bald nicht wiedersehen. Vielleicht nie wieder.

Mit dem mulmigen Gefühl im Magen, gleich für eine große Dummheit bestraft zu werden, trat sie ins Freie. Ließ sich praktisch abführen, denn so musste es für alle Außenstehenden wirken. Um den Eindruck etwas abzumildern, setzte sie ein hochmütiges Gesicht auf. Die ganze Zeit über ging ihr nur ein Gedanke durch den Kopf: *Was will der Gon Shì von mir?* Es gab überhaupt keinen Grund, sie vorzuladen. Und selbst wenn, hätte der Gon Shì das normalerweise zuerst mit ihrem Vater besprochen. Und dann ihr Vater mit ihr. Aber vielleicht, dachte Lìya nun, steckte ja auch ihr Vater hinter alledem. Das beruhigte sie keineswegs. Im Gegenteil.

Hinter der Spelunke warteten drei gesattelte Sandspringer. Die Tiere wirkten wie eine groteske Kreuzung aus Schnecken und Kängurus der Menschenzeit. Sandspringer waren Pflanzenfresser und lebten am Rand der großen Wüste. Die friedlichen Herdentiere hatten eine einzigartige Sprungtechnik entwickelt, um Angriffen von Feuerspuckern und anderen Fressfeinden zu entkommen. Sie balancierten hüpfend auf ihrem muskulösen Hinterleib und konnten aus dem Stand mehrere Meter weit springen. Sie waren zwar friedliche, aber wilde und frei lebende Tiere. Daher kaum zu bändigen. Die Zhàn Shì hatten dennoch einen Weg gefunden, sie als Reittiere abzurichten. Es war nicht leicht, einen Sandspringer zu reiten, man musste viel Übung haben, um nicht beim ersten Sprung abgeworfen zu werden und auch die Richtung zu halten. Lìya hatte es erst einmal versucht und war ansonsten nur die langsamen Kalmare gewohnt.

»Der ist für dich«, sagte der Mistkerl, deutete auf den kleinsten der drei Sandspringer und stieg ohne weitere Erklärung auf einen der beiden anderen.

»Schon mal geritten?«, fragte der Jüngere.

»Na klar. Kein Problem!!«, erwiderte Lìya so lässig wie möglich und näherte sich dem Tier, das bereits bösartig seine kräftige Zahnreihe entblößte, mit der ein Sandspringer auch die zähsten Wüstenpflanzen zermalmen konnte.

Jetzt bloß nicht zimperlich!

Mit einem entschlossenen Ruck ergriff sie das Halfter und schwang sich in den Sattel. Der kleine Sandspringer bockte kurz, aber Lìya – nervös, wütend und ratlos – trat ihm mit beiden Fersen voll in die Seite, um ihm die Flausen ein für alle Mal auszutreiben. Der Sandspringer kapierte und hielt nun still. Der Mistkerl nickte ihr kurz zu und ritt los.

Die Bewegung der Sandspringer schien allen Gesetzen der Biologie und der Physik zu widersprechen. Eine Mischung aus kleinen Hüpfern, Verrenkungen und großen Sprüngen, die absurd, lächerlich und ziemlich anstrengend wirkte. Dabei konnten die Tiere auf diese Weise fast mühelos große Strecken zurücklegen. Dennoch war Lìya die ruck- und stoßartigen Bewegungen nicht gewohnt und hatte größte Mühe, nicht aus dem Sattel geschleudert zu werden. Gleichzeitig musste sie dem widerspenstigen Tier die Richtung aufzwingen. Die beiden Zhàn Shì legten mit ihren Sandspringern ein hohes Tempo vor, jagten durch die engen sandigen Gassen und rasten um die Ecken, als ob sie Lìya abhängen wollten. Wenn ein Hindernis im Weg auftauchte, wurde es einfach übersprungen, auch wenn es mehrere Meter hoch war. Oder der Sandspringer überlegte es sich anders, blieb abrupt stehen und hüpfte um das Hindernis würdevoll und vorsichtig herum.

Kein Spaß.

Schon nach wenigen Metern tat Lìya jeder Knochen im Leib weh, und sie verfluchte sich, dass sie sich so mit Mondtränen vollgestopft hatte. Sie unterdrückte das Würgegefühl und hätte das Tempo gern gedrosselt. Aber sie wollte sich vor den beiden Zhàn Shì keine Blöße geben, denn sie war sicher, dass dieses Höllentempo reine Schikane für ihre patzige Antwort war. Und das wiederum machte sie zornig genug, um die Zähne zusammenzubeißen und ihren Sandspringer anzutreiben.

Eher fallen die beiden Mistkerle tot vom Tier, bevor ich vor ihren Augen kotze!

Lìya fand, ein Wettrennen durch die Stadt sei ein gutes Mittel, sich von der Übelkeit abzulenken. Sie hatte bereits den Jüngeren vor ihr eingeholt. Erschrocken nahm er Lìya neben sich wahr.

»Lass das!«, rief er. »Spinnst du? Bleib hinter mir!«

Lìya hörte gar nicht hin. Sie überholte ihn und hatte nach zwei weiteren Seitengassen auch den Mistkerl erreicht. Seine Reaktion, als er Lìya neben sich sah, war eine völlig andere. Er griff ihr einfach in das Halfter und hielt an. Gleichzeitig hielt auch Lìyas Sandspringer an. Lìya wurde ruckartig aus dem Sattel geschleudert und landete vor dem Mistkerl im Sand. Ein paar Leute in der Gasse lachten.

»Bleib hinter uns«, sagte der Mistkerl bloß von seinem Sandspringer herunter und ritt wieder los.

Der jüngere Zhàn Shì half Lìya auf. »Ich hab's ja gesagt.«

»Lass mich!«, schnauzte Lìya ihn an und schüttelte seine Hand ab. Für einen Moment kam es ihr vor, als lachte ihr kleiner Sandspringer sie aus. Wortlos schwang sie sich wieder auf das Tier und folgte ihren beiden Aufpassern in gemächlicheren Hüpfern. Sie dachte plötzlich an den Sariel und fragte sich, ob die Zeit gekommen war.

Es konnten Jahrzehnte vergehen, bis ein neuer Sariel auftauchte, und es forderte hohe Disziplin von den Zhàn Shì, all die Entbehrungen auf sich zu nehmen, das harte tägliche Training, um zeitlebens vielleicht doch nie zum Einsatz zu kommen. Den letzten Sariel hatte ihr Vater vor ihrer Geburt getötet, das hatte ihn zur lebenden Legende gemacht. Bislang kannte Lìya den Sariel nur als sandgefüllte Puppe, die bei traditionellen Festen symbolisch geköpft, erstochen oder erschlagen wurde. Aber die Ori durften nicht nachlässig werden. Jederzeit konnte ein neuer Sariel erscheinen, deshalb mussten die Zhàn Shì allzeit einsatzbereit sein. Und die ungewöhnliche Vorladung und Lìyas Träume in der letzten Zeit ließen nur einen Schluss zu: Der neue Sariel war gekommen! Alles andere ergab keinen Sinn. Sie hatten sich beraten, die Großmeister und ihr Vater, und dann eingesehen, dass sie Lìya die Aufnahme in die Kaste einfach nicht verweigern *konnten.*

Ich bin die Beste und sie wissen es!

In dem Hochgefühl, in Kürze selbst zur lebenden Legende zu werden, ritt sie auf die Tore des Guoli-Palastes zu, des Hauptsitzes der Zhàn Shì. Das gedrungene, unscheinbare Gebäude war von einer hohen Mauer umgeben und hatte nur ein Tor, das von zwei lebensgroßen Kalmarskulpturen aus Sandstein flankiert wurde. Sandspringer waren verboten im Palast, da sie die Kalmare nervös machten. Lìya und die beiden Zhàn Shì stiegen ab, und Lìya spürte ihr Herz klopfen, als sie das hohe Tor durchschritt.

Das Tor in mein neues Leben.

Sie versuchte, so viel wie möglich von der Palastanlage zu sehen, während sie sich bemühte, mit ihren Begleitern Schritt zu halten, die stramm vorauseilten. Lìya sah nicht viel. Rings um den zentralen Palast gruppierten sich kleinere Gebäude.

Wohntrakte, vermutete Lìya. Sie sah Gruppen von Zhàn Shì beim gemeinsamen Training, aber nichts deutete darauf hin, dass sich die Kriegerkaste im Alarmzustand befand. Das enttäuschte Lìya ein bisschen, wie die Tatsache, dass ihre Ankunft hier niemanden zu interessieren schien.

Anders als erwartet, führten die beiden Zhàn Shì sie auch nicht zum Großmeister. Lìya merkte es daran, dass sie nicht geradewegs in das Zentrum des Palastes gingen, sondern in den Außenbereichen blieben. Die Gänge und Hallen, die sie durchquerten, waren schmucklos und lehmig. Lìya hatte mehr Pracht erwartet, mystische Wandbilder, die die Legenden der Zhàn Shì erzählten, überhaupt irgendeine Form von Dekoration. Zumindest Erhabenheit. Stattdessen sah es aus wie in einer größeren Karawanserei. Der einzige Schmuck waren Statuen von Kalmaren in einigen Ecken. Der Kalmar war eine Art Totem der Zhàn Shì, ihr Schutz- und Wappentier, und man sagte den Kriegern eine ganz besondere geistige Beziehung zu den Kopffüßlern nach.

Es roch auch nach Kalmar, fiel Lìya nun auf. Je weiter sie in den Palast vordrangen, desto intensiver wurde der vertraute, leicht tranige Geruch.

Sie sind hier irgendwo. Es sind ganz viele.

Der Mistkerl stieß schließlich eine grobe Holztür auf und bedeutete Lìya mit einer herrischen Handbewegung, einzutreten. Er selbst und sein Begleiter blieben vor der Tür stehen. Immer noch in der Annahme, dass man sie bald zum Großmeister bringen würde, betrat Lìya den Raum.

Ein kleiner Raum, fast eine Zelle. Ganz oben ein kleines Oberlicht, durch das ein wenig Licht sickerte. Wenig Mobiliar. Ein Tisch nur, ein Stuhl und ein uraltes Regal mit Dokumentenstapeln aus Tentakelbaumfasern, einer Art Papier, das in diesen klimatischen Bedingungen haltbarer war als jeder Datenträger. Ein Zeichen dafür, dass die Dokumente sehr wichtig waren. Auf dem Stuhl hinter dem Tisch saß ein dicker, hässlicher Mann und stülpte seinen massigen Leib über ein Dokument wie eine Amöbe über ein Nahrungspartikelchen. Auch er trug die Tracht der Zhàn Shì, und das wunderte Lìya, denn sie hatte sich bislang alle Zhàn Shì immer gut durchtrainiert vorgestellt.

»Ja, das denkt jeder, wenn er zum ersten Mal hier reinkommt«, knurrte der Mann, ohne von seinem Dokument aufzusehen. »Schließ die Tür!«

Lìya verstand nichts mehr. Weder, wer der Mann war, noch, was sie hier sollte. Verwirrt gehorchte sie einfach und schloss die Tür. Jetzt hob der Mann den Kopf. Im Gegensatz zu seiner schwammigen Erscheinung war sein Blick klar und durchdringend. Als starre er geradewegs in ihre Seele. Lìya fühlte sich mit einem Mal sehr unbehaglich.

»Ich bin Hakuna. Der Erste Versorger.«

In diesem Moment wurde Lìya klar, wo sie war, und dass die beiden Zhàn Shì sie nicht angelogen hatten. Der Erste Versorger hatte den Rang eines Großmeisters und stand direkt unter dem Gon Shì, dem obersten Zhàn Shì. Der Erste Versorger war für die Kalmare zuständig, er hatte die Aufsicht über die Stallungen, organisierte die Ernährung der Kalmare, überwachte ihre Gesundheit und sorgte mit einer ganzen Schar von Gehilfen dafür, dass sich die Kalmare wohlfühlten und vermehrten. Der Erste Versorger war ein wichtiger und mächtiger Mann bei den Zhàn Shì.

Hakuna wirkte belustigt. »Lìya, Tochter von Chuàng Shǐ. Was hast du denn gedacht, wo man dich hinbringt?«

Lìya wusste nicht, was sie darauf antworten sollte. Sie stammelte etwas davon, dass sie die beiden Zhàn Shì nicht genau verstanden hatte und alles sei so wahnsinnig schnell gegangen. Aber Hakuna schnitt ihr mit einer Handbewegung das Wort ab.

»Du willst eine Kriegerin werden«, sagte er, und sein Tonfall war so kalt und schneidend wie sein Blick. »Aber dir fehlt die wichtigste Eigenschaft eines Zhàn Shì. Disziplin. Du bist unbeherrscht und stur.«

Lìya schluckte. »Es tut mir leid«, hörte sie sich sagen. »Ich werde mir Mühe geben. Ich werde Disziplin lernen.«

»Das sagt dein Mund. Dein Herz und deine Augen sagen etwas anderes.«

»Ich bin eine gute Kämpferin.«

»Du hast noch nicht einmal eine Ahnung, was das bedeutet!«

Lìya wollte noch etwas sagen, aber alle Worte vertrockneten ihr plötzlich im Mund. »Warum bin ich hier?«, brachte sie nur noch mühsam heraus.

»Ah! Der erste vernünftige Satz!« Hakuna lehnte sich zurück. »Weil wir eine Aufgabe für dich haben, die deinen Fähigkeiten eher entspricht.«

Er machte eine Handbewegung und erklärte die Unterhaltung damit für beendet. Lìya wusste, dass sie sich nun zu entfernen hatte. Stattdessen blieb sie stehen, wo sie war. Sie war es nicht gewohnt, sich so einfach fortschicken zu lassen, sie war die Tochter von Chuàng Shǐ.

Hakuna blickte sie missbilligend an. »Disziplin!«, zischte er fast unhörbar. Lìya verstand und machte, dass sie hinauskam.

Draußen warteten immer noch die beiden Krieger. Schon wieder lag ein spöttischer Ausdruck auf dem schönen Gesicht des Mistkerls, und Lìya begann, sich zu wünschen, es ihm eines Tages heimzahlen zu können.

»Na, los!«, blaffte sie ihn an. »Bringt mich zu meiner Aufgabe!«

Der Weg war nicht weit. Die Ställe lagen gleich hinter dem Trakt des Ersten Versorgers.

Die Ställe.

»Was soll das denn?«, rief Lìya entgeistert, als der Mistkerl das große Schiebetor öffnete und sie in einen von zwölf großen Ställen führte. Im Halbdunkel sah sie die massigen Leiber von annähernd fünfzig Königskalmaren, die dicht aneinandergedrängt auf dem Boden in knöcheltiefem Wasser lagen und unruhig schnauften und schmatzten.

Sie sind hungrig, war Lìyas erster Gedanke. *Und sie sind durch irgendwas beunruhigt.*

»Deine neue Aufgabe«, erklärte der Mistkerl.

»Wie bitte???«, schrie Lìya. »Ich bin eine Kriegerin, kein Stallmädchen!«

Der Mistkerl und sein jüngerer Begleiter grinsten jetzt sogar. »Es ist eine Ehre«, feixte der Jüngere.

Lìya kochte vor Wut. Sie liebte Kalmare, sie hatte ein besonderes Verhältnis zu ihnen, sie betrachtete sie sogar fast als Seelenverwandte. Aber das bedeutete nicht, dass sie sich ein Leben als Stallmädchen vorstellen konnte!

»Das ist eine Prüfung, nicht wahr?«, sagte sie mühsam beherrscht. »Ich miste eine Weile hier aus, und wenn ich brav bin und schön die Klappe halte, werde ich zur Kriegerausbildung zugelassen.«

Der Mistkerl zuckte mit den Schultern. »Die Entscheidungen der Großmeister sind immer endgültig.«

Lìya stöhnte. »Verdammt! Das ist nicht fair!« Sie fühlte sich gedemütigt und verraten. Natürlich konnte nur der Einfluss ihres Vaters hinter dieser Entscheidung stecken und das würde sie ihm niemals verzeihen.

»Du bist ab jetzt für diesen Stall verantwortlich«, fuhr der Mistkerl fort. »Du hast sie zu füttern und sauber zu halten, und wenn ein Krieger ausreiten will, dann hast du seinen Kalmar sofort vorzubereiten, egal zu welcher Zeit. Alles, was du brauchst, findest du im Anbau. Falls du deine Pflichten versäumst, wirst du bestraft. Hast du das verstanden?«

Noch ein Wort und ich zeige dir, dass vor allem meine Faust verstanden hat!

»Ja«, quetschte Lìya hervor. Die Wut schnürte ihr die Kehle zu.

Damit schien für die beiden Zhàn Shì der Auftrag erledigt zu sein. Der Mistkerl nickte einmal kurz, dann wandten sich die beiden um und ließen Lìya allein zurück.

Allein mit den Kalmaren.

Allein mit ihrem neuen Leben als Stallmädchen.

Zur Wut kam jetzt noch die Verzweiflung über die unwiderrufliche Entscheidung des Ersten Versorgers, die Lìya wie eine lebenslange Verurteilung empfand, während ihre Brüder Zhàn Shì werden durften.

»Ich bin besser als ihr alle zusammen!«, brüllte Lìya in das Dunkel, doch niemand hörte sie. Nicht einmal die ruhenden Kalmare schienen von ihr Notiz zu nehmen. »Ich bin eine Kämpferin!!!«

Lìya trat ins Wasser, schlug um sich. Ihr Vater hatte sie ausgetrickst, einfach ausgetrickst. Hatte geahnt, dass sie sich von der Familie lossagen und ihren eigenen Weg gehen würde. Und sie war völlig naiv in die Falle gelaufen. »Verdammt!!! Verdammt, verdammt, verdammt!!!«

Als Stallmädchen war sie praktisch in der Festung der Zhàn Shì gefangen und stand unter Aufsicht der Kaste. Sie gehörte dazu und doch wieder nicht. »Du mieser Verräter!!!« Und alles nur, weil sie ein Mädchen war!

Keuchend hielt sie inne. Tränen rannen ihr über die Wangen, aber diesmal versuchte sie nicht mehr, sich zu beherrschen. Außer den Kalmaren war ohnehin niemand da, der sie sehen konnte. Oder je wiedersehen würde.

Finster blickte sie über die glänzenden Leiber der Kalmare und beschloss, dass die Kalmare schuld an ihrem Schicksal waren und sie die Tiere dafür zukünftig hassen würde.

Um sich im nächsten Augenblick klarzumachen, wie absurd das war. Sie konnte Kalmare nicht hassen. Sie konnte sie noch nicht einmal nicht mögen.

»Ach, verdammt!«, stöhnte Lìya, zog die Nase hoch und trat in das Halbdunkel ein, um ihre neuen Schützlinge näher kennenzulernen.

Ein Kalmar allein war schon groß, fünfzig an einem Ort waren atemberaubend. Obwohl der Stall groß und hoch genug war, verbreiteten die massigen Leiber eine tropische Wärme und eine fast erdrückende Präsenz. Sie schienen zu schlafen, aber Lìya wusste, dass der Eindruck täuschen konnte. Man wusste nie genau, ob ein Kalmar wirklich schlief. Ob er überhaupt je schlief. Manchmal sah es aus, als dösten sie nur, ganz in ihre rätselhaften Kalmargedanken vertieft. Manchmal lagen sie genau so in Lauerstellung beim Jagen. Blitzschnell konnte ein scheinbar schlafender Kalmar einen Tentakel hervorschnellen lassen und seine unvorsichtige Beute packen. Lìya wusste, dass Kalmare niemals Ori angriffen, aber sie wusste auch, dass gerade junge Kalmare sich gelegentlich erschreckten oder irrten. Man passte also besser auf. Die Wucht eines Tentakelschlags reichte, um einen Menschen in Stücke zu zerteilen.

Vorsichtig watete Lìya zwischen den Kalmaren hindurch im knöcheltiefen Wasser, das streng nach deren Ausscheidungen roch. Die Kalmare waren jung und noch nicht ausgewachsen. Es waren alles Bullen. Das machte die Aufgabe nicht eben leichter.

Die jungen Kalmarbullen reagierten nicht auf ihre Anwesenheit, aber Lìya wusste, dass sie sie längst wahrgenommen hatten. Sie merkte es an den leichten Verfärbungen ihrer Haut, die sich wellenartig von einem Kalmar zum anderen fortpflanzten. Einige der Kolosse bewegten sanft ihre Tentakel wie zum Takt einer unhörbaren Musik.

Der Musik des Hungers.

Lìya musste nicht lange überlegen, was mit den Kalmaren los war. Noch verhielten sie sich relativ ruhig, aber hungrige Kalmare konnten sehr ungemütlich werden. In einer Ecke des Stalls entdeckte Lìya einen riesigen wabernden Berg aus einer stinkenden dunkelbraunen Masse. Wie ein weiteres Lebewesen, das sich hier hereingeschlichen hatte. Dabei handelte es sich um Tausende von Lebewesen. Ein ganzer Berg fleischiger Hornschnecken, nahrhaft, vitaminreich und lecker.

Wenn man ein Kalmar war.

Lìya hatte noch nie so viele Hornschnecken auf einem Haufen gesehen. Die wellenartige Bewegung der Tentakel verstärkte sich, als kräuselte eine Böe ein fleischiges Meer. Es wurde Zeit, die Kalmare zu füttern, bevor sie erwachten und sich selbst bedienten.

Lìya baute sich vor dem gewaltigen Schneckenberg auf, stieß einen langen Seufzer aus, spuckte einmal in die Hände und ergriff die Mistgabel, die so provozierend in der Ecke lehnte und sie auszulachen schien. Wütend stieß sie die Mistgabel in den wabernden Berg. Augenblicklich kam Leben in die Kalmare. Ein langer Fangtentakel peitschte durch die Luft, dicht über Lìyas Kopf hinweg. Sie konnte sich gerade noch rechtzeitig ducken, bevor sie der Tentakel quer durch den ganzen Stall gefegt und ihr sämtliche Knochen gebrochen hätte.

Die Arbeit war schwer und gefährlich. Lìya brauchte alle Kraft, um die Mistgabel in den Hornschneckenberg zu rammen und so viele Schnecken wie möglich aufzuhäufen. Mit der vollen Gabel balancierte sie dann zwischen den nervösen Tentakeln hindurch, verlor die Hälfte und kippte den Rest dann vor einem Kalmar ab, dass er die Schnecken nur noch in sein Maul schaufeln musste. Es krachte bestialisch, wenn die scharfen Schnabelmäuler der Kalmare die harten Schneckenschalen aufbrachen und zermalmten. Gleichzeitig musste Lìya aufpassen, nicht von einem der nervösen Tentakel versehentlich getroffen zu werden.

Nach vier Gängen war sie bereits schweißgebadet, der Rücken schmerzte und die Arme brannten, als würden sie ihr gleich ausgerissen. Und noch war nicht einmal der erste Kalmar satt. Das Schmatzen und Krachen hallte durch den Stall. Lìya fluchte bei jedem Schritt und schwor, dass sie nach der nächsten Gabel aufhören und den Stall für immer verlassen würde.

Aber sie hielt durch.

Sie arbeitete die ganze Nacht und fütterte alle fünfzig Kalmare, bis sie satt und zufrieden schnurrten. Lìyas Lohn bestand aus blutigen Blasen an den Händen und einer roten Strieme auf dem Rücken, wo sie trotz aller Vorsicht ein Tentakel gestreift hatte. Aber die Kalmare blubberten gemütlich vor sich hin.

Das erste Morgenlicht sickerte durch ein Oberlicht in den Stall. Ein neuer Tag, der für die Krieger in Kürze mit dem Morgentraining beginnen würde. Lìya fühlte sich nur noch müde. Dennoch dachte sie nicht an Schlaf. In den letzten Stunden war ein Plan in ihr gereift und stand nun unerschütterlich fest, trotz der schrundigen und blutigen Hände, trotz der schmerzenden Arme.

Den Plan, den Guoli-Palast zu verlassen.

Aber nicht allein.

Lìya hatte verstanden, dass die Kalmare ihr vertrauten, vor allem jetzt, nachdem sie sie gefüttert hatte. Sie dümpelten entspannt und wach im seichten Wasser und beobachteten sie, als erwarteten sie etwas von ihr. Aber Lìya erkannte es nicht nur an den Blicken. Von den fünfzig Kalmaren ging ein starkes Signal aus, das man nicht sehen, riechen oder hören konnte. Nur spüren. Die Kalmare waren bereit, ihr zu folgen. Ein ganzer Stall wertvoller Zhàn-Shì-Kalmare.

Lìya spähte durch das Stalltor. Noch war niemand zu sehen, die Sonne hatte den Horizont noch nicht überschritten, aber sie wusste, dass sich der Hof schon sehr bald füllen würde. Die jungen Krieger würden ihr Training beginnen, die älteren würden mit den Kalmaren auf Patrouille ausreiten.

Lìya schob mit aller Kraft beide Seiten des Stalltors auf. Dann eilte sie zurück in den Stall, stellte sich in die Mitte und klatschte zweimal laut in die Hände. Die fünfzig Kalmare wechselten ihre Hautfarbe und Lìya besaß nun ihre volle Aufmerksamkeit. Sie machte eine Aufwärtsbewegung mit beiden Armen.

Erhebt euch!

Wie von unsichtbaren Fäden gezogen, erhoben sich die Kalmare, als hätten sie nur auf dieses Zeichen gewartet. Fünfzig ausgewachsene Königskalmare.

Ohne noch länger zu zögern, schwang sich Lìya auf den Rücken des ersten Kalmars am Tor. Er half sogar mit einem Tentakel nach. Dann holte sie weit mit den Armen aus und deutete eine Vorwärtsbewegung an.

Ihr habt geschlafen. Ihr habt gefressen. Es wird Zeit für etwas Bewegung. Los!

Der Kalmar, auf dem sie saß, setzte sich träge in Bewegung, und fast gleichzeitig stapften ihm die anderen nach. Der Boden erzitterte unter ihren Schritten.

Leise! Seid leise!

Augenblicklich setzten die Kalmare ihre Tentakel sehr behutsam auf und glitten beinahe geräuschlos aus dem Stall.

Lìya wusste, dass sie kaum eine Chance hatte, unbemerkt den Palast zu verlassen. Sie hatte sich auch noch nicht überlegt, wie sie das bewachte Palasttor passieren sollte. Aber in dem Hochgefühl, dass die Kalmare der Zhàn Shì ihr bedingungslos gehorchten, machte sie sich darüber im Moment keine Gedanken. Noch weniger kam ihr in den Sinn, dass all dies möglicherweise Teil eines viel größeren Plans sein könnte.

Eines unergründlichen Plans der Kalmare.

Der Lìya ebenso einschloss wie alles andere.

Vielleicht schliefen die Zhàn Shì deshalb heute ein kleines bisschen länger als gewöhnlich, während die beiden jungen Wachen am Tor plötzlich das dringende Bedürfnis hatten, es zu öffnen. Nachdem sie das getan hatten und wie benommen neben dem offenen Tor standen, spürten sie etwas Großes an sich vorbeiziehen – ohne es zu sehen! Wenig später schlossen sie das Tor wieder, aus einem ebenso unerklärlichen Impuls heraus. Als sie später aufs Strengste zu diesem Vorfall befragt wurden, konnten sie nicht erklären, warum sie das Tor geöffnet und die fünfzig Kalmare mit dem triumphierenden Mädchen voneweg nicht gesehen hatten.

Es gab keine Erklärung dafür, dass die Wachen das Tor geöffnet und damit die Sicherheit der Zhàn Shì gefährdet hatten. Es gab keine Erklärung für das, was in der Nacht mit Lìya und den Kalmaren passiert war.

Es gab nur einen leeren Stall.

HELD OHNE TAT

Huan war wieder allein. Oder Sariel, wie er nun hieß. Wieder allein in der Zelle oder dem Krankenzimmer, was immer es war. Nachdem Lin-Ran ihn zurückgebracht hatte, war der Arzt erschienen, hatte ihn erneut mit einem münzgroßen Ding untersucht und ihm dann ein Getränk gereicht, das ähnlich wie Nglirr schmeckte. Kurz darauf war Huan eingeschlafen und hatte alles noch einmal geträumt, was der Graue ihm erzählt hatte. Nur viel plastischer, als ob er die ganze Geschichte der Zukunft selbst miterleben würde. Er träumte Bilder einer Stadt in Form eines gewaltigen Zylinders, angefüllt mit großen blassen Menschen, mit Maschinen und Dingen, die ihm völlig unverständlich und rätselhaft vorkamen. Seltsame Gefährte, die in nichts an Autos erinnerten. Fluggeräte ohne Flügel oder Rotoren. Eine Stadt, die keine Geräusche machte, sondern nur unentwegt in sich hineinwisperte. Eine leise Welt.

Er träumte auch von Kurkuma und dass der rote Kater irgendwo ganz in der Nähe war und einsam durch die große Stadt der Sari streunte.

Nach dem Aufwachen war Huan überzeugt, dass der Traum mit dem Nglirr zusammenhing. Er hatte ihm eine Art Geschichtsstunde im Schnelldurchlauf beschert. Obwohl Huan immer noch nichts von dem verstand, was um ihn herum ablief.

Er dachte wieder an den Kater. Der Kater war genauso verschwunden wie er nun auch. Huan fragte sich, ob seine Eltern bereits nach ihm suchten, und erneut überkam ihn Verzweiflung bei dem Gedanken, dass er sie vermutlich nie wiedersehen würde. Er verfluchte sich dafür, dass er nicht doch wenigstens eine kurze Notiz hinterlassen hatte.

Das erinnerte ihn wieder an seine Träume und Vorahnungen der letzten Zeit und das Symbol, das er kurz vor seiner Entführung auf Hunderte von Blättern getuscht hatte. Huan sprang von der Pritsche auf und suchte in dem Raum nach irgendetwas zum Schreiben. Aber natürlich kein Stift zu finden, kein Papier, keine Chance. Da er nichts anderes zum Malen hatte, beleckte er einen Zeigefinger und malte das Symbol mit etwas Spucke auf eine Ablage.

Das Symbol schimmerte ein wenig in dem milchigen Licht und verging dann. Seltsamerweise fühlte Huan sich danach besser.

Er setzte sich wieder auf die Pritsche. Das Gespräch mit Lin-Ran hatte mehr Fragen aufgeworfen als beantwortet. Um die Dinge besser einordnen zu können, tat Huan das, was er meist in solchen Situationen tat – er machte im Geiste eine Liste.

Eine Liste der Dinge, die halbwegs feststanden.

- *Ich bin entführt worden.*
- *Ich lebe.*
- *Ich befinde mich in der allerfernsten Zukunft.*
- *Die Menschheit ist ausgestorben.*
- *Meine Entführer gehören zu den letzten Überlebenden und nennen sich Sari.*
- *Es gibt noch ein anderes Volk, die Ori.*
- *Die Sari können ihre Stadt nicht verlassen, weil ein tödliches Virus sie draußen umbringen würde.*

- *Ich bin angeblich gegen dieses Virus immun.*
- *Ich soll das Zentrum des Virus zerstören, einen ganzen Vulkan. Nur dann lassen mich die Sari in meine Zeit zurück.*
- *Ich habe keine Ahnung, ob das wirklich die Wahrheit ist.*

Viel schlauer war Huan danach zwar auch nicht, aber diese Liste, auch wenn sie nur in seinem Kopf existierte, war greifbar und reduzierte die tausend Unsicherheiten und Unbekannten auf eine Handvoll Tatsachen. Mit ihrer Hilfe wurde Huan allmählich klar, das dies hier seine neue Realität war, der er sich wohl oder übel zu stellen hatte. Aber dafür musste er endlich diesen Raum verlassen.

Huan sprang auf, trat an die automatische Tür und hämmerte mit beiden Fäusten dagegen. »He! Ich bin wach! Ich will hier raus! ... Heeee!!! Hört ihr mich?! Ich will raus!«

Keine Reaktion. Nicht das leiseste Geräusch war hinter der Tür zu hören. Huan schrie sich die Seele aus dem Leib, aber kein Lämpchen blinkte, keine Stimme, die aus einem versteckten Lautsprecher quäkte, kein Arzt, der hereinstürmte, um ihn an die Pritsche zu fesseln. Einfach nichts. Wie vergessen. Obwohl er sicher war, dass sie ihn die ganze Zeit über beobachteten.

Nach einer Weile gab Huan erschöpft auf und harrte der Dinge, die da kommen würden. Die Attacke gegen die Tür hatte immerhin seine Verzweiflung vertrieben.

Dafür wurde ihm nun langweilig. Huan stöhnte, rieb sich den Kopf, stand auf, lief herum und setzte sich wieder auf die Pritsche. Die Zeit war zäher Klebstoff und pappte ihn in diesem Raum fest.

Um sich die Zeit zu vertreiben, um wenigstens irgendwas zu tun, das entfernt mit seiner Lage zusammenhing, oder auch nur, um nicht durchzudrehen, sang Huan sich das fremdartige Lied vor, das ihn zu der Würstchenbude an der

Alster geführt hatte. Die Erinnerung an das Lied fiel ihm seltsamerweise nicht schwer. Huan stand auf und schritt im Rhythmus des Liedes langsam und konzentriert durch den kleinen Raum. Sobald die Melodie eine Drehung anzeigte, drehte er sich in die entsprechende Richtung, solange das Lied keine Richtungsänderung vorschrieb, ging er einfach auf und ab. Das beschäftigte ihn so, dass er sogar ein wenig ins Schwitzen kam und zusammenzuckte, als bei einer Linksdrehung plötzlich die automatische Tür aufging und ein Mädchen eintrat.

Nicht irgendein Mädchen.

Sie war das schönste Mädchen, das Huan je gesehen hatte. Etwa in seinem Alter, kurz geschnittene messingfarbene Haare, ein schmales nordeuropäisches Gesicht, eine scharfe, etwas zu große Nase unter großen Augen, die die Farbe des Meeres an einem stürmischen Frühlingstag hatten. Sie war größer als Huan, aber das war nicht verwunderlich, denn er war in seinem Jahrgang stets einer der Kleinsten gewesen. Das Mädchen trug ein schlichtes fliederfarbenes Wickelkleid ohne Ärmel. Kurz genug, dass Huan ihre Beine und Arme sehen konnte, und eng genug gewickelt, dass sich ihre Brüste deutlich darunter abzeichneten. Alles an dem Mädchen schien etwas in die Länge gezogen – Beine, Arme, Finger, der Hals. Auf Huan wirkte es vollkommen. Vollkommene Zartheit. Vollkommene Anmut in jeder ihrer Gesten.

»Gruß, Sariel«, sagte das Mädchen und blickte ihn offen und ein wenig belustigt an. »Was tust du da?«

»… Nichts. Ich laufe herum.«

»Und singst.«

Was sollte man dazu sagen! Huan wurde verlegen.

Das Mädchen hielt einen Stapel frischer Kleidung in dunkelroter Farbe in den Händen, den es nun auf Huans Pritsche ablegte. Sie bewegte sich langsam, den Kopf stets erhoben, und ihre blasse Haut schimmerte matt im künstlichen

Licht. Bewegungen, die in Huan augenblicklich den drängenden Wunsch auslösten, sie zu berühren und von ihr berührt zu werden.

»Ich bin Eyla. Die Tochter von Lin-Ran.« Eyla. Auch der Name schien ihm vollkommen passend. Eyla.

»Huan«, stellte sich Huan vor, weil ihm nichts Besseres einfiel. Das Mädchen lachte und kam näher.

»Nein! Du bist Sariel.«

Sie musterte ihn einen Moment und Huan bekam Gänsehaut. Sein Magen meldete sich und sein Mund wurde trocken. Kannte er schon. Bei Jana war es genauso gewesen. Aber an Jana dachte er jetzt nicht mehr. Weil das Mädchen jetzt nahe an ihn herantrat, ganz nahe.

Weil sie seine Wange mit einer Hand berührte, ganz sanft. Weil sein Herz bei dieser Berührung fast aussetzte. Weil sie ihn dann küsste.

Wie schon einmal, als er noch im Koma lag. Ein Hauch nur, ihre Lippen schwebten fast über seinen Mund, aber lang genug, dass Huan ihren Atem spürte. Lang genug, um sich an den Kuss im Koma zu erinnern. Lang genug, um sich in dieses Mädchen zu verlieben.

Sie ließ den Blick nicht von ihm, blieb dicht vor seinem Gesicht.

»Wie war noch mal dein Name?«

»Sariel«, erwiderte Huan jetzt und schluckte. »Mein Name ist Sariel.«

Sie lächelte ihn an, und Huan wusste, dass er für dieses Lächeln alles tun würde. Einfach alles. Tun musste.

Sie deutete auf den Stapel mit der dunkelroten Kleidung. »Du musst das anziehen.«

»Was, jetzt?«

»Ja.«

Huan zögerte. »Dreh dich um.«

»Warum?«

Huan atmete durch. »Darum! Weil ich mich ausziehen muss!«

»Kein Problem. Ich habe dich bereits nackt gesehen.«

Sie meinte es ernst. Huan zögerte noch einen Moment, dann wandte er sich abrupt von Eyla ab, zog rasch das blaue Hemd und die blaue Hose aus und anschließend die frische rote Kleidung an, die den gleichen Schnitt hatte und sich ebenso bequem und angenehm trug wie die andere.

Eyla musterte ihn zufrieden, als er sich wieder zu ihr umdrehte. »Dann können wir ja gehen. Sie erwarten dich schon.«

»Wer?«

»Alle!« Auf eine Handbewegung von Eyla öffnete sich die Tür und sie führte Huan hinaus.

»Wohin gehen wir?«

»Warte es ab!«

»Wo ist Lin-Ran? Und der Arzt?«

»Du wirst sie noch sehen«, sagte Eyla, ohne sich umzudrehen. »Lin-Ran wollte dich holen, aber ich habe auf mein Recht bestanden.«

»Welches Recht?«

»Das Recht der Frau des Sariel.«

»Waaas?«, platzte Huan heraus. Eyla hielt an und drehte sich zu ihm um. Sie wirkte vollkommen ernst.

»Ich bin deine Frau. Ich erkläre dir alles später. Wenn wir allein sind.« Dann nahm sie ihn an die Hand und zog ihn durch weitere Gänge und Zwischenschleusen bis zu einer etwas größeren automatischen Tür, vor der sie anhielt.

»Wir verlassen jetzt den Gesundheitsbereich«, erklärte sie. »Dahinter liegt die Stadt. Was auch immer du siehst, hab keine Angst. Ich bin die ganze Zeit in deiner Nähe.«

Huan hatte keine Angst. Er war nur vollkommen verwirrt, orientierungslos, ratlos, neugierig – und verliebt! Er hatte gar keinen Platz mehr für Angst.

Die automatische Tür surrte leise zur Seite und Eyla und Huan traten auf eine breite Galerie. Sie standen jetzt praktisch im Freien, Huan schätzte, in etwa hundert Meter Höhe, und blickten ins Innere eines gewaltigen Zylinders von mehreren Kilometern Durchmesser. Unter ihnen lag Sar-Han. Die Stadt aus seinem Traum der letzten Nacht. Der ganze Zylinder war Sar-Han. Die Galerie, auf der sie standen, zog sich am Innenrand des Zylinders entlang, der die Außenwand der Stadt bildete: eine Art umlaufender Schutzwall aus Gebäuden, Verbindungsgängen, Rohren, großen technischen Konstruktionen und gläsernen Zwischenstücken, hinter denen man fern eine Wüstenlandschaft erkennen konnte.

Die Galerie, auf der sie standen, war die höchste von etwa zehn, die sich alle fast vollständig um den Innenrand herumzogen und zwischendurch verbunden waren. Oben war der Zylinder durch ein durchsichtiges Kuppeldach abgeschlossen, das frei in der Luft zu hängen schien, ohne irgendwelche Stützkonstruktionen. Überhaupt wirkte der ganze Zylinder trotz seiner gigantischen Ausmaße leicht und fast schwebend. Unten, in der freien Mitte des Zylinders, befanden sich Gebäude, Häuser, Türme, größere Anlagen mit einer metallischen Außenhaut und auch einige Parks mit Wiesen und Palmen. Dazwischen Straßen und überdachte Brücken, auf denen der Verkehr strömte. Huan konnte von der Galerie aus allerdings nicht genau erkennen, mit welcher Art von Vehikeln. Er sah jedoch, dass die Stadt voller Menschen war. Sie trugen bunte Kleidung und bevölkerten die Straßen und Brücken. Und Huan entdeckte noch etwas: Überall schwebten Bilder von ihm in der Luft. Gestochen scharfe dreidimensionale Hologramme in allen Größen, die gemächlich durch die Stadt flogen. Huan verstand jetzt, was Eyla vorhin gemeint hatte.

Sie erwarteten ihn. Alle.

Es war angenehm warm hier oben, glasklare Luft, leicht zu

atmen. Huan sah nirgendwo Rauch oder Abgase. Er hörte auch keinen Straßenlärm, keine Motoren- oder Maschinengeräusche, kein Hupen, keine Schreie. Die Stadt vibrierte nur leicht, summte, surrte, brummte ein wenig und raunte ihm etwas Unverständliches zu.

»Ich bin gerne hier oben«, sagte Eyla dicht neben ihm. »Man fühlt sich so ... erhaben.«

Huan sagte nichts, war viel zu sehr damit beschäftigt, Tausende von Eindrücken aufzunehmen, zu sortieren und zu verstehen.

Eyla nahm wieder seine Hand. »Komm. Es wird Zeit.«

Diesmal blieb Huan stehen, ließ ihre Hand aber nicht los. »Erklär mir was. Warum bist du meine Frau? Ich meine ... versteh mich nicht falsch ... nicht dass ich dich nicht nett fände oder so. Aber ... niemand hat *mich* gefragt. Niemand hat mich verdammt noch mal gefragt, ob ich das alles hier überhaupt will!«

Sie nickte, und Huan sah, dass ein Schatten von Unverständnis über ihr Gesicht huschte. »Mach dir keine Sorgen. Es wird alles gut. Es wird alles wunderbar. Es wird das Größte sein, was dir in deinem Leben bisher passiert ist.«

»Das ist keine Antwort.«

Sie seufzte weder noch verdrehte sie die Augen oder wirkte sonst irgendwie ungehalten. Nur ein bisschen traurig über Huans Frage. Wie über die unerwartete Dummheit eines guten Freundes.

»So ist das Gesetz. Die Tochter des Kontaktors hat das Vorrecht auf den Sariel.«

»Und wenn er nicht will?«

Jetzt lachte sie und drehte sich einmal kokett vor ihm. »Wenn ich dir nicht gefalle, kannst du dir eine andere suchen. Gefalle ich dir denn nicht?«

Huan seufzte. Das war eben der Punkt. So eine Frage funktionierte irgendwie nicht mehr, wenn man sie einem

Mädchen wie Eyla stellte.»Ich meine… wir sind erst fünfzehn. Warum dieses Tempo?«

»Ich bin schon fünfundzwanzig«, sagte Eyla. »Ich hab immer auf den Sariel gewartet. Und du gefällst mir!«, lachte sie wieder und kam ganz nah an ihn heran. »Du bist nett. Du bist anders als alle hier. Und du bist der Sariel. Du wirst uns retten.«

Huan konnte wieder ihren Atem spüren. Er war warm und roch ein wenig nach Nglirr. Er schluckte. »Also ist dein Vater so was wie der Chef hier. Der Bürgermeister oder so.«

»Er darf keine Entscheidungen treffen, wenn du das meinst. Er ist nur der Kontaktor, der oberste Ratgeber.«

»Und wer trifft dann die Entscheidungen? Ich meine zum Beispiel die, Menschen aus der Vergangenheit zu entführen, ihnen neue Namen zu verpassen, sie zu verheiraten und dann loszuschicken, um irgendwelche Pilze auf einem Vulkan zu killen?«

»Alle.«

Eyla führte ihn über die Galerie zu einem Aufzug, der sie innerhalb eines Augenblicks nach unten brachte, ohne dass Huan irgendeine Beschleunigung gespürt hätte. Er wunderte sich nicht mal darüber, auch wenn er keine Erklärung dafür hatte. Sie bestiegen ein Hik, wie Eyla das kleine Fahrzeug ohne Räder oder Flügel nannte.

Die Stadt und alles in ihr hätte Huan fremd und unheimlich sein müssen, tatsächlich aber wirkte Sar-Han auf seltsame Weise vertraut. Er vermutete, dass der Traum der letzten Nacht ihn irgendwie vorbereitet hatte. Auch das Hik mit seiner durchsichtigen Kapsel kam ihm bekannt vor, er machte es sich gleich in der richtigen Position bequem. Eyla legte eine Handfläche auf eine Art Armatur und das Gefährt hob ein Stück ab und bewegte sich dann fast geräuschlos mit konstanter Geschwindigkeit in etwa zehn Meter Höhe.

»Ich dachte mir, ich führe dich noch ein wenig herum, damit du einen Eindruck von der Stadt bekommst. Das meiste kennst du schon aus dem Lehrtraum. Was du sonst noch wissen musst, erfährst du aus den nächsten Träumen, und den Rest erkläre ich dir dann später.«

Sie gluckste leise. Huan musste sich zwingen, sie nicht dauernd anzustarren und stattdessen nach draußen zu blicken, wo Gebäude, Menschen und Verkehr an ihm vorbeizogen.

Die Stadt. Sie schien prächtig und großartig von Weitem, wie ein großer, zerklüfteter Kristall. Wenig Grün, Huan sah nur vereinzelt so etwas Ähnliches wie Parks mit roten, palmenartigen Bäumen. Nirgendwo Schmutz. Aus der Nähe jedoch entdeckte Huan nach und nach Spuren der Zersetzung. Die Gebäude hatten Risse und wirkten teilweise wie notdürftig geflickt. Immer öfter erblickte Huan auch gänzlich verfallene und verlassene Häuser in der Gebäudereihe. Die Straßen waren teilweise marode und die Menschen sahen trotz ihrer bunten Kleidung abgezehrter aus als Eyla, Lin-Ran und der Arzt. Ein Hauch von Elend und Klassenunterschieden wehte durch Sar-Han, und Huan begann zu verstehen, dass diese Stadt trotz aller Technik nach jahrhundertelanger Isolation auf Pangea am Ende war. Die Stadt lag im Sterben.

Eyla chauffierte ihn zu einem hohen, runden Gebäude ohne erkennbare Fenster oder Türen. Es sah einfach aus wie ein glänzender schwarzer Schildkrötenpanzer und beherrschte einen weiten, leeren Platz. Das Gebäude füllte fast das gesamte Gesichtsfeld aus, als sie sich mit dem Hik näherten. Eyla hielt mit unverminderter Geschwindigkeit darauf zu. Kurz bevor sie jedoch in die schwarze Wand gedonnert wären, öffnete sich eine Tür in dem Panzer und ließ sie ohne weitere Kontrolle passieren. Menschen sah Huan nicht.

Eyla stellte das Hik auf einem Parkplatz ab, auf dem Hunderte dieser Fahrzeuge standen, und führte ihn durch das Gebäude.

»Wo sind wir hier?«, fragte Huan.

»Im Centro«, erklärte Eyla, »sie erwarten dich schon.«

»Wer?«

»Alle!«

Die Antwort begann allmählich, ihm auf die Nerven zu gehen. Eyla führte ihn kreuz und quer durch das weitläufige und labyrinthische Gebäude. Helle Flure mit milchigen Türen, wie schon zuvor in dem Krankenhaus. Und wie dort verneigten sich die Menschen, denen sie begegneten, ehrfurchtsvoll vor Huan, grüßten ihn und blickten ihm lange nach.

Jeder erkannte ihn.

Huan stellte keine weiteren Fragen mehr, sondern folgte Eyla in dichtem Abstand, atmete ihren Duft und ihre Wärme und streifte manchmal wie unabsichtlich ihre Seite. Er kam sich lächerlich vor. Sie hatte ihn geküsst und es hatte ihm gefallen. Es hatte ihn *elektrisiert*! Unter normalen Umständen hätte er jetzt ihre Hand nehmen können, wie ein richtiges Paar. Aber nichts war normal, und Huan befiel wieder die alte Schüchternheit, die er mehr an sich hasste als seine geringe Körpergröße oder seine Stimme auf Band.

Eyla führte ihn in einen großen Saal, dessen einzige Einrichtung aus einem Stuhl bestand.

»Wird das jetzt eine Prüfung oder so was?«

»Nein!«, lachte Eyla. »Eine Begrüßung! Setz dich.«

Huan würgte seine Nervosität hinunter und setzte sich auf den einsamen Stuhl. »Und jetzt?«

»Sitzt du bequem?«

»Einigermaßen. Und jetzt?«

»Bist du bereit?«

Huan hatte keinen Schimmer, ob er bereit war. Beziehungsweise wozu. Aber er war neugierig.

»…bereit.«

Eyla berührte seine Schulter. »Denk immer daran, dass ich die ganze Zeit bei dir bin.« Dann machte sie eine Handbewegung und die Wände des Saals verschwanden. Verschwanden einfach. Einfach so. Alle vier Wände und die Decke. Huan kam gar nicht mehr dazu, sich zu wundern, wohin so große Wände innerhalb von Sekunden verschwinden konnten, geschweige denn, den Mechanismus zu verstehen. Was er verstand, war nur noch, dass er in der nächsten Sekunde auf einer Art Bühne saß. Aus dem Nirgendwo rings um ihn flammten zahllose Sonnen auf und tauchten ihn in buntes Licht. Gleichzeitig brach um ihn herum die Hölle los. Es mussten Tausende sein. Zehntausende. Hunderttausende. Sie waren überall, vor ihm, hinter ihm, zu allen Seiten. Ein endloses Meer von Menschen, und er, Huan, befand sich mittendrin. Im selben Moment, als das Licht aufflammte, brandete frenetischer Jubel aus Millionen Kehlen auf.

Ein einziger gewaltiger Jubelschrei. Der Schrei einer großen Erlösung.

»SAAAARIIIIEELLL!«

Der Schrei fuhr ihm wie ein Schlag in die Glieder, dass er am ganzen Leib zitterte. Der Stuhl drehte sich langsam in alle Richtungen. Und Huan erkannte, dass er sich auf der Bühne des größten Stadions befand, das Menschen je gebaut hatten. Es erstreckte sich über sein gesamtes Gesichtsfeld und wuchs am Rand in die Höhe. Zwei Millionen Menschen, die Hälfte der Einwohner von Sar-Han, saßen und standen im Kreis um ihn herum und verfolgten jede seiner Regungen und Bewegungen auf riesigen, hauchdünnen Folien, die frei in der Luft hingen.

»SAAAARIIIIEELLL!«

Huan hatte noch nie so viele Menschen auf einen Haufen gesehen. Allein die schiere Masse schockierte ihn. Eyla stand die ganze Zeit hinter ihm und nahm ihre Hand nicht von seiner Schulter. Ihr schien die Menschenmenge nichts

125

auszumachen. Eylas Hand war das Einzige, was Huan unter dem donnernden Jubel noch spürte. Gedanken oder Gefühle hatte er nicht mehr.

Er existierte einfach nicht mehr.

»*SARIEELLL! SARIEELLL! SARIEELLL! SARIE-ELLL!*«

Sie skandierten seinen Namen. Rhythmisch, pulsierend und stoßend wie ein einziges großes Herz, das statt Blut einen Namen pumpt. Seinen Namen.

»*SARIEELLL! SARIEELLL! SARIEELLL! SARIE-ELLL!*«

Da vergaß der einsame fünfzehnjährige Junge, dass er in einer fernen, unendlich fernen Zeit einmal Huan gewesen war. Von nun an hieß er Sariel.

Sariel verlor jegliches Zeitgefühl. Er hatte keine Ahnung, ob er bereits Stunden oder erst Minuten auf der Bühne saß. An dem Jubel ließ sich das nicht erkennen, denn der nahm kein bisschen ab. Sariel wusste nicht, wie er sich verhalten sollte.

»Steh auf!«, rief ihm Eyla von hinten gegen den Lärm ins Ohr. »Sie wollen dich sehen!«

»Und dann?«

»Keine Angst! Sie lieben dich!«

Mit zitternden Beinen stand Sariel auf und der Jubel schwoll zu einem ohrenbetäubenden Brausen an.

»Sag was!«, brüllte Eyla hinter ihm.

»Wie denn bei dem Lärm!?«

»Heb die Hand!«

Sariel gehorchte und mit einem Schlag ebbte das millionenfache Dröhnen ab. Wie ausgeknipst. Das plötzliche Schweigen traf Sariel fast genauso wie der Lärm des Jubels. Er räusperte sich. Versuchte ein Grinsen. Musste plötzlich dringend. Und wusste nicht, wohin mit seinen Armen.

»Hallo zusammen.«

Etwas Besseres fiel ihm nicht ein. Millionenfaches Raunen war die Antwort, wie die Vorboten eines fernen Gewitters. Sariel wollte etwas sagen, etwas Ewiges, etwas von historischer Bedeutung, das man mitschreiben und später Schülern zum Auswendiglernen geben konnte. Aber dann brachte er doch nur einen müden Scherz zusammen.

»Schön, dass ihr alle gekommen seid. Ich hoffe, es sind genug Chips da.« Niemand lachte. Sariel schwitzte. Denn er verstand plötzlich, was sie von ihm erwarteten.

Die Zusage.

»Gebt mir bitte noch etwas Zeit«, sagte er leise. Dann wandte er sich zu Eyla um und bemerkte, dass sie glühte. Ihre Augen glänzten fiebrig, und Sariel vermutete, dass er genauso aussah.

»Ich würde jetzt gerne gehen«, flüsterte er. »Ist das möglich?« Er musste seine Bitte wiederholen, denn Eyla reagierte erst nicht. Wie weggetreten.

»Natürlich«, sagte sie dann, als risse er sie aus einem Traum. »Du bist der Sariel, du kannst machen, was du willst. Es wird sowieso Zeit, du hast noch viele Termine.«

Der Tag verging wie im Rausch. Eyla fuhr ihn durch die Stadt und brachte ihn mit zahlreichen Menschen zusammen, die aus irgendeinem Grund das Privileg genossen, den Sariel persönlich kennenlernen zu dürfen. Sariel verstand weder, wer sie waren, noch, warum man sie ihm vorstellte, aber sie behandelten ihn alle mit ausgesuchtem Respekt und Bewunderung, selbst die Ältesten von ihnen. Sie behandelten ihn wie einen Superstar.

Und das begann ihm zu gefallen.

Er konnte die Gesichter, die ihm vorgestellt wurden, nicht auseinanderhalten und wusste nicht, ob es immer andere Menschen waren, mit denen er sprach, oder immer die Gleichen. Die Sari sahen sich so ähnlich und die Gespräche waren immer nur kurz und belanglos. Wie es ihm in Sar-Han gefalle, dass er sich keine Sorgen zu machen brauche, dass sie ihn bewunderten und alle Hoffnung in ihn setzten, was für Pläne er für *danach* habe.

Danach.

Die Frage ließ ihn jedes Mal zusammenzucken. Er antwortete ausweichend und bemühte sich, höflich zu sein. Immer höflich. Der nette Junge von nebenan. Das hatte er gut drauf.

Danach. Er wollte nicht an ein Danach denken, er wollte einfach nur zurück nach Hause. Trotz allem. Sogar trotz Eyla.

Sie wich keine Sekunde von seiner Seite. Sie schien die ungehemmte Begeisterung, die ihm entgegenschlug, mehr zu genießen als er, und dirigierte ihn mit sanfter Hand. Sie achtete darauf, dass ihm niemand zu nahe kam oder ihn gar berührte. Sie achtete darauf, dass die Gespräche nicht zu lange dauerten und zu ermüdend wurden. Sie achtete darauf, dass er genug trank. Sie achtete auf *ihn*.

Und zwischendurch, wenn sie ihm einen neuen Namen ins Ohr flüsterte, oder dass es Zeit wurde zu gehen, blieb sie mit den Lippen noch einen Moment länger an seinem Ohrläppchen, und Sariel bekam jedes Mal eine Gänsehaut.

Und nicht nur das.

Er merkte, wie Eylas Nähe ihn erregte. Sehr erregte. Half nur der Gedanke an das Virus und sofort war der Sturm da unten wieder vorbei.

Eines der Gespräche, die er führen musste, erschien ihm wie eine Art Interview. Er war allein mit Eyla und einer Frau, die ihm viele Fragen stellte. Allerdings entdeckte er keine Kamera. Als er danach jedoch mit Eyla weiter durch die Stadt fuhr, sah er das Interview groß auf den Folien in der Luft.

Im obersten Stock eines der zentralen Gebäude präsentierte Eyla ihm eine kreisrunde Wohnung, die doppelt so groß war wie die seiner Eltern. Durch die umlaufenden Fenster, die kein bisschen spiegelten, hatte man einen atemberaubenden Blick über die Stadt.

»Das ist jetzt deine Wohnung!«, erklärte Eyla und führte ihn herum. Im Gegensatz zu der nüchternen und angekratzten Einrichtung, die er bislang bei den Sari kennengelernt hatte, standen in dieser Wohnung echte Möbel. Antike Tische aus poliertem Holz, edle Polstersessel, echte Schränke mit echten Schiebetüren, die man mit der Hand bewegen musste. Ein riesiges Bett mit Kissen. Regale mit Büchern. An den Wänden große Schwarzweißfotos mit Stadtansichten von New York, Paris, Berlin und Kalkutta. Hamburg war nicht dabei. Im Wohnzimmer hing dafür ein Picasso. Sariel vermutete, dass auch der echt war. Wasser, das kostbarste Gut in Sar-Han, schoss mit verschwenderisch hohem Druck aus echten Wasserhähnen, und im Bad gab es sogar Seife. Alles wirkte neu und edel. Die Wohnung war eine einzige Erinnerung an eine untergegangene Zeit. Sariel hatte einen Kloß im Hals, gleichzeitig wollte er sich in dieser Wohnung einschließen und sie nie mehr verlassen.

»Das ist der größte Luxus, den es überhaupt gibt«, erklärte Eyla überflüssigerweise. »Nur die Mitglieder des obersten Rates leben noch so.« Sariel schwieg.

»Es gehört alles dir. Gefällt es dir?«

»Ja. Ist nett.«

Sie verzog spöttisch das Gesicht. »Irgendwann musst du mir mal erzählen, wie ihr gelebt habt, in eurer Zeit. Es muss das Paradies gewesen sein, nicht wahr?«

Vermutlich hat sie recht, dachte Sariel, und erneut befiel ihn schreckliches Heimweh.

»Komm mit!«, rief Eyla und zog ihn an der Hand durch das weitläufige Apartment. »Hier werden wir leben. Und das ist erst der Anfang. Wenn du uns befreit hast, wirst du noch viel mehr bekommen. Man spricht offiziell nicht darüber, aber jeder geht natürlich davon aus, dass der Sariel nach der *Befreiung* zum obersten Ratgeber gewählt wird. Du wirst eines Tages die Menschheit in ein neues goldenes Zeitalter führen! Du wirst sein wie...«

»...Moses?«, spottete Sariel.

Eyla blickte ihn an.»Wer ist das?«

Sariel winkte ab.»Vergiss es. War ein blöder Scherz.«

»...wie Gott!«, führte Eyla ihren Satz zu Ende.»Du wirst ein Gott sein.«

Gott?

Sariel fühlte sich mit einem Mal unendlich müde. Draußen vor den großen Fenstern wurde es Abend. Die lange Dämmerungsphase des verlängerten Erdtages badete die Stadt in ein rotgoldenes Licht und ließ sie noch unwirklicher erscheinen.

»Ich würde mich gerne etwas ausruhen«, sagte Sariel und ließ sich in einen Sessel fallen.

»Später!«, sagte Eyla und zog ihn wieder hoch.»Wir sind noch nicht fertig.«

»Doch!«, stöhnte Sariel.»Total fertig!«

Sie kam wieder nah an ihn heran und küsste ihn. Nicht so innig wie beim ersten Mal, flüchtig eher, wie ein gehauchtes Versprechen.

»Nein. Noch lange nicht.« Sie reichte ihm ein Glas Nglirr, das ihn wieder wach machte. Dann brachte sie frische Kleidung in der gleichen Farbe, diesmal etwas weiter geschnitten als die, die er trug.

»Zieh dich um, wir gehen aus.«

»Wohin?«

»Lass dich überraschen. Los, zieh dich um!«

Wieder musste er sich vor Eyla ausziehen, und wieder wandte er ihr dabei den Rücken zu. Als er sich umdrehte, sah er, dass Eyla sich in der gleichen Zeit ebenfalls umgezogen hatte. Sie lachte, als sie sein Gesicht sah.

»Tja, da hast du jetzt leider was verpasst!«

Wieder fuhr sie ihn kreuz und quer durch die Stadt, diesmal bis zum Stadtrand in eine Gegend, in der jetzt eine ganze Reihe verfallener Gebäude stand. Die Gegend wirkte verlassen und gespenstisch im Dämmerlicht. Die Stadt mit ihren Lichtern, den schwebenden Sariel-Transparenten und den jubelnden Massen schien plötzlich fern und unwirklich. Sariel sah keinen Menschen, als Eyla das Hik aus zehn Meter Höhe langsam auf die löchrige Straße absenkte, dennoch ahnte er, dass sie hier nicht allein waren.

»Das ist eigentlich Sperrzone«, erklärte Eyla. »Du darfst es nicht meinem Vater sagen, dass wir hier waren. Er hat mir verboten, in die Toten Häuser zu gehen.«

»Und warum tun wir es dann?«

»Weil es hier eine Menge Spaß gibt!«

Sie stieg aus und winkte ihn in die Ruine, vor der sie parkten. Erst als Sariel das verfallene Haus betrat, bemerkte er die Musik. Das heißt, er nahm an, dass es Musik war. Er spürte sie mehr durch seinen Körper pulsieren, als dass er sie hörte, und dieses Gefühl wurde stärker, je weiter sie in das Gebäude vordrangen. Auch Eyla wirkte ganz erfasst davon, denn sie passte ihre Schritte dem Rhythmus an und ging schneller.

»Komm schon! Keine Angst!«

Sie durchquerten lange Flure ohne Licht oder automatische Türen. Der Hall ihrer Schritte eilte ihnen voraus, vermischte sich mit dem Pulsieren und fernem Stimmengewirr, und im Gegensatz zu den anderen Gebäuden, die Sariel an diesem Tag kennengelernt hatte, roch es hier. Es stank sogar regelrecht. Ein schmieriger Dunst aus Fäkalien, Brandgeruch und …

»… Fleisch!«, rief Sariel verblüfft aus. »Hier riecht es nach gebratenem Fleisch!« Erst jetzt fiel ihm auf, dass er seit seinem Erwachen außer Nglirr nichts gegessen oder getrunken hatte.

»Erzähl es bloß nicht meinem Vater! Es ist *total* verboten!«, sagte Eyla und schob eine dicke Kunststoffplatte beiseite, die einen Durchgang versperrte.

Dahinter tobte die Party.

Diffuses grünes Licht flirrte über etwa dreihundert tanzende junge Sari, ließ sie wie Blattwerk in der Sonne wirken. Musik hörte er immer noch nicht, stattdessen ließ der dumpfe allgegenwärtige Pulsschlag nun jede einzelne seiner Zellen in unterschiedlicher Frequenz mitschwingen. Als ob sein Körper die unhörbare Musik nicht empfange – sondern selbst erzeuge. Er war Instrument und Resonanzkörper zugleich.

Der Saal, in dem die Sari tanzten, dampfte vor Feuchtigkeit, und es roch nun intensiv nach Schweiß und gebratenem Fleisch.

»*Saaarielll! Saaarielll! Saaarielll!*«, skandierten die Sari, als sie Sariel erkannten, ohne allerdings ihren Tanz zu unterbrechen. Diesmal schockierte ihn der Jubel nicht mehr.

»Willst du was essen?«, rief ihm Eyla zu. Sariel nickte. Der Fleischgeruch hatte seinen Appetit geweckt. Mehr als das – er hatte einen Mordshunger! Eyla führte ihn zu einem Stand, an dem ein junger Sari in Eylas Alter Fleischstücke grillte. Sariel glaubte es zunächst nicht, aber der Sari grillte tatsächlich Fleisch!

»Was ist das für Fleisch?«, rief Sariel Eyla zu.

»Ziege!«, erwiderte Eyla. »Die einzigen Tiere, die noch erlaubt sind. Es ist streng verboten, sie zu schlachten. Aber wir sind ja auch nicht irgendwer.«

»Wen meinst du mit *wir*?«

Eyla deutete mit einer weiten Geste auf die tanzenden und

herumstehenden Sari, die ihn und Eyla unverhohlen beobachteten. »Wir sind alles Kinder von Mitgliedern des obersten und mittleren Rates. Sie können uns alles verbieten – aber sie können uns nicht bestrafen!«

Sie lachte und reichte Sariel ein Stück gebratenes Ziegenfleisch. Sariel war zu hungrig, um zu protestieren, und verschlang das Stück mit wenigen Bissen. Eyla machte es ihm nach und schob ihm gleichzeitig ein zweites Stück in den Mund.

»Ich bin verrückt danach! Du kannst so viel essen, wie du willst! Du bist der Sariel!«

»Wie viel Ziegen gibt es denn überhaupt noch?«

»Ich glaube, so an die dreißig.«

Dreißig Ziegen für die ganze Menschheit! Sariel legte das dritte Stück, das sie ihm bereits reichte, vorsichtig zurück auf den Grill.

»Danke, ich glaub, ich hab genug.«

»Dann lass uns tanzen!«

Sie zog ihn in das Zentrum des tanzenden Pulks. Sariel hatte in seinem früheren Leben vor zweihundert Millionen Jahren nie gern getanzt. War ihm zu peinlich gewesen. Hatte er nicht gut draufgehabt. Aber nun war alles ganz leicht, der fremde Pulsschlag übernahm die Kontrolle über seinen Körper, drang ein in alle Gliedmaßen und zwang ihm seinen Rhythmus auf. Gleichzeitig vergaß Sariel, wer und wo er war. Zwar nahm er die anderen Tanzenden um sich herum noch wahr, aber nur noch als Teile eines größeren Ganzen, dessen tieferer Sinn hinter einem fernen Nebel lag.

Irgendwann reichte ihm jemand ein Glas Nglirr. Eyla. Er trank es in einem Zug und tanzte weiter. Irgendwann trank er noch ein Glas und tanzte weiter. Irgendwann wurde er müde und merkte, dass Eyla nicht mehr in seiner Nähe war. Das ernüchterte ihn so weit, dass er sich wackelig durch die Menge lavierte und an den Rand der Tanzfläche stellte.

Damit nahm er allmählich sich selbst und seine Umgebung wieder bewusst wahr. Eyla war verschwunden. Sariel konnte sie nirgends entdecken.

Ein Mädchen stand plötzlich neben ihm und reichte ihm ein frisches Glas Nglirr. Sie sah sehr schön aus. Nicht ganz so schön wie Eyla, fand Sariel, aber immer noch sehr schön. »Gruß Sariel!«, sagte sie und kam nah an ihn heran. »Willst du tanzen?«

»Hab gerade.«

»Dann setzen wir uns, ja?«

Sie lotste ihn in eine Ecke mit Sitzkissen, die sich den Körperformen bei jeder Bewegung anpassten und in denen man sich so leicht fühlte wie unter Wasser, und drängte sich dicht an ihn.

»Ich heiße Sho.«

»Sho.« Sariel wiederholte den Namen. »Sho. Sho. Sho.« Er kicherte und das Mädchen Sho kicherte zurück und flößte ihm Nglirr mit ihrem Mund ein. Mit ihrem Mund!

Irgendwann war Sho verschwunden und zwei Sari sprachen auf ihn ein. Er verstand nicht, was sie sagten, es klang kompliziert und klug und geschwätzig und Sariel starrte sie nur an. Irgendwann war ein anderes Mädchen bei ihm und tanzte vor ihm, dann war Sho wieder da und scheuchte alle weg. Sie versuchte, ihm irgendwas zu sagen. Fragte ihn, ob er mit ihr kommen wolle. Wollte er. Aber er konnte sich kaum noch bewegen. Also blieb er sitzen. Irgendwann musste er sich übergeben.

Danach fühlte er sich besser.

Eyla war immer noch nicht wieder aufgetaucht. Sariel suchte in der Menge der Tanzenden und entdeckte sie schließlich. Sie tanzte mit einem anderen Jungen. Mit einem Blick, der irgendwo weit in der Ferne hing, schwer und unerreichbar. Der Junge, mit dem sie tanzte, war größer als die meisten hier und etwas älter. Er wirkte sehr selbstbewusst, geradezu arrogant. Sariel bemerkte, dass die anderen Tänzer ihm auswichen. Er hatte entfernte Ähnlichkeit mit Christoph Glasing. Sehr entfernte Ähnlichkeit, aber das reichte, um Sariel gründlich die Laune zu verderben. Eine Welle der Eifersucht brandete unvermittelt über ihn hinweg, heftig und zerstörerisch wie ein Tsunami im Morgengrauen. Sariel verspürte den dringenden Impuls, sich jetzt gleich auf die Tanzfläche zu stürzen und diesem Sari dort die hochmütige Fresse zu polieren.

Stattdessen wankte er nur auf die Tanzfläche, packte Eyla roh am Arm und sagte rau: »Sariel will jetzt gehen.«

Schlagartig brach das Pulsieren ab und die Menge hörte auf zu tanzen. Eyla starrte Sariel einen Moment lang verwirrt an. Der große Sari, mit dem sie getanzt hatte, machte eine Bewegung auf Sariel zu, doch als er ihn erkannte, hielt er sofort inne und verneigte sich.

»Gruß Sariel!«, murmelte er kühl, trat unwillig einen Schritt zurück und betrachtete Sariel mit unverhohlener Feindseligkeit. Jetzt war auch Eyla wieder ganz bei sich. Sie strich Sariel mit einer Hand über die Wange und lächelte ihn an. »Natürlich«, sagte sie. »Es wird Zeit.«

Schweigen spannte sich zwischen ihnen auf, als sie wieder in dem Hik saßen und geräuschlos durch die nächtliche Stadt glitten. Schmerzliches, unangenehmes Schweigen, das Sariel endgültig nüchtern werden ließ. Er wusste bloß nicht, wovon er eigentlich betrunken gewesen war. Von der lautlosen Musik oder von den Nglirr? Sariel blickte auf die Stadt, die in Bodennähe hell erleuchtet war. Ein Licht ohne erkennbare Quelle, das weit genug nach oben abstrahlte, dass man gerade noch die Dächer der höchsten Gebäude ausmachen konnte. Er stellte sich vor, welchen Anblick die Stadt aus der Entfernung abgeben würde.

»War das dein Freund?«, unterbrach Sariel schließlich die Stille. Eyla blickte ihn kurz an.

»Er *war* es. Wir waren kurz zusammen. Er ist der Sohn des zweiten Ratgebers. Khanh ist sehr klug. Vermutlich wird er später mal oberster Ratgeber.«

»Wenn ich ihm nicht den Job wegschnappe, meinst du. Und seine Freundin dazu.«

»Du bist der Sariel. Wenn du uns befreist, werden dich alle ewig lieben, auch Khanh. Er kann das nur nicht so zeigen.«

Eine weitere Frage brannte Sariel unter den Nägeln, drängte darauf, gestellt zu werden.

»Liebst du ihn?«, traute er sich schließlich.

»Nein«, sagte sie, ohne zu zögern. »Ich liebe dich. Du bist der Sariel. Ich habe dich schon mein ganzes Leben lang geliebt.«

Das verstand Sariel nicht. Er verstand im Augenblick ohnehin wenig. Warum sie dann die ganze Zeit mit Khanh getanzt hatte, warum sie jemanden liebte, den sie gar nicht kannte, seine plötzliche, rasende Eifersucht und auch nicht, wohin sie überhaupt fuhren.

»Nach Hause«, sagte Eyla, als hätte sie seine Gedanken erraten.

Die Wohnung war angenehm beleuchtet, als sie ankamen. Irgendjemand hatte sogar Kerzen angezündet.

»Sind die echt?«, fragte Sariel.

»Alles hier ist echt«, sagte Eyla. »Ich auch.«

Sie schloss die Tür mit einer Handbewegung und kam wieder nah an ihn heran. Das erste Mal, seit sie das Tote Haus betreten hatten. Sie nahm seine Hände und legte sie auf ihre Hüften.

»So ist gut.«

Dann schlang sie ihre Arme um seinen Hals und küsste ihn. Aber nicht mehr flüchtig wie vorhin. Dieser Kuss war kein Versprechen mehr – er war die Einlösung. Sie küsste ihn innig und leidenschaftlich, ein kleiner Seufzer löste sich aus ihrem Innern, sie drängte sich noch enger an ihn heran, und Sariel konnte gar nicht anders, als den Kuss zu erwidern. Ihre Zungen trafen sich, Sariel konnte Eyla schmecken. Sie schmeckte süß und frisch wie der erste Atemzug an einem Morgen nach dem Regen. Er umfasste sie jetzt entschlossener, seine Hände fanden ihren Po und hielten ihn fest, ganz fest.

Er spürte jetzt ihre Brüste an seiner Brust. Sie waren klein und fest und gaben nur wenig nach. Seine Beine zitterten, aber er traute sich nicht, sich zu bewegen. Er wollte hier stehen bleiben, für immer, und sie nur küssen, sie atmen und schmecken und spüren.

Sie löste sich von ihm und strich sich eine Haarsträhne aus dem Mundwinkel. Sariel küsste ihren Hals. Sie war etwas größer als er, daher kam er gut an alle Stellen heran, an all die weichen Schwünge und Übergänge. Sie gluckste leise, als er ein Grübchen zwischen ihren Schulterblättern küsste, nahm seinen Kopf in ihre Hände und fand wieder seinen Mund.

»Komm!«, sagte sie plötzlich, nahm seine Hand und führte ihn ins Schlafzimmer. Sariel war dankbar, als sie ihn sanft aufs Bett drückte, denn seine Beine zitterten inzwischen so stark, dass er kaum noch stehen konnte. Auf dem Bett liegend, betrachtete er sie nun, sah ihr zu, wie sie sich vor ihm auszog. Mit wenigen Handgriffen löste sie das tunikaähnliche Kleid, das sie trug, und stand nun völlig nackt vor ihm. Das Licht der Kerzen, vermischt mit dem heruntergedimmten Raumlicht, umschmeichelte ihren Körper und verlieh ihm einen weichen Glanz. Sie war schön, schöner als alle Mädchen, die er je im Leben oder auf Bildern gesehen hatte, und in diesem Augenblick war er stolz, dass sie nur für ihn hier war. In diesem Augenblick war er stolz, der Sariel zu sein.

»Gefalle ich dir?«

Sariel schluckte heftig. »…Ja… sehr.«

Er fand, dass er jetzt wohl auch etwas tun sollte, zog sich

Hemd und Hose aus und versuchte, rasch unter die Bettdecke zu kommen. Eyla verhinderte das.

»Nicht! Ich will dich sehen … Sariel!«

Wie sie seinen Namen aussprach, schwang noch etwas anderes als Zärtlichkeit in ihrer Stimme mit: Besitzerstolz. Sie beugte sich über ihn und küsste ihn wieder. Ein Zittern durchlief seinen Körper und übertrug sich auf Eyla. Sie legte sich seufzend auf ihn. Sariel konnte ihr Gewicht spüren, ihr kleines Gewicht, und er umfasste sie und presste sie noch fester an sich als zuvor. Sie rollten gemeinsam über das Bett, küssten sich die ganze Zeit und streichelten sich überall. Er strich über ihre Brüste mit der flachen Hand, umkreise sie. Sie drehte sich auf den Bauch, und er entdeckte wunderbare flaumige Stellen und Grübchen, wo der Po in den Rücken überging, und küsste sie dort, bis sie wieder leise gluckste. Das war es, was ihn am meisten erregte: dass sie seine Zärtlichkeiten genoss, dass er nichts falsch machte, dass sie zusammengehörten.

Als er am nächsten Morgen erwachte, war er allein. Er brauchte einen Moment, um zu verstehen, wo er war, aber dann kam sofort alles zurück, von der Entführung angefangen bis zu der letzten Nacht.

Der letzten Nacht.

Sariel horchte auf Geräusche. Von irgendwo rauschte Wasser. Sie duschte. Sariel stellte sich vor, wie sie unter der Dusche aussah, und blieb zufrieden liegen. Und stellte fest, dass er sich gut fühlte. Nicht einfach, sich das einzugestehen in seiner Lage, aber Tatsache. Voller Energie, erwachsen und stolz. Ein bisschen nervös, wie es sein würde, wenn sie zurückkam, aber das war schon alles. Er fühlte sich gut.

Sie kam zurück, in ein weißes Tuch geschlungen, und strahlte ihn an.

»Du bist wach! Wie schön! Ich hab geduscht. Es war

herrlich! Ich hab schon seit einem Jahr nicht mehr geduscht!«

»Waaas?«

»Wasser ist knapp. Selbst die Familien der obersten Ratgeber sind von der Rationierung betroffen. Aber das wird ja bald alles anders – wenn du uns befreit hast!«

»Und wie wascht ihr euch sonst?«

»Mit Cremes. Außerdem werden wir nicht so schmutzig wie …« Sie unterbrach sich, als hätte sie etwas Unpassendes gesagt.

»Wie wer?«, hakte Sariel nach.

»Na ja … wie ihr in eurer Zeit. Anwesende natürlich ausgenommen!« Sie warf sich aufs Bett und küsste ihn ungestüm. »Was willst du heute machen?«

Sariel hatte keine Ahnung. Eigentlich wollte er am liebsten für immer in diesem Bett bleiben, aber es war ihm plötzlich peinlich, das zu sagen. Er fürchtete sich ein bisschen vor dem Draußen, vor den Massen, die dort auf ihn warteten und viele Fragen hatten. Vor allem die eine Frage.

Ob er bereit sei, sein Leben für sie alle einzusetzen, einfach so.

»Ich würde gerne mehr über euch Sari erfahren«, sagte er schließlich.

Eyla blickte ihn an. »Sehr gut. Ich werde alles arrangieren.«

Sie brachte ihm seine Kleidung und ein Glas Nglirr. Sariel dachte an den letzten Abend, an seine Übelkeit und die rasende Eifersucht und nippte nur, aber Eyla versicherte ihm, dass er sich diesmal keine Gedanken zu machen brauche.

Allmählich gewöhnte sich Sariel an das dickflüssige Getränk, auch wenn die beiden Stücke kostbaren Ziegenfleischs am letzten Abend eine willkommene Abwechslung gewesen waren. Allerdings hatte Sariel sich nie viel aus Essen gemacht und war überzeugt, dass er prima nur mit Nglirr auskommen würde, wenn das die einzige Einschränkung in seinem zukünftigen Leben blieb. Außerdem war er der Sariel. Nach den Ereignissen des letzten Tages vermutete er, dass er sich noch viele weitere Freiheiten und Privilegien herausnehmen konnte. Und dieser Gedanke begann, ihm zu gefallen.

Eyla hatte offenbar verstanden, dass die vielen Menschen ihn erschreckten, denn sie brachte ihn in den nächsten Tagen nur mit wenigen Leuten zusammen. Zumeist ältere Sari, die ihm geduldig erklärten, wie seine neue Welt funktionierte: die allernötigsten Grundlagen der Gentechnik und der Physik der Zeitreisen, die Gesellschaftsform der Sari und rudimentär auch der Ori, einen geschichtlichen Abriss jener Jahrhunderte, die zwischen seiner Entführung und dem Kometeneinschlag lagen. Eyla zeigte ihm, wie man die Hiks bediente, und er fand Gefallen daran, damit durch die Stadt zu heizen. Am interessantesten waren jedoch die Gespräche mit den Biologen, die ihm die völlig andersartige Tier- und Pflanzenwelt der neuen Erde erklärten. Soviel sie eben selbst darüber wussten. Am unheimlichsten, aber auch am faszinierendsten fand Sariel die gigantischen Oktopusse, die inzwischen zu Landbewohnern geworden waren und die Savannen und Regenwälder von Pangea bewohnten. Sariel staunte, als man ihm erklärte, dass die Ori sie als Reittiere benutzten und ihnen sogar eine gewisse Intelligenz nachsagten.

Lin-Ran sah er nicht in diesen Tagen, auch nicht den Arzt. Einmal sah er Khanh aus der Ferne in einem der Labors und bemerkte wieder seinen feindseligen Blick. Dennoch grüßte Khanh ihn mit dem respektvollen »Gruß Sariel!«, das ihm hier offenbar gebührte. Sariel war allerdings nicht mehr eifersüchtig, denn Eyla brachte ihn nicht mehr zu irgendwel-

140

chen Partys, und sobald es Abend wurde, zog sie ihn ohne weitere Umstände ins Bett, und sie schliefen miteinander bis zur Erschöpfung.

So verging eine Woche wie im Rausch, und Sariel begann zu verdrängen, warum er bei den Sari war.

Bis Eyla ihn fragte. »Wann wirst du dich entscheiden?« Sie hatten gerade miteinander geschlafen. Sariels Hand ruhte auf ihrem Bauch und er rechnete mit einer baldigen Wiederholung. Daher überrumpelte ihn die Frage.

»Was meinst du?«

»Du weißt schon.«

Sariel zögerte. Ihr Ton klang anders plötzlich, bestimmter, erfüllt von etwas, was ihm einen Schauer über den Rücken jagte.

Er überlegte. »Was wird passieren, wenn ich *nicht* gehe?«

Sie richtete sich etwas auf und blickte ihn erstaunt und prüfend an. Als sähe sie ihn zum ersten Mal. »Dann bist du nicht mehr der Sariel.«

Klang irgendwie logisch.

»Und was bedeutet das?«

»Du wirst eine große Enttäuschung für uns alle sein, aber wir werden dich trotzdem in der Gemeinschaft aufnehmen. Man wird dir eine Wohnung in der Nähe der Toten Häuser und eine einfache Aufgabe zuweisen.«

»Ihr könnt mich doch zurückschicken. Dann seid ihr mich los. Und du könntest mitkommen.« Ein Anflug von Ärger huschte über ihr schönes Gesicht. Sie rückte ein wenig von ihm ab.

»Sei nicht naiv! Wenn du nicht gehst, wird man keine kostbare Energie verschwenden, um dich in deine Zeit zurückzuschicken! Und ich werde dich natürlich verlassen. Ich bin die Frau des Sariel. Wenn du nicht mehr der Sariel bist, gehöre ich dir nicht mehr.«

Auch ganz logisch. Sariel verfluchte sich im Stillen für die

Frage. Er wollte ihre Hand ergreifen, um sie wieder an sich zu ziehen, doch sie entwand sich seinem Griff.

»Ich finde, es wird langsam Zeit, dass du dich entscheidest.« Sie erhob sich und sammelte ihre Kleidung ein.

»Was tust du?«

»Vielleicht willst du eine Weile allein sein, um dir alles gründlich zu überlegen. Wenn du dich entschieden hast, findest du mich bei meinem Vater.« Sie war inzwischen angezogen. Ohne weiteren Kuss oder Gruß verließ sie die Wohnung und ließ nur Stille und einen kühlen Luftzug zurück. Etwas Endgültiges lag in der Art und Weise, wie sie fortging.

Sariel rührte sich lange nicht auf seinem Bett, und je länger er liegen blieb, desto mehr wuchs seine Verzweiflung, und so allmählich wurde ihm klar, dass er es nicht aushalten würde, wenn Eyla ihn verließe. Dass es unerträglich wäre. Dass er für sie durch ein Meer aus Säure schwimmen würde. Dass er einfach *alles* für sie tun würde.

Schließlich wurde ihm kalt und er zog sich mit steifen Bewegungen an. Nach einem Schluck Nglirr ging es ihm besser. Er fühlte sich wacher, *bereiter,* lief unruhig in der Wohnung herum, blickte hinaus auf die untergehende Stadt, die alle Hoffnung in ihn setzte und auf seine Entscheidung wartete.

Die längst getroffen war. Er musste es nur noch aussprechen.

Sariel verlor keine Zeit mehr, verließ die Wohnung und steuerte das Hik zu dem zentralen Gebäude, in dem der oberste Rat tagte. Alle Türen öffneten sich, niemand hielt ihn auf, denn als Sariel hatte er Zugang zu allen Einrichtungen der Stadt. Lin-Ran empfing ihn in einem großen, schmucklosen Saal mit einem ellipsenförmigen Konferenztisch aus poliertem Holz. Sariel zählte dreizehn Stühle. Hatte er sich irgendwie anders vorgestellt, das Zentrum der Macht, prächtiger, doch irgendwie passte es auch zu ihnen, fand er.

Lin-Ran begrüßte ihn freundlich, aber hinter seinem Lächeln bemerkte Sariel die Anspannung. Möglicherweise hatte er bereits mit Eyla gesprochen. Möglicherweise hatte Eyla die ganze Zeit über Bericht erstattet.

»Ich werde gehen«, sagte Sariel ohne Umschweife. Im gleichen Augenblick wurde ihm übel, und er musste sich an einem der Stühle festklammern, wie auf einem Schiff in schwerer See.

Lin-Ran nickte und sein Lächeln wurde eine Spur wärmer. »Wir haben nichts anderes erwartet. Eyla wird sich freuen, das zu hören. Sie war sehr verzweifelt.«

Sariel freute sich sogar darüber. Er machte ein ernstes, möglichst kerniges Gesicht und fragte: »Wann soll es also losgehen?«

»Morgen früh«, sagte Lin-Ran. »Es ist schon alles vorbereitet.«

Das traf Sariel wie ein Schlag in den Magen. »Morgen???«

Lin-Ran überhörte die Panik in seiner Stimme. »Wir haben viel Zeit verloren. Je länger du noch wartest, desto schwerer wird es für dich werden, loszugehen. Du kannst den Ngongoni in zwei Tagen erreichen. Ein Tag, maximal zwei, um das Zentrum zu finden und die Zeitmaschine dort zu deponieren. Noch mal zwei Tage für den Rückweg, dann hat dich Eyla in einer Woche wieder, für uns alle beginnt ein neues Zeitalter, und du kannst dir in Ruhe überlegen, ob du bei uns bleiben oder lieber zurück in deine Zeit möchtest.«

Sariel wurde schwindelig. *Morgen früh.* Sein Magen krampfte sich zusammen, und er hatte plötzlich das drängende Gefühl, aufs Klo zu müssen.

»Aber ich weiß doch gar nicht genau, was ich tun muss!«

»Keine Sorge, wir versetzen dich in einen Lehrschlaf. Wenn du morgen aufwachst, wirst du alles Nötige wissen und können.«

»Kann ich Eyla vorher noch einmal sehen?«

Lin-Ran schüttelte bedauernd den Kopf. »Sie wird auf dich warten. Aber bis morgen früh haben wir ein strammes Programm. Es ist besser, wenn du dich ab sofort voll und ganz auf die Aufgabe konzentrierst.«

Lin-Ran sah ihn jetzt durchdringend an. »Du hast es doch ernst gemeint, nicht wahr?«

Sariel versuchte, dem Blick standzuhalten, aber es gelang ihm nicht. Trotzdem nickte er. »Natürlich.«

»Gut. Dann fangen wir an!«

LÌYAS AUFGABE

Lìya lag auf einem flachen Felsbrocken, der sich wie ein großer abgeschliffener Kiesel aus einem Meer von Sand erhob. Sie lag auf dem Rücken, ruhig und schwer, fast ein Teil des Steines selbst, und starrte in den verglühenden Abendhimmel. Die Sonne war soeben hinter dem Horizont verschwunden, erste Sterne tauchten auf am Firmament, und wenn sie den Kopf ein wenig neigte, konnte sie auch den Mond sehen.

Die Ruhe und die Schönheit der Wüstendämmerung halfen ihr über vieles hinweg. Den Schock und die Trauer über den plötzlichen Tod ihrer Mutter. Den Zorn auf ihren Vater. Den Neid auf ihre Brüder. Die Strapazen und die Selbstvorwürfe des vergangenen Tages. Der Tag, an dem sie fünfzig Kalmare ins Herz der Wüste entführt hatte.

Lìya blinzelte zum Mond hinauf, der als schmale abnehmende Sichel im Osten aufging. Noch zwei Tage bis Neumond, Lìyas liebste Mondphase. Der Neumond ließ der Fantasie Raum. Sich vorzustellen, was auf der dunklen Seite des Mondes passierte. Sich vorzustellen, dass alles wieder neu begann.

Lìya fragte sich, wie ihr Neuanfang aussehen sollte. Die Kalmare zu entführen, war eine Entscheidung des Augenblicks gewesen. Vielleicht dumm und kindisch, aber nicht mehr umzukehren. Nach diesem Vergehen würden die Zhàn Shì sie ohnehin aus der Gemeinschaft verstoßen. Der Weg zurück war damit versperrt. Und vor ihr lag nur die Wüste.

Hoch oben am Himmel zogen zwei Feuerspucker vorbei.

An ihrer Flughöhe und Geschwindigkeit erkannte Lìya, dass sie keine akute Gefahr darstellten. Sie hatten ein anderes Ziel. Dennoch rissen sie Lìya aus ihrer friedlichen Stimmung zurück in die Realität. Diese verfluchten Bestien hatten ihr die Mutter geraubt!

Lìya richtete sich auf, spuckte Sand aus und wischte sich den Mund mit dem Ärmel ab. Sie wollte nicht an ihre Mutter denken. Sie wollte nicht weinen. Nicht jetzt. Sie würde später weinen, irgendwann. Jetzt war keine Zeit dazu. Die Zhàn Shì würden sie längst suchen und bald auch finden, wenn sie noch länger zögerte.

Lìya erhob sich und suchte ringsum den Horizont ab. Nichts zu erkennen. Keine Reiterhorden, keine verräterische Staubfahne. Nichts. Noch nicht.

Die Kalmare lagerten ruhig um den flachen Stein herum, dösten und schienen ganz mit ihren Träumen beschäftigt zu sein. Lìya war sicher, dass die Kalmare die Antworten auf alle Fragen träumten. Die Kalmare waren im Besitz der Weltweisheit, aber sie schienen sich nicht sonderlich dafür zu interessieren. Und man konnte sie nicht fragen.

Wieso eigentlich nicht?

Der Gedanke kam ihr ganz plötzlich und kam ihr im gleichen Moment unerhört und dumm vor. Irgendjemand würde wohl schon mal versucht haben, die Kalmare zu fragen. Irgendjemand. Irgendwann. Aber nicht sie.

Lìya hatte immer ein besonderes Verhältnis zu Kalmaren gehabt. Sie wusste, was sie fühlten, aber wirklich *reden* konnte sie mit ihnen nicht. Niemand konnte das.

Aber man konnte es trotzdem versuchen.

Lìya rutschte von dem flachen Stein hinab in den Sand und suchte den Leitbullen der Kalmare, auf dem sie die Festung der Zhàn Shì verlassen hatte. Der große Kopffüßler schien sie bereits zu erwarten, denn seine Tentakel scharrten unruhig im Sand und seine Hautfarbe wechselte in Wellen von

Braun zu Rosa. Lìya dachte an Biao, als sie den Leitbullen
tätschelte. Sie vermisste Biao, sie vermisste ihn sehr.
Welche Richtung?
Die wichtigste aller Fragen in der Wüste. Ein Gebet, das
man immer und immer wieder wiederholen musste, bis es irgendwann seine ganze Magie entfaltete.
Welche Richtung? Welche Richtung? Welche Richtung?
Sie versuchte, an nichts anderes zu denken, aber natürlich
gelang es ihr nicht. Im Gegenteil dachte sie an alles Mögliche
gleichzeitig, ein Sturm von Gedanken und Gefühlen überwältigte sie, als sie so bei dem Kalmar stand und sich mit ihrem
ganzen Körper an ihn presste. Und schließlich, nach unendlich langer Zeit, kamen die Tränen. Ein wimmernder Schrei
löste sich irgendwo tief in Lìya, und mit einem qualvollen
Stöhnen sackte sie in die Knie, wurde von Weinkrämpfen ge-
schüttelt, bis sie zitternd und keuchend um Atem rang.
Welche Richtung?
Die Verzweiflung und Ratlosigkeit waren kaum auszuhal-
ten. Doch die große Flut von Gedanken verebbte langsam
und nur ein einziger blieb übrig. Ein einzelnes Wort, ganz
einfach und ganz klar.
Zurück.
Sie richtete sich mühsam auf, wischte sich den Sand aus
dem Gesicht und atmete die erste kühle Nachtluft. Bald
würde es kalt werden, aber das war nicht mehr wichtig. Lìya
kannte jetzt die Richtung. Sie stand auf und tätschelte den
Leitbullen.
»Danke, Dicker«, sagte sie laut. »Dann wollen wir mal.«
Der Kalmar öffnete träge ein Auge und streckte Lìya einen Tentakel entgegen, sodass sie aufsteigen konnte. Als
Lìya seinen Kopf bestieg, meinte sie so etwas wie einen er-
leichterten Seufzer des Bullen zu hören.

Das Lager der Zhàn Shì befand sich immer noch im Alarmzustand wegen der entführten Kalmare. In alle Richtungen wurden Patrouillen ausgesandt, die sie aufspüren sollten. Im Morgengrauen des nächsten Tages bot sich einer dieser Patrouillen ein majestätischer Anblick. Im goldenen Licht der ersten Sonnenstrahlen näherte sich ihnen eine Karawane von fünfzig Kalmaren. Und auf dem Leitbullen ritt ein fünfzehnjähriges Mädchen, den Kopf wie eine Königin erhoben. Die Karawane hielt genau auf sie zu und machte keinerlei Anstalten anzuhalten. Kein Laut, nur das vielfache Scharren der Tentakel im Sand.

Die rund zwanzig Zhàn Shì des Suchtrupps hielten das Ganze zunächst für eine Fata Morgana. Eine Kalmarherde ohne Reiter zu führen galt als schier unmöglich. Kalmare waren eigensinnig und unberechenbar. Guten Zuchtmeistern gelang es, zwei bis drei Tiere gleichzeitig zu befehlen. Erfahrene Großmeister konnten bestenfalls ein halbes Dutzend Kalmare dirigieren, nachdem sie sehr lange Zeit mit ihnen gearbeitet hatten und genügend Sensibilität für ihre Stimmungen aufbrachten. Aber fünfzig gleichzeitig war in der Geschichte der Ori noch nie vorgekommen.

»Möge euch ein langes Leben beschert sein!«, rief Lìya den Zhàn Shì im alten, traditionellen Mandarin zu.

Die Zhàn Shì erwiderten den Gruß und ließen die Karawane an sich vorbeiziehen. Niemandem fiel es ein, sie aufzuhalten. Sie drehten einfach um und folgten den Kalmaren, die ganz offensichtlich auf dem Rückweg zur Oase waren.

Niemand hielt sie auf, bis Lìya das Tor der Zhàn-Shì-Festung erreichte, das sie am Tag zuvor völlig unbemerkt passiert hatte. Mittlerweile hatte Lìya ein großes Gefolge. Außer dem Zhàn-Shì-Trupp folgten zahlreiche Ori der Karawane, die irgendein großes Spektakel erwarteten. Den beiden Wachen am Tor wurde mulmig beim Anblick der vielen Kalmare, sie taten jedoch ihre Pflicht und verstellten den Weg.

»Ich will den obersten Gon Shì sprechen!«, verlangte Lìya knapp.

Die Männer am Tor starrten sie fassungslos an. Den obersten Gon Shì, den Großmeister der Kriegerkaste, durften nur Mitglieder des engsten Rates um Audienzen bitten. Den obersten Gon Shì konnte man nicht mal eben so sprechen. Und jetzt kam ein Stallmädchen daher und verlangte genau das! Allerdings führte dieses Stallmädchen eine Herde von fünfzig Kalmaren an.

Die Wachen zögerten und berieten sich mit den anderen Zhàn Shì. Beim besten Willen wussten sie nicht, wie man jemanden zum Gon Shì führte. Dafür gab es kein Protokoll. Und das bedeutete, dass es unmöglich war.

Lìya war sehr zufrieden mit der Situation. Sie wunderte sich zwar, warum die Krieger sie nicht einfach mit Gewalt von dem Leitbullen herunterzerrten, aber irgendetwas schien sie davon abzuhalten. Und das gab ihr Macht. Sie machte eine Handbewegung und die Kalmare hinter ihr reagierten aufmerksam.

Vorwärts!, dachte sie.

Im gleichen Augenblick schritten die Kalmare los, durch das offene Tor hindurch. Lìya hätte beinahe aufgeschrien vor Freude. Die Wachen brachten sich mit einem Satz in Sicherheit. Lìya drückte den Rücken durch, hob den Kopf und nahm sich vor, dass keiner merken sollte, welche Angst sie hatte.

Lìya steuerte die Herde geradewegs auf den unscheinbaren Palast des Gon Shì zu.

Er wird mich empfangen müssen, wenn ich mit fünfzig Kalmaren vor ihm auftauche. Er wird nicht anders können, als einzusehen, dass ich mehr bin als ein Stallmädchen!

Von allen Seiten kamen Zhàn Shì angelaufen, um Lìya und die Kalmarherde vor dem Palast zu sehen. Immer noch versuchte niemand, sie von dem Kalmar herunterzuholen, vielleicht einfach, weil der Anblick so überwältigend war. Viele der Zhàn Shì erkannten sie, denn ihr Vater war ein bekannter Mann.

Wenn das hier schiefgeht, kann sich Vater nirgendwo mehr blicken lassen, fuhr es Lìya durch den Kopf. *Und man wird Liǎo und Léisī nicht in die Kaste aufnehmen wegen mir.* Aber zum Umkehren war es längst zu spät. Sie hatte etwas in Gang gesetzt, das sie nicht mehr stoppen konnte. Entweder machte sie das zur Zhàn Shì oder – zur Ausgestoßenen.

Sie hatte kaum den Palast erreicht, als sich das große Portal öffnete. Ein kleiner Mann, kaum älter als ihr Vater, trat heraus. Er trug ein schlichtes ockerfarbenes Gewand und wirkte auf den ersten Blick sehr zerbrechlich. Auf den zweiten Blick jedoch erkannte Lìya, wie geschmeidig er sich bewegte, fast geräuschlos. Lìya hatte ihn noch nie gesehen und hielt ihn für eine Art Palastdiener. Der kleine alte Mann verbeugte sich knapp vor ihr, und Lìya erkannte für einen Moment die Tätowierung auf seiner Schulter, die ihn als erfahrenen Krieger auswies. Seine Augen wirkten klar und lebendig und musterten Lìya scharf.

»Möge dir ein langes Leben beschieden sein, Chuàng Shǐ Rén Lìya«, begrüßte sie der Alte förmlich. »Wie ich sehe, bist du recht geschickt im Umgang mit Kalmaren.«

Recht geschickt! Sie wollte etwas sagen, doch der Alte schnitt ihr mit einer herrischen Geste das Wort ab.

»Ich bin Zhé, der Gon Shì. Du wolltest mich sprechen. Hier bin ich.« Der Gon Shì war persönlich ans Tor gekommen, um sie zu empfangen. Lìya glaubte es kaum.

Der Gon Shì blickte sie belustigt an. »Hat es dir jetzt die Sprache verschlagen? Oder wolltest du nur mal einen kleinen Ausritt machen und dann wieder in den Stall zurückkehren?«

Lìya schüttelte unwillig den Kopf.

»Ich will eine Zhàn Shì werden. Ich bin zu gut für den Stall!«

»So!«, sagte der Gon Shì gedehnt. »Und woher weißt du das?«

»Ich habe fünfzig Kalmare aus dem Palast hinaus- und wieder hineingeführt!«, erklärte sie mit allem Hochmut, den sie aufbringen konnte. »Das hat noch nie jemand geschafft.«

»Das beweist nur, dass du ein sehr gutes Stallmädchen bist. Mehr nicht.«

Er machte sich über sie lustig. Vor zweihundert Zhàn Shì, die sich inzwischen ringsum versammelt hatten. Niemand sagte ein Wort. Lìya spürte, wie sie rot wurde. Vor Scham und vor Wut.

»Um mich zu beeindrucken, Tochter von Chuàng Shǐ Rén, bedarf es mehr, als fünfzig Kalmare zu entführen.«

»Dann lasst es mich beweisen!«, presste Lìya heraus. »Ich bin eine Kriegerin. Ich bin schnell, ich bin stark, ich bin mutig – gebt mir eine Chance!«

Ein Raunen ging durch die Menge der Krieger. Noch nie hatte es jemand gewagt, so mit dem Gon Shì zu sprechen.

»Die hattest du schon«, erwiderte Zhé. »Der Stall war deine Chance. Eine Prüfung in Disziplin und Bescheidenheit. Du hast leider nicht bestanden.«

Ohne Lìyas Reaktion abzuwarten, drehte sich Zhé um und ging zurück in den Palast. Das Schlurfen seiner Sandalen im Sand war das einzige Geräusch ringsum. Lìya wollte etwas sagen, irgendetwas, wollte schreien, ihrer ganzen Enttäuschung und Wut einen Klang geben, der das Universum erschüttern, die Zeit zurückdrehen und so viele Fehler ungeschehen machen könnte. So viele Fehler. So viel Ungerechtigkeit. Aber in dem Moment, als sich der Gon Shì mit der leisen Stimme und den scharfen Augen von ihr abwandte, verstand sie, dass doch alles umsonst wäre. Dass sie verloren hatte. Dieser Mann hatte seine Entscheidung gefällt, und er wäre nicht der höchste Zhàn Shì, wenn er sie wegen des Wutausbruchs eines fünfzehnjährigen Mädchens über den Haufen werfen würde.

Also schwieg Lìya, schrecklich allein auf dem Kalmar, und sah Zhé in den Palast zurückschlurfen und mit ihm ihre Zukunft, all ihre Hoffnungen. Ihr Leben.

Der Kalmar schien ihre Verzweiflung zu spüren, denn er winkte mit seinem Fangtentakel durch die Luft, als wollte er einen stickigen Geruch wegwedeln, der Lìya einhüllte. Gleichzeitig spürte Lìya, dass der Kalmar irgendetwas rief. Er machte kein Geräusch, aber Lìya spürte den Ruf in allen Fasern ihres Körpers.

Doch der Ruf galt nicht ihr.

Der Gon Shì war bereits im Palast verschwunden. Plötzlich aber erschien er wieder aus dem dämmerigen Zwielicht und blinzelte in Lìyas Richtung. Im gleichen Moment verstand Lìya, dass er nicht sie, sondern den Kalmar ansah. Der Kalmar hatte ihn zurückgerufen! Lìya konnte es deutlich an der Verwunderung ablesen, die Zhé im Gesicht stand. Und das war die eigentliche Sensation, denn unter den Zhàn Shì galt es als höchste Tugend und Zeichen der Würde, sich niemals, unter keinen Umständen, Gefühlsregungen ansehen zu lassen.

Die Zhàn Shì, die immer noch um Lìya herumstanden, bemerkten es ebenfalls. Unruhe zitterte durch die Menge wie eine plötzliche Böe.

Der Gon Shì kam auf den Kalmar zu und berührte behutsam seinen ausgestreckten Fangtentakel. Lìya beachtete er dabei gar nicht.

»Ich lebe schon lange«, sagte der Gon Shì leise, wie zu sich selbst. »Ich habe viel gesehen. Ich habe gesehen, wie ein junger Zhàn Shì den letzten Sariel tötete, bevor der Sariel mich töten konnte. Ich habe viele Kalmare gekannt und ich kenne mich aus mit ihren seltsamen Gefühlen und Stimmungen. Aber noch nie, noch nie in diesem langen, seltsamen Leben, hat ein Kalmar zu mir gesprochen. Bis heute.« Der Gon Shì tätschelte den Tentakel des Kalmars. Dann richtete er den

Blick auf Lìya, und Lìya las Erschütterung und Ergriffenheit in seinem Gesicht.

»Du hast es ebenfalls gehört, Tochter von Chuàng Shǐ Rén, nicht wahr?«

Lìya nickte. »Ich habe sie schon öfter gehört.«

»Das ist ein großes Geschenk. Ich weiß nicht, ob du ein solches Geschenk verdient hast, aber die Kalmare haben dich offenbar auserwählt. Sie vertrauen dir.« Das schien dem Gon Shì irgendwie zu missfallen, denn sein Ausdruck verdüsterte sich. Dennoch fuhr er fort. »Dieser Kalmar hat mich zurückgerufen wegen dir. Und wenn ich in diesem Leben eines gelernt habe, dann, dass man Kalmaren folgen soll, egal wohin. Ohne die Weisheit der Kalmare wären wir längst alle ausgelöscht.« Der Gon Shì ließ den Tentakel los und verneigte sich leicht vor dem Kalmar.

»Wenn ich den Kalmar richtig verstanden habe, ist deine Prüfung offenbar noch nicht beendet«, sagte er dann zu Lìya. »Also komm!«

Ohne weitere Erklärung wandte er sich wieder um und eilte zurück in den Palast. Lìya wusste nicht, was sie davon halten sollte, und blieb einfach auf dem Kalmar sitzen. Bis der Fangtentakel des Kalmars durch die Luft schnellte, sie wie eine Peitsche umschlang, einmal durch die Luft wirbelte und unsanft auf dem Boden absetzte. Er gab ihr tatsächlich einen Schubs.

Lauf!

Ohne einen weiteren Moment des Zögerns rannte Lìya los, dem Gon Shì hinterher. Niemand folgte ihr, niemand hielt sie auf.

Eine kühle Dunkelheit empfing sie im Palast. Von irgendwo umwehte sie ein frischer Luftzug. Lìya hielt nach wenigen Schritten an und blickte sich um. Zhé war nirgendwo mehr zu sehen. Auch das Schlurfen seiner Sandalen war verhallt.

Lìya war allein. Sie befand sich im Eingangsbereich des Palastes, eine ovale Halle, von der verschiedene Gänge wegführten. Hinter ihr lag das Tor, durch das aber nur noch wenig Licht sickerte. Lìya kam sich vor wie in einer anderen Welt, das Draußen existierte nicht mehr. Die Wände waren mit einfachem Sandstein verkleidet, dessen warme Farbe etwas Freundliches und Bescheidenes ausstrahlte. Lìya wusste, sie musste den Gon Shì finden, und zwar schnell. Soviel hatte sie immerhin verstanden, dass dies die Prüfung war, die er ihr durch den Einspruch des Kalmars zugestanden hatte. Die Aufgabe, so seltsam und albern sie klang, lautete: Finde mich!

Lìya versuchte, sich zu konzentrieren, und hielt den Atem an. Da! Ein ferner Laut aus einem der Gänge. Lìya zögerte keinen weiteren Augenblick und rannte los.

Der Gang hatte keine Türen und mündete nach einer sanften Biegung in eine weitere Halle, von der wieder Gänge abzweigten. Lìya blieb vor einem großen, kreisrunden Bodenmosaik aus bunt schimmerndem Perlmutt stehen, dem Zeichen der Zhàn Shì. Aus einem winzigen Oberlicht in der Decke fiel ein Lichtstrahl direkt auf das Zeichen und ließ es warm und golden aufleuchten, und Lìya wusste plötzlich, dass sie hier richtig war.

Dass sie hier hingehörte.

Geradeaus führte eine steinerne Treppe hinauf in das obere Stockwerk, aber die beachtete Lìya nicht einmal. Ohne weiter darüber nachzudenken, warum sie so sicher war, stürmte sie in den Gang rechts von ihr. Ein langer Gang. Links und rechts lagen Schlafzellen, aufgezogen wie Perlen an einer Kette. Lìya rannte, ohne einen Blick hineinzuwerfen. Am Ende des Ganges stürmte sie eine Steintreppe hinauf. Dann weiter von Gang zu Gang. Sie stolperte und schürfte sich ein Knie blutig, als sie hinfiel. Aber sie beachtete den Schmerz nicht, rappelte sich sofort wieder auf und rannte weiter. Eine

Treppe abwärts. Ein neuer Gang. Eine Halle. Und dann wieder abwärts, immer tiefer, hinunter in die tiefsten Keller des Palastes, dorthin, wo kein Sonnenstrahl mehr eindrang. Licht kam nur noch von vereinzelten Öllampen, die gegen die Dunkelheit anfunzelten. An den flackernden Rußfahnen erkannte Lìya jedoch, dass die Gänge gut belüftet waren. Lìya hatte nicht gewusst, dass der Palast so groß war. Wie eine riesige Wurzel erstreckte er sich tief unter der Wüste, ein gewaltiges Labyrinth, von einem wahnsinnigen Baumeister erbaut, denn nichts schien hier irgendeinen Sinn zu ergeben. Manche Gänge endeten im Nichts, viele führten im Kreis, die meisten hatten nicht einmal Kammern, und immer wieder mündeten sie in große, ausgeschmückte Hallen, in denen manchmal flache behauene Steine standen mit brennenden Kerzen darauf. Sie begegnete niemandem. Lìya konzentrierte sich ganz auf das Bild des kleinen, alten Mannes, das ferne Geräusch seiner Sandalen. Immer mehr fühlte sie sich in eine andere Welt versetzt, eine Welt mit neuen Regeln und Naturgesetzen, beherrscht von etwas Großem, Unheimlichem, fernab von allem, unendlich fern.

Doch je tiefer Lìya in diese Welt eindrang, je schneller sie rannte, desto deutlicher verstand sie auch, dass hinter diesem scheinbaren Chaos von Gängen, Hallen, Treppen und Kammern eine Ordnung stand, die sich nur erschloss, wenn man über einen einzigartigen Orientierungssinn verfügte. Als Lìya eine kurze Verschnaufpause in einer der Hallen einlegte und ein weiteres Perlmuttmosaik zu ihren Füßen erblickte, begriff sie plötzlich das System des Labyrinths, durch das sie nun schon seit über einer Stunde rannte und stolperte, und gleichzeitig auch, wo sie den Gon Shì finden würde: genau im Zentrum des Zeichens der Zhàn Shì, das sich überall um sie herum in allen Ornamenten wiederholte.

Lìya schloss die Augen und atmete ruhig und gleichmäßig. Allmählich entstand ein Bild in ihrem Kopf, der gesamte

Weg durchs Labyrinth, so klar und deutlich wie eine Landkarte.

»Also gut!«, sagte sie laut zu sich selbst und öffnete die Augen wieder. Sie wusste nun, wohin sie gehen musste, sie hätte ihr Ziel auch ohne die rußigen Öllampen an den Wänden gefunden. Nach wenigen Minuten erreichte sie das Herz des unterirdischen Labyrinths, eine hoch gewölbte, kreisrunde Halle mit vier Zugängen, exakt ausgerichtet an der Position der vier Himmelsrichtungen. Hier gab es auch Licht, Hunderte von Fackeln erhellten die Halle fast schattenlos und ließen ein prächtiges buntes Bodenmosaik erkennen, das in einer großen Spirale Legenden der Ori nacherzählte, noch aus der Zeit vor der Reise in die Zukunft. Legende reihte sich an Legende und folgte der Form der Spirale auf die Mitte der Halle zu, wie von einem mächtigen Sog angezogen. Nur der Platz in der Mitte war noch frei. Dort stand Zhé und erwartete Lìya.

Er schien nicht sonderlich überrascht, dass Lìya ihn gefunden hatte, und winkte sie mit leichter Ungeduld näher.

»Weißt du, warum du hier bist?«, rief Zhé.

»Weil ich Euch gefunden habe, Meister!«, erwiderte Lìya und wählte diesmal die korrekte Anrede.

»Falsch!«, rief der Gon Shì. »Du bist hier, weil du auserwählt wurdest. Nicht von mir. Ich hätte dich niemals auserwählt, du bist egoistisch, unbeherrscht und eitel. Aber die Kalmare haben zu mir gesprochen und mir damit das größte Geschenk meines Lebens gemacht. Die Kalmare wünschen, dass du eine Zhàn Shì wirst.«

Lìya erwiderte nichts. Sie war viel zu aufgeregt. Sie ahnte plötzlich, dass sie die ganze Zeit über Teil eines großen Plans gewesen war, den die Kalmare – möglicherweise alle Kalmare dieser Welt – untereinander ausgebrütet hatten. Und wie immer dieser Plan auch aussah, sie hatten ihr einen Platz darin zugewiesen.

»Ich bin bereit!«, sagte sie so würdevoll und feierlich wie möglich.

Die Antwort war schallendes Gelächter. »Du bist noch eitler, als ich befürchtet habe, Tochter von Chuàng Shǐ!«, rief Zhé und hustete ärgerlich. »Du hast keine Ahnung, was dich erwartet. Eigentlich müsste jetzt deine zweijährige Ausbildung beginnen, aber so viel Zeit haben wir nicht. Komm näher!«

Er winkte Lìya ungeduldig heran, die immer noch in sicherer Distanz zu dem Gon Shì stand. Lìya gehorchte vorsichtig und misstrauisch. Sie war am Ziel ihrer Träume, dennoch gefiel ihr das Ganze nicht. Überhaupt nicht. Sie hatte ihr Leben lang geträumt, in die Kaste der Zhàn Shì aufgenommen zu werden – aber eben so wie alle anderen auch. Mit einer Prüfung und einer feierlichen Zeremonie, die vielleicht ein stolzes Lächeln auf das Gesicht ihres Vaters gezaubert hätte oder einen Anflug von Neid auf die Gesichter ihrer Brüder. Aber diese Heimlichkeit des Gon Shì, das ganze Verschwörerische irritierte sie. Und zum ersten Mal in ihrem Leben fragte sich Lìya, ob sie wirklich eine Zhàn Shì sein wollte. In dem Moment, als sie näher an den Gon Shì herantrat, vermisste sie plötzlich Biao, ihren Kalmar, die klaren Wüstennächte und den Rhythmus der Karawane, die sich gemächlich von einem Ort zum anderen bewegte und dann wieder zurück, immer wieder, ein ganzes Leben lang.

Aber für solche Wünsche war es nun zu spät. Als Lìya dicht vor dem Gon Shì stand, trat er etwas zur Seite und beugte sich zum Boden hinunter, der an dieser Stelle nicht von dem spiralförmigen Mosaik, sondern mit feinem Sand bedeckt war. Zhé wischte mit beiden Händen den Sand weg und legte einen Eisenring darunter frei. Mit einem kräftigen Ruck an dem Ring wuchtete Zhé eine runde Eisenplatte zur Seite. Darunter lag ein Loch, gerade mal so groß, dass Lìya mit Mühe hindurchgepasst hätte. Ein unangenehmer, muffiger Geruch dunstete ihr aus dem Loch entgegen. Dunkelheit gähnte sie an und die Ahnung, dass dieses Loch sehr tief sein musste, tiefer, als sie sich vorstellen konnte. Und sie wusste bereits, was kommen würde.

»Steig hinunter!«, befahl der Gon Shì.

Niemals!

»Warum?«, fragte Lìya, um Zeit zu gewinnen und sich die Angst vor dem Loch, vor der Enge, der Dunkelheit, dem Geruch und der Tiefe nicht anmerken zu lassen. Auf keinen Fall würde sie da hinabsteigen!

»Die erste Regel, die du lernen musst, um eine Zhàn Shì zu werden, ist: Du tust immer, was dein Meister befiehlt, ohne Widerspruch, ohne Fragen, ohne Zögern. Steig hinunter!«

Niemals!

»Und wie lautet die zweite Regel?«

»Es gibt keine zweite Regel.«

Lìya konnte einfach nicht. Blieb wie angewurzelt stehen und sah, wie ein Anflug von Enttäuschung das Gesicht des Gon Shì verdüsterte und die letzte Chance forttrug, je eine Zhàn Shì zu werden.

»Dann haben sich die Kalmare diesmal offenbar geirrt.« Der Gon Shì bückte sich, um die Eisenplatte wieder an ihre Stelle zu wuchten.

»Ich mach's!«, rief Lìya und trat einen Schritt vor. Die Angst schloss sich wie eine Faust um ihre Kehle und drückte eisern zu. Aber Lìyas Wille war stärker.

»Bedenke immer, dass die Angst nur ein Schatten ist«, sagte Zhé. »Die Angst hat keinen Körper.«

Das war genau die Art von Ratschlägen, auf die Lìya in diesem Moment hätte verzichten können. Sie hockte sich an den Rand des Lochs. Von unten zog ein eiskalter Lufthauch zu ihr herauf und zerrte förmlich an ihren Beinen. Die Angst mochte ein Schatten sein, und sie mochte keinen Körper haben – aber sie konnte wachsen und einem den Atem rauben.

»Steige so tief hinab, wie es geht«, erklärte ihr der Gon Shì.
»Dann bleib dort, bis ich dich rufe.«

Lìya wollte fragen, wie lange das sein würde, verkniff sich
jedoch jede weitere Frage, atmete noch einmal durch, stützte
sich mit beiden Armen am Rand des Lochs ab und ließ sich
langsam abwärtsgleiten. Ihre Füße spürten keinen Grund,
aber immerhin musste sie nicht fürchten, abzustürzen. Das
Loch war so eng, dass Lìya sich mit aller Kraft nach unten
durchquetschen musste. Ihre Schultern schrammten gegen
die Wände des Lochs und kamen nicht durch.

»Es geht nicht!«, rief sie erleichtert. »Ich passe nicht
durch!«

»Heb die Arme!«, riet ihr der Gon Shì, »und beug die
Schultern vor.«

Lìya nahm den Rest des Mutes zusammen, der ihr noch
geblieben war, und tat wie geheißen. Nun passte sie so gerade eben durch das Loch und konnte sich langsam nach unten vorarbeiten, die Arme die ganze Zeit nach oben ausgestreckt wie eine Schwimmerin vor dem Absprung.

Nach einigen Metern ging es leichter. Das Loch verbrei-
terte sich etwas, Lìya fand genug Halt an den Wänden für
die Füße und fühlte sich mit jedem Schritt etwas sicherer.
Der Fels zerschrammte ihr zwar Beine und Arme, aber der
Schmerz verdrängte immerhin die Angst ein wenig.

Lìya stieg immer weiter hinab. Die Öffnung über ihr verschwand, und Lìya wusste bald nicht mehr, ob sie stand oder
lag. Sie schwebte mit ausgestreckten Armen irgendwo im
Nichts, eingehüllt in Angst und Dunkelheit und in einen zunehmend fauligen Gestank. Ihre Füße rutschten an etwas
Glitschigem ab und ihre Hände griffen in etwas Weiches, das
sich leicht vom Fels ablösen ließ und keinen Halt bot. Irgendwo unter ihr verweste etwas sehr Großes. Oder schlimmer: Es lebte noch.

Lìya hatte einmal gehört, wie man angeblich mit unerträglichem Gestank fertig wurde. Man musste in vollen Zügen einatmen, um sich möglichst schnell daran zu gewöhnen. Je mehr man zögerte, desto schlimmer würde die Übelkeit. Aber das schaffte sie nicht. Sie wollte nur noch zurück, nach oben, nach draußen in die klare Wüstenluft, und verfluchte sich für den Einfall mit der Entführung der Kalmare. Das hier, die Enge, die Dunkelheit, der Gestank und die zunehmende Todesangst, war es nicht wert. Das war keine Prüfung, das war Folter. Eine Strafe für ihren Trotz.

Lìya versuchte, wieder hinaufzuklettern. Doch zu ihrem Entsetzen ging es nicht. Den engen, glitschigen Schacht hinabzurutschen war kein Problem gewesen – ihn jedoch wieder hinaufzuklettern schien schier unmöglich. Die Füße glitten ab, die Hände fanden nichts zum Festhalten. Je mehr sich Lìya anstrengte, desto tiefer sackte sie hinunter. Panik befiel sie. Verzweifelt tastete sie um sich, versuchte, sich mit den Händen irgendwo festzukrallen. Hektisch trat sie mit den Beinen wie eine Ertrinkende, um irgendwo noch Halt zu finden. Aber wie es aussah, war sie genau das – eine Ertrinkende. Die Dunkelheit zerrte an ihr wie eine tiefe Meeresströmung.

Lìya schrie. Und noch mal. Lauter. So laut sie konnte. Doch ihr Schrei zitterte nur kurz durch den Schacht und erstarb wenige Meter über ihr. Niemand hörte sie hier unten. Niemand würde ihr helfen.

Als ihr das klar wurde, spürte sie zum ersten Mal, was Zhé gemeint hatte. Die Angst war ein Schatten. Die Angst war um sie herum, klebte überall an ihr, körperlos und kalt, krallte sich an Lìya und versuchte, in sie einzudringen wie ein einsames Wesen auf der Suche nach etwas Wärme. Und Lìya verstand, dass sie das nicht zulassen durfte, wenn sie nicht sterben wollte, hier und jetzt in diesem Schacht. Die Angst war zwar nur ein Schatten, aber dieser Schatten konnte sie auffressen.

Er war ja schon dabei, sie aufzufressen.

Lìya versuchte, sich zu beruhigen, gleichmäßig zu atmen, ihre verkrampften Hände und Beine zu lockern. Von ihrem Vater hatte sie gelernt, dass man nicht gleichzeitig entspannt sein und Angst haben konnte. Das eine verdrängte das andere. Also konzentrierte Lìya sich auf einen Muskel nach dem anderen, um ihn zu lockern. Nicht leicht. Aber Lìya hatte als kleines Mädchen oft nachts in der Wüste bei den Kalmaren wachen müssen und hatte gelernt, mit der Furcht vor der Dunkelheit umzugehen. Diese Dunkelheit jetzt um sie herum war anders als die sternklare Unendlichkeit der Wüste. Aber das Gefühl absoluter Trostlosigkeit und Einsamkeit war das Gleiche. Und Lìya erinnerte sich, wie sie dieses Gefühl als kleines Mädchen aus ihrem Herzen verbannt hatte. Es gab einen Trick dabei.

Sie musste bloß an ihre Mutter denken.

Zum ersten Mal seit dem Tod ihrer Mutter dachte Lìya nicht mehr mit Trauer an sie, sondern stellte sie sich vor, wie sie ausgesehen hatte in den schönsten gemeinsamen Augenblicken. Ihr weiches Gesicht, die sanfte Stimme, die Fingerspitzen auf ihrer Stirn, wenn sie ihr die Haare zurückstrich.

Das Rascheln ihres Umhangs am Morgen, kurz vor dem Wecken. Ihr Kuss vor dem Schlafengehen.

Und die Angst verschwand. Lìyas Muskeln entspannten sich und mit einem erleichterten Seufzer gab sie sich ganz der Erinnerung hin. Das Bild ihrer Mutter verdrängte den dunklen Schatten, der an Lìya klebte, und hüllte sie wohlig ein, ganz und gar. Ihre Mutter war Schutz und Trost, und in diesem Moment, irgendwo tief in einem Schacht in der Regenschattenwüste, war sie Lìya näher als je zuvor.

Danke, Mama!

Lìya konnte fast die Lippen ihrer Mutter auf den Augenlidern spüren. So warm und beruhigend. Doch dann schien

ihre Mutter plötzlich einen Schritt zurückzutreten, nicht
weit, nur einen Schritt. Lìya zuckte zusammen.

Nein! Geh nicht weg!

Keine Angst, Lìya. Ich will dir etwas zeigen!

Lìyas Mutter machte Platz für ein anderes Bild. Das Bild
eines Jungen in ihrem Alter. Lìya hatte ihn noch nie gesehen,
und doch hatte sie das Gefühl, ihm schon einmal begegnet
zu sein. Er trug seltsame Kleidung, vermutlich ein Sari, denn
er wirkte zu weich und gepflegt für einen Ori. Der Junge
blickte sie an. Ruhig und ernst, als erwarte er, dass Lìya ihn
anspreche. Als habe er auf sie gewartet.
Seltsamer Junge mit seltsamen Augen. Große Augen. Müde
Augen. Der Junge wirkte blass und schwächlich. Nicht auf
der Hut. Träge, als ob ihn nichts auf der Welt so recht inte-
ressiere. Ein ausgemachter Schwächling. Was also war so beunruhigend an diesem Jungen?

Lìya betrachtete den Jungen und allmählich kam er ihr
schon bekannter vor. In einem fast vergessenen Traum hatte
sie ihn einmal vor dem Ertrinken gerettet. Aber diese Rettung war offenbar ein Fehler gewesen, ein großer Fehler.
Denn mit der Erinnerung an den Traum begriff Lìya, wer
der Junge war: der Sariel.

Der Feind.

Das Bild des Jungen löste sich auf und Lìyas Mutter trat
wieder an die Stelle.

*Du wirst ihm bald begegnen. Er ist schon da. Pass auf dich
auf.*

Dann löste sich auch das Bild ihrer Mutter wieder auf, und
Lìya blieb allein zurück, immer noch gefangen in dem glitschigen Schacht. Lìya wusste, dass sie keine Zeit mehr zu
verlieren hatte. Die Angst würde bald zurückkehren und bis
dahin musste sie nach oben geklettert sein. Also konzentrierte sie sich und tastete mit den Fingerspitzen gründlich
die Wände des Schachtes ab, bis sie einen kleinen Vorsprung

fand, der genug Halt bot. Das Gleiche machte sie mit den Füßen, presste Ober- und Unterschenkel mit aller Kraft gegen die Schachtwand und schob und zog sich dann einige Millimeter nach oben. Nur wenige Millimeter. Lìya keuchte vor Anstrengung, aber der Erfolg gab ihr neue Kraft. Sie versuchte es wieder und schaffte weitere Millimeter. Aus Millimetern wurden Zentimeter und aus Zentimetern langsam und mit größter Anstrengung schließlich der erste Meter. Die Schachtwand wurde wieder trocken und griffig, und nach unendlich langer Zeit, wie ihr schien, kletterte Lìya wieder aus der Schachtöffnung in die unterirdische Halle, wo Zhé sie geduldig und mit einem zufriedenen Lächeln erwartete.

Als Lìya ganz aus dem Loch hinaus war, ließ sie sich nach hinten auf den Boden fallen, schloss die Augen und keuchte vor Erschöpfung.

»Was hast du da unten gesehen, Lìya?«, fragte sie der Gon Shì ruhig.

»… den Sariel«, keuchte Lìya und öffnete die Augen.

»Bist du ganz sicher?«, fragte Zhé nach. Seine Stimme klang ernst, aber plötzlich ohne Strenge.

»Ja!«, erwiderte Lìya entschlossen. »Kein Zweifel. Die Sari haben einen neuen Sariel!«

Der Gon Shì wirkte auf einmal müde und alt. Traurig sah er aus. Als hätten alle Sariel der letzten Jahrhunderte ihn persönlich verfolgt und er fände kein Mittel mehr, der Katastrophe zu entrinnen. Lìya mochte ihn plötzlich. Sie richtete sich etwas auf und blickte den Gon Shì jetzt direkt an. Ohne Scheu und ohne Furcht. Dafür gab es nun keinen Anlass mehr. Sie hatte die Prüfung bestanden.

Sie war jetzt eine Zhàn Shì.

REVOLUTION

In einem der Toten Häuser am Rand von Sar-Han fand zu diesem Zeitpunkt eine Versammlung statt. Die etwa fünfzig meist jungen Sari waren gut gekleidet und frisch gewaschen, ein Zeichen, dass sie zur Oberschicht der Sari gehörten, auch wenn es in Sar-Han immer noch als unfein galt, so etwas laut auszusprechen. Offiziell gab es keine Klassenunterschiede, offiziell galt immer noch die Doktrin von der genetischen Chancengleichheit: Jeder Sari fand einen Platz in der Gesellschaft entsprechend seinen Fähigkeiten und Neigungen, der ihm Wohlstand und soziale Achtung garantierte. In den dreihundert Jahren seit der Ankunft in der Neuen Zeit hatte sich dieser Grundsatz jedoch als unhaltbar erwiesen. Die völlige Isolation von der lebensfeindlichen Umwelt, die die Stadt von sämtlichen Ressourcen und vor allem vom Wasser abschnitt, hatte Elend und Neid in der Welt der Sari wachsen lassen wie Schimmel an einem schlecht belüfteten Ort. Die ungebrochene Zuversicht des obersten Rates in die überragende Technik der Sari und der blinde Glaube, der Sariel werde sie einst alle befreien, änderten nichts an der Tatsache, dass es den Sari zunehmend schlechter ging. Zum ersten Mal in ihrer Geschichte traten seltsame Krankheiten auf, für die die Ärzte keine Erklärung und auch keine Therapie fanden. Keine schlimmen, tödlichen Krankheiten, meist nur unappetitliche und juckende Hautgeschichten oder eine allgemeine große Mattigkeit. Aber allein der Umstand, dass Sari überhaupt *krank* wurden, war alarmierend und verstörend.

Die überwiegende Mehrheit der Sari war dennoch nach

wie vor der Meinung, dass es keinen anderen Weg gebe, als in der Vergangenheit einen Sariel zu finden, der das tödliche Virus besiegen würde. Die überwiegende Mehrheit der Sari war überzeugt, dass man so lange durchhalten müsse. Die überwiegende Mehrheit. Aber eben nicht alle. Die Sari, die sich in dem Toten Haus trafen, wollten etwas verändern. Sie waren sämtlich Kinder von Mitgliedern des mittleren und obersten Rates. Natürlich war keiner von ihnen je von einem Vater gezeugt und einer Mutter geboren worden, diese Fähigkeit hatten die Sari schon seit Jahrhunderten verloren. Sex war Teil der Freizeitgestaltung, mehr nicht. Zeugung, genetische Anpassung, Schwangerschaft und Geburt wurden automatisch im »Generations-Zentrum« vorgenommen. Die Eltern lieferten eine Haarprobe ab, aus der ihre Gene isoliert wurden, äußerten Wünsche über die zukünftigen Fähigkeiten ihres Kindes, und der Rest lief automatisch in den »Brütern« ab, bis die Eltern nach zehn Monaten ihr Baby abholen konnten.

Trotz dieses technischen Verfahrens hielten die Sari nach wie vor an den uralten Familienbezeichnungen fest.

Die jungen Sari saßen locker verstreut auf Stühlen und wirkten nicht wie Revolutionäre, eher wie ein Publikum vor einer Filmpremiere, aufgekratzt und bereit, sich zu amüsieren. Auch Eyla befand sich unter ihnen und wartete wie alle darauf, dass ihr Exfreund Khanh endlich zu ihnen sprechen würde. Schon seit einer Weile sprach er leise allein am Rand der Versammlung in die Luft. Also redete er mit irgendwem außerhalb. Eyla konnte nicht verstehen, was Khanh sagte, doch sie hörte seinen Tonfall. Er war ruhig, direkt und bekam manchmal diese Schärfe, die sie mochte. Sehr mochte. Khanh akzeptierte niemals ein Nein. Khanh bekam immer, was er wollte. Khanh war klug und schön und ehrgeizig. Khanh war ein geborener Anführer, ein Alphatier, ein König. Khanh war alles, was Eyla bewunderte. Aber das bedeutete nicht, dass sie ihn auch liebte. Eyla liebte Gewinner. Und Khanh musste erst noch beweisen, dass er ein Gewinner war.

Khanh beendete sein Gespräch und trat vor die Gruppe der Sari, die ihn gespannt anblickte. Er kannte jeden von ihnen persönlich und wusste, dass er sich auf sie verlassen konnte. Ohne Umschweife begann er zu sprechen. Er sprach nicht laut, aber klar und deutlich, und seine Stimme hätte auch noch eine weit größere Menge von Menschen erreicht. Khanh musste niemals laut werden, denn wenn er redete, schwiegen alle, um ihm zuzuhören.

»Es ist alles bereit – wenn ihr es seid.« Er machte eine kleine Pause und ließ seinen Blick über die Gruppe schweifen. Für einen Moment blieb er an Eyla haften. Da sich in der Menge kein Zeichen von Einspruch zeigte, fuhr Khanh zügig fort. »Die Entscheidung muss heute Abend fallen, danach ist es womöglich zu spät. Die Frage ist, ob wir wirklich bereit sind, diese Welt zu verändern.«

Wieder machte er eine kurze Pause und wartete pro forma auf Einspruch. Der natürlich nicht kam. Sie hatten alles längst hundertmal besprochen, bei zahllosen geheimen Treffen Pläne geschmiedet und wieder verworfen und schließlich einen Weg gefunden, wie sie ihre Welt und ihren Wohlstand zukünftig sichern wollten. Jeder wusste, was zu tun war. Es ging nur noch darum, es offiziell und historisch zu beschließen.

»Wenn der Sariel tot ist, werde ich den obersten Rat offiziell anklagen und eine Neuordnung fordern. Das können sie mir nicht verweigern und es wird Unruhe in der Bevölkerung bringen. Viele werden unserer Meinung sein. Wir werden umgehend einen neuen Rat bilden und die Macht übernehmen. Das wird der erste Schritt sein. Der zweite Schritt wird unmittelbar darauf folgen.« Khanh machte eine Pause und blickte die Sari an, die ihm gebannt zuhörten, obwohl sie längst wussten, was er sagen würde.

»Der zweite Schritt wird sein, die Ori zu vernichten, und zwar vollständig. Auf Pangea kann es zukünftig nur ein Volk geben und das sind wir.«

Kein Applaus. Das war nicht üblich. Aber die Entschlossenheit, auch den zweiten Schritt mit Khanh zu gehen, war allen deutlich anzusehen.

Eyla fröstelte bei dem Gedanken an die Vernichtung der Ori. Ori waren ihr unheimlich, obwohl sie noch nie einen gesehen hatte. Und sie glaubte daran, dass Khanh recht hatte. Es konnte zukünftig einfach kein Zusammenleben mit Wilden geben.

»Aber dafür brauchen wir unbedingt die Zeitmaschine, die der Sariel mit sich führt«, fuhr Khanh fort. »Meine Kontaktleute bei den Ori werden sie für uns finden und mir dann hier übergeben. Aber wenn alles so funktionieren soll wie geplant, dann muss euch klar sein, dass es um alles oder nichts geht. Jeder von euch kennt seine Aufgabe und muss sie jetzt hundertprozentig erfüllen. Ihr alle tragt jetzt große Verantwortung. Eine Verantwortung für euch und für alle Sari. Eine Verantwortung für die ganze Menschheit. Seid ihr dafür bereit?«

Allgemeines zustimmendes Raunen in der Gruppe. Khanh hob den linken Arm und alle Anwesenden, auch Eyla, machten es ihm nach. So verharrten sie schweigend etliche Minuten. Eyla wurde der linke Arm langsam schwer, aber sie wusste, dass sie ihn nicht senken durfte, bis Khanh zufrieden war. Als ihr linker Arm bereits so sehr schmerzte, dass sie das Gesicht verzog, ließ Khanh den Arm sinken und blickte zufrieden auf die Gruppe hinab.

»Wir werden Glück brauchen. Aber das Glück wird uns finden.«

Das war eine alte traditionelle Grußformel der Sari. Eyla war überrascht, dass Khanh sie plötzlich benutzte. Damit war die Versammlung beendet. Die Sari erhoben sich und begaben sich zügig zu ihren Hiks, die vor dem Haus parkten, um die ihnen zugewiesenen Aufgaben zu erfüllen. Eyla hatte bisher noch keine genaue Aufgabe, da sie noch die Frau des Sariel und die Tochter des obersten Ratgebers war. Niemand wollte ihr einen derartigen Verrat zumuten. Gleichzeitig war allen klar, dass sie durch ihre Herkunft viel Erfahrung im Umgang mit Macht hatte. Nach dem Erfolg der Aktion würde sie Khanhs Frau werden und damit eine einflussreiche Ratgeberin.

Khanh hielt sie zurück, als sie zu ihrem Hik gehen wollte. »Alles in Ordnung?«

»Ja«, sagte sie. »Warum?«

Khanh blickte sie prüfend an. »Wegen ihm. Du magst ihn, ich hab's gesehen.«

»Ja, ich mag ihn«, gestand Eyla ohne besondere Regung zu. »Aber ich mag viele Dinge.«

Khanh nahm die versteckte Herausforderung an. »Du gehörst mir und das weißt du. Der Sariel wird ohnehin sterben. Ich werde es übrigens selbst machen. Es ist zu wichtig, um es jemand anderem zu überlassen. Ich wollte nur, dass du auch das weißt.«

Eyla fror plötzlich wieder, aber sie zeigte es nicht. »Er soll nicht leiden. Bitte.«

Khanh berührte ihre Wange sanft mit dem Handrücken und streichelte sie. Eyla zitterte unter der Berührung wie unter der Hand des Todes und blickte Khanh dabei unverwandt an.

»Er wird nicht leiden«, versprach Khanh ohne jegliches Mitgefühl und ließ Eyla ohne Gruß stehen. Rechtzeitig genug, dass er ihre Tränen nicht sehen konnte.

DER MISTKERL

Am Morgen nach der Prüfung im Labyrinth begann Lìyas Ausbildung. Die beiden Zhàn Shì, die Lìya aus der Spelunke abgeführt hatten, weckten sie kurz vor Sonnenaufgang und brachten sie zu dem offenen Trainingsplatz, der noch völlig verlassen im ersten Dämmerlicht lag. Es war kalt und Lìya hätte gern noch eine Weile geschlafen, aber das hätte sie niemals zugegeben. Der gut aussehende Mistkerl und sein Freund sprachen kein Wort mit ihr, obwohl Lìya die Blicke des Kleineren bemerkte, der drei lange Stöcke trug. Lìya erwischte sich dabei, wie sie beim Gehen den Mistkerl betrachtete und sich vorstellte, wie es wäre, seine Wangen zu berühren, auf denen das erste Licht des Tages schimmerte.

Kaum auf dem Trainingsplatz angekommen, entledigte sich der Ältere noch im Gehen seines wärmenden Umhangs, wandte sich zu Lìya um und winkte sie mit beiden Händen heran.

Lìya rührte sich nicht. »Was jetzt?«

»Greif mich an.«

»Was ist das, ein Spiel, oder soll das etwa die Ausbildung sein?«

»Greif mich an, dann wirst du's sehen.«

Lìya zögerte und betrachtete den jungen Krieger in seiner überheblichen Haltung. Es war noch früh, sie hatte noch keine einzige Mondträne gegessen, sie fror und hätte am liebsten noch eine Stunde geschlafen. Aber sie fand, dass es entschieden an der Zeit war, dem arroganten Mistkerl eine tüchtige Abreibung zu verpassen. Sie spreizte also leicht die

Beine, verschaffte sich einen stabilen Stand, lockerte ihre Arme und nahm die erste Kampfposition ein. Der Mistkerl ging in die zweite Position. Dann griff Lìya an.

Einen Augenblick später lag sie im Sand. Scheinbar mühelos hatte der Mistkerl ihren Angriff abgewehrt und sie mit einem einzigen Wurf aufs Kreuz gelegt. Lìya unterdrückte einen Fluch, rappelte sich auf und versuchte es noch mal.

Mit dem gleichen Ergebnis.

Der junge Krieger musste sich dazu noch nicht einmal vom Fleck bewegen. Er nutzte einfach Lìyas Energie beim Angriff aus, um sie gegen sie selbst zu richten. Dabei lachte er weder hämisch noch zeigte er irgendeine andere Reaktion. Sein Ausdruck blieb gleichmütig und herablassend.

Nach dem fünften Anlauf hielt Lìya keuchend inne. Ihr Rücken schmerzte von den Stürzen und beim letzten Mal hatte sie sich den Arm verrenkt. Sie fand, dass der Tag ziemlich beschissen anfing.

»Zu viel Wut«, sagte der Mistkerl.

»Ich bin nicht wütend.«

»Doch. Sogar sehr wütend. Je wütender du bist, desto leichter ist es, deinen Angriff abzuwehren. Wut macht steif.«

»Spar dir deine Weisheiten!«, presste Lìya hervor. »Ich bin nur noch nicht ganz aufgewärmt. Beim nächsten Mal rufst du nach deiner Mama!«

Der Mistkerl zuckte gleichmütig mit den Achseln und schwieg. Der Kleinere aber, der sich mit den drei Stöcken in den Sand gehockt und die ganze Zeit nur zugeschaut hatte, feixte unverhohlen.

Lìya atmete einmal durch und versuchte es erneut. Und noch mal. Und noch mal. Sie schlich um ihn herum und suchte eine Schwäche in seiner Haltung, einen Moment der Unachtsamkeit oder der Erschöpfung, den sie nutzen konnte. Aber jedes Mal fing der Mistkerl ihren Angriff mühelos ab und Lìya landete im Staub. Um sie offenbar vollends zu demütigen, zog er eine Binde aus seiner Hose und verband sich damit die Augen. Trotzdem schien er jederzeit zu wissen, aus welcher Richtung Lìyas Angriffe kamen. Die Sonne hatte noch nicht ganz den Horizont überschritten, als Lìya kraftlos im Sand liegen blieb, um Atem rang und das Gefühl hatte, nie mehr wieder aufstehen zu können. Ihr ganzer Körper war ein einziger Schmerz.

Zu ihrer Überraschung ließ sich der Mistkerl neben ihr in den Sand fallen. »Das war nicht schlecht für den Anfang.«

»Waaas?«

»Du bist schnell und hast Kraft. Du bist nur zu wütend.«

Lìya schwieg. Sie spürte die Körperwärme des jungen Zhàn Shì dicht neben sich und verkniff sich eine giftige Bemerkung, die ihn vermutlich vertrieben hätte. Der Zhàn Shì fasste ihr Schweigen als Zustimmung auf.

»Du musst alle Gefühle ausatmen vor dem Kampf. Dein Herz muss kalt sein und leer.«

Kalt und leer – wenn du wüsstest!

»Ich heiße Li«, sagte der Mistkerl plötzlich.

Li! Lìya und Li. Li und Lìya. Liiiiii!

»Ich weiß.« Lìya räusperte sich. »Ich heiße Lìya.«

»Ich weiß.« In seinem Blick lag plötzlich Wärme und das machte ihn noch schöner. Lìya hätte beinahe laut aufgeseufzt. Aber der Moment verflog und Li erhob sich. »Wir müssen weitermachen. Wir haben hier übrigens ein paar Grundregeln. Die solltest du beachten: Mach dein Herz vor dem Kampf frei von allen Gefühlen. Rede nicht während des Trainings. Rede nicht während des Kampfes. Trainiere täglich die Basisübungen. Habe keine Furcht, dich dem Gegner zu nähern. Je näher du an ihm dran bist, desto mehr kannst du lernen. Lass den Körper immer entspannt. Entspannung vertreibt die Angst. Schlafe immer mit einem offenen und einem geschlossenen Auge. Schlaf und iss nicht zu viel. Beides macht träge. Hast du das verstanden?«

»Ich kenne die Regeln, seit ich zwölf bin.«

»Dann wird es Zeit, dass du sie auch befolgst.«

Die Sonne kletterte höher und es wurde erst warm und dann heiß. Der Trainingsplatz füllte sich mit jungen Zhàn Shì, die zunächst Aufwärmübungen machten und danach paarweise Kampfpositionen, Schläge und Tritte übten.

Für Lìya liefen die nächsten Übungen nicht viel besser als die ersten. Diesmal machte der jüngere Zhàn Shì mit und drei weitere Zhàn Shì, die Li mit ein paar knappen Worten dazuholte. Offenbar war sein Rang höher, als Lìya vermutet hatte, trotz seines Alters.

Diesmal verband er Lìya die Augen mit der Binde, die noch etwas nach ihm roch. Gut roch. Diesmal gab er Lìya einen der drei Stöcke. Diesmal wurde es richtig schmerzhaft.

Lìya ahnte es bereits, als sie sah, wie die beiden ihre Stöcke packten.

»Spüre, woher der Angriff kommt!«, hörte sie Lis Stimme hinter sich, und im gleichen Moment traf sie schon der erste Stockschlag von der Seite. Und sofort der nächste von hinten. Und der nächste von vorn. Die Schläge prasselten nur so auf sie nieder. Lìya versuchte, die Hiebe mit ihrem Stock abzuwehren, wirbelte ihm Kreis herum, aber dadurch wurde ihr nur schwindelig und sie fiel hin.

Die Schläge hörten aber deswegen noch lange nicht auf.

»Bleib nicht liegen!«, rief Li von irgendwo. »Wenn du liegen bleibst, bist du tot!«

Ich bin doch schon tot. Ich. Bin. Schon. Tot.

Lìya schützte wenigstens den Kopf, so gut es ging. Sie wand sich, rollte weg, sprang im Zickzack, bewegte sich so flink wie ein Sandschläfer. Aber das war auf Dauer keine Lösung, es erschöpfte sie nur rascher. Sie musste zurückschlagen und die Angreifer entwaffnen. Aber ihr waren die Augen verbunden. Sie war blind und nirgendwo gab es noch

Schonung. Wenn das so weiterging, würden sie ihr sämtliche Glieder brechen. Wenn nicht schlimmer.

»Was hat das mit Ausbildung zu tun?«, schrie Lìya unter dem Hagel der Schläge. »Ist das die ganze Kampfkunst der Zhàn Shì?«

»Nein!«, entgegnete Li und schlug erneut zu. »Das ist die Kampfkunst des Sariel!«

»Der Sariel ist allein!«

»Aber er ist schnell wie sieben«, behauptete Li. »Zhé hat gesagt, dass du besondere Fähigkeiten hast. Du solltest sie endlich einsetzen.«

Also darum ging es, dachte Lìya. Das Ganze war wieder nur eine Art Disziplinierungsmaßnahme. Es ging nicht um Ausbildung, sondern um Erniedrigung. Sie wollten ihren Willen brechen. Er war ja schon fast gebrochen.

»Aufhören!«, wimmerte Lìya. »Bitte hört auf!«

»Steh auf!«, schrie Li. »Setz deine Fähigkeiten ein!«

»Bitte aufhören.« Ganz leise nur noch.

Lìya dachte an ihre Mutter und wünschte sich, bei ihr zu sein, das Gesicht in ihren Schoß zu legen wie früher, den Stoff ihres Kleides an der Wange zu spüren und ihren ewigen, vertrauten Geruch einzuatmen, der alles weghauchen konnte, alle Verzweiflung, alle bösen Nachtgedanken, allen Schmerz. Aber ihre Mutter war tot, unerreichbar, vielleicht in irgendeiner anderen Welt, und Lìya war in dieser Welt und lebte. Noch.

Die Schläge hatten aufgehört. Lìya lag gekrümmt auf dem Boden, den Kopf in den Händen.

»Pause«, hörte sie Li trocken sagen und hasste ihn dafür.

Lìya stöhnte. Jeder einzelne Muskel, jeder Knochen im Leib tat ihr weh. Sie musste inzwischen am ganzen Körper grün und blau sein. Aber Lìya war ein hartes und entbehrungsreiches Leben gewohnt und hatte oft genug einen unbeabsichtigten Tentakelschlag einstecken müssen.

173

»Nein«, erklärte sie trotzig und erhob sich ächzend. Sie trug immer noch die Augenbinde und taumelte vor Schwindel, als sie sich aufrichtete. Die Beine waren so taub geprügelt, dass sie sie kaum noch trugen. Aber Lìya verdrängte den Gedanken an den Schmerz und die Taubheit und die Wut. Was immer Zhé und Li mit »Fähigkeiten« meinten, sie würden sich nur mit Ruhe und Disziplin einstellen. Ruhe und Disziplin. So wie in dem unterirdischen Labyrinth. Mit einem Mal war alles da gewesen, hatte sich der gesamte Grundriss des unterirdischen Labyrinths wie eine Landkarte vor ihr ausgebreitet. Sie hatte im Dunkeln sehen können. Ächzend drückte Lìya das Kreuz durch, nahm erneut die erste Kampfposition ein und hob leicht den Kopf, als wenn sie einem fernen Geräusch lausche. Dabei horchte sie nicht in die Ferne, sondern in sich hinein. Sie wusste, dass sie es konnte. Sie musste einfach spüren, wo die Zhàn Shì standen und aus welcher Richtung sie zuschlugen.

»Bereit?«, rief Li von der Seite.

Lìya zögerte noch einen Moment, hörte auf zu atmen und spürte, wie die Welt um sie herum verschwand und durch etwas anderes ersetzt wurde. Eine neue Klarheit. Die Welt war nur noch eine einzige endlose Ebene im Nichts, und in ihrer Mitte stand Lìya, umringt von fünf Zhàn Shì. Sie konnte ihr Atmen hören, das Scharren ihrer Füße, spürte die Nervosität und die Blicke, die sie Li zuwarfen, als sie auf sein Kommando warteten, um ihr den Rest zu geben. Aber mehr noch als die kleinen verräterischen Geräusche konnte Lìya die Gefühle der fünf jungen Krieger spüren. Und in diesem Moment verstand sie, was ihre eigentliche Gabe war. Sie konnte Gefühle *sehen*. Sie konnte es bei Kalmaren und sie konnte es offensichtlich auch bei Menschen. Und Gefühle hatten Farben. Lìya spürte die Nervosität der Jungen als blassbläulichen Dunst, der sie umgab. Hinter ihr leuchtete einer der Jungs hellorange auf vor lauter Selbstzufriedenheit. Der

Kleine daneben glimmte grünlich vor Mitleid. Lìya erkannte in ihm Lis Freund. Der da vor ihr pulsierte leicht rosa vor Neid. Und der daneben flackerte in hellvioletter Wut auf. Der Einzige, den Lìya bloß schemenhaft erkannte, war Li. Von ihm ging nur das fahle Türkis des Hochmuts aus. Gut verborgen, aber eben nicht ganz unterdrückt.

Lìya wusste jetzt, wo ihre Angreifer standen und wie sie sich bewegten.

»Bereit!«, erklärte sie und fasste ihren Stock fester.

Augenblicklich kam der erste Angriff. Eine leichte Veränderung im türkisfarbenen Dunst. Natürlich Li, der seinen Stock einmal durch die Luft schwang und ihn dann in Hüfthöhe auf sie zusausen ließ. Lìya brauchte gar nicht viel zu tun. Eine kleine Drehung nur, und sie blockte den Schlag mit ihrem Stock ab. Es gab ein trockenes »Klack«, als die beiden Stöcke sich trafen, aber dieses kleine Geräusch jagte ihr ein heißes Triumphgefühl den Rücken hinauf.

Sie unterdrückte es sofort, denn genau wie Wut oder Verzweiflung überlagerten auch starke Glücksgefühle ihre Wahrnehmung und machten sie wieder blind.

Keine Sekunde zu spät. Der nächste Schlag kam von hinten von der orangefarbenen Selbstzufriedenheit. Lìya konnte den Stock förmlich durch die Luft zischen *sehen*. Sie riss ihren Stock in Kopfhöhe hoch und wirbelte herum. ›Klack!‹ Ein Schrei der Überraschung. Das Orange wurde etwas blasser.

Als Nächstes schlug der Neid zu. Lìya duckte sich und hielt ihren Stock ausgestreckt vor sich. »Klack!« Ein harter Schlag, der ihr fast den Stock aus der Hand riss. Lìya nahm sich vor, aufzupassen. Sie war jetzt sehr ruhig. Den Schmerz und die Taubheit spürte sie kaum noch, sie bewegte sich leicht und gewandt.

Der Takt der Schläge erhöhte sich, sie kamen jetzt wieder von allen Seiten gleichzeitig. Lìya drehte sich um die eigene

Achse, wirbelte ihren Stock über dem Kopf, duckte sich, wich aus, machte kleine Paraden und Ausfälle und wehrte jeden Angriff ab. Sie spürte, wie sich die Farben um sie herum mit den Gefühlen ihrer Gegner veränderten. Überall flammte jetzt das leuchtende Violett der Wut auf, aber auch andere Farben im raschen Wechsel, was auf die enorme Verwirrung der jungen Krieger schließen ließ. Es wurde Zeit, das auszunutzen.

Zeit, den Spieß umzudrehen.

Lìya schlug zurück. »Klackklackklack!« Ein kurzer Schlagabtausch, und dem überraschten Kleinen flog der Stock aus der Hand. Mit dem nächsten Schlag riss sie ihn von den Füßen. Er schrie auf, aber mehr aus Überraschung als vor Schmerz.

Nicht anders erging es den nächsten drei Zhàn Shì, die Lìya mit wenigen kräftigen Stockschlägen entwaffnete. Sie waren zu sehr auf Angriff eingestellt, vernachlässigten ihre Deckung und kamen nicht schnell genug in die Verteidigungsposition. Das rächte sich nun. Lìya war überrascht und fast ein bisschen enttäuscht, wie leicht es war, sie von den Füßen zu holen. Sie verpasste den entwaffneten Jungs noch ein paar Schläge obendrein, um klarzumachen, wie entschlossen sie war, sie tüchtig zu verdreschen, falls sie erneut angreifen würden. Aber die bunt flackernden Gefühlswolken hatten längst kapiert und zogen sich zurück.

Nur Lìya war noch da. Er hatte seine Gefühle außerordentlich gut im Griff, glimmte nur noch sehr schwach irgendwo vor Lìya und tat nichts. Wartete nur, was sie tun würde.

Er ist gut. Sehr gut.

Auch Lìya hielt inne. Beruhigte ihren Puls und versuchte, jedes restliche Gefühl in sich auszuschalten. Je besser ihr das gelang, umso klarer konnte sie Li sehen und vorausahnen, was er als Nächstes tun würde. Sie machte es wie die Kalmare. Sie hatte oft beobachtet, wie sie sich bei der Jagd

verhielten. Sie konnten stundenlang regungslos in schlaf-
ähnlichen Ruhepositionen verharren, schiere Ewigkeiten,
bis ihre ganze Umgebung und jede Art von Beutetier sie
vollkommen vergessen hatte. Um dann wie aus dem Nichts
mit einer blitzartigen Bewegung zuzuschlagen. Genau so
machte es Lìya.

Ich bin ein Kalmar. Ich bin einer von ihnen.

Ihre Atmung war kaum spürbar, auf ein Minimum redu-
ziert. Jetzt konnte sie Li sehr deutlich sehen und spürte sein
Zögern als schwach gelbliche Aura um ihn herum. Er stand
nur zwei Stocklängen vor ihr. Sie konnte seinen Atem hören
und schätzte, dass sie ihn mit einem langen Schritt erreichen
würde.

Unmerklich packte Lìya ihren Stock fester und machte
sich bereit zum Sprung. Der erste Schlag würde sitzen müssen. Li machte eine vorsichtige Bewegung zur Seite und hielt
seinen Stock seitlich abgespreizt in der vierten Kampfposition. Eine wirkungsvolle, aber riskante Angriffshaltung, die
seinen Schlagarm ungeschützt ließ.

Jetzt.

Lìya spannte alle Muskeln an und sprang. Ihr Schlag war
hart, landete aber etwas zu weit oben und traf Lis Oberarm,
ohne ihm den Stock aus der Hand zu schleudern. Überrascht
von Lìyas Angriff, wirbelte Li von ihr weg außer Reichweite.
Lìya verfolgte ihn und schlug erneut zu. Diesmal aber war Li
vorbereitet und wehrte den Schlag ab.

»Klack!« Er hatte sofort von Angriff auf Verteidigung um-
geschaltet und achtete jetzt darauf, Lìyas gezielte Schläge so
lange zu parieren, bis er eine Schwäche in ihrer Deckung für
einen Gegenschlag nutzen konnte. Lìya schlug unerbittlich
zu, aber Li war ein trainierter Kämpfer, den man nicht so
leicht entwaffnete. Die beiden schenkten sich nichts, droschen so kräftig aufeinander ein, wie sie konnten. Ihr Keuchen und das Klacken ihrer Stöcke hallten über den ganzen

177

Trainingsplatz und lockten die anderen Zhàn Shì an, die neugierig zusahen, wie der beste Kämpfer ihres Jahrgangs versuchte, ein Mädchen zu verprügeln.

Und es nicht schaffte.

»Stopp!« Die Stimme des Gon Shì. Zhé schritt auf den Kampfplatz zu, einen Kampfstock in der linken Hand. Die jungen Zhàn Shì, die den Kampf zwischen Lìya und Li verfolgten, wichen ehrfürchtig auseinander, wie bei einem verbotenen Vergnügen erwischt. Nur Lìya und Li hörten es nicht und droschen weiter mit den Stöcken aufeinander ein. »Hört auf damit!«, befahl Zhé scharf und ging mit seinem Stock dazwischen. Mit zwei raschen, harten Schlägen entwaffnete er Lìya und Li, dass ihre Stöcke in hohem Bogen durch die Luft wirbelten. Die beiden jugendlichen Kämpfer waren einen Moment perplex und wirkten, als kehrten sie aus einer anderen Welt zurück.

»Es ist genug«, erklärte Zhé und betrachtete Lìya, die keuchend vor ihm stand. »Geh in deine Zelle und ruh dich aus.«

Ohne ein weiteres Wort gehorchte Lìya, denn in dem Augenblick, als der Gon Shì den Kampf unterbrochen hatte, war der Schmerz zurückgekehrt und raubte ihr die letzte Kraft. Sie warf Li noch einen Blick zu und las die ehrliche Anerkennung darin. Das reichte ihr. Sie wandte sich ab und schlurfte zu ihrer Zelle zurück. Langsam genug, um hinter sich noch zu hören, wie Zhé Li fragte: »Wie hat sie sich angestellt?«

Und Li antwortete: »Sie ist wirklich gut.«

Mit schlafwandlerischer Sicherheit fand Lìya ihren Weg durch das unterirdische Labyrinth zurück in die ihr zugewiesene Zelle. Erschöpft warf sie sich auf die Pritsche und stöhnte laut auf. Ihr ganzer Körper war übersät mit blauen Flecken und rötlichen Abschürfungen und brannte höllisch vor Schmerz. Ihre Finger zitterten, sie fror und schwitzte gleichzeitig, sie fand keine bequeme Position auf der Pritsche und fühlte sich wie von einer ganzen Kalmarherde überrannt.

Sie fühlte sich großartig.

Nach diesem Kampf würde Zhé sie wie eine vollwertige Kriegerin behandeln müssen. Lìya dachte an ihren Vater, an sein Gesicht, wenn er erfuhr, dass sie es gegen seinen Willen geschafft hatte, und schämte sich gleichzeitig für dieses Gefühl. Sie schämte sich für ihre Wut und den Wunsch, es ihm heimzuzahlen, denn das schien ihr nun unangemessen für eine Zhàn Shì. Lìya nahm sich vor, ihre Gefühle zukünftig noch besser zu kontrollieren. Und wusste gleichzeitig, dass ihr das nur selten gelingen würde. Mit viel Übung und Konzentration würde sie ihre Gefühle im Kampf ausblenden können – aber nicht für immer. Vielleicht aber konnte sie zumindest weniger wütend auf ihren Vater sein, dachte sie. Und vielleicht könnte sie etwas weniger Herzklopfen bei dem Gedanken an Li haben. Vielleicht.

Um sich abzulenken, dachte Lìya wieder an ihre Mutter. Sie hatte das sichere Gefühl, dass sie ihr während des gesamten Kampfes zur Seite gestanden hatte. Ihre Mutter, die unbemerkt von allen anderen einen qualvollen Tod gestorben war, unendlich qualvoller als alle Schmerzen, die Lìya nun ertragen musste. Es gab Salben und Kräuter gegen die Schürfwunden und Prellungen. Aber nicht gegen den Schmerz der Schuld. Lìya lag auf dem Bett in einer Zelle irgendwo in den unterirdischen Gewölben des Zhàn-Shì-Palastes und fühlte sich unendlich allein. Und in diesem Augenblick wurde ihr bewusst, dass es möglicherweise zu ihrer Bestimmung gehörte, allein zu sein. Für immer.

»Hör auf, dich selbst zu bemitleiden!«

Lìya schreckte hoch und riss die Augen auf. Am Fußende der Pritsche saß ihre Mutter und blickte sie streng und gleichzeitig milde an. Sie trug den Umhang, in dem Lìya sie zuletzt gesehen hatte, und sah genauso schön und königlich aus wie in der Nacht vor ihrem Tod. Sie sah noch lebendiger aus als am Vortag in der Grube.

»Mama!«, entfuhr es Lìya. »Was…?«

»Schschsch!« Ihre Mutter legte einen Finger auf die Lippen und berührte mit der anderen Hand Lìyas Fuß. Ihre Hand war warm und weich. »Natürlich bin ich tot, daran ist nichts zu ändern. Aber mach dir keine Sorgen, es geht mir gut. Der Tod ist nichts, wovor du dich fürchten musst.«

»Aber wie ist es möglich, dass…«

»Schschsch! Das kann ich dir nicht beantworten. Aber du sollst wissen, dass du keine Schuld hast. Niemand hat Schuld, noch nicht einmal die Feuerspucker. Es gibt keine Schuld. Es gibt nur Schicksal.«

»Das verstehe ich nicht, Mama.«

»Das brauchst du auch nicht. Du musst es nur glauben. Aber vor allem musst du aufhören, dich selbst zu bemitleiden. Was auch immer du tust, denk nicht daran, was andere von dir erwarten. Halte dich immer nur an dein Gefühl. Dein Gefühl ist dein Kompass. Deine Gefühle sind das Einzige, dem du vertrauen kannst.«

»Aber ich habe oft schlechte und falsche Gefühle. Ich hasse Papa.«

»Nein, das tust du nicht. Es gibt keine schlechten oder falschen Gefühle. Es gibt nur falsche Handlungen. Du kannst ruhig wütend auf deinen Vater sein, wichtig ist, was du tust.«

»Und was soll ich tun, Mama? Ich weiß einfach nicht, was ich tun soll!«

»Doch, das weißt du. Du musst es nur noch glauben.«

Die Wärme der Hand, die immer noch ihren Fuß hielt, übertrug sich auf Lìyas ganzen Körper und vertrieb allen Schmerz und alle Einsamkeit. Lìya rollte sich zusammen, legte den Kopf in den Schoß ihrer Mutter, wie sie es sich vorgestellt hatte, und schloss die Augen. Ihre Mutter berührte ihre Stirn und pustete ihr sanft in die Haare, wie sie es früher getan hatte.

»... Mama?«

»Schschsch!«

»Danke, Mama.«

Als Lìya erwachte, war sie wieder allein. Sie lag eingerollt auf der Pritsche, aber ihre Mutter war verschwunden wie ein freundlicher Spuk. Dennoch fühlte Lìya sich nicht einsam. Sie wusste zwar weder, wie lange sie geschlafen hatte, noch, ob es Tag oder Nacht war, aber ihr Körper war schmerzfrei, und das war Beweis genug, dass ihre Mutter *wirklich* bei ihr gewesen war. Woher auch immer sie gekommen war.

Ein gutes Gefühl. Und dennoch war da etwas Beunruhigendes. Lìya setzte sich auf und brauchte eine Weile, bis sie sich wieder an ihren letzten Traum erinnerte. Sie merkte, wie sie plötzlich errötete, als es ihr wieder einfiel. Sie hatte von Li geträumt.

Li, der sie geküsst und da und dort gestreichelt hatte. Ein schöner, aufregender Traum. Was sie immer noch verstörte, musste sie also danach geträumt haben. Lìya verscheuchte das Bild des nackten Li aus ihrem Kopf, rieb sich heftig durchs Gesicht und versuchte, sich auf den letzten Traum zu konzentrieren.

Ein Tal.

Sie hatte von einem Tal geträumt. Einem Tal inmitten hoher Berge. In der Ferne im Dunst konnte sie eine Gruppe sonderbar geformter Gipfel erkennen, die ihr irgendwie bekannt vorkamen. Sie erinnerte sich aber nicht, jemals dort gewesen zu sein. Auch das Tal war ihr nicht vertraut. Es war einfach nur ein ödes, steiniges Tal.

Lìya merkte plötzlich, wie hungrig sie war. Es wurde Zeit, sich irgendwo ein Frühstück zu organisieren. Sie erhob sich gerade zum Gehen, als die Tür aufging und ein Mädchen eintrat, nur wenig älter als sie selbst. Das Mädchen trug die Tracht einer Kriegerin und hatte einen kleinen Korb dabei.

»Hallo, ich bin Yuánfèn!«, sagte das Mädchen geschäftig und trat ohne Umstände näher.

Lìya musterte das Mädchen. Ein liebenswertes, freundliches Gesicht. Hübsch und harmlos. Wenn Lìya nicht die Aura der Eifersucht an ihr gespürt hätte, die sie sofort misstrauisch machte.

»Von Anklopfen hältst du wohl gar nichts, was?«

»Li sagte, es sei dringend.«

»Li schickt dich? Was will er?«

Ohne auf die Frage einzugehen, trat Yuánfèn lächelnd an Lìya heran und drückte sie sanft, aber bestimmt zurück auf die Pritsche. »Setz dich.«

In der nächsten Sekunde hatte Lìya das Mädchen mit einem blitzschnellen Griff auf den Rücken geworfen und saß ihr rittlings auf der Brust.

»Aua!! Was soll das? Du tust mir weh!«

»Und das ist erst der Anfang, wenn du mir nicht auf der Stelle erklärst, was du hier zu suchen hast.«

Das Mädchen Yuánfèn murmelte eine halbherzige Entschuldigung.

»Ich kann dich nicht verstehen!«, rief Lìya. »Was willst du hier?«

»Ich will deine Wunden versorgen!«, sagte Yuánfèn jetzt lauter. »Ich bin eine Heilerin!«

»Du lügst.«

»Schau in den Korb.«

Lìya rollte von Yuánfèn herunter und untersuchte den Inhalt ihres Korbs. Er enthielt getrocknete und frische Kräuter, eingewickelt in große Blätter, und auch eine Reihe von Salben in kleinen Beutelchen aus Tierhaut. Lìya öffnete einige der Beutelchen und schnüffelte daran, bis ihr Yuánfèn ungehalten den Korb entriss.

»Li hat mich schon vor dir gewarnt.«

»Und was hat er noch gesagt?«

»Nichts sonst. Dass ich dich behandeln soll, nichts weiter. Also, setzt du dich jetzt und lässt mich meine Arbeit machen?«

»Du kannst wieder gehen, ich bin in Ordnung.«

Yuánfèn schüttelte missbilligend den Kopf. »Hast du dich mal angesehen? Du siehst aus, als wäre eine Herde Kalmare auf dir rumgetrampelt. Du *kannst* nicht in Ordnung sein. Ein Wunder, dass du überhaupt stehen kannst.«

»Wenn ich's doch sage! Ich bin in Ordnung. Das kannst du Li ausrichten. Danke und leb wohl … Yuánfèn.«

Yuánfèn blickte Lìya ungläubig an. Dann zuckte sie mit den Achseln und klaubte ihre Kräuterpäckchen wieder zusammen. »Du musst es ja wissen.« Sie wandte sich zum Gehen.

»Warte mal!«, rief Lìya sie noch einmal zurück. »Was hat Li genau gesagt?«

In Yuánfèns Blick veränderte sich etwas. Sie wirkte plötzlich wie jemand, der merkt, dass er die Oberhand gewinnt. »Dass du verwundet bist und ich mir dich mal ansehen sollte.«

»Er hat sich Sorgen um mich gemacht?«

»Er hat nur getan, was seine Aufgabe ist.«

»Warum hat Zhé dich nicht geschickt?«

Yuánfèn zuckte mit den Achseln. »Li hat mich eben gefragt. Wo ist das Problem?«

Wo das Problem ist? Ich weiß schon, wo das Problem ist!

»Kennst du Li gut?« Die Frage überrumpelte Yuánfèn offensichtlich. Sie zögerte mit der Antwort.

»Sag schon!«

»Wir sind zusammen«, erklärte Yuánfèn nun stolz.

Lìya stöhnte. Sie hatte es gewusst. Sie hatte den Dunst der Eifersucht um Yuánfèn herum gespürt. Jetzt war alles klar.

»Wann hat er dir gesagt, dass du nach mir sehen sollst?«

»...gestern Mittag.«

»Und was haben wir jetzt?«

Yuánfèn stöhnte. »Fast wieder Mittag. Du hast den ganzen Tag und die ganze Nacht geschlafen.«

»Du hättest mich also unmittelbar nach dem Kampf behandeln sollen, bist aber erst jetzt gekommen – seh ich das richtig?«

»ICH WOLLTE DICH NICHT WECKEN!«, schrie Yuánfèn.

Lìya betrachtete das Mädchen und erinnerte sich daran, was ihre Mutter gesagt hatte. Es gab keine schlechten Gefühle, es gab nur falsche Handlungen. Lìya versuchte erst gar nicht, ihre eigene Eifersucht zu unterdrücken, doch sie wollte auch nicht ungerecht sein.

»Du hast deine Aufgabe nicht richtig gemacht und ich habe dich aufs Kreuz gelegt. Jetzt sind wir quitt. Du kannst Li sagen, dass du mich erfolgreich behandelt hättest.«

»Deine überhebliche Art kannst du dir sonst wohin stecken!«, zischte Yuánfèn, schnappte sich ihren Korb und verließ die Zelle.

»Schöne Grüße!«, rief Lìya ihr nach und schämte sich sofort dafür. Sie hatte kein Recht, eifersüchtig zu sein. Aber das half ihr im Moment auch nicht sonderlich. Im Gegenteil hatte ihr die Begegnung mit Yuánfèn nur klargemacht, dass...

...du dich total verknallt hast und selber eine blöde Kuh bist.

In diesem Moment ging der Alarm los. Eine Reihe heller Gongschläge erklang vom Versammlungsplatz und hörte nicht auf zu verklingen. Die Schläge gewitterten durch die ganze Festung bis hinunter in Lìyas Kammer und zitterten als Echo von den Wänden zurück. Yuánfèn packte Lìya am Arm und zog sie hoch.

»Komm mit! Hast du nicht gehört? Das ist der Alarm! Wir müssen sofort zum Versammlungsplatz!«

Lìya entwand sich störrisch. »Ich habe noch keinen Trupp.«

»Doch!«, widersprach Yuánfèn. »Du bist meinem Trupp zugeteilt. Jetzt komm endlich!«

Der Versammlungsplatz lag am äußeren Rand der Festung und war mehr als fünfmal so groß wie der Übungsplatz. Als Lìya mit Yuánfèn dort ankam, hatten sich bereits annähernd fünftausend Krieger eingefunden. Immer noch hämmerte der Alarmgong über den Platz. Lìya erschrak, als sie die Menge der Krieger sah. Sie hatte nicht geahnt, wie viele Menschen in der Festung lebten.

Yuánfèn hielt sie immer noch energisch am Arm und lotste sie durch die Menge bis zu einer Mädchengruppe, die etwas abseits stand und sich alle Mühe gab, noch kriegerischer dreinzublicken als die Jungen ringsum. Überraschenderweise stand Li bei den Mädchen. Er musterte Lìya knapp und warf Yuánfèn einen Blick zu. Yuánfèn verdrehte die Augen und Li grinste. Lìya ahnte schon, dass sie gemeint war.

»Ihr mich auch«, sagte sie laut, und Yuánfèn drehte sich weg.

»Das ist jetzt dein Trupp«, erklärte Li und stellte ihr reihum die sechs Mädchen vor. »Mingan. Naiyong. Gui. Yan und Duo. Yuánfèn kennst du ja schon.«

»Meine Ausbildung hat doch aber gerade erst …«, wandte Lìya ein.

»Deine Ausbildung ist ab sofort abgeschlossen. Wir haben keine Zeit mehr.«

Ehe Lìya etwas einwenden konnte, packte er sie am Arm und kam ganz dicht an sie heran. So dicht, dass sie seinen

Atem spürte und sich wünschte, dass er noch näher kommen möge. Aber Li sah ihr nur hart in die Augen und sagte: »Du bist jetzt eine Zhàn Shì und dies ist dein Trupp. Jede der Kriegerinnen würde ihr Leben für dich geben, verstehst du? Und genau das wird auch von dir erwartet. Ist dir das klar?«

Sein Ton duldete keinen Widerspruch. Lìya nickte. »Klar.«

»Mingan ist die Ranghöchste und führt den Trupp. Danach kommt Yuánfèn, dann Naiyong, Gui, Yan und Duo. Und danach du.«

»Ich bin also die Rangniedrigste. Und was bedeutet das?«

»Es bedeutet: Was immer man dir befiehlt – du wirst den Befehl ausführen.«

Lìya stöhnte. *Na prima!* Sie erkannte sofort, dass Mingan sie nicht mochte. Mingan hatte Mandelaugen wie Lìya, allerdings kurze blonde Haare und sehr helle Haut. Sie war schön und wirkte mit ihrem feinen Porzellangesicht zerbrechlich und elfenhaft. Aber Lìya hatte die Härte in ihrem Blick gesehen und verstanden, dass Mingan eine Elfe mit eisernem Willen war. Gefährliche Mischung.

Mingan kam jetzt nah an Lìya heran und blickte sie kalt an. »Ich hab schon von dir gehört. Du hast ein Problem mit Befehlen. Du hast keinen Respekt. Ich hab dich nur aufgenommen, weil Li es befohlen hat und wir nur zu siebt als vollwertiger Trupp gelten. Aber wenn du da draußen nur ein einziges Mal rumzickst oder einen Befehl nicht befolgst oder nur einmal mit den Augen rollst, wenn ich was sage – dann lass ich dich in der Wüste zurück.« Mingans Stimme war kein bisschen lauter geworden. Aus der Entfernung hätte man die beiden Mädchen für Freundinnen beim Plaudern halten können.

»Denkst du vielleicht, dass das nur eine leere Drohung ist?«

Lìya schüttelte den Kopf. *Bestimmt nicht, du Sumpfwatu.* Mingan nickte knapp und wandte sich dann wieder von ihr ab, als wäre alles gesagt.

»Was machen die Beulen?«, fragte Li.

Lìya wollte etwas Lässiges erwidern. Aber ehe ihr etwas wirklich Kluges und Witziges eingefallen war, verstummte der Alarmgong, und alle Zhàn Shì richteten ihre Blicke nach vorn, wo der Gon Shì soeben den Versammlungsplatz betrat, gefolgt von drei weiteren älteren Zhàn Shì. Zu ihrer Überraschung entdeckte Lìya ihren Vater darunter. Er schien sich also die ganze Zeit über in der Festung aufgehalten zu haben. Ohne mit ihr in Kontakt zu treten. Das bestürzte Lìya zunächst, doch auf der anderen Seite schien es zu bedeuten, dass er ihre Ausbildung zur Kriegerin inzwischen billigte. Und wie sie ihren Vater so neben Zhé stehen sah, der sich soeben vor den versammelten Zhàn Shì aufbaute, spürte sie großen Stolz in sich aufsteigen, seine Tochter zu sein.

Zhé, der Gon Shì, der Höchste aller Zhàn Shì, begann seine Ansprache ohne Umschweife. Er wirkte klein und ein wenig verloren vor der Menge der Krieger, seine Stimme war nur unwesentlich lauter als sonst, aber niemandem entging ein einziges Wort:

»Wir haben es schon lange geahnt. Alle Zeichen deuteten darauf hin. Nun haben wir Gewissheit. Die Sari haben einen neuen Sariel gefunden. Er wird schon in Kürze zum Ngongoni aufbrechen, um die Grundlage unseres Lebens zu vernichten. Unsere Aufgabe, die große Aufgabe, für die unsere Kaste gegründet wurde, ist es, den Sariel abzufangen, bevor er sein tödliches Werk vollenden kann. Der Sariel wird aussehen wie ein ganz normaler Mensch, aber täuscht euch nicht, er ist eine Kampfmaschine. Ein gefühlloser Mörder, ausgestattet mit der gesamten Todestechnologie der Sari. Daher gibt es nur einen Weg, um ihn an seiner Mission zu hindern: Wir müssen ihn töten. *Ihr* müsst ihn töten. Um die

Existenz unserer Gemeinschaft zu retten.« Zhé machte eine kurze Pause, ehe er fortfuhr. Seine leisen, fast geflüsterten Worte fielen wie Schnee zwischen die Krieger und bürdeten ihnen gleichzeitig eine Tonnenlast auf.

»Wir wissen noch nicht genau, welchen Weg der Sariel nehmen wird. Um ihn aber in jedem Fall zu erwischen, haben wir präzise Positionspläne für alle Trupps ausgearbeitet. Sie garantieren, dass uns der Sariel auf keinen Fall entkommt. Deswegen ist es von allergrößter Wichtigkeit, dass die Trupps ihre Marschrichtungen exakt einhalten und zum angegebenen Zeitpunkt auf ihrem Posten sind. Die Truppführer tragen dafür die Verantwortung. Ein einziger Fehler, ein einziger Moment des Zögerns oder des Ungehorsams kann für uns alle die Katastrophe bedeuten. Ich will, dass ihr immer daran denkt. Jeder Einzelne von euch, die alten, erfahrenen wie die jungen Krieger und Kriegerinnen, hält das Schicksal unseres Volkes in Händen.« Wieder machte er eine Pause und ließ seine Worte sinken und wirken. Dann verbeugte er sich vor der Menge.

»Viel Glück. Viel Glück uns allen.« Mit dieser knappen Formel schloss er seine Ansprache und verließ mit Lìyas Vater und den beiden anderen Zhàn Shì den Platz. Die versammelten Krieger blieben ruhig an ihren Plätzen. Lìya sah, dass Li sich zu seinem Trupp stellte, und ärgerte sich schon wieder darüber, dass er ihr keinen weiteren Blick schenkte.

»Was passiert jetzt?«, raunte sie Mingan zu,

»Wir kriegen unsere Marschpläne«, erklärte Mingan und deutete auf einige junge Krieger, die in aller Eile versiegelte Dokumente an die Truppführer verteilten. Als Mingan ihr Dokument erhielt, riss sie den Umschlag sofort auf und entfaltete das Blatt. Lìya und die anderen fünf Kriegerinnen scharten sich neugierig um Mingan.

»Wir müssen bereits morgen aufbrechen«, erklärte Mingan. Ihre Stimme klang enttäuscht.

»Aber wohin?«, drängte Yuánfèn.

»Zu den Steinernen Köpfen.«

Augenblicklich übertrug sich die Enttäuschung auf die anderen Mädchen. Die Steinernen Köpfe waren eine kleine Berggruppe am nördlichen Ende des Regenschattengebirges. Das bedeutete einen anstrengenden Ritt von über einer Woche. Außerdem lag die Position weit jenseits aller Routen, die der Sariel vermutlich nehmen würde. Nirgendwo war es unwahrscheinlicher, auf den Sariel zu treffen. Gleichzeitig aber erinnerte sich Lìya wieder an das Tal aus ihrem Traum, der sie so beunruhigt hatte.

»Die parken uns irgendwo abseits!«, rief Duo, die Jüngste, fassungslos.

»Nur weil wir Mädchen sind!«

»Weil sie uns den Sariel nicht gönnen!«

»Verdammte Scheiße!«

»Verdammte Jungs!«

»Befehl ist Befehl«, sagte Mingan rau, aber Lìya sah ihr an, dass ihr das alles überhaupt nicht passte. »War eine von euch schon mal da?«

Die Mädchen schüttelten die Köpfe.

»Na super!«, stöhnte Mingan.

»Ich war zwar noch nicht dort«, meldete sich jetzt Lìya zu Wort, »aber ich kann euch führen.«

Mingan musterte Lìya skeptisch, denn auch sie war von Li bereits vorgewarnt worden. »Du? Bist du sicher?«

»Ich hab die Karawane meines Vaters mehrmals durch die Regenschattenwüste geführt.«

»Na dann – alles bestens«, sagte Mingan ohne Begeisterung.

»Ich habe nur eine Beding… äh, Bitte.«

Mingan verdrehte die Augen. »Und die wäre?«

»Ich muss dazu auf meinem eigenen Kalmar reiten. Es geht nur, wenn ich Biao kriege.«

»Kann er Schritt halten, wenn's schnell wird?«

»Klar«, log Lìya.

Mingan warf einen Blick in die Runde. »Irgendwelche Einwände?« Die Mädchen schüttelten die Köpfe. »In Ordnung«, sagte Mingan. »Hol deinen Kalmar. Wir brechen noch vor Sonnenaufgang auf.« Damit ließ sie die Mädchen einfach stehen und verließ schlecht gelaunt den Platz. Den anderen Mädchen ging es nicht besser. Nur Lìya war aufgeregt. Denn sie vermutete, dass das Tal, von dem sie geträumt hatte, irgendwie mit den Steinernen Köpfen zusammenhing. Und das konnte bedeuten, dass sie von dem Ort geträumt hatte, an dem sie dem Sariel begegnen würde.

Gleich nach der Versammlung eilte Lìya zurück in die Oase zu dem Stall, in dem sie Biao zurückgelassen hatte. Ihr Freund, der Oktopus, reagierte zuerst erfreut und dann beleidigt, als er sie sah. Zwei Tage hatte er in dem Stall alleine zubringen müssen. In einem Stall! Nun rollte er sich zu einer Kugel zusammen und machte keinerlei Anstalten, einen Tentakel zur Begrüßung auszustrecken. Lìya wusste jedoch, dass Biao ihr nicht lange gram sein konnte, und bemühte sich mit Geduld und zärtlichen Worten um seine Huld. Mit Erfolg. Wenig später ritt sie mit ihm bereits zurück in die Festung und brachte ihn in einem der Ställe unter.

Da Lìya nun einem Trupp angehörte, schlief auch sie jetzt in der gemeinsamen Unterkunft. Traditionell hatte jeder Trupp sieben Zhàn Shì, die gemeinsam in einem Raum lebten. Die einzelnen Trupps blieben oft jahrelang zusammen und wurden für die Krieger zu einer Art Ersatzfamilie. Eine Aussicht, die Lìya nach der ersten Begegnung mit Mingan und Yuánfèn den Magen umdrehte. Die meisten Zhàn Shì verließen die Kaste nach einigen Jahren, sobald sie eine Familie gründeten. Es gab allerdings auch Krieger, die ihr Leben ganz der Kaste geweiht hatten und nur mit ihrem Trupp zusammenlebten. »Eisenärsche« wurden diese Krieger spöttisch genannt. Sie waren wegen ihrer Härte gefürchtete Ausbilder. »Eisenärsche« hatten viel Macht innerhalb der Kaste, daher verwunderte es Lìya nicht sonderlich, dass ausgerechnet sie die taktisch wichtigsten Positionen besetzten, jene Punkte, an denen der Sariel mit hoher Wahrscheinlichkeit auftauchen würde. Das hätte sie wieder einmal ärgern können – wenn sie in der letzten Nacht nicht von jenem Tal geträumt hätte.

Viel Zeit, darüber nachzudenken, hatte Lìya jedoch nicht. Es gab viel zu tun. Die Trupps mussten sich selbst um ihre Ausrüstung kümmern, daher herrschte vor den Versorgungshäusern Chaos, weil alle gleichzeitig auf den Beinen waren. Aus der Oase wurde ständig Nachschub angeliefert. Die Gemeinschaft der Ori war alarmiert und widmete sich nur einem Ziel: den Sariel von seiner tödlichen Mission abzuhalten.

Mingan befahl Lìya, sich um Proviant und Ausrüstung zu kümmern, weil sie damit die meiste Erfahrung hatte. Lìya musste zwei Stunden vor dem Versorgungshaus anstehen und hoffte, dass sie nichts vergessen würde. Die Liste der Dinge, die man für eine Reise durch die Wüste brauchte, war lang. Ausreichend Mondtränen, Hornschnecken, getrocknete Beeren, Windstürmerfell, getrocknetes Bergschweinchenfleisch, diverse Heilkräuter und Tees, Brühpasten, Decken, Zelte, genügend Wasser, Zündsteine und noch Hunderte von Kleinigkeiten. Zu ihrer Erleichterung waren die Zhàn Shì aber gut organisiert, und der Versorgungsmeister wusste genau, was sie benötigte, und half ihr, die Sachen zusammenzustellen. Den Rest musste sie allerdings alleine machen. Das Verstauen und Aufladen der Last war eine elende Schinderei. Als sie endlich fertig war, ging bereits die Sonne unter. Mingan erschien im Kalmarstall und inspizierte das Ergebnis.

»Ich hoffe, du hast nichts vergessen.«

»Denke nicht«, antwortete Lìya.

»Jede Kleinigkeit, die du vergessen hast, kann da draußen unser Tod sein.«

»Ich weiß!«, stöhnte Lìya und unterdrückte den Impuls, Mingan eine passendere Antwort zu geben.

Nach einem kurzen Abendessen zogen sich die Mädchen in ihre Unterkunft zurück und krochen in ihre Schlafsäcke aus Sandschläferfilz. Gesprochen wurde nicht mehr viel, die bevorstehenden Ereignisse und Gefahren machten sie schweigsam. Jedes der Mädchen hing seinen Gedanken nach, versuchte irgendwie, mit seinen Sorgen und seiner Angst klarzukommen und sich gleichzeitig nichts anmerken zu lassen. Nur Mingan wirkte unnahbar und kühl wie immer.

Lìya sah Yuánfèn dabei zu, wie sie eine Schürfwunde versorgte, die Gui sich beim Verstauen der Ausrüstung zugezogen hatte. Yuánfèn zupfte verschiedene Kräuter aus ihrem Korb, rieb sie klein, kaute sie einmal gründlich durch und spuckte sich den grünlichen Brei dann in die Hand. Das Ganze vermischte sie mit einem Klumpen Fett aus einem ihrer Beutelchen und strich Gui das ranzige Gemisch auf die Wunde. Gui zuckte leicht zusammen und verzog das Gesicht.

»Tut gleich nicht mehr weh«, sagte Yuánfèn. »Spürst du's schon?«

Gui nickte und lächelte.

»Woher weißt du das alles?«, fragte Lìya. »Ich meine, über Wunden und Kräuter und so.«

Yuánfèn zuckte mit den Achseln. »Von meiner Mutter. Sie war Heilerin.«

»War?«

»Sie ist tot.«

»Wie ist sie gestorben?«

»Sie war krank. Auch ihre eigene Medizin konnte sie nicht retten. So ist das eben.« Yuánfèn wandte sich wieder Gui zu. »Und?«

»Schon viel besser!«, strahlte Gui.

»Bis morgen wird es fast verheilt sein«, versprach Yuánfèn, und Lìya fing an, sie zu mögen. Trotz ihrer Eifersucht.

Lìya kroch in ihren Schlafsack und wartete, bis auch Yuánfèn und Gui sich endlich zum Schlafen eingerichtet hatten. Sie selbst war kein bisschen müde, trotz des anstrengenden Tages, denn sie wollte noch etwas Wichtiges erledigen, das keinen Aufschub bis zum nächsten Morgen duldete. Aber dafür musste sie warten, bis die anderen Mädchen eingeschlafen waren.

Erst weit nach Mitternacht traute Lìya den regelmäßigen Atemgeräuschen der sechs Mädchen so weit, dass sie sich vorsichtig aus ihrem Schlafsack schälte und auf Zehenspitzen die Unterkunft verließ.

Im gesamten Festungsbereich war noch allerhand los. Die älteren Zhàn Shì standen in kleinen Gruppen zusammen, rauchten fermentiertes Steppenkraut gegen die Müdigkeit und diskutierten die Chancen, auf den Sariel zu treffen. Sie wirkten ruhig und gefasst, aber Lìya spürte ihre Nervosität und bei einigen auch die Angst. Sie konnte ihre Gefühle förmlich glimmen sehen in der Dunkelheit, fast jeder Krieger verbreitete eine blaue Aura um sich, mehr oder weniger ausgeprägt. Lìya hielt nach Li Ausschau, konnte ihn aber nirgendwo entdecken. Doch wegen Li war sie nicht so lange wach geblieben.

Die rauchenden Zhàn Shì waren zu sehr mit sich beschäftigt, als dass irgendwer das Mädchen bemerkt hätte, das im Schatten der niedrigen Gebäude eilig auf den Palast des Gon Shì zustrebte. Lìya überlegte fieberhaft, wie sie an den Palastwachen vorbeikommen könnte. Als sie den Palast jedoch erreichte, sah sie, dass ihre Überlegungen überflüssig gewesen waren.

Ihr Vater erwartete sie schon.

Lìya erkannte seine hagere Gestalt und die weißen Haare

schon von Weitem. Er stand vor dem Palast im Licht des abnehmenden Mondes und blickte gelassen in ihre Richtung. Er hatte sie bereits entdeckt. Überrascht stellte Lìya fest, dass er ebenfalls Steppenkraut rauchte. Es war das erste Mal, dass sie ihn rauchen sah.

»Ich habe mir schon gedacht, dass du noch kommen würdest«, begrüßte er sie ruhig.

Lìya hatte sich eine kleine Rede überlegt, als sie vorhin im Schlafsack darauf gewartet hatte, dass die Mädchen endlich einschliefen. So viele Fragen, auf die sie eine Antwort wollte. Großartige Sätze, die wie Ohrfeigen wirken und ihren Vater sprachlos machen sollten. Jetzt aber war sie es, die sprachlos wurde und alles vergaß, was sie sich vorhin überlegt hatte. Sie nickte nur und kam sich linkisch und blöd vor.

»Seit wann rauchst du?«, war alles, was sie herausbrachte.

Ihr Vater lachte. »Mach dir darüber keine Gedanken. Es ist eine Art Ritual, nichts weiter.«

Lìya blickte ihren Vater an und versuchte herauszufinden, was in ihm vorging. Doch wie immer blieb ihr das verborgen, sie spürte nur einen schwachen liebevollen Schimmer in seiner Gefühlsaura.

»Warum spielst du dieses Spiel mit mir?«, fragte sie ihn schließlich.

»Spiel?«

»Na ja, erst verbietest du mir, eine Zhàn Shì zu werden, und sobald ich Himmel und Hölle in Bewegung setze, um hier irgendwie ernst genommen zu werden, wirkt es plötzlich, als würdest du die ganze Zeit deine Hand über mich halten. Was soll das?«

Ihr Vater nickte. »Hasst du mich?«

Die Frage machte Lìya einen Moment sprachlos. »Was … hat das denn damit zu tun?«

»Hasst du mich? Sag schon. Ganz ehrlich.«

»Ganz ehrlich?«

»Ja. Morgen ziehen wir los, um den Sariel zu finden. Vielleicht scheitern wir und werden untergehen. Es ist also keine Zeit mehr für langes Herumreden. Hasst du mich?«

»Nein. Nein, Papa, im Gegenteil.«

Ihr Vater lächelte jetzt wieder. »Ich liebe dich auch, Lìya. Du bist meine Tochter und ich würde ohne zu zögern mein Leben für dich geben. Ich mache oft Fehler, aber alles, was ich im Leben tue, tue ich nur für dich und deine Brüder… und deine Mutter.«

Lìya schluckte hart, so sehr überrumpelte sie diese ungewohnte Offenheit.

»Ich wollte nur, dass du das einmal aus meinem Mund hörst«, fuhr ihr Vater fort. »Und ich würde mir wünschen, dass du es auch glaubst.«

Lìya nickte nur. Kloß im Hals.

»Ich kenne dich, Lìya. Ich wusste, dass ich dich nicht von etwas abhalten kann, was du wirklich willst. Ich kenne deine Gabe, und ich weiß auch, wie wertvoll sie für uns alle ist. Aber ich wollte dich schützen, deswegen habe ich im Hintergrund ein paar Fäden gezogen.«

»… und mich in den allerletzten Trupp ans Ende der Welt versetzt!«, platzte Lìya heraus.

»Du kannst mir nichts vormachen, Lìya. Du bist nicht die Einzige, die seltsame Träume hat. Nicht die Einzige, zu der die Kalmare sprechen. Vor langer Zeit bereits sind Entscheidungen gefallen, lange bevor wir die Zusammenhänge erahnen konnten. Ich habe versucht, dich zu schützen. Aber ich kann mich nicht gegen den Willen der Kalmare stellen.«

Lìya verstand plötzlich nicht mehr, wovon ihr Vater sprach. »Was heißt denn Willen der Kalmare? Wenn sie alles vorausgesehen haben, hätten sie dann nicht auch Mamas Tod verhindern können?«

Ihr Vater schüttelte den Kopf, und es wirkte, als ob der Kopf Tonnen wöge. »Ich kann dir das jetzt nicht erklären.

Vielleicht erklären es dir die Kalmare eines Tages ja selbst. Ich wollte dich nur noch einmal sprechen, um dir einzuschärfen, dass du sehr vorsichtig sein musst. Sehr vorsichtig, hörst du? Traue niemandem. Schlafe wenig und leicht. Achte auf die Zeichen. Sei wachsam.«

Bestürzt spürte Lìya nun die Angst ihres Vaters, die blau und leuchtend seinen sorgfältig aufgebauten Gefühlspanzer durchbrach. Und in diesem Moment verstand sie, dass sie wirklich nicht die Einzige mit seltsamen Träumen war. Ihr Vater wusste etwas, das ihm große Angst machte. Todesangst.

»Ich pass schon auf mich auf, Papa«, versuchte sie leichthin zu sagen, aber sie kam sich dumm dabei vor und ihr Lächeln misslang. Ihr Vater schien zu verstehen und nickte. Dann nahm er ihren Kopf in seine Hände und küsste sie auf beide Augen, wie er es früher vor dem Schlafengehen getan hatte.

»Leb wohl«, flüsterte er in die Nacht, wandte sich dann brüsk von ihr ab und eilte zurück in den Palast des Gon Shì.

Lìya blieb zurück mit dem betäubenden Gefühl, sich gerade für immer von ihrem Vater verabschiedet zu haben. Sie merkte noch nicht einmal, dass sie weinte. Es wurde kalt. Nach unendlich langer Zeit, wie ihr schien, löste Lìya sich, wandte sich um und fand irgendwie zurück in ihre Unterkunft. Sie merkte nicht mehr, dass Mingan sie schweigend beobachtete, als sie in ihren Schlafsack kroch, und fiel augenblicklich in tiefen, traumlosen Schlaf.

AUFBRUCH

Die Angst war nicht nur ein Gefühl. Die Angst war ein Wesen, das in ihm wohnte und ihn von innen auffraß, schwer und unersättlich.

Die Angst war überall.

Sariel saß eingezwängt in dem kleinen, langen Ding, das sie ihm als Flugzeug verkauft hatten, obwohl es keine Flügel besaß. Sie hatten ihn beruhigt und ihm erklärt, dass er sich deswegen keine Sorgen zu machen brauche, die Flugphysik sei die gleiche.

Die Flugphysik.

Er hatte keinen Schimmer von Flugphysik, und was auch immer sie ihm während des Lehrtraumes in der vergangenen Nacht beigebracht hatten – Sariel hatte nicht das Gefühl, dass Flugphysik dabei gewesen war. Überhaupt erinnerte er sich nur bruchstückhaft an den Traum. Kurz nach seinem Gespräch mit Lin-Ran hatte man ihn zurück ins Krankenhaus gebracht und ihm wieder ein Glas Nglirr gereicht. Wie schon beim letzten Mal war er kurz darauf eingeschlafen und hatte wirre Träume gehabt, in denen sämtliche Gehirnareale, sein Gedächtnis und sein motorisches Zentrum auf die kommende Aufgabe vorbereitet wurden. Angeblich. Das Steuern des Fluggeräts, die Bedienung der Bombe, der Weg zum Ngongoni, verschiedene Kampftechniken und einige Dinge, die noch lange in Sariels Unterbewusstsein schlummern würden, bis ein ganz bestimmtes Signal sie aktivierte. Wie das überhaupt funktionierte, hatte Sariel immer noch nicht verstanden. Er erinnerte sich nur noch, dass er ein gewaltiges Gebirge gesehen hatte, das fast senkrecht aus der Regenschattenwüste emporragte, höher als jedes Gebirge, das er kannte. Dahinter hatte sich eine grüne Savanne erstreckt, bevölkert von bizarren Tieren. Er hatte das Meer erblickt und den Vulkan. Einen einzelnen, rauchenden, fast perfekten Kegelstumpf, der sich mitten in der Savanne erhob, an den Flanken überwuchert von dichtem Regenwald. Sein Ziel.

»Sind Sie sicher, dass der Lehrtraum gewirkt hat?«, hatte Sariel den Arzt vor einer Stunde gefragt, als er aufwachte. »Ich meine, mein Gehirn ist doch ganz anders, bestimmt weniger aufnahmefähig oder so. Ich kann mich kaum an irgendwas erinnern!«

Der Arzt hatte ihn beruhigt. Das werde ganz automatisch kommen, selbst Bewegungen und Handgriffe. Er werde sich wundern, was er alles könne. Danach hatten sie ihm einen bequemen, leichten Thermoanzug verpasst und ihn ohne weitere Anweisungen in dieses Flugding gesteckt, in dem er nun festklemmte wie ein Stück Salami in einer Zahnlücke und vor Angst fast kotzen musste.

Etwas drückte in seinem Rücken. Die Zeitmaschine, die sich in dem Rucksack befand, den er fest umgeschnallt trug. Er hatte sich die Zeitmaschine als eine Art großer Bombe vorgestellt, mit blinkenden Dioden und einem digitalen Zählwerk. Tatsächlich sah sie aus wie ein flach gedrückter versteinerter Schwamm aus einem unbekannten Material, grauschwarz und wie aus einem Guss. Man hätte das Ding für einen Lava- oder Tuffsteinbrocken halten können, wäre es nicht so schwer gewesen, doppelt so schwer wie ein Goldbarren gleicher Größe. Lin-Ran hatte ihm erklärt, dass er die »Bombe«, wie Sariel die Zeitmaschine inzwischen nannte, nur im Krater des Ngongoni abzulegen und dann so schnell wie möglich von dort zu verschwinden brauche. Der Rest werde ferngesteuert ablaufen. Allerdings sei es von größter Wichtigkeit, dass die Bombe auch wirklich ins Zentrum des

Vulkans gelange. Am meisten hatte Sariel dabei der Teil »so schnell wie möglich verschwinden« beunruhigt. Es klang nicht wirklich so, als ob er es schaffen könnte. Doch auch das war noch nichts gegen die Vorstellung, in wenigen Augenblicken mit einer Höllenmaschine in die Luft katapultiert zu werden, ohne wirklich sicher sein zu können, ob man etwas von *Flugphysik* verstand.

Die halb liegende Position war nicht unbequem, nur die Bombe im Rücken störte, offenbar war es nicht vorgesehen, diese Flugzeuge mit gepackten Rucksäcken zu fliegen. Die Kapsel, in der er sich befand, bildete die Spitze dieses Fluggeräts und war zu allen Seiten durchsichtig. Sariel kam es vor, als schwebe er mit seinem Sitz im Freien. Seine schweißnassen Hände ruhten in zwei Mulden, in die seine Hände exakt hineinpassten. In der Luft vor ihm flirrte eine gestochen scharfe holografische Darstellung der Wüste vor der Stadt, umrahmt von farbigen Symbolen und Balken. Das einzige Kontrollinstrument, das er im Cockpit erkennen konnte. Das Flugzeug selbst steckte in einer Startvorrichtung, von der Sariel nur einen Teil sah. Etwas beunruhigte ihn plötzlich. Irgendeine Kleinigkeit, die irgendwo in seinem Bewusstsein ein Alarmglöckchen klingeln ließ. Es hing mit einem der farbigen Symbole am Rand des holografischen Instruments zusammen. Es blinkte orange und hätte eigentlich in einer anderen Farbe leuchten sollen. Sariel wollte sich gerade deswegen melden, als er Lin-Rans Stimme in der Kapsel hörte, so deutlich, als säße er neben ihm.

»Alles in Ordnung?«

»Nein«, antwortete Sariel. »Ich scheiß mir in die Hosen und muss gleich kotzen.«

»Keine Sorge. Der Start verläuft automatisch. Danach wirst du wissen, was du tun musst. Es wird dir ganz natürlich vorkommen, als wenn du nie etwas anderes getan hättest.«

Sie wiederholten sich, fand Sariel. Sie gingen ihm auf die

Nerven mit ihrer Ruhe. Und langsam, fand er, konnte es endlich losgehen. Zum Teufel mit ihnen. Wenn er schon ein unbekanntes Fluggerät fliegen, eine fremdartige Welt durchqueren und ein tödliches Virus ins Raumzeit-Nichts sprengen musste, um Eyla wiederzusehen und nach Hause zu kommen – dann sollte es verdammt noch mal endlich losgehen! *Scheiß auf das orangefarbene Symbol.*

»Ich bin startklar.«

»Verstanden. Start in fünf Sekunden. Du wirst Glück brauchen. Aber das Glück wird dich finden.«

Seltsamer Spruch, dachte Sariel noch verwundert, ungewöhnlich salbungsvoll für Lin-Ran – als eine gewaltige Faust ihm schlagartig die Brust zusammenquetschte und in den Sitz presste und ihm erst rot vor Augen wurde und dann schwarz.

Vollkommen schwarz.

Das Erste, was er sah, als sich das Dunkel vor seinen Augen wieder lichtete, war gleißendes Licht. Sie hatten ihn in einem flachen Winkel in den Himmel geschossen, direkt auf die Sonne zu, die so früh am Morgen noch nicht sehr hoch stand. Das Flugzeug beschrieb eine leichte Kurve und senkte die Nase etwas ab. Allmählich konnte Sariel schon mehr erkennen. Unter ihm lag die Regenschattenwüste, eine ockerfarbene, trostlose Unendlichkeit, nur unterbrochen von flachen Hügelketten, die einst riesige Gebirge gewesen waren und nun von den täglichen Sandstürmen in Jahrmillionen Jahren kurz und klein geschliffen worden waren. Die Regenschattenwüste war der trockenste Ort von Pangea, noch trockener als die Atacamawüste in Sariels Zeit. Das einzige Wasser, das die wenigen Oasen speiste, kam unterirdisch aus dem Regenschattengebirge. In ihrem Zentrum aber fiel niemals ein Tropfen Wasser und die Luftfeuchtigkeit betrug weniger als zwei Prozent. Leben war hier unmöglich.

Sariels Finger bewegten sich sanft in den Kontrollmulden und das Flugzeug beschrieb eine Linkskurve. Sariel war überrascht, wie leicht ihm das fiel. Er bewegte seine Finger erneut und das Fluggerät legte sich in eine Rechtskurve und hob ein wenig die Nase. Das beruhigte Sariel, und es begann sogar, ihm Spaß zu machen. Ein Blick auf das holografische Instrument vor ihm verriet, dass er mit annähernder Schallgeschwindigkeit flog. Sariel richtete das Flugzeug wieder auf und steuerte es mit einer weiten Linkskurve auf den vorbestimmten Kurs, der durch zwei Symbole angezeigt wurde, die irgendwann deckungsgleich übereinanderlagen und die Farbe wechselten. Das orangefarbene Symbol etwas weiter unterhalb blinkte zwar immer noch, aber das beunruhigte Sariel nicht mehr, denn das Flugzeug flog ohne Probleme und stieg stetig höher. Als das Flugzeug eine Höhe von fast dreizehntausend Metern erreicht hatte, senkte sich die Nase wieder ein wenig, und das Flugzeug wurde jetzt noch schneller. Sariel bemerkte kaum, wie er die Schallmauer durchbrach. Fast gleichzeitig wurde der Flug ruhiger, da in dieser Höhe keinerlei Wettergeschehen herrschte und er sich in einer ruhigen Luftströmung befand. Sariel hatte Zeit, sich ein wenig zu lockern. Ging doch alles gut bisher. Das Flugzeug machte fast keine Motorengeräusche, sirrte nur leise hinter ihm.

Die Regenschattenwüste umspannte fast die halbe Erde und er flog vom einen Ende zum anderen, über elftausend Kilometer. Trotz der zweifachen Schallgeschwindigkeit, die das Flugzeug erreichte, würde es ein langer Flug werden. Sariel stellte die Steuerung mit einer Handbewegung auf Automatik und löste die Hände aus den Mulden. Er gab noch eine Positionsmeldung an Lin-Ran durch und machte es sich dann in dem engen Pilotensitz so bequem wie möglich. Tief unter ihm zog die Wüste vorbei, ewig gleich und gleißend. Sariel musste irgendwann die Augen schließen, so sehr blendete ihn der Wüstenboden. Und da es ohnehin nichts zu sehen gab und das Flugzeug automatisch seinen Kurs hielt, ließ er die Augen geschlossen. Das leise Sirren hinter ihm, der ruhige Flug und eine Substanz, die von der Steuerungsautomatik durch den Sitz in seinen Körper geleitet wurde, taten ein Übriges. Nach wenigen Minuten war Sariel tief und fest eingeschlafen.

Daher bekam er nicht mit, wie am Horizont das Regenschattengebirge auftauchte, dessen höchste Gipfel über zehn Kilometer in den Himmel ragten. Eine monströse, unüberwindliche Bergkette, die sich in weitem Bogen von Nordwesten bis Süden entlangzog und den ganzen Horizont ausfüllte, als bilde sie die Grenze der Welt. Und dahinter lag die Savanne und noch weiter dahinter irgendwo der Ngongoni. Sariel sah auch die Oase nicht, die querab von seinem Kurs in der Wüste auftauchte und von wo aus zur gleichen Zeit Krieger aufbrachen, um ihn zu töten.

Sariel hatte noch gute drei Stunden Flug vor sich, bis die Steuerungsautomatik ihn wecken würde. Das Flugzeug erreichte eben die ersten Ausläufer des Regenschattengebirges. Direkt auf Kurs erstreckte sich ein breiter Taleinschnitt, der fast das gesamte Gebirge durchschnitt. Das Chui-Riff. Eine geologisch aktive Nahtstelle, an der Afrika und Asien einst miteinander verbunden gewesen waren und an der Pangea II in ferner Zukunft wieder auseinanderbrechen und neue Kontinente bilden würde, immer wieder, bis die Erdkruste irgendwann endgültig erkaltet war.

Das alles sah Sariel nicht. Auch nicht das orangefarbene Symbol, das plötzlich zu blinken aufhörte. Sariel schlief auch noch, als es kurz darauf einen trockenen Schlag gab, der Sariel den Kopf ruckartig nach vorne riss. Gleichzeitig passierten zwei Dinge: Das leise Sirren hinter ihm erstarb, und die Steuerautomatik leitete durch den Sitz einen Stoff in Sariels Körper ein, der ihn bereits wenige Millisekunden später hellwach machte.

Das Erste, was Sariel sah, war, dass das Flugzeug wie abgeschossen aus dem Himmel fiel. Es trudelte nicht einmal. Nur Flugzeuge mit Tragflächen trudeln, und das ist immer noch ein stabiler Flugzustand, den gut ausgebildete Piloten steuern und ausleiten können. Niemand kann jedoch einen fallenden Stein steuern. Sariels Flugzeug hatte keine Tragflächen und stürzte auf- und antriebslos zu Boden. Sariel sah eher überrascht als erschrocken die Erde auf sich zurasen, während das längliche Ding, das einmal ein Flugzeug gewesen war, wie eine Spindel um seine eigene Achse rotierte. Der grüne Balken der Höhenanzeige schmolz zusammen wie Waldmeistereis in der Sonne. Zwölftausend Meter. Zehntausend. Neuntausend.

Nun griffen Sariels Reflexe, die ihm mit dem Lehrtraum antrainiert worden waren. Er verstand sofort, dass der Hauptantrieb des Flugzeugs ausgefallen war, presste seine Hände zurück in die Kontrollmulden, versuchte, den Sturz abzufangen. Sariel musste nicht darüber nachdenken, was er tat, er bediente die Steuerung des Flugzeuges so traumwandlerisch wie ein Pilot mit Tausenden von Flugstunden. Mit dem einzigen Unterschied, dass er dabei immer noch vor Panik zitterte. Das Triebwerk ließ sich jedoch nicht mehr starten, und das Flugzeug, das kurz zuvor noch auf jedes Fingertippen reagiert hatte, gehorchte nun keinem Steuerbefehl mehr.

»Sariel an Boden!«, schrie er. »Sariel an Boden, ich stürze ab!«

Keine Antwort. Nicht einmal ein Knistern oder Rauschen. Und die Erde raste auf ihn zu.

Achttausend Meter. Siebentausend. Sechstausend. Fünftausend.

Sariel gab auf. Keine Chance. Das Flugzeug ließ sich definitiv nicht mehr steuern. Sariel sah eine riesige Bergwand auf sich zurasen. In diesem Moment, als er verstand, dass er in wenigen Augenblicken sterben würde, wurde er sehr ruhig.

Und tat das Richtige.

Mit einer weiteren Fingerbewegung in der Kontrollmulde löste er das automatische Rettungssystem aus, und das Cockpit explodierte durch den Druck eines feinen und hochkompakten Mikroschaums, der innerhalb von Millisekunden die ganze Kapsel ausfüllte, Sariel wie einen schützenden Kokon vollständig einhüllte, sich weiter ausdehnte und einen Tropfen von der Größe eines Iglus bildete, der an der Luft schlagartig zu einer elastischen Konsistenz aushärtete.

Keine Sekunde zu früh.

Kaum war dieser chemische Prozess abgeschlossen, raste das Flugzeug gegen den Berghang und zerschellte in tausend Einzelteile, ohne Explosion, da es keinerlei brennbaren Treibstoff enthielt. Der schaumige Kokon, in dem Sariel steckte wie ein Obstkern in einer Frucht, wurde mit großer Wucht auf einen scharfkantigen Felszacken geschleudert, fast platt gequetscht, dehnte sich dann wieder aus und stürzte den nächsten Hang hinab. Sariel hätte diesen Aufprall nie überleben können, aber der Kokon schützte ihn. Der schaumige Tropfen fiel wie ein riesiges unförmiges Gummispielzeug den steilen Berg hinab, schlug gegen Felswände, prallte in hohem Bogen ab und knallte zurück auf Geröllfelder. Dabei ließ die Elastizität des Kokons zunehmend nach, denn das Rettungssystem war nur für *einen* Aufprall konzipiert, nicht für Dutzende! Mit jedem Hüpfer bekam Sariel mehr von der irrsinnigen Talfahrt mit, wurde herumgewirbelt und spürte jetzt die Schläge, als würde jemand wütend auf ihn eindreschen. Erst tausend Meter tiefer landete der Kokon schließlich zwischen zwei Felsen im Talgrund und der schier endlose Sturz hörte abrupt auf.

Sariel hing kopfüber in dem Schaumtropfen und stöhnte. Er war sicher, dass er sich sämtliche Knochen gebrochen hatte. Inzwischen wurde auch die Atemluft in dem Kokon knapp. Sie hatte sich bisher aus den feinen Poren des

Schaums gespeist und war ebenfalls für einen einzigen Aufprall berechnet. Es wurde Zeit, den Kokon zu verlassen, wenn er nicht zuletzt noch ersticken wollte.

Ächzend griff Sariel in die gummiartige, faserige Masse und zerrte daran. Sie hatte wieder ihre Konsistenz verändert, wurde zunehmend weicher und ließ sich mit wenig Kraft auseinanderreißen wie eine überreife Mango. Kopfüber und nicht besonders feierlich kam Sariel endgültig auf Pangea an, in einer Welt zweihundert Millionen Jahre nach seiner Zeit. Die Luft, die er atmete, war kalt und dünn. Er befand sich in etwas über dreitausend Meter Höhe, am Boden des Chui-Riffs, das den tiefsten Einschnitt des Regenschattengebirges bildete. Dennoch immer noch hoch genug. Als Sariel versuchte, sich aufzurichten, wurde ihm schwindelig vor Atemnot, und er musste sich sofort wieder hinhocken. Sariel versuchte, ruhig zu atmen. Er saß unter den faserigen Resten des Kokons und blickte sich um. So weit er sah, nur brauner Fels und Geröll. Kein Leben. Er war allein.

Eine Weile blieb Sariel nur so sitzen und versuchte zu begreifen, was passiert war.

Wo er war.

Der Himmel eisblau, die Luft klar und frisch und es roch nach Staub und Stein. Dies war die Erde. Und dennoch nicht *seine* Erde. Er gehörte hier nicht hin.

Einen Moment lang dachte Sariel über die Ursache des Absturzes nach. Ein einfacher Fehler in der Technik erschien ihm unwahrscheinlich, dazu war den Sari die Aufgabe zu wichtig. Bestimmt hatten sie sämtliche Systeme immer und immer wieder kontrolliert. Kam also nur Sabotage infrage. Ein beängstigender Gedanke, dass ihn jemand innerhalb der Sari-Gemeinschaft töten und damit das Überleben der Sari verhindern wollte. Sariel überlegte, wem ein derartiger Verrat zuzutrauen wäre, aber wie sollte er darauf kommen, dass Khanh in der Nacht zuvor die Antriebseinheit, die Kommunikationstechnik und das Rettungssystem manipuliert hatte und Eyla kurz darauf das Rettungssystem wieder flott gemacht und ihm damit eine Überlebenschance verschafft hatte? Sariel interessierte sich nicht lange für die möglichen Ursachen seines Absturzes, sondern für Tatsachen. Soweit er feststellen konnte, war er unverletzt. Sein Körper war ein einziger schmerzender blauer Fleck, aber er hatte keine Knochenbrüche davongetragen, konnte Arme und Beine bewegen und fand nirgendwo Blut, auch nicht, als er mehrfach ausspuckte. Er hatte unglaubliches Glück gehabt, fand Sariel. Und gleichzeitig unglaubliches Pech, denn seiner Schätzung nach befand er sich einige tausend Kilometer von seinem Ziel entfernt. Sar-Han lag knappe zehntausend Kilometer hinter ihm. Auch nicht besser. Ob die Sari nach ihm suchen würden oder ob sie überhaupt von seinem Absturz wussten, war zweifelhaft. Nur einer würde ein Interesse daran haben, herauszufinden, ob er noch lebte: der Saboteur. Sariel begriff, dass er nicht hierbleiben und auf Rettung hoffen konnte. Er musste weg, möglichst schnell und weit, bevor der Saboteur überprüfen konnte, ob er wirklich tot war. Und der einzige Weg, der ihm noch blieb, war geradeaus, auf sein ursprüngliches Ziel zu, auch wenn er nun Wochen dafür brauchen würde. Sariel stöhnte laut auf, als ihm nach und nach das ganze Ausmaß seiner Lage bewusst wurde. Aber der Lehrtraum hatte ihn auch auf Extremsituationen vorbereitet. Sariel kontrollierte seine Atmung, um die Panik zu unterdrücken, und zwang sich, etwas Nützliches zu tun. Noch immer auf dem Felsboden hockend, untersuchte er zunächst den Inhalt seines Rucksacks. Die Zeitmaschine wirkte äußerlich unverändert. Sariel hoffte, dass sie unbeschädigt war. Seine Vorräte an Nglirr-Konzentrat waren nicht für eine wochenlange Reise berechnet. Er würde seine Vorräte rationieren müssen. Aber vor allem würde er sehr bald Wasser finden müssen. Es wurde Zeit, loszugehen.

Sariel erhob sich wieder, diesmal langsamer als zuvor, trat zwischen den beiden Felsbrocken hervor und sah sich um. Das Tal des Chui-Riffs war etwa zwei Kilometer breit und flach und von Geröll und größeren Felsbrocken durchsetzt. Links und rechts rammten sich Flanken von Achttausendern fast senkrecht in den Himmel, dass einem allein von ihrem Anblick schwindelig werden konnte. Die Sonne hatte gerade erst die Bergspitzen erreicht. Sobald sie höher stand, würde es warm werden, sehr warm, sogar hier oben.

In der Ferne, etwa in der Richtung, in die er gehen musste, sah Sariel eine Art transparentes Gewebe oder Gespinst, das einen Teil des Tals bewucherte. Das erste Anzeichen von Leben.

Bevor er jedoch losmarschieren konnte, blieb noch etwas anderes zu tun. Die Überreste des Kokons würden dem Saboteur verraten, dass er überlebt hatte, und Sariel vermutete, dass er ihn dann suchen würde, um ihn endgültig zu töten. Also musste der Kokon verschwinden.

Die faserigen Überreste des Rettungskokons waren jetzt weich und klebrig. Sariel brauchte seine ganze Kraft, um sie von den Felsen abzureißen. Er versuchte, alles, was er an Kokonresten entdecken konnte, vom Boden abzulösen, zusammenzupressen und in einem Felsspalt zu verstecken. Schwere Arbeit. Ständig wurde ihm schwindelig davon. Er bekam Kopfschmerzen von der dünnen Luft und musste oft Pause machen, keuchte wie kurz vor dem Ersticken. Aber er machte weiter.

Es war bereits Mittag und schon sehr heiß, als er fertig war. Sariel trank etwas Nglirr-Konzentrat, schnallte sich den Rucksack fest auf den Rücken – und marschierte los.

Pangea erwartete ihn.

Sariel hatte keine Vorstellung von der Weite, der schieren Unendlichkeit der Landschaft, in der er sich nun bewegte. Er dachte nicht daran, dass die Berge, die er durchwanderte, sich Tausende von Kilometern zu allen Seiten erstreckten. Dass dahinter eine Savanne lag, so groß wie Europa, und irgendwo in der Mitte ein mächtiger Vulkan, wolkenverhangen und sturmumtost, den er bereits vier Tagesmärsche vorher sehen würde. Falls er überhaupt so weit kam. Denn er gehörte nicht in diese Welt, er war ein Fremdkörper in einem gesunden Organismus. Und Fremdkörper wurden abgestoßen.

Aber an all das dachte Sariel eben nicht, nicht an die wilden Tiere, die es selbst in dieser Höhe geben mochte, noch an die Ori, die bereits aufgebrochen waren, um ihn zu töten. Und das war sein Schutz gegen die Verzweiflung und die Ohnmacht und den Wahnsinn in einer wahnsinnigen Welt. Sariel dachte immer nur an den nächsten Schritt. Nur manchmal, wenn der Weg einfacher wurde und die Gedanken sich Räume suchten, dann dachte er an zu Hause. An Hamburg. An seine Eltern und an ein Leben, das ihm inzwischen so unwirklich und fern erschien wie diese neue Welt, die er gerade durchquerte, um etwas Monströses zu töten, über das er so gut wie nichts wusste. Als er daran dachte, wurde Sariel klar, dass er nirgendwo mehr hingehörte. Er war heimatlos. Das raubte ihm den Atem, aber es machte ihn wütend genug, um dieses Schicksal auf keinen Fall zu akzeptieren. Er wollte wieder irgendwo hingehören. Und egal, wo das sein würde, in der alten oder der neuen Welt, er würde sich seinen Platz erkämpfen und ihn mit seinem Leben verteidigen, wenn es sein musste, denn nichts war schlimmer, als ein Niemand zu sein.

Das war der Plan. Kein Niemand zu sein. Ein guter Plan.

TRIBUNAL

Die sieben dunklen Punkte im flirrenden Hitzeglast vor der gigantischen Bergkulisse des Regenschattengebirges schienen stillzustehen. Luftspiegelungen nur, Trugbilder. Dabei bewegten sie sich durchaus. Sehr langsam zwar, unendlich langsam angesichts der schieren Weite vor ihnen und der Gipfel, die zehntausend Meter über ihnen aufragten – aber sie bewegten sich. Jetzt schon eine Woche und immer noch hatten sie ihr Ziel nicht erreicht.

Lìya wusste, dass die Eintönigkeit einer Wüstendurchquerung nach Wassermangel, Feuerspuckern und Gigamiten zu den größten Gefahren gehörte. Wochenlang durch immer gleiche Landschaft zu reiten, erschöpfte Auge und Seele schnell. Man verlor jegliches Gefühl für Zeit und Raum, schien stillzustehen, sich aufzulösen, obwohl man sich doch bewegte. Aber das wurde einem irgendwann egal, wie alles egal wurde. Lìyas Vater hatte ihr als Kind die Eintönigkeit der Wüste als gefräßiges Tier geschildert, das in der Weite lebte und Seelen fraß. Einziges Mittel gegen dieses Tier, so hatte ihr Vater erklärt, während sie sich zitternd vor Angst an ihre Mutter gedrängt hatte – waren Geschichten. Solange Lìya sich unterwegs Geschichten ausdenke, könne das Tier ihr nichts anhaben.

Geschichten.

Lìya kannte Hunderte. Die Geschichten waren ihr Maß für Zeit und Strecken in der Wüste. Die Strecke zwischen dem morgendlichen Rastplatz und der Felsnadel, die sie eben passiert hatten, zum Beispiel, war genauso lang wie das Märchen vom traurigen Prinzen Goni und dem goldenen Kalmar.

Ein sehr langes Märchen. Jede Wendung der Geschichte, jeder Höhepunkt, jede Träne des unglücklichen Prinzen entsprach einer Richtungsänderung. Lìya brauchte keine Karten, sie hatte Geschichten. Geschichten gegen das gefräßige Seelentier und Geschichten, um den Weg zu finden. Der Weg war nicht einfach schon da – er entstand erst, wenn Lìya ihn sich Stück für Stück erzählte.

Eine grobe Orientierung nach Himmelsrichtungen genügte in der Wüste einfach nicht. Sich nach dem Sonnenstand zu orientieren, ohne sich um ein fatales halbes Grad zu verschätzen, gelang nur den wenigsten. Wer einfach der Sonne nachlief – lief im Kreis. Navigation nach Sternen erforderte ein hohes astronomisches Wissen. Die Ori bedienten sich zusätzlich einer der ältesten Navigationsmethoden der Welt: dem Lied.

Das Lied war eine ähnliche Methode wie Lìyas Geschichten, nur viel älter. Noch älter als die Ori. Alt wie die Menschheit. Schon in den Mythen der australischen Ureinwohner war die Welt durchzogen von magischen Linien, die man singen konnte. Die Linien ergaben ein Lied und durch dieses Lied war alles mit allem verbunden und die Welt ergab einen Sinn. Singend konnte man die Welt durchwandern und sie dabei jedes Mal für sich neu erschaffen.

Der genaue Ursprung des Liedes war unbekannt. Manche Ori behaupteten, die Kalmare hätten es einst geträumt, aber Lìya hielt das für reine Legende. Kalmare sangen keine Lieder. Das Lied wurde nur mündlich weitergegeben. Seine Melodie war monoton wie die Wüste und sein Text stammte aus einer untergegangenen Sprache und blieb den Ori völlig unverständlich. Wichtig war nur, dass das Lied funktionierte. Jede Modulation, jedes Wort entsprach einer bestimmten Bewegung und Geschwindigkeit, gleich ob man auf einem Kalmar oder zu Fuß unterwegs war. Jeder Karawanenführer kannte das Lied und war dadurch in der Lage, seine Kara-

wane sicher durch das glutheiße Nichts der Regenschattenwüste zu navigieren.

Lìya hatte das Lied von ihrem Vater gelernt, aber sie verließ sich lieber auf ihre Geschichten. Schon wegen des gefrä-
ßigen Seelentiers.

In den letzten Tagen hatte Lìya mit Sorge bemerkt, dass
das Seelentier bereits an der kleinen Duo fraß. Lìya war nun
schon über eine Woche mit ihrem Trupp unterwegs und
hatte Gelegenheit gehabt, ihre neuen Gefährtinnen kennenzulernen.

Das Verhältnis zu Mingan hatte sich nicht verbessert, im
Gegenteil. Mingan reagierte mit jedem Tag feindseliger auf
Lìya. Die »eiskalte Elfe«, wie Lìya sie jetzt heimlich nannte,
behandelte sie wie einen Fremdkörper, wie etwas Anstecken-
des, und teilte ihr nur die niederen Arbeiten zu. Naiyong
war äußerlich das Gegenteil von ihr, kräftig, fast athletisch,
gutmütig und ebenso dunkelhaarig wie Yan, die allerdings
etwas Verschlagenes an sich hatte. Lìya fragte sich, ob das
nur Masche war oder ob man auf der Hut sein musste bei
Yan. Gui war die Lustige. Sie sprach viel, plapperte geradezu
ununterbrochen, wenn es sein musste, mit sich selbst, und
versuchte, die anderen mit Witzchen und kleinen Lästereien
über andere Kriegerinnen zu unterhalten. Ein bisschen ner-
vend mitunter, aber Lìya verstand, dass auch dies eine Methode war, sich das Seelentier vom Leib zu halten. Aus Yuánfèn wurde Lìya nicht schlau. Sie schien ihre Eifersucht an
der Pforte der Zhàn-Shì-Festung zurückgelassen zu haben
und bemühte sich um Lìyas Freundschaft. Fing Gespräche
an. Ging ihr zur Hand, wenn Mingan ihr wieder aufgebür-
det hatte, das Lager aufzubauen oder das Essen zuzuberei-
ten. Fragte sie nach ihrer Mutter. Hörte zu, auch wenn Lìya
kaum je etwas Persönliches preisgab. Lìya spürte jedoch zunehmend das Bedürfnis, Yuánfèn von sich zu erzählen, sich
ihr anzuvertrauen. Aber noch war dafür nicht die Zeit.

Die Problematischste von allen war Duo. Zu Beginn der Reise ein kleines rothaariges Energiebündel. Laut, schlagfertig, mit markigen Sprüchen und einem unerschöpflichen Fundus an zotigen Witzen. Mit jedem Tag jedoch war sie schweigsamer geworden und sprach nun seit zwei Tagen schon kein Wort mehr, saß nur apathisch auf ihrem Kalmar und stierte vor sich hin. Aß wie mechanisch, reagierte nicht auf Fragen und schlief viel. Zu viel. Ein Zeichen, dass das Seelentier bereits zugebissen hatte. Duo löste sich auf und Lìya machte sich große Sorgen. Sie hatte versucht, Mingan darauf anzusprechen, aber Mingan hatte nur abgewunken und gemeint, das würde schon vorbeigehen, Lìya solle sich nicht als Truppglucke aufspielen.

Truppglucke!

Das Seelentier, Wassermangel, Feuerspucker und Gigamiten waren allerdings nicht die einzigen Gefahren, die in der Wüste lauerten. Das Wetter konnte innerhalb einer Stunde von einem Extrem ins andere umschlagen und zum Monster werden. Lìya prüfte unablässig den Himmel auf Anzeichen von Wetterveränderungen, um den Trupp rechtzeitig warnen zu können. Bis jetzt hatten sie Glück gehabt und nur einen kleinen Sandsturm überstehen müssen. Um die Mädchen und die Kalmare nicht der größten Hitze auszusetzen, führte Lìya den Trupp dicht an der Flanke des Regenschattengebirges entlang, wo es zumindest bis mittags Schatten gab. So nah an den Bergen jedoch bestand die Gefahr, von Feuerspuckern angegriffen zu werden. Und es gab extreme Fallwinde. Jenseits der Bergkette pressten Stürme feuchte, warme Luft an die Flanken des Regenschattengebirges. Gigantische Gewitterwolken bildeten sich und regneten in verheerenden Wolkenbrüchen ab. Die abgetrocknete Luft wehte aber weiter über die Gipfel und stürzte auf der Wüstenseite des Regenschattengebirges als eiskalter Fallwind hinab. So schnell, dass er Orkanstärke erreichte und sich kaum dabei erwärmte. *Steinwind* nannten ihn die Wüsten-Ori, weil er wie eine Tonnenlast von oben herabfiel, alles Leben erdrückte und mit seinen minus 40 Grad schlagartig in den Eistod schickte.

Da die Berge zu hoch waren, um das Wetter auf der anderen Seite erahnen zu können, gab es kaum eine Möglichkeit, Steinwinde vorherzusagen. Man merkte es an einer Veränderung der Luft ringsum. Sie wurde klarer, hörte auf zu flimmern und schmeckte plötzlich metallisch. Dann, so wusste Lìya, hatte man nur noch Minuten, um sich in Sicherheit zu bringen.

»Hör auf zu schmatzen, da vorne!«, rief Mingan hinter ihr.

»Ich schmatze nicht, ich prüfe das Wetter!«, rief Lìya genervt zurück, ohne sich umzudrehen. Obwohl sie den Trupp durch die Wüste lotste, ließ Mingan sie in der Mitte des Trupps reiten. Sie wollte sie im Blick haben. Unter Kontrolle.

»Du schmatzt und merkst es noch nicht mal!«

Yuánfèn, die seitlich neben ihr ritt, warf Lìya einen verständnisvollen Blick zu, den Lìya ignorierte, obwohl er ihr guttat. Sie wandte sich halb um und spuckte die Kräuter aus, auf denen sie in der letzten Stunde gegen die Trockenheit herumgekaut hatte. Der grüne Klumpen landete knapp vor Mingans Kalmar.

»Eh!«, schrie Mingan wütend, und Lìya grinste zufrieden. Ein kurzes Gefühl der Genugtuung durchflutete sie, und sie konnte spüren, dass es sich auch auf Biao übertrug. Er ließ ein leises Pfeifen hören und sein Rückenpanzer flackerte schwach. Eine vertraute, ziemlich typische Reaktion. Er »kicherte«. Es gab Ori, die der Meinung waren, dass Kalmare keinen Sinn für List oder Humor hatten und alle Reaktionen, die man dafür hielt, nur menschliche Zuschreibungen waren. Lìya war jedoch fest davon überzeugt, dass sie irrten.

Biao kicherte auf seine Art. Und das verband sie mehr mit ihm als irgendetwas sonst.

Biao. Mein lieber Biao! Ohne dich wäre es so trostlos! Seit sie die Oase verlassen hatte, schien er wieder in seinem Element zu sein. Er schritt kräftig aus, auf seine langsame und bedächtige Art, und versorgte Lìya mit seinen Wahrnehmungen von der Umgebung ringsum. Die Beschaffenheit des Sandes, der Geschmack der Luft, Flügelschläge in der Ferne, Donnergrollen jenseits des Gebirges. Durch den engen Kontakt zu Biao erweiterten sich Lìyas Sinne, erstreckten sich tief in die Wüste, ließen sie den besten Weg finden und warnten sie vor Gefahren. Auch wenn die Kalmare der Zhàn Shì zu ihr gesprochen hatten – mit keinem anderen Kalmar hätte Lìya je ein so enges Verhältnis aufbauen können.

Biao stieß ein gluckerndes Geräusch aus.

»Jetzt ist aber gut, Dicker!«, sagte Lìya und patschte ihm kräftig auf den Kopf. »Werd mir nicht hochnäsig.«

»Ich hab noch nie verstanden, was sie sagen«, sagte Yuánfèn neben ihr. »Ob sie überhaupt irgendwas sagen.«

»Sie sagen auch nichts«, erwiderte Lìya. »Sie *fühlen*. Du musst dich konzentrieren, dann fühlst du es auch.«

Yuánfèn schüttelte den Kopf. »Ich nicht.«

Lìya blickte sie an und sah, dass Yuánfèn ehrlich betrübt wirkte. Einem Impuls folgend, lächelte Lìya sie aufmunternd an. »Du hast schließlich eine andere Begabung. Du kannst heilen.«

»Trotzdem beneide ich dich.«

Beneidet mich? Wann hat mich schon mal jemand beneidet?

Lìya musterte Yuánfèn prüfend und versuchte, Anzeichen der Lüge in ihrem Gesicht zu finden.

»Manchmal denke ich, dass wir nicht die Kalmare reiten, sondern dass sie sich nur herablassen, uns zu tragen«, sagte Yuánfèn. »Verstehst du, was ich meine?«

»Ich verstehe dich sehr gut«, sagte Lìya lächelnd und sah, wie Yuánfèn sich darüber freute.

»Erzähl mir eine Geschichte!«, verlangte Yuánfèn.

»Was für eine Geschichte?«

»Ach komm! Ich hab doch mitgekriegt, wie du die ganzen Tage vor dich hinmurmelst. Ich finde es ein bisschen gemein, dass du deine Märchen nur dir selbst erzählst.«

Lìya rollte mit den Augen und wandte sich ab. Aber Yuánfèn ließ nicht locker, lenkte ihren Kalmar dicht an Biao heran und drängte ihn ab.

»He!«, rief Lìya.

»Los jetzt! Zick nicht rum! Was hast du gegen mich? Stinke ich? Habe ich die Krätze? Ich helfe dir, wo ich kann. Ich versuche, deine Freundin zu sein – obwohl du in Li verliebt bist.«

»Bin ich nicht!«

»Ich hab deinen Blick gesehen.«

»Halt die Klappe!«

»Du musst dich nicht schämen. Alle sind in Li verliebt. Selbst Mingan.«

Ach so ist das. Das erklärt ja einiges.

»Und was ist jetzt mit dir und Li?«, fragte Lìya. »Seid ihr wirklich zusammen?«

Yuánfèn wurde rot, und Lìya fing an, sie zu mögen.

»Was ist jetzt mit der Geschichte?«

Lìya stöhnte laut auf und blickte in den Himmel, der sich hoch und weit und vollkommen schön über ihr aufspannte. Genau so hatte er ausgesehen, kurz bevor die Feuerspucker ihre Mutter getötet hatten. Man konnte der Schönheit nicht trauen. Man konnte Yuánfèn nicht trauen. Man konnte niemandem trauen!

Aber wozu lebe ich dann?!

»Du bist eine ziemliche Nervensäge, Yuánfèn.«

Yuánfèn strahlte über das ganze Gesicht, und Biao »kicherte« wieder, als er Lìyas Reaktion spürte. Lìya kam sich plötzlich albern vor. Sie prüfte noch einmal den Geschmack der Luft und richtete sich dann in ihrem Sattel auf.

»In einem großen Wald am Ende der Welt lebte vor langer, langer Zeit ein seltsames Wesen, das war halb ein Sandspringer und halb ein Mensch«, begann sie das Märchen der Prinzessin Shan-Shan, und Yuánfèn hörte augenblicklich auf zu reden und unterbrach Lìya für die nächsten Stunden nicht mehr.

Drei Märchen später erreichten sie einen Ausläufer des Chui-Riffs. Die Sonne hatte ihren höchsten Stand erreicht und stand jetzt fast senkrecht über ihnen. Um der Hitze zu entgehen, hatte sich Lìya fest in ihren wertvollen Kyrrschal gewickelt und beachtete Mingans neidische Blicke nicht. Sie hatte ohnehin genug damit zu tun, das Tal zu inspizieren, denn dies war der Weg, den sie nun nehmen mussten.

Der Talboden war eben und stieg nur leicht an. Ein breites Tal, von einem vor Urzeiten abgeschmolzenen Gletscher ausgewaschen, was Lìya an den Geröllfeldern und den rund geschliffenen Felsbrocken erkannte. Allerdings war es nicht das Tal aus Lìyas Traum, das war ihr sofort klar. Aber es führte dorthin. Das Tal vor ihnen furchte sich etwa zwanzig Meilen fast schnurgerade in das Gebirge hinein, bevor es einen sanften Knick machte und dann plötzlich steil anstieg. Der Talschluss lag im Mittagsdunst, dennoch erkannte Lìya die eigenartige Formation der Gipfel dahinter.

»Da müssen wir durch«, sagte Lìya zu Mingan und deutete in das Tal hinein. »Dahinten liegen schon die Steinernen Köpfe. Vielleicht noch drei Tagesritte.«

Mingan strengte sich an, die fernen Steinernen Köpfe durch den Mittagsdunst zu erkennen. »In unserem Marschplan steht nichts von diesem Tal. Da steht, dass wir uns noch weiter nördlich halten müssen.«

»Das wäre ein Umweg«, widersprach Lìya. »Wenn wir

nördlich gehen, müssen wir einen Riesenbogen machen. Das Tal ist der direkte Weg zu den Steinernen Köpfen! Steil, aber direkt.«

»Der Marschplan ist heilig«, erklärte Mingan. »Du hast doch gehört, was Zhé gesagt hat – jede Eigenmächtigkeit kann zur Katastrophe führen.«

»Ich sage ja auch gar nicht, dass wir eine andere Position beziehen sollen. Ich will uns nur einen schwierigen Weg ersparen. Duo hält nicht mehr lange durch. Und die anderen sind auch fast am Ende. Was nützt es uns, zu Tode erschöpft an unser Ziel zu gelangen und so dem Sariel zu begegnen?«

»Glaubst du, dass du diesen Trupp besser führen kannst als ich?« Mingans Stimme hatte jetzt einen gefährlichen Ton angenommen.

»Nein!«

»Dann willst du mich also zu einer Befehlsverweigerung überreden, ja?«

Das musste ja kommen!

»Nein, Mingan!«, rief Lìya genervt. »Ich sage nur, dass der Weg durchs Tal kürzer ist. Außerdem … Siehst du das da?«

Lìya deutete voraus in die Richtung, in die Mingan gehen wollte. Nicht weit entfernt sah man eine Ansammlung stattlicher Hügel, wie eine kleine Stadt, die sich noch viele Meilen entlang der Bergkette zog.

»Das sind Gigamitenbauten!«, erklärte Lìya. »Wenn wir weitergehen wie bisher, dann müssen wir da durch. Bei Tag, solange es heiß ist. Sobald es Abend wird und abkühlt, kommen sie raus. Zu Tausenden. Und sehr, sehr hungrig.«

Lìya wusste, wovon sie sprach. Dort in den Hügeln lebten vermutlich Hunderttausende von Gigamiten. Rattengroße Käfer, Nachfahren der Termiten, die unter der Erde hausten und tiefe Tunnel in den Wüstenboden gruben. Durch ein raffiniertes Höhlensystem gelang es ihnen, letzte Reste von Luftfeuchtigkeit zu kondensieren und zu speichern. Mit diesem Wasser legten die Gigamiten Algenkulturen an, von denen sie sich hauptsächlich ernährten. Es sei denn, sie konnten zufällig etwas erbeuten. Gigamiten waren Allesfresser. Und nicht eben wählerisch. Mit ihren Vorderzähnen, die sie hauptsächlich zum Graben benutzten, konnten sie einem Tier oder einem Mensch schmerzhafte Wunden zufügen. Ein einzelner Gigamit war relativ harmlos – in Massen aber wurden sie zu einer tödlichen Gefahr. Tagsüber blieben Gigamiten in ihren Höhlen, schützten sich vor der Hitze und kultivierten ihre Algen. Erst gegen Abend kamen sie heraus auf der Suche nach Grünzeug und Beute. Die Gigamiten waren eine der großen Gefahren der Wüste – gleichzeitig aber oft die letzte Rettung für Wüsten-Ori, denen das Wasser ausgegangen war. Mit Mut, Kraft und Geschick konnte man ihre Bauten aufbuddeln, um an ihre Wasservorräte zu gelangen. Das Wasser schmeckte bitter, war aber durch den Kontakt mit den Algen sehr mineralhaltig. Man musste sich jedoch beeilen, denn Gigamiten verteidigten ihre Wasservorräte mit großer Aggressivität und bildeten regelrechte Armeen gegen Wasserdiebe.

Lìya hatte ihrem Vater und einem seiner erfahrensten Kalmarführer einmal aus der Ferne zugesehen, wie sie einen Gigamitenbau geplündert hatten. Kurz darauf hatte sie beide mit dem geraubten Wasser auf ihre Kalmare springen und wie die Teufel davonreiten sehen. Der Kalmarführer hatte seinen Wasserbeutel verloren und dummerweise versucht, ihn wiederzuholen. Dabei hatten ihn dann die Gigamiten eingeholt. Lìya erinnerte sich noch an seine entsetzlichen Schreie und die Ohnmacht ihres Vaters, der ihm nicht helfen konnte. Nichts war von ihm übrig geblieben, noch nicht einmal seine Knochen.

Lìya wusste, wie gefährlich Gigamiten waren.

»Bis zum Abend sind wir da längst durch«, meinte Mingan.

Lìya stieß einen ungehaltenen Laut aus.

»Ich traue dir nicht, Lìya«, sagte Mingan. »Du führst irgendwas im Schilde. Wir gehen nördlich weiter.«

»Was habe ich dir getan?«, platzte Lìya jetzt heraus. »Die ganze Zeit schikanierst du mich!«

Mingan blickte sie kalt an, und Lìya erkannte jetzt, was sie die ganze Zeit über an Mingan so beunruhigt hatte: der fiebrige Glanz in ihren Augen. Das Seelentier hatte sie in seinen Fängen. Mingan wandte sich an die anderen Mädchen und zeigte anklagend auf Lìya.

»Sie ist eine Verräterin! Ich habe sie in der Nacht vor dem Aufbruch gesehen, wie sie die Unterkunft heimlich verlassen hat.«

»Ich konnte nicht schlafen!«

»Blödsinn. Du hast dich mit jemandem getroffen. Mit einem Spion der Sari. Du sollst uns von den Steinernen Köpfen weglocken, weil dort der Sariel vorbeikommt.«

»Das ist totaler Blödsinn! Er wird dort nicht vorbeikommen!«

»Ach ja? Und woher weißt du das?«

»Ich habe es geträumt!«, rief Lìya und biss sich sofort auf die Lippen. Mingan stieß einen abfälligen Laut aus. Die anderen wirkten verunsichert.

»Sie folgt irgendwelchen Träumen. Sie verweigert meine Befehle. Sie versucht, mich zu einer Befehlsverweigerung zu überreden.« Das war eine ungeheure Anschuldigung, auf die nach den Regeln der Zhàn Shì der Tod stand. Mingan fackelte auch nicht lange und lud bereits ihr Shì durch. »Ihr wisst alle, was das bedeutet.«

»Du bist ja vollkommen wahnsinnig, Mingan!«, rief Lìya.

»Sie ist keine Verräterin!«, ging jetzt Yuánfèn dazwischen und kassierte dafür einen hasserfüllten Blick von Mingan. Yuánfèn hielt dem Blick gelassen stand und streckte die Hand aus. »Du bist müde, Mingan. Gib mir die Waffe. Ich mache dir einen Kräutertee und morgen wird es dir wieder besser gehen.«

»Geh mir aus dem Weg, Yuánfèn, oder ich knall dich auch ab!«, zischte Mingan. »Ich gebe hier noch immer die Befehle.«

Yuánfèn rührte sich nicht. »Ich komme im Rang gleich nach dir. Nach den Regeln der Zhàn Shì darfst du so eine Entscheidung nicht alleine treffen.«

Mingans Gesichtsausdruck verzerrte sich zu einer Fratze. Für einen Augenblick dachte Lìya, dass sie Yuánfèn über den Haufen schießen würde, aber dann senkte sie das Shì.

»Tribunal!«, befahl Mingan kurz angebunden und drehte sich weg.

Schweigend bauten die Mädchen die Druckluftzelte zum Schutz gegen die Hitze auf. Lìya stand abseits. Sie fragte sich, wer von den Kriegerinnen wohl für ihren Tod stimmen würde. Als die glänzenden Druckluftkuppeln standen, zogen sich die Mädchen in eines der Zelte zurück und hielten ihr Tribunal ab.

Die plötzliche Veränderung verstörte Lìya zutiefst. Wie ein abrupter Wetterumschwung in der Wüste hatte Mingans Stimmung sich von einem Moment zum anderen verändert. Ihr Verhalten war völlig rätselhaft, der Vorwurf des Verrats so absurd und an den Haaren herbeigezogen. Es ergab einfach keinen Sinn. Noch nicht einmal unter dem Einfluss des Seelentiers.

Es sei denn...

Lìya kam nicht dazu, den Gedanken zu Ende zu denken, denn Yuánfèn rief sie ins Zelt. Als sie das Zelt betrat, spürte Lìya eine Mischung aus Angst, Verunsicherung und Hass, die von den Mädchen ausging. Naiyong und Gui trauten sich kaum, ihr in die Augen zu blicken. Nur Yan hatte ihren gewohnt verschlagenen Blick aufgesetzt, doch Lìya spürte bei ihr seltsamerweise die größte Verunsicherung. Duo sah nicht gut aus, gar nicht gut. Sie hockte abseits und stierte apathisch vor sich hin, wippte dabei nur leicht mit dem Oberkörper und hielt einen Becher Tee in der Hand, den Yuánfèn ihr gemacht hatte, ohne zu trinken. Duo brauchte dringend Hilfe.

»Wir verurteilen dich als Verräterin«, begann Mingan ohne Umschweife, und Lìya wurde schlagartig eiskalt. »Aber wir töten dich nicht, sondern lassen dich hier zurück. Das hast du Yuánfèn zu verdanken.«

Lìya sah zu Yuánfèn hinüber, die ihren Blick nicht erwiderte. »Du weißt genau, dass das gegen alle Regeln der Zhàn Shì verstößt, Mingan«, sagte sie und wunderte sich über ihre Ruhe dabei. »Dafür wirst du dich rechtfertigen müssen.«

Mingan schien es gar nicht gehört zu haben. »Wir brechen sofort auf. Deinen Kalmar nehmen wir mit.«

Das war der Moment, in dem Lìya sich mit einem Schrei auf Mingan stürzte, um ihr wehzutun.

Ein halbes Märchen später waren die Zelte wieder abgebaut und auf den Kalmaren verstaut. Lìya saß gefesselt an einen Felsbrocken gelehnt im Schatten, blutete aus der Nase und hatte eine gebrochene Rippe von dem Schlag, mit dem Mingan ihren Angriff abgewehrt hatte. Wieder einmal war Lìya zu wütend gewesen für einen erfolgreichen Angriff. Jetzt musste sie ohnmächtig zusehen, wie Mingan Biao belud und mit einem Strick an ihrem Kalmar festband. Lìya wunderte sich, dass Biao alles klaglos mitmachte und nicht einmal versuchte, sich zu verweigern. Geschweige denn, ihr zu helfen. Lìya fragte sich enttäuscht, ob sie sich in den Kalmaren geirrt und ihnen zu viel zugetraut hatte. Womöglich waren sie wirklich nur dumpfe Oktopusse, die jedem folgten, der das Sagen und genug Mondtränen hatte. Biao hatte sie ihr ganzes Leben begleitet, war Reittier, Beschützer, Trostspender und Spielkamerad gewesen. Mehr noch – ihr Freund. Und nun ließ er sie einfach so im Stich, ohne auch nur die Hautfarbe zu wechseln.

Selbst Yuánfèn, ihre angebliche Freundin, tat nichts, um ihr zu helfen. Als hielte Mingan alle in einem Bann.

»Wenn ihr mich so zurücklasst, könnt ihr mich auch gleich umbringen!«, rief Lìya den Mädchen zu. »Gefesselt überlebe ich nicht mal die nächste Nacht. Gebt mir wenigstens den Kyrrschal!«

Gui wollte eine Bewegung machen, um nach Lìyas Kyrrschal zu greifen, doch Mingan schlug ihr die Hand weg, schnappte sich den kostbaren Schal und legte ihn sich um. Ohne ein Wort. Dann gab sie das Kommando zum Aufbruch.

Lìya wunderte sich, wie wenig sie empfand, als sich die sechs Mädchen mit sieben Kalmaren langsam von ihr entfernten. Keine Wut, keine Verzweiflung, keine Angst. Noch nicht. Nur grenzenloses Erstaunen, wie schnell das Schicksal in der Wüste immer wieder zuschlagen konnte.

Kurz bevor die kleine Karawane ganz aus ihrem Blickfeld verschwand, drehte sich Biao noch einmal um und warf ihr aus müden Augen einen letzten Blick zu. In diesem Moment verstand Lìya, dass sie sich nicht in den Kalmaren geirrt hatte, sondern sie bloß niemals verstehen würde. Die Kalmare verfolgten ihre eigenen seltsamen Pläne.

Und ich bin offenbar kein Teil mehr davon.

Lìya zwang sich zur Vernunft, um der Panik keine Lücke zu geben, in die sie einsickern konnte. Es wurde höchste Zeit, die Fesseln loszuwerden.

Lìya brauchte dafür nicht lange. Obwohl Mingan persönlich sie fest zusammengeschnürt hatte wie ein Paket, hatte sie nicht darauf geachtet, wie Lìya ihre Arme hinter dem Rücken verschränkte. Und sie wusste nicht, dass Lìya mit zehn Jahren einmal übel von Biao gestürzt war und sich dabei die linke Schulter ausgekugelt hatte. Die Schmerzen waren höllisch gewesen, bis ihr Vater ihr die Schulter mit einem Ruck wieder eingerenkt hatte. Seitdem wusste sie, was sie im Notfall tun musste.

Jetzt tun musste. Auch wenn es wehtun würde, sehr, sehr weh.

Lìya brauchte fast eine Stunde, ehe sie genug Mut und Verzweiflung gesammelt hatte. Die Überwindung war ungeheuer, aber Lìya wusste auch, dass dies ihre einzige Überlebenschance war. Wenn es nicht funktionierte, waren die Schmerzen noch ihr kleinstes Problem.

Lìya erhob sich mühsam, stellte sich seitlich an den Felsbrocken und drückte die rechte Schulter probeweise dagegen. Dann, mit einem heftigen Ruck, holte sie aus und rammte ihre Schulter, so fest sie konnte, gegen den Fels.

Ein kurzes trockenes »Klock« – dann hatte sie sich selbst die Schulter ausgekugelt.

Lìya wurde beinahe ohnmächtig vor Schmerz und Hitze, dennoch gelang es ihr, sich aus den Fesseln zu entwinden, die sich nun viel lockerer um die ausgekugelte Schulter schlangen. Anschließend versuchte sie, sich den schlaffen Arm wieder einzukugeln, was viel schwieriger war. Stöhnend presste sie sich mit der Schulter an den Fels, um die richtige Position zu finden, und drückte. Sie heulte bei jedem vergeblichen Versuch. Aber sie gab nicht auf, bis die rechte Schulter mit dem gleichen »Klock« schließlich in ihre ursprüngliche Position zurückschnappte.

Kraftlos ließ sich Lìya in den Sand fallen, versuchte, nicht das Bewusstsein zu verlieren, und wartete darauf, dass der Schmerz abflaute.

Es dämmerte bereits, als Lìya wieder klar denken konnte und sie aus der Richtung, in der die Mädchen verschwunden waren, die Silhouette eines Kalmars auf sich zutrotten sah.

Lìya hätte Biaos Bewegungen unter Hunderten von Kalmaren erkannt. Die Freude über seine Rückkehr sprengte ihr fast die Brust, mehr als die Freude über die gelungene Befreiung.

Biao war noch nie der Schnellste gewesen, er beeilte sich auch jetzt nicht besonders. Als er die ungeduldig wartende Lìya endlich erreichte, ließ er sich wie ein gefällter Baum vor ihr in den Sand fallen, dass die Erde bebte, und streckte ihr einen Tentakel entgegen. Seine Haut wechselte dabei von Rosa zu Gelb, und Lìya wusste, was er meinte.

»Ist schon gut, Dicker. Ich hab's nicht verstanden, aber du bist ja wieder zurück, das ist die Hauptsache.«

Biaos Rückkehr bedeutete für Lìya aber nicht nur Trost, sondern auch Rettung. Nur mit ihm hatte sie eine Chance, der Wüste lebend zu entkommen. Sie ergriff den ausgestreckten Tentakel und drückte ihn fest an sich. Biao machte pfeifende Geräusche des Glücks.

»Ich verstehe euch Kalmare wirklich nicht! Warum bist du mitgegangen?«

Statt einer Antwort griff Biao hinter sich, wo ein kleines Paket festgeschnallt war. Ihr Shì und die Machete, eingewickelt in den Kyrrschal. Ein Brief war daran geheftet, in großer Eile auf ein Stück Stoff gekritzelt.

Liebe Lìya,
glaub mir, ich konnte nichts ändern. Das Einzige, was
ich tun kann, ist, dir Biao mit deinen Sachen zurück-
zuschicken. Mingan wird mich schlachten dafür, aber
das ist jetzt nicht wichtig. Wir reiten nordwärts,
Mingan drückt ziemlich aufs Tempo. Folge uns nicht,
es wäre dein sicherer Tod.
Leb wohl – deine Freundin Yuánfen

Ein Brief, der nichts erklärte, gar nichts. Lìya wickelte sich in ihren Kyrrschal, um nicht noch weiter der Hitze ausgesetzt zu sein, und suchte nach ihrem Wasserbeutel, der immer festgeschnallt am Sattel hing. Er hing immer noch dort – aber leer. Yuánfèn hatte ihr den Schal und ihre Waffen mitgeschickt, aber kein Wasser. Und keine Mondtränen.

»Verdammt! Wir haben ein Problem, Dicker!«

Biao konnte durch seine Wasserspeicher unter der Haut noch einige Tage durchhalten. Aber für Lìya standen die Chancen, ohne Wasser und Mondtränen heil aus dieser Gluthölle herauszukommen, gleich null. Schon jetzt, nach Stunden in Hitze und Schmerz, quälte sie der Durst wie ein Feuer, das sie von innen verzehrte. Sie konnte kaum noch klar denken, schluckte ständig vergeblich, schmatzte und leckte sich die aufgesprungenen Lippen. Sie würde keine zwei Tage mehr durchhalten.

Zurück zur Oase zu reiten war Wahnsinn. Viel zu weit, und sie war immer noch eine Zhàn Shì und hatte eine Aufgabe. Lìyas erster Impuls war, wie geplant das breite Tal hinaufzureiten und den Ort zu suchen, von dem sie geträumt hatte. Der Ort, an dem sie möglicherweise auf den Sariel stoßen würde.

Lìyas zweiter Gedanke war, Yuánfèn zu helfen. So rätselhaft ihr Brief auch war, so schien doch klar, dass sie sich in Gefahr befand. Yuánfèn hatte ihr geholfen, also fühlte Lìya sich jetzt in ihrer Schuld. Mehr als das. Außerdem drängte es sie, mit Mingan abzurechnen.

Damit tat sich für Lìya ein schier unlösbares Dilemma auf. Als Zhàn Shì war es ihre Pflicht, den Sariel zu finden und zu töten. Entweder folgte sie also ihrer Aufgabe als Zhàn Shì und ließ dafür ihre Freundin im Stich – oder sie versuchte, ihre Freundin zu retten, und verletzte damit ihre Pflicht als Zhàn Shì.

Biao spürte Lìyas Ratlosigkeit und ihren inneren Kampf und machte leise Schmatzgeräusche. Eine Welle von Zuversicht ging plötzlich von ihm aus und übertrug sich auf Lìya. Ein Gefühl der Verbundenheit. Der Freundschaft.

»Danke, Dicker«, sagte Lìya und drückte den ausgestreckten Tentakel wieder. »Dachte ich mir, dass du auch so denkst. Also, dann wollen wir mal, was?«

Die Sonne stand schon tief im Westen und beleuchtete die Gigamitenstadt, auf die Lìya und Biao jetzt zuritten und die der Trupp Stunden zuvor ebenfalls passiert hatte. Der Gedanke, ihre oberste Pflicht als Zhàn Shì zu verletzen, bedrückte Lìya. Allerdings nicht so sehr, wie sie angenommen hatte. Die Entscheidung für Yuánfèn war eindeutig. Lìya hatte durch das Karawanenleben immer nur wenige Freunde gehabt und wusste daher, wie wertvoll sie waren. Freunde gingen vor.

Immer.

Lìya schätzte, dass sie noch etwa drei Stunden hatte, bevor die Gigamiten aktiv wurden und an die Oberfläche kamen. Sie würde Biao bis zur Erschöpfung antreiben müssen, wenn sie eine Chance haben wollten. Außerdem hatte sie in der Gigamitenstadt noch etwas vor. Sie brauchte das Wasser, das unter den Hügeln der Gigamiten lagerte.

»Wir müssen schnell sein, Biao! Der erste Versuch muss sitzen, und dann ab durch die Mitte.«

Sie bemühte sich, zuversichtlich zu klingen, aber jedes Mal, wenn sie daran dachte, was sie vorhatte, erinnerte sie sich an den alten Kalmarführer und seine gellenden Schreie.

Die Ansammlung von Hügeln, durch die sie jetzt ritt, war noch um ein Vielfaches größer als damals und verdiente wirklich den Ausdruck »Stadt«. Dicht an dicht erstreckten sich die Gigamitenbauten auf einer Länge von fast zwanzig Meilen entlang der Flanken der Bergkette, deren Morgenschatten sie besser vor dem Austrocknen schützte. Bizarre Gebilde, manche klobig und gedrungen, andere wieder mit gewundenen Türmen und zarten Vorsprüngen. Kein Bau glich dem anderen. Lìya glaubte nicht, dass Gigamiten intelligent genug waren, um einen Sinn für Schönheit zu entwickeln, aber irgendwie schien es für sie wichtig zu sein, sich mit ihrem Bau von den anderen abzusetzen. Dabei wusste sie, dass die Bauten unterirdisch durchaus verbunden waren. Was man überirdisch sah, war nur eine Art Tor. Lìya konnte die vielen Schlupflöcher in den Bauten erkennen. Hin und wieder sah sie auch ausgebleichte Gerippe von Gigamiten und anderen Tieren. Aber von lebenden Gigamiten bislang noch keine Spur.

Lìya lavierte ihren Kalmar umsichtig zwischen den Bauten hindurch, um möglichst keinen Hügel zu beschädigen und dadurch sofort einen unterirdischen Alarm auszulösen. Biao schien jedoch selbst zu wissen, wie er sich bewegen musste. Entgegen seiner Gewohnheit setzte er geradezu behutsam einen Tentakel vor den anderen, als ginge er auf Zehenspitzen. Dabei bewegte er sich noch nicht einmal viel langsamer als sonst. Lìya war stolz auf ihren Kalmar, der beinahe geräuschlos durch die Stadt der Gigamiten glitt.

Auf diese Weise durchquerten sie innerhalb der nächsten Stunde problemlos gut ein Drittel der Stadt. Lìya hatte sich entschlossen, nicht zu früh nach Wasser zu graben, um vor der bevorstehenden Flucht schon möglichst weit gekommen zu sein. Außerdem hatte sie noch keinen geeigneten Hügel entdeckt. Ihr Vater hatte ihr einmal erklärt, dass runde Hügel die besten waren, da sie relativ neu waren und die Wasserreservoirs dichter unter der Oberfläche lagerten.

Erst eine weitere Stunde später sah sie endlich einen neuen Hügel. Die Stelle war geradezu ideal. Die Hügel standen etwas weiter auseinander, was bedeutete, dass man schneller vorankam, und das Ende der Gigamitenstadt war bereits zu erkennen. Lìya zögerte nicht länger. Sie ließ Biao halten und untersuchte den Hügel. Er wirkte tatsächlich frisch, fast ebenmäßig rund und glatt, mit nur wenigen Schlupflöchern. Er würde nicht sehr viel Wasser enthalten, aber für Lìya würde es reichen. Trotzdem musste man erst drankom-

227

men. Die Außenkruste der Gigamitenbauten war steinhart und bestand aus einem Gemisch aus Sand und Gigamitenspeichel, das an der Sonne zu einer Art Zement festbackte. Lìya hatte keine Hacke dabei und die Machete würde nur stumpf werden. Also entschied sich Lìya für ein brutaleres Verfahren.

Auf einen kurzen Ruf von Lìya stampfte Biao einmal beherzt mit einem seiner sechs Schreittentakel mitten in den Bau hinein. Die Außenwand zersplitterte unter der Wucht des Tritts wie eine Eierschale. Darunter war der Sand lehmig und feucht.

»Sehr gut, mein Dicker!«

Lìya verlor keine Zeit mehr und grub mit beiden Händen, so schnell sie konnte. Sie wusste nicht, wie tief die Wasserspeicher lagen, aber sie wusste, dass sie sich beeilen musste. Die Erschütterung des Tritts hatte sich bereits weit ins Innere des Baus fortgepflanzt und einen Alarm ausgelöst. Biao half Lìya mit seinen Fangtentakeln und schaufelte den lehmigen Sand weg.

Immer noch kein Wasser.

»Verdammt, wo ist das Wasser?«, schrie Lìya. Sie konnte bereits die aufgeregten Pfiffe der Gigamiten hören, die sich zur Verteidigung sammelten.

Verzweifelt buddelte Lìya weiter, krallte ihre Hände in den Lehm und riss den Hügel mit Biaos Hilfe regelrecht auf. Ein einzelner Gigamit, vermutlich ein Späher, biss ihr plötzlich in die Hand. Lìya schrie auf, schleuderte das rattengroße Tier von sich und hörte, wie Biao es hinter ihr mit einem Tritt zerquetschte. Hässliches Geräusch.

Lìya blutete jetzt aus der Hand, aber sie achtete nicht darauf. Heute war der Tag des Schmerzes.

Aber verdammt noch mal auch der Tag des Wassers!

Wie wahnsinnig buddelte Lìya weiter – bis sie endlich auf Wasser stieß. Sie erkannte den Speicher daran, dass er ähnlich wie die Außenhaut der Hügel mit einer Kruste vor dem Austrocknen geschützt war. Die Kruste ließ sich jedoch mit der Hand aufbrechen und ein fauliger, widerlicher Gestank kam Lìya entgegen. Lìya achtete nicht einmal darauf, denn unter der Kruste schwappten annähernd drei Liter Wasser. Grünlich und stinkend zwar, aber trinkbar. Hastig tunkte Lìya ihren Wasserbeutel in die Brühe, ließ ihn volllaufen, verstöpselte ihn eilig und sprang dann auf. Sie konnte bereits tausendfache Bewegung unter sich spüren, wie ein fernes Erdbeben, das unaufhaltsam anrollte.

Lìya hievte sich mit einem Schwung zurück in ihren Sattel. »Los, Biao! Jetzt lauf, wie du noch nie gelaufen bist! Lauf um unser Leben!«

Sie kannte ihren Kalmar und wusste, dass sie ihm damit das Schlimmstmögliche antat. Biao war zuverlässig und ausdauernd. Aber eben langsam. Selbst ältere Kalmare überholten ihn noch. Lìya liebte Biao über alles, aber wie oft hatte sie seine Langsamkeit verflucht. Selbst jetzt, wo es um alles ging, kam er kaum aus seinem üblichen Trott heraus. Er setzte sich in Trab, strengte sich sichtlich an, doch er war eben kein Rennkalmar. Sein enormes Gewicht ließ schlicht keine höhere Geschwindigkeit zu.

Schneller, mein Dicker! Mein guter, lieber, wunderbarer, dicker Biao, lauf schneller!

Lìya spürte die Anstrengung ihres Kalmars, aber sie spürte auch, dass sie ihn an seine Grenzen trieb. Ein Geräusch ließ sie zurückblicken. Voller Entsetzen sah sie einen Strom von Gigamiten aus dem aufgebrochenen Hügel herausquellen. Zunächst Hunderte. Schnell wurden es mehr. Auch aus den Hügeln ringsum kamen Aberhunderte von Gigamiten aus der Erde, sprudelten zigtausendfach aus den Schlupflöchern und vereinigten sich zu einer tödlichen Flut, die nur ein Ziel hatte: die Wasserdiebe. Erschüttert wunderte sich Lìya, wie viele Gigamiten unter dem Wüstenboden lebten und wie gut sie offenbar organisiert waren. Selbst aus weit entlegenen Hügeln vor ihr strömten die Tiere jetzt heraus, und Lìya verstand, dass sie aufhören konnte, Biao anzutreiben. Sie waren längst eingekesselt. Das Schlimmste war das Geräusch, das sie machten. Das hohe Pfeifen, das ein einzelner Gigamit erzeugte, steigerte sich in der Masse zu einem schrillen Kreischen, das durch Mark und Bein ging.

Lìya ergriff ihr Shì, legte es aber gleich wieder beiseite, als ihr klar wurde, wie machtlos die Waffe gegen einen Ansturm von Tausenden von Gigamiten war. Stattdessen ergriff sie ihre Machete, sprang von Biao hinunter und nahm sich vor, es den kleinen Biestern so schwer wie möglich zu machen.

Sie ließ die Machete flach über den Boden sausen, als die ersten Gigamiten nah genug waren, und erledigte gleich sieben auf einen Streich. Die scharfe Waffe fuhr fast mühelos durch die Reihen der anstürmenden Biester. Das Kreischen war jetzt beinahe unerträglich, braunes Blut spritzte auf Lìya und tränkte den Wüstenboden. Die ersten Biester hatten sich schon an Lìya festgebissen und auch an Biaos Tentakeln hingen Gigamiten und ließen sich kaum abschütteln. Lìya schwang ihre Machete wie eine Sense, aber sie musste sich dazu bücken, und das machte sie zusätzlich angreifbar. Biao trampelte auf der Stelle und zerquetschte die Gigamiten unter sich mit seinen sechs Lauftentakeln. Mit seinen Fangtentakeln fegte er durch die Menge und schaufelte die Biester vor Lìya beiseite. Aber auch er wurde nicht alle Gigamiten los und blutete aus zahlreichen Wunden. Der rechte Arm wurde Lìya schwer, sie musste die Machete in die Linke nehmen. Aber das war noch ermüdender.

Und es strömten immer mehr Gigamiten nach.

Lìya warf einen Blick zu Biao und sah mit Schrecken, wie viele Gigamiten schon über ihn hergefallen waren. Sie hingen an seinen Tentakeln und an seinem massigen Kopfleib. Ein wimmelnder, blutender, tödlicher Pelz. Das tiefe, kollernde Geräusch, das Biao dabei machte, war eindeutig: Er schrie vor Schmerz.

Das war der Augenblick, als Lìya einsah, dass sie gegen die Übermacht der Gigamiten keine Chance hatte.

Und es war der Augenblick, in dem sie einen metallischen Geschmack im Mund spürte.

Instinktiv blickte sie nach oben zu den Bergen, die himmelhoch über ihr aufragten. Der Abendhimmel war klar und dunkelblau. Im Westen wurde er fahl und grün und dann rot. Ein prächtiges Farbenspiel, das in vielen Balladen der Ori besungen wurde und als Sinnbild des Friedens und der Ruhe galt.

Lìya wusste es besser. Sie wusste, dass sie jetzt schnell handeln musste. Der metallische Geschmack ließ keinen Zweifel.

Steinwind!

In wenigen Sekunden bereits würde der eiskalte Fallwind da sein, alles zermalmen und mit Temperaturen von bis zu minus 40 Grad ringsum schockgefrieren. Ihre einzige Chance!

Lìya ließ die Machete fallen, schüttelte heftig die Gigamiten an Beinen und Armen ab und wickelte sich mit einer raschen, geübten Bewegung in ihren Kyrrschal. Sie warf sich inmitten der Gigamiten zu Boden, rollte sich ein und achtete darauf, dass ihr ganzer Körper lückenlos von dem breiten Schal eingehüllt wurde. Ein letzter Blick zu Biao. Vielleicht der letzte überhaupt. Biao hatte es ebenfalls gespürt, denn auch er hielt inne und prüfte den Geschmack der Luft. Dann erwiderte er ihren Blick und Lìya erkannte die Wärme darin. Sie zögerte nicht länger und hüllte auch ihren Kopf ganz in den Schal, bevor ein Gigamit ihr in die Nase beißen konnte.

Keine Sekunde zu früh.

Lìya hörte ein Rauschen, als wären alle Druckluftspeicher der Ori gleichzeitig explodiert. Kurz danach traf sie ein heftiger Schlag und schleuderte sie über den harten Wüstenboden. Ein Orkan von mehreren Hundert Meilen pro Stunde spielte mit ihr wie mit Herbstlaub und erdrückte sie mit eiskalter Luft. Aber Lìya hielt ihren Schal fest, trotz der Stöße, trotz der Kälte, die selbst durch den Kyrrschal bis zu ihr vordrang, bis ans Herz.

Und dann, mit einem Schlag, war alles vorbei.

Der Orkan flaute so schnell ab, wie er gekommen war. Der Steinwind, der mit extrem hoher Geschwindigkeit die Berge hinabstürzte, prallte vom Wüstenboden ab, schaukelte sich auf, stieg wieder hoch und fiel irgendwann wieder ab. Auf diese Weise bildete er Windwellen, die noch in Tausenden von Kilometern zu verheerenden eisigen Sandstürmen führen würden.

Aber für Lìya war es vorbei.

Ächzend und klamm wickelte sie sich aus ihrem Kyrrschal und blickte sich um. Sie lag fast dreihundert Meter von der Stelle entfernt, wo der Steinwind sie getroffen hatte, und der Anblick war erschütternd. Ringsum lagen Zehntausende toter, tiefgefrorener Gigamiten. Warme Wüstenluft strömte hinter dem Steinwind nach und taute sie langsam wieder auf. Spätestens morgen würde die ganze Wüste nach verwesenden Gigamiten stinken. Sie waren tot. Alle. Der Steinwind hatte Lìya gerettet.

Biao!

Lìya erhob sich und rannte zu der Stelle, wo sie Biao zurückgelassen hatte. Sie fand ihn erst, als sie in einem größeren Umkreis nach ihm suchte. Der Steinwind hatte den tonnenschweren Kalmar über fünfzig Meter weggeschleudert.

Biao lag regungslos eingeklemmt zwischen zwei Felsbrocken. Sein Körper war bedeckt von blutigen und zerquetschten Gigamiten. Seine Haut darunter war grau und rissig. Aber er lebte. Lìya stieß einen Freudenschrei aus, als sie sah, wie er einen Tentakel in ihre Richtung streckte und ein Auge öffnete. Sein Atem ging schwer, erholte sich aber langsam. Fassungslos sah Lìya, wie ein Tentakel sich einen Gigamit wie eine reife Frucht vom Leib pflückte und triumphierend herumschwenkte. Dazu imitierte Biao den typischen Pfiff der Gigamiten, schleuderte den Kadaver dann lässig fort und gluckerte bedauernd dazu.

Er macht Witze! Er macht tatsächlich noch Scherze!

Lìya begann zu begreifen, dass Kalmare die wahren Könige der Wüste waren. In den Millionen Jahren vor der Ankunft des Menschen hatten sie sich perfekt an sämtliche Lebensbedingungen angepasst. Selbst ein kurzer Steinwind konnte ihnen nicht den Tag verderben.

SCHICKSAL

Wenn Lìya an ihr bisheriges Leben zurückdachte, so ließ es sich in zwei Abschnitte teilen. Ihr Leben vor dem Morgen, als ihr Vater ihr verboten hatte, eine Zhàn Shì zu werden, und das Leben danach. Das Leben vor jenem Morgen war ein freundlicher ruhiger Strom gewesen, der versprochen hatte, sie in eine freundliche Zukunft zu tragen. Es hatte gute Tage gegeben und schlechte Tage, aber mehr gute. Sie hatte sich nur wenige Fragen gestellt und die meisten davon hatten ihre Mutter oder ihr Vater beantworten können. Sie hatte viel gelacht. Sie hatte nur selten weinen müssen.

Das hatte sich geändert.

Alles hatte sich geändert seit jenem Morgen in der Wüste. Dieses neue Leben war kaum vier Wochen alt und doch hatte Lìya in dieser Zeit mehr geweint als in all den Jahren davor. Sie hatte düstere Träume gehabt und sie hatte den Tod zu sich und zu anderen kommen sehen. Sie hätte auf all das gerne verzichtet, aber es war, wie es war.

Sie war mit einem Schlag erwachsen geworden.

Wenn Lìya in ihre linke Hand blickte, dann sah sie dort vier Handlinien. Herz- und Kopflinie waren kräftig und unauflösbar zu einem dicken Strang verknüpft. Ihre Lebenslinie dagegen war zart, fast kaum zu erkennen, kurz nur und gleich am Anfang unterbrochen. Wie zerrissen. Eine fahrende Wahrsagerin, die ihr Vater auf einer Karawane gegen Bezahlung mitgenommen hatte, hatte ihr einmal erklärt, dass diese Unterbrechung für eine große Lebensveränderung stehe. Eine schwere Krankheit. Eine Trennung von geliebten Menschen. Ein Abschied von allem, was ihr vertraut war. Aber die Handleserin hatte auch gesagt, dass ihr Leben danach weitergehen würde. Und dann hatte sie noch auf eine weitere starke Linie hingewiesen, die angeblich nicht jeder Mensch hatte. Die Schicksalslinie. Sie stehe für eine besondere Aufgabe, die Lìya noch zu erfüllen habe, hatte die Handleserin noch gesagt, bevor Lìyas Vater sie wütend aus der Jurte scheuchte.

Lìya glaubte nicht an Hokuspokus, schon damals nicht. Aber die Handleserin hatte sie beeindruckt, hatte viel über Lìya gewusst, und ihre Kunst war schließlich über viertausend Jahre alt und stammte aus einer Zeit lange vor dem Zeitsprung. Aus einer untergegangenen Welt, in der Menschen auf der Erde noch keine Fremden waren. Lìya dachte oft an jene untergegangene Epoche. Sie hatte gehört, dass die Menschen in großen offenen Städten zusammengelebt hatten, nur wenige von ihnen in Wüsten. Ihre Welt war bunt gewesen und laut und dreckig und schön, aber sie hatten auch grausame Kriege geführt. Eine seltsame, unverständliche Welt mit Menschen, die weder Ori noch Sari glichen. Aber eine Welt, die immer wieder Lìyas Fantasie entzündete und die sie in ihre Geschichten und Märchen einbaute.

Lìyas Vater hatte damals darauf geachtet, dass die Wahrsagerin Lìya während der ganzen Reise nicht mehr zu nahe kam. Aber am Ende konnte Lìya doch noch ein letztes Treffen einrichten und bei diesem Treffen schenkte die Wahrsagerin Lìya ein Buch.

Ein kleines Buch nur, alt und vergilbt. Es war das erste Buch, das Lìya überhaupt sah. Bücher waren seltene Relikte und stammten ebenso wie die Kunst des Handlesens aus der untergegangenen Epoche. Das Buch, das die Wahrsagerin Lìya schenkte, war in einer unbekannten Sprache verfasst und zeigte zwischendurch Abbildungen von seltsamen Symbolen und Zeichen. Die Wahrsagerin erklärte, die Sprache sei »Englisch«, und deutete auf eine kleine Jahreszahl auf einer der ersten Seiten: 2010. Das Buch war fast zweitausend Jahre alt! Es musste unendlich kostbar sein, doch aus irgendeinem Grund, den sie Lìya nicht verraten wollte, überließ es ihr die Wahrsagerin und nahm ihr den Schwur ab, es niemandem zu zeigen. Lìya sah die Wahrsagerin nie wieder. Aber sie hielt den Schwur und trug das Buch in einem ledernen Beutel fortan immer bei sich.

Auch jetzt.

Sie ritt bereits den dritten Tag mit Biao durch das breite Tal – der Weg, den sie von Anfang an hatte nehmen wollen – und noch immer wirkten die Steinernen Köpfe so fern wie zuvor. Lìya konnte wegen der schwärenden Bisswunden der Gigamiten und der gebrochenen Rippe kaum reiten. Auch Biaos massiger Körper war übersät mit eiternden Wunden. Er ging noch langsamer als sonst, und die steilen Geröllfelder machten es ihm schwer, Tritt zu fassen. Aber Lìya hatte es ohnehin nicht mehr eilig. Nicht nach allem, was sie in den letzten Tagen gesehen hatte.

Nachdem sie den Gigamiten entkommen waren. Nachdem sie auf ihren Trupp gestoßen waren.

Lìya hatte sich sofort weiter auf Mingans Spur gesetzt und ihren Trupp tatsächlich bereits am nächsten Tag nach dem Gigamitenangriff erreicht. Die Mädchen waren alle tot. Naiyong, Yan, Gui, die traurige Duo. Und Yuánfèn. Die schöne Yuánfèn, ihre sanfte, freundliche, ein bisschen eifersüchtige Freundin. Ihre Körper lagen grotesk verdreht und zerschmettert in der Wüste verstreut. Der Steinwind hatte auch sie erwischt, gar nicht weit von der Stadt der Gigamiten entfernt. Ein furchtbarer Anblick. Und zwei Dinge waren seltsam:

Zum einen fehlte Mingans Leiche. Lìya suchte die ganze Umgebung ab, konnte sie aber nirgendwo finden, und es war unwahrscheinlich, dass der eiskalte Fallwind sie viel weiter als die anderen weggewirbelt hatte. Mingan war verschwunden.

Zum anderen jedoch gab es noch mehr Tote. Die Kalmare hatte es ebenso erwischt. Das verwunderte Lìya, denn sie hatte selbst erlebt, wie robust Kalmare gegen Steinwinde waren. Dennoch lagen die toten Kopffüßler neben den Mädchen verstreut im Wüstensand. Nur weil die Gigamiten ebenfalls durch den Steinwind umgekommen waren, lagen die Kadaver noch dort und waren nicht längst abgenagt und in Einzelteilen unter dem Wüstenboden verschwunden. Allerdings hatten erste Hyänengeier, Artverwandte der Feuerspucker, den Aasgeruch meilenweit gewittert. Unter lautem Geschrei und Flügelschlagen stürzten sie auf die kolossale Mahlzeit nieder, hackten die weiche Haut der toten Kalmare auf, zerfetzten sie mit riesigen scharfen Schnäbeln und zerrten wie rasend ihre Eingeweide heraus. Als Lìya und Biao an der Stelle ankamen, stank es nach Blut und dem tranigen Geruch der Kalmare. Das Gefieder der Hyänengeier war bereits blutverschmiert, und im Blutrausch merkten sie nicht einmal, wie Lìya sie mit dem Shì nacheinander abknallte.

Dann war für einen Augenblick Ruhe. Die Welt schwieg, hielt den Atem an, als wäre alles gesagt.

Dann hörte Lìya Biao weinen. Ein lang gezogener jaulender Klagelaut entrang sich seinem Innern. Ein dumpfes Stöhnen, ein gurgelnder Schrei. Seine Haut nahm ein tiefes Dunkelblau mit fahlen Tupfern an – wie der Nachthimmel. Nie zuvor hatte Lìya einen Kalmar weinen sehen. Aber ohne Zweifel beklagte Biao seine toten Artgenossen, und Lìya hatte das Gefühl, dass diese Klage noch viel weiter weg gehört wurde, als allein der Schall sie tragen konnte.

Biaos Klage war herzzerreißend und lang. Da mit weiteren Hyänengeiern zu rechnen war, musste Lìya sich beeilen, die Mädchen und die Kalmare irgendwie zu bestatten. Allein konnte sie die Leichen aber nicht tief genug im Wüstenboden verscharren, also blieb nur verbrennen. Lìya hatte keine andere Wahl, als die Mädchen und die Kalmare an einem Platz zusammenzulegen und mit dem mitgeführten Öl für die Nachtfeuer anzuzünden.

Die Mädchen zu verbrennen, war die schwerste Aufgabe ihres Lebens. Vor allem Yuánfèns Leiche zur Feuerstelle zu schleifen, war schier unerträglich. Alle Kraft verließ Lìya, als sie in Yuánfèns starres Gesicht blickte. Und nicht aufhören konnte zu weinen. Und nicht wegsehen konnte. Und die Schusswunde entdeckte.

Es war nur eine kleine Stelle in der Brust, aber Lìya erkannte die typische Risswunde sofort, die der Eisdorn eines Shì hinterließ. Da der Eisdorn bald im Leib schmolz, blieb nichts weiter zurück als dieser kleine Riss. Wenn der eiskalte Steinwind die Leichen der Mädchen nicht für Stunden konserviert und so vor den Gigamiten und Hyänengeiern bewahrt hätte, hätte Lìya auch diese unscheinbare Wunde niemals entdeckt. Dann wären die Mädchen als ein paar weitere von unzähligen Opfern der Wüste in die Erinnerung der Ori eingegangen.

So aber war es Mord.

Eilig untersuchte Lìya die anderen Mädchen und entdeckte die gleichen Schusswunden auch an ihnen. Yan und Naiyong, die Kräftigeren, waren von hinten erschossen worden. Lìya sah, dass auch die Kalmare durch einen gezielten Schuss getötet worden waren. Was immer auch passiert war, es war offenbar zu schnell gegangen, als dass es irgendeine Gegenwehr gegeben hätte. Möglicherweise waren die Mörder in der Überzahl gewesen und hatten in einem Hinterhalt gelauert. Lìya tippte auf Wald-Ori. Aber die wagten sich nie so tief in die Wüste hinein. Und woher sollten sie von dieser kleinen Karawane wissen?

Rätselhaft schien Lìya auch immer noch, was mit Mingan

geschehen war. Möglicherweise war sie von den Wald-Ori mitgenommen worden. Aber warum? Warum Mingan? Lìya las immer wieder den Brief, den Yuánfèn ihr mit Biao geschickt hatte, Wort für Wort, und fragte sich, ob Yuánfèn alles geahnt hatte und sie hatte warnen wollen.

Möglicherweise war es aber auch ganz anders.

Möglicherweise war es wie meistens erschreckend einfach und gerade deshalb undenkbar.

Lìya konnte hier nichts mehr tun. Der schwarze, ölige Qualm des Leichenfeuers war noch meilenweit zu sehen und den Gestank würde sie ihr Leben lang nicht vergessen können.

Den Geruch des Todes immer noch in der Nase und tausend Fragen im Kopf, ritt sie mit Biao nun das breite Tal entlang, das langsam, aber stetig anstieg, auf die fernen Steinernen Köpfe zu. Dahinter, so ahnte Lìya, musste das Tal liegen, von dem sie geträumt hatte. Vielleicht fand sie dort Antworten.

Oder den Sariel. Oder beides.

Das war nun das Einzige, was zu tun blieb. Den Sariel zu finden und sich ihrer Aufgabe als Zhàn Shì würdig zu erweisen. Für Yuánfèn und die anderen Mädchen.

ÜBERLEBEN

Die Lehrträume der Sari hatten Sariel nicht auf die Gegend vorbereitet, die er gerade durchquerte. Er wusste nicht, was er im Schlaf alles gelernt hatte. Sein Wissen war keine Bibliothek, deren Bestand man nach Belieben abrufen konnte. Das Wissen war irgendwo tief in seinem Inneren versteckt wie eine unterirdische Quelle, nach der man bohren musste. Ohne konkreten Anlass blieb das Wissen verborgen, vielleicht auf ewig unentdeckt. Erst ein unmittelbares Bedürfnis förderte die geträumten Kenntnisse zutage, dann aber in einer Fülle und Präzision, die Sariel nur erahnte. Seine eigene Reaktion in der Flugmaschine hatte ihm das vor Augen geführt.

Wie er sich aber in dieser lebensfeindlichen, kargen Welt aus Stein und Geröll verhalten sollte, verriet ihm sein erträumter Wissensspeicher nicht. Weder, wie er Wasser finden, noch, wie er ein Feuer entzünden konnte. Weder, wie er sich orientieren sollte, noch, wie er Gefahren durch wilde Tiere begegnen sollte. Er hatte keine Ahnung, welche Pflanzen genießbar und welche giftig waren. Falls er überhaupt welche fand.

Er wusste nichts. Er war ganz allein.

Bislang war er ruhig geblieben, was ihn selbst erstaunte. Immer noch vertraute er darauf, dass das nötige Wissen schon noch kommen würde. Eine Art Stimme, die ihm raten würde, was zu tun sei. Aber keine Idee, kein Geistesblitz, nichts als blanke Hilflosigkeit. Als auch nach der ersten kalten Nacht immer noch keine innere Stimme zu ihm sprach, verfluchte er sich, bei Abenteuerromanen oder -filmen nicht besser aufgepasst zu haben. Doch selbst wenn er gewusst hätte, wie man Feuer macht – es hätte ringsum nichts Brennbares gegeben. Nichts als Steine und Geröll. Das machte ihn wütend, wütend auf die Sari. Denn seine Lage ließ nur einen einzigen Schluss zu: Die Sari hatten ihn nur auf das Erreichen seines Ziels vorbereitet. Ein Absturz mitten auf der Strecke war nicht einkalkuliert – oder er war nach Einschätzung der Sari dann ohnehin verloren und wertlos geworden! Sariel begriff allerdings irgendwann auch, dass die Sari ihm gar keine Information über die Wildnis hatten mitgeben *können*, weil sie ihre Stadt noch nie verlassen hatten. Sie wussten nichts über Pangea.

Nach der Wut kam die Angst. Nackte, lähmende Angst und die unerschütterliche Erkenntnis, dass es keine Rettung gab. Es war einfach nur das Ende. Ein lächerliches Ende. Er, Sariel, der Held. Sariel, der Superstar. Sariel, der Retter der Sari. Und jetzt doch nichts weiter als ein verzweifelter Junge, zweihundert Millionen Jahre durch die Zeit getrudelt, um in einer vollkommenen Ödnis zu verrecken.

Der Angst folgte Panik, als ihm klar wurde, dass er sterben würde. Die einzig offene Frage war, wie. Verdursten, verhungern, erfrieren oder Sonnenstich. Vielleicht auch alles zusammen.

Die Verzweiflung lähmte ihn. Die nächste, ebenso eisige Nacht überlebte er nur, weil die technisch hoch entwickelte Thermokleidung der Sari ihn schützte. Dennoch fror er wie nie zuvor in seinem Leben, bekam das Zittern kaum noch unter Kontrolle. Um sich zu bewegen und etwas abzulenken, schürfte er mit bloßen Händen im Geröll, in der Hoffnung, auf Wasser zu stoßen. Seine Stimmung wechselte zwischen kompletter Verzweiflung und rasendem Tatendrang. Nicht gut, dachte er irgendwann. Nicht gut.

Allmählich wurde ihm klar, dass er zwei Möglichkeiten hatte: Er konnte entweder verrückt sterben oder bei klarem

241

Verstand. Die Entscheidung fiel ihm nicht schwer. Also beschloss er am zweiten Tag, wieder weiterzumarschieren. Nicht weil er ein Ziel hatte oder auf Rettung hoffte, sondern nur um irgendetwas zu tun. Die Richtung spielte keine große Rolle. Hauptsache, in Bewegung sein. Bewegung hieß Leben.

Tagsüber brannte die Sonne mit fast 50 Grad auf ihn herab, trotz der Höhe. Nachts stürzten die Temperaturen unter den Gefrierpunkt ab. Die extremen Temperaturschwankungen spalteten sogar den Fels. Die Nacht war erfüllt vom Knacken, Knirschen und Krachen der berstenden Steine ringsum. Sariel wunderte sich, dass es ihm nicht ähnlich ging.

Aber er überlebte auch die nächste Nacht und stolperte weiter. Da er immer noch weder Wasser noch Nahrung gefunden hatte, hielt ihn nur der Nglirr am Leben. Aber lange würde sein Vorrat nicht mehr reichen. Der Nglirr war hoch konzentriert, hätte also mit Wasser verdünnt werden müssen, um für viele Wochen zu reichen. Ohne Wasser schmolz sein Nahrungsvorrat rapide dahin.

Wegen der Hitze entschied sich Sariel zunächst dafür, nachts zu laufen und die Tage im Schatten eines Felsens zu überstehen. Doch die mondlosen Nächte waren so finster, so unerbittlich dunkel, dass er keine zehn Schritte weit kam, ohne hinzufallen. Zum ersten Mal in seinem Leben bekam Sariel eine Ahnung, woher der Ausdruck *pechschwarze Nacht* stammte. Sariel fiel über jeden Stein, stolperte über die kleinste Unebenheit, und er musste fürchten, sich beim nächsten Sturz die Knochen zu brechen. Das wäre dann wirklich das Ende gewesen. Also blieb ihm keine andere Wahl, als tagsüber zu gehen und nachts irgendwie zu schlafen.

Als wenn das so einfach gewesen wäre. Trotz seiner völligen Erschöpfung schreckte Sariel alle paar Minuten aus dem Schlaf hoch, weil er Geräusche hörte oder träumte. Mehr als einmal glaubte er Tierlaute zu hören. Dabei hatte er noch kein einziges Tier gesehen. Überhaupt kein einziges Lebewesen. Nicht einmal irgendwelche Flechten oder Moose auf den Felsen. Als hätte jemand mit einem Schalter sämtliches Leben ausgelöscht und ihn zurückgelassen, um ihn zu verspotten.

Dennoch wuchs in ihm die Überzeugung, dass es auch hier irgendwo Tiere geben musste. Was ihn allerdings kaum beruhigte, denn die nächtlichen Laute hatten nicht so geklungen, dass er Lust bekam, dem entsprechenden Tier zu begegnen. Obwohl Jagen seine Überlebenschancen sicher verbessert hätte. Jagen gehörte auch zu den Dingen, von denen Sariel annahm, dass er sie nun beherrschte. Die Lehrträume hatten ihn zum Kämpfer ausgebildet. Er fühlte es. Ihn, den kleinen Huan. Huan, den Schwachen. Huan, den immer Höflichen. Huan, der nicht einmal Christoph Glasing die Fresse polieren konnte. Ausgerechnet er war zum Krieger und Jäger geworden, ohne eine einzige Trainingsstunde absolviert zu haben.

Sariel setzte sich auf einen Felsen und überprüfte seinen Nglirr-Vorrat. Bereits zum dritten Mal in einer Stunde. Wenn man nichts anderes fand, prüfte man immer wieder das, was man besaß.

Du kannst alles haben. Du bist der Sariel, hatte Eyla gesagt. Jetzt leckte er sich ein Tröpfchen Nglirr von der Fingerkuppe, nur um wieder schlucken zu können und einmal laut »Scheiße!« in die Wildnis zu brüllen.

Du bist ein Gott, hatte Eyla gesagt. Aber irgendjemand hatte versucht, diesen Gott zu töten. Und wer immer das auch war, er würde kommen, um sich vom Erfolg seines Attentats zu überzeugen. Die Frage war nur, wer? Kein Sari konnte die Stadt verlassen, ohne zu sterben.

Sariel packte den restlichen Nglirr zurück in den Rucksack. Das Gewicht auf seinen Schultern erinnerte ihn bei jedem Schritt daran, dass er immer noch die Zeitmaschine bei sich hatte. Die Bombe. Sie war nicht allzu schwer, kaum drei Kilogramm. Kein Problem, sie zu tragen. Eine Stunde oder zwei. Aber nach drei Tagen schmerzten ihm die Schultern. Er wäre das lästige Gewicht gerne los gewesen, aber er hatte das Gefühl, dass er sie noch brauchen würde. Nur wenn er die Bombe ins Zentrum der Gon brachte und seinen Auftrag erfüllte, durfte er zurück nach Sar-Han. Zurück zu Eyla. Vielleicht zurück nach Hause. Zurück in seine Zeit.

Sariel erhob sich und marschierte weiter. Er wusste nicht, wie viele Kilometer er am Tag schaffte oder in den vergangenen drei Tagen geschafft hatte. Schon gar nicht, wie viele noch vor ihm lagen. Er wusste nur, dass er bald Wasser finden musste.

Wasser finden.

Der nächste Schritt.

Was-ser fin-den. Was-ser fin-den. Was-ser fin-den.

Ein kleiner Rhythmus entstand. Sariel passte seine Schritte an und sang die beiden Worte leise vor sich hin. Ein Lied wie jenes, das ihn durch die Menschenmassen beim Kirschblütenfest geleitet und in die ferne Zukunft gelockt hatte. Und genau wie bei jenem fremdartigen Lied damals wurde ihm bei seinem kleinen Wasserfinden-Lied plötzlich klar: Nicht er sang das Lied – das Lied sang durch ihn. Das Lied führte ihn zum Wasser!

Sariel beschleunigte seine Schritte oder ging langsamer, wenn das Lied es verlangte. Schritt war nicht gleich Schritt. Manche waren kürzer, manche länger, manchmal musste er seine Richtung geringfügig ändern.

Waaasssser. Fiiiinden.

Ein verborgener Sinn lag hinter diesem Rhythmus. Sariel ahnte, dass er einen falschen Weg nehmen würde, wenn er sich ihm nicht anpasste.

Die Anstrengung machte ihm nichts mehr aus. Sein Puls ging hoch, sein Atem schwer, und dennoch fühlte er sich wieder voller Kraft. Das Zeitgefühl verließ ihn, er vertraute dem Lied, das ihn durch das steinige Rifftal führte.

Um dann abzubrechen.

Sariel blieb stehen wie betäubt. Das Lied hatte abrupt aufgehört, als hätte jemand den Player ausgeschaltet. Sariel blickte sich um und sah nur steile Felswände zu beiden Seiten emporragen. Vor ihm verengte sich das Hochtal und stieg jetzt deutlich an. Der Boden ringsum mit dem Geröll der gesprengten Felsen bedeckt. Kein Hinweis auf Wasser. Keine Pflanze, kein Kraut, nicht einmal ein einzelner vertrockneter Grashalm. Nur Felsen, Geröll, Steine, von denen ein paar kleinere die Felswand herunterrieselten. Sariel blickte auf zu der Felswand, von der sich mehr Steinchen lösten und herabrollten. Bald waren es vereinzelt auch faustgroße Brocken, sodass er ausweichen musste, um nicht getroffen zu werden. Unter seinen Fußsohlen spürte er eine leichte Vibration, begleitet von einem dumpfen Grollen, das wie ein fernes Gewitter von irgendwo anrollte. Mehr ein Magengefühl als ein Geräusch.

Die Anzeichen waren unmissverständlich. Etwas bahnte sich an. Der Himmel spannte sich klar und strahlend blau über dem Gebirge. Nicht die Spur eines Unwetters zu erkennen. Aber Sariel wusste bereits Bescheid. Er hatte bei einem Verwandtenbesuch in Shanghai einmal ein Erdbeben der Stärke 6,5 erlebt. Schwere, dumpfe Stöße aus dem Innern der Erde, die die ganze Stadt erschüttert hatten. Nach zwei Minuten war alles vorbei gewesen, sämtliche Gebäude hatten das Beben unbeschadet überstanden, aber Sariel erinnerte sich noch gut an das unheimliche Gefühl, das dem Beben vorausging. Eine seiner kleinen Vorahnungen. Nicht mehr als ein dumpfes Unbehagen. Genau so ein Gefühl hatte er nun, und deswegen zog er sich sofort unter einen Felsvorsprung zurück, presste sich an die Wand, um sich vor dem stärker werdenden Steinschlag zu schützen.

Das Erdbeben dauerte nicht lange an. Sariel wartete noch

eine Weile, bis er ganz sicher war, und wollte gerade seinen Unterstand verlassen, als er den Schatten bemerkte. Ein großer Schatten. Er zog direkt an ihm vorbei, keine fünf Meter entfernt. Sariel zuckte zusammen und kauerte sich instinktiv hin, um unsichtbar zu werden. Also doch Tiere. Dem Schatten nach ein großes. Oder der Saboteur aus Sar-Han, der ihn aufgespürt hatte. Oder ein Ori. Aber was auch immer es war, es konnte nur Gefahr bedeuten. Der Schatten war so schnell verschwunden, wie er aufgetaucht war. Sariel wartete eine Weile atemlos ab. Dann kehrte der Schatten zurück, wanderte anscheinend unbekümmert und lautlos vor seinem Versteck auf und ab. Da er Sariel offenbar noch nicht entdeckt hatte und auch nicht näher kam, wagte sich Sariel etwas vor, um zu sehen, zu wem oder was der Schatten gehörte. Auf allen vieren krabbelte er seitlich zum nächsten Felsen, hinter dem er sich verbergen und gleichzeitig einen Teil der Schlucht überblicken konnte. Da schlug unmittelbar vor ihm ein Felsbrocken ein. Im letzten Augenblick sprang Sariel beiseite, mit einem Reaktionsvermögen und einer Schnelligkeit, über die er früher nie verfügt hätte. Ein Zeichen, dass die Lehrträume offenbar doch noch wirkten. Trotzdem hatte ihn der Fels nur um Haaresbreite verfehlt. Er musste aufpassen.

So weit es ging, verkroch Sariel sich hinter dem schützenden Felsen. Doch für einen kurzen Moment hatte er den Schatten deutlicher sehen können und wusste nun, was sich da vor seinem Unterstand bewegte. Ein Oktopus. Ein gigantischer Oktopus! Die Sari hatten ihm von Landkalmaren berichtet. Auch in seinen Lehrträumen waren sie aufgetaucht, geheimnisvolle Wesen, die inzwischen seit Jahrmillionen die Erde beherrschten. Sariel hatte sie sich allerdings kleiner vorgestellt. Auf alle Fälle gehörten sie ins Meer oder in die Küche. Aber auf gar keinen Fall stampften sie in Elefantengröße durchs Gebirge.

Jetzt sah Sariel einen Tentakel. Und zwar nicht mehr nur einen Schatten. Dicht vor ihm, direkt an dem Felsen, hinter dem Sariel hockte, glitt der Tentakel vorbei und verbreitete einen strengen, tranigen Geruch. Der Tentakel tastete sich näher an Sariel heran, fast wie ein eigenständiges Tier, das eine Fährte aufgenommen hatte. Sariel zog sich noch weiter zurück, presste sich, so weit es nur ging, gegen die Felswand und hielt den Atem an.

Der Tentakel betastete den Felsen, schien daran zu wittern und zu schnüffeln. Dann, mit einer einzigen schnellen Bewegung, hob er den Stein hoch, als wäre er nichts weiter als ein Federball, und schleuderte ihn fort. Sariel hörte das Krachen, als der tonnenschwere Koloss in der Ferne aufschlug. Sariel schrie auf. Er hockte nun vollkommen ungeschützt und ausgeliefert vor dem Tentakel und erwartete, dass ihn in der nächsten Sekunde das gleiche Schicksal ereilte wie den Felsbrocken.

Aber der Tentakel blieb ruhig. Der Kalmar erschien vor Sariels Versteck und blickte ihn nur an, neugierig und fast ein bisschen überrascht. Seit langer Zeit dachte Sariel wieder an Kurkuma, den roten Kater aus einem früheren Leben. Kurkuma bekam manchmal diesen Blick, diesen unergründlichen, hypnotischen Katzenblick. Und weil der Kalmar ihn anblickte wie eine Katze, hatte Sariel schon viel weniger Angst.

»He!«, traute er sich sogar zu rufen. »Hallo!«

Die Reaktion war erstaunlich. Der Kalmar wechselte die Farbe. Eben noch trug seine Haut ein einheitliches schmutziges Grüngrau, jetzt verfärbte sie sich plötzlich rosa. Rosa! Nicht gerade Sariels Lieblingsfarbe, aber auf der anderen Seite konnte er sich keine menschenfressende Bestie in Rosa vorstellen. Er deutete die Hautverfärbung also als gutes Zeichen, auch wenn er keinen blassen Schimmer hatte, wie es jetzt weitergehen sollte. Der Kalmar verharrte reglos vor

247

dem Felsvorsprung und beobachtete Sariel wie eine seltene Pflanze.

Plötzlich hatte Sariel eine Idee. Wahnwitzig, unvorstellbar, aber die einzige, die ihm in den Sinn kam. Er war einem Lied gefolgt, das ihn zum Wasser führen sollte. Das Lied war abgebrochen und ein Riesenkalmar aufgetaucht. Kalmare waren Wasserwesen, jedenfalls für Sariel. Zumindest würden sie Wasser zum Leben brauchen, genauso wie er.

»Weißt du, wo Wasser ist?«, fragte er, auch wenn er kaum erwartete, dass der Kalmar ihn verstand. Tat er offenbar auch nicht.

»Wasser!«, wiederholte Sariel. »Wasser! Wasser!«

Er wusste nichts über Kalmare. Nicht dass sie seine Worte tatsächlich nicht verstanden. Dennoch erkannte der Oktopus vor ihm die Verzweiflung in seiner Stimme, jene besondere Verzweiflung eines Wesens, das bald verdursten wird.

Der Kalmar wandte sich gemächlich ab, drehte sich langsam um und glitt auf seinen sechs Schreittentakeln über das Geröll weiter in die enge Schlucht hinein, aus der er gekommen war.

Sariel zögerte nur einen kurzen Augenblick. Er hatte nicht mehr viel zu verlieren. Also konnte er auch genauso gut einem Kalmar folgen.

Lìya durchsuchte Yuánfèns Packtasche und fand jede Menge Kräuter und Salben darin, aber sie wusste nichts damit anzufangen. Kein einziges der Kräutersäckchen war beschriftet. Nur Yuánfèn hatte ihre Anwendungen und Dosierungen gekannt. Aber Yuánfèn war tot. Lìyas Wunden juckten und brannten, eiterten und bluteten. Der feine Wüstenstaub tat ein Übriges, dass die Wunden sich mehr und mehr entzündeten.

Yuánfèns Mörder hatte ihre Packtasche nicht angerührt, vermutlich, weil auch er nichts damit anzufangen wusste, dafür aber sämtliche Wasservorräte mitgenommen. Lìya hatte nur noch das restliche Wasser aus dem Gigamitenbau und mit dem musste sie sparsam umgehen. Daher konnte sie nur die größten und schlimmsten Wunden mit einem feuchten Tuch abtupfen. In Yuánfèns Packtasche fanden sich auch ein paar Phiolen mit verschiedenen Flüssigkeiten. Lìya schnupperte an allen, aber keine schien sich zum Desinfizieren zu eignen, und Lìya wollte es nicht auf einen Versuch ankommen lassen.

Biao sah nicht viel besser aus. Er war über und über mit Gigamitenbissen übersät, aber sein Körper produzierte immerhin ein heilendes Sekret. Eine Art Superwundsekret, das leider nur bei Kalmarhaut wirkte. Menschliche Haut reagierte darauf stark allergisch und löste sich teilweise einfach ab. Mensch und Kalmar verband offenbar nur eines: Beide ernährten sich von Mondtränen.

Während Biao sich von Tag zu Tag mehr erholte, ging es Lìya zunehmend schlechter. Seit der vergangenen Nacht litt sie an heftigen Schweißausbrüchen und Fieberschüben, die sie auch in der kochenden Hitze immer wieder frösteln ließen. Trotzdem erlag sie nicht der Versuchung, den Kyrrschal abzulegen. Zu groß war die Gefahr, sich auf der Stelle die Haut zu verbrennen und einem Hitzschlag zu erliegen. Mehrere Male war sie in den vergangenen Stunden ohnmächtig geworden und wäre vermutlich von Biao heruntergefallen wie überreifes Obst, wenn sie ihre Beine nicht vorsorglich am Sattel festgebunden hätte.

Dabei lag die Heilung zum Greifen nah in Yuánfèns Beutel. Lìya hatte viel über Heilkunst von ihrer Mutter gelernt. Aber alles hatte sie sich nicht merken können. Nur ein Mittel fiel ihr ein, das ihr auf der Stelle helfen würde. Lìya schauderte schon bei dem Gedanken daran. Bislang hatte sie noch gehofft, dass es ohne ginge, doch dann waren die Fieberschübe gekommen. Jetzt gab es kein Zurück mehr. Ihre einzige Rettung waren – Kratzkäfer!

Kratzkäfer. Groß. Schwarz. Eklig. Aber sie vertilgten Bakterien. An Wunden angelegt, fraßen sie sie regelrecht auf. Der Haken an der Sache war: Man brauchte mehrere Käfer für eine Wunde. Bei Lìyas zahlreichen Verletzungen würde ihr nichts übrig bleiben, als ihren Körper einem ganzen Nest von Kratzkäfern auszusetzen. Der zweite Haken war: Zwar fraßen die Käfer die Wunden sauber, aber sie hinterließen einen gefürchteten Juckreiz, der über zwei Tage anhalten konnte. Lìya erinnerte sich an einen Mann auf einer ihrer Karawanenreisen, der sich nach der zunächst erfolgreichen Wundbehandlung mit Kratzkäfern die halbe Haut aufgekratzt hatte und an diesen Verletzungen fast gestorben wäre. Lìya hatte die Wahl zwischen Fieber und Juckreiz. *Jemand müsste mich fesseln*, dachte sie. Aber ein Kalmar war dazu nicht in der Lage. Trotzdem: Wenn das Fieber anhielt, würde sie sicher sterben. Damit war die Entscheidung klar. An den dritten Haken an der Sache dachte sie im Augenblick lieber noch nicht: wie sie die Kratzkäfer wieder vom Körper entfernen sollte, wenn die sich einmal festgefressen hatten.

Für einen Moment sah sie Li vor sich. Sie vermisste ihn und bedauerte, dass sie ihn nicht geküsst hatte. Einfach so. Vielleicht wäre dann alles anders gekommen. Vielleicht aber auch nicht. Das Schicksal hatte sie getrennt, und Lìya erwartete kaum noch, ihn jemals wiederzusehen.

Biao hielt an. So weit Lìya erkennen konnte, hatte er einen guten Platz ausgesucht, einen Felsvorsprung, der einen sicheren Schutz vor Steinschlag oder Fallwinden bot. Immer noch zitternd löste sie die Fesseln, die sie an Biao festbanden, und ließ sich von einem Tentakel behutsam absetzen. Anschließend zog sie sich komplett aus und verstaute die Kleidung samt Kyrrschal in der Tasche.

»Es wird schlimm werden, Dicker«, bereitete sie Biao vor. »Am besten, du schaust nicht hin.«

250

Biao bedeutete ihr durch ein warmes Orange, dass er längst verstanden hatte.

Es war nicht schwer, Kratzkäfer anzulocken. Alles nur eine Frage der Überwindung. Lìya ließ sich auf die Knie fallen und begann, langsam in der steinigen, trockenen Erde zu graben. Biao begriff. Mit seinen kräftigen und geschickten Fangtentakeln scharrte er eine tiefe Furche in den Boden, breit genug, dass Lìya sich hineinlegen konnte. Genau so, wie es die Menschen lange vor der wiedergeborenen Neuzeit mit ihren Toten gemacht hatten.

Dann schloss sie die Augen und wartete ab, bis sie das typische Kratzen hörte, dem die Käfer ihren Namen verdankten. Angelockt von dem feinen Geruch Lìyas eiternder Wunden schabten sich die Käfer durch die Erde hinauf an die Oberfläche. Es war erstaunlich, auf welche Entfernungen Kratzkäfer den Geruch von Blut und Sekreten wahrnahmen.

Lìya zuckte zusammen, als der erste Käfer zwischen ihren Zehen krabbelte. Am liebsten wäre sie schreiend aufgesprungen. Aber sie musste liegen bleiben. Nur diese Viecher brachten Heilung vom Fieber.

Sie kamen zu Hunderten. Lìya spürte, wie sie direkt unter ihrem Körper aus der Erde auftauchten, neben ihrem Kopf, ihre Beine erklommen, die Arme, auf ihren Brüsten entlangkrabbelten, über den Bauchnabel, sich aber zielgerichtet sofort über die Wunden hermachten. Nur die ersten Bisse waren schmerzhaft. Der Speichel der Kratzkäfer hatte eine betäubende Wirkung. Genau dieser Speichel war es aber auch, der den Juckreiz hervorrief.

Lìya bemühte sich, ruhig zu atmen, begann, ein Lied zu summen. Sechs Strophen hatte sie sich vorgenommen, sechs lange Strophen. So viel Zeit benötigten die Kratzkäfer, um ihre Wunden von den Bakterien zu befreien.

Lìya sang.

Ihre Haut begann schon zu jucken.

Sie sang.

Die Kratzkäfer hatten sie nun komplett bedeckt.

Lìya sang.

Das Lied diente nicht nur als Zeitmaß. Lìya sang sich auch in Trance. Ein Zustand, in dem die widerlichen Kratz- und Schmatzgeräusche der Käfer sie nicht mehr erreichten, ein diffuses Nirgendwo, in dem sie das alles aushalten konnte. In dem Trancezustand löste sich Lìya von ihrem Körper, erhob sich aus der Kuhle, schwebend und körperlos, wurde eins mit der Luft, die sie umgab. Ewig hätte Lìya so verharren können.

Für immer frei.

Aber sie wusste, je eher sie die Käfer loswurde, desto weniger des juckenden Sekrets nahm ihre Haut auf. Also begann Lìya, sich in ihrer engen Sandkuhle hin und her zu wälzen, um die Käfer abzustreifen und abzuschütteln. Aber die Käfer waren noch nicht satt und hatten nicht vor, sich so schnell zu verabschieden. So sehr sich Lìya auch im Sand wälzte, gelang es ihr nicht, mehr als ein paar Dutzend Käfer loszuwerden, die sich dann sofort wieder auf die Suche nach einer neuen Stelle machten. Verzweifelt sprang Lìya auf, zupfte die Käfer mit der Hand ab und schleuderte sie weit weg. Damit hatte sie mehr Erfolg, aber das Abzupfen war schmerzhaft, und es waren immerhin einige Hundert Käfer, die immer noch ihren ganzen Körper bedeckten. Wenn sie die Käfer nicht sehr bald vollständig von ihrem Körper entfernte, würde der Juckreiz sie eher umbringen als das Fieber.

Lìya begann zu schreien.

Sariel glühten die Füße und sein Rücken schmerzte unter der Last des Rucksacks mit der Zeitbombe. Die zwei Stunden, in denen er dem gigantischen Oktopus bereits hinterhertrottete, kamen ihm vor wie ein ganzer Tag. Zwei Stunden, in denen sich allmählich die Erkenntnis verfestigte, dass er es nicht schaffen würde.

Die Aufgabe. Zurückzukehren nach Hause.

Sariel hielt an, um sich ein paar Tropfen Nglirr-Konzentrat zu gönnen. Der Kalmar blieb ebenfalls stehen und schien Sariel neugierig zu betrachten. Das Rosa seiner Haut war einem schmutzigen Grüngrau gewichen.

»Ich brauche Wasser, hörst du? Wasser!« Um seinen Wunsch zu verdeutlichen, machte Sariel Gesten, die Trinken bedeuteten. Der Kalmar blickte ihn nur unverwandt an.

»Okay, vergiss es!«

Sariel richtete sich matt auf. Doch da zeigte der Kalmar eine Reaktion. Einer der vorderen Tentakel, die er eher zum Greifen als zum Gehen benutzte, schnellte vor, packte Sariel und wirbelte ihn durch die Luft. Sariel schrie auf, versuchte, sich zu wehren, doch das riesige Tier hob ihn unbeeindruckt und mühelos empor und setzte ihn vor sich wieder ab.

Damit war das Spiel jedoch noch nicht zu Ende. Kaum stand Sariel wieder auf eigenen Füßen, stupste ihn der Tentakel erneut an, dass Sariel den Halt verlor und hinfiel. Panisch griff er nach dem Rucksack, aus Angst, die Zeitbombe könnte beschädigt werden und unversehens hochgehen. Kaum hatte er sich jedoch wieder aufgerappelt, stieß der Tentakel ihn wieder um.

»Verdammt, was soll das? Was willst du von mir?«

Sariel stolperte einige Schritte rückwärts und fiel wieder hin. Der Tentakel folgte ihm unbeirrt, schubste ihn herum wie … eine Katze, die mit einer Maus spielt! Festhalten, laufen lassen, einfangen, laufen lassen. Genau so hatte es der rote Kater auch mit den unglücklichen Mäusen gemacht, die er hin und wieder zu fangen kriegte. So lange, bis er irgendwann genug von dem Spiel gehabt und die Maus mit einem scharfen Genickbiss getötet hatte.

Alles nur eine Frage der Zeit.

Sariel blickte panisch die Felswände hinauf. Kein Ausweg. Nicht die geringste Möglichkeit, sich vor dem Kalmar zu verstecken. Sariel sammelte seine letzten Kräfte, zog sich noch einmal den kostbaren Rucksack strammer und lief weg, so schnell er konnte. Aber der Kalmar hatte nicht die geringste Mühe, das Tempo zu halten, und holte ihn immer wieder ein. Bis er offenbar wirklich genug von dem Spiel hatte und Sariel beide Fangtentakel schwer auf die Schultern drückte. Sariel ging sofort in die Knie und erwartete den Tod in der nächsten Sekunde. Er hoffte nur, dass es schnell gehen würde. Aber der Kalmar hatte augenscheinlich nicht die Absicht, ihn zu töten. Stattdessen dirigierten ihn die beiden Tentakel jetzt zu einer Felsspalte, die sich nach oben hin verjüngte und in etwa sechs Metern Höhe in einem Haarriss endete. Die Spalte war eng, aber sie schien tief in den Fels hineinzuführen, denn Sariel konnte kein Ende erkennen. Der Kalmar hatte ihn an den Eingang einer Höhle geführt und schubste ihn nun mit einem Tentakel hinein.

Sariel war inzwischen so entkräftet, dass er sich nicht mehr fragte, warum. Willenlos ließ er sich von dem Kalmar in den Felsspalt drängen, so weit, bis der Tentakel ihn nicht mehr erreichte. Bis er merkte, dass der Boden unter ihm glitschig und weich war. Es roch muffig nach Sporen und fauligen Algen, und Sariel kam es plötzlich vor, als ob er auf etwas Lebendigem stünde. Augenblicklich befiel ihn heftiger Ekel und ein drängender Fluchtimpuls. Doch kaum hatte er einen Schritt zum Ausgang gemacht, schubste der Tentakel ihn wieder zurück. Dann schob er Sariel ein Stückchen beiseite, nestelte am Boden herum und zupfte etwas heraus, das noch ekliger aussah, als es sich unter den Schuhen angefühlt hatte. Schmutziggelbe, schleimige Fäden hingen von dem Tentakel herab, die der Kalmar draußen genüsslich schmatzend vertilgte.

In diesem Moment verstand Sariel, dass er auf genau jenen

254

Schleimpilzen stand, von denen die Sari gesprochen hatten. Dem Ursprung jenes tödlichen Virus, das sie in ihrer sterbenden Stadt gefangen hielt. Genau jene Pilze, deren Zentrum er vernichten musste. Und der Kalmar fraß das Zeug, als wäre es saftigstes Gras.

Sariels erste Reaktion war ein Moment der Panik, bis er sich erinnerte, dass er immun gegen das Virus war. Die Sari hatten es ja sogar getestet. Dem Kalmar schienen die Viren ebenfalls nichts auszumachen. Ein seltsamer Gedanke, mit einem Tintenfisch Gemeinsamkeiten zu haben. Außerdem fühlte sich Sariel weiter unbehaglich. Wer stand schon gerne auf etwas Tödlichem? Aber der Kalmar hatte ihn offenbar nicht nur hierhergeführt, um sich selbst satt zu essen.

Wasser!, schoss es ihm plötzlich durch den Kopf. Er brauchte Wasser – aber auch Schleimpilze benötigten Wasser, wie alle Lebewesen.

Sariel trat vorsichtig aus der Höhle und suchte Blickkontakt mit dem Kalmar. »Ist es das, was du mir zeigen wolltest? Wasser? Gibt es hier irgendwo eine Quelle?«

Keine Antwort. Der Kalmar schien Sariel gar nicht mehr zu beachten, schaufelte sich bloß eine weitere Portion Schleimpilze ins Maul und seine Hautfarbe wurde zusehends rosiger und frischer.

Sariel stöhnte. Aber, schoss ihm durch den Kopf, wenn er und der Kalmar immun gegen das Virus der Schleimpilze waren und der Kalmar sich sogar von den Pilzen ernährte – waren sie dann womöglich auch für Menschen genießbar?

Widerliche Vorstellung. Aber je mehr Sariel versuchte, sie zu verdrängen, desto logischer erschien sie ihm. Die Frage war, ob er genug Mut hatte. Oder verzweifelt genug war.

»Okay«, stieß er schließlich aus, als er erkannte, dass er im Grunde kaum noch eine Wahl hatte. Selbst wenn er die Pilze nicht aß, würde er sehr bald verdursten. Er verschwand wieder in dem Felsspalt, bis zu der Stelle, an der die schleimigen Pilze wuchsen. Inzwischen hatten sich seine Augen an das Dunkel gewöhnt, und er erkannte, dass sie praktisch die ganze Höhle bewucherten, nicht nur den Boden, sondern auch Wände und die Höhlendecke. Er kam sich nun wirklich vor wie im Magen eines großen, fremden Tieres. Dazu passte auch der penetrante Geruch nach Moder und Verwesung. Es kostete Sariel einige Überwindung, in die glitschige Masse zu seinen Füßen zu greifen und ein schleimiges Stück herauszuziehen. Es löste sich ganz leicht und fühlte sich eklig an, aber mehr auch nicht. Kein Schmerz, kein Juckreiz. So harmlos wie Algen. Hoffte er. Das Zeug aber dann auch in den Mund zu stecken und hinunterzuwürgen, brauchte fast Todesmut. Sariel hielt den Atem an, um den Brechreiz zu unterdrücken, und nahm den ersten Bissen.

Er war überrascht. Der Schleimpilz hatte kaum Eigengeschmack und schmeckte nur ein wenig nach Erde und frischem Wasser. Kaum hatte er den Bissen hinuntergeschluckt, verschwand auch der Brechreiz. Sariel probierte einen weiteren Bissen und danach den nächsten. Er aß, bis er satt war. Danach fühlte er sich schon besser.

Sariel konnte förmlich spüren, wie Kraft und Leben mit jedem Bissen in seinen Körper zurückkehrten. Ein Gefühl, wie er es bereits von dem Nglirr kannte. Jedenfalls kein bisschen vergiftet, und Sariel fragte sich, ob etwas so Nahrhaftes wirklich die Quelle des Verderbens sein konnte. Satt und erfrischt, dafür mit mehr Fragen im Kopf als zuvor, trat Sariel wieder aus der Höhle. Überrascht stellte er fest, dass der Kalmar verschwunden war. Das riesige Tier hatte ihn zu einer Nahrungsquelle geführt, sich selbst gestärkt und war dann einfach weitergetrottet. Deutlich war die Spur zu erkennen, die der Kalmar durchs Geröll gezogen hatte.

Für einen Moment fühlte sich Sariel verraten, zurückgelassen wie ein lästiges Anhängsel. Immerhin hatte Sariel so viel verstanden, dass die Kalmare offenbar gutmütige Tiere waren und keine Menschen fraßen. Im Gegenteil hatte der Riesenoktopus sogar verstanden, was ihm fehlte, und ihn gerettet. Bloß wusste Sariel immer noch nicht, wie es jetzt weitergehen sollte.

Verwirrt und ratlos ließ er sich auf einen Felsblock sinken. Dachte an zu Hause. Nicht an Kurkuma, nicht an seine Eltern, nicht einmal an Jana oder Christoph Glasing. Er dachte an seine Schule, an den Sportunterricht und an die Jungs in seiner Klasse, die sonst was für eine solche Kletterwand geben würden, wie Sariel sie gerade anstarrte. Freeclimbing war total angesagt in seiner Schule. Aber diese Wand vor ihm war etwas anderes als die fünf Meter mit Steighilfen und Sicherungsseil in der Sporthalle. Diese Wand da vor ihm war über hundert Meter hoch, streckenweise spiegelglatt, dann wieder scharfkantig, brüchig und so steil, dass man große Teile über Kopf klettern müsste. Genau betrachtet, unmöglich. Andererseits war er auch nicht mehr Huan, sondern der Sariel, im Schlaf ausgebildet und mit allem Wissen ausgestattet, das die Sari zur Verfügung hatten, geschult in verschiedenen Kampfsportarten und vorbereitet auf eine Heldenmission. Wer, wenn nicht der Sariel, sollte diese Felswand bewältigen? Dort oben, vom nächsten Kamm aus, konnte man sich vielleicht orientieren. Vielleicht ging es dort weiter.

Vielleicht auch nicht.

Wieder keine Wahl. Sariel erhob sich, verschränkte die Finger, bis die Knöchel leise knackten, streckte sich, atmete durch und stellte sich an die Wand.

Es war unmöglich.

Scheiß der Hund drauf!

Biao betrachtete das wimmelnde Schwarmwesen, das vor ihm schrie und zappelte, mit neugierigem Interesse. Die Panik hatte inzwischen vollständig von Lìya Besitz ergriffen, genauso wie die Käfer. Biao wusste nicht, warum Lìya sich überhaupt mit den Käfern eingelassen hatte. Aber das Mädchen, das er schon lange als »nahes Wesen« betrachtete, tat viele unverständliche und scheinbar sinnlose Dinge. Biao wusste nicht, was in ihrem Kopf vorging, der Laute hervorbrachte, die manchmal an ihn gerichtet waren. Unverständliche, aber vertraute Laute. Aber Biao spürte die Panik des nahen Wesens, das ihm mehr bedeutete als sein eigenes Leben oder der Große Plan. Er spürte, dass die Kratzkäfer dabei waren, sie umzubringen. Wie alle Kalmare hasste Biao nichts so sehr wie Kratzkäfer. Gegen Kratzkäfer half nur ein Mittel. Sozusagen ein altes Hausmittel der Kalmare.

Biao holte einmal tief Luft – und spuckte Lìya an.

Ein dicker, weißlicher Schleimbrocken klatschte auf die Kratzkäfer auf Lìyas Haut. Augenblicklich fielen gleich Dutzende von ihnen ab. Biao spuckte noch einmal, und wieder lösten sich sämtliche Käfer, die von der Spucke getroffen wurden. Als Lìya die Wirkung der Kalmarspucke bemerkte, zögerte sie keine Sekunde mehr. Mit beiden Händen griff sie in die erstaunlich geruchlose Masse und rieb ihren juckenden Körper damit ein. Und die Käfer fielen von ihr ab wie überreife Früchte. Irgendeine Substanz in der Kalmarspucke schien sie derart abzustoßen, dass sie sogar das Festmahl auf Lìyas Körper aufgaben. Biao spuckte ein drittes Mal – mehr Flüssigkeit brachte er nicht mehr auf. Lìya verteilte die Spucke sofort hastig, aber sorgfältig auf alle Stellen, die noch von Käfern befallen waren.

Danach war es vorbei. Die Käfer hatten ihr Werk getan. Lìya wartete auf den brennenden Juckreiz, aber der blieb aus, was Lìya Biaos Speichel zuschrieb. Die Wundränder ihrer unzähligen Verletzungen waren nun sauber und eiterten nicht mehr. Lìya konnte förmlich spüren, wie das Fieber sank. Zwar fühlte sie sich noch schwach und benommen, aber sie spürte, wie sie sich zunehmend erholte. Um die Wunden vor erneuter Entzündung zu schützen, hüllte sie sich eng in ihren Kyrrschal und fiel in einen tiefen Erschöpfungsschlaf. Ohne auch nur ein Feuer zu entzünden, blieb sie den ganzen Tag über an jener Stelle und auch die ganze nächste Nacht. Erst am nächsten Morgen fühlte sie sich kräftig genug, weiterzureiten. Die Wunden verheilten unglaublich schnell und waren bereits rosig verschlossen. Mit Glück würden keine Narben zurückbleiben.

Biao trug sie treu und in gewohnt betulichem Tempo weiter ins Gebirge hinein. Stetig bergauf, was ihn noch langsamer machte. Aber in ihrem Zustand empfand Lìya Biaos Behäbigkeit als beruhigend. Sie hatte es sich auf seinem Rücken bequem gemacht und genoss das Gefühl, allmählich wieder zu Kräften zu kommen. Biaos Hautfarbe leuchtete hell und freundlich unter der Staubschicht des Wüstensandes. Ein Zeichen für seine gute Laune. Er schien froh zu sein, Lìya gerettet zu haben, vielleicht sogar stolz. Lìya überlegte, ob Kalmare so etwas wie Stolz empfinden konnten. Jedenfalls benahmen sie sich oft so. Lìya hatte es immer wieder beobachtet: Biao konnte beleidigt sein, fröhlich, manchmal schien er sogar so etwas wie Humor zu besitzen. Nur ein Gefühl schienen Kalmare nicht zu kennen: Angst. Unruhe bei drohender Gefahr war das Äußerste. Ihre Sinne schärften sich, ohne das geringste Anzeichen von Panik oder Furcht. Diese Beobachtung hatte in Lìya die Vermutung wachsen lassen, dass die Kalmare die wahren Herrscher von Pangea waren.

Liebevoll tätschelte Lìya Biaos Kopf. Seine Antwort war ein freundliches Pfeifen, während er sich weiter durch das steinige Geröll den Berg hinaufarbeitete. Nur noch etwa hundert Höhenmeter trennten sie vom Kamm des ersten Berges. Von dort erhoffte sich Lìya eine Aussicht über das Nordgebirge.

Lìya drehte sich um und genoss einen letzten Blick über das Panorama der schier unendlichen Regenschattenwüste.

So weit das Auge reichte, leuchtender, unberührter Sand. Friedlich und schön und doch voller Gefahren, bevölkert von Gigamiten, Kratzkäfern und Feuerspuckern. Lìya liebte und hasste die Wüste. Sie verfluchte jeden Schritt, den sie sich je durch die sandige Hölle hatte durchkämpfen müssen, und wusste doch, dass sie nicht lange ohne sie sein konnte. Die Wüste war über all die Jahre mit der Karawane so etwas wie Heimat für sie geworden. Und Lìya wusste noch etwas: Eines Tages würde sie dort sterben, in der Wüste. Nur dort.

Lìya wandte sich wieder dem Weg zu und dachte an ihre tote Mutter, die ihr bereits zweimal erschienen war. Die beiden Begegnungen waren real gewesen, keine Träume. Zu viele Vorahnungen hatten sich erfüllt, als dass Lìya noch irgendeinen Zweifel hegte, dass alles genau so kommen würde. So, wie sie wusste, dass sie eines Tages in der Wüste sterben würde, so klar war ihr, dass sie die Warnungen ihrer Mutter ernst nehmen musste. Sie würde dem Sariel begegnen, vielleicht schon sehr bald. Besser also, sie passte auf!

Lìya gab Biao ein Zeichen, anzuhalten, und horchte. Auch Biao wirkte auf einmal unruhig, als spüre er ebenfalls die drohende Gefahr. Aber es blieb still. Lìya saß allein auf ihrem Kalmar am Eingang des Regenschattengebirges. Vor ihr erstreckte sich das gewaltigste Bergmassiv, das die Erde je hervorgebracht hatte. Sie kam sich vor wie ein Staubkorn, das durch ein unendliches Nichts trudelt, von niemandem wahrgenommen, von aller Welt vergessen. Niemals zuvor in ihrem Leben hatte sie sich einsamer gefühlt als in diesem Augenblick.

Lìya stieg ab und stellte sich neben Biao. Das Gefühl war nun sehr deutlich. Der Sariel war da! Irgendwo. Ganz in der Nähe. Sie spürte es nicht nur, sie *wusste* es in diesem Augenblick allergrößter Einsamkeit und Leere. Ihr Herz pochte, ihr Atem ging schwer, Kälte schauerte ihr über den Rücken, trotz der Mittagshitze. Die Erkenntnis an sich überraschte sie

260

nicht so sehr wie die Abwesenheit von Angst. Sie fürchtete sich nicht vor dem Sariel, es war eher so ein Gefühl wie … Freude. Die Freude, etwas lang Gesuchtes endlich gefunden zu haben.

Nur eines irritierte sie: Dies war nicht die Gegend, von der sie geträumt hatte. Hier war nichts als öde Steinwüste, ein kahler Vorläufer des Gebirges, felsig, staubig und durchzogen von tiefen Schluchten. Nichts davon war in ihren Träumen aufgetaucht. Und doch gab es keinen Zweifel. Der Sariel befand sich in der Nähe. Beobachtete sie womöglich.

Lìya zuckte zusammen, als ein kleines Steinchen vor ihr den Hang herabkullerte, und drehte sich um. Nichts zu sehen. Fast alles, was Lìya über den Sariel wusste, basierte auf Gerüchten und Legenden der Ori. Der Sariel war gefährlicher als jedes Raubtier auf Pangea, ein gnadenloser Kämpfer mit übermenschlichen Kräften. Man musste auf der Hut sein, schnell, listig, um überhaupt den Hauch einer Chance gegen ihn zu haben. Manche Ori behaupteten sogar, der Sariel könnte fliegen, aber das glaubte Lìya nicht. Dennoch warf sie einen prüfenden Blick in den Himmel, wo aber außer von der Sonne keinerlei Gefahr drohte.

Lìya schloss die Augen, wie sie es im Trainingslager der Zhàn Shì gemacht hatte. Wenn sie sich auf ihre Gabe konzentrierte, konnte sie den Gegner fühlen und blind gegen ihn kämpfen. Aber sie spürte rein gar nichts um sich herum. Also versuchte sie es auf eine andere Weise, auch wenn Li sie dafür verachtet hätte.

»Ehhhh!!!«, brüllte sie, so laut sie konnte, in die Berge hinein und legte all ihre Wut in den Schrei. Der Sariel sollte sie sehen. Er sollte sehen, dass sie hier war. Dass eine Zhàn Shì keine Angst hatte. Auch wenn das schon nicht mehr stimmte.

»Ehhhh! Sariel! Ich bin hier, du Missgeburt! Zeig dich! Ich weiß, dass du hier irgendwo bist!«

Keine Antwort. Das Echo ihrer Stimme zitterte die Felswände hinauf und verwehte irgendwo hoch oben über dem
Kamm. Die Berge schienen sie auszulachen.

Lìya ließ sich von Biao wieder auf seinen Kopf heben. Von
dort oben hatte sie einen besseren Überblick, und die Gefahr war geringer, dass der Sariel sie von hinten überraschte.
Lìya griff sich ihr Shì und hielt den Finger am Abzug. Als
sich nach einer Weile immer noch nichts rührte, bedeutete
sie Biao, seinen Weg vorsichtig fortzusetzen. Sie war sicher,
dass der Sariel hier irgendwo auf sie lauerte. Er war offenbar
vorsichtig. Aber das war Lìya auch.

Behutsam wie auf dünnem Eis tastete sich Biao weiter vor.
Lìya wusste, wie viel Überwindung es ihn kostete, gegen
seine Natur zu handeln. Normalerweise verfielen Kalmare
bei Gefahr in eine totenähnliche Starre und ihre Hautfarbe
passte sich perfekt der Umgebung an. So konnten sie tagelang
völlig regungslos ausharren, bis der Feind oder eine mögliche Beute sich zeigte, um dann blitzschnell aus ihrer Starre
hervorzuschnellen und zuzupacken. Das war keine Feigheit,
sondern eine uralte Überlebens- und Jagdtaktik. Nur durch
viel Geduld, Vertrauen und Übung gelang es, Kalmare dazu
zu bewegen, bei Gefahr weiterzumarschieren.

Sehr langsam und trotz seines gewaltigen Gewichts nahezu
geräuschlos glitt Biao über den steinigen Boden. Lìya hielt
die Waffe mit beiden Händen fest, bereit, sofort zu schießen, und wurde plötzlich sehr ruhig. Sie wusste, dass sie treffen würde. Wo auch immer der Sariel auftauchte, sie würde
ihn erwischen.

In Gedanken sang Lìya das Lied. Nicht um die Richtung
zu bestimmen, sondern um sich noch besser auf die Umgebung konzentrieren zu können. Außerdem setzte das Lied
die Schmerzempfindlichkeit herab. Drei Strophen lang
schlichen sie auf diese Weise voran. Lìya war bis in jede Faser ihres Körpers auf den tödlichen Kampf mit dem Sariel

262

vorbereitet. Ein Augenzwinkern, ein unbedachter Atemstoß oder auch nur ein unkontrollierter Gefühlsimpuls von ihm hätten ihr seine Position verraten und damit sein Ende besiegelt, ehe er auch nur einen zweiten Atemzug hätte tun können.

Aber immer noch regte sich nichts. Der Weg führte stetig bergan, die Sicht war frei, nur gelegentlich versperrten mittlere Felsbrocken im Geröll das Schussfeld. Lìya überlegte, wie der Sariel überhaupt hierhergekommen sein mochte. Von Sar-Han bis hierher musste man viele Wochen durch die glühende Wüste reiten. Ohne Karawane und ohne Kalmare war das unmöglich. Aber erstens konnten die Sari ihre Stadt nicht verlassen und zweitens wären die Ori auf eine fremde Karawane aufmerksam geworden. Lìya wusste, dass die Menschen sich früher, lange vor der wiedergeborenen Neuzeit, in großen Flugmaschinen fortbewegt hatten. Die Sari verfügten angeblich immer noch über die Technik der alten Zeit. Möglicherweise auch Flugmaschinen.

Aber fliegen war eine Sache und sich verstecken eine andere. Lìya konzentrierte sich jetzt mehr auf die Formen der Felsen und überlegte, wo ein Mensch sich gut verbergen konnte. Bis sie seitlich eine kleine Felsspalte entdeckte, zu klein für einen Menschen, doch mit einem Mal wurde Lìya klar, dass es hier oben im hellen Dolomit des Nordgebirges Hunderte solcher Spalten in allen Größen gab. Dunkle Felsspalten, die Schutz boten vor Steinschlag und Unwettern. Ideale Verstecke, meist erst einzusehen, wenn man direkt davorstand. Felsspalten waren wie gemacht für Hinterhalte. Wer in einer Felsspalte saß, musste nicht auf ein schreiendes Mädchen reagieren und es offen angreifen. Wer in einer Felsspalte saß, konnte warten. Aber wer in einer Felsspalte saß, saß auch in der Falle. Und das war ihre Chance.

Sariel hing zwischen Himmel und Erde und wagte einen Blick in die Tiefe. Fünfzig Meter, schätzte er, hatte er bereits geschafft. Irgendwann in einem Urlaub, erinnerte er sich, hatte er eine Dreißigmeterwand geschafft, mehrfach gesichert und angeseilt, unter Aufsicht eines Guides. Hier war er auf sich allein gestellt. Ein Halteseil gab es nicht. Nicht mal Magnesia oder Kalk für die Hände. Sariel klebte wie eine Fliege an der Wand, dicht an den Fels gepresst. Seine Zehenspitzen standen wackelig auf einem winzigen Vorsprung, der sogar als Seifenablage zu schmal gewesen wäre. Seine aufgeschrammten Fingerspitzen krallten sich in einen kleinen Riss im Stein, der Fels heizte sich auf der Sonnenseite allmählich auf über fünfzig Grad auf, und Sariel fragte sich langsam, wie zum Teufel man auf eine so bescheuerte Idee kommen konnte, hier herumzuklettern. Eine müßige Überlegung, denn er wusste selbst, dass es nun kein Zurück mehr gab. Und er war stolz auf sich. Als Huan hätte er hier keinen einzigen Meter mehr geschafft. Als Sariel jedoch spürte er immer noch Reserven, trotz der gefährlichen Last auf seinem Rücken, und konzentrierte sich nun wieder auf den nächsten Schritt. Er krallte sich mit den Fingerspitzen noch fester in den Fels und hob jetzt den rechten Fuß. Drehte ihn etwas, probierte die beste Position aus und tastete den Fels darüber nach einem neuen Halt ab. Als er ihn gefunden hatte, stemmte er sich ab, zog sich gleichzeitig mit den Händen hinauf, gewann einen halben Meter an Höhe, setzte den Fuß ab und verschnaufte. Dann ging es mit links weiter. Alles nicht so schlimm, solange die Kraft reichte.

Und die Wand mitspielte.

Aber diese Wand war tückisch, hatte ihn eine Weile mit bequemen Vorsprüngen und Spalten getäuscht, um ihn dann nach den nächsten fünf Metern einfach im Stich zu lassen. Plötzlich wurde die Wand spiegelglatt. Seine Füße rutschten auf dem Fels herum, bis sie zitterten und Sariel wieder zum letzten sicheren Sims zurückkehrte. Verzweifelt tastete seine rechte Hand nach irgendetwas, was den Hauch eines Halts bot. Sariel musste sich extrem strecken und spreizen, musste sich weit aus dem Fels lehnen, unverantwortlich weit. Das Gewicht der Zeitbombe im Rucksack tat ein Übriges. Sariel hing nun schräg im Fels, ohne jede Möglichkeit, umzukehren. Seine Finger schmerzten, und sein Schwerpunkt verlagerte sich beängstigend weit von den Zehenspitzen weg, die bislang sein Gewicht gehalten hatten. Bald würde er abstürzen wie ein übermütiger Jungvogel aus dem Nest. Sariel versuchte, sich wieder enger an den Fels zu pressen, schloss kurz die Augen und stieß einen verzweifelten, wimmernden Laut aus.

Als er die Augen wieder öffnete, sah er den Spalt. Es war nur ein Riss, viel zu klein für seine geschwollenen Finger und immer noch zu weit weg. Doch es war ein Felsspalt, der einzige weit und breit. Seine letzte Chance. Sariel konzentrierte sich wieder, sammelte seine Kräfte und versuchte, an nichts anderes zu denken als an diesen Spalt. Vorsichtig stemmte er sich wieder einige Millimeter vom Fels ab und lehnte sich zur Seite. So ruhig und doch so schwungvoll wie möglich streckte er seinen Arm aus, rammte seine Finger in den Riss – und rutschte ab.

Für einen Moment fühlte er, wie alle Schwere von ihm abfiel und er in die Tiefe sackte. Das Nächste, was er wahrnahm, war der Ruck, als das Gewicht seines Körpers an den Fingerspitzen seiner rechten Hand hing. Instinktiv hatte er sich in die enge Spalte gekrallt. Sariels Körper pendelte von seiner alten Position an der Wand entlang nach rechts. Seine Fingerspitzen hatten kaum Kontakt zum Fels und doch hielten sie nun sein ganzes Gewicht.

Allerdings nicht mehr lange. Sariel spürte bereits, wie sie von dem glatten Stein abglitten.

Panisch suchte er unter sich nach einem Halt für die Zehen und mit der linken Hand nach einem weiteren Spalt. Es erschien ihm schon wie ein Wunder, als er unter sich einen breiteren Vorsprung ertasten konnte, der Platz für beide Füße bot. Im nächsten Moment fand seine linke Hand ebenfalls einen kleinen Vorsprung, genau in dem Moment, als seine blutigen Finger aus dem kleinen Spalt rutschten.

Aber er stand.

Und hatte einen weiteren halben Meter geschafft.

Einen halben Meter.

Bestens!, spornte er sich selbst an. *Alles easy! Scheißwand, du hast verloren. Ich krieg dich.*

Danach ging es zügiger voran. Sariel fand seinen Rhythmus wieder und schaffte die nächsten zwanzig Meter ohne größere Schwierigkeiten – als ihn der Stein traf.

Nur ein kleiner Stein, nicht größer als ein Kiesel, aber scharfkantig, und er erwischte ihn voll am Kopf. Der Schreck war größer als der Schmerz. Sariel zuckte zurück und rutschte beinahe ab. Im nächsten Moment zerschellte etwas direkt vor seiner Nase an der Wand und tausend harte Eissplitter spritzten ihm ins Gesicht.

Sariel schrie auf. Sein Kopf schmerzte, sein Gesicht brannte, als hätte es ihm jemand in ein Nadelkissen gedrückt. Sariel versuchte, seine Lage zu stabilisieren. Instinktiv packte seine Hand fester zu und krallte sich in den Fels. Was, zum Teufel, war das gewesen?

Es blieb jedoch keine Zeit, das herauszufinden. Woher auch immer der Stein und das Eis gekommen waren, er wusste, dass er sich aus der Gefahrenzone entfernen musste. Und zwar sofort.

Ohne nachzudenken, holte er mit den Beinen aus, reckte den linken Arm vor und hangelte sich zur Seite weg. Erneut zerplatzte etwas direkt neben ihm. Wieder bekam er eine schmerzhafte Salve Eissplitter ab. Sariel zog sich dichter an die Wand heran. Die Splitter schmolzen auf seinem Gesicht.

266

Er drehte leicht den Kopf, um sich die Aufprallstelle anzusehen. An der Wand war nichts weiter zu erkennen als ein feuchter Fleck, der rasch verdunstete. Sariel dachte zunächst an Hagel. Aber der Gedanke war absurd bei der Hitze und dem wolkenlosen Himmel. Irgendjemand warf mit Eisbrocken nach ihm. Der Kalmar? Noch absurder: ein Kalmar, der mit Eiswürfeln um sich warf! Der Aufprall des Eisbrockens war jedoch sehr heftig gewesen, mehr wie ein – Geschoss.

Verdammt, wer schießt da mit Eisbrocken auf mich?

Sariel wagte einen Blick nach oben und entdeckte etwas. Ganz oben auf dem Kamm ragten zwei Tentakel hervor.

Also doch ein Kalmar. Womöglich der gleiche, dem er gefolgt war? Sariel bog seinen Oberkörper noch weiter zurück und versuchte, noch mehr da oben zu erkennen. Nun konnte er den Kalmar besser sehen. Aber der schien sich gar nicht für Sariel zu interessieren, sondern beobachtete etwas anderes. Sariel folgte seinem Blick und entdeckte schließlich einen Menschen, der sich gut fünfzig Meter entfernt in seine Richtung bewegte. Ein Ori, fiel Sariel ein. Das konnte nur ein Ori sein! Etwas an ihm spiegelte sich in der Sonne und blendete Sariel. Im nächsten Moment traf ihn ein scharfer Schlag am Rucksack, drang tief ein und prallte mit einem harten Pling gegen die Zeitmaschine. Die Wucht des Geschosses brachte Sariel erneut ins Wanken und beseitigte nun jeden Zweifel. Der Ori da über ihm schoss mit Eispflöcken auf ihn und er war offenbar ein sehr guter Schütze! Sariel zweifelte nicht, dass einer der nächsten Schüsse sitzen würde, wenn er nicht sehr bald aus dem Schussfeld kam.

Bloß wie? Er baumelte völlig ungeschützt am Felsen. Ein besseres Ziel war kaum vorstellbar. Sein Blick flog hinüber zu dem Ori. Wieder blitzte etwas im Sonnenlicht auf. Sariel presste sich seitlich an die Wand, machte sich so flach wie möglich, hielt die Luft an und erwartete, nun getroffen zu werden.

Stattdessen hörte er den Schrei. Kurz und laut.

Sariel blickte zurück zu der Stelle, wo er den Ori zuletzt gesehen hatte, aber dort war nichts mehr. Zehn, fünfzehn Meter unterhalb der Stelle entdeckte er ihn wieder, regungslos auf einem Felsvorsprung. Vermutlich abgestürzt, weil er sich zu weit aus der Wand hinausgelehnt hatte. Sariel warf einen kurzen Blick zu dem Kalmar – der wirkte nun sehr aufgeregt, wedelte mit seinen Tentakeln durch die Luft und stieß kurze Pfeiflaute aus, machte jedoch keinerlei Anstalten, die Wand herunterzukommen, was Sariel sehr erleichterte.

Eine gute Minute verharrte Sariel in seiner Stellung und überlegte, was er tun sollte. Hinabklettern? Wozu? Der Ori dort unten war mit Sicherheit tot. Niemand überlebte einen solchen Sturz. Aber weiter hinaufzuklettern, schien gefährlich, solange der Kalmar dort wartete.

Ein neuer Gedanke tauchte auf: Was, wenn der abgestürzte Ori nicht allein gewesen war? Lauerten die anderen vielleicht oben auf ihn, um ihn einfach wieder hinunterzuwerfen?

Sariel schätzte, dass seine Kräfte nach dieser Klettertour nicht mehr für einen Kampf gegen eine Übermacht von Ori reichen würden.

Jedenfalls nicht unbewaffnet.

Er blickte erneut hinüber zu dem regungslosen Ori auf dem Felsvorsprung und sah eine Art Rohr neben ihm liegen. Offenbar die seltsame Eiswaffe. Damit hatte er vielleicht noch eine Chance, falls er sich da oben einer Gruppe von Ori stellen musste. Vielleicht nur eine hauchdünne Chance, aber immerhin.

Der Abstieg zu dem Felsvorsprung gestaltete sich noch schwieriger als der Aufstieg. Die Wand machte sich erneut über ihn lustig, narrte ihn mit bröckelnden Vorsprüngen und rutschigen Spalten. Aber Sariel schaffte die etwa vierzig, fünfzig Meter in einer guten Stunde und stand schließlich auf dem engen Plateau zwischen Himmel und Erde, neben dem Ori, der leblos mit dem Gesicht auf dem Fels lag. Er war klein, kleiner, als Sariel ihn sich vorgestellt hatte. Sariel versuchte erst gar nicht, sich auszumalen, wie sein zerschmettertes Gesicht aussehen mochte. Er wollte nur seine Waffe und bückte sich, um das seltsame Rohr unter dem reglosen Körper hervorzuziehen. Als er den Ori dabei berührte, merkte er, dass er noch atmete. Sariel zuckte zurück. Zögerte einen Moment. Dann kniete er sich vorsichtig hin, drehte den Ori um und erschrak heftig, als er in das Gesicht blickte.

Vor ihm lag ein Mädchen! Ihr Gesicht war kein bisschen zerschmettert, auch sah er kein Blut. Das Mädchen stöhnte nur leise und schien allmählich zu sich zu kommen. Aber das war noch nicht, was ihn so erschreckte. Er kannte dieses Mädchen! Das Mädchen aus seinen Träumen! Kein Zweifel, da vor ihm lag das Mädchen, das in der Alster unter Wasser vor ihm aufgetaucht war, als er glaubte ertrinken zu müssen. Ihr Gesicht war das Letzte gewesen, was er gesehen hatte, bevor er ohnmächtig geworden und zweihundert Millionen Jahre später bei den Sari wieder erwacht war.

Seit Sariel seine kleinen Vorahnungen hatte, glaubte er nicht mehr an Zufall. Vielmehr schien ihm, dass die Welt und sein Schicksal einem verborgenen großen Plan folgten. Und dieser Plan hatte sie nun zusammengeführt, hier, auf einem winzigen Felsvorsprung in der ödesten Steinwüste, die man sich vorstellen konnte.

Allerdings hatte das Mädchen auf ihn geschossen. Das verkomplizierte die Sache.

Sariel berührte sie vorsichtig, um festzustellen, wie schwer sie verletzt war. Sie trug einen Umhang aus dünner Tierhaut. Er schimmerte in matten Regenbogenfarben, wirkte fast feucht, fühlte sich aber sehr weich und fest an. Sariel zog die eigenartige Decke leicht zurück. Darunter kam zerrissene Kleidung zum Vorschein, die die Verletzungen des Mädchens deutlich erkennen ließen. Arme und Beine waren übel aufgeschrammt, aber soweit Sariel erkennen konnte, hatte sie den Sturz wie durch ein Wunder ohne Knochenbrüche überlebt. Nur am linken Bein klaffte eine hässliche Fleischwunde.

Sariel wusste durch seine Lehrträume, dass das Mädchen die Tracht einer Zhàn-Shì-Kriegerin trug. Feine, ganz und gar nicht bösartige Gesichtszüge, umrahmt von kurzen schwarzen Haaren. Und dennoch hatte sie versucht, ihn zu töten. Und würde es vermutlich wieder versuchen, wenn sie erwachte.

Sariel nahm das Rohr und lehnte es außer Reichweite an die Wand. Im Gürtel des Mädchens steckte ein Messer, das Sariel ebenfalls weglegte. Erneut blickte er sich um. Er konnte sich nicht vorstellen, dass diese Kriegerin allein unterwegs gewesen war. Wo waren die anderen? Wieso half ihr niemand?

Da sich jedoch niemand zeigte, musste Sariel als Nächstes die Fleischwunde verbinden. Zu Hause hätte er sein T-Shirt genommen, es zerrissen und als Verband benutzt. Aber hier trug er nur einen eng anliegenden Thermoanzug, der sich nicht zerreißen ließ. Das Mädchen hingegen trug Kleidung aus natürlichen Fasern, wie es schien.

»Tut mir leid«, sagte er zu dem bewusstlosen Körper. »Aber es geht nicht anders.« Er nahm das Messer des Mädchens, zerschnitt das grobe Gewand und erschrak, als er erkannte, dass die Ori darunter nackt war.

»Ach du Scheiße!«, entfuhr es ihm.

Aber es gab keine Alternative, wenn er die Wunde verbinden wollte. Außerdem war es ohnehin zu spät. Das Gewand fiel bereits zu beiden Seiten von dem Mädchen ab und legte den Körper frei. Sariel versuchte, nicht hinzusehen. Sie war verletzt und brauchte seine Hilfe, das allein zählte. Schnell bedeckte er sie mit der Tierhaut, schnitt Streifen aus ihrem Gewand heraus und besaß nun ausreichend Material, um ihr einen dicken Verband anzulegen. Eigentlich hätte man die Wunde nähen oder klammern müssen. Aber fürs Erste würde es so gehen. Sariel stellte zufrieden fest, dass er immer noch genug aus den unzähligen Erste-Hilfe-Kursen behalten hatte, in die ihn seine Mutter geschickt hatte. Hingegen nichts aus seinen Lehrträumen. Die verdammten Sari hatten ihn nicht auf eine Verletzung vorbereitet, sondern offenbar nur auf einen glatten Sieg.

Sie trug noch ihren Rucksack. Sariel griff hinein und stieß auf einen Vorrat der schleimigen Pilzart und ein Seil. Nicht allzu lang, aber es genügte, um das Mädchen zu fesseln. Um sie beide gemeinsam abzuseilen, war es allerdings zu kurz.

Das nächste Problem. Ohne ausreichend langes Seil würden sie niemals von diesem Plateau absteigen können.

Ich brauche ein Seil! Ein Seil, verdammt!

Im nächsten Moment baumelte plötzlich ein Seil vor seiner Nase. Sariel erschrak, schaute hinauf und erwartete, weitere Ori zu sehen, die bereits auf ihn zielten. Aber er sah nur den Kalmar. Der hielt das andere Ende des Seils in einem seiner Tentakel und lugte aufmerksam zu Sariel herunter.

Ich fasse es nicht, dachte Sariel. *Ein Tintenfisch als Bergführer! Und er kann meine Gedanken lesen!*

Absolut verrückt. Aber in einer so verfahrenen Lage war man nicht wählerisch. Der Kalmar besaß bestimmt genug Kraft, um ihn und das Mädchen hinaufzuziehen. Einen Versuch war es wert. Sariel zog kräftig an dem Seil, um zu testen, ob der Kalmar es auch wirklich hielt.

Ein kurzer Gegenruck von oben. Als ob der Kalmar ihm signalisierte, dass alles in Ordnung sei.

Versteht der mich wirklich? Um das auszuprobieren, zupfte er zweimal am Seil. Die Antwort kam prompt: zwei Rucke von oben.

Sariel hielt das Seil fest. *Und dreimal?*

Erneut eine prompte Antwort. Sariel spürte drei kurze Rucke am Seil. Gleichzeitig spürte er ein Gefühl strenger Missbilligung, das über das Seil zu ihm zu dringen schien.

Es kommt von dem Kalmar! Ich glaub es nicht. Der spricht mit mir!!!

Ein Gefühl von Zustimmung und Nachdruck von oben. Anders als der erste Kalmar, den Sariel getroffen hatte, schien der Koloss da oben mithilfe von Emotionen mit ihm reden zu können. Sofern man es »reden« nennen konnte. Aber die Gefühle, die der Kalmar von oben über das Seil schickte, waren eindeutig: Sariel sollte sich beeilen.

Und das tat er nun.

Aus dem Ende des herabbaumelnden Seils knotete er eine Doppelschlaufe, in die er das Mädchen hineinlegen konnte wie in eine offene Röhre. Eine Schlaufe unter den Achseln, die andere um die Beine. Sariel ruckelte wieder am Seil.

Langsam hoch! Langsam!

Und genau das tat der Kalmar.

Das Seil straffte sich ein wenig und wurde sehr behutsam angezogen. Das Ori-Mädchen lag in der Doppelschlaufe und schwebte bewusstlos in Brusthöhe vor Sariel.

Ein letztes Mal prüfte Sariel die Haltbarkeit der Knoten und die Balance ihrer Lage, dann umfasste er das Seil mit beiden Händen an der höchsten Stelle, die er stehend noch erreichen konnte, schwang sich hoch, zog die Beine an und hielt das Seil mit seinen Füßen, um die Schwingungen halbwegs abzudämpfen.

Hoch! Aber vorsichtig!

Und wieder schien der Kalmar oben ihn zu verstehen. Mit der Kraft und Präzision eines Lastkrans hievte er Sariel mitsamt dem verletzten Ori-Mädchen hinauf. Gleichmäßig, langsam, vorbei an scharfkantigen Felsvorsprüngen, immer höher hinauf. Nur hin und wieder musste Sariel mit den Füßen für Abstand zur Felswand sorgen. Wie ein Fahrstuhl brachte der Kalmar sie beide aus der Tiefe hinauf in Sicherheit.

FEINDE

Das Erste, was Lìya spürte, war der Schmerz in ihrem Bein. Sie sah das Bild ihrer Mutter vor sich, die ihr aus der Ferne eine Warnung zurief, lautlos und unverständlich. Dann verblasste das Bild und der Schmerz holte sie zurück in die Welt. Ein Schmerz, der ihr die Tränen in die Augen trieb. Tränen, die ihr seitlich die Wange hinabrannen. Da wusste Lìya, dass sie lag.

Dass sie noch lebte.

Immer noch herrschte diffuses Dunkel um sie herum. Ihr Sehvermögen kehrte langsamer zurück als die Erinnerung daran, was passiert war. Sie war abgestürzt, weil sie ihr Ziel verfehlt hatte. Dreimal geschossen, dreimal verfehlt. Lìya hatte geflucht, war wütend geworden über ihre Nervosität und hatte sich in eine bessere Schussposition bringen wollen. Dann war der kleine Felsvorsprung unter ihr weggebröselt wie altes Brot. Sie hatte den Sariel entdeckt, hatte ihn sogar im Visier gehabt. Und ihn verfehlt.

Plötzlich Panik. Wo war der Sariel jetzt? Lìya wusste weder, wie tief sie gefallen war, noch, wo sie sich nun befand. Aber sie wusste, dass der Sariel die Schützin aus der Felswand mit Sicherheit suchen würde, um sicherzugehen, dass sie tot war. Und falls sie es nicht war …

Ein Lichtreflex drang zu ihr durch. Lìya versuchte, sich mit einem Ruck aufzurichten, spürte aber einen stechenden Schmerz im Rücken, der sie zurückwarf. Lìya keuchte zwar, aber dafür zerriss der Schleier vor ihren Augen, und sie konnte wieder sehen. Und das Erste, was sie sah, war – Biao!

Das beruhigte sie. Biao hatte sie gerettet und vor dem

Sariel in Sicherheit gebracht. Biao hatte sie in den Kyrrschal eingewickelt. Kluger, guter Biao. Lìya setzte sich vorsichtiger auf als zuvor und betrachtete ihr Bein. Überrascht sah sie, dass es geschient und mit Fetzen aus ihrer Kleidung verbunden war. Das irritierte sie, denn sie konnte sich nicht vorstellen, dass Biao ihr den Verband angelegt hatte. Hatte Mingan sie etwa gefunden?

Ein Schatten fiel von hinten auf Lìya. Bereits an der Silhouette erkannte sie, dass es nicht Mingan war, und außer Mingan gab es eben nur noch eine Möglichkeit. Impulsiv tastete Lìya nach ihrem Messer. Da erst merkte sie, dass ihre Hände gefesselt waren.

»Gib dir keine Mühe, das Messer habe ich.«

Als der Sariel vor sie trat, wusste sie, dass sie ihn die ganze Zeit über gekannt hatte. Es war wirklich der Junge aus ihren Träumen. Und er sprach sogar ihre Sprache.

Der Sariel blickte sie neugierig und besorgt an. Fast der gleiche Ausdruck, mit dem Biao sie ansah, was sie unter anderen Umständen vielleicht komisch gefunden hätte. Jetzt fragte sie sich nur, warum Biao den Sariel nicht einfach auf der Stelle zermalmte. Aber sie wusste auch, dass dies das Letzte war, was ein Kalmar tun würde, ohne angegriffen zu werden.

»Verstehst du mich?«

Lìya nickte und versuchte, etwas von ihm wegzurobben, was schwierig und schmerzhaft war. Der Sariel lächelte jetzt. Er *lächelte*! Erneut wurde Lìya wütend.

»Was gibt's da zu grinsen?!«

Der Sariel zuckte mit den Achseln und hörte auf zu lächeln.

»Mach mich los!«

»Ja, klar. Du hast auf mich geschossen, greifst als Erstes nach deinem Messer, und jetzt soll ich dich losbinden. Sonst noch was?«

Lìya schloss die Augen. »Dann mach's wenigstens kurz.«

»Was?«

Lìya öffnete wieder die Augen. »Töte mich schnell.«

»Ich habe dich nicht gerettet und verbunden, um dich jetzt zu töten.«

»Und was dann?«

»Keine Ahnung.«

Und wieder Schweigen. Nicht die Unterhaltung, die Lìya sich mit dem Sariel vorgestellt hätte. Ganz und gar nicht. Die brutalste Kampfmaschine des Planeten benahm sich wie ein schüchterner Junge, der nicht wusste, ob er das Mädchen vor sich küssen oder doch lieber weglaufen sollte. Dahinter musste irgendeine Absicht stecken.

»Ich bin Sariel.«

»Ich weiß.«

Der Sariel wirkte erstaunt. »Woher weißt du das?«

»Ich hab dich in meinen Träumen gesehen.«

»Ich dich auch!«, sagte der Sariel überrascht. »Aber deinen Namen kenne ich nicht.«

Lìya war nun überzeugt, dass der Sariel eine bestimmte Taktik verfolgte. Vielleicht war er dabei, sie zu verhören. Vermutlich würde seine freundliche, unschuldige Maske gleich von ihm abfallen, und er würde sie so lange foltern, bis sie die Standorte der Zhàn-Shì-Stützpunkte verriet.

Der Sariel ging in die Hocke und sah ihr aus sicherer Entfernung in die Augen.

Schöne, sanfte Augen, wie Lìya überrascht feststellte.

»Also? Wie heißt du?«

»Lìya.«

»Lìya … Warum wolltest du mich töten, Lìya?«

Lìya hatte genug. Sie holte Atem und schrie aus ganzer Kehle. »BIIIAAAOOO! HILF MIR!!!«

Biao schaute Lìya bloß weiterhin an. Seine dunkle Hautfarbe zeigte Verwirrung. Er schien nicht zu begreifen, was hier vor sich ging, vielleicht hatte der Sariel ihn auch irgendwie vergiftet.

»Biao!«, flehte Lìya. »Tu irgendwas! Befrei mich! Bitte!«

»Warum wolltest du mich töten, Lìya?«, wiederholte der Sariel jetzt.

»Was ist das für eine blöde Frage! Weil du der Sariel bist, natürlich. Du bist der Feind!«

»Warum?«

Das machte Lìya sprachlos. Das fasste sie nicht. Das konnte doch nicht nur Taktik sein! Lìya schloss erneut die Augen und lehnte sich wieder zurück.

»Ich werde nichts mehr sagen, auch wenn du mich folterst. Ich habe schon so viel Schmerzen aushalten müssen, da kommt es jetzt nicht mehr darauf an.«

Sariel hatte keine Ahnung, wie er sich dem Mädchen gegenüber verhalten sollte. Sie hatte ihn töten wollen, und wie es schien, wollte sie es noch immer. Gleichzeitig war sie verletzt und brauchte Hilfe. Trotz ihrer offensichtlichen Schmerzen verweigerte sie jedoch Sariels letzten Rest Nglirr-Konzentrat, den er ihr hilflos anbot, weil er nichts anderes bei sich trug, was irgendeine medizinische Wirkung hatte. Lìya beobachtete ihn die ganze Zeit, ließ ihn nicht aus den Augen und stellte ihm irgendwelche völlig belanglosen Fragen. Woher er so gut Mandarin spreche? Wie alt er sei? Wie es in Sar-Han aussehe? Ob er schon einmal das Meer gesehen habe? Sariel verstand, dass die Fragen ihn ablenken und sein Vertrauen gewinnen sollten. Er hatte es schließlich mit Lin-Ran genauso gemacht nach seiner Zeitreise. Vertrauen schaffen, Zeit gewinnen, herausfinden, welche Fluchtmöglichkeiten es gibt. Genauso verhielt sich Lìya nun.

Doch ihre Neugier schien echt zu sein. Offenbar hatte sie sich den Sariel bislang als eine Art Monster vorgestellt und war überrascht, auf einen Jungen in ihrem Alter zu treffen.

Umgekehrt versuchte Sariel, Lìya das Misstrauen zu nehmen, indem er ihre Fragen geduldig und ausführlich beantwortete und ihr seinerseits Fragen über das Leben bei den Ori stellte. So erfuhr er, dass Lìya in der Savanne aufgewachsen war, die sich um den Ngongoni herum erstreckte, und sie die Gegend gut kannte. Ihr Vater war ein berühmter Karawanenführer, den sie oft auf langen Reisen durch die Wüste begleitet hatte. Überhaupt erinnerte ihn das Leben der Ori sehr an bestimmte Wüstenvölker seiner Zeit. Gefiel ihm. Jedenfalls kamen ihm die Ori ganz und gar nicht wie die Wilden vor, als die Lin-Ran und Eyla sie beschrieben hatten. Überhaupt hatte er zunehmend den Eindruck, dass die Sari nichts über die Ori wussten – wie zum Beispiel, dass sie Mandarin sprachen.

Zu stimmen schien, dass die Ori eine Kriegerkaste hatten, die nur dem einen Zweck diente, den Sariel zu töten. Lìya gehörte offensichtlich dieser Kaste an, das machte sie gefährlich. Sariel nahm sich vor, sehr sparsam mit seinem Vertrauen umzugehen. Auch wenn er das Mädchen bereits irgendwie mochte.

»Was schaust du mich so an?«, fragte Lìya.

»Nichts. Ich hab nur gerade an was gedacht.«

Sofort wieder dieses Misstrauen in ihrem Blick. »An was?«

»Wie wir hier wegkommen. Ich hab keinen Plan und du bist verletzt. Wir geben nicht gerade das beste Gespann ab.«

»Wir sind auch kein Gespann!«

Sariel verdrehte die Augen. »Hast du vielleicht einen Vorschlag?«

»Ich habe Durst«, sagte Lìya.

Sariel nickte. »Ich habe aber nur Nglirr. Das Zeug ist wirklich nicht schlecht. Eigentlich müsste man es mit Wasser verdünnen, dann schmeckt es auch besser.«

Lìya blickte ihn prüfend an. »In der Satteltasche«, sagte sie plötzlich.

Sariel verstand nicht.

Lìya zeigte mit einem Kopfnicken auf Biao. »Oben in der Satteltasche ist Wasser.«

Sie will nur, dass ich ihr den Rücken zuwende, dachte Sariel und achtete darauf, Lìya immer im Blick zu behalten, während er zu dem Kalmar trat. Die Tasche, von der Lìya gesprochen hatte, war an einer Art Sattel festgebunden, der mehr wie eine geflochtene Ledermatte aussah. Um an die Tasche zu gelangen, musste man auf den Koloss hinaufklettern, was Sariel gern vermieden hätte. Er wollte sich vor Lìya nicht blamieren.

Sariel stand vor Biao und wunderte sich, wie vertraut ihm dieses monströse Tier bereits war. Lag vielleicht daran, dass es ihn verstanden hatte.

Ich muss da hoch, dachte Sariel. Keine Reaktion des Kalmars.

»Er heißt übrigens Biao!«, rief Lìya.

Bitte hilf mir, Biao!

Die Reaktion kam sofort. Einer der beiden dünneren und längeren Tentakel glitt langsam vor und stupste Sariel an. Sariel wich sofort zurück, stolperte und fiel rücklings auf den Hintern. Hinter sich hörte er Lìya lachen. Ehe Sariel jedoch reagieren konnte, umfasste ihn der Kalmar mit seinem Tentakel, hob ihn geschickt hoch und auf seinen Rücken.

»Bist du noch nie auf einem Kalmar geritten?«, rief Lìya.

»Ich?... Nein. Noch nie.«

»Wie bist du dann hierhergekommen?«

»Geflogen!« Er versuchte, Lìyas Ledertasche loszubinden.

»Du willst nicht wirklich behaupten, dass du fliegen kannst!«

»Natürlich nicht! Blödsinn. Mit einer Flugmaschine. Sie ist aber abgestürzt. Vermutlich Sabotage.«

»Sabo... was?«

»Irgendwer bei den Sari wollte mich umbringen. Genau wie du.«

Das schien ihr zu denken zu geben. Sariel hatte die Tasche jetzt losgeknotet und ließ sich von Biao wieder absetzen. Ging doch schon ganz gut! Sariel freute sich. Er freute sich sogar über die Gesellschaft dieses schlecht gelaunten Mädchens.

»Warum?«, fragte sie jetzt. Gute Frage.

»Ich weiß nicht. Ich weiß es wirklich nicht.«

Er öffnete die Ledertasche und fand einen halb vollen Wasserbeutel darin, den er Lìya reichte. »Hier.«

»Gib mir erst Mondtränen.«

Sariel griff in Lìyas Rucksack und reichte ihr eine Handvoll der schleimigen Pilze. »Die Sari halten sie für hochgiftig.«

Lìya nahm die Pilze mit ihren zusammengebundenen Händen und verschlang sie gierig. »Warum das denn?«, nuschelte sie mit vollem Mund.

»Sie enthalten ein tödliches Virus.«

»Blödsinn! Ich ess diese Pilze schon mein Leben lang! Im Gegenteil: Ohne Mondtränen wird man krank!«

Sariel versuchte, ihr zu erklären, was Lin-Ran ihm über die Schleimpilze erzählt hatte. Dass sie ein Virus produzierten, das für die Sari tödlich war und die Ori zwar nicht umbrachte, aber etlicher Lebensjahre beraubte. Er vermied allerdings, über seinen konkreten Auftrag zu sprechen. Er dachte an die Zeitmaschine in seinem Rucksack, und es schien ihm nicht ratsam, Lìya zu verraten, dass er mit dem unscheinbaren Klotz eigentlich ihre Hauptnahrungsquelle vernichten sollte. Aus Lin-Rans Mund hatte alles so logisch geklungen. Virus gleich Tod. Schleimpilze gleich Virus. Also Schleimpilze vernichten. Diese Logik erschien Sariel nun irgendwie fehlerhaft. Die Frage war nur, wo der Fehler lag.

»Und dann haben sie dich geschickt, um die Quelle der

Mondtränen zu vernichten«, sagte Lìya sachlich zwischen zwei Bissen.

Sariel fühlte sich ertappt. »Es klang alles ganz logisch. Und sie haben mir versprochen, mich danach zurück in meine Zeit zu schicken.«

»In deine Zeit?«

Also erzählte Sariel ihr, woher er kam. Versuchte es wenigstens, auch wenn sie ihm kein Wort glaubte.

»Hör auf, ich will das nicht hören. Du lügst. Alle Sari lügen. Gib mir das Wasser!«

Sariel hielt die Klappe und reichte Lìya den Wasserbeutel. Wieder streckte sie ihre zusammengebundenen Hände aus, nahm den Beutel und trank gierig. Allerdings nicht besonders geschickt, denn sie verschüttete eine Menge über ihre Hände und die Fesseln.

»He, pass lieber auf! Ich würd auch gern noch was trinken.«

»Wenn du die Quelle der Mondtränen vernichtest, werden wir Ori sterben, das ist die Wahrheit«, sagte sie, als sie den Beutel wieder absetzte.

»Nein!«, widersprach Sariel. »Im Gegenteil! Ihr werdet endlich alt werden können. Wenn ich den Herd des Virus vernichte, braucht ihr die Mondtränen nicht mehr zum Überleben.« Aber er ahnte schon, dass es wenig Sinn hatte, sich mit Lìya darüber zu streiten. Er konnte ja noch nicht einmal mehr sicher sein, ob alles stimmte, was Lin-Ran gesagt hatte.

Aber das war im Moment auch nicht sein größtes Problem. Erst musste er hier irgendwie aus dem Gebirge herauskommen. Ein Kalmar, auf dem man reiten konnte, schien die Rettung zu sein. Und das bedeutete, dass er Lìya mitnehmen und ihr weiterhin helfen musste.

»Ich weiß, wo es hier in der Nähe massenhaft Mondtränen gibt«, sagte er. »In einer Felsspalte, nicht weit. Ich kann sie holen.«

280

Lìya blickte ihn misstrauisch an.

»Ich meine, ich kann die Pilze holen und dann brechen wir auf.«

»Brechen auf, wohin???«

Sariel hatte keine Ahnung.

»Ich soll dir den Weg aus dem Gebirge zeigen und dann lässt du mich doch unterwegs einfach liegen und ziehst weiter zum Ngongoni.«

»Nein!«, widersprach Sariel heftig. »Ich… ich werde dich nicht zurücklassen.«

»Und was hast du dann vor mit mir?«

Er wusste es nicht. Aber er wusste, dass es Lìya nicht gut ging. Immer wieder unterbrach sie keuchend ihre Sätze und zitterte mitunter heftig. So wie er das sah, litt sie große Schmerzen. Er fürchtete sogar, dass sie sterben könnte.

Sariel stieß einen leisen Fluch auf Deutsch aus und erhob sich. Er tropfte den letzten Rest Nglirr in Lìyas Wasserbeutel und reichte ihn ihr wieder. »Trink das. Das wird dir gut tun, glaub mir. Wenn ich dich umbringen wollte, könnte ich es wohl leichter haben, meinst du nicht?«

In ihrem Blick lag plötzlich Spott. »Jawohl, mein Gebieter. Ich bin in Eurer Hand.«

»Haha, sehr witzig. Also, ich geh jetzt los. Gibt es hier irgendwelche wilden Tiere?«

»Massenhaft«, antwortete Lìya. »Fressen am liebsten Sari.« Aber er merkte schon, dass ihr nicht wohl war bei dem Gedanken, allein hier zurückzubleiben.

»Du kannst Biao mitnehmen«, bot sie ihm überraschend an. »Er sieht vielleicht nicht so aus, aber er ist ein guter Kletterer. Außerdem bist du so schneller zurück.«

»Und wo ist der Haken?«

»Warum so misstrauisch, Sariel? Du hast mich gefesselt, du hast meine Waffen, Biao gehorcht dir – was soll schon passieren?«

Sariel traute Lìya nicht. Irgendetwas in ihrer Stimme verriet ihm, dass sie etwas plante. Bevor er aufbrach, kontrollierte er daher noch einmal ihre Fesseln. Sie waren zwar nass von dem verschütteten Wasser, lagen aber immer noch stramm genug an.

»Ich beeil mich«, sagte er knapp und ließ sich von Biao wieder aufhelfen, diesmal schon viel cooler und mit weniger Angst als beim ersten Versuch. Wieder schien Biao genau zu wissen, was Sariel von ihm wollte. Ohne Furcht und ohne Zögern kletterte er mit seinen sämtlichen Tentakeln den steilen Abhang hinab. Sariel stockte der Atem, denn es schien, als wollte sich der riesige Kalmar geradewegs mit ihm in die Tiefe stürzen. Doch trotz seines gigantischen Gewichts ging er äußerst geschickt und schnell vor.

So schnell, dass er nicht mehr sah, wie Lìya die absichtlich aufgeweichten Pflanzenfasern ihrer Fessel kraftvoll ausdehnte, weit genug, um sich von dem Strick zu befreien und kampfbereit auf die Rückkehr ihres Feindes zu warten.

Sariel bekam es nicht mit. Er wagte immer noch kaum, in die Tiefe zu blicken. Die verblüffenden Kletterkünste des Kalmars und seine geschmeidigen, sicheren Bewegungen erinnerten ihn an die Balanceakte des roten Katers auf dem Fenstersims. Fast senkrecht klebte Biao regelrecht an manchen Stellen am Felsen, hielt sich mit den Tentakeln wie ein Klammeraffe fest, sodass jeder Freeclimber vor Neid erblasst wäre. Überhaupt erinnerten ihn die Bewegungen der Riesenkalmare eher an Katzen als an die schleimigen Meeresbewohner, die er früher höchstens frittiert und mit Knoblauchsoße gekannt hatte. Die Kalmare waren in den letzten paar Millionen Jahren offenbar zu erfolgreichen Landbewohnern geworden, die auch noch Gedanken lesen konnten. Sariel fragte sich, welche Überraschungen sie womöglich sonst noch bereithielten.

Und er fragte sich auch, warum die Lehrträume kaum etwas darüber enthalten hatten.

In weniger als einer Stunde hatte Biao die steile Wand gemeistert. Geführt von Sariel, stießen sie nach kurzer Zeit auf die Felsspalte mit den Mondtränen. Sariel packte so viel davon ein, wie Lìyas Satteltasche und Rucksack fassten, während sich Biao hungrig über das reiche Pilzvorkommen hermachte und in Windeseile etliche Kilo davon verschlang. Sariel selbst hielt sich zurück. Auch wenn die Mondtränen, wie Lìya den Pilz nannte, offenbar nicht giftig waren, kostete es ihn immer noch große Überwindung, sie überhaupt zu berühren. Sariel nahm sich vor, die Pilze erst wieder zu essen, wenn es wirklich nichts anderes gab. Sariel nutzte Biaos kleine Fresspause dazu, Lìyas seltsame Waffe genauer zu untersuchen. Er entdeckte eine Art Abzug, aber die genaue Funktionsweise blieb ihm dennoch verborgen. Das Shì, wie Lìya die Waffe genannt hatte, sah aus wie ein futuristisches Spielzeuggewehr vom Rummel. Es war extrem leicht und aus einem unbekannten Material gefertigt und wirkte überhaupt nicht wie eine tödliche Waffe. Kam eben auf einen Test an.

Sariel richtete sich auf, zielte auf einen Felsen in der Nähe und drückte den Abzug. Ein trockenes Ploppgeräusch wie bei einem Luftgewehr, ein kurzes Zischen, und in der gleichen Sekunde zerplatzte irgendetwas an dem Stein. Als Sariel die Stelle näher untersuchte, fand er wieder nur Eissplitter. Sariel gab noch weitere Probeschüsse ab und stellte fest, dass man mit der Waffe erstaunlich gut zielen und sehr weit schießen konnte. Es schien wirklich eine Art Luftgewehr zu sein, das sehr harte und verdichtete Eisdorne verschoss. Aber weder erkannte Sariel, wo sich der nötige Wasservorrat befand, noch woher der enorme Luftdruck kam. Immerhin handelte es sich offenbar um eine höchst raffinierte Technik. Wenn die Ori diese Waffe erfunden hatten, dann waren sie nicht ein Bruchteil so primitiv, wie die Sari behaupteten.

Ungeduldig wartete er ab, bis er von Biao deutliche Signale des Sattseins empfing, und trat dann umgehend den

Rückweg an. Es wunderte ihn nicht einmal, dass Biao die Wand genauso schnell und sicher wieder erklomm, wie er sie abgestiegen war. Die ganze Zeit über dachte er an die wilden Tiere, von denen Lìya gesprochen hatte, und trieb Biao zur Eile an. Doch das schien den Kalmar völlig kaltzulassen.

Als sie das Plateau erreichten, war Lìya verschwunden.

Sariel verschwendete keinen weiteren Gedanken daran, dass er es geahnt hatte, irgendwie wieder geahnt.

»Lìya? Lìììyaaa!!!« Er rief sie mehrmals und schaute sich an der Stelle genau um, suchte nach Spuren. Erst als er den abgestreiften, aufgequollenen Strick fand, wusste er Bescheid.

»Verdammt!«

Sariel zwang sich, ruhig zu bleiben. Lìyas Verschwinden bestürzte ihn sehr. Trotz ihrer offensichtlichen Ablehnung hatte er irgendetwas zwischen ihnen gespürt. Etwas Besonderes, schon als sie ihm in seinen Träumen und unter Wasser in der Alster erschienen war. Er fürchtete, dass ihr etwas zustoßen könnte, auch wenn sie hundertmal erfahrener in dieser Welt war. Aber sie war verletzt, sie war unbewaffnet und sie hatte nur wenig Wasser dabei. Ihre Chancen, weit zu kommen, standen also sehr schlecht, vor allem ohne ihren Kalmar. Das irritierte Sariel am meisten. Dass sie ihren Kalmar zurückgelassen hatte. Sariels Blick ging zu Biao. Biao war ruhig und völlig gelassen. Nur seine Haut verfärbte sich grün, was Sariel nicht deuten konnte. Wusste er vielleicht mehr?

Sariel hatte plötzlich einen Verdacht. Was, wenn sie gar nicht weit kommen *wollte*? Was, wenn sie hier irgendwo ganz in der Nähe war? Und ihn die ganze Zeit über beobachtete?

Ich weiß, dass du hier irgendwo bist, Lìya. Ich weiß es!

Sariel hörte auf, herumzulaufen, und horchte. Kein Laut ringsum. Nur der Wind. Als er sich langsam umdrehte, traf ihn der Schlag in den Nacken. Kurz und hart. Er hatte noch nicht einmal Zeit, sich zu wundern, wie sie es geschafft hatte, sich so lautlos an ihn heranzuschleichen, denn im gleichen Moment wurde ihm schwarz vor Augen, und er fiel in ein endlos tiefes Loch.

Lìya atmete schwer. Die letzten Mondtränen und das Wasser hatten ihr gerade genug Kraft verliehen, um sich von den Fesseln zu befreien und sich zu verstecken, trotz der hämmernden Schmerzen im Bein. Ihre Kraft hatte sogar gereicht, sich an den Sariel anzupirschen und ihn niederzuschlagen.

Jetzt aber war sie am Ende. Keuchend vor Anstrengung und Schmerz blickte sie auf den bewusstlosen Sariel und merkte, wie die Anspannung der letzten Stunden von ihr abfiel und ihr schwindelig wurde. Es war leicht gewesen, den Sariel zu überwältigen, irgendwie zu leicht, und im letzten Augenblick hätte sie fast gezögert. Lìya fragte sich, ob der bewusstlose Junge nicht vielleicht doch der Falsche war.

Sie wusste, dass ihr Schlag den Sariel nicht getötet hatte. Früher oder später würde er wieder zu sich kommen. Bis dahin musste sie die Sache zu Ende bringen.

Die Sache.

Lìya nahm einen großen Stein, den sie gerade noch mit ausgestreckten Armen über den Kopf heben konnte, und kniete sich neben den Sariel. Er würde nichts merken. Ein Schlag und sie würde ebenso zur Legende werden wie ihr Vater. Er würde stolz auf sie sein und bereuen, dass er ihr jemals den Eintritt in die Kriegerkaste verweigern wollte. Ein kurzer Schlag nur. Das Gewicht des Steins allein würde reichen, um seinen Schädel zu zertrümmern und sie zur Heldin der Ori zu machen. Das erste Mädchen, das einen Sariel tötete!

Lìyas Arme zitterten jetzt unter dem Gewicht des Steines, den sie immer noch erhoben hielt, genau über Sariels Kopf. Sie brauchte den Stein nur loszulassen und alles wäre vor-

285

bei und entschieden. Aber genauso sehr, wie sie immer noch wusste, dass der bewusstlose Junge ihr Feind war, wusste sie auch, dass es falsch war, ihn zu töten.

Dass sie es nicht konnte. Einfach nicht konnte.

Sie konnte kämpfen, sie konnte einem Kalmar in den Arsch treten, sie konnte es mit neun Wald-Ori gleichzeitig aufnehmen, sie konnte sogar jagen. Einen Menschen töten konnte sie nicht.

Diese Erkenntnis erschütterte sie zutiefst. Lìya ließ den Stein sinken und weinte, verzweifelt darüber, dass sie am Ende doch keine echte Zhàn Shì war. Ihr Vater hatte recht gehabt. Sie war keine Zhàn Shì, würde es nie werden. Sie war eine Schande für ihr Volk.

»Nein, Lìya, das bist du nicht!«

Lìya hob den Kopf. Ihre Mutter saß neben ihr auf einem Felsblock und lächelte sie an. Lìya wischte sich hastig die Tränen ab.

»Aber ich muss es tun, Mama!«

»Warum?«

»Er ist der Feind!«

»Aber du spürst selbst, dass es nicht richtig wäre, ihn zu töten, nicht wahr?«

Lìya schwieg.

»Was auch immer du tust, denk nicht daran, was andere von dir erwarten. Horch auf dein Gefühl, Lìya! Deine Gefühle sind das Einzige, dem du vertrauen kannst.«

Das Bild ihrer Mutter verging wieder, wie Morgentau im Sonnenlicht.

»Mama! Warte!«

Der Sariel rührte sich. Krümmte sich stöhnend zusammen. Lìya musste handeln. Auf keinen Fall konnte sie den Sariel einfach so aufwachen lassen. In aller Eile klaubte sie den Strick vom Boden auf und fesselte ihn mit raschen Handgriffen, genauso wie er es zuvor mit ihr gemacht hatte. Sie

zog den Strick an, so fest, dass er sich diesmal auch im aufgeweichten Zustand nicht lösen würde. Von dem Schmerz
in den Handgelenken erwachte der Sariel schließlich und
blickte sie an.

»Kannst du mir mal sagen, was ich dir getan habe, du blöde
Kuh? DU hast mit alldem angefangen, nicht ich!«
Sariel lag gefesselt und zusammengeschnürt wie ein Paket bäuchlings hinter Lìya auf dem Rücken des Kalmars und
blickte auf steinigen Boden, über den die Tentakel des Kalmars ruhig hinwegglitten. Seit Stunden wurde er hin und her
gerüttelt und jede Faser seines Körpers tat ihm weh. Er versuchte, den Kopf ein wenig zu heben, um besser mit Lìya
sprechen zu können, aber sie thronte nur schweigend vor
ihm, eingehüllt in ihre seltsame Decke, das verletzte Bein
lang ausgestreckt.
»Lìya! Rede mit mir!!! Ich hab dir das Leben gerettet! Was
hast du mit mir vor?«
Aber keine Chance. Sie schwieg hartnäckig weiter, wandte
sich nicht einmal nach ihm um.
»SCHEISSE!«, brüllte Sariel voller Wut und Verzweiflung, aber das Echo rollte nur vielfach und unbeachtet von
den Felswänden zurück.
Dabei kannte er die Antwort schon. In ihren Augen war
er der Feind, der ihr ganzes Volk bedrohte. Und nüchtern
betrachtet stimmte es sogar. Auf der anderen Seite hätte sie
ihn vorhin genauso gut töten können und hatte es doch nicht
getan.
»Du konntest es nicht, nicht wahr? Du hättest es fast getan, aber irgendwas hat dich zurückgehalten.«
Zum ersten Mal zeigte sie eine leichte, unwirsche Reaktion.
»Und jetzt bringst du mich irgendwohin, wo andere dann
die Drecksarbeit für dich erledigen.«

»Halt die Klappe!«

»Ist doch so. Ich bringe dir deine Scheißmondtränen und du schleppst mich zu meiner eigenen Hinrichtung!«

Statt einer Antwort zeigte sie ihm die Zeitbombe, die sie aus seinem Rucksack genommen hatte. »Ich weiß, was das ist. Damit wolltest du uns alle töten!«

»Nicht euch! Nur die Pilze!«, beteuerte Sariel. »Ich ... ich hab mir das alles nicht ausgesucht, Lìya«, fuhr er fort, nur um irgendwie mit ihr im Gespräch zu bleiben. »Ich will nur zurück nach Hause.«

»Da hättest du ja bleiben können.«

»Verdammt, ich bin entführt worden, kapierst du das nicht?! Ich bin kein Sari! Ich stamme aus der Vergangenheit! Aus dem Jahr 2008!«

Abrupt ließ sie Biao halten, wandte sich zu Sariel um und blickte ihn an. »Und den Schwachsinn soll ich dir jetzt glauben?«

»Ich kann's beweisen. Frag mich was. Stell mich auf die Probe. Ich beschreib dir genau, wie es im Jahr 2008 aussieht.«

»2008?«, wiederholte Lìya.

»Ganz genau.«

»Weißt du, wann das war, 2008? Vor zweihundert Millionen Jahren! Lange vor der wiedergeborenen Neuzeit. Lange vor dem großen Knall!«

»Ich weiß! Ich konnte es ja auch kaum glauben! Aber es ist wahr! Die Sari haben mich aus meiner Zeit entführt. Und ich kann erst wieder zurück, wenn ich meinen Auftrag erledigt und die GON vernichtet habe!«

Lìya schwieg nachdenklich.

»Und da war noch etwas«, fügte Sariel leise hinzu. »Als ich unter Wasser gezogen wurde, wo die Zeitmaschine war, da ... da habe ich dich gesehen.«

Er erwartete eine ihrer typischen Reaktionen, ein hartes

Lachen, einen spöttischen Zug um die Mundwinkel. Stattdessen aber wurde ihr Gesicht diesmal weicher. Sariel begriff überrascht, dass sie ihm glaubte.

»Du hast mich auch gesehen, ist es nicht so?«

Lìya nickte. »In einem Traum.« Eine Weile blickte sie ihn an, schien mit sich zu ringen. Dann … »Was machst du hier, Huan?«

Sariel verstand. »Ich ertrinke.«

»Dann tauch doch auf.«

»Ich kann nicht.«

»Warum nicht?«

»Ich kann mich nicht bewegen. Ich bin gefesselt.«

Lìya betrachtete ihn eingehend und schüttelte dann den Kopf. »Bist du nicht.«

»Nicht?«

»Nein.« Damit steckte sie die Zeitbombe in ihren Rucksack und schnallte ihn sich um. Dann zückte sie ihr Messer und schnitt seine Fesseln auf. Sariel schrie, als das aufgestaute Blut mit Druck in seine Adern zurückschoss.

»Wir machen eine Rast«, bestimmte Lìya und begann schweigend, an Ort und Stelle ein Feuer zu entzünden.

»Wie kann das sein?«, fragte sie, als das Feuer brannte und sie Mondtränen an Stöckchen darin röstete.

»Ich hab keine Ahnung«, sagte Sariel neben ihr. »Aber ich hab solche Träume öfter. Manchmal seh ich, was passieren wird.«

Lìya nickte bloß und reichte ihm einen Stock mit gerösteten Mondtränen. Der schleimige Pilz hatte jetzt eine feste Konsistenz und ringelte sich wie eine bleiche, weiße Wurst um den Stock.

»Mondkacke«, sagte Lìya, und Sariel musste lachen.

»Passt ja.« Er probierte zögernd, musste jedoch feststellen, dass der Schleimpilz gebraten wesentlich besser schmeckte. Ein feiner, erdiger Geschmack, der entfernt an Nüsse erinnerte. Nachdem die Todesangst von ihm abgefallen war, merkte Sariel nun, wie hungrig er war. Gierig verschlang er zwei Portionen Mondkacke.

»Überzeugt?«, grinste Lìya.

Sariel nickte und langte nach dem dritten Stöckchen. »Esst ihr nur das? Ich meine, kein Fleisch?«

»Manchmal auch Fleisch. Aber nie ohne Mondtränen.« Lìya erhob sich, um Biao zu versorgen, der sich in ihrer Nähe gemütlich niedergelassen und seine Tentakel ausgebreitet hatte. Als Lìya sich näherte, wechselte Biaos Haut von einem dunklen Ocker in ein zartes Rosa, und Sariel spürte, wie starke Zuneigung von ihm ausging. Das löste bei ihm selbst ein sehr zwiespältiges Gefühl aus. Ein wenig Verständnis und ein wenig Neid.

»Dabei kann ich gar nicht schwimmen«, sagte Lìya, als sie wieder zu ihm ans Feuer zurückkehrte.

»Aber du warst dort! Und ich bin jetzt hier und du erkennst mich wieder. Du kennst meinen wahren Namen. Wir sind uns schon mal begegnet!«

»Im Traum!«

»Das war kein Traum! Du weißt, dass ich kein Sari bin! Willst du immer noch, dass ich sterbe?«

Sie schüttelte den Kopf. Und wieder Schweigen. Plötzlich hielt Lìya ihre Nase in die Luft und nahm Witterung auf. Wie ein wildes Tier, dachte Sariel. »Was ist los?«

»Wir müssen hier weg«, sagte Lìya. »Hier sind wir nicht mehr sicher.«

»Wieso? Hier ist doch nichts?«

»Das täuscht. Du wirst schon noch sehen. Besser für uns, wenn wir in Bewegung bleiben.«

»Und wohin gehen wir?«

»Ich bringe dich nach Orisalaama zu meinem Volk. Sie haben noch nie einen Sariel gesehen. Wenn sie dich sehen, dann werden sie verstehen, dass es nicht nötig ist, dich zu töten.«

»Und wenn sie es nicht verstehen?« Sariel deutete auf Lìyas Rucksack, in dem sich jetzt die Zeitbombe befand. »Immerhin hatte ich dieses Höllending dabei.«

»Ich gebe dir mein Wort, dass dir nichts passieren wird«, sagte Lìya bloß.

Sariel seufzte. Was sollte man dazu noch sagen? Er glaubte nicht, dass Lìya ihn gegen einen aufgebrachten Mob schützen konnte. Auf der anderen Seite wollte er das zarte Vertrauen, das zwischen ihnen entstanden war, jetzt nicht gefährden. Also nickte er wieder und ergab sich in ein ungewisses Schicksal.

»Wie lange werden wir brauchen?«

DURCH DIE BERGE

Sie brauchten zwölf Tage, um das Regenschattengebirge zu durchqueren. Zwölf Tage, die Sariel ohne Lìya und Biao nicht überlebt hätte. Sariel akzeptierte, dass Lìya ihn weiterhin als ihren Gefangenen betrachtete, auch wenn sie ihn nicht mehr fesselte. Sie bemühte sich jedoch darum, ihr Shì und ihr Messer immer bei sich zu tragen, sogar nachts. Außerdem trug sie die ganze Zeit über den Rucksack mit der Zeitmaschine der Sari und achtete darauf, dass sich Sariel immer in ihrem Blickfeld befand. Lìya schien sich bestens im Gebirge auszukennen und führte sie auf das Chui-Riff zurück, das als breite Talsohle quer durch das Gebirge schnitt. Zwei hohe Pässe mussten überwunden werden, die vollständig in den Wolken lagen, dennoch verlor Lìya nicht die Orientierung, als wäre sie diesen Weg schon hundertmal gegangen.

Zwölf Tage voll drückender Ungewissheit, was ihn am Ende erwarten würde. Das Einzige, was Sariel noch Hoffnung gab, war Lìyas Wort und die Aussicht, dass sich der Ngongoni nicht weit von ihrer Heimatstadt Orisalaama befand. Immerhin also stimmte die Richtung.

Zwölf Tage voller Gefahren. Am zweiten Tag der Durchquerung stießen sie auf Kluftschleicher, marderartige Tiere mit dichtem graubraunen Fell, fünfmal größer als Marder und kein bisschen putzig. Biao entdeckte sie als Erster und seine Haut verfärbte sich hellgrün mit schwarzen Flecken. Ein Zeichen von Gefahr, wie Sariel inzwischen wusste.

Lìya hob ihr Shì, legte an und zielte auf einen Hang in der Nähe. Sariel versuchte, der Schusslinie des tödlichen Eisdorns zu folgen, und sah, wie im Hellgrau der gegenüberliegenden Felswand etwas Fellartiges in die Tiefe stürzte. Sariel konnte es kaum erkennen, nur dass es sehr groß gewesen war.

»Meistens jagen sie Rüsselschweine«, klärte ihn Lìya über Kluftschleicher auf. »Aber wenn keine in der Nähe sind, dann nehmen sie auch Menschen. Und sie kommen niemals allein.« Lìya deutete auf verschiedene Stellen im Fels, und nun sah auch Sariel gut zwei Dutzend dieser Tiere, die in einer lang gestreckten Linie mit großer Geschicklichkeit und äußerst schnell den Fels hinabkletterten. »Gefährliche Biester, aber zum Glück ziemlich dumm«, meinte Lìya und lenkte sie mit einem Teil ihres Vorrats an Mondtränen ab. Bevor sie mit Biao flohen, erlegte sie noch einen weiteren Kluftschleicher, und am Abend konnte Sariel zusehen, wie sie das große Tier ohne Zögern waidgerecht ausnahm. An jenem Abend aß Sariel zum ersten Mal seit Langem wieder Fleisch. Und fand es köstlich.

Überhaupt mochte er die Abende mit Lìya am Feuer. Ihr Bein machte sich, die Schmerzen ließen nach, und nachdem sie gegessen hatten, begann sie eines Abends, Geschichten zu erzählen, alte Märchen der Ori. Ihre Stimme entführte Sariel weit weg in eine Welt, die noch fantastischer war als Pangea selbst, und Sariel begann sich zu wünschen, dass sie nie mehr aufhören möge zu erzählen. Weil es nachts selbst so nah am Feuer noch sehr kalt war, saßen sie nah beieinander. Nah genug, dass Sariel sie riechen konnte. Lìya roch nach Rauch, nach Stein, nach dem ranzigen Fett des erlegten Kluftschleichers und ein bisschen nach Haut. Sie roch sehr gut.

Unterwegs sprachen sie nur wenig. Immer wieder machte Sariel Anläufe, die Langeweile des Ritts zu durchbrechen und Lìya Fragen über das Leben der Ori zu stellen, aber sie reagierte unwirsch und schien ganz in ihre Gedanken versunken. Einmal glaubte Sariel zu hören, dass sie ein Lied summte, aber als er sie danach fragte, verstummte sie sofort wieder. In den ganzen zwölf Tagen erfuhr er nicht mehr über Lìya, als dass sie einen berühmten Vater hatte, zwei Brüder, dass ihre Mutter vor nicht allzu langer Zeit durch den Angriff von irgendwelchen Raubvögeln umgekommen war und Lìya schon immer eine Zhàn-Shì-Kriegerin werden wollte. Erst abends am Feuer erzählte sie, manchmal stundenlang. Sariels einzige Erklärung für ihr seltsames Verhalten war, dass sie sich nicht allzu sehr mit ihm anfreunden wollte, falls ihre Leute ihn nachher doch noch umbringen würden. Und vielleicht waren ihre Märchen am Lagerfeuer eine Art Beschwörungsritual dagegen. Vielleicht fürchtete sie sich auch einfach nur im Dunkeln. Sariel wurde jedenfalls nicht richtig schlau aus Lìya. Er fing an, sie zu mögen, sehr zu mögen. Gleichzeitig blieb sie ihm fremd und unheimlich.

Auf ihrer Reise erkannte Sariel, dass das gigantische Regenschattengebirge nicht unbewohnt war, auch wenn sich nur wenige Tierarten in den lebensfeindlichen Höhen behaupten konnten. Mehrfach sah er jedoch einen großen blauen Vogel mit vier Flügeln hoch am Himmel über ihnen kreisen. Lìya nannte ihn Windstürmer und erklärte Sariel, dass er im Winter auf der Savannenseite des Gebirges lebte und erst im Sommer, wenn die Savanne austrocknete und das Nahrungsangebot knapp wurde, Tausende von Kilometern zurücklegte, um im Regenschattengebirge zu jagen und zu brüten. Sein Gefieder besaß eine Schutzschicht gegen die gefährliche ultraviolette Strahlung in der Höhe und hatte daher seine ungewöhnliche blaue Farbe. Sariel wunderte sich, dass die Ori so viele biologische Details wussten. Offenbar hatten auch sie eine Art Wissenschaft entwickelt. Auch wenn sie keine Zeitmaschinen bauten. Allerdings schien das Ding im Rucksack Lìya weniger Angst zu machen als Sariel, der immer noch befürchtete, dass es unversehens hochgehen könne.

Lìya schien die Funktionsweise irgendwie zu verstehen. Sie wusste viel.

»Sind Windstürmer Raubvögel?«, fragte Sariel.

»Nicht wirklich«, erklärte Lìya. »Sie ernähren sich ausschließlich von Silberspinnen.«

Silberspinnen hatte Sariel bereits gesehen. Vielmehr ihre Netze, denn die überspannten ganze Bergschluchten bis zu einer Breite von fast hundert Metern. Dabei waren die silbern glänzenden Spinnen selbst nicht größer als ein Daumennagel. Sie lebten jedoch zu Tausenden in riesigen Kolonien im Fels und hatten eine einzigartige Organisationsform entwickelt. Auf den Flugsamen bambusartiger Bäume, die in der Höhe wuchsen, ließen die leichteren Jungspinnen sich vom Wind durch die Luft treiben und sponnen dabei einen ersten Faden quer über ein Tal. Auf diesem Faden kletterten dann Arbeiterspinnen entlang und sponnen weitere Fäden, bis sich ein fast armdickes Tragseil aus Spinnenseide gebildet hatte. Daran knüpften sie senkrechte Seile und dazwischen dann echte Spinnennetze mit klebrigen Fangfäden. Die Silberspinnen fingen jedoch keine Insekten. Insekten kamen in diesen Höhen praktisch nicht mehr vor. In den Netzen verfingen sich nur die Samen der bambusartigen Grasbäume millionenfach. Die Spinnen ernteten die Samen und schafften sie in große Höhlen im Fels, wo sie Bergschweinchen damit fütterten. Bergschweinchen waren die letzten Säugetiere. Sariel hatte noch keines gesehen, denn die fast blinden Tiere lebten ausschließlich unter Tage. So wie Lìya sie beschrieb, erinnerten sie ihn an Meerschweinchen.

»Aber was haben die Spinnen davon, die Bergschweinchen zu füttern?«

»Na, um sie zu mästen und zu schlachten, natürlich! Nicht dumm, was? Die Königin kriegt immer die fettesten.«

Lìya lachte kurz, und Sariel lief ein Schauer über den Rücken bei dem Gedanken an Spinnen, die Säugetiere hielten wie Menschen früher Kühe oder … eben Schweine. Gleichzeitig bewunderte er, wie es der Natur gelungen war, selbst in solch lebensfeindlichen Regionen angepasstes Leben hervorzubringen. Die Schöpfung hatte auf Pangea etwas völlig Neues geschaffen und Sariel kam plötzlich ein seltsamer Gedanke. Er erinnerte sich an den Religionsunterricht, den er auf Wunsch seiner Eltern hatte besuchen müssen, obwohl er nicht einmal getauft war. Seine Eltern hatten darauf bestanden, weil diese Religion eben auch zu der Kultur gehörte, in der er aufwuchs. Sariel erinnerte sich an die Schöpfungsgeschichte in der Bibel. Am siebten Tag war der Mensch entstanden. Aber die Schöpfung hatte am siebten Tag nicht einfach aufgehört. Sie hatte weiter Leben hervorgebracht, auch nachdem der Mensch längst ausgestorben war.

»Der achte Tag«, sagte Sariel plötzlich.

»Was?«, fragte Lìya.

»Pangea – das ist der achte Tag der Schöpfung. Ich hab immer gedacht, mit dem siebten Tag wär Schluss, die Welt wär fertig und so, aber das stimmt nicht. Es geht immer weiter.«

Sie blickte ihn fragend an. »Keine Ahnung, wovon du redest. Ist das eine Geschichte? So was wie ein Märchen?«

»So was Ähnliches.«

»Dann erzähl es mir!«

»Vergiss es.« Sariel wandte sich verlegen ab.

»Sind dir meine Geschichten peinlich?« fragte Lìya.

»Nein! Sie … sind wunderbar!«

»Dann wird es Zeit, dass du dich revanchierst.«

Was sollte man dazu sagen? Sariel hätte nie gedacht, dass er so etwas einmal tun würde. Dass er so etwas überhaupt konnte. Aber an jenem Abend war alles ganz einfach. An jenem Abend erzählte er am Lagerfeuer seine erste Geschichte.

Die biblische Schöpfungsgeschichte. Und darüber hinaus.

Sariel erzählte von einem Gott, an den er nie geglaubt hatte, von der Erschaffung der Erde, des Lebens, von Adam und Eva und von der Vertreibung aus dem Paradies. Sariel erzählte von Kriegen und von einer Menschheit, die alles daransetzte, sich selbst zu vernichten. Sariel erzählte ein Märchen von der Entstehung, dem Untergang und der Neuerschaffung der Welt. Er nannte es »Pangea und der achte Tag«, und Lìya hörte gebannt zu. Denn wie jede gute Geschichte traf Sariels Märchen einen uralten Kern, eine vergessene Wahrheit, an die sich Menschen nur durch Geschichten erinnern. Und während er erzählte, spürte Sariel wieder ein bisschen Hoffnung für sich selbst. Weil es womöglich auch für ihn immer weitergehen würde.

Es war tief in der Nacht, als sein Märchen endete. Lìya sagte nichts, blickte ihn nur mit einem seltsamen Ausdruck an, ganz anders als zuvor. Schweigend wickelte sie sich in ihren Kyrrschal und rollte sich zum Schlafen ein.

Auch am nächsten Morgen kein Wort. Allerdings bat sie ihn später beiläufig, er möge doch bitte ihr Shì für sie tragen, es behindere sie irgendwie beim Reiten.

»Irgendwie?« Sariel grinste sie an.

»Ja. Irgendwie«, erwiderte sie grinsend und wandte sich dann ab.

»Warum ist es so wichtig, den Sariel zu töten?«, fragte Sariel unvermittelt. »Ich meine… würde gefangen nehmen nicht schon reichen?«

»Der Sariel ist ein mächtiger Krieger«, referierte Lìya wie aus einem Lehrbuch. »Man kann ihm nicht trauen, er würde immer einen Weg finden, auszubrechen und uns alle zu töten. Schließlich trägt er eine Zeitbombe mit sich.«

»Die jetzt du hast«, konterte Sariel trocken. »Sieht man ja, wie gefährlich ich bin. Willst du wissen, wie ich das sehe? Im Grunde wollt ihr einfach nicht, dass die Sari ihre Stadt verlassen. Das ist es doch! Ihr wollt Pangea für euch alleine! Die ganze Erde für euch alleine!«

»Das ist nicht wahr!«, protestierte Lìya wütend. »Es ist nicht unsere Schuld, wenn die Sari ihre Stadt nicht verlassen können. Wir leben prima hier!«

»Aber ihr lebt nicht lange. Menschen werden normalerweise achtzig oder neunzig Jahre alt. Nicht bloß vierzig oder fünfzig wie ihr!«

»Niemand wird so alt!«, behauptete Lìya.

»Doch«, entgegnete Sariel. »Meine Mutter zum Beispiel wird demnächst einundvierzig. Und damit hat sie erst die Hälfte ihres Lebens erreicht. Viele Menschen werden bei uns neunzig oder sogar älter.«

»Du lügst!«

Sariel stöhnte. »Warum sollte ich!?«

Eine Weile schwieg sie. Dann siegte ihre Neugier und sie gab sich einen Ruck. »Und die Sari? Wie alt werden die?«

»Die Sari sind ein Sonderfall. Sie sehen alle jung aus, aber sie werden zum Teil hundertfünfzig Jahre alt. Sie haben ihre Gene so lange verändert, bis sie alle Krankheiten ausgerottet haben.«

Lìya lachte schallend.

»Ich sag ja nicht, dass das normal ist«, sagte Sariel beleidigt.

Eine Weile schwiegen sie wieder. Sariel hielt es für klüger, Lìya nicht weiter mit diesem Thema zu reizen. Er hatte bereits bemerkt, wie schnell sie wütend wurde, und erinnerte sich gut, wie hart sie zuschlagen konnte. Dennoch brannte ihm schon seit Längerem eine Frage auf der Seele.

»Wie hast du mich überhaupt gefunden? Ich meine… das ist doch wie die Stecknadel im Heuhaufen, hier im Regenschattengebirge. Selbst falls ihr Informanten bei den Sari habt, hättest du mich nach dem Absturz niemals finden können.«

»Vielleicht hab ich einfach Glück gehabt.«

»Blödsinn. Du hast *gewusst*, wo du mich finden würdest. Woher?«

»Ich habe es … gefühlt«, sagte Lìya vage.

»Was heißt das?«

»Das heißt, was es heißt!«, erwiderte sie trotzig. »Einfach gefühlt. Ich will nicht weiter darüber reden!«

Das klang vertraut für Sariel. Genau so hatte er selbst immer reagiert, wenn man ihn auf seine kleinen Vorahnungen ansprach. »Dachte ich mir.«

»Was?«, zischte ihn Lìya an.

»Dass wir die gleiche Begabung haben. Oder Macke, wie man's nimmt. Wir sehen und spüren Dinge und wissen nicht genau, warum. Ich weiß nicht, wie es dir geht, ich jedenfalls hätte gerne endlich mal eine Erklärung dafür. Warum ich solche Dinge träume. Warum ich glaube, dass ich nicht vollständig bin. Warum mir mein ganzes Leben lang irgendwas fehlt und ich weiß nicht, was! Warum ich, verdammt noch mal, hier bin!!!« Er hatte den letzten Satz geschrien. Nun schwieg er wieder.

»Ich hab darauf keine Antwort«, sagte Lìya leise.

»Aber ich«, erwiderte Sariel. »Ich hab's nämlich jetzt kapiert. Ich musste hierherkommen, um dich zu finden! Du hast mich gerufen.«

»Hör auf!«, schrie Lìya ihn an. Sie stieß ihn so heftig an, dass Sariel vom Kalmar rutschte. Kopfüber stürzte er ab und hätte sich vermutlich den Schädel aufgeschlagen, wenn Biao ihn nicht mit einem Tentakel abgefangen hätte. Lìya sprang, so gut es mit dem verletzten Bein ging, ebenfalls von Biao herunter und ging auf Sariel los.

»Was soll das? Willst du mich hier irgendwie einwickeln? Du bist mein Feind! Der Feind meines Volkes! Du hättest uns ohne Zögern alle ins Nichts gesprengt! Das werde ich niemals vergessen – und du besser auch nicht!«

Sariel duckte sich unter den Schlägen, die blindlings auf ihn einprasselten. Aber je härter sie zuschlug, umso deutlicher wusste Sariel, dass er recht hatte. Während Lìya auf ihn einprügelte, dachte er an Dinge, für die Menschen gestorben waren, weil sie es für ihre Bestimmung gehalten hatten. Zu allen Zeiten hatten Menschen Kriege entfesselt, Unschuldige niedergemetzelt, die Erde verseucht und Tierarten ausgerottet, weil sie einem Ruf gefolgt waren. Dem Ruf eines Gottes, eines Vaterlandes, einer Ehre oder einer unbestimmten unersättlichen Gier. Es lief immer aufs Gleiche hinaus. Die Frage war, welchem Ruf er in Wirklichkeit folgte. Und noch mehr als das fragte sich Sariel plötzlich, welchen Sinn das alles überhaupt ergeben mochte.

Mit einem Mal hörten Lìyas Schläge auf. Wütend und verzweifelt wandte sie sich ab und kletterte zurück auf Biaos Rücken. Ächzend richtete sich Sariel auf. Es war dumm, noch etwas zu sagen, aber er tat es trotzdem. Nicht um das letzte Wort zu haben oder sie noch weiterzureizen. Er hatte einfach das Gefühl, dass es ausgesprochen werden musste.

»Ich weiß nicht, was meine Bestimmung ist. Aber deine ist es bestimmt nicht, mich zu töten.«

»Sondern?«

»Mich zu retten!«

Am fünften Tag der Gebirgsdurchquerung übernachteten sie im Eingang einer großen Höhle, die sich tief in den Berg verzweigte, und entdeckten zu spät, dass die Höhle von Todesengeln bewohnt war. Lìya bemerkte ihren Fehler erst bei Tagesanbruch, als sie und Sariel sich an der restlichen Glut vom Abend aufwärmten und noch müde und klamm ein paar Mondtränen verdrückten. Biao ruhte draußen vor der Höhle, als Lìya plötzlich vor Schreck erstarrte und Sariel dann anzischte.

»Rühr dich jetzt nicht vom Fleck, hörst du! Bleib ganz still! Keinen Mucks, was immer auch passiert!«

»Was...?«

»Schschsch!« Lìyas Gesicht erstarrte zu einer Maske, als

der erste dieser riesigen fledermausartigen Raubvögel im Freien auftauchte. Er kam geradewegs aus den unergründlichen Tiefen der Höhle, stützte sich beim Gehen auf seine zusammengefalteten Flügel und schritt an ihnen vorbei, scheinbar ohne sie zu beachten. Sariel hatte noch nie einen hässlicheren Vogel gesehen. Alles an ihm war grotesk, sein staksender Gang, seine klapperdürre Gestalt, beinahe so groß wie Sariel, und seine Krallen, die knochigen Fingern ähnelten. Der Vogel trug keine Federn, sondern eine schwarze und fast transparente Haut, die schlaff und faltig an ihm herabhing. Ein langer, gebogener Schnabel und sehr kleine Augen, dafür umso größere Ohren, die den Eindruck einer übergroßen Fledermaus verstärkten. Gleichzeitig ging von ihm ein bestialischer Verwesungsgeruch aus.

Instinktiv gehorchte Sariel Lìyas Anweisung und rührte sich nicht mehr. Aber sein Blick folgte dem unheimlichen Wesen aus der Unterwelt bis zum Ausgang der Höhle, wo der Vogel nur einen blasierten Blick auf den Kalmar warf, der ihn nicht sonderlich zu interessieren schien. Auch Biao verhielt sich ruhig und abwartend. Dann spannte der Vogel seine Schwingen, die mit einem Mal straff und glänzend wirkten. Drei kurze Flügelschläge, und er war in der Luft und erhob sich rasch und steil in den Morgenhimmel.

»Was war das?«

»Ein Todesengel!«, erwiderte Lìya hastig, und Sariel sah, dass alle Farbe aus ihrem Gesicht gewichen war. »Sie müssen hier drin ihr Nest haben. Gleich werden noch viel mehr kommen. Es sind eigentlich Aasfresser oder sie jagen Kluftschleicher. Die kalten Nächte verbringen sie dicht zusammengedrängt in Höhlen, um ihre Körperwärme zu halten, tagsüber nutzen sie dann die Aufwinde in den Bergen.«

»Und wo ist dann bitte das Problem?«

»Sie verteidigen ihre Höhlen bis aufs Blut gegen Eindringlinge. An sich sind sie harmlos, aber wenn du ihnen den

Fluchtweg abschneidest, werden sie wild und zerfleischen dich, kein Scherz – falls sie uns bemerken.«

»Kannst du mir mal sagen, wie man uns *nicht* bemerken soll!«, rief Sariel. »Wir sitzen hier direkt im Eingang und...«

»Sie sehen nur bewegte Dinge«, unterbrach ihn Lìya. »Und sie hören nur sehr hohe Geräusche. Wir haben eine Chance – wenn wir uns absolut ruhig verhalten!«

»Und Biao?«

»Kalmare sind die einzige Ausnahme. Todesengel greifen niemals Kalmare an, weiß der Teufel, warum.«

»Na prima!«, stöhnte Sariel. Er wäre lieber sofort aus der Höhle geflohen, doch in diesem Moment hörte er schon hundertfaches Scharren und Flattern aus der Tiefe der Höhle. Sie kamen.

Sariel machte es Lìya nach. Er presste sich mit dem Rücken gegen die Höhlenwand und versuchte, so flach wie möglich zu atmen, als die Todesengel nacheinander an ihm vorbeizogen. Eine Prozession wie aus der Hölle, und Sariel brauchte keine weitere Erklärung, woher diese Vögel ihren Namen hatten. Die Todesengel ließen sich viel Zeit. Gemessen und vorsichtig schritten sie einer nach dem anderen aus der Höhle, breiteten ihre ledernen Schwingen aus und erhoben sich in den kalten Himmel. Ihr Flügelschlagen klang wie das Brausen eines herannahenden Sturmes, aber wenn sie eine gewisse Höhe erreicht hatten, glitten sie reglos durch die Luft und ließen sich von den ersten Aufwinden immer höher tragen. Der Auszug aus der Höhle dauerte schier ewig und natürlich juckte es Sariel ausgerechnet nun an allen möglichen Stellen. Er bekam einen Krampf im Bein, spürte einen starken Niesreiz, musste ausgerechnet jetzt plötzlich dringend pinkeln und hätte sich am liebsten überall gekratzt.

Aber er hielt durch. Erst als der letzte Todesengel sich in die Luft geschwungen hatte, löste er sich gemeinsam mit

Lìya stöhnend aus der Starre. Eine Weile rieben sie sich nur schweigend die verkrampften Muskeln. Dann trafen sich ihre Blicke und Lìya musste plötzlich grinsen.

»Super gemacht! Super Rastplatz, den du da ausgesucht hast!«, sagte Sariel, ebenfalls grinsend. »Du kennst dich ja wirklich in der Wildnis aus!«

Sie schien es noch nicht einmal übel zu nehmen und kicherte nur erleichtert. Sariel erhob sich und ahmte den grotesken Schreitgang der Todesengel nach, flatterte mit seinen Armen wie ein Schauspieler in einem schlechten Vampirfilm. Lìya prustete los. Kriegte sich gar nicht mehr ein. Tränen rannen ihr über die Wangen, sie hielt sich das Zwerchfell und wimmerte, dass Sariel bitte aufhören möge. Er hatte sie zum Lachen gebracht. Ein gutes Gefühl, das ihn stolz machte und gleichzeitig erregte, mehr als alles andere. Sogar mehr als Eyla, als sie nackt vor ihm gestanden hatte.

Allmählich beruhigte sich Lìya und blickte ihn nun mit mehr Wärme als zuvor an. Sariel wurde verlegen.

»Vielleicht sollten wir langsam von hier verschwinden«, schlug er vor, um das Schweigen zu brechen. Sie nickte. Als sie sich von ihm abwandte, um das Feuer zu löschen, hatte Sariel den Eindruck, dass sie ihm noch etwas Wichtiges hatte sagen wollen. Sariel verfluchte sich, dass er diesen Moment mit einem Satz zerstört hatte.

Später am Tag stießen sie auf eine frische Kalmarspur. Sariel hätte sie nicht erkannt, aber Lìya entdeckte sie sofort. Angewidert sah Sariel zu, wie sie die weißliche Kalmarkacke zwischen zwei Fingern zerrieb.

»Keine zwei Tage alt.«

»Und wenn schon. Hier gibt's doch bestimmt noch mehr Kalmare. Ich hab selbst einen gesehen, der allein hier umherstreunte.«

Lìya sagte nichts dazu, aber Sariel sah ihr an, wie beunru-

303

higt sie war. Den Grund dafür erfuhr Sariel kurz darauf, als Lìyas scharfe Augen die sorgfältig verwischten Reste eines Lagerfeuers entdeckten.

»Soweit ich weiß, sind in dieser Gegend keine Karawanen und keine Zhàn Shì unterwegs. Die Spur deutet auf einen Kalmar mit einem Reiter hin. Aber kein Ori würde sich allein durch das Gebirge wagen.«

»Und das bedeutet *was?*«, fragte Sariel, jetzt ebenfalls beunruhigt.

»Ich weiß es nicht«, sagte Lìya leise und erhob sich wieder. Erst als sie wieder auf Biao saßen und weiterritten, erzählte sie Sariel von der Katastrophe. Von ihrem Trupp. Von Mingan, der kleinen Duo, von Naiyong, Gui, Yan und von ihrer Freundin Yuánfèn, die so gerne Geschichten hörte und heilen konnte. Ohne sichtbare Regung berichtete Lìya von den Gigamiten und von den Schusswunden, die sie in den Leichen der Mädchen entdeckt hatte. Und sie gestand Sariel ihren Verdacht. Den Verdacht, der sie nun schon seit vielen Tagen quälte.

Dass es einen Verräter unter den Zhàn Shì gab. Jemand, der sie mit Absicht ins Verderben geschickt hatte.

Vom elften Tag an ging es fast nur noch bergab. Je tiefer sie kamen, desto mehr Vegetation gab es. Sie überquerten weite Grasflächen, auf denen schneckenartige Tiere in der Größe von Hasen herumhüpften und an niedrigen Sträuchern fraßen. Das Gras war hart und kurz und schimmerte blassbläulich. Bisher hatte Sariel nur Wüstengegenden ohne nennenswerten Bewuchs kennengelernt, daher verwunderte ihn die Farbe des Grases. Aber in den vergangenen zweihundert Millionen Jahren hatten auch die Pflanzen eine völlig neue Evolution durchgemacht. Die meisten Arten nutzten zwar immer noch eine der genialsten Entwicklungen der Natur – die Fotosynthese –, allerdings nicht mehr nur mithilfe des grünen Chlorophylls, das den Pflanzen der Menschenzeit ihre charakteristische Farbe verliehen hatte. Die Pflanzen auf Pangea nutzten inzwischen auch andere Stoffe und traten daher in einer neuen Farbenvielfalt auf. Pangea, das erkannte Sariel plötzlich, war bunt.

Bei den Tieren, die an den dornigen Sträuchern fraßen, handelte es sich um Artverwandte des Sandspringers, wie Lìya erklärte, die in den Wüstensiedlungen der Ori zu Reittieren abgerichtet wurden. Springen war die einzige Fortbewegungsform der Tumbos, wie Lìya die Tiere nannte. Harmlose Pflanzenfresser, die bei den Ori als Delikatesse galten. Sariel verzichtete dennoch darauf, einen Tumbo zu probieren. Mondtränen reichten ihm.

Die Luft wurde nun stündlich wärmer und roch würzig nach Gras und Kräutern und Sonne. Lìya, die die letzten Tage sehr still gewesen war, schien aufzutauen und lächelte jetzt wieder öfter.

Am Abend des elften Tages erreichten sie ein kleines Hochplateau, von dem sie einen ersten Ausblick auf das dahinterliegende Land hatten.

»Siringit!«, sagte Lìya. »Die Große Weite!«

Die Große Weite. Sariel war inzwischen einiges an spektakulären Landschaften gewohnt, aber das hier verschlug ihm die Sprache. Eine sanft gewellte, fruchtbare Steppe spannte sich bis zum Horizont vor ihm auf und noch weit dahinter. Bauschige Wolkenberge glühten im Abendlicht und ballten sich in der Ferne zu ersten Gewittern. Sariel sah Flüsse, die sich weit ins Land verästelten. Das hohe, wogende Steppengras war grün und blassbläulich und manchmal auch rot und sah aus wie der Körper eines großen schlafenden Tieres. Dazwischen, wie uralte Höcker, die versprengten und überwucherten Felsbrocken, Reste jenes verheerenden Vulkanausbruchs von Millionen von Jahren, wie ihm Lìya erklärte. Zwischendurch vereinzelte Wäldchen und kleine Haine, aus denen seltsame Tiere traten. Überall waren Tiere. Tausende. Hunderttausende. Selbst aus der Entfernung konnte Sariel gewaltige Herden erkennen, die langsam ihres Weges zogen oder an Wasserlöchern rasteten. Sariel entdeckte auch Kalmare, die in Clans von zehn bis zwanzig Exemplaren durch die Savanne streiften und dabei unsichtbaren Pfaden zu folgen schienen. Da verstand Sariel alles, was er jemals über das Paradies gelesen hatte.

Der achte Tag, dachte er ergriffen. Zum ersten Mal wurde ihm bewusst, dass er etwas sehen durfte, was weder seine Eltern noch seine Freunde noch irgendjemand sonst aus seiner Zeit sehen würden. Es war ein Geschenk, einer der großartigsten Momente seines Lebens, und erfüllte ihn von Neuem mit Hoffnung. Der Anblick der Siringit berührte etwas in seinem Innern, eine uralte Menschheitserinnerung an ein verlorenes Glück. Und seltsam, obwohl er ein Fremder war in dieser Welt, fühlte Sariel sich plötzlich angekommen.

Der Anblick jedoch, der ihn am meisten in den Bann schlug, war der Ngongoni. Sariel erinnerte sich, den Vulkan in seinen Lehrträumen gesehen zu haben. Auch Lìya hatte viel von dem ewig wolkenverhangenen Berg erzählt. Sariel hatte sich den Vulkan als einfachen Kegel vorgestellt. Tatsächlich aber war er gigantisch. Ein Koloss in der Ferne, der sich zu allen Seiten ausbreitete und fast den gesamten östlichen Horizont beherrschte. Seine dunklen Flanken sahen aus wie riesige Schwingen eines monströsen Fabelwesens, das sich vor Anbeginn aller Zeit auf der Erde niedergelassen hatte, schwer und erdrückend, um etwas ebenso Monströses und Böses auszubrüten. Dennoch wusste Sariel inzwischen, dass der Ngongoni für die Ori ein Symbol des Lebens war, weil an seinen Flanken die Mondtränen im Überfluss wuchsen. Für die Sari war der Ngongoni der Hort allen Übels – für die Ori war er ein Heiligtum.

Lìya bemerkte Sariels Ergriffenheit und ihr schien es nicht

viel anders zu gehen. Sie deutete nach Norden, wo sich in der Ferne gerade ein abendliches Gewitter entlud.

»Da hinten unter den Blitzen liegt Orisalaama. Morgen wirst du die Stadt schon sehen können. Wir haben es fast geschafft.«

Sariel nickte nur. Nach Reden war ihm nicht mehr zumute. Schweigend machten sie ein Feuer und sahen zu, wie die Nacht über der Siringit hereinbrach und alles unter ihnen im Dunkel verschwand. Fast alles. Denn zum ersten Mal seit seinem Aufbruch aus Sar-Han sah Sariel Lichter in der Nacht. Die Lichter der fernen Ori-Siedlung zwinkerten ihnen freundlich zu, und obwohl sich Sariel vor den Ori fürchtete, freute er sich doch, nach der langen Wanderung bald wieder unter Menschen zu sein.

VERDACHT

Lìya wollte Orisalaama unbedingt noch am nächsten Tag erreichen. Sie hatte genug von den Bergen, und sie hatte genug von dem Zweifel, ob sie Sariel trauen konnte oder ob er ihr nicht doch eines Nachts die Kehle durchschneiden würde. Die ganzen letzten Nächte hatte sie nur wenig und unruhig geschlafen, immer mit dem Messer in der Faust unter der Decke. Sie war verwirrt und wusste nicht genau, warum. Sariel war seltsam. Schon wie er sie anschaute. Jetzt, da Orisalaama bereits in Sichtweite lag, wollte sie so schnell wie möglich in den Schutz ihrer Heimatsiedlung zurück und sich Rat und Hilfe holen. Daher schliefen sie nur ein paar Stunden und brachen noch in der Nacht auf. Bei Sonnenaufgang hatten sie die Berge bereits hinter sich und tauchten ein in die Siringit. Lìya konnte das tausendfache Leben ringsum im Gras hören und riechen und war froh, die Berge hinter sich zu lassen. Hin und wieder warf sie Sariel einen Blick zu. Die Siringit schien ihn zu überwältigen, das hatte sie schon am vergangenen Abend gespürt. Es hatte sie sogar irgendwie gefreut, dass ihre Heimat so einen tiefen Eindruck auf ihn machte.

Sie sprachen nicht viel auf dem letzten Stück. Sariel war ganz mit Schauen, Horchen und Staunen beschäftigt. Offenbar hatte er noch nie wilde Tiere gesehen. Lìya hatte ebenfalls wenig Lust zu reden, denn sie dachte wieder an den Mord an ihrem Trupp. Der Anblick der Leichen hatte sich unauslöschlich in ihr Gedächtnis eingebrannt. Lìya war inzwischen überzeugt, dass es unter den Zhàn Shì einen Verräter geben musste, denn nur ein Zhàn Shì konnte gewusst haben, welche Route sie nehmen würden, und nur Krieger besaßen Shìs, mit denen die Mädchen getötet worden waren. Lìya überlegte, wem sie vertrauen und von ihrem Verdacht erzählen konnte. Ihr Vater und ihre Brüder waren weit weg und in Orisalaama hatte sie durch die vielen Reisen mit der Karawane nur noch wenige Freunde. Lìya überlegte auch, was wohl mit Sariel geschehen würde und mit der Zeitmaschine, die sie immer noch im Rucksack trug. Sie hoffte, dass es ihr gelingen würde, den Gon Shì von Orisalaama zu überzeugen, Sariel nicht zu töten. Aber auch die Aussicht, dass sie ihn weit weg irgendwo ans Ende der Welt verbannten, stimmte sie plötzlich traurig.

Zwei schweigende Menschen tragend, folgte Biao einem uralten breiten Trampelpfad der Kalmare, der geradewegs auf die größte Siedlung der Ori zuführte. Aus der Entfernung sah man nur wenig, kaum mehr als eine Ansammlung niedriger ockerfarbener Gebäude, die mehr wie einer jener versprengten Felsbrocken wirkte als wie eine Stadt. Aber je näher sie kamen, desto deutlicher wurden die wahren Ausmaße von Orisalaama.

»Wie viele Einwohner hat die Stadt?«, fragte Sariel.

»Ich weiß es nicht genau. Hunderttausend? Zweihunderttausend? Dreihunderttausend? Niemand hat es je gezählt.«

»Wie viele Ori gibt es denn überhaupt auf der Welt?«

Lìya lachte. »Wer soll das denn wissen? Du kannst uns ja mal zählen, wenn dir das so wichtig ist.«

Sariel verdrehte die Augen, aber das nahm sie kaum noch wahr. Sie hatte etwas entdeckt, das ihre Aufmerksamkeit weit mehr fesselte. Direkt voraus kam ihnen zügig ein Trupp Zhàn Shì auf Kalmaren entgegen. Lìya hatte keinerlei Zweifel, dass es sich um eine Abordnung handelte, die sie in Empfang nehmen sollte. Offenbar waren sie längst gesichtet worden.

Lìya registrierte eine impulsive Bewegung bei Sariel, und für eine Sekunde dachte sie, er wolle fliehen. Er schien jedoch längst eingesehen zu haben, dass er allein in der Savanne verloren war, und verhielt sich weiter ruhig. Lìya zog ein kurzes Seil aus ihrer Satteltasche und wandte sich zu ihm um.

»Tut mir leid, aber ich muss das jetzt tun.«

Sariel schien zu verstehen. »Schon in Ordnung.«

»Es ist nur zu deiner eigenen Sicherheit. Als mein Gefangener wird es niemand wagen, dich einfach abzuknallen.«

»Wenn du das sagst.« Er wirkte nicht überzeugt. Dennoch ließ er sich widerstandslos von ihr fesseln. »Was wirst du ihnen über mich erzählen?«

Die Frage traf mitten ins Schwarze. Genau darüber hatte Lìya schon die ganze Zeit nachgedacht. Die Ori würden einen Sariel niemals verschonen, bloß weil Lìya ihnen versicherte, dass sie sich in ihren Träumen schon einmal begegnet waren. Dass er ihr das Leben gerettet hatte, sprach zwar für ihn, war aber immer noch kein Grund, ihm zu vertrauen. Vielleicht, aber auch nur vielleicht, würden die Oberen seine Geschichte glauben. Dass er aus einer fernen, vergangenen Zeit kam. Dass er nur zurück nach Hause wollte. Aber auch das würde ihm nichts nützen. Sariel blieb Sariel. Und solange er lebte, würden ihn die Ori für eine tödliche Bedrohung halten. Selbst Lìya war sich ja immer noch nicht sicher. Sogar wenn der Sariel bereit gewesen wäre, seinem Auftrag abzuschwören – wer wollte ihm das glauben? Wer wollte das Risiko tragen, die Existenz eines ganzen Volkes zu gefährden, nur weil man den Worten eines fünfzehnjährigen Jungen glaubte, der von den Sari vermutlich zu einer Kampfmaschine ausgebildet worden war. Immerhin, dachte Lìya, hatte sie die Bombe. Erst die Bombe machte den Sariel zur Bedrohung für ihr Volk. Aber selbst wenn sie ihn nicht töteten – die Ori würden den Sariel niemals zurück zu den Sari lassen. So wie Lìya die Sache sah, würde Sariel Orisalaama nie mehr verlassen.

310

»Verstehe«, sagte Sariel rau, als Lìya nicht gleich antwortete, und wandte sich ab.

»Ich werde für dich sprechen!«, setzte Lìya an, aber Sariel reagierte nicht mehr. Lìya versuchte, ihm einen beruhigenden Blick zu schenken, der jedoch in krassem Widerspruch zu ihrer eigenen Verfassung stand. Sie war plötzlich sehr aufgeregt, nicht nur weil das Schicksal ihres Lebensretters an einem seidenen Faden hing. Inzwischen hatte sie nämlich einen der Zhàn Shì erkannt, die ihnen entgegenritten: Li!

Der Anblick von Li löste widersprüchliche Gefühle aus, Freude und Furcht. Freude, weil sie in den dunkelsten Nächten der letzten Wochen oft an ihn gedacht und sich vieles vorgestellt hatte. Was sie sagen oder tun wollte, wenn sie sich wiedersahen. Was er sagen würde.

Ob sie ihn einfach küssen sollte.

Die Furcht empfand sie nun, weil sie Li zuletzt in der Wüstensiedlung gesehen hatte. Sein überraschendes Erscheinen in der Savanne bedeutete, dass er das Gebirge lange vor ihr überwunden haben musste. Und das nährte wieder ihren schrecklichen Verdacht.

»Gruß, Lìya!«, sagte Li, wie immer ohne sichtbare Regung, als sie sich gegenüberstanden. Sofort ärgerte sich Lìya. Der Mistkerl hätte wenigstens eine Andeutung von Freude erkennen lassen können. Allerdings bemerkte Lìya, dass seine Begleiter den Sariel mit unverhohlener Neugier anstarrten. Sie umstellten Lìya, Sariel und Biao und hielten die Hände an ihren Shìs.

»Was machst du hier, Li?«, fragte Lìya, ohne den Gruß zu erwidern. »Wie bist du so schnell über das Gebirge gekommen? Was soll dieser Empfang? Sind wir etwa Gefangene?«

»Wir sind kurz nach dir aufgebrochen.«

»Wer ist wir???«

»Eine Gruppe ausgewählter Zhàn Shì.« Ein Anflug von Stolz schlich sich in seine Stimme. »Dein Vater ist auch hier,

Lìya. Er ist in der Nacht vor deinem Aufbruch zum Gon Shì von Orisalaama gewählt worden und wollte so schnell wie möglich dorthin zurück.«

Diese Nachricht kam nicht ganz überraschend, dennoch wirkte sie auf Lìya wie ein Schock. Sie hatte immer erwartet, dass ihr Vater eines Tages eine wichtige Stellung bei den Ori einnehmen würde. Im Grunde hatte niemand etwas anderes erwartet. Aber als Gon Shì von Orisalaama, der größten aller Siedlungen, war er nun einer der mächtigsten Ori. Wenn nicht der mächtigste überhaupt. Und er hatte ihr in jener Nacht nichts davon angedeutet. Lìya wurde schlagartig klar, wie wenig sie von ihm wusste. Wie sehr auch sie nur ein Rädchen in einem großen Plan war.

Und das machte sie schon wieder wütend. »Ich verstehe immer noch nicht, was das alles zu bedeuten hat«, herrschte sie Li an.

»Dein Vater hatte den Plan, eine zweite Abwehrlinie aufzubauen, falls der Sariel nicht rechtzeitig abgefangen werden kann. Deswegen sind wir hier.«

»Und warum werden wir umstellt wie pöbelnde Wald-Ori?«

»Eine Sicherheitsmaßnahme.« Li deutete kühl auf Sariel, der sich bislang völlig ruhig verhalten und versucht hatte, die Situation einzuschätzen. »Wer ist das?«

Lìya warf Sariel einen Blick zu und er verstand. Er richtete sich auf und blickte Li offen an. »Ich bin der Sariel!«

Im gleichen Augenblick richteten die jungen Krieger, die sie umstellt hatten, ihre Shìs auf ihn, bereit, sofort abzudrücken. Sie wirkten fast panisch, und Lìya befürchtete, dass einem von ihnen die Nerven durchgehen könnten. Daher setzte sie sich schützend vor Sariel und breitete die Arme aus.

»Waffen runter! Sofort!«, brüllte sie. »Er ist mein Gefangener! Niemand rührt ihn an!«

Zum Beweis riss sie Sariels gefesselte Hände in die Höhe. Aber immer noch zielten die jungen Krieger auf sie, und Lìya konnte sehen, dass einige von ihnen vor Angst zitterten.

»Li!«, rief sie scharf.

Li gab den Kriegern ein Zeichen und zögerlich senkten sie ihre Shìs. Aber gerade nur so weit, dass sie sie bei der geringsten Bewegung des Sariel sofort wieder griffbereit haben würden.

»Hast du einen Beweis, dass er der Sariel ist?«, fragte Li.

»Er hatte die Bombe«, sagte Lìya.

Wieder eine alarmierte Reaktion der Zhàn Shì um sie herum. Nur Li blieb ruhig, und Lìya erinnerte sich wieder daran, wie gut er seine Gefühle unter Kontrolle hatte. Er würde eines Tages ein großer Zhàn Shì werden. Vielleicht sogar ein Gon Shì.

»Wo ist die Bombe jetzt?«

»In meinem Rucksack.«

Li blickte Lìya misstrauisch an. »Handfesseln sind nicht gerade viel.«

Seine Augen wanderten hinüber zu Sariel und blieben dort. Lìya bemerkte zufrieden, dass Sariel dem Blick nicht auswich und seine Furcht nach Kräften unterdrückte.

»Ich frage mich gerade«, sagte Li langsam, »wer hier wirklich der Gefangene ist.«

»Willst du damit etwa sagen, dass ich eine Verräterin bin?!«, fauchte Lìya gefährlich.

Li schien unbeeindruckt. »Gib mir den Rucksack. Aber langsam.«

»Nein!«, sagte Lìya. »Er ist mein Gefangener. Ich habe ihn allein quer durch das verschissene Gebirge gebracht. Ich habe diese Bombe die ganze Zeit über sicher bewacht. Ich werde den Sariel und die Bombe nur dem Gon Shì ausliefern.«

Li hob sein Shì und richtete es auf Lìya. »Gib. Mir. Die. Bombe.«

313

»Gib sie ihm doch, um Himmels willen!«, zischte Sariel
hinter ihr. Doch Lìya blieb stur. Sie schüttelte langsam den
Kopf und blickte unerschrocken in die Mündung des Shì,
das Li auf sie gerichtet hielt.

»Hör mir gut zu, Li«, sagte sie leise und mit einer plötzlichen Kaltblütigkeit und Schärfe, die sie selbst überraschte.
»Ich hab in den letzten Wochen eine Menge durchgemacht.
Ich wäre ein paar Mal fast draufgegangen, und dass ich trotzdem noch lebe, verdanke ich unter anderem dem Sariel. Dennoch habe ich ihn gefangen genommen. Ich. Niemand sonst.
Und nur ich allein werde ihn nach Orisalaama bringen, ist
das klar? Wir werden jetzt langsam weiterreiten. Ihr könnt
uns einfach begleiten oder uns wie harmlose Sandspringer
abknallen. Aber das würde dir nicht gerade zur Ehre gerei-
chen.«

Immer noch hielt Li die Waffe auf Lìya gerichtet. Die anderen Krieger warteten gespannt ab, was er tun würde. Dann
schnalzte Lìya einmal kurz mit der Zunge und Biao setzte
sich langsam in Bewegung. Allerdings sehr, sehr vorsichtig,
als betrete er dünnes Eis. Die ganze Zeit den Blick auf Li
gerichtet, ritt sie an ihm vorbei und sah befriedigt und erleichtert, dass er das Shì senkte und seinen Kriegern ein Zeichen gab, ihnen zu folgen.

Obwohl sie durch die Begleitung der Zhàn Shì wie Gefangene wirkten, wurde Lìyas Rückkehr nach Orisalaama zu
einem Triumphzug. Die Nachricht, dass die Tochter des
neuen Gon Shì den Sariel gefangen genommen hatte und dabei war, ihn in die Stadt zu bringen, verbreitete sich wie ein
Lauffeuer und trieb die Menschen zu Tausenden in die engen
Gassen. Jeder wollte Lìya sehen, aber vor allem den Sariel.
Neugier vermischte sich mit wohligem Schauder, das Monstrum, das ihr Volk bedrohte, aus der Nähe sehen zu können.

314

Doch obwohl Lìya ihr Leben lang von diesem Augenblick geträumt hatte, fühlte sie sich nun unwohl und verloren. Sariel saß hinter ihr und schwieg. Lìya konnte sich schon denken, warum. Er fürchtete sich vor dem, was kommen würde, und nach dem seltsamen Empfang durch Li war Lìya weniger denn je davon überzeugt, dass sie noch für Sariels Leben garantieren konnte. Irgendwie begannen die Dinge, ihr aus der Hand zu gleiten. Immerhin gelang es ihr, hoch aufgerichtet und wie eine echte Siegerin durch die Gassen ihrer geliebten Heimatstadt zu reiten. Sie kannte fast jeden Winkel, und wenn sie hinunter zu den versammelten Ori sah, entdeckte sie auch manches vertraute Gesicht.

Niemand jubelte jedoch, niemand sagte ein Wort. Stille begleitete Lìyas Einzug nach Orisalaama, angespannte, furchtsame Stille. Lìya sah, dass die Ori erstarrt waren in Staunen und Fassungslosigkeit. Die ganze Stadt wirkte wie unter Schock, und allmählich begriff Lìya, welch uraltes Tabu sie gerade brach. Seit es Ori auf Pangea gab, war nie ein Sariel gefangen genommen worden. Der Sariel musste sterben, das galt als eherne Regel des Überlebens. Und sie wagte es nun, den Sariel persönlich und nur in Handfesseln in das Herz der Gemeinschaft zu bringen. Sie nahm einen Todfeind mit nach Hause und erwartete auch noch Beifall. Mit einem Mal kam sich Lìya sehr, sehr dumm vor. Aber es gab kein Zurück mehr.

»Lìya, ich habe Angst!«, flüsterte Sariel hinter ihr.

»Ich auch. Lass dir nichts anmerken.«

»Bitte lass mich nicht allein, hörst du! Bleib bloß bei mir.«

»Keine Sorge. Aber überlass mir das Reden.«

Das sagte sie so leichthin. *Überlass mir das Reden.* Was hätte er schon sagen sollen? Die Angst schnürte ihm ohnehin die Kehle zu. Auf der anderen Seite waren Worte das Letzte, was er noch hatte. Und die sollte er nun auch Lìya überlassen, die ihn trotz allem immer noch für einen Feind hielt? Sariel versuchte, die lähmende Furcht zu bekämpfen, um handeln zu können, sobald er eine Chance dazu bekäme. Er ahnte, dass es nicht mehr viele sein würden.

Der Anblick von Orisalaama lenkte ihn ein wenig ab. Fasziniert erkannte Sariel, dass auf Pangea tatsächlich zwei völlig verschiedene Völker lebten. Die Sari waren große, schlanke Menschen mit makelloser Haut, makellosen Zähnen, die ewig jugendlich wirkten. Dagegen sahen die Ori fast aus wie eine bunt gemischte Zirkusattraktion. Es gab Kräftige und Schmächtige, Große und Kleine, Gerade und Krumme. Sariel sah schiefe Nasen, zahnlose Münder, grüne, braune, blaue und sogar rote Augen, kombiniert mit jeder denkbaren Haarfarbe. Die meisten Ori waren eher klein und wenig anmutig, aber Sariel entdeckte hin und wieder auch Mädchen und Frauen von vollkommener Schönheit und Grazie. Sie trugen leichte, schlichte Umhänge und bunte Kleider aus gewebten Naturstoffen. Die Hauptstraße, auf der Sariel mit Lìya in die Stadt hineinritt, bestand nur aus gestampftem Lehm und war entsprechend staubig und schmutzig, genauso wie die Ori. Die meisten waren zu Fuß unterwegs und starrten vom Straßenrand zu ihm hinauf. Nicht wenige aber ritten auch auf Tieren, die Sariel nie zuvor gesehen hatte und die größere Verwandte der schneckenartigen Tumbos zu sein schienen. Manche Ori trugen Bündel und Lasten und schoben Karren mit blutigen Tierkadavern durch die Menge. Sariel sah Kinder, die mit seltsamen kleinen Tieren spielten, die ohne Weiteres in jeden Horrorfilm seiner Zeit gepasst hätten. Als hätte ein wahnsinniger Gott in Rage in seine Trickkiste gegriffen und nach Herzenslust Geschöpfe kreiert. Dennoch war Sariel natürlich klar, dass jedes dieser Tiere eine mindestens ebenso lange Evolution hinter sich hatte wie der Mensch und die Säugetiere. Doch der Mensch war ausgestorben am

Ende des siebten Tages, und diese Tiere hatten nun ihren angestammten Platz auf Pangea. Am achten Tag der Schöpfung war der Mensch das Fremde. Ein Wesen, das nicht mehr nach Pangea gehörte.

»Senk den Kopf!«, zischte Lìya ihn an, als sie sich einmal nach ihm umdrehte.

»Wieso?« Sariel begriff nicht.

»Du bist ein Gefangener, also benimm dich auch so! Zeig Demut! Siehst du nicht, dass sie Angst vor dir haben? Wenn nur einer von ihnen durchdreht, dann ist hier sofort die Hölle los, und niemand kann dir mehr helfen! Also los, Kopf runter!«

Sariel gehorchte nur widerstrebend. Wenn er schon ein Gefangener war, wollte er doch zumindest wissen, von wem! Also schielte er weiter mit gesenktem Kopf in die Runde. *Wie im tiefsten Mittelalter*, dachte er. Dabei befand er sich doch zweihundert Millionen Jahre in der Zukunft!

Hin und wieder wagte Sariel auch einen Blick auf Li. Er hatte natürlich bemerkt, dass Lìya ihn kannte. Mehr als das, sie hatte zunächst sogar erfreut gewirkt, und jetzt wirkte sie verunsichert. Aus Biaos leicht eifersüchtiger Reaktion schloss Sariel, dass Lìya mehr für Li empfand, als ihre schroffen Antworten vermuten ließen. Und das beunruhigte ihn plötzlich mehr als alles andere.

Immer mehr Zhàn-Shì-Krieger stießen zu ihnen und verstärkten die Patrouille. Der ganze Zug endete schließlich vor einem großen flachen Gebäude, das sich durch reiche Ornamente und Friese von den anderen unterschied. Offenbar eine Art Palast, der keinerlei Fenster und nur einen einzigen Eingang besaß. Die versammelten Ori blieben schweigend zurück, als Sariel und Lìya, eskortiert von den Zhàn Shì, durch den breiten Eingang ritten. Dahinter lag ein weitläufiger Innenhof, der mit einigen baumartigen Pflanzen dekoriert war, die wie dornige Palmen aussahen. Li befahl ihnen, abzusteigen. Kaum hatte Sariel jedoch festen Boden betreten, ergriffen ihn die Krieger und führten ihn rasch in einen Nebentrakt des Gebäudes.

»He!«, schrie Lìya empört und wollte dazwischengehen. Aber ein scharfes Kommando von Li brachte sie zum Schweigen. Sariel sagte nichts. Bevor die Krieger ihn fortzerrten, versuchte er noch, einen letzten Blick auf Lìyas Gesicht zu erhaschen, und sah grenzenlose Enttäuschung und Verzweiflung darin. Seltsamerweise freute ihn das.

Zwei Krieger hatten Sariel fest im Griff, die anderen hatten jetzt wieder ihre Druckluftharpunen auf Sariel gerichtet, offenbar bereit, ihn bei der kleinsten Gegenwehr zu erschießen. Sariel dachte jedoch nicht daran, ihnen diesen Gefallen zu tun. Da er vorläufig ohnehin keine Chance zur Flucht sah, gab er sich gefügig und ließ sich von den Zhàn Shì durch lange Flure und Hallen führen, von denen zahlreiche Räume abgingen. Menschen sah er nicht. Das ganze unheimliche Gebäude verzweigte sich wie ein Labyrinth. Sariel verlor schon nach kurzer Zeit völlig die Orientierung. Als die Krieger ihn schließlich in einen kargen Raum im Erdgeschoss stießen, dessen Tür sie mit einem schweren Riegel sicherten, hätte er nicht mehr sagen können, in welcher Richtung und Entfernung der Innenhof lag, in dem er von Lìya getrennt worden war.

Das Gefängnis maß etwa vier mal vier Meter. Der Boden bestand aus gestampftem Lehm, Licht sickerte nur durch ein schmales Oberlicht herein. Zu schmal und zu hoch, als dass er es hätte erreichen und hinausklettern können. Die ganze Einrichtung des Raumes bestand aus einer einfachen Lagerstätte, belegt mit muffigen Tierfellen. Neben dem Lager fand Sariel einen Trinkschlauch voll Wasser und eine Tagesration Mondtränen. In einer Ecke des Raumes gab es ein Loch, aus dem es furchtbar stank. Von draußen drangen keine Geräusche herein, als würde die Welt nicht mehr existieren.

Einfach nicht mehr da sein. Einen Moment lang blieb Sariel nur so stehen, mit der schwachen Hoffnung im Herzen, die Tür würde plötzlich wieder aufgehen oder er aufwachen, oder sonst was würde passieren, das alles ungeschehen machen könnte.

Aber das Wunder blieb aus. Das Zwielicht des Raumes wurde zwielichtiger, die Stille immer stiller und der Gestank aus dem Loch kroch langsam näher wie ein widerliches krankes Tier. Oder wie die Zeit, die kranke Zeit, die ihn gefangen hielt und ihn auch noch auslachte.

Mit dem Gefühl tiefster Hoffnungslosigkeit verkroch sich Sariel in die Ecke, die am weitesten von dem Loch entfernt war, und vergrub seinen Kopf zwischen den Knien und weinte. Er weinte um alles, was er verloren hatte, endgültig verloren. Er weinte um seine Eltern, er weinte um den roten Kater und er weinte um sich. Aber anders als früher schenkten die Tränen keinen Trost mehr. Sie verstopften ihm nur ein wenig die Nase und ersparten ihm für eine Weile den unerträglichen Gestank aus dem Sickerloch.

Sariel ahnte, dass ihm lange Verhöre bevorstanden. Sari und Ori schienen nicht allzu viel voneinander zu wissen, und wie es aussah, war er der erste Sariel, den man gefangen genommen hatte. Möglicherweise würden sich die Verhöre über Tage oder gar Wochen hinziehen. Aber das fand er sogar irgendwie tröstlich, denn es bedeutete, dass sie ihn aus dem stinkenden Raum rausholen würden. Und es bedeutete Aufschub. Bedeutete Leben.

Hunger hatte er seltsamerweise keinen, aber Durst, großen Durst. Er trank das Wasser in einem Zug, aber gleich danach fühlte er sich schon wieder durstig. Die Mondtränen rührte er nicht an. Irgendwann musste er pinkeln. Eine Weile gelang es ihm, den Harndrang zu ignorieren. Die Vorstellung, sich an das Loch stellen zu müssen, war schlimmer als der Druck auf die Blase.

Bis es nicht mehr ging.

Stöhnend richtete sich Sariel auf, hielt die Luft an und stellte sich an das Loch, ohne hineinzusehen, weil er fürchtete, dass es ihn verschlingen würde. Aber er brauchte zu lang, musste zwischendurch prustend ausatmen, und der Gestank schlug ihm wie eine Faust ins Gesicht, dass er sich fast übergeben hätte – wenn er nur irgendwas im Magen gehabt hätte.

Etwa zur gleichen Zeit stand Lìya vor ihrem Vater. Der Raum, in dem er sie empfing, lag nicht weit von Sariels Gefängnis entfernt in einem ruhigen Trakt des Palastes. Es war kühl hier, kaum ein Laut der lärmenden Stadt drang bis hierher. Chuàng Shǐ, Lìyas Vater, unterbrach eine Besprechung mit drei älteren Zhàn Shì, als Lìya von Li hereingeführt wurde. Ohne dass ein weiteres Wort fiel, entfernten sich die Krieger und warfen Lìya im Vorbeigehen seltsame Blicke zu. Lìya sagte nichts, wartete nur, bis sich hinter ihr die Tür schloss und sie mit ihrem Vater allein war. Ihr Vater, so schien ihr, war in den vergangenen Wochen sehr gealtert. Sein Haar war weißer und dünner, seine Haut faltiger. Chuàng Shǐ wirkte müde. Nur seine Bewegungen waren noch genauso entschlossen wie immer. Er kam auf Lìya zu und umarmte sie fest und innig.

»Ich bin so froh, dass du lebst! Ich hab mir solche Sorgen gemacht!«

Lìya erwiderte die Umarmung. Es tat gut, den vertrauten Geruch ihres Vaters einzuatmen. »Ich hab dich vermisst«, sagte sie leise.

Für einen Moment blieben sie nur so stehen, Vater und Tochter, und hielten sich, als gäbe es sonst nichts mehr auf der Welt, an dem man sich festhalten konnte. Dann löste sich Chuàng Shǐ sanft von ihr und blickte sie an.

»Du siehst müde aus. Und dünn.«

»Und schmutzig«, ergänzte sie lachend. »Du musst mich aber nicht wieder wie ein Baby behandeln, hörst du?«

Chuàng Shǐ deutete auf einen Stuhl. »Das würde ich nicht wagen. Setz dich, wir müssen reden.«

Lìya nahm Platz und ihr Vater setzte sich nah zu ihr. Blickte sie dabei unverwandt an, als fände er in ihrem Gesicht schon die Antworten auf all die Fragen, die ihn bedrängten.

»Weshalb bringst du den Sariel hierher?«, begann ihr Vater schließlich.

»Weil ich ihn nicht töten konnte«, antwortete Lìya wahrheitsgemäß. »Ich habe es versucht, aber ich konnte es nicht.«

»Hättest du ihn nicht fesseln und irgendwo zurücklassen können, damit wir uns dann um ihn kümmern?«

Sie schüttelte den Kopf. »Das schien mir zu riskant.«

»Aber ihn nur in Handfesseln nach Orisalaama zu bringen, praktisch kurz vor sein Ziel. Das erschien dir weniger riskant?«

Lìya schluckte. »Was willst du damit sagen, Papa?«

»Gar nichts. Wir wundern uns nur.«

»Wer ist wir?«

Chuàng Shǐ ignorierte die Frage. »Gerade dir hätten wir alle etwas mehr … Umsicht zugetraut.«

»Er ist kein brutaler Mörder! Er ist noch nicht einmal ein besonders guter Kämpfer. Er ist in Wirklichkeit…«, sie senkte verlegen die Stimme, »…sogar ganz nett.«

Ihr Vater stieß einen ungehaltenen Laut aus. »Ganz nett! Und das aus deinem Mund, Lìya! Aber das bestätigt meinen Verdacht.«

»Welchen Verdacht?«

»Der Sariel hat irgendetwas mit dir gemacht, damit du ihn hierher bringst. Das war die ganze Zeit sein Plan.«

»Nein!«, rief Lìya. »Ich…«

Mit einer Handbewegung schnitt ihr Vater ihr das Wort

ab, und sein Gesicht nahm wieder jene Härte an, die es immer bei schweren Entscheidungen zeigte. Was Lìya nun aber zutiefst beunruhigte, waren das Misstrauen und die lauernde Vorsicht, die sie außerdem entdeckte. Als ob sie eine heimliche Gefahr darstellte. Als ob …

… *ich eine Verräterin wäre!*

»Erzähl mir, was passiert ist«, sagte ihr Vater. »Erzähl mir alles. Lass nichts aus, nicht das kleinste, unbedeutendste Detail. Fang am besten mit den Ereignissen am Chui-Riff an.«

»Du weißt, was am Chui-Riff passiert ist?«, rief Lìya überrascht aus. »Wie kannst du das wissen? Sie sind alle tot!«

Chuàng Shǐ blickte seine Tochter eindringlich an, bemüht, jede Spur von väterlichem Mitgefühl aus seinem Gesicht zu verbannen.

»Nein, nicht alle. Du lebst … und Mingan auch.«

»Waaas???« Lìya sprang von ihrem Stuhl auf. »Und das sagst du mir erst jetzt? Wo ist sie? Was ist mit ihr passiert? Ist sie verletzt? Wie ist sie hierhergekommen?«

»Setz dich, Lìya! Mingan ist wohlauf. Sie kam vor vier Tagen mit ihrem Kalmar. Und sie beschuldigt dich des Mordes an den anderen Kriegerinnen deines Trupps.«

Nach der Hoffnung war sein Zeitgefühl das Nächste, was Sariel verlor. Irgendwann wurde das Oberlicht über ihm dunkel, und irgendwann wurde es auch wieder hell, aber Sariel hätte nicht mehr sagen können, wie lang ein Tag war oder eine Nacht. War ihm auch egal. Die Zeit war Klebstoff, der zäh von den Wänden troff. Die Zeit war sein Feind, mit der Zeit wollte er ohnehin nichts mehr zu tun haben. Danach verlor er bestimmte Körperempfindungen. Seine Beine und Arme schliefen ein, begannen zu jucken und hörten irgendwann auf zu existieren. Taubheit überall. Auch egal. Sariel robbte sich auf das Lager und rührte sich nicht mehr. Das Einzige, was blieb, war der Gestank aus dem Loch.

Irgendwann sah er flimmernde Lichter vor den Augen und hörte Stimmen neben sich flüstern, böse kleine Stimmen. Irgendwann fing er an, mit den Zähnen zu knirschen und überall zu kratzen. Irgendwann dachte er, dass er nun verrückt werden würde, einfach verrückt. Seltsam klarer Gedanke. Ich. Werde. Jetzt. Verrückt. Er wiederholte die Worte.

Ich. Werde. Jetzt. Verrückt.

Die Worte hatten einen geheimen Sinn, einen geheimen Rhythmus. Sariel klopfte den Rhythmus mit der flachen Hand auf den Boden und summte eine monotone Melodie dazu. Irgendwann merkte er, dass er das Lied sang.

Das Lied.

Jene fremdartigen Worte und Tonfolgen, die ihn in die Falle gelockt hatten. Aber anstatt vor Wut sofort mit dem Singen aufzuhören, sang er weiter. Im Gegenteil, er richtete sich etwas auf und stampfte nun auch mit den Füßen. Denn er hatte inzwischen etwas verstanden: Das Lied half gegen die Verzweiflung und die Einsamkeit und die Dunkelheit. Solange er sang, war sein Zeitgefühl wieder da, und er spürte auch seine Arme und Beine, als würden sie reumütig zu ihm zurückkehren, weil das Lied sie rief. Das Lied, das ihn verraten hatte, rettete ihm nun den Verstand.

Dabei wurde Sariel die ganze Zeit beobachtet. Die mittelalterliche Ausstattung seines Verlieses täuschte darüber hinweg, dass in den oberen Ecken hauchdünne, lichtstarke und schallempfindliche Fäden aus einem polymeren Kristall verlegt waren, die alles übertrugen, was sich in dem Raum abspielte. Weit weg von Sariels Gefängnis saßen Menschen zusammen, die jede seiner Bewegungen beobachteten. Darunter auch Lìyas Vater. Er und seine engsten Berater stellten Vermutungen an, welche Fluchtpläne der fünfzehnjährigen Junge schmiedete, und bedauerten, dass die kristallenen Fäden nicht auch die Gedanken des Sariel übertragen konnten. Denn der Junge war ihnen ein Rätsel. Er war ihnen sogar unheimlich. Über Stunden hatte er nur apathisch in der Ecke gekauert und geweint. Plötzlich aber hatte er angefangen, ein seltsames Lied zu summen, und wirkte nun wieder völlig klar und konzentriert.

Chuàng Shǐ, Lìyas Vater, wandte sich von dem Bild der kleinen kristallenen Folie ab, die vor ihm auf dem Tisch lag und einen seltsamen Widerspruch zu dem knorrigen Danda-Holz bildete. Das ergab alles keinen Sinn. Weder Lìyas konfuser Bericht über die Ereignisse am Chui-Riff und ihre Begegnung mit dem Sariel noch ihre Behauptung, sie und der Sariel seien sich schon früher in einem Traum begegnet. Es war schmerzhaft, sich das einzugestehen, aber Chuàng Shǐ zweifelte inzwischen am Geisteszustand seiner Tochter. Oder noch schlimmer, er fürchtete, dass der Sariel ihren Geist irgendwie manipuliert hatte und sie nun beherrschte. Die Frage, die ihn jedoch ganz unmittelbar quälte, war, ob er Mingan glauben konnte, dass Lìya eine mehrfache Mörderin war. Chuàng Shǐ hatte Mingan mehrere Stunden lang vernommen und sie hatte immer wieder das Gleiche gesagt. Dass sie auf Drängen und Bitten der anderen Mädchen zurückgeritten sei, um Lìya zu holen. Dass sie Lìya jedoch nicht mehr angetroffen habe, nicht einmal eine Spur von ihr. Dass sie dann umgekehrt sei. Dass sie danach nur noch einen Haufen verkohlter Leichen vorgefunden habe.

Das widersprach durchaus nicht Lìyas Bericht.

»Woher willst du wissen, dass Lìya die Mädchen umgebracht hat?«, hatte Chuàng Shǐ gefragt. »Schließlich gab es dort Gigamiten.«

Mingan hatte jedoch hartnäckig versichert, dass es an der Stelle, an der der Trupp lagerte, keine Gigamiten mehr gegeben habe. Die Bauten seien alt und verlassen gewesen, das habe sie als verantwortungsvolle Führerin ihres Trupps natürlich überprüft. Es habe überhaupt keine Gefahr bestanden. Dagegen habe sich Lìya schon Tage zuvor äußerst seltsam verhalten, was letztlich zum Ausschluss aus dem Trupp geführt habe.

Chuàng Shǐ wandte sich zu den drei Zhàn Shì um, die vor seinem Tisch standen und auf eine Entscheidung warteten. Vor ihm lag der grauschwarze Klotz der Zeitmaschine, die sie dem Sariel abgenommen hatten. Der Anblick der Bombe verursachte ihm eine unbestimmte Übelkeit, die ihn daran erinnerte, wie er als junger Mann dem Sariel die Bombe abgenommen und ihn danach getötet hatte. Der Sariel damals war ein Mann in seinem Alter gewesen, bewaffnet und stark. Bereit, jeden umzubringen, der sich ihm in den Weg stellte. Nicht einfach nur ein stiller Junge. Das beunruhigte Chuàng Shǐ mehr als die Bombe.

»Ruft Li. Er soll sich bereit machen, die Zeitmaschine an den vereinbarten Ort zu bringen.«

Einer der älteren Zhàn Shì nickte und entfernte sich dann wieder. Chuàng Shǐ warf einen letzten Blick auf die kristallene Folie mit dem Bild des Sariel in seiner Zelle.

»Wir müssen mit ihm reden«, sagte er schließlich. »Bringt ihn her!«

Sariel erschrak, als die Riegel an der Tür zurückgeschoben wurden. Das Geräusch unterbrach sein Summen und riss ihn aus dem tranceartigen Zustand, in den ihn das Lied versetzt hatte. Seltsamerweise fühlte er sich jedoch wach und erfrischt.

Vier Krieger betraten den Raum. Sariel sah noch vier weitere draußen stehen. Er wurde wieder gefesselt, diesmal jedoch am ganzen Körper, dass er kaum noch Luft bekam und weder Arme noch Beine bewegen konnte. Sariel wehrte sich nicht, trotz der Todesangst, die ihn augenblicklich befiel.

»Wohin werde ich gebracht?«

Aber keiner der Krieger antwortete. Sie zogen ihm einen Sack über den Kopf und trugen ihn wie ein Paket hinaus.

Sariel versuchte, sich anhand der Geräusche, des Aufs und Abs der Bewegungen zu merken, welchen Weg sie nahmen, aber schon nach wenigen Schritten verlor er jegliche Orientierung. Er wusste nur, dass es weit war.

Als sie ihn endlich wieder auf die Beine stellten und ihm den Sack vom Kopf zogen, befand er sich in einem geräumigen Zimmer mit Fenster zu einem Innenhof. Vor ihm, an einem langen Tisch, saßen drei Männer. Auf einen Wink des Mannes in der Mitte entfernten sich die Krieger, die ihn hergebracht hatten.

»Ich bin Chuàng Shĭ«, stellte sich der Mann vor. »Lìyas Vater. Weißt du, warum du hier bist?«

Sariel zögerte einen Moment. Er überlegte, was die klügste Antwort sei, und entschied dann, dass er ohnehin nichts mehr zu verlieren hatte.

»Ich schätze mal, das wird hier eine Art Gerichtsverhandlung.«

Chuàng Shĭ nickte.

»Und vermutlich…«, fuhr Sariel fort, »…steht das Urteil bereits fest.«

Die beiden Männer neben Chuàng Shĭ schienen erstaunt. Chuàng Shĭ nicht. »Du hast Mut. Dabei hast du die ganze Zeit in deinem Verlies geflennt wie ein Kind.«

Man musste kein Genie sein, um zu wissen, dass er ihn provozieren wollte. »Wenn das Urteil feststeht, würde ich es gern erfahren. Es ist überflüssig, lange auf schlechte Nachrichten zu warten. Falls ich hier aber noch eine Chance kriege, dann würde ich gerne ein paar Dinge erklären.«

Chuàng Shĭ lehnte sich zurück und Sariel glaubte nun so etwas wie Wohlwollen in seinem harten Blick zu entdecken. »Gut. Wir hören.«

»Die kurze oder die lange Fassung?«

»Die lange. Lass nichts aus.«

So erzählte Sariel seine Geschichte. Von Anfang an. Er versuchte, nichts auszulassen, auch wenn es Zeit kostete. Versuchte, sich an alles zu erinnern, versuchte, genau zu sein. Ehrlich. Ruhig. Verständlich. Schließlich ging es hier um sein Leben.

Die ganze Zeit über ließen sie ihn stehen. Die ganze Zeit über sagte keiner der Männer ein Wort, räusperte oder kratzte sich oder tat sonst irgendetwas, das ihn unterbrach. Chuàng Shǐ reichte ihm zwischendurch Wasser aus einem Gefäß, das aus einer Art Kunststoff zu bestehen schien, und hörte weiter zu. Sein Gesicht zeigte die ganze Zeit über keinerlei Regung. Sariel bekam nicht heraus, ob Lìyas Vater ihm glaubte oder nicht.

»Bist du fertig?«, fragte Chuàng Shǐ bloß, als Sariel schließlich seinen Bericht beendete.

»Ja.«

»Ich danke dir.« Auf einen Wink öffnete sich erneut die Tür und die Krieger traten ein.

»Und was wird jetzt aus mir?«, fragte Sariel hastig.

»Wir werden bald eine Entscheidung treffen.«

Sariels Verzweiflung kehrte zurück. »Hören Sie!«, presste er hervor. »Ich will nicht wieder in dieses Loch! Bringen Sie mich irgendwie zu den Sari zurück, ich komme dann schon klar.«

»Wir werden bald eine Entscheidung treffen.«

Die Krieger packten ihn, zogen ihm den Sack über den Kopf und schleppten ihn wortlos zurück in sein Verlies. Sariel war wieder allein.

Allerdings nicht lange. Nach kurzer Zeit wurde die Tür erneut geöffnet und Lìya trat ein. Sie wirkte gehetzt und fast ein bisschen ängstlich.

»Lìya!« Sariel sprang auf und stürzte aus seiner Ecke auf sie zu. Doch Lìya wehrte ab.

»Ich hab nicht viel Zeit. Es war schwierig genug, die Wachen zu überreden, mich reinzulassen. Ich hab gesagt, ich hätte den Auftrag von meinem Vater, dich noch einmal zu verhören.«

»Sehr witzig.« Sariel ließ sich auf das Lager fallen und blickte sie düster an.

Lìya deutete an die Decke des Raumes. »Keine Sorge, wir können reden. Ich hab die Überwachung vorübergehend lahmgelegt.« Sie kicherte stolz.

»Und was willst du?«, fragte Sariel

Sie setzte sich neben ihn, hielt allerdings Abstand. Ganz anders als noch vor wenigen Tagen am Lagerfeuer.

»Ich dachte, du freust dich über Besuch.«

Sariel sagte nichts dazu.

»Was hat mein Vater dich alles gefragt?«

Auch dazu schwieg er. Lìya stieß einen ärgerlichen Laut aus. »Mein Vater verdächtigt mich. Er glaubt, ich habe Yuánfèn und die anderen Mädchen getötet.«

»Das glaubt er nicht wirklich!«

Sie zuckte mit den Achseln. »Mingan ist hier irgendwo, aber ich kann sie nirgends finden. Irgendwas geht hier vor, Sariel. Und ich hab kein gutes Gefühl dabei.«

»Und was hab ich damit zu tun?«

Lìya zögerte und fuhr dann stockend fort: »Also, ich hab mich schon die ganze Zeit gewundert, warum die Sari ausgerechnet dich geschickt haben. Nimm's jetzt nicht persönlich, aber … du bist einfach kein ernst zu nehmender Gegner. Du *kannst* kein Sariel sein!« Sie schwieg wieder, und Sariel spürte, dass das noch nicht alles war, was sie sagen wollte. Schließlich gab sie sich einen Ruck.

»Jetzt hältst du mich gleich für verrückt. Es ist nur so eine Vermutung, aber … vielleicht warst du ja nur ein Ablenkungsmanöver. Vielleicht gibt es ja noch einen richtigen Sariel.«

328

Sariel blickte Lìya an. »Und wer …?«

»Ich weiß es nicht! Verdammt, wenn ich's wüsste! Aber wenn ich recht habe, dann ist der echte Sariel mitten unter uns. Und er muss ein ausgezeichneter Kämpfer sein. Ein Zhàn Shì!«

Sariel blickte Lìya an und wusste augenblicklich, was sie dachte. »Du denkst, es ist Li, nicht wahr?«

Lìyas Augen wurden feucht, und sie verzog das Gesicht, um die Tränen nicht zuzulassen. Sariel dachte nach. »Das klingt sogar irgendwie sinnvoll, nach allem, was passiert ist.«

»Du hältst mich nicht für verrückt?«

Sariel schüttelte den Kopf. »Wenn du aber wirklich recht hast, bin ich in allergrößter Gefahr. Der echte Sariel wird bestimmt versuchen, mich zu töten. Und dich auch.«

Lìya nickte. »Hab ich auch schon gedacht.«

»Was hast du jetzt vor?«

»Ich weiß nicht. Ich hab Li nicht mehr sprechen können.«

»Du musst sehr vorsichtig sein. Bestimmt wirst du beobachtet. Wo ist die Zeitbombe?«

»Das ist es ja! Li hat den Auftrag, sie wegzubringen!«

Sariel nickte wieder. »Dann scheinst du wirklich recht zu haben. Also, so wie ich das sehe, haben wir keine Wahl. Du musst mich befreien und wir müssen uns auf die Suche nach Li und der Bombe machen.«

Lìya blickte Sariel ernst an. »Weißt du überhaupt, was du da sagst? Das wäre Hochverrat!«

»Vermutlich.«

Lìya wandte sich wieder ab und schwieg eine Weile.

»Ich werde versuchen, irgendwie an Mingan heranzukommen. Vielleicht hat sie doch etwas gesehen, was meinen Verdacht bestätigt.«

»Und was wird so lange aus mir?«

329

Sie wollte gerade etwas sagen, als von draußen Schritte heranschlurften. Abrupt sprang Lìya auf. »Ich muss gehen!«

Ein Wärter öffnete die Tür und Lìya verschwand wie ein Spuk aus der Zelle und hinterließ nur einen Hauch ihres Geruchs und den schalen Geschmack enttäuschter Hoffnung. Die Tür knallte wieder zu und Sariel fühlte sich noch elender als zuvor.

»Ich komm ja wieder!«, raunte Lìya ihm plötzlich durch die verschlossene Tür zu, und zum ersten Mal seit Tagen lächelte Sariel.

Weder Lìya noch Mingan wurden offiziell als Gefangene behandelt, aber es war klar, dass jedes Verlassen des Palastes als Schuldeingeständnis ausgelegt werden konnte. Im Palast war es seltsam still, man sah nur wenig Krieger, eine eigenartige Spannung lag über den versprengten Gebäuden. Draußen dagegen, im dunstigen Licht der langen Pangea-Dämmerung, wimmelte, vibrierte und wisperte das Leben. Es war kurz nach der Trockenperiode in der Siringit, die schönste Zeit des Jahres. Alles blühte, die Märkte von Orisalaama waren voll mit frischen Waren, es wurde wärmer, und vor allem in den Abendstunden waren die Gassen voller Menschen, Sandspringer und Kalmare. Der gefangene Sariel war das Hauptthema sämtlicher Gespräche, und je weniger Nachrichten aus dem Palast sickerten, desto wilder wucherten die Gerüchte. Lìya sehnte sich nach einem Spaziergang durch die Stadt, aber sie wusste, dass sie noch warten musste. Dass sie noch etwas zu tun hatte. Mit ihrem verletzten Bein humpelte sie hastig durch die Höfe und Flure des riesigen Palastes. Sie hatte es eilig. Sie hatte ein Ziel.

Ein redseliger junger Zhàn Shì, der bei den Verhören dabei gewesen war, hatte ihr verraten, wo sie Mingan finden konnte. Lìya hatte keine Mühe, das unscheinbare zweistöckige Schlafgebäude zu finden, das wie alle Gebäude in Orisalaama mit ockerfarbener Erde verputzt war und jetzt im Abendlicht wie ein Goldstück leuchtete. Eine steile Treppe führte an der Mauer hinauf in den ersten Stock, und keiner der Zhàn Shì, die hin und wieder vorbeikamen, beachtete das Mädchen, das sich mit einem gekonnten Klimmzug von dort auf das flache Dach hievte und dann geduckt auf die Dachluke zulief.

Bevor Lìya in das fremde Haus eindrang, konzentrierte sie sich darauf, sämtliche Gefühle auszuschalten, um nicht von Mingan bemerkt zu werden. Fast lautlos schlich sie eine Treppe hinab, lauschte nach Stimmen und versuchte, die Bewohner anhand ihrer Gefühlsaura zu orten. Im ersten Stock gab es drei Schlafräume, verbunden durch einen langen, engen Flur. Aus keinem der Zimmer drang irgendein Laut oder auch nur das kleinste Anzeichen irgendeines Gefühls. Also schlich Lìya weiter nach unten und spürte bereits auf dem Treppenansatz die Anwesenheit von zwei Menschen. Kurz darauf hörte sie auch Stimmen, die flüsternd und eindringlich miteinander sprachen. Sie kamen aus dem Gemeinschaftsbereich, in dem die Mahlzeiten eingenommen wurden. Lìya bewegte sich jetzt noch vorsichtiger als zuvor und kämpfte gegen ihre Aufregung an, die sie ebenso gut wie ein gellender Schrei verraten konnte. Zentimeter für Zentimeter pirschte sie sich an die Küche heran, die eine kleine Tür zum Innenhof hatte, und versuchte, die Stimmen zu erkennen. Was ihr nicht schwerfiel. Sie hätte sie unter Tausenden erkannt. Die eine gehörte Mingan. Und die andere – Li!

Die beiden sprachen hastig, wie in großer Eile. Lìya hatte Mühe, sie zu verstehen, aber ganz offensichtlich befragte Li Mingan nach den Ereignissen am Chui-Riff. Offenbar hatten ihn ein paar Ungereimtheiten in ihrem Bericht irritiert und er hakte jetzt nach. Wann genau Mingan aufgebrochen war, um Lìya zurückzuholen, welchen Weg sie genommen habe, wie lange sie unterwegs gewesen sei. Mingan beantwortete jede Frage, ohne zu zögern, ließ sich nicht aus der Ruhe bringen und sagte immer wieder fest: »Es ist so, wie ich sage.«

Lìya wagte sich ein bisschen weiter vor, um einen Blick in den Speiseraum zu werfen. Gerade so weit, dass sie Li von hinten sehen konnte, der sich weit über den Tisch beugte und auf Mingan einredete. Inzwischen war Lìya überzeugt, dass er ein Verräter war.

Dass er der wahre Sariel war!

Sie überlegte, was sie nun tun sollte. Ihrem Vater Bescheid sagen? Lìya verwarf den Gedanken sofort. Ihr Vater schien Li mehr zu vertrauen als ihr. Lìya sah nur eine Möglichkeit: Sie musste so schnell wie möglich mit Sariel die Zeitmaschine in Sicherheit bringen. Erst danach konnte sie es wagen, Li anzuklagen.

Ein guter Plan, fand Lìya. Theoretisch. Denn in der nächsten Sekunde brach alles zusammen.

Die Katastrophe begann mit einem quietschenden Geräusch hinter Lìya. Lìya wirbelte herum und sah eine junge Zhàn-Shì-Kriegerin, die sie vorher nicht bemerkt hatte. Einen Moment starrte das Mädchen sie nur an, aber es war schon zu spät. Li und Mingan wandten sich um. Als sie Lìya erkannten, sprangen sie sofort auf. Lìya hatte nur Sekunden. Der Fluchtweg nach vorn war durch das Mädchen versperrt. Blieb also nur der Weg übers Dach. Ohne zu zögern, stürmte Lìya, soweit das mit dem verletzten Bein möglich war, über die Treppe nach oben, als Li und Mingan bereits aus der Küche stürzten und sie entdeckten.

Lìya humpelte hastig in den ersten Stock, einmal durch den langen Gang, und quetschte sich dann wieder durch die enge Luke aufs Dach. Sie schrie kurz auf, als sie sich dabei das verletzte Bein stieß, hielt aber nicht an, denn Li und Mingan rasten bereits hinter ihr her. Lìya achtete nicht mehr auf den Schmerz und lief, so schnell sie konnte. Als Li das Dach erreichte, schwang sie sich mit einem beherzten Satz über das kleine Mäuerchen, fiel auf die Außentreppe und polterte hinab. Am Fuß der Treppe rappelte sie sich hastig auf und floh über den anliegenden Übungshof in den Palast.

»Lìyaaaa!«, hörte sie Li schreien, aber sie achtete nicht darauf, versuchte nur, im Zickzack durch die nächsten Gassen zu kommen, um einen Vorsprung zu gewinnen. Li und Mingan würden sich bestimmt aufteilen und sie verfolgen. Lìya dachte daran, dass es am klügsten wäre, sich im nächstbesten Trakt zu verstecken und die Dunkelheit abzuwarten. Aber dazu war keine Zeit mehr. Lìya ignorierte das Risiko, von anderen Zhàn Shì festgehalten zu werden, und rannte zurück, um ihren Plan weiterzuverfolgen. Daher bemerkte sie weder, dass sie gar nicht verfolgt wurde, noch, was auf dem Dach des Gebäudes passierte. Hätte Lìya nur einen einzigen Blick zurückgeworfen, hätte sie einen ratlosen Li gesehen. Und Mingan, die Li ohne Vorwarnung von hinten niederschlug.

Für Mingan gab es schon lange kein Zurück mehr. Nicht seit die Stimme des Herrn zu ihr sprach und ihr befahl, was sie tun sollte. Sie ahnte nicht, dass die Stimme in Wirklichkeit einem jungen Sari namens Khanh gehörte, der sie vor einem Jahr entführt, betäubt und ihr mit ferngesteuerten Chirurgie-Robotern mehrere winzige elektronische Dinge implantiert hatte. Das eine war ein mikroskopischer Empfänger und Sender in ihrem Innenohr, über den er zu ihr Kontakt hielt. Das andere waren zwei winzige Kameras in Mingans Pupillen, nicht größer als ein paar Nervenzellen, die jedoch ein gestochen scharfes Bild in eines der Toten Häuser von Sar-Han schickten. So sah Khanh alles, was auch Mingan sah.

Mingan wusste nichts davon. Auch nicht, dass Khanh und seine Leute über zwei Jahre gebraucht hatten, bis sie mit einem geknackten Genscanner den Zhàn Shì gefunden hatten, dessen genetischer Code ihren besonderen Anforderungen genügte. Der Krieger sollte möglichst jung sein, begabt in der Gefühlskontrolle, und gleichzeitig eine Veranlagung zur Psychose haben. Khanh und seine Leute hatten an einen Mann gedacht, aber sie fanden nur Mingan. Wie sich später herausstellte, ein Glücksgriff. Khanh hätte sich keine willigere Marionette erträumen können. Ein Befehl genügte und Mingan war bereit zu töten. Khanh hatte ihr zudem eine kleine Zeitmaschine mitgegeben, wie sie die Zeitvögel der Sari verwendeten. Khanh hatte sie gestohlen und so manipuliert, dass sie alles im Umkreis von einigen Metern ins Nichts zwischen Raum und Zeit katapultierte. Mit ihrer Hilfe würde Mingan nach Erledigung ihrer Mission spurlos verschwinden.

Für Mingan war Khanh ein höheres Wesen, dem sie bedingungslos gehorchte. Der Herr hatte ihr einen Auftrag erteilt. Und er hatte ihr eine mächtige Waffe geschenkt, die sie erst auf sein Zeichen hin einsetzen würde. Der Herr hatte sie geführt und beschützt. Der Herr hatte ihr befohlen, die Mädchen zu töten, und sie hatte es getan. Der Herr hatte sie durch die Wüste zurück nach Orisalaama geführt. Der Herr hatte ihr gesagt, was sie dem Gon Shì auf seine Fragen antworten sollte. Der Herr hatte sie Geduld gelehrt. Der Herr hatte Li zu ihr geschickt, von dem sie oft träumte. Der Herr war gut zu ihr. Aber Li war misstrauisch. Er glaubte ihr nicht.

Als sie dann den erschrockenen Gefühlsausbruch hinter der Tür bemerkte, hatte sie gleich gewusst, dass das nur Lìya sein konnte. Und der Herr sagte:

Töte sie, Mingan! Jetzt ist die Zeit!

Li war schneller aufgesprungen und Lìya hinterhergerannt. Mingan war in der Aufregung über einen Schemel gestolpert, und als sie aufs Dach kam, war Lìya bereits verschwunden. Nur Li stand noch da und rief ihr nach und in seiner Stimme lag so etwas wie Verzweiflung.

Da sprach der Herr erneut zu Mingan:

Er ahnt unser Geheimnis. Er wird alles verraten. Töte ihn.

Mingan zögerte einen Moment. Sie wollte Li nicht töten. Nicht ihn. Doch der Herr wurde zornig.

Töte ihn, Mingan! Oder ich töte dich!

Da zögerte Mingan nicht länger und schlug Li mit einem gezielten Schlag in den Nacken. Ohne einen einzigen Laut sackte er zusammen und rührte sich nicht mehr. Li war dumm gewesen, überheblich und dumm. Er hatte gedacht, sie zu verhören, dabei war es genau umgekehrt gewesen. Der Herr hatte ihr die Worte vorgeflüstert. Geschickte Worte, raffinierte, unschuldige Gegenfragen und hin und wieder ein verlegener Augenaufschlag, eine zarte Geste, eine flüchtige Berührung. Und im Grunde war Li auch nur ein Angeber wie die meisten Jungen. Mingan wunderte sich immer noch, wie leicht es gewesen war, ihm zu entlocken, wo sich die Zeitmaschine des Sariel befand.

»Soll ich die da unten ebenfalls töten, Herr?«

Nein. Du brauchst einen Zeugen gegen Lìya. Aber sie darf keinen Alarm schlagen! Finde Lìya und töte sie!

Mingan rannte zurück ins Gebäude, wo die junge Zhàn Shì, die Lìya überrascht hatte, immer noch ratlos herumstand.

»Was ist denn los?«, rief sie Mingan zu.

»Lìya hat Li getötet!«, rief Mingan und veränderte ihre Gefühlsaura, dass man ihr die Verzweiflung fast abnehmen konnte. Es wirkte. Mingan konnte den Schreck der jungen Zhàn Shì spüren. »Ich werde sie verfolgen. Bleib bei Li, egal was passiert! Ich verständige den Gon Shì.«

»Soll ich Alarm schlagen?«

»Nein! Das würde es nur schwerer machen, Lìya zu fassen. Tu, was ich dir sage!«

Die Kriegerin nickte eingeschüchtert und erklomm die steile Treppe zum Dach. Mingan verlor keine weitere Sekunde und stürzte aus dem Gebäude. Sie kannte die Richtung.

Nachdem Lìya gegangen war, wartete Sariel den ganzen Tag in der Nähe der Tür und horchte auf Geräusche. Falls es wirklich eine Art Überwachungssystem in seiner Zelle gab, machte ihn das bestimmt verdächtig, aber das war ihm inzwischen egal. Sariel war überzeugt, dass das Urteil längst feststand.

In regelmäßigen Abständen hörte er Schritte und Stimmen der Wachen vor seiner Tür. Das machte ihm nicht eben Mut. Die Abstände waren zu kurz, als dass sein Verschwinden lange unbemerkt bleiben konnte.

Sariel wartete bis nach Einbruch der Dunkelheit. Kurz nachdem die Wachen wieder an seiner Tür vorbeipatrouilliert waren, öffnete sich plötzlich die Tür und Lìya trat in die Zelle.

»Es ist so weit. Zieh das an!« Sie hielt ein paar Kleidungsstücke in der Hand, unter anderem einen Umhang mit Kapuze. »Das ist eine Zhàn-Shì-Tracht.«

Sariel zögerte.

»Mach schon!« Gehetzt blickte Lìya nach draußen. »Sie kommen gleich wieder zurück. Das ist deine letzte Chance.«

Sariel nahm die Kleidungsstücke entgegen und zog sie in der Reihenfolge an, wie Lìya sie ihm reichte. Er sah nun aus wie ein Zhàn Shì. Lìya zog ihm die Kapuze über den Kopf und tief ins Gesicht.

»Komm jetzt!«, presste sie hervor, nahm seine Hand und zerrte ihn aus der Zelle in den langen Flur, der verlassen und ruhig schien und nur von ein paar Fackeln an den Wänden erhellt wurde. Lìya schien genau zu wissen, wohin sie liefen, auch wenn Sariel sehr schnell wieder die Orientierung verlor. Lìyas Hand fühlte sich warm an und fest. Sie war erstaunlich klein, aber Sariel genoss das Gefühl, das ihn durchströmte, wenn sie zwischendurch fester zudrückte. Es vertrieb die Angst, und Sariel wünschte sich, dass sie nie wieder aufhören möge, seine Hand zu halten. Nie wieder.

Geduckt hetzten sie über steile Treppen, Flure und kleine Innenhöfe. Wenn sie anderen Kriegern begegneten, zogen sie die Köpfe ein und murmelten den üblichen Gruß der Zhàn Shì. Einmal mussten sie einen Platz überqueren, wo eine Gruppe Zhàn Shì Zweikämpfe übte. Lìya bedeutete Sariel mit einer Geste, sich ruhig zu verhalten, und wartete einen geeigneten Moment ab, als die Krieger sich wieder neu formierten. Dann rannten sie weiter.

Sariel fiel auf, dass sie zunehmend mehr Kriegern begegneten, auch älteren, die sämtlich bewaffnet waren. Lìya drückte Sariel in den Schatten einer Mauernische.

»Jetzt wird es schwierig. Ich habe die Überwachungskameras deiner Zelle manipuliert. Sie zeigen gerade eine Endlosschleife von einigen Minuten. Aber sobald die Wachen die Täuschung bemerken, wird es Alarm geben. Bis dahin müssen wir hier raus sein.«

»Wohin laufen wir überhaupt?«

»Wir holen die Zeitmaschine. Bevor Mingan und Li sie kriegen.«

»Weißt du denn, wo die Zeitmaschine ist?«

»Ja.« Sie zögerte einen Moment. »Dort, wo sie die ganze Zeit über war – im Zimmer meines Vaters. Ich hab sie da gesehen. Wir sind fast da.«

Sariel schluckte. »Aber wie sollen wir …?«

»Er hat versprochen, mit mir zu Abend zu essen. Er wird gleich hier vorbeikommen, dann ist das Zimmer leer. Wir gehen rein, holen die Bombe und hauen wieder ab.«

»*Das* ist dein Plan?«

»Problem damit?«

Sariel stöhnte. »Da gibt's doch bestimmt Wachen und alles.«

Sie zuckte mit den Schultern. »Wird mir schon was einfallen ... Achtung!«

Sie drückte ihn zurück in den Schatten, denn in diesem Augenblick kam ihr Vater mit eiligen Schritten über den Gang auf sie zu. Der Mann, der Sariel verhört hatte. Der Mann, der das Todesurteil über ihn sprechen konnte. Jeder Zhàn Shì, der ihm begegnete, grüßte ihn respektvoll, aber der Gon Shì nickte nur abwesend. Sariel hätte ihn berühren können, als er an ihnen vorbeilief. Dicht an Lìya gedrängt, sah er, dass Lìya die Augen zukniff, als ihr Vater sie im Vorbeigehen fast streifte. Doch der Gon Shì bemerkte sie nicht.

»Los!«, raunte Lìya, als ihr Vater außer Sichtweite war, und löste sich von Sariel. Sariel atmete erleichtert aus. Die unvermittelte körperliche Nähe zu Lìya hatte trotz der Gefahr, in der sie sich befanden, eine Kette von Reaktionen bei ihm ausgelöst, die seine Mutter »physiologisch« genannt hätte und die ihm hier und jetzt unangenehm waren. Lìya schien jedoch nichts zu bemerken. Wie zuvor nahm sie kommentarlos seine Hand und trat entschlossen aus dem Schatten. »Der Raum liegt gleich um die Ecke.«

In diesem Augenblick hörten sie kurz hintereinander vier Plopp-Geräusche, wie sie die Shìs bei jedem Schuss machten. Sariel blickte Lìya entsetzt an.

»Bleib hier!«, rief sie ihm zu und stürmte los.

Sariel sah zu, wie sie um die Ecke verschwand, und rührte sich nicht, gelähmt von Entsetzen und Angst. An das, was danach geschah, konnte er sich erst viel später in allen Einzelheiten erinnern. Er wusste nicht mehr, wie lange er in der Nähe der Mauernische ausgeharrt hatte. Er erinnerte sich nur noch, dass er Lìyas Stimme hörte und die eines anderen Mädchens. Das löste ihn aus seiner Starre. Er rannte los, ohne noch einen einzigen Gedanken an die Gefahr zu verschwenden oder an das, was ihn erwarten mochte.

Das Erste, was er bewusst wahrnahm, als er um die Ecke

bog, waren die vier Krieger, die am Boden lagen. Zwei von ihnen regten sich noch, bluteten aber aus einer Wunde in der Brust und stöhnten vor Schmerzen. Dann sah er Lìya, die vor einem Mädchen stand, das ein Shì auf sie richtete. Sonst war niemand zu sehen. Nur eine Tür, die offen stand. Das Zimmer von Lìyas Vater.

»Bleib stehen, Sariel!«, rief Lìya scharf, ohne sich nach ihm umzudrehen. Wie eingefroren blieb er einige Meter von Lìya entfernt stehen.

»Gib mir die Zeitmaschine, Mingan!«, sagte Lìya erstaunlich ruhig. Da erst wurde Sariel klar, dass sie zu spät gekommen waren. Mingan war vor ihnen im Zimmer von Lìyas Vater gewesen und hatte die Bombe bereits an sich genommen.

Mingan schüttelte den Kopf.

»Du warst es, nicht wahr?«, sagte Lìya. »Du hast die Mädchen am Chui-Riff getötet. Nicht Li.«

»Das spielt doch jetzt keine Rolle mehr«, sagte Mingan. »Aber wenn es dich glücklich macht … ja!«

»Warum?«, fragte Lìya.

»Ich tue es nicht für mich. Aber das würdest du sowieso nie verstehen.«

»Was hast du mit der Zeitbombe vor?«

»Ich werde sie dahin bringen, wo sie schon lange hingehört. Ich werde die Welt von dem Übel erlösen.«

Damit drückte sie ab.

Sariel zuckte zusammen, als Mingans Shì erneut ploppte. Doch Lìya sank nicht getroffen zusammen. Mingan konnte sie auf diese kurze Distanz jedoch unmöglich verfehlt haben. Das bedeutete, dass der Wassertank ihres Shì leer sein musste und keinen Eisdorn mehr produzierte.

Die nächsten Ereignisse erschienen Sariel im Nachhinein wie ein bizarres Ballett in Zeitlupe, bei dem er bloß zufälliger Zuschauer war. Er erinnerte sich nur noch, dass Mingan ihr Shì wegwarf und floh. Lìya stürzte ihr nach und auch Sariel

339

rannte nun los. Sariel sah, wie Mingan sich im Laufen eine Kette vom Hals riss. Sie wirbelte herum und schleuderte die Kette, an der ein Amulett hing, nach Lìya. Sariel sah, wie die Kette durch die Luft flog. Er sah, wie Lìya instinktiv zur Seite springen wollte. Doch das schwere Amulett traf sie voll am Kopf. Lìya rutschte aus und fiel der Länge nach hin. Sariel sah, dass sie nach der Kette tastete, um sie fortzuschleudern, und erkannte dabei das seltsame Amulett. Es war eine grauschwarz glänzende Kugel, und Sariel begriff sofort, um was es sich handelte.

Lìya schien ebenfalls zu verstehen. Noch während sie nach der kleinen Zeitbombe griff, drehte sie sich zu Sariel um und blickte ihn an. Sariel las maßlose Trauer in ihrem Blick.

Und Abschied.

»Bleib stehen!«, rief sie ihm noch zu.

Dann, ohne jeden Laut, ohne Stichflamme, einfach so – verschwand sie. Im gleichen Moment gab es einen trockenen Knall, als die Luft aus der Umgebung schlagartig in das Vakuum schoss, das die Raum-Zeit-Blase zurückgelassen hatte. Was blieb, war eine kreisförmige Kuhle im Boden, die die Größe der kugelförmigen unsichtbaren Raum-Zeit-Blase erahnen ließ.

»Lììyaaaa!!!«, schrie Sariel und stürzte zu der Stelle, wo Lìya noch einen Augenblick zuvor gelegen hatte. Mingan wandte sich wieder um und rannte weg. Sariel wusste, dass er ihr folgen musste. Dass er ihr die große Zeitmaschine abnehmen musste. Aber er konnte nicht. Kam nicht mehr vom Fleck, blieb einfach an der Stelle stehen, wo Lìya gestorben war. Denn das war der erste Gedanke, mit dem seine Erinnerung wieder einsetzte.

Lìya ist tot!

Damit verließ ihn alle Kraft. Er sackte in die Knie und krümmte sich wimmernd zusammen.

Lìya ist tot!

340

DIE GON

Das Böse schlief tief unter der Erde. Ein monströser Parasit, den die Menschen *GON* nannten, ohne seine wahre Natur auch nur zu erahnen.

Das Böse hatte ein Nest gebildet tief im Inneren der Erde, in einer Schicht aus glühender, flüssiger Schlacke, die den Erdkern wie ein gewaltiger Glutozean aus geschmolzenem Eisen und Gestein umschloss und auf dem Pangea schwamm. Eine Hölle von mehreren tausend Grad, in der das Böse seine abscheulichen Träume träumte, seit es auf die Erde gekommen war. Oh ja, es träumte! Es träumte von der Entstehung der Zeit, denn es war so alt wie die Zeit selbst. Uralt. So alt, dass der Planet, auf dem die GON entstanden waren, längst nicht mehr existierte. Jener Planet, hundertmal größer als der Jupiter, war so schwer gewesen, dass seine Gravitationskräfte ihn fast zu einer Sonne entzündet hätten. Doch bevor das passierte, zerriss ihn ein schwarzes Loch, und die Strahlung, die beim Tod dieses Riesenplaneten entstand, war so gewaltig, dass sie immer noch messbar durch die Weiten des Alls gewitterte.

Mit einem Schlag wurde die Welt der GON vernichtet und nur wenige konnten sich retten. Sie verbreiteten sich wie Sporen einer giftigen Pflanze in alle Richtungen durch das Universum. Denn genau das waren sie: Sporen. Nicht mehr als ein paar Molekülverbindungen. Ein hochkomplexes Virus an der Grenze zwischen primitivem Leben und toter Chemie. Und dennoch ein einziges Wesen mit Träumen und dem einen brennenden Ziel – zu überleben.

Das Virus trudelte versprengt durchs All, reiste auf Kometen durch die Unendlichkeit, auf der Suche nach einer neuen Heimat. Die meisten Viren trieben ab ins vollkommene Nichts und wurden zu nichts. Andere verglühten in gewaltigen Sonnen oder wurden von schwarzen Löchern eingefangen und zermalmt. Einige wenige schafften den Sprung in andere Universen, wo sich ihre Spur verlor. Aber das Virus war zäh. Solange nur ein paar seiner Art überlebten, überlebte das ganze Wesen. Es überstand Kälte, Hitze und Strahlung, bis eine kleine Kolonie von Viren, die auf einem Kometen durchs All reiste, von einer kleinen Sonne am Rande einer fernen Galaxie eingefangen wurde. Weitere Millionen Jahre vergingen, bis der Komet in einer weiten Ellipsenbahn auf einen blauen, wasserreichen Planeten mit einem kleinen Mond prallte. Der Komet rammte sich tief in den blauen Planeten, ein Aufprall, so gewaltig, dass fast sämtliches Leben dabei zerstört wurde. Doch daran erinnerte sich das Wesen nicht mehr. Es krallte sich verzweifelt in den Leib dieses Planeten, denn es hatte nur diese eine Chance. Während auf der Oberfläche des Planeten eine Zeit scheinbar ewiger Dunkelheit anbrach, nistete sich das Böse in seinem glühenden Innern ein und wartete.

Und es konnte warten. Darauf, dass auf diesem toten Planeten wieder Leben entstehen würde. Dass es sich auf diesem Planeten verbreiten und ihn in Besitz nehmen konnte.

Über die Jahrmillionen wuchs das Wesen. Langsam, unendlich langsam, denn meist schlief es. Spürte in seinem Nest unruhigen Träumen nach von einer verlorenen Welt, die abartig und fern war. Aber das Wesen hatte Zeit.

Weit über seinem Nest erholte sich die verwundete Erde allmählich von dem Kometeneinschlag. Das Leben ließ sich von diesem Planeten nicht verbannen und bildete völlig neue Formen. Als die Kontinente wieder zu einem einzigen Kontinent verschmolzen, hatte das Wesen ein Ausmaß von über einem Kilometer. Es war noch klein, aber groß genug, um endlich mit der Eroberung der Welt zu beginnen. Vorsicht war geboten, denn alles Leben fand immer einen Weg, sich zu schützen. Aber das Wesen überstürzte nichts. Immer noch erwachte es nur alle paar tausend Jahre für kurze Momente des Wachstums. In diesen Momenten, die in menschlicher Zeitrechnung Jahre waren, streckte es seine Sinne in alle Richtungen aus und prüfte, ob die Zeit gekommen war.

Als die Kalmare aus dem Wasser an Land krochen, hatte es seinen Umfang verdoppelt. Als der Mensch mit einer Zeitmaschine auf Pangea ankam, hatte das Wesen den Umfang einer Großstadt und schlief immer noch am gleichen Ort, an dem es vor Urzeiten gelandet war. Die Zeit war gekommen. Zeit, an die Oberfläche zu tauchen und die Welt endgültig in Besitz zu nehmen. Denn das Wesen, das die Menschen GON nannten, betrachtete diese Welt längst als seine Heimat.

GROSSE WEITE

Unfähig, sich zu rühren, gleichgültig gegenüber allem, was nun kommen würde, verharrte Sariel an der Stelle, wo Lìya verschwunden war. Alles war verloren. Lìya tot und Mingan irgendwo unterwegs mit der Zeitbombe. Sariel empfand nichts als Leere und Schuld. Gleich würden sie kommen und ihn vermutlich auf der Stelle töten. Aber das war ihm nun egal. Seit dem Verschwinden seines roten Katers war alles schiefgegangen. Er hatte nie eine Chance gehabt, genauso wenig wie Kurkuma, der vermutlich irgendwo als verrottendes rotes Fellbündel am Straßenrand lag, in einer fernen Zeit, an die Sariel sich kaum noch erinnerte. Und bald, so erwartete er, würde auch die letzte Erinnerung mit seinem Leben völlig verlöschen.

»*Sariel!*« Eine Stimme von irgendwo. »*Sariel!*« Sehr drängend jetzt. Verzweifelt, verwirrt.

Sariel blickte auf und erwartete, einen Zhàn Shì vor sich zu sehen, der sein Shì auf ihn richtete. Aber da war niemand. Immer noch lag der Gang völlig verlassen. Da erst begriff Sariel, dass die Stimme in seinem Kopf war.

Dass es Lìyas Stimme war.

»*Sariel, bist du da irgendwo?*«

»Lìya!«, flüsterte Sariel verwirrt. »Bist du das?«

»*Du stellst schon wieder Fragen! Natürlich bin ich das!*«

Sariel richtete sich ein wenig auf und versuchte, die Richtung zu bestimmen, aus der die Stimme kam.

»Du bist nicht tot?«, fragte er vorsichtig und hörte, wie Lìya irgendwo im Nirgendwo ein ungehaltenes Geräusch machte.

»Wenn ich tot wäre, würde ich ja wohl kaum mit dir sprechen können, nicht wahr?«

Das klang logisch, wenn auch immer noch nicht ganz überzeugend. »Wo bist du, Lìya?«

»Verdammt, wenn ich das wüsste! Es ist so dunkel hier. Ich weiß nicht, wo ich bin. Irgendwo. Nirgendwo. Ich hab Angst!«

Ihre Stimme klang ganz nah. Für einen Moment dachte Sariel an das, was ihm seine Mutter einmal über Schizophrenie erzählt hatte. Die Patienten hörten Stimmen, sahen Dinge und rochen Gerüche, die nur in ihrem Kopf entstanden. Aber sie glaubten, dass sie von außen kamen. Sariel hatte in seinem früheren Leben oft gedacht, verrückt zu sein, ein Psycho, wegen seiner Vorahnungen. Seine Mutter und andere Ärzte hatten Hunderte von Tests mit ihm gemacht und ihm bescheinigt, dass er kerngesund war. Sariel hatte kapiert, dass er nicht krank, sondern nur anders war. Deswegen hatten ihn die Sari auch durch die Zeit entführt. Und wenn er also nicht verrückt war, dann konnte eine Stimme in seinem Kopf auch real sein. Ganz und gar lebendig.

Sariel richtete sich auf. Die Sari hatten ihm nicht viel über die Phänomene bei Zeitreisen erklärt, aber immerhin wusste Sariel inzwischen, dass Dinge und Menschen irgendwo zwischen Raum und Zeit verloren gehen konnten. Und das bedeutete …

»Ich habe eine verdammte Scheißangst, Sariel! Hilf mir!«

»Ich hab aber keine Ahnung, wie!«

»Wo ist Mingan?«

»Geflohen. Keine Ahnung, wohin.«

»Wo bist du?«

»Immer noch an der gleichen Stelle.«

»Du musst da weg! Gleich werden sie kommen. Wenn sie dich erwischen, werden sie dich töten, und dann habe ich keine Chance mehr, zurückzukommen.«

»Kannst du nicht versuchen, mit deinem Vater Kontakt aufzunehmen und ihm alles zu erklären?«

»*Hab ich schon versucht. Aber du bist der Einzige, den ich erreiche.*«

»Scheiße.«

»*Frag mich mal. Ich will hier raus, Sariel! Hol mich hier raus!*« Ihre Stimme klang nun panisch.

»Beruhig dich! Hauptsache, du lebst!«

»*Aber wie lange noch, verdammt?*« Gute Frage. Sariel hatte keine Ahnung.

»*Na super!*«, stöhnte Lìya in seinem Kopf. Sariel begriff, dass sie ihn nicht nur hören, sondern auch seine Gedanken lesen konnte. Gefiel ihm nicht. Sariel dachte fieberhaft nach, was er tun konnte. All seine Gedanken aber waren von einem starken Gefühl überlagert: unbändige Freude über Lìyas Überleben.

»*Schön, dass du dich freust*«, sagte Lìya trocken. »*Aber vielleicht können wir das auf später verschieben. Du musst raus aus dem Palast. Und zwar schnell!*«

Wo sie recht hatte, hatte sie recht. Sariel sprang auf und blickte sich um. »Erklär mir, wie ich zu den Kalmarställen komme!«

Er hatte inzwischen einen Plan. Oder so etwas Ähnliches. Er brauchte die Unterstützung der Sari. Nur sie konnten Lìya helfen. Also musste er die Zeitbombe zurückholen und seinen Auftrag erledigen. Und dazu musste er Mingan verfolgen. Es war ihm egal, ob Lìya dieser Plan möglicherweise nicht gefiel, denn er hielt ihn für ihre einzige Chance.

Es war bereits dunkel, als Sariel ins Freie trat. Geführt von Lìyas Stimme in seinem Kopf, gelang es ihm, unerkannt bis zu den Ställen vorzudringen. Biao war als einziger Kalmar noch wach. Die anderen etwa fünfzig Kalmare in diesem Stall lagen bereits zusammengerollt im seichten Wasser, blubberten leise und träumten ihre rätselhaften Träume. In einer

Ecke des Stalls sah Sariel einen riesigen Haufen von etwas, das wie Schnecken- oder Muschelschalen aussah. Offenbar waren die Kalmare damit gefüttert worden.

»Und wie soll ich jetzt aus dem Palast kommen? Da sind doch überall Wachen an den Toren!«

»*In meiner Satteltasche ist mein Kyrrschal. Ich zeig dir, wie du den umlegen musst, um wie ein Mädchen auszusehen. Solange niemand Alarm schlägt, wird man dich am Tor nicht kontrollieren.*«

Sariel sparte sich die Frage, was passieren würde, falls man ihn doch kontrollierte. Er suchte fieberhaft nach Lìyas Sattelzeug und fand auch ihren kleinen Beutel, dessen Inhalt sie immer vor ihm verborgen hatte.

»*Wage es bloß nicht, den Beutel aufzumachen!*«

»He, nur die Ruhe, ja!?«

Er band den Beutel an den Sattel und ließ sich von Lìya erklären, wie er den Kyrrschal um sich wickeln sollte. Er achtete vor allem darauf, ihn weit über den Kopf zu ziehen. Danach machte er Biao reisefertig und ließ sich von einem seiner Tentakel gekonnt aufhelfen. Biao wirkte so ruhig wie immer. Es schien fast, als ob er all das bereits erwartet hatte. Als ob er sich geradezu darauf freute. Das beruhigte Sariel irgendwie.

Eingewickelt in den Kyrrschal, ritt Sariel auf Biao dem Osttor entgegen.

Li regte sich stöhnend. Mingans Schlag wäre tödlich gewesen, wenn er sie nicht doch im letzten Moment hinter sich gespürt und instinktiv reagiert hätte. Eine kleine Bewegung nur, aber sie reichte, dass Mingan ihn nur halb erwischte. Li war bewusstlos zusammengesackt – aber er lebte. Als er nun wieder zu sich kam, war eine junge Zhàn-Shì-Kriegerin bei ihm, die ihn besorgt anblickte.

»Wo ist sie?«, stöhnte Li.

»Keine Ahnung. Mingan hat gesagt, ich soll bei dir bleiben, sie würde sich schon um Lìya kümmern.«

Li richtete sich mühsam auf. Sein Kopf schmerzte zum Zerbersten. Er zwang sich, aufzustehen.

»Gib Alarm«, ächzte er, obwohl er ahnte, dass es bereits zu spät sein würde. »Sie sollen auch nach Mingan suchen!« Auf immer noch wackeligen Beinen taumelte Li in die Richtung des Traktes, wo der Gon Shì residierte und die Zeitmaschine des Sariel aufbewahrt wurde. Während Li rannte, dröhnten ringsum bereits die Gongs, und überall stürzten Krieger aus ihren Unterkünften, aufgeschreckt durch den Alarm.

Auf halbem Weg traf Li den Gon Shì, der seine Tochter nicht wie verabredet im Speisesaal angetroffen hatte. Er hatte eine Weile gewartet – bis der Alarm losging. Im Laufen ließ sich Chuàng Shì von Li berichten, was passiert war. Als sie endlich den Gang vor seinem Zimmer erreichten, fanden sie ihre schlimmsten Befürchtungen bestätigt. Der Sariel war geflohen, die Zeitbombe war weg, vier Krieger lagen tot im Gang und von Lìya und Mingan fehlte jede Spur. Chuàng Shì veranlasste sofort eine Durchsuchung des gesamten Palastes. An keinem der vier Palasttore war der Sariel durchgekommen, also musste er sich noch im Palast befinden. Danach rief er die ältesten Krieger zu sich. Trotz des enormen Altersunterschieds blieb Li wie selbstverständlich anwesend. Er bewunderte den Gon Shì für die Selbstdisziplin, mit der er den Schmerz über Lìyas Verschwinden verdrängte. Äußerlich völlig gefasst, erteilte er Befehle und Anweisungen und hörte sich dann den ersten Bericht der Ältesten an.

Es klang nicht gut. Auch etliche Stunden nach dem Vorfall gab es noch keine Spur des Sariel, obwohl er sich hier irgendwo verstecken musste. Zum ersten Mal zeigte Chuàng Shì einen Anflug von Verzweiflung, riss sich aber sofort wieder zusammen.

»Was denkst du, Li? Was ist da passiert?«

348

Die Frage überraschte Li. Normalerweise wurden die Ältesten zuerst gefragt. »Ich weiß nicht, ob ich …«, begann er zögernd.

»Dies ist nicht die Zeit für Schonung oder schöne Worte«, sagte der Gon Shì. »Ich will deine Meinung hören.«

Li atmete tief durch. Plötzlich wurde ihm bewusst, wie schwer es ihm fiel, die unumkehrbaren Tatsachen auszusprechen. »Lìya ist tot«, hörte er sich sagen und versuchte dabei, alle Gefühle zurückzudrängen. »Der Sariel hat sie getötet.«

»Wie?«, unterbrach Chuàng Shǐ ihn scharf.

»Die Kuhle im Boden lässt darauf schließen, dass er eine kleine Zeitmaschine eingesetzt hat.«

»WO, ZUM TEUFEL, HAT ER DIE HER?«, brüllte ihn der Gon Shì unvermittelt an.

Li zuckte zusammen. Er spürte, dass er zitterte. Tränen traten ihm in die Augen.

Der Gon Shì kam dicht an ihn heran. »Reiß dich zusammen, Li. Wenn ich es kann, kannst du es auch!«

»Ja«, schluckte Li. »Ich weiß es nicht. Vielleicht hatte er Verbündete hier im Palast.« Damit war es heraus. Das Ungeheuerliche.

»Mingan?«

Li nickte. »Ich hatte die ganze Zeit über so einen Verdacht. Deswegen habe ich sie heute Nachmittag auch noch einmal verhört. Aber sie war geschickt. Ich fand, zu geschickt. Als ob ihr jemand die Worte vorsagt.«

»Wo ist Mingan jetzt?«

Li zögerte. »Sie könnte noch leben. Aber da auch von ihr jede Spur fehlt, ist sie vermutlich ebenfalls tot.«

»Und der Sariel? Ist der auch tot?« Li schwieg ratlos. »Li!«

»Ich weiß es nicht«, hauchte Li. »Ich weiß es nicht.«

Der Gon Shì wandte sich wieder an die vier Ältesten. »Ich will, dass weitergesucht wird. Und wenn ihr den ganzen

349

Palast niederreißen müsst, ich brauche eine Spur des Sariel! Falls er lebt, wird er die Zeitbombe gegen uns einsetzen. Unser aller Leben hängt davon ab, den Sariel zu finden, bevor er uns alle ins Nichts schickt.«

Damit entließ Chuàng Shǐ die Ältesten und auch Li und schloss die Tür eilig hinter sich zu, damit niemand sehen konnte, wie er um seine Tochter weinte.

Li war selbst zum Heulen zumute. Er verfluchte sich wegen seiner Naivität gegenüber Mingan und fühlte sich mitschuldig an Lìyas Tod. Mingan und der Sariel hatten die ganze Zeit zusammengearbeitet, daran konnte kein Zweifel bestehen. Das Einzige, was er noch für Lìya tun konnte, dachte Li, war, den Sariel zu finden und zu töten. Das war er dem Mädchen schuldig, in das er sich auf den ersten Blick verliebt hatte. Auch wenn ihm das alles erst vor wenigen Stunden klar geworden war.

Unendlich traurig trat Li ins Freie. Die lange Pangea-Nacht war längst angebrochen und wurde erhellt von Hunderten von Fackeln. Lis Blick fiel auf ein Gebäude ihm gegenüber. Kalmarställe. Er sah, wie einige Kalmare mit ihren Reitern majestätisch herausschritten und sich verteilten. Augenblicklich durchzuckte ihn eine Idee und er rannte quer über den Hof zu dem Stall.

Wenige Minuten später stand er wieder vor dem Gon Shì. »Der Sariel befindet sich nicht mehr im Palast!«, keuchte er atemlos. »Ich weiß nicht, wie, aber er ist nicht mehr hier!«

»Woher willst du das wissen?«, presste Lìyas Vater hervor.

»Biao ist nicht mehr da. Er würde niemals einfach so verschwinden.«

»Biao würde sich auch niemals einfach so von irgendjemandem entführen lassen.«

»Doch!«, widersprach Li. »Lìya hat mir erzählt, wie gut

der Sariel mit Biao umgehen konnte. Dass sie sich fast verstanden haben. Sie war sogar ein bisschen eifersüchtig!«
Chuàng Shǐ zögerte mit der Antwort. Seine Backenmuskeln zuckten, während er nachdachte. »Wie hat er das gemacht?«, fragte er leise. Li hatte darauf keine Antwort.
»Ich habe einst geträumt, dass es so weit kommen würde«, sagte der Gon Shì plötzlich tonlos. »Der Tod meiner Frau, Lìyas Tod. Ich habe alles gesehen, habe versucht, Lìya von ihrem Vorhaben abzuhalten, aber ich wusste natürlich, dass es vergeblich sein würde. Ich habe alles geträumt – aber trotzdem zerreißt es mir nun das Herz.« Li schwieg bedrückt über den unerwarteten Gefühlsausbruch.
»Ist ja jetzt auch egal, wie der Sariel uns entkommen ist. Nehmen wir mal an, dass du recht hast, Li. Dann wird der Sariel in jedem Fall versuchen, den Ngongoni zu erreichen.« Der Gon Shì blickte Li an. »Ich will, dass alle verfügbaren Zhàn Shì die Verfolgung aufnehmen. Bringt mir den Mörder meiner Tochter. Und zwar tot. Wir hätten ihn gleich auf der Stelle töten müssen.«

Gleich hinter Orisalaama spannte sich die Unendlichkeit auf. Savanne, so weit das Auge reichte und noch weiter. Schwarzer Boden, grünes Land. Die Berge der Siringit berührten den Horizont in allen vier Himmelsrichtungen und noch darüber hinaus. Obwohl die Siringit kleiner als die Regenschattenwüste war, wirkte sie größer, denn mit der sanften Dünung ihrer Hügel bot sie dem Auge mehr Abwechslung. Und wimmelte überdies von Leben.
Verborgenem Leben.
Von Biaos Rücken blickte Sariel über eine endlose, fruchtbare Graslandschaft, getupft mit violetten und weißen Blüten. Aber mit jedem bedächtigen Schritt des Kalmars hörte er es ringsum rascheln, zirpen und knurren. Tausendfache verborgene Bewegung überall. Tausendfaches Jagen und Ge-

jagtwerden, tausendfacher Überlebenskampf, tausendfaches Leben, tausendfacher Tod.

»Lass dir bloß nicht einfallen, abzusteigen. Sobald du dich nur drei Schritte von Biao entfernst, würdest du zerrissen und aufgefressen werden.«

Sariel zuckte zusammen, als er Lìyas Stimme nach längerer Zeit wieder hörte. Er hatte eine Weile nicht mehr auf den Weg geachtet und sich nur noch an der Weite der Siringit sattgesehen. Lìyas herablassende Stimme erinnerte ihn unangenehm daran, dass er sich auf der Flucht befand. Und er machte sich keinerlei Illusionen über seine Lage. Er verfolgte eine brutale, eiskalte Mörderin, wurde vermutlich selbst als Mörder verfolgt und bewegte sich dabei in einer Welt, die ihm immer noch völlig fremd war. Die Siringit wirkte wie ein Urparadies, aber das bedeutete nicht, dass sie ungefährlich war. Leben und Sterben lagen hier nah beieinander, und Sariel glaubte Lìya, dass kein Tier hier jemals an Altersschwäche starb. Das Leben war frei in der Siringit, aber der Tod kam schnell und brutal.

»Soll ich dir die Tiere erklären?«

»Wie soll das denn gehen? Du siehst doch nichts.«

»Beschreib sie mir. Komm, stell dich nicht so an. Lass mich auch ein bisschen was sehen!«

Also versuchte Sariel, Lìya, so gut es ging, die Tiere zu beschreiben, die in seinem Blickfeld auftauchten.

Ein unvorsichtiges Watu kreuzte ihren Weg und flüchtete panisch zurück in die Deckung des hohen Grases. Watus sahen aus wie eine Mischung aus Hasen und Gazellen und besaßen am Maul zwei kurze, kräftige Stoßzähne, mit denen sie nach Wurzeln und Kräutern gruben. Mit ihrem kurzen gefleckten Fell waren sie kaum zu erkennen, wenn sie sich nicht bewegten. Auf ihrem Rücken hatte sich eine Schicht aus Horn gebildet, die sie vor Angriffen von Raubtieren schützte. Sariel sah, wie eine Herde Watus von großen flugunfähigen Vögeln gejagt wurden, die ihn entfernt an Marabus erinnerten. Diese Renngreife waren groß wie Strauße und jagten sehr geschickt im Verband. Sie waren ungeheuer schnell und nutzten ihre wenigen Federn beim Laufen als Stabilisatoren. Das machte abrupte Richtungsänderungen in vollem Lauf möglich.

Sariel sah auch andere flügellose Vögel, dick und mit roten Kehlsäcken, die fast so groß waren wie er selbst. Rotsäcke, so erklärte Lìya, waren Allesfresser. Normalerweise ernährten sie sich von kurzen Gräsern, Wurzeln und Samen, aber wenn sie auf ein verendetes Tier stießen, dann pickten sie sich auch gerne Bohrraupen und Ätzwürmer aus dem Aas. Als die Rotsäcke Sariel auf dem Kalmar entdeckten, richteten sie sich bedrohlich vor ihm auf, blähten ihren Kehlsack und stießen beeindruckende Knurrlaute aus. Als sich Sariel weiter näherte, flohen sie jedoch in heller Panik.

Ein anderes Tier, der Rasselrücken, sah aus wie eine Art Otter und besaß harte natürliche Keramikplatten auf seinem Rücken, um sich gegen Buschfeuer zu schützen. Wenn sich das Tier schüttelte, machten die dichten Keramikschuppen ein lautes, rasselndes Geräusch, das die Artgenossen des Rasselrückens vor Renngreifen und anderen Jägern warnte.

Die meisten Tiere waren kleine bis mittelgroße Grasfresser. Lìya nannte Sariel die wichtigsten Arten und ihre Besonderheiten. Watus, Renngreife, Rotsäcke und Rasselrücken erinnerten ihn noch am ehesten an Tiere aus seiner alten Welt, aber es gab auch so völlig fremdartige Wesen wie die Ulimi. Armdicke augenlose Würmer von einem Meter Länge, die sich aus dem Boden wälzten, um dort mit ihren Sekreten Fallen zu bilden. Die Insekten, die sich darin verfingen, lösten sich in den Sekreten langsam auf und wurden dann von den Ulimi aufgeschlürft. Danach zogen sich die Ulimi wieder in ihre Löcher zurück.

»*Pass auf, dass du nicht in ihre Fallen trittst!*«, warnte ihn Lìya. »*Ulimikotze brennt wie Feuer.*«

Sariel verzog das Gesicht und hörte Lìya kichern. Sie zeigte ihm auch Ghule, mardergroße Sechsfüßler, die in Dreiergrüppchen Jagd auf Rasselrücken machten.

»*Aber mach dir keine Illusionen, es gibt auch große Jäger. Sehr große, hungrige Jäger. Du kannst sie nicht sehen, aber sie sind da, überall ringsum.*«

»Danke für die Aufmunterung.«

»*Immer gern.*« Sariel fragte sich, woher sie plötzlich die gute Laune nahm. »*Was soll ich denn deiner Meinung nach tun? Rumflennen?*«

»Nee, ist schon in Ordnung.«

»*Nee, ist schon in Ordnung!*«, äffte sie ihn nach. »*Mal zu sagen, dass ich mich ziemlich gut halte, dafür, dass meine Lage so beschissen ist, fällt dir wohl nicht ein.*«

Sariel stöhnte und konzentrierte sich wieder auf den Weg. Auf dem Rücken des Kalmars war er weithin gut sichtbar, ein ideales Ziel für Tiere auf Beutezug und die Ori, die ihn verfolgten. Sariel wäre lieber zu Fuß gegangen, aber erstens war er auf dem Kalmar sicherer, und zweitens reichte ihm das Steppengras bis über die Schultern und hätte jede Orientierung unmöglich gemacht.

»Kann dein Kalmar nicht schneller?«, fragte er besorgt.

»*Sag bloß nichts gegen Biao! Er ist der beste und klügste und treueste und tapferste Kalmar, den es gibt!*«

»Aber er kommt mir irgendwie lahm vor, ich meine, für seine Größe. Gibt es nicht irgendeinen Trick, wie man Kalmare antreibt?«

»*Wage es bloß nicht!*«, zischte Lìyas Stimme in seinem Kopf. »*Wenn du ihn schlägst oder so was, dann…*«

»Dann?«

»*… dann kannst du dir deinen Weg alleine suchen und dich auffressen lassen. Ohne mich bist du hier verloren.*«

Sariel stöhnte. Mädchenlogik! »Und ohne mich wirst du auf alle Ewigkeit im Nichts festklemmen wie ein Stück Salami in einer Zahnlücke.« Das saß offensichtlich. Sie schwieg eine Weile, schien zu überlegen.

»*Was ist Salami?*«, fragte sie unvermittelt.

»Eine Wurstart.«

»*Was ist Wurst?*«

Sariel rollte mit den Augen. »Was zum Essen.«

»*Roll nicht mit den Augen, sondern erklär's mir. Mir ist stinklangweilig hier und ich habe eine Scheißangst. Also gib dir gefälligst ein bisschen Mühe, halt mich bei Laune und erzähl mir was von deiner Welt.*«

»Sollten wir nicht besser auf den Weg aufpassen?«

»*Mach dir keine Sorgen. Sobald Biao Gefahr spürt, kriege ich es mit und warne dich. Also… wie schmeckt Salami?*«

Sariel unterdrückte den Impuls, sie darauf hinzuweisen, dass er ebenfalls Biaos Stimmungen fühlen konnte. Im Augenblick jedoch war der langsame Kalmar ruhig und folgte einem schmalen Trampelpfad, der sich verschlungen durch das Steppengras zog. Vermutlich eine jener uralten Kalmarrouten, von denen Lìya ihm erzählt hatte. Hin und wieder kreuzten andere Trampelpfade ihren Weg, doch Biao schien immer genau zu wissen, in welche Richtung er gehen musste. Die Navigation war ohnehin nicht schwierig. Unübersehbar ragte der Ngongoni in der Ferne vor ihnen auf. Zum Greifen nah in der klaren Luft, doch auch hier machte sich Sariel keinerlei Illusionen. Bei dem augenblicklichen Tempo würden sie noch mindestens zwei Tage brauchen, durch trügerisch friedliche Landschaft, die ungeahnte Gefahren barg. Sariel wandte sich oft um und hielt nach seinen Verfolgern Ausschau. Einmal vor Stunden hatte er am Horizont zwei schwarze Punkte entdeckt. Vielleicht zwei Kalmare auf der großen Reise, vielleicht aber auch Späher der Ori. Sariel befürchtete, dass sie längst wussten, wo er war, und er geradewegs in eine Falle ritt.

»*Mach dir nicht in die Hosen, sie sind noch weit.*«
»Danke, sehr hilfreich. Hat dir schon mal jemand gesagt, dass du nervst?«
»Meine Brüder. Jeden Tag.« Ihr Kichern plätscherte wie Aprilregen in die Steppe. Ein schönes Geräusch.
»Ja, du hast gut kichern!«, sagte Sariel dennoch. »Du wirst ja auch nicht verfolgt!« Und biss sich auf die Lippen, noch im gleichen Moment.
»*Danke. Vielen Dank. Sehr einfühlsam.*«
»Tut mir leid ... Ehrlich. Ist mir so rausgerutscht.«
Sie antwortete nicht. Und dann, nach einer Weile ...
»*Erklärst du mir jetzt endlich, was Salami ist?*«

Pangea. Eine Welt, so groß und weit wie aus einem Traum. Eine Welt, die darauf wartete, entdeckt zu werden.

Die Savanne war grün und die Luft schmeckte nach Gras und Blüten. Eine kräftige Brise trieb bauschige weiße Wolkenberge über einen blitzblauen Himmel von Südost nach Nordwest, malte Schatten auf die Steppe. Gegen Abend würden diese weißen Wolkenriesen unter Blitzen aufflammen, das Grollen der Gewitter würde über die Steppe zittern, und jedes Lebewesen, das fühlen und sich fürchten konnte, würde wieder glauben, dass es einen Gott gab.

Während Sariel Lìya von seiner alten Welt erzählte – von Salami und Hamburg, vom Kater, seinen Eltern, von der Schule, von den tausend Dingen, die man mögen oder hassen konnte und die so natürlich zu jenem Leben dazugehört hatten wie die Luft und das Glitzern der Alster an einem Sommertag –, betrachtete er die neue Welt um sich herum wie zum allerersten Mal. Und wirklich zum allerersten Mal begann er, Pangea zu mögen. Pangea war gefährlich und so fremd wie nichts sonst – aber hier fühlte sich Sariel, der einmal Huan geheißen hatte, wirklich frei. Er war jetzt kaum zwei Monate in dieser Welt. Man hatte ihn durch die Zeit entführt und zu einem Superstar gemacht. Er hatte zum ersten Mal mit einem Mädchen geschlafen, dem schönsten Mädchen, das er je gesehen hatte, und war für sie mit einer Höllenmaschine ausgezogen, um ein tödliches Virus zu killen. Er war mit einem Überschallflugzeug abgestürzt und später fast getötet worden. Man hatte ihn gefangen genommen, und er war geflohen und war nun auf einem riesigen Oktopus unterwegs, um ein Mädchen aus dem Nichts zu befreien und Pangea vor dem Untergang zu retten. Was auch immer er an seinem früheren Leben vermisste – dieses Leben war hundertmal aufregender.

Liya wollte alles über Schokoriegel, Skateboards und MP3-Player wissen. Doch je länger Sariel davon erzählte, desto mehr erschien ihm das alles wie uralte Erinnerungen, die man aus den Kisten und Schachteln seines Gedächtnisses hervorkramt, abstaubt und nur noch mit milder Verwunderung betrachtet. Während er Liya die Bücher beschrieb, die er verschlungen und geliebt hatte, erkannte er, wie fremd sie ihm nun waren. Seine alte Existenz verblasste, trat zurück und verging. Das erschreckte und elektrisierte ihn zugleich, und ihm wurde bewusst, dass er sehr bald eine Entscheidung treffen musste.

»Was für eine Entscheidung?« Sie passte auf. Sariel verfluchte sich dafür, dass er seinen Gedanken freien Lauf gelassen hatte.

»Gar keine«, murmelte er und versuchte es mit einem Themawechsel. »Möchtest du wissen, was Skifahren ist?«

»Lenk nicht ab. Was für eine Entscheidung wirst du treffen müssen?«

»Wie ich dich da raushole«, log er, und sie merkte es.

»Verarsch mich bloß nicht, ich krieg's ja doch raus.«

»Ich verarsch dich nicht.«

»Wenn du irgendwas vorhast, wenn du irgendein krummes Ding drehst oder mich einfach fallen lässt, verfolge ich dich

dein Leben lang durch alle Träume, durch alle Gedanken, je-
den Tag, jeden Moment deines Lebens. Dein Leben wird die
Hölle sein!«

»Du brauchst mir nicht zu drohen. Glaub mir, ich hab
keine Lust, dass du für immer in meinem Kopf bist.«

»Schade, eigentlich.«

Sariel seufzte. Mädchen würde er niemals verstehen.

»Besser so.«

Sariel wollte mit einem lässigen Spruch antworten – als er
spürte, dass Biaos Stimmung sich veränderte. Lìya – wo auch
immer sie sich gerade befand – spürte es auch.

»Biao hat etwas entdeckt!«

»Ich hab's schon gemerkt.«

Sie hatten wieder eine jener kaum erkennbaren Kreu-
zungen von Kalmarpfaden erreicht. Biao blieb stehen und
teilte mit seinen beiden Fangtentakeln vorsichtig das hohe
Gras zu beiden Seiten des Trampelpfades. Ein paar Rotsäcke huschten hervor und suchten Deckung. Jetzt roch Sariel
auch den Verwesungsgeruch. Biao nestelte weiter im Gras
herum und fördert einen Tierkadaver hervor. Er war noch
relativ frisch, vermutlich hatte das Tier vor wenigen Stunden
noch gelebt.

»Was ist da?«

»Biao zeigt mir einen Kadaver.«

»Schau ihn dir genau an! Wenn Biao dir was zeigt, muss es
wichtig sein.«

Sariel überwand seinen Ekel, hielt die Luft an und betrachtete das blutige Gerippe näher, an dem nur noch wenige
Fleischfetzen hingen.

»Erkennst du was?«

»Ein frischer Riss, glaube ich. Ziemlich zerfleddert. Da
waren schon eine Menge Tiere dran. Nichts Besonderes.«

»Es muss was Besonderes sein!«

Sariel wusste, dass sie recht hatte, griff nach Biaos Tentakel und zog ihn weiter zu sich. Er drehte den Kadaver leicht in der Mittagssonne, um ihn besser untersuchen zu können. Er hatte zwar keine Ahnung, um welches Tier es sich gehandelt hatte, er musste sogar genau hinsehen, um vorne und hinten unterscheiden zu können, aber dem Körperbau nach musste es die Größe eines ausgewachsenen Hundes gehabt haben. Schwere Knochen und dicke Sprunggelenke.

Und dann sah er es.

»Hier ist was. Einer der Schulterknochen hat ein Loch.«

»*Was für ein Loch?*«

»Ein Loch halt. Fast kreisrund. Ich könnte meinen Finger durchstecken.«

»*Das Einschussloch eines Shì. Mingan war hier.*«

»Woher willst du das wissen? Es könnte doch irgendein Ori gewesen sein.«

»*Glaub mir, es war Mingan. In den letzten Tagen waren keine Patrouillen unterwegs. Es kann nur Mingan sein. Sie hat sich verteidigt oder gejagt. Wo lag der Kadaver?*«

»Neben unserem Weg, auf einem anderen Pfad. Seltsam, der Pfad führt vom Vulkan weg nach Süden.«

»*Mingan hat irgendwas vor. Und du musst jetzt deine erste Entscheidung treffen. Entweder folgst du Mingan, oder du versuchst, so schnell wie möglich den Ngongoni zu erreichen, um ihr dort den Weg abzuschneiden.*«

»Was meinst du, was sie vorhat?«

»*Keine Ahnung. Aber Mingan kennt sich in der Savanne aus. Wenn sie die Richtung ändert, dann hat sie ihre Gründe.*«

Sariel blickte nach Süden und versuchte, den Verlauf des Pfades zu erspähen. Dann blickte er wieder nach Osten, wo der Ngongoni fast zum Greifen nahe schien. Er blinzelte in die hohe Mittagssonne und atmete ein. Der Wind hatte sich gelegt. Die Welt schwieg. Alles so friedlich.

Und doch nicht.

»Es ist ein Täuschungsmanöver und vielleicht auch eine Falle«, erklärte Sariel plötzlich.

»*Woher willst du das wissen?*«

»Mingan weiß, dass wir sie verfolgen. Sie ist nicht dumm. Sie würde niemals ein angeschossenes Tier so auf dem Pfad liegen lassen, dass jeder Kalmar es einfach finden *muss*.«

»*Bravo*«, sagte Lìya. »*Du machst dich. Was schlägst du vor?*«

»Wir gehen weiter wie bisher.«

Sariel wartete Lìyas Reaktion gar nicht erst ab und gab Biao einen Klaps. Der Kalmar verstand und setzte sich wieder in Bewegung. Sariel wunderte sich immer noch, wie leicht es war, einen Kalmar zu reiten, und fragte sich, ob Lìyas Sticheleien vielleicht nur Ausdruck ihrer Eifersucht waren. Er fand das sogar verständlich, denn es wäre ihm nicht anders gegangen, wenn Kurkuma irgendjemand anderem als ihm vertraut hätte.

»*Ich bin nicht eifersüchtig.*«

Sariel grinste und wusste, dass er mit seiner Vermutung richtiggelegen hatte. Wenigstens einmal hatte er etwas über Mädchen verstanden.

»*Huan?*« Sie benutzte auf einmal seinen alten Namen.

»Ja?«

»*Es tut mir leid, dass ich dich töten wollte.*«

»Schon in Ordnung.«

»*Ich meine es ernst. Es tut mir wirklich leid. Ich hab einfach nicht gewusst…*«

»Ich sag doch: schon in Ordnung.«

»*Lässt du mich vielleicht ausreden?!… Ich wollte dir sagen, dass ich sehr dankbar bin für das, was du für mich tust.*«

»Man soll den Tag nie vor dem Abend loben.«

»*Die Sprüche kannst du dir sparen. Ich merk doch, dass du dich freust. Ich versprech dir, wenn die Sache hier schiefgeht, verschwinde ich auch aus deinem Kopf, keine Sorge.*«

Sariel schluckte. »Du glaubst nicht, dass ich's schaffen kann, stimmt's?«

»*Ach, halt doch die Klappe. Du verstehst gar nichts.*«

»Lìya?«

»*Was denn noch?*«

»Darf ich dich um einen Gefallen bitten?«

»*Schieß los.*«

»Kannst du bitte aufhören, *alle* meine Gedanken zu lesen?« Sie schwieg.

»Ich fühl mich dabei einfach so ... als ob ...«

»*... dir jemand beim Kacken zusieht.*«

Sariel prustete los vor Lachen. Und irgendwo in seinem Kopf fand dieses Lachen ein fernes Echo aus dem Nichts. Gemeinsam mit Lìya zu lachen, tat gut, es wärmte und vertrieb die Angst.

»*Kein Problem, ich halt mich ein bisschen zurück mit Gedankenlesen*«, hörte er ihre Stimme, als sie wieder zu Atem kam.

»Danke. Und außerdem schaffen wir das. Ich hol dich zurück, das versprech ich dir.«

»*Hoho!*«, tönte sie, und er wusste, dass sie sich freute.

Am Nachmittag sah er am Horizont hinter sich eine Gruppe Kalmare, die in ihre Richtung zogen. Sariel sprang von Biao ab. Schutz suchend duckte er sich in das hohe Gras. Auch Biao erkannte die Gefahr und presste sich, ohne dass Sariel ein Wort sagen musste, auf den Boden, so flach er konnte. Sariel staunte, wie geschmeidig sich der massige Oktopus bewegte, wie er geradezu am Boden zerfloss und vollständig im Gras verschwand. *Wie eine Katze*, dachte Sariel wieder.

Vorsichtig spähte er in die Richtung der Kalmare und bemühte sich, seine Deckung dabei nicht aufzugeben. Wenn sie ihn nicht schon längst erspäht hatten. Reiter konnte er auf die Entfernung zwar nicht ausmachen, aber er war fast sicher, dass es sich um eine Gruppe von Zhàn Shì handeln musste.

»Wie bewegen sie sich? Ihre Bewegung ist entscheidend!«

»Sie gehen in einer Reihe. Ein großer Kalmar etwas weiter voraus.«

»Schau dir den Letzten in der Reihe an. Was macht er?«

»Er lässt sich etwas zurückfallen und nimmt eine andere Richtung. Nein, jetzt kehrt er wieder zur Gruppe zurück.«

»Dann hast du recht. Es ist ein Spähtrupp. In welche Richtung ziehen sie?«

»Etwas südlich. Jetzt halten sie an.«

»Dann haben sie den Kadaver entdeckt.«

Das dachte Sariel auch. Er kniff die Augen zusammen und versuchte, gegen die tiefer stehende Sonne noch mehr zu erkennen. »Die Gruppe steht zusammen«, gab er an Lìya weiter und merkte gar nicht, dass er unnötigerweise flüsterte. Eine Weile passierte nichts. Schließlich aber nahm die Gruppe wieder ihre alte Formation ein und zog weiter.

»Welche Richtung?«, drängte Lìya.

»Warte!« Sariel wagte es, sich noch ein wenig mehr aufzurichten, und versuchte, die Bewegung der Halme mitzumachen. »Ich glaube, sie ziehen südwärts. Ich glaube, sie folgen dem anderen Pfad.«

»Was heißt das, du glaubst?« Lìyas Ton war wieder schärfer geworden.

»Ich bin ganz sicher. Sie folgen Mingans falscher Spur.« Es gab keinen Zweifel mehr. Die Gruppe der Kalmare änderte die Richtung und bewegte sich jetzt mit erhöhtem Tempo südwärts. »Sie gehen Mingan auf den Leim.«

»Gut für uns.«

Sariel beobachtete die Kalmare, bis sie völlig aus seinem Blickfeld verschwunden waren. Erst dann stand er ganz auf, und auch Biao erhob sich ebenso geschmeidig und würdevoll, wie er sich vorhin niedergelassen hatte.

»*Sind sie weg?*«

»Ja. Vorerst.«

»Es werden nicht die Einzigen sein. Du musst höllisch aufpassen.«

»Es sind doch deine Leute.«

»*Es gefällt mir auch nicht, glaub mir. Aber wenn sie dich erwischen, ist es auch mit mir vorbei.*«

Sariel verzichtete auf einen weiteren Kommentar, stieg wieder auf Biaos Kopfkörper und trieb ihn mit einem Schnalzlaut an. Sie hatten Zeit verloren, viel Zeit. Mingans Vorsprung war gewachsen.

Gegen Abend stießen sie auf eine weitere Spur von ihr. Sie durchquerten gerade ein flaches Flussbett, das nur wenig Wasser führte. Eine Herde von Hoopis, dickleibige, echsenartige Grasfresser, hatte sich am gegenüberliegenden Ufer eingefunden und trank, ohne von dem Kalmar und Sariel Notiz zu nehmen. Auf den Rücken der Hoopis nisteten Vögel, die den gemütlich wirkenden Echsen Parasiten aus dem Leib pickten. Die Hoopis grasten mit ihren breiten Plattmäulern die beiden Uferseiten ab und gingen dabei systematisch in Dreierreihen vor. In der letzten Nacht hatten sie bereits ein großes Stück Savanne zu einer Stoppelwiese abgemäht und dabei etwas freigelegt, was eigentlich hatte versteckt bleiben sollen.

Er hätte die Feuerstelle niemals entdeckt, wenn der Boden an dieser Stelle nicht heller gewesen wäre, weil der Fluss hellen Sand von irgendwoher anspülte. Auf dem dunklen vulkanischen Boden wäre der schwarze Brandfleck nicht aufgefallen.

»Halt!«, rief Sariel, und Biao hielt sofort an.

»*Was ist los?*«

Sariel antwortete nicht. Er nahm das Shì und stieg ab. Dabei behielt er ständig seine Umgebung im Auge und das Shì im Anschlag. Das undurchdringliche Steppengras begann erst in zwanzig Metern Entfernung. Aber auch diese Distanz konnte ein ausgewachsener Renngreif im Sprint in wenigen Sekunden zurücklegen. Sariel hoffte, seine Reflexe wären für diesen Fall schnell genug, und gleichzeitig, dass er sie nicht brauchen würde.

Vorsichtig ging er in die Hocke und sah sich die Feuerstelle genauer an. Der helle Sandboden war geschwärzt von Asche. Sariel fand noch einige Holzstückchen in der Asche und kleine verkohlte Knochen. Womöglich Überreste eines Watus. Als er sich umblickte, fielen ihm weitere Spuren auf, die die Hoopis beim Grasen fast völlig zerstört hatten. Sariel entdeckte die typischen Vertiefungen, die die Druckluftzelte der Ori in weichem Boden machten.

»Mingan hat hier campiert.«

»Sicher?«

»Ja. Sie hat versucht, ihre Spuren zu verwischen, und ihr Lager im hohen Gras aufgeschlagen, um die Stelle zu tarnen. Aber sie hat nicht damit gerechnet, dass die Hoopis das Gras später abfressen würden.«

»Woran siehst du, dass Spuren verwischt wurden?«

»Du hast es genauso gemacht, als du mich nach Orisalaama gebracht hast.«

»Und was sagt uns das?«

»Dass wir den Kadaver finden sollten. Dieses Lager hier nicht. Wir sind also auf der richtigen Fährte.« Sariel hockte zufrieden an Mingans Lagerplatz und wartete auf ein Lob von Lìya für seinen Scharfsinn.

Stattdessen kam der Nimrod.

Nimrods waren die gefährlichsten Jäger der Savanne und trugen den Namen des mythischen Jägers zu Recht. Nimrods waren entfernte Nachfahren der Mungos, doch inzwischen doppelt so groß wie Löwen, bewehrt mit zwei Säbelzähnen, lang und scharf wie Dolche, und einem Kiefer, der Kalmartentakel zermalmen konnte. Sie besaßen keine Augen mehr, aber dafür einen hochempfindlichen Hör- und Geruchssinn. Und sie waren schnell, schneller als Renngreife.

Sariel merkte es nur an einer plötzlichen Veränderung in Biaos Stimmung. Gleichzeitig schrie Lìya auf und in der nächsten Sekunde sah er aus dem Augenwinkel einen Schatten auf sich zustürzen.

Huan wäre zu langsam gewesen. Huan wäre im nächsten Moment bereits tot gewesen. Huan hätte keine Chance gehabt.

Sariel schon.

Die motorischen Reflexe, die ihm die Sari innerhalb einer Nacht einprogrammiert hatten, griffen so reibungslos, als hätte Sariel sein Leben nie etwas anderes getan, als in der Siringit zu jagen. Der Nimrod flog heran, ein gewaltiger Sprung von über zehn Metern. Noch in der Hocke wirbelte Sariel herum, riss das Shì aus dem Anschlag, richtete es auf den heranfliegenden Schatten und drückte ab.

Er hatte keine Zeit, genau zu zielen, und er hatte nur einen Versuch. Der Nimrod war groß und ausgewachsen. Ein weibliches Tier, Anführerin eines großen Rudels. Es hatte in seinem Leben schon viele Kämpfe und Verwundungen überlebt. Sariel sah den Tod auf sich zufliegen, groß und glänzend, und gab einen Schuss ab.

Er sah nicht mehr, wie Biao einen quiekenden Laut von sich gab und sein Fangtentakel durch die Luft zischte.

So ein schöner Tag, war das Letzte, was Sariel dachte, und dass er Lìya noch etwas hatte sagen wollen, unbedingt. Dann traf ihn bereits der Körper des Nimrods schwer und hart und warf ihn zu Boden. Sariel kam gar nicht mehr dazu, die Arme schützend vors Gesicht zu reißen. Es hätte auch nichts genutzt. Unfähig zur Gegenwehr, wartete er auf den tödlichen Biss.

Der nicht kam.

Das gewaltige Tier lag regungslos und schwer auf Sariels Brust und quetschte ihm die Luft ab. Sariel brauchte ein paar Sekunden, bis er begriff. Dass er getroffen hatte. Dass er lebte. Dass Lìya immer noch schrie, irgendwo im Nichts. Mit Händen und Füßen strampelte er sich hastig frei, um den massigen Körper loszuwerden. Biao war plötzlich da und riss ihn mit seinem Fangtentakel unter dem Tier weg in Sicherheit. Immer noch das Shì in der Hand, sprang Sariel panisch auf die Füße. Wie im Reflex lud er das Shì wieder durch und richtete es keuchend auf den Nimrod. Im gleichen Moment erkannte er, dass er nicht mehr schießen musste, und ließ die Waffe sinken. Er hatte das Tier genau an seiner ungeschütztesten Stelle getroffen. Der Eisdorn war aus nächster Nähe und mit immenser Wucht geradewegs in den aufgerissenen Rachen des Nimrods eingedrungen und hatte den gepanzerten Kopf durchschlagen. Das Nimrodweibchen war noch im Flug gestorben.

Ein guter Schuss. Trotzdem wurde Sariel beim Anblick des toten Tieres schlagartig übel. Die Knie sackten ihm weg und er übergab sich auf der Stelle.

»Alles in Ordnung mit dir?«

Sariel hockte auf allen vieren am Boden, würgte, keuchte vor Übelkeit und merkte dennoch erstaunt, wie weich Lìyas Stimme sein konnte. So weich wie die Bewegung des Steppengrases.

»Ja, ich bin okay.« Sariel spuckte ein letztes Mal aus und richtete sich wieder auf.

»Ich bin froh, dass du lebst.«

»Kein Wunder.«

»Du bist so ein Blödmann, weißt du das?« Aber der Ton, in dem sie das sagte, war immer noch genauso sanft wie eben.

»Ich hab noch nie vorher getötet.«

Sie sagte nichts. Sariel wusste, dass Lìya bereits oft gejagt hatte. Und er wusste, dass er sehr bald ebenfalls jagen musste, wenn er überleben wollte. Er hatte getötet und würde es wieder tun müssen. Er hoffte nur, dass es nie ein Mensch oder ein Kalmar sein würde.

»Für das erste Mal war es ein ziemlich guter Schuss. Du solltest den Nimrod zerteilen und etwas von seinem Fleisch mitnehmen. Es riecht zwar ekelhaft, aber gut durchgebraten ist es ganz genießbar, ohne dass man gleich kotzen muss.«

»Danke, kein Bedarf.«

»Doch!«, sagte sie entschieden. *»Du musst es tun, wenn du in nächster Zeit nicht jagen willst.«*

Also überwand er sich und nahm das Tier unter Lìyas sachkundigen Anweisungen aus. Lìyas scharfes Messer fuhr mühelos durch den gepanzerten Unterleib. Mit einem widerlichen Geräusch quollen die Eingeweide heraus. Sariel erinnerte sich an Bilder von Tierdärmen, aber was ihm hier stinkend entgegenglibberte, erinnerte nicht im Entferntesten an Organe, wie er sie kannte. Das gesamte Innere des Nimrods schien aus einem einzigen Organ zu bestehen, das sich nur an verschiedenen Stellen durch Farbe und Maserung unterschied. Sariel wunderte sich, dass es kaum Blut gab.

»Wirf es weit weg«, sagte Lìya. *»Es ist nicht genießbar und lockt nur Gigamiten an.«*

Gott sei Dank, dachte Sariel und begann damit, das Tier abzuziehen. Mit zügigen Schnitten trennte er die Haut von den Muskeln. Es ging leichter, als er dachte. Als der Nimrod abgehäutet und rosig vor ihm lag, erklärte ihm Lìya, wo sich die genießbarsten Teile befanden und wie er sie von den Knochen ablösen sollte. Sariel hatte endgültig genug von der Schlachterei. Das Tier tat ihm plötzlich leid. Es war geboren worden und gewachsen. Es hatte Junge bekommen und sie versorgt. Es hatte gekämpft und gejagt und gelebt. Sariel bedauerte nicht, es getötet zu haben, er fand nur, dass er ihm noch etwas schuldig war. Und ohne dass er je davon gelesen oder gehört hätte, tat er das, was bereits die ersten Jäger der Menschheit getan hatten, als sie sich aus ihren Höhlen gewagt und nur mit Speeren und Keulen Jagd auf Bären und Mammuts gemacht hatten: Er bat das Tier um Verzeihung. Er ging in die Hocke und legte das Messer vor sich auf den Boden. Biao sah ihm aufmerksam dabei zu und schien irgendwie zu verstehen.

»*Was machst du?*«

»Lass mich mal bitte für einen Augenblick allein, ja?«

Sie schwieg. Schien offenbar auch an Biaos Stimmung zu spüren, dass irgendetwas vorging, was unbedingt Schweigen erforderte.

Sariel blickte auf den gehäuteten Nimrod. Das Tier schien fast auf etwas zu warten, um endgültig nicht mehr dieser Welt anzugehören. Es dauerte eine Weile, bis Sariel die richtigen Worte fand. Worte der Beschwörung wie schon vor Urzeiten.

»Ich danke dir«, sagte er mit trockenem Mund. »Ich konnte nicht anders. Ich gebe zu, ich bin stolz, dass ich dich getötet habe. Du warst groß und stark und gefährlich. Jetzt fühle ich mich groß und gefährlich, und vielleicht musste ich dich töten, um die Aufgabe bewältigen zu können, die mir bevorsteht. Dafür danke ich dir. Und wenn ich dich um etwas bitten dürfte: Bleib bei mir, mach mich weiterhin stark und gefährlich. Dafür verspreche ich dir etwas. Ich werde nie deine Jungen töten. Niemals.«

Sariel schwieg. Er fand, dass alles gesagt war.

»*Schön gesprochen*«, durchbrach Lìya nun die Stille. »*Richtig ergreifend.*«

»Danke. Es musste sein.«

»*Dann hast du wohl jetzt ein Totem.*«

»Ja«, sagte Sariel ernst und erhob sich. »Sieht wohl so aus.« Er blickte Biao an, der im seichten Wasser des Baches lag und alles ruhig und aufmerksam verfolgte. Sariel konnte seine Zustimmung geradezu körperlich spüren. Mehr noch. Zum ersten Mal hatte er das Gefühl, dass der Kalmar ihn als einen Freund betrachtete, und auch das erfüllte ihn mit großem Stolz. Ein guter Tag, trotz allem. Entschlossen trat er an den Nimrod heran und brach mit dem Messer die beiden mächtigen Säbelzähne aus dem Kiefer, rieb sie an seiner Kleidung sauber und verstaute sie sorgfältig in Lìyas Satteltasche. Irgendwann, wenn Zeit dazu war, würde er sich daraus eine Kette machen, Zeichen seiner Stärke und seiner Verbundenheit mit allen Nimrods.

Danach war der Bann gebrochen. Sariel beeilte sich, löste nur wenige Fleischstücke aus und legte sie auf die umgedrehte Haut des Tieres. Die ganze Zeit überwachte Biao die Stelle, schickte seine Sinne in alle Richtungen, um Sariel rechtzeitig vor einer nahenden Gefahr warnen zu können.

»Ich kann nicht alles mitnehmen«, sagte Sariel, als das Fleisch des Nimrods vor ihm lag. »Es wird doch im Nu verderben.«

»Pack die Stücke in Mondtränen und wickele das Ganze in den Kyrrschal. So hält das Fleisch eine gute Woche und es verbessert auch den Geschmack.«

Sariel folgte Lìyas Anweisungen und verzurrte das Vorratspaket auf dem Sattel. Inzwischen war die lange Dämmerung von Pangea angebrochen. Innerhalb der nächsten Stunde würde es dunkel und damit zu gefährlich sein, um weiterzuziehen. Auch Mingan würde rasten müssen und ihren Vorsprung nicht weiter ausbauen können. Biao plätscherte im brackigen Flusswasser und füllte seine Flüssigkeitsspeicher auf. Seinen genüsslichen Bewegungen verrieten immer noch, dass seine Vorfahren vor Jahrmillionen im Meer gelebt hatten.

Er ist wirklich ein Tintenfisch!, dachte Sariel und begann, das Druckluftzelt an der Stelle zu errichten, an der auch Mingan campiert hatte. Als er seinen Wasserschlauch im Fluss gefüllt hatte, berührte die Sonne im Westen den Horizont und tauchte den Ngongoni in goldenes Abendlicht. Von Süden rollte ferner Donner heran und die ersten Abendgewitter flammten auf. Über dem breiten Krater des erloschenen Vulkans jedoch hatten sich die ewigen Wolken weitgehend verzogen und gaben nun den Blick auf den Kraterrand frei. Es mochte eine optische Täuschung des Abendrots sein – aber für einen Moment hatte Sariel den Eindruck, dass etwas aus dem Krater herausleuchtete. Dann war die Erscheinung vorbei. Kurz darauf spürte er, dass der Boden unter seinen Füßen zitterte, und hörte gleichzeitig ein schweres Grollen, wie das Ächzen eines alten Mannes. Alarmiert warf Sariel einen Blick auf Biao, der es ebenfalls spürte und mit seinen Tentakeln unruhig im Wasser um sich peitschte. Seltsamerweise flaute gleichzeitig der Wind schlagartig ab und das Leben im Steppengras ringsum schien den Atem anzuhalten. Der seichte Fluss zog sich zurück, und die wenigen Tiere, die noch am Ufer standen, verharrten wie gelähmt auf der Stelle. Man hörte nur noch das dumpfe, unterirdische Grollen. Das Zittern des Bodens verstärkte sich, rollte wie eine Welle vom Vulkan aus auf Sariel zu und erschütterte die Savanne jetzt mit heftigen Stößen, wie von einer gewaltigen Faust, die von unten gegen die Erdkruste wummerte.

»Keine Sorge, das ist nur ein Erdbeben. Gibt es hier öfter.«

»Ich dachte, der Ngongoni sei längst erloschen.«

»Ist er auch.«

»Das passt nicht zusammen, Lìya – ein erloschener Vulkan und Erdbeben. So viel hab ja sogar ich noch aus Erdkunde behalten.«

»Na, du musst es ja besser wissen – Sariel.«

Sariel beachtete Lìyas ätzenden Tonfall nicht. Irgendetwas beunruhigte ihn plötzlich sehr. Mehr als der Gedanke an Mingan, mehr als die Zhàn Shì, die sie verfolgten, und mehr als die Raubtiere, die überall auf sie lauerten. Mit dem Erdbeben, das jetzt mit schwerem Dröhnen direkt unter ihm durchrollte und ihn fast von den Beinen riss, kam die Ahnung von etwas Großem. Einer neuen Form von Bedrohung, viel endgültiger als alles andere. Sariel erinnerte sich wieder an die Träume, die er in seinem alten Leben kurz vor seiner Entführung gehabt hatte. Das gleiche Gefühl von einem Riss, der in der Welt klaffte und sich knirschend weiter öffnete. Und aus dem Riss quoll etwas empor aus entsetzlichen Tiefen; etwas, das alles verschlingen würde, alles Leben, die ganze Welt.

So plötzlich, wie es begonnen hatte, endete es auch. Das Erdbeben flaute abrupt ab und in der gleichen Sekunde setzte der Wind wieder ein, der Fluss kehrte zurück und die Tiere am Ufer flüchteten quiekend in die Savanne.

»Das war kein Erdbeben«, sagte Sariel bestimmt.

»*Sondern?*«

»Ich habe keine Ahnung. Aber was immer es war, es kam vom Vulkan. Und das ist ohnehin unser Ziel. Schätze also, wir werden es bald erfahren.«

In diesem Augenblick spürte Sariel, dass Biao ihm ein deutliches Signal schickte, vielleicht etwas mitteilen wollte, und der Stärke der Empfindung nach handelte es sich geradezu um einen Schrei. Eine Warnung. Einen Hilferuf.

Den Sariel aber nicht verstand.

Er konnte nur zu dem Kalmar gehen und ihm beruhigend über die glänzende Haut streichen. »Ruhig, Dicker. Ganz ruhig. Du hast mir das Leben gerettet. Alles okay. Ganz ruhig.«

»*Ich wünschte, ich könnte bei euch sein.*«

»Bist du doch.«

»*Ich meine, richtig.*«

»Ich hab nicht den Eindruck, dass das für Biao irgendeinen Unterschied macht.«

Er hatte das nur so dahingesagt. Doch im gleichen Moment wurde ihm bewusst, wie recht er damit hatte. Für Biao war es egal, ob Lìya vor ihm stand oder irgendwo im Nichts feststeckte. Solange sie lebte, war sie da. Womöglich erstreckten sich Biaos Sinne über Raum und Zeit. Wenn man einen Verschütteten retten will, muss man vor allem wissen, wo man suchen soll. Wenn seine Vermutung zutraf, dann gab es vielleicht wirklich einen Weg, Lìya noch lebend aus dem Nichts zurückzuholen.

»So ein schöner Tag«, sagte er laut.

»*Schön, dass du noch Witze machen kannst.*«

Sariel grinste und machte sich daran, Feuerholz zu suchen.

Es war bereits dunkel, als das Feuer vor dem Druckluftzelt brannte. Sariel hatte die Stelle so gewählt, dass der Feuerschein nach Süden hin so gut wie möglich abgeschirmt wurde. Ansonsten hoffte er, dass der Lagerplatz am Fluss tief genug lag, um unentdeckt zu bleiben.

Mit Einbruch der Nacht verstärkten sich die Geräusche ringsum. Mit der Nacht begann das eigentliche Jagen und Töten in der Siringit. Sariel hörte das Brüllen der Ghule, das heisere Kläffen der Watus und das panische Quieken der Rasselrücken. Noch vor wenigen Wochen hätten ihm diese Laute eine Todesangst eingejagt. Seit heute war es anders. Er spürte den Geist des Nimrods bei sich, seine Sinne horchten wach und ohne Furcht auf die Gefahren der Nacht.

Das Shì immer griffbereit, briet Sariel kleine Fleischstücke und Mondtränen an einem Stock. An Mondtränen hatte er sich inzwischen gewöhnt und der widerliche Geruch des Nimrodfleischs verflog tatsächlich im Feuer. Durchgebraten erinnerte der Geschmack entfernt an Hammel. Nicht dass Sariel Hammel je besonders gemocht hätte. Aber er war hungrig genug, und mit jedem Bissen dachte er daran, dass die Stärke und der Mut des Nimrods endgültig auf ihn übergingen. Danach fühlte er sich besser. Er lehnte sich zurück in den Sand und blickte in den Sternhimmel, der ihm langsam immer vertrauter wurde.

»Erzähl was von dir«, sagte er plötzlich.

»*Ich hab doch schon von mir erzählt.*«

»Du hast von den Ori erzählt. Wie ihr lebt und wie man jagt, wie man einen Kalmar reitet und einen Nimrod ausnimmt. Aber noch nichts von dir. Von dir weiß ich gar nichts.«

»*Was möchtest du denn wissen, großer Jäger?*« Sie klang belustigt. Das verunsicherte ihn wieder.

»Ich weiß nicht. Irgendwas halt. Ach was, ist schon gut.«

»*Ich erzähle dir was. Aber nicht, wie du denkst.*«

Und ehe Sariel nachfragen konnte, was sie damit meinte, begann sie.

»*Es war einmal eine Wüstenprinzessin, die lebte allein in einer Oase, die lag so weit abseits und versteckt, dass keine Karawane sie je erreichte. Niemand wusste überhaupt, dass es diese Oase gab, und das war der Wüstenprinzessin auch nur lieb und recht, denn sie war furchtbar hässlich. So hässlich, dass die frischesten Mondtränen in ihrer Nähe augenblicklich verdarben. Daher verhüllte die Wüstenprinzessin ihr Gesicht mit einem Schleier und wagte niemals, ihn abzunehmen. Ihr einziger Freund war ein goldener Kalmar, der bei Vollmond aus der Wüste kam, um an der Quelle der Oase seinen Durst zu stillen und die Stimme der Prinzessin zu hören. Denn im Gegensatz zu ihrer Hässlichkeit war die Stimme der Prinzessin so hell und klar wie die eines Kukus. Und wenn der goldene Kalmar sie besuchen kam, dann sang sie die ganze Nacht für ihn, und ihre Stimme flog hinauf bis zu den Sternen und mit dem Wind über die Wüste hinweg, und jedes Lebewesen, ob klein oder groß, das ihre Stimme hörte, fühlte sich mit einem Mal so lebendig und schön wie nie zuvor.*«

Während Lìya ihr Märchen von der Prinzessin Shan und dem goldenen Kalmar erzählte, ging hinter dem Ngongoni im Osten der Mond auf. Die Luft war immer noch warm und das Land um ihn herum eine einzige große Verheißung. Eingehüllt in Nacht und Mondlicht und Lìyas Stimme, fand Sariel, dass es keinen schöneren Ort auf der Welt gebe, und fühlte sich ganz und gar angekommen.

Gleichzeitig vermisste er sein Zuhause, seine Eltern und den Kater so schmerzlich wie lange nicht mehr. Diese beiden starken widerstreitenden Gefühle hielten ihn noch lange wach. Als Lìya ihr Märchen beendet hatte, wurde sie schweigsam, als spürte sie, wie es Sariel ging. Vielleicht erwartete sie auch, dass Sariel noch etwas sagte.

Wie ihm das Märchen gefallen habe. Oder dass er sie in dem Märchen irgendwie entdeckt hatte.

Aber Sariel schwieg. Biao hatte sich bereits in der Nähe des Zeltes niedergelassen und träumte. Die Nacht vibrierte unter tausend Geräuschen und Sariel zitterte unter der Last des Heimwehs und des Glücks in seiner Brust. Er dachte an Lìya, stellte sich vor, wie sie ausgesehen hatte auf ihrer gemeinsamen Wanderung nach Orisalaama. Er versuchte, auch an Eyla zu denken, doch obwohl er sie erst wenige Wochen zuvor zum letzten Mal gesehen hatte, konnte er sich kaum noch an ihr Gesicht erinnern. Wenn er an Lìya dachte, so fiel ihm jede Einzelheit ihres Gesichts ein, jedes Grübchen, die kleine Delle in ihrer Nase, der spöttische Mundwinkel, die steile Wutfalte an der Nasenwurzel, und wie sie die Finger spreizte, wenn sie etwas erklärte. Lìya. Er hatte sie zum Lachen gebracht und sie ihn. Sie hatte ihn verflucht und sie hatte ihn gelobt.

Sie hatte sich bei ihm entschuldigt.

Sie hatte sich bei ihm bedankt.

»Hör endlich auf damit! Wenn du dir einbildest, dass wir jetzt ein Paar wären oder so, dann kannst du dich schon mal gleich auf die größte Enttäuschung deines armseligen Lebens vorbereiten.«

Sariel stöhnte. »Hattest du mir nicht was versprochen?«

»Ja, aber dann denk auch leise! Wäre eh besser, zu schlafen. Morgen wird es wieder anstrengend.«

Also kroch er in sein Zelt und zwang sich, nicht mehr an sein Zuhause und an Lìya zu denken. Er hätte sich gern in ihren Kyrrschal eingewickelt, aber der diente ja als Frischhalteverpackung für das Fleisch des Nimrods. Also rollte sich Sariel einfach auf dem Boden zusammen und versuchte vergeblich, eine bequeme Position und etwas Schlaf zu finden.

»Wer ist Eyla?«

»Ich schlafe!«

»Sag schon.«

»Eine Sari.«

»Ist sie schön?«

Sariel antwortete nicht.

»Liebst du sie?«

Er hatte die Frage befürchtet. Überlegte. »Nein.«

Und wieder Schweigen. Nach einer Weile begann Sariel, das fremde Lied zu summen, das ihn vor langer Zeit an die Alster und in die Hände der Zeitvögel geführt hatte. Er summte es erst leise, um zu probieren, ob er sich noch daran erinnerte. Aber das Lied kam ihm so leicht von den Lippen, als hätte es in seinem Leben nie ein anderes gegeben. Also hob er die Stimme und sang lauter. Gegen das Heimweh und die Angst, der bevorstehenden Aufgabe nicht gewachsen zu sein. Und Lìya sang mit. Ihre Stimme nahm die gleichförmige Melodie auf und sang die Strophen in jener unbekannten Sprache. Das Lied.

»Was ist das bloß für ein Lied?«, fragte Sariel.

»Ich weiß auch nicht genau. Aber es ist sehr alt. Wir benutzen es, um den Weg durch die Wüste zu finden.«

»Was ist das für eine Sprache?«

»Keine Ahnung. Aber es ist schön, nicht wahr?«

»Ja. Es hat mich hier hergebracht.«

375

»*Vielleicht bringt es dich ja auch wieder zurück.*«

Auf den Gedanken war er noch gar nicht gekommen. Er hatte keine Idee, wie ihn das Lied wieder durch die Zeit zurück nach Hause bringen sollte, aber der Gedanke gefiel ihm, war etwas, an dem man sich festhalten konnte.

»Das wäre schön.«

»*Sehnst du dich sehr dahin zurück?*«

»Ich weiß es nicht … Ja.«

»*Dann lass uns weitersingen. Vielleicht hilft es ja. Vielleicht bringt es mich ja auch zurück.*«

Also sangen sie. Strophe um Strophe dieses endlosen, uralten, geheimnisvollen Liedes. Und weil Sariel nicht schlief, sondern das Lied sang, bemerkte er den schwachen Lichtschein durch die Zeltwand, noch bevor er Biaos alarmiertes Signal empfing.

Mit einem Satz war er auf den Beinen, griff nach dem Shì und stürzte aus dem Zelt. Biao stand bereits am Fluss und blickte aufgeregt nach Osten. Von dort kam der Lichtschein. Ein schwacher rötlicher Streifen, wie ein Nachleuchten des Sonnenuntergangs, der fast den gesamten Horizont ausfüllte. Sariel dachte zunächst an Gewitter, doch dieses Leuchten sah völlig anders aus. Es war allerdings auch noch zu weit entfernt, um Genaueres zu erkennen.

Das war auch nicht nötig, denn der Ostwind trug bereits den Brandgeruch heran. Die Siringit brannte auf einer Länge von etlichen Meilen und die Feuerwand raste genau auf sie zu. Sariel spürte plötzlich einen Anflug von Panik bei Biao. Offenbar war Feuer etwas, wovor er sich wirklich fürchtete. Lìya spürte Biaos Panik ebenfalls und wusste sofort Bescheid. »*Woher kommt das Feuer?*«

»Aus Osten. Es kommt auf breiter Front näher.«

»*Kannst du sehen, wie schnell?*«

Sariel blickte nach Osten und konnte bereits Flammen erkennen. »Schnell. Sehr schnell.«

»*Ihr müsst da weg. Lass alles stehen und liegen und ver-schwinde mit Biao.*«

Die Frage war nur, wohin. Sariel erkannte, dass sich das Feuer in rasender Geschwindigkeit zu allen Seiten ausbreitete, und er wusste, wie langsam Biao war.

»Wir schaffen es nicht mehr.«

»*Was soll das heißen, wir schaffen es nicht mehr?*«

»WIR SCHAFFEN ES NICHT MEHR!«, schrie Sariel. Verzweifelt suchte er nach einer Lösung, aber wie er es auch drehte und wendete, wurde ihm zunehmend bewusst, dass das Feuer sie bereits in kaum einer Stunde einholen würde, wohin sie auch fliehen mochten.

»*Dann habt ihr nur noch eine Chance*«, sagte Lìya, und ihre Stimme klang plötzlich sehr ruhig und entschlossen. Gleichzeitig sah Sariel, wie Biao im Flussbett stand und anfing, mit allen Tentakeln wie wild im Sand zu scharren.

»*Ich habe es selbst noch nie gemacht, aber mein Vater hat es mir mal erklärt, für den Fall der Fälle. Hör mir genau zu. Du hast jetzt nicht mehr viel Zeit und du darfst keinen Fehler machen. Ihr müsst euch eingraben.*«

In aller Eile erklärte sie ihm, was er machen musste. Biao hatte bereits eine breite Kuhle in den schlammigen Sand gebuddelt und ließ nicht nach, weiterzugraben.

»Das funktioniert doch nie!«, brüllte Sariel.

»*Nimm den Kyrrschal!*«

Sariel glaubte immer noch nicht, dass es klappen konnte, aber eine andere Chance hatte er nicht. Also wickelte er das Nimrodfleisch aus dem Kyrrschal und legte es sorgfältig ins Zelt. Selbst für den Fall, dass er überlebte, würde das Fleisch danach völlig verbrannt sein, aber es war eine Frage des Respekts gegenüber seinem Totemtier, es nicht einfach achtlos liegen zu lassen. Der Kyrrschal stank jetzt ziemlich, aber darauf achtete Sariel nicht mehr. Er lief zu Biao, der bereits zur Hälfte in einem tiefen Loch stand und immer noch weiter-

377

grub. Sariel warf einen Blick hinter sich und sah, dass die Feuerwand schneller vorankam, als er befürchtet hatte. Er wunderte sich, warum das grüne Steppengras so gut brannte. Aber auch die Biochemie der Pflanzen konnte sich in zweihundert Millionen Jahren komplett verändert haben. Der Brandgeruch, den der Ostwind herübertrug, war jetzt fast unerträglich und reizte die Lungen. Sariel hustete schon. Er spürte auch bereits die Hitze, die wie eine große Gischt dem Feuer vorwegrollte und bald über sie hinwegbranden würde.

Biao schnaufte vor Anstrengung und wirbelte immer noch mit sämtlichen Tentakeln in seinem Loch herum. Dabei achtete er darauf, den Sand nicht einfach achtlos wegzuschaufeln, sondern schichtete ihn mit seinen Fangtentakeln am Rand auf, während die kräftigeren sechs Lauftentakel weiterbuddelten.

»Wie weit ist Biao?«

»Gleich so weit.«

»Und das Feuer?«

»Gleich da.«

Sariel konnte kaum noch sprechen vor Husten. Es wurde Zeit. Das Loch war zwar noch nicht so tief, wie Lìya beschrieben hatte, aber Sariel sprang dennoch zu Biao in die Grube, und Biao hörte auf, mit den Tentakeln herumzustampfen. Sariel wickelte sich fest in den Kyrrschal, zog ihn sich über den Kopf und kauerte sich dann unter Biao zusammen. Biao half mit einem Fangtentakel noch etwas nach. Dann legte er sich vorsichtig und schützend über Sariel. Dabei ruhte sein Gewicht auf seinen eingeringelten Tentakeln, um Sariel nicht zu zerquetschen. Für Sariel wurde es nun dunkel und das Atmen wurde schwer. Er hustete immer noch und bekam plötzlich Panik, zu ersticken. Aber er unterdrückte den Impuls, sich wie wild aus dem Kyrrschal zu befreien, blieb unter dem massigen Leib des Kalmars liegen und betete, dass sich diese uralte Ori-Methode zum Schutz gegen Feuer auch diesmal bewähren würde.

Sariel sah nicht mehr, wie Biao mit seinen Fangtentakeln den Sand am Rande der Kuhle zurückschaufelte und sich vollständig damit bedeckte. Er sah nicht mehr, wie geschickt diese Tentakel den Sand verteilten und dann fast völlig darunter verschwanden. Er sah auch nicht mehr, wie das Zelt in Flammen aufging, noch bevor das eigentliche Feuer es erreichte. Sariel sah nichts mehr und hörte nichts mehr. Das Einzige, was er noch spürte, war die Hitze, die durch den Boden drang wie ein großer Schmerz und ihn schlagartig von allen Seiten traf.

KHANH

Khanh war fast am Ziel. Fast. Es hatte Probleme gegeben, das war bei einem Vorhaben dieser Größe unvermeidbar; aber er hatte richtig reagiert und alle Probleme bis auf ein letztes gelöst. Khanh hatte alles genau geplant und war dennoch überrascht gewesen, wie leicht alles war. Fast geräuschlos und fast ohne auf Gegenwehr zu treffen, hatten er und seine Leute die Kontrolle über die Versorgungseinrichtungen übernommen. Das bedeutete vor allem die Kontrolle über das Wasser, die Energiereserven und die Nglirr-Produktion. Wer Wasser, Energie und Nglirr kontrollierte, dem gehörte die Stadt. Das hatten auch Lin-Ran und der Rest des Rates verstanden. Nur der Zweite Ratgeber hatte sich widersetzt und Khanh mit einem Messer angegriffen. Khanh hatte ihn vor den Augen der anderen getötet und erinnerte sich immer noch gut an das Entsetzen in den Augen der Alten. Es war das erste Mal gewesen, dass ein Sari einen anderen tötete. Danach war jedenfalls Ruhe gewesen. Der gesamte Rat bis auf Lin-Ran wurde in einem vorbereiteten Toten Haus eingesperrt. Khanh war immer noch unentschieden, was er später mit den alten Männern machen würde, aber das war nicht das vordringlichste Problem. Das Problem, das er unbedingt bald lösen musste, war der Sariel.

Khanh lag hellwach in dem gleichen Bett, in dem der Sariel noch wenige Wochen zuvor gelegen hatte, und dachte nach. Er hatte seit der Machtübernahme nicht mehr als zwei Stunden geschlafen und fühlte immer noch keine Müdigkeit. Im Gegenteil. Er hasste es ohnehin, zu schlafen, und registrierte zufrieden, dass er seit der Machtübernahme von diesem lästigen, untätigen und todesähnlichen Zustand verschont blieb. Für die restlichen kleinen Schwächemomente gab es wirkungsvolle Mittelchen.

Von nebenan hörte er das Rauschen von Wasser. Eyla duschte wieder. Sie duschte jeden Tag, fast stündlich, genoss den Luxus, nach Belieben Wasser zu verschwenden. Khanh missfiel jede Art von Verschwendung, aber er duldete Eylas kleine Schwäche als stillschweigende Gegenleistung für ihre Zusammenarbeit. Eyla war mehr als nützlich gewesen. Ohne sie hätte er niemals Zugang zu den geheimen Akten ihres Vaters erhalten. Ohne Eyla hätte Lin-Ran sich niemals kampflos ergeben und zugestimmt, die Regierungsgeschäfte offiziell weiterzuführen, um Unruhe in der Stadt zu vermeiden. Bislang war alles friedlich geblieben in der Stadt. Ein deutliches Zeichen für Khanh, dass die Sari längst auf eine Veränderung gewartet hatten.

Lin-Ran stand Tag und Nacht unter Beobachtung, für den Fall, dass er doch noch irgendeine Form von Widerstand versuchen sollte. Aber der Schock, dass seine eigene Tochter ihn verraten hatte, saß offenbar zu tief. Außerdem war Lin-Ran ein vernünftiger Mann, der erkannte, wann er verloren hatte. Khanh hatte ihn stets bewundert und viel von ihm gelernt. Er bedauerte es sogar, dass er Lin-Ran in jedem Fall töten musste, sobald die Machtübernahme auf ganzer Linie vollzogen war. Aber auch in diesem Fall würde er sich kein Gefühl gestatten, das den Plan gefährden konnte.

Für Eyla schien der Sturz ihres Vaters kein Problem zu sein, immerhin gewann sie ja dadurch an Freiheit und Macht. Sie hatte es widerspruchslos hingenommen, als Khanh am Tag nach dem Abflug des Sariel zu ihr zog. Für später plante er, eines der Toten Häuser standesgemäß auszubauen, aber fürs Erste war die Wohnung eine akzeptable Zwischenlösung. Eyla und Khanh verloren kein Wort darüber, was vorher gewesen war, denn das gehörte einer Zeit und einer Tradition an, die keinerlei Bedeutung mehr hatte. Fortan waren sie beide die Zukunft der Sari.

Khanh hatte den Sariel vom ersten Tag an gehasst. Nicht nur weil er so jung war und Eyla völlig selbstverständlich mit ihm geschlafen hatte. Khanh hatte den Sariel stets als Gefahr für den Bestand der Sari betrachtet, der Kult um den Sariel hatte ihn sein Leben lang angewidert. Der Sariel war nur ein überflüssiger Fremdkörper. Ein Fehler. Ein Ausdruck der Ohnmacht der Alten. Sein Feind. Was lag also näher, als ihm nicht nur sein Leben, sondern auch seine Freundin und seinen Luxus zu nehmen, den der Sariel sich ohnehin durch nichts verdient hatte.

Das einzige Problem war, dass der Sariel noch lebte. Khanh hatte Eyla immer noch in Verdacht, bei der Rettung des Sariel ihre Finger im Spiel gehabt zu haben. Aber das war jetzt unwichtig. Der Sariel würde sterben, so oder so. Schon bald. Ruckartig erhob sich Khanh vom Bett und zog sich rasch an.

»Gehst du schon?«, fragte Eyla, die plötzlich in der Tür stand. Khanh schenkte ihr nur einen flüchtigen Blick.

»Es ist noch nicht vorbei«, sagte er knapp und stöpselte sich sein Com ins Ohr, das ihn sofort mit Mingan verband. Er konnte sie atmen hören, ganz nah. Für einen Moment freute er sich, dieses inzwischen vertraute Atmen zu hören, vertrauter als das Atmen von Eyla, aber er unterdrückte dieses Gefühl sofort.

Eyla hatte die Veränderung in seinem Gesicht dennoch bemerkt. »Wirst du sie nach Sar-Han holen, wenn alles vorbei ist?«

Khanh blickt Eyla erstaunt an. »Warum sollte ich das tun?«

»Du bist ihr was schuldig.«

»Ich bin niemandem etwas schuldig.«

»Natürlich nicht«, sagte Eyla hastig und senkte den Blick.

Khanh überlegte, ob er zu Lin-Ran ins Centro fahren sollte, entschied jedoch, dass das noch Zeit hatte, und fuhr auf direktem Weg in die verbotene Sperrzone zu den Toten Häusern, wo er sein Hauptquartier errichtet hatte. Sobald das Virus vernichtet war und die Sari darangehen konnten, Pangea zu besiedeln, wollte er aus der Sperrzone einen prächtigen Regierungsbezirk machen, ein Symbol für den Sieg der Vernunft und den Neubeginn.

Im Augenblick wirkte die Stadt äußerlich noch unverändert. Khanh sah zwar weniger Menschen als sonst auf den Straßen, aber das war zu erwarten gewesen. Sie warteten alle ab, was noch passieren würde. Wichtig war nur, dass die Stadt weiterhin funktionierte, dass der tägliche Ablauf nicht unterbrochen wurde. Die Sari sollten das Gefühl haben, nichts habe sich zu ihrem Schaden verändert.

In seinem Hauptquartier empfing Khanh die Mitglieder seines neu gebildeten Rates. Sämtliche neuen Ratgeber waren in seinem Alter. Er kannte jeden von ihnen seit Jahren und wusste, dass er sich hundertprozentig auf sie verlassen konnte. Sie kannten ihre Aufgabe und arbeiteten reibungslos zusammen. Genau, wie er sich seine neue Welt vorstellte.

Die Welt der Sari.

Khanh hörte sich an, was seine Ratgeber zu sagen hatten. In der Nglirr-Produktion gab es kleinere Probleme. Eine junge Sari hatte sich geweigert, weiterzuarbeiten, und war entfernt worden. Ähnliche Berichte kamen auch von der Energieversorgung und der Wasseraufbereitung, aber das hatte Khanh vorausgesehen. Es waren nur vereinzelte Reaktionen, die man kontrollieren konnte und die nicht für die Mehrheit der Sari standen. Die ganze Zeit über hörte er Mingan in seinem Com. Sie summte leise, was darauf hindeutete, dass auch Tausende von Meilen entfernt in der Siringit alles nach Plan lief.

Khanh beendete den Rapport so schnell wie möglich und

schloss sich umgehend in seinem Büro im Untergeschoss des Hauptquartiers ein. Der Raum war nur spärlich eingerichtet. Ein Tisch, ein Stuhl, eine Liege zum Ausruhen und Nachdenken. Auf dem Tisch das kleine Steuergerät des Com, das auf eine ungeduldige Handbewegung hin erwachte und rings um Khanh herum eine Reihe von gestochen scharfen Bildern auf die schwebenden Monitore zauberte. Einer der Bildschirme zeigte Lin-Ran in seinem Zimmer im Centro. Er saß an seinem Schreibtisch, schien mit unerschütterlicher Ruhe auf irgendetwas zu warten und blickte Khanh geradewegs an. Kühl und furchtlos. Offenbar hatte er die stecknadelgroße Kamera in seinem Zimmer entdeckt. Das war nicht weiter beunruhigend, aber es mahnte Khanh, dass man weiterhin auf Lin-Ran aufpassen musste. Khanh hatte keine Lust, mit ihm zu sprechen, und wandte sich den anderen Monitoren zu. Sie zeigten die wichtigsten Bereiche der Stadt, die er und seine Leute kontrollierten. Nirgendwo schien es größere Probleme zu geben. Zufrieden wandte sich Khanh daher dem wichtigsten Bildschirm rechts von ihm zu und blickte nun über eine weite Graslandschaft.

Er sah direkt durch Mingans Augen. Ihre Blickposition war hoch und schwankte rhythmisch, was bedeutete, dass sie auf ihrem Kalmar ritt.

Über der Siringit brach eben der neue Tag an. Khanh musste nicht auf die kleine Anzeige in der linken oberen Ecke des Monitors blicken, um zu erkennen, dass Mingan nach Osten ritt. Durch ihre Augen sah er bereits die schwarzen Schwingen des Ngongoni, wie ein großer Schatten, hinter dem gerade strahlend die Sonne aufging. Ein großartiges Naturschauspiel, wunderschön wie am ersten Tag der Schöpfung. Aber dafür interessierte sich Khanh nicht. Nur eine Sache zählte.

»Mingan«, sagte Khanh mit sanfter Stimme. »Hast du getan, was ich dir aufgetragen habe?«

Er merkte, wie sie zusammenzuckte, wie immer, wenn seine Stimme plötzlich in ihrem Kopf explodierte. Ihre Augenlider flackerten.

»Ja, Herr«, hörte er sie sagen. »Alles, wie ihr mir befohlen habt.«

»Zeig es mir, Mingan.«

Ohne zu zögern, zügelte sie den Kalmar und wandte sich um. Hatte Khanh durch Mingans Augen eben noch auf den Anbeginn der Welt geblickt, blickte er nun auf ihr Ende. Er blickte über eine weite öde Landschaft, verbrannt und tot. Viel war im ersten Morgenlicht nicht zu erkennen, da der gesamte Horizont von dichten Rauchschwaden vernebelt wurde.

Sie hatte es getan. Sie hatte die Savanne in Flammen gesetzt, um den Sariel abzuhängen und zu töten. Soweit Khanh erkennen konnte, war die Steppe auf Hunderten von Quadratkilometern schwarz verkohlt. Das Feuer hatte sich tief in die Siringit hineingefressen und womöglich sogar Orisalaama erreicht. Khanh zoomte durch die Mikrokameras in Mingans Pupillen tiefer in die Siringit hinein und versuchte zu erkennen, ob sich in der verbrannten Landschaft noch irgendetwas bewegte. Aber auch bei höchster Auflösung konnte er kein einziges Tier mehr entdecken. An vielen Stellen rauchten noch kleine Schwelbrände und ließen ahnen, dass der Boden immer noch eine tödliche Hitze abstrahlte. Was auch immer in den Bereich des Steppenfeuers geraten war – es hatte keine Chance gehabt.

Khanh war zufrieden. Er hörte Mingan atmen, ruhig und abwartend. Khanh war plötzlich stolz auf sie. Und auf sich, dass er eine so gute Wahl mit ihr getroffen hatte. Sie hatte sich eine Belohnung verdient.

»Mingan, das hast du gut gemacht. Ich bin sehr stolz auf dich.« Er konnte fast spüren, wie sie sich freute.

»Danke, Herr. Ich habe es gern getan.«

»Du hast mir eine große Freude gemacht. Du darfst dir etwas wünschen.« Das schien sie zu verwirren. Khanh merkte es daran, dass sie ihren Kalmar hin und her dirigierte. »Hast du denn etwa keinen Wunsch?«

»Doch, Herr!«, beeilte sie sich. »Ihr wisst doch, was ich mir wünsche. Ich… möchte eine Sari werden.«

Khanh in seinem abgeschlossenen Raum, vor seinen schwebenden Monitoren, verzog das Gesicht vor Verachtung. Es verwunderte ihn immer wieder, wie naiv die meisten Menschen waren. Nicht nur Ori. Auch die meisten Sari schienen Wunder vom Leben zu erwarten und waren gleichzeitig unfähig, ihr armseliges Leben in die eigenen Hände zu nehmen. Ohne zu zögern, folgten sie jedem, der ihnen mit ein paar salbungsvollen Worten das Blaue vom Himmel versprach. Die meisten Menschen waren so dumm. Lin-Ran war eine Ausnahme. Und deswegen ein Feind. Und vermutlich war es der Sariel auch gewesen. Aber der war nun tot.

Khanh schluckte den bitteren Geschmack der Verachtung hinunter und wandte sich wieder Mingan zu. »Das ist ein sehr großer Wunsch, Mingan«, sagte er sanft wie ein großer Bruder. »Aber du verdienst es. Ich werde dir deinen Wunsch erfüllen, sobald du die große Aufgabe erfüllt hast. Ich werde dir den Weg nach Sar-Han weisen und man wird dich einlassen und mit allen Ehren behandeln. Du wirst nicht nur eine Sari sein – du wirst eine Königin der Sari sein!« Mingan seufzte glücklich auf.

»Bist du bereit für die große Aufgabe, Mingan?«

»Ich bin bereit, Herr.«

»Dann darfst du keine Zeit mehr verlieren. Das Feuer hat die Zhàn Shì aufgehalten, aber sie werden dir bald wieder folgen, und sie haben Rennkalmare. Du musst heute noch den Nebelwald erreichen.«

»Jawohl, Herr.« Ohne weiteren Kommentar wandte Mingan ihren Kalmar nach Osten. Im nächsten Moment aber riss

386

sie ihn wieder in die andere Richtung und blickte erneut über
die verbrannte Steppe. »Herr!«, rief sie alarmiert.

»Was ist los, Mingan?«

Sie musste es aus dem Augenwinkel gesehen haben. Ihre
Augen waren wirklich scharf, denn die Bewegung in der
Ferne war selbst Khanh entgangen.

»Dort! Seht ihr nicht?« Mingan zeigte nach Westen über
das verbrannte Land, wo sich die Rauschschwaden langsam auflösten wie Albträume im Morgendunst. Jetzt sah
auch Khanh die kleine Bewegung am Horizont. Es war einfach unmöglich, gegen alle Gesetze der Natur, dass sich dort
überhaupt noch etwas bewegte. Khanh zoomte mit maxima-
ler Auflösung auf die Stelle, aber er wusste bereits, was er
sehen würde, und wunderte sich kaum noch, als er durch
den Rauch der Schwelbrände einen Kalmar und einen Reiter ausmachte. Die Auflösung reichte nicht, um noch mehr
zu erkennen, aber Khanh machte sich keine Illusionen. Das
dort war der Sariel.

Khanh riss sich das Com aus dem Ohr und gab sich einem seiner seltenen Gefühlsausbrüche hin. Er brüllte, schrie
sich die Wut und die Enttäuschung aus dem Leib. Es war nur
ein kurzer Moment und niemand außerhalb des schalliso-
lierten Raumes bekam irgendetwas davon mit. Khanh fühlte
sich auch nicht wesentlich besser danach, nur leerer, und er
merkte plötzlich, wie müde und gereizt er durch die tage-
lange Schlaflosigkeit war. Dann wandte er sich wieder dem
Monitor zu und blickte auf den schwarzen Fleck, der sein
Feind war, und fragte sich, wie der Sariel das Feuer hatte
überleben können. Es war eigentlich unmöglich. Aber das
Wort »unmöglich« existierte für Khanh nicht, es gab immer
eine Erklärung. Die Erklärung in diesem Fall konnte nur
sein, dass der Sariel in kurzer Zeit enorme Fähigkeiten im
Überleben auf Pangea erworben hatte. Und das machte ihn
zu einem noch gefährlicheren Gegner. Möglicherweise war

er sogar Mingan überlegen. Der nächste Schlag würde gut geplant sein und wirklich endgültig sein müssen. Und es war vielleicht besser, die Sache nicht nur Mingan allein zu überlassen.

»Herr?«, hörte er Mingans ratlose Stimme im Raum. Hastig stöpselte Khanh sich das Com wieder ins Ohr.

»Es ist der Sariel«, sagte Khanh und versuchte, sich die Enttäuschung nicht anmerken zu lassen.

»Aber das ist unmöglich, Herr!«

»Es ist, wie es ist. Niemand hat gesagt, dass deine Prüfung leicht wird. Du musst dich einer Königin der Sari würdig erweisen.«

»Jawohl, Herr. Was soll ich tun? Soll ich auf den Sariel warten und ihn endlich töten?«

Khanh zögerte einen Augenblick. Er wollte den Sariel tot sehen. Er wollte nichts mehr als das. Aber er durfte auch seinen Plan nicht gefährden. Eins nach dem anderen.

»Nein. Es bleibt, wie ich gesagt habe. Du musst heute Abend noch den Schattenwald erreichen. Um den Sariel kümmern wir uns später. Vielleicht ergibt sich im Wald eine Gelegenheit. Sei bereit.«

»Ich bin bereit, Herr.«

Damit wandte sie ihren Kalmar erneut nach Osten und trieb ihn mit scharfen Schnalzlauten an. Im milchigen Licht der aufgehenden Sonne konnte Khanh am Fuße des Ngongoni bereits das dichte Grün des Schattenwaldes erkennen, der den Berg bis fast unter den Kraterrand bedeckte.

SCHWARZES LAND

Irgendwann hielt er es nicht mehr aus. Irgendwann überwältigten ihn die Enge, die Hitze, der Druck, die Dunkelheit und die Atemnot. Irgendwann dachte er, er würde sterben, jetzt gleich, wenn er noch einen Moment länger in diesem Erdloch ausharren müsste. Panisch versuchte Sariel daher, sich aus dem Kyrrschal zu befreien und irgendwie mit Armen und Beinen frei zu buddeln. Die Panik war stärker als die Angst, dass das Feuer über ihm immer noch wüten und ihn augenblicklich verbrennen würde, sobald er wieder an die Oberfläche kam. Er wusste längst nicht mehr, wo oben oder unten war, aber er grub mit der Verzweiflung eines Ertrinkenden. Und Biao half ihm.

Biao konnte wie alle Kalmare seinen gesamten Stoffwechsel in Gefahrensituationen extrem herunterfahren. Angst kannte er nicht und so hätte er noch viele Tage so eingegraben liegen können. Sariel konnte das nicht. Sariel war ein Mensch, und Biao verstand das und half ihm mit seinen Tentakeln, sich frei zu schaufeln.

Keuchend und hustend robbte sich Sariel aus dem Erdloch und ließ sich kraftlos auf den heißen Boden fallen. Im ersten Moment atmete er nur den beißenden Rauch der verbrannten Savanne ein. Das Feuer war über sie hinweggezogen, aber ringsum schwelte und qualmte das ganze Land. Sariel hustete und würgte und der heiße Boden verbrannte ihm fast Hände und Füße. Aber alles war besser als das Erdloch, und allmählich kam Sariel zu Atem und begriff, dass sie der Feuersbrunst entkommen waren.

Es war immer noch Nacht, aber wenn er sich aufrichtete,

konnte Sariel durch die Rauchschwaden die Feuerfront in der Ferne sehen, die sich weiter durch die Savanne fraß. Der Bach mit seinem schmalen Uferstreifen hatte das Feuer kurz aufgehalten und ihm eine andere Richtung gegeben. Der Bach und die Hoopis hatten ihm das Leben gerettet. Und der Nimrod, als er nach dem Zelt suchte. Die Hoopis hatten das Gras zu beiden Seiten des Bachufers weiträumig abgefressen und damit eine breite Feuersperre geschaffen. Ohne die Hoopis hätte er Mingans Feuerstelle nicht entdeckt und wäre achtlos weitergeritten. Aber wenn der Nimrod ihn nicht angegriffen hätte, wäre er ebenfalls bald wieder aufgebrochen. Hoopis und Nimrod hatten ihn an einer sicheren Stelle festgehalten und ihn damit vor dem Tod bewahrt.

Der Platz um ihn herum war völlig verbrannt. Auch das Zelt mit allem, was darin gewesen war, Vorräte, Ausrüstung. Sogar das Shì war verbrannt. Sariel besaß nun keine Waffe mehr außer Lìyas Messer. Aber das kümmerte ihn im Moment nicht.

Sariel und Biao waren jedoch nicht die einzigen Überlebenden. Ein paar Rasselrücken schälten sich in der Nähe ungerührt aus dem Boden, als sei ein Steppenfeuer das Normalste auf der Welt. Mit ihren feuerfesten Mineralplatten auf dem Rücken hatten sie das Feuer auf ganz ähnliche Art und Weise überstanden wie er und machten sich umgehend wieder auf Nahrungssuche.

»Ihr solltet hier ebenfalls verschwinden«, sagte Lìya plötzlich. *»Das Feuer wird die Ori aufhalten und eure Spuren verwischen. Vielleicht hat es auch Mingan aufgehalten. Du solltest den Vorsprung nutzen.«*

Kein Wort, dass sie sich freute, weil er überlebt hatte. Das verstimmte Sariel, und er verkniff sich, ihr zu sagen, wie sehr er sich freute, wieder ihre Stimme zu hören.

Sariel grub Lìyas Beutel aus dem Schutzloch. Das Letzte, was er jetzt noch an Ausrüstung besaß, und trotzdem wertlos, denn er durfte ihn ja nicht öffnen. Sariel band ihn sich um, gab Biao einen freundschaftlichen Klaps und ließ sich von ihm auf seinen Rücken helfen.

»Dann wollen wir mal weiter, Dicker, was? Hast ja gehört, was der Boss gesagt hat.«

»*Wer ist der Boss? Was hat er gesagt?*«

»Nicht so wichtig.«

»*Ah, verstehe! Der Boss, das bin ich, nicht wahr?*«

»Schlaues Mädchen.«

»*Sag mal, hast du was oder so?*«

»Nein, alles okay. Ich lebe. Das reicht mir vorerst.«

Sariel lenkte Biao in die Richtung, die er für Osten hielt. Die Nacht war lang auf Pangea, und Sariel wusste, dass er noch einige Stunden in völliger Dunkelheit reiten würde, bevor die aufgehende Sonne ihm die Richtung wies. Aber der ferne Feuerschein im Norden verbreitete immerhin genug Licht, dass er nun voraus einen riesigen Schatten ahnen konnte. Der Ngongoni war nicht mehr weit.

»*Huan?*«

»Ja?«

»*Ich bin froh, dass ihr das Feuer überstanden habt. Ich… ich hab schreckliche Angst um euch gehabt.*«

Die Freude war wie ein Windstoß, der frische, salzige Luft heranweht. »Ich hab eine Scheißangst gehabt.«

»*Na klar.*«

»Das meine ich nicht. Ich meine… ich hab auch Angst gehabt, dass ich… deine Stimme nicht mehr hören könnte.«

»*Wirklich?*« Sariel sagte nichts mehr. Hörte sie fern und leise glucksen. »*Mmmm!*«, machte sie und es klang ein wenig spöttisch. Aber nur ein wenig.

Als die Sonne nach Stunden endlich aufging, sah Sariel, wie nah er dem Ngongoni inzwischen war. Er konnte bereits deutlich die Schattierungen des Waldes ausmachen, der dicht am Vulkankegel hinaufwucherte. Im ersten Tageslicht erkannte Sariel nun auch, welche Verwüstung das Feuer angerichtet hatte. Wohin er auch blickte, alles war verbrannt. Die ganze Welt schien gebrannt zu haben und zurückgeblieben war nur eine unfruchtbare Wüste.

»*Nicht ganz richtig*«, sagte Lìya. »*Feuer sind im Busch nichts Ungewöhnliches. Dieses war eben nur besonders groß. Für die Savanne ist es nur gut, du solltest mal sehen, wie sie im nächsten Frühjahr blüht!*«

»Im nächsten Frühjahr bin ich hoffentlich wieder in meiner Zeit«, erwiderte Sariel.

»Ach ja, richtig.« Es klang enttäuscht.

Der Ritt über die verbrannte Einöde war langweilig und ermüdend. Nichts, woran sich das Auge festhalten konnte, außer dem Vulkan im Osten. Da die meisten Tiere geflohen oder verendet waren, gab es auch kaum noch Angriffe zu befürchten. Das Gras war ohnehin vollständig niedergebrannt, sodass man jede Gefahr schon von Weitem bemerkt hätte.

Sariel spürte die Erschöpfung der Nacht, konnte aber auf dem schwankenden Biao nicht einschlafen, ohne herunterzufallen. Um sich wach zu halten und etwas gegen die Langeweile zu tun, nahm er sich Lìyas Beutel vor und untersuchte ihn, trotz ihres strengen Verbots.

Sie merkte es natürlich sofort an seinen Gedanken und schrie ihn an. »*Untersteh dich, den Beutel zu öffnen! Wage es bloß nicht!*«

»Das ist ein Notfall«, erklärte Sariel lakonisch. »Ich muss wissen, was mir an Ausrüstung bleibt.«

»*Das sind meine Sachen, die gehen dich nichts an!*«

»Jetzt schon.«

Er hatte den Beutel bereits geöffnet und förderte nach und nach seinen Inhalt zutage. Als Erstes fielen ihm ein paar Ledersäckchen in die Hände, die getrocknete Kräuter und übel riechende Wurzeln enthielten.

»*Das sind Heilkräuter von Yuánfèn. Sie hat sie mir ge-schenkt.*«

»Ist das eine Freundin von dir?«

Lìya zögerte kurz mit der Antwort. »*... Ja. Das heißt, sie war es. Sie ist tot.*«

»Das tut mir leid. Was sind das für Kräuter?«

»*Sie helfen gegen alles Mögliche. Fieber, Wundbrand, alle möglichen Krankheiten. Yuánfèn hat mir ihre Wirkung un-terwegs erklärt, aber ich bin nicht sicher, ob ich alles noch ge-nau zusammenkriege.*«

Sariel steckte die kleinen Ledersäckchen sorgfältig zurück in den Beutel und fuhr mit seiner Untersuchung fort. Lìyas Beutel enthielt außerdem noch ein Amulett ihrer Mutter, das sie als Andenken aufbewahrte, eine Notration getrock-neter Mondtränen, eine rote Muschel, die ihr Vater einst vom fernen Meer mitgebracht hatte, und eine Reihe von kleinen Hornnadeln, mit denen sich Ori-Mädchen die Haare hoch-steckten.

»*Wieso wundert dich das?*«, fragte Lìya eingeschnappt.

»Es wundert mich gar nicht«, log Sariel.

»*Ich hab deine Verwunderung genau gespürt! Findest du das etwa unpassend für mich?*«

»Äh ... nein, überhaupt nicht!« Er bereute es bereits, dass er den Beutel geöffnet hatte, der doch nicht einmal etwas wirklich Interessantes oder Brauchbares enthielt. »Ich ... ich hab mich nur gewundert, dass Mädchen so was immer noch machen.«

»*Was machen?*«

»Na, sich die Haare hochstecken und so.«

»*Gefällt dir das?*« Sariel stöhnte und fragte sich, ob das eine genetische Veranlagung von Mädchen war, solche Fra-gen zu stellen. »*Sag schon!*«

»Weiß nicht.«

»*Gefalle ich dir?*« Sariel verstand jetzt, dass das ihre Strafe für das unerlaubte Öffnen des Beutels war. Sie kicherte wieder. »*Du hast Ja gedacht.*«

»Hab ich nicht.«

»*Doch. Ganz deutlich. Ich gefalle dir also. Ist ja interessant. Was gefällt dir denn so an mir?*« Sariel schwieg. Was zu weit ging, ging zu weit.

»*Hallo! Dingdong! Jemand zu Hause?*« Sie lachte. Und dann…»*Hast du eine Gefährtin? Ich meine, ein Mädchen aus deiner Zeit.*«

»Nein… Das heißt ja, bis vor Kurzem.«

»*Aha! Du hast sie verlassen!*«

»Nein, sie mich. Sie geht jetzt mit Christoph Glasing.«

Eine Weile Schweigen. Dann…»*Bestimmt ein Riesenarschloch.*«

Sariel prustete vor Lachen und gleich darauf auch Lìya. Lìyas Lachen, fern und nah zugleich, füllte ihn aus, und wie beim letzten Mal wurde ihm dabei sehr warm und wohl zumute. Mit Lìya zu lachen, machte stark und unverwundbar. Ein gutes Gefühl. Das Gefühl starker Freundschaft. Und mehr. Sariel stellte sich Lìya mit Christoph Glasing vor.

»*Wir wären ein schönes Paar.*«

»Ja, sehr schön. Du würdest ihn in Stücke hacken und mit Mondtränensoße zum Frühstück essen.«

Sofort ein neuer Lachanfall von ihr. »*Das würde dir gefallen, was? Dann hättest du deine Gefährtin wieder für dich.*«

»Danke, kein Interesse mehr.« Und das war diesmal nicht gelogen.

Verlegene Stille breitete sich nach dem Lachen zwischen ihnen aus. Sariel packte Lìyas Haarnadeln zurück in den Beutel und wollte ihn gerade wieder zuschnüren, als ihm noch etwas auffiel. Der Beutel war nicht wirklich schwer, aber doch deutlich zu schwer für ein paar Kräutersäckchen, Münzen, Andenken und Haarnadeln. Einem Impuls folgend, tastete Sariel noch einmal in dem Beutel herum und entdeckte nun die geheime Innentasche am Boden, in der etwas Großes, Eckiges steckte.

»Ich hab mich die ganze Zeit gefragt, wann du es endlich findest!«, seufzte Lìya, als Sariel entschlossen in die Innentasche griff – und das Buch herauszog.

Im nächsten Augenblick wurde ihm schlagartig übel. Es war einer jener Momente, in denen einem bewusst wird, dass alles zusammenhängt, dass alles miteinander verbunden ist, die ganze Welt, das Kleinste mit dem Größten über alle Zeiten und Räume hinweg. So ein Moment, in dem alles klar wird und gleichzeitig noch rätselhafter als zuvor. Ein Moment, in dem man begreift, dass es ein Schicksal gibt, unentrinnbar und groß.

Sariel hielt ein altes Buch in der Hand, nicht mehr als 200 Seiten lang. Es hieß »Pangeas Box« und war von einem gewissen Mike Calamaro. Der Schutzumschlag war stark beschädigt, aber gut genug erhalten, um das Titelbild auf dem Cover zu erkennen.

Das Symbol, das ihn in nach Pangea geführt hatte, groß und leuchtend. Erschüttert starrte Sariel auf das Buch in seiner Hand, das die ganzen Wochen in Lìyas Beutel gelegen und offenbar nur auf einen geeigneten Zeitpunkt gewartet hatte, ihn zu verwirren.

»Was ist los mit dir?«, fragte Lìya besorgt aus dem Nichts, weil sie Sariels Gefühle nicht einordnen konnte. *»Kennst du das Buch etwa?«*

»Nein«, presste Sariel hervor. »Woher hast du es?«

»Eine Wahrsagerin hat es mir geschenkt vor vielen Jahren. Kannst du die Sprache lesen?«

Nicht verkehrt, die Frage. Sariel schlug das Buch auf. Es war auf Englisch und 2010 in einem australischen Verlag erschienen, dessen Name Sariel nichts sagte. Dem Klappentext nach war der Autor ein Australier mit griechischen Vorfahren und dies war sein erstes Buch. Ein Foto von Mike Calamaro gab es nicht. Sariel hatte noch nie von ihm gehört und hielt den Namen für ein Pseudonym. Englisch war nie sein stärkstes Fach gewesen, trotzdem verstand Sariel beim Durchblättern genug, um zu begreifen, dass das Buch eine Art Fantasyroman war. Allein schon wegen des Symbols und des Titels war Sariel überzeugt, dass das Buch irgendetwas mit ihm zu tun hatte.

»Ja, ich kann es lesen«, sagte er laut.

»*Das ist ja fantastisch!*«, jubelte Lìya irgendwo. »*Dann musst du es mir vorlesen. Sofort!*«

Sariel musste nur kurz überlegen. Es war Wahnsinn. Noch eine gute Tagesreise bis zum Ngongoni, er war auf der Flucht und verfolgte eine Mörderin, die seine einzige Chance auf Rückkehr in Händen hielt. Er durfte keine Zeit verlieren. Gleichzeitig aber war er plötzlich überzeugt, dass in dem Buch etwas stand, was von größter Bedeutung für ihn war. Sariel glaubte nicht an Magie und Zauberei, aber er war inzwischen sicher, dass er Teil eines großen Plans war. Alles andere ergab keinen Sinn mehr. Und dieser Große Plan hatte ihm dieses Buch in diesem Moment in die Hände gespielt. Also sollte er sich das Buch offenbar besser ansehen. Jetzt!

Sariel blickte sich um. Das Land lag schwarz verbrannt vor ihm, tot und verlassen bis auf einige Rasselrücken, die das Feuer überlebt hatten und nun nach schmackhaften Überresten suchten. Also ließ Sariel Biao halten, sprang ab, hockte sich in den Sand und begann, an Ort und Stelle zu lesen. Und da er das Englische beim Lesen automatisch übersetzte, las Lìya mit.

»*Was bedeutet der Titel?*«, fragte Lìya.

Sariel erklärte ihr, dass »Pangeas Box« sich vermutlich auf die Büchse der Pandora bezog.

»In der griechischen Mythologie war Pandora die erste Frau auf der Erde, von Zeus aus Lehm geschaffen und von den Göttern mit Schönheit, musikalischem Talent, Geschicklichkeit, Neugier und Übermut ausgestattet. Anschließend wurde sie vom Götterboten Hermes auf die Erde gebracht, um die Menschheit für den Feuerdiebstahl des Prometheus zu bestrafen. Pandora brachte eine Art unheilvolles Gefäß mit, die ›Büchse der Pandora‹, die alles Übel der Welt enthielt.«

»Klingt spannend.«

»Auf der Erde nahm Epimetheus, der Bruder des Prometheus, sie zur Frau. Sie verbrachten eine schöne Zeit miteinander, bis Pandora eines Tages der Versuchung nicht mehr widerstehen konnte und die ihr von Zeus geschenkte Büchse öffnete. Die Folgen für die Menschen waren fatal: Krankheiten, Elend und Not für alle Zeit. Einzig die Hoffnung verblieb im Gefäß.«

Sariel war erleichtert, dass sein Englisch für das Buch völlig ausreichend war. Mike Calamaro verarbeitete die Pandora-Geschichte und machte daraus eine Abenteuergeschichte über eine Heldin, die in eine Art Unterwelt reiste, um dort ihren toten Geliebten zu retten. Was Sariel jedoch wirklich fesselte und geradezu elektrisierte, waren die Beschreibungen der fantastischen Wesen, die diese Unterwelt bevölkerten. Calamaro beschrieb die Flora und Fauna von Pangea in allen Einzelheiten. Sogar die Kalmare kamen darin vor. Seltsamerweise jedoch keine Menschen bis auf das junge Liebespaar, das sich am Schluss natürlich fand und glücklich in seine alte Welt zurückkehrte. Calamaro beschrieb auch ein namenloses, abartiges und uraltes Wesen von ungeheuren Ausmaßen, das im Zentrum dieser Welt lebte. Das Wesen wurde nur durch die Zauberkraft der mutigen und schönen Heldin daran gehindert, an die Oberfläche zu brechen. Grundlage ihres Zaubers waren magische Symbole von großer Bedeutung und Wirkung – die der Autor allerdings nur vage andeutete. Sariel verstand nur, dass sein Symbol eine zentrale Bedeutung hatte. Die Symbole bildeten eine Art Schrift und entfalteten in der richtigen Anordnung eine magische Wirkung, die nur die schöne mandeläugige Heldin kannte. Der einzige Text jedoch, der je in dieser magischen Schrift niedergeschrieben wurde, war ein endloses Lied. Auch das klang verwirrend vertraut und nebulös zugleich. Calamaro hatte offenbar nicht die Absicht gehabt, seine Geheimnisse offen auszuplaudern. Vielleicht hatte er auch nicht mehr über die Symbole und das Lied gewusst. Einer kurzen Übersetzung des Liedes entnahm Sariel immerhin so viel, dass es in dem Lied um die Entstehung der Welt ging, um die Verbindung zwischen Raum und Zeit.

Das alles interessierte Sariel jedoch nur am Rande, als er das Buch nach Stunden erschöpft zuschlug. Denn »Pangeas Box« enthielt eine zentrale Botschaft, die alles andere bedeutungslos machte: Wenn Mike Calamaro im Jahr 2010 ein Buch über eine Welt schreiben konnte, die der Welt in zweihundert Millionen Jahren bis ins Detail glich, dann musste Calamaro ein Sariel gewesen sein oder zumindest einen gekannt haben. Und das bedeutete, dass es einen Weg zurück gab! Auch für ihn.

»*Seltsames Märchen*«, sagte Lìya irgendwann. Auch sie schien über die Andeutungen und Übereinstimmung verwirrt zu sein und hatte lange geschwiegen. »*Aber die Geschichte hatte auch was. Irgendwie.*«

Erst jetzt fiel Sariel auf, wie viel Ähnlichkeit die Heldin mit Lìya gehabt hatte. »Na klar«, sagte er kopfschüttelnd.

Lìya teilte seine Meinung, dass Mike Calamaro ein Sariel gewesen sein musste, und das machte ihnen beiden Hoffnung.

»Aber hast du nicht gesagt, dass die Ori alle Sariel, die bisher erschienen sind, getötet haben?«

»*Das sagen unsere Legenden*«, erklärte Lìya. »*Aber vielleicht ist doch einer durch die Zeit entkommen, bevor die Ori ihn fanden.*«

Sariel dachte nach. Die Heldin im Buch hatte fast die gleiche Reise gemacht wie er bisher. Zum Schluss hatte sie den Nebelwald am Fuße des Ngongoni durchquert und dort in einer Höhle ihren Geliebten gefunden. Verfolgt von dem namenlosen Bösen, rettete sich das wiedervereinte Liebespaar mit einem beherzten Sprung in den nebelumwallten Krater und sang dabei das magische Lied, das sie zurück in ihre alte Welt brachte. Der Kraterrand war der letzte Ort auf Pangea, dem sich Calamaro widmete. Er sprach von einem gewundenen Weg, der durch den Wald in eine bizarre Felslandschaft führte. Vielleicht war das eine Botschaft, dachte Sariel. Vielleicht lag dort das Tor zur Vergangenheit.

»Wir müssen los!« Sariel erhob sich abrupt.

»*Denkst du zwischendurch auch noch an mich?*«

Sariel schwang sich mit einem geübten Zug auf Biaos Rücken und richtete seinen Blick auf den nahen Nebelwald.

»Ich denke die ganze Zeit an dich«, sagte er schlicht und merkte nicht einmal, dass er damit fast nebenbei die erste Liebeserklärung seines Lebens gemacht hatte.

NEBELWALD

Am Morgen des nächsten Tages erreichten sie wieder fruchtbares Savannenland. Sie waren ununterbrochen durchgeritten und Biao zeigte immer noch keinerlei Anzeichen von Erschöpfung. Sariel hatte vergeblich versucht, auf seinem schwankenden Rücken etwas Schlaf zu finden. Immer nur für kurze Momente war er eingenickt und aufgeschreckt, wenn Biaos Fangtentakel ihn mal wieder vor einem Absturz bewahrte. Seit Anbruch der langen Morgendämmerung auf Pangea folgte Sariel nun einer halb verwehten Kalmarspur in der verbrannten Erde. Er war sicher, dass sie von Mingan stammte, denn nach dem Feuer hatte er keinen einzigen wilden Kalmar weit und breit gesehen und die Spur führte geradewegs Richtung Osten zum Vulkan.

Mit Erreichen des unverbrannten Bewuchses stieg jedoch wieder die Gefahr durch Angriffe wilder Tiere oder einen Hinterhalt von Mingan. Daher legte Sariel zunächst eine Pause ein, um sich zu orientieren. Zu essen hatte er längst nichts mehr. Die letzte Ration Mondtränen hatte er sich am Abend zuvor mit Biao geteilt und danach Lìyas Notration aus ihrem Beutel verschlungen. Hungrig war er trotzdem immer noch. Durstig vor allem, sehr durstig. Bis zum Kraterrand würde es noch ein anstrengender Weg werden, der ohne Wasser und Nahrung nicht zu schaffen war. Aber schließlich barg der Ngongoni das größte bekannte Vorkommen an Mondtränen, war also praktisch eine Art Schlaraffenland. Lìya hatte Sariel erklärt, dass der Vulkan nur auf seiner Wetterseite mit Wald bewachsen war. Die anderen Flanken, die

400

nicht in Sariels Blick lagen, würden völlig von den Mondtränen beherrscht. Sariel rechnete also damit, dass er in Kürze
seine Vorräte wieder auffrischen konnte.

Falls er so weit kam.

Der Gipfel des Vulkans lag wie immer in Wolken. Darunter
konnte Sariel jetzt Einzelheiten des dichten Regenwaldes erkennen, jedoch keine Tiere oder Menschen. Die Wolkenberge
am Fuße des Ngongoni wurden vom Wind immer wieder
aufwärtsgetrieben und regneten auf halber Höhe zum Krater in heftigen Gewittern ab. Noch auf die Entfernung fuhren
ihm die Donner durch Mark und Bein und die Blitze ließen
für Sekunden die gesamte Silhouette des Berges erkennen.

Sariel hatte jedoch wenig Sinn für das atemberaubende Naturschauspiel. Er machte sich vielmehr Sorgen, weil er nun
ohne Regenschutz unterwegs war. Er hatte zwar Lìyas Kyrrschal, aber der schränkte seine Bewegungsfreiheit gefährlich ein. Lìya hatte ihn bereits mehrfach vor den Wald-Ori
gewarnt. Die Wald-Ori hatten sich offenbar kurz nach der
Ankunft der Menschheit in der neuen Zeit abgespalten. Sie
lebten in den dichten Waldregionen am Ngongoni und be-
schränkten ihren Außenkontakt auf gelegentlichen Tausch-
handel und kleine Überfälle auf unvorsichtige Karawanen.
Wald-Ori lehnten kategorisch jede Art von Technik ab und
waren innerhalb von drei Generationen bereits so verwildert, dass sie den Ori nicht weniger fremd als die Sari waren.
Lìya hatte keine gute Meinung von Wald-Ori. Ihr zufolge
waren Wald-Ori zu allem fähig, und Sariel wollte nicht so
kurz vor dem Ziel sterben, nur weil er sich nicht schnell genug aus dem schützenden Schal wickeln konnte. Hieß also,
dass er wohl oder übel in der Höhe frieren und immer eine
Hand an der Machete haben musste. Der Nimrod, den er getötet hatte, war eine Sache, aber der Gedanke, sich womöglich gegen angreifende Menschen verteidigen zu müssen, verursachte Sariel starke Übelkeit.

»*Hast du Angst?*«

»Eine Scheißangst«, gestand Sariel.

»*Hätte ich auch.*«

»Ich will nicht sterben, Lìya. Vielleicht ist es blöd, so was zu sagen, aber wenn ich so darüber nachdenke, wird es mir ganz klar. Ich. Will. Nicht. Sterben. Und ich will auch niemanden umbringen müssen, verstehst du das?«

»*Du musst mir nichts erklären, Huan. Mir würde es genauso gehen.*«

»Aber wir haben wohl keine Wahl, was?« Sie schwieg eine Weile.

»*Du hast wir gesagt. Das ist schön.*«

Sariel nickte müde, als stünde sie vor ihm und könnte ihn sehen. Er wandte sich wieder nach Westen um, wo man längst eine lange Reihe schwarzer Punkte im flirrenden Hitzeglast erkennen konnte. Sariel hatte sie schon vor einer Weile bemerkt. Zuerst waren es nur ein paar gewesen, aber inzwischen füllten sie fast den gesamten Horizont aus. Ohne Zweifel Zhàn Shì. Sie waren inzwischen auf seine Spur gestoßen und verfolgten ihn nun mit all ihren Kriegern. Es mussten Tausende sein. Sariel schätzte, dass sie den Vulkan selbst bei größter Geschwindigkeit nicht vor Morgengrauen erreichen konnten, doch spätestens dann würde er Schutz brauchen.

Oder einen guten Plan. Oder beides.

Da aber im Augenblick weder das eine noch das andere aus heiterem Himmel zu erwarten war, bestieg Sariel wieder den Kalmar und ritt mit ihm durch das hohe Gras geradewegs auf den nahen Nebelwald zu. Dabei folgte er weiter dem Trampelpfad, den Mingans Kalmar hinterlassen hatte. Offenbar war Mingan in großer Eile gewesen und hatte sich nicht die Mühe gemacht, ihre Spuren zu verwischen. Das beunruhigte Sariel, dennoch vermied er es, Biao weiter anzutreiben. Das Land stieg jetzt bereits deutlich an. Das Savannengras wich kurzen, dornigen Büschen und war mit Lavafelsen durchsetzt, auf denen vereinzelt Mondtränen wuchsen. Sariel sprang sofort von Biao ab, kratzte den Pilz mit blanken Händen von den Felsen und verschlang ihn auf der Stelle. Biao machte es nicht anders. Einigermaßen gestärkt erreichten sie auf diese Weise die Waldgrenze.

Der Wechsel war abrupt. Der Wald wuchs wie eine Mauer vor ihm aus dem Boden, dicht und abweisend. Auf der einen Seite weite Steppe, wenige Meter dahinter bereits nur noch schier undurchdringliches Dunkel. Dicht belaubte Bäume mit verschlungenen Stämmen, die womöglich alle nur Teile einer einzigen gewaltigen Riesenpflanze waren, die den halben Berg umspannte. Eine andere Welt. Eine große Nebelbank hüllte Sariel ein und zog ihn mit sich in den Wald. Sariel sah nur noch den Trampelpfad vor sich, fasste seine Machete fester mit der Rechten und folgte ihm geradewegs ins Dunkel hinein.

Nach wenigen Metern bereits jedoch verließ ihn aller Mut. Panik ergriff ihn, als würde er unter Wasser getaucht. Mit einem Schlag verschwand nahezu alles Licht. Eine Welt voller satter Grün- und Blautöne, durchweht von eisigem Nebel. Die Temperatur fiel schlagartig um über zehn Grad ab. Gleichzeitig war die Luft so feucht und schwer wie Öl, dass Sariel keuchend um Atem rang und nach wenigen Augenblicken am ganzen Körper schwitzte. Sariel verspürte nur noch einen einzigen übermächtigen Impuls – den Wald auf der Stelle zu verlassen!

»*Beruhige dich!*«, hörte er Lìyas Stimme plötzlich wieder. »*Das ist normal. Das ist immer so, wenn man den Wald betritt. Es geht nach einer Weile vorbei.*«

»Ich schaff das nicht! Ich muss hier raus! Sofort!«

»*Nein, du musst weiter. Es geht vorbei, glaub mir! Du musst deinen Atem kontrollieren. Atme flach! Beruhige dich!*«

Sie hörte nicht auf, auf ihn einzureden, immer wieder die gleiche Beschwörungsformel: Beruhige dich! Atme flach!

Sariel musste sich zwingen, nicht zu schreien, und brauchte alle Kraft und Konzentration, um Lìyas Anweisungen zu befolgen.

Beruhige dich. Atme flach.

Und es half. Nach einer Weile fiel das Atmen schon leichter, und die Panik, die sich wie eine Faust um sein Herz gepresst hatte, ließ allmählich von ihm ab.

»Geht's wieder?«

»Ja. Danke.«

»Du musst weiter, Sariel. Du darfst jetzt nicht zögern.«

Er wusste, dass sie recht hatte, und setzte seinen Weg langsam fort. Geschmeidig und fließend bewegte sich der riesige Kalmar durch das grünblaue Labyrinth. Die Nebelbank, die Sariel anfangs eingehüllt hatte, zog rasch weiter. Licht fiel nun durch das Blättergeflecht, und Sariel bemerkte, dass der Wald viel weniger undurchdringlich war, als er zuerst angenommen hatte. Er konnte jetzt auch unterschiedliche Baumarten ausmachen. Das machte den Wald ein wenig vertrauter, auch wenn er immer noch keine einzige Pflanze wiedererkannte. Der Weg führte jetzt in weiten Windungen steil aufwärts. Sariel wusste nicht mehr, ob sie noch Mingans Spur folgten, aber immerhin stimmte die ungefähre Richtung: aufwärts. Der Boden war weich, bedeckt mit einem festen Humuspolster, doch zwischendurch ragten immer wieder große Lavafelsen heraus. Einige Bäume waren abgestorben und kahl. Eine Mondtränenart hatte wie ein Parasit von ihnen Besitz ergriffen, sie ausgelaugt und hing in dichten, schleimigen Placken von ihnen herab. Biao rupfte die großen Placken mit seinem Fangtentakel im Vorbeigehen ab, stopfte sie sich ins Maul, schlürfte sie aus und spie kurz darauf einen faserigen Klumpen aus. Danach reichte er auch Sariel einen Teil.

»Nicht essen, nur aussaugen!«, erklärte Lìya. *»Diese Mondtränenart macht Bauchkrämpfe, wenn man sie isst, enthält aber viel Wasser.«*

404

Sariel versuchte, es so zu machen wie Biao. Der Geschmack der schleimigen Mondtränenart war tatsächlich widerlich bitter, aber die Flüssigkeit, die sie enthielt, schmeckte frisch und wirkte belebend. Fast wie Nglirr.

Schlurfend und spuckend ritten sie weiter aufwärts. Die ganze Zeit über hielt Sariel die Machete fest und bewegte den Kopf wie eine Radarantenne von einer Seite zur anderen, um jede mögliche Gefahr sofort zu erkennen. Er machte sich jedoch wenig Hoffnung. Echte Waldbewohner waren an diese Umgebung angepasst und verstanden es vermutlich, sich zu tarnen. Außerdem war der Wald voller Bewegung und Geräusche. Myriaden von Insekten trudelten durch die Luft wie Blüten im April und wurden von pfeilschnellen Vögeln im Flug verspeist, die eher wie Fische aussahen. Sariel sah handtellergroße Insekten, die sich geräuschvoll zu viert an Baumstämme klebten und große Blätter imitierten, zur Tarnung oder um Beute anzulocken. Eines dieser Insekten streifte Sariel im Flug am Kopf und Sariel zuckte sofort weg. Lìya warnte ihn, kein Tier zu berühren, da viele sich mit ätzenden Sekreten gegen Fressfeinde wehren konnten. Sariel hatte aber ohnehin nicht vor, auch nur *irgendetwas* hier zu berühren. Er war schon froh, wenn kein Tier auf die Idee kam, *ihn* zu berühren.

Allerdings sah Sariel nur wenige Tiere, hauptsächlich Schabenspießer und Flische, wie er die fliegenden Tiere taufte, die ihn an Fische erinnerten. Die Tausenden und Millionen von Insekten, die ihn umschwirrten, versuchte er lieber zu ignorieren. Am meisten aber überraschte Sariel der Anblick von Waldkalmaren. Sie waren viel kleiner als Königskalmare, etwa doppelt so groß wie ein ausgewachsener Krake aus seiner alten Zeit, und verfügten nicht über feste, beinartige Tentakel zum Gehen. Auf dem Boden kamen sie kaum voran. Dafür hangelten und schwangen sie sich umso geschickter von Ast zu Ast und konnten dabei auch mühelos große Strecken zurücklegen. Wie Affen, dachte Sariel unwillkürlich, denn sie bewegten sich nicht nur ganz ähnlich, sie schienen auch in großen Familienverbänden zusammenzuleben. Die Jüngsten tobten von Ast zu Ast und wurden von den Älteren hin und wieder mit einem raschen Tentakelgriff vor einem Sturz bewahrt oder wie reife Früchte aus dem Geäst gepflückt, wenn sie es zu toll trieben. Sariel konnte große Gruppen von Waldkalmaren ausmachen, die sich in breiten Baumkronen oder Astflächen dicht zusammendrängten und über ein eigenartiges System von Pfeiflauten verständigten. In jeder Gruppe gab es einen Kalmar, der größer war als die anderen und der offenbar die Anweisungen gab.

»Es ist immer eine Sie!«, korrigierte ihn Lìya. *»Nur ein Weibchen pro Clan ist fruchtbar und die hat das Sagen. Die Jungs sind nur…«* Sie gluckste.

Die Kalmare zwitscherten fast wie Vögel und bewegten sich dabei mit einer grazilen Anmut, die Sariel schon bei den Königskalmaren überrascht hatte und die ihn erneut an Katzen erinnerte. Wie Katzen auf acht Pfoten.

Die Waldkalmare schienen von Biao und seinem Passagier wenig Notiz zu nehmen und zeigten kaum eine Reaktion, selbst wenn Biao dicht an einer Gruppe vorbeischritt. Dennoch schienen sie genau Bescheid zu wissen, denn von Gruppe zu Gruppe schallte Biao und Sariel immer ein bestimmter Pfiff voraus, den Biao mit einer raschen Abfolge von Gluckerlauten begleitete. Als würde er sie beide ankündigen und allgemein verbreiten, warum sie hier waren. Sariel konnte sich des Eindrucks nicht erwehren, dass es dabei um mehr als Höflichkeit unter Kalmaren ging. Vermutlich verletzten sie mit jedem Meter, den sie zurücklegten, diverse Reviergrenzen und taten gut daran, die Waldkalmare nicht zu reizen. So friedlich sie im Augenblick noch wirkten, mochte Sariel sich nicht ausmalen, was passieren würde, wenn so ein großer Clan in Rage geriet und sich geschlossen auf ihn stürzte.

Aber nichts dergleichen geschah. Unbehelligt von Waldkalmaren oder Raubtieren setzten sie ihren gewundenen Weg fort und hatten nach vier Stunden die ersten tausend Höhenmeter von fünftausend geschafft, als die Falle zuschnappte.

Es ging so schnell, dass Sariel keine Möglichkeit zur Gegenwehr blieb. Die Wald-Ori hatten sich so gut versteckt, dass sogar Biao ihre Anwesenheit erst spürte, als es schon zu spät war. Sariel selbst nahm kurz vorher nur eine unmerkliche Veränderung im Wald wahr. Eine plötzliche Stille. Sogar die Waldkalmare waren plötzlich verschwunden. Biao stieß noch einen kurzen alarmierten Laut aus, als er es merkte, dann waren sie schon da.

Es mussten an die dreißig Wald-Ori sein, die sich von allen Seiten auf Sariel stürzten, aus dem Blättergeflecht der Bäume heraus, aus dem Unterholz, von überall her. Die meisten von ihnen hängten sich sofort an Biaos gefährliche Fangtentakel und verhinderten, dass er Sariel helfen konnte. Im gleichen Augenblick hatten vier Wald-Ori Sariel gepackt, rissen ihn von Biao herunter und warfen sich mit ihrem ganzen Gewicht auf ihn. Dabei fiel kein einziger Laut bis auf das angestrengte Grunzen der Angreifer. Ehe Biao die Gegner abschütteln konnte, hatten die vier Wald-Ori Sariel mit harten Pflanzenfasern bereits zu einem kompakten Paket zusammengeschnürt und schleiften ihn brutal über den Waldboden davon. Was mit Biao geschah, bekam Sariel nicht mehr mit, denn im nächsten Moment erhielt er einen Schlag auf den Kopf. Sariel hörte nur noch Lìyas Schrei aus dem Nichts, dann wurde es schwarz um ihn herum und die Welt erstarb.

Irgendwann kehrte sein Bewusstsein zurück, langsam und zögerlich wie in ein ungeliebtes Zuhause, aber die Dunkelheit blieb. Sariel hörte stampfende Geräusche ringsum. Schritte und das Atmen von Menschen. Zwischendurch berührte ihn eine Hand, drückte und fühlte an ihm herum wie an einem toten Stück Fleisch vor dem Grillen. Sariel lag immer noch zusammengekrümmt und fest verschnürt auf einem harten Boden, und an den Schmerzen in seinen Gelenken merkte er endgültig, dass er noch lebte.

Noch.

Lautlos formte er mit den Lippen ein Wort. »Lìya.«

»Keinen Ton! Du musst ganz still sein! Sie sind um dich herum. Lass sie noch nicht wissen, dass du wach bist. Himmel, bin ich froh, dass du aufgewacht bist!«

»Wer sind sie?«, dachte er.

»Wald-Ori, natürlich. Durch deine Bewusstlosigkeit konnte ich leider nur sehr wenig mitkriegen. Aber sie haben dich offenbar in ihr Lager verschleppt und überlegen gerade, was sie mit dir machen wollen.«

Nicht gerade rosige Aussichten. Sariel hielt immer noch die Augen geschlossen. Er konnte jetzt Rauch riechen und nahm an, dass er sich in einer Art Hütte befand.

»Was ist mit Biao?«, richtete er einen Gedanken an Lìya.

»Ich weiß es nicht. Aber ich glaube, sie haben ihm nichts getan. Die Wald-Ori sind Wilde, aber auch sie haben großen Respekt vor den Kalmaren.«

Das fand Sariel in seiner augenblicklichen Lage nur wenig tröstlich. Er versuchte vergeblich, sich vorsichtig in eine bequemere Position zu wälzen, und stöhnte unter den Schmerzen. Sofort hörte er aufgeregte Stimmen und zahllose Hände tasteten ihn ab. Überrascht bemerkte Sariel, dass die Stimmen weiblich waren. Auch die Hände waren keine Männerhände.

»Bleib ruhig!«, warnte ihn Lìya erneut eindringlich. Aber die Frauen um ihn herum hatten bereits bemerkt, dass Sariel zu Bewusstsein kam. Er hatte auch keine Lust, noch länger »Toter Mann« zu spielen, da es nichts an seiner Lage änderte. Die Schmerzen durch die strammen Fesseln waren jetzt unerträglich, als würden ihm sämtliche Gliedmaßen gebrochen.

Wenn nichts weiter passierte, würde er ohnehin bald wieder bewusstlos sein. Oder tot.

Also schlug Sariel die Augen auf und blickte direkt in ein vor Schmutz und Ruß starrendes Gesicht, das ihn sehr neugierig musterte. Ein junges Gesicht. Große, wilde Augen und dichte, verfilzte und verdreckte Haare. Sariel erkannte das Entsetzen in den dunklen Augen, dann war das Gesicht auch schon verschwunden und er hörte einen hohen Schrei. Sofort Alarm in der niedrigen, verqualmten Hütte. Sariel sah Füße und Hände um sich herum. Aufgeregte Bewegung überall. Die Stimmen, die vorhin nur leise Beschwörungen gemurmelt hatten, schrien nun laut und riefen etwas in einer Sprache, die nur entfernt dem Mandarin der Ori glich, das er kannte. Immerhin verstand er, dass sie jemand riefen.

»Was immer auch passiert, ich bin die ganze Zeit bei dir!«, sagte Lìya.

Sehr hilfreich, dachte Sariel, ein Mädchen, das irgendwo im Nichts zwischen Zeit und Raum gefangen ist. Dennoch freute er sich über die vertraute Stimme in seiner Nähe, auch wenn sie ihm nicht helfen konnte.

»Geh nicht weg«, murmelte er leise. »Geh nicht weg!«

»Ich geh nicht weg. Keine Angst, ich werde dich nicht verlassen.«

Licht fiel plötzlich in die Hütte. Erneut wurde Sariel von zahlreichen Händen gepackt und ins Freie geschleift. Nun erkannte Sariel schon mehr. Er befand sich offenbar auf einer gerodeten Lichtung im Wald, auf der sich etwa zwanzig niedrige Hütten aus Ästen und Blattwerk locker verteilten. Aber auch im Wald dahinter konnte Sariel die Umrisse von Hütten erkennen. Die Lichtung war voller Menschen. Wald-Ori. Sie waren kleiner als die Ori, die Sariel kannte, und vollständig nackt. Allerdings hatten sie ihre Körper von den Zehen bis zum Haaransatz mit einer rotbraunen Erdfarbe beschmiert.

Die Wald-Ori zerrten ihn in die Mitte der Lichtung, die

mit einem breiten Kranz aus dornigen Ästen eingezäunt war, der nur einen einzigen Ausgang besaß. Innerhalb des Dornenzauns warteten drei ältere Wald-Ori auf ihn. Zwei Männer und eine Frau, wie Sariel erkennen konnte. Wie alle Wald-Ori waren auch sie von Kopf bis Fuß mit Erdfarbe bemalt, allerdings zierten ihre Körper zusätzlich verschiedene weiße Streifen aus geschlämmter Kreide.

Plötzlich stand ein junger Wald-Ori neben ihm und hielt Lìyas Machete in der Hand. Sariel blieb das Herz fast stehen, als der Junge wie wild mit der scharfen Klinge vor ihm herumfuchtelte und dann mit einer einzigen schnellen Bewegung die faserigen Fesseln zerschnitt.

Als das aufgestaute Blut nun ungehemmt in alle Extremitäten zurückfloss, stiegen ihm Tränen in die Augen vor Schmerz, verzweifelt kämpfte er gegen die Ohnmacht an. Da er nun nicht mehr gefesselt war, richteten die Wald-Ori lange Speere auf ihn, um ihn in Schach zu halten.

Sie fürchten sich vor mir, erkannte Sariel. *Aber warum?*

Die Erklärung folgte im nächsten Augenblick. Einer der beiden Männer vor ihm hielt die Säbelzähne des Nimrods in der offenen Hand und zeigte sie herum.

»Du großer Jäger!«, begann er in dem seltsamen Mandarin des Waldes. »Du gefährlich. Aber ohne Zähne du keine Macht. Du nun Ding. Unser Ding.«

Der Schmerz ließ langsam nach. Sariel hockte auf dem Boden der Lichtung und rieb sich die Gelenke, in die das Leben wieder zurückkehrte. Fragte sich nur, für wie lange. Die drei Häuptlinge, denn dafür hielt Sariel die weiß gestreiften Wald-Ori, blickten ihn abwartend an.

»*Du musst etwas sagen!*«, hörte er Lìyas Stimme.

Sariel blickte sich um und stellte fest, dass er nichts mehr zu verlieren hatte. »Es sind *meine* Zähne«, hörte er sich sagen. »*Ich* habe den Nimrod getötet. Sie gehören *mir*. Gebt sie mir wieder.«

»*Na prima!*«, stöhnte Lìya.

Die Wald-Ori schwiegen einen Augenblick verwundert. Vielleicht sogar beeindruckt. Dann brachen sie in schallendes Gelächter aus. »Ding!«, brüllte ihn der zweite Häuptling an. »Du Ding! Ding! Ding! Ding!« Und der ganze Stamm der Wald-Ori skandierte plötzlich mit. »DING!... DING!... DING!« Der Ruf traf Sariel wie ein Schlag, fuhr ihm durch Mark und Bein und warf ihn beinahe um. »DING!... DING!... DING!«

Mit einer Handbewegung brach die einzige Frau unter den drei Häuptlingen das Geschrei ab und kam nah an Sariel heran, ging in die Hocke, blickte ihm forschend in die Augen, und dann – schlug sie ihm unvermittelt mit dem Handrücken so fest ins Gesicht, dass er wie gefällt nach hinten umkippte. »Ding«, sagte sie rau. »Totes Ding.« Dann nahm sie ihren Platz neben den beiden anderen Häuptlingen wieder ein.

Die drei setzten sich nun und begannen der Reihe nach, sehr schnell und aggressiv auf ihn einzureden. Eine Art dreistimmiger Monolog. Sariel verstand kaum ein Wort, doch er begriff immerhin, dass sie Gericht über ihn hielten.

»Was wird mir vorgeworfen?«, fragte er Lìya in Gedanken.

»*Ich kann es nicht genau verstehen, aber sie halten dich für einen Mörder.*«

Sariel stöhnte. »Nicht schon wieder!«

»*Hör zu! Ein Kind ist mit einem Shì angeschossen worden und liegt im Sterben.*«

»Aber mein Shì ist verbrannt!«

»*Es muss Mingan gewesen sein. Sie muss hier in der Nähe vorbeigekommen sein und war offenbar cleverer als wir, denn sie hat sich von den Wald-Ori nicht erwischen lassen. Allerdings hat sie aus irgendeinem Grund auf ein Kind geschossen, das abseits der Siedlung nach Früchten gesucht hat.*«

»Vielleicht hat das Kind um Hilfe geschrien, als es sie sah, und Mingan wollte verhindern, dass der gesamte Stamm sie verfolgt.«

»*Vermutlich. Aber sie haben Mingan nicht erwischt und halten dich für den Mörder.*«

»Warum haben sie mich dann nicht schon längst getötet?«

»*Sie fürchten sich vor dir, weil du den Nimrod getötet hast. Sie glauben, dass der Geist des Nimrods dich beschützt und er ihren ganzen Stamm auslöschen würde, wenn sie dich einfach so umbringen.*«

»Und was haben sie dann vor?«

»*Sie werden versuchen, den Geist des Nimrods erst aus dir auszutreiben.*«

Das hörte sich nicht nach Spaß an. Sariel fand, dass er hier einiges klarzustellen hatte, wenn er den Tag überleben wollte. Als die drei Häuptlinge ihren Sermon beendet hatten und ihn finster anblickten, hielt er den richtigen Moment für eine Verteidigung gekommen und erhob sich mühsam. Die Beine schmerzten, aber sie trugen ihn. Sariel bewegte sich langsam, dennoch rückten die Wald-Ori um ihn herum sofort mit ihren Speeren näher und drohten, ihn aufzuspießen. Nur eine Handbewegung der Häuptlingsfrau, die hier offenbar das letzte Wort hatte, verhinderte, dass sie ihn auf der Stelle töteten. Sariel verneigte sich knapp, weil er fand, dass eine Respektsbezeugung vor Gericht nie verkehrt war.

»Ich habe das Kind nicht getötet«, begann er seine kurze Verteidigungsrede. In klaren, einfachen Worten, um sicherzugehen, dass sie ihn auch verstanden, versuchte er, den Wald-Ori zu erklären, wer er war und woher er kam. Dass nicht er, sondern Mingan das Kind angeschossen hatte, und sein Shì verbrannt war. Er versuchte zu erklären, dass er erst lange nach Mingan den Wald betreten hatte.

Er versuchte, sein Leben zu retten.

Der Erfolg war nicht überwältigend. Die Wald-Ori ließen ihn seine Rede beenden, aber gleich darauf verkündete der zweite Häuptling das Urteil. Lìya musste es Sariel noch nicht einmal übersetzen, so klar und eindeutig war es. Da die Wald-Ori wirklich glaubten, der Geist des Nimrods lebe noch in Sariels Körper und beschütze ihn, hatten sie beschlossen, den Geist des Nimrods zusammen mit Sariel zu töten. Da ein Nimrod aber gejagt werden musste, sollte Sariel allein im Wald ausgesetzt werden. Gleichzeitig würden die Wald-Ori auf ihn Jagd machen.

»Das ist unsere Chance!«, raunte Lìya. *»Wir müssen nur Biao finden und dann fliehen wir!«*

Sariel sah das anders, denn im Gegensatz zu Lìya konnte er den drei Häuptlingen in die Augen blicken und erkannte, dass sie nicht die Absicht hatten, ihm eine Chance zu geben. Die vermeintliche Jagd war nur ein Ritual, das ihn und den Geist des Nimrods in Sicherheit wiegen sollte. Der Vorsprung vor den Wald-Ori würde nicht reichen. Nicht in ihrem eigenen Wald.

Langsam schüttelte Sariel den Kopf. »Ich will das Kind sehen.«

»Waaaas? Bist du wahnsinnig?«

Auch die Wald-Ori wirkten überrascht. Sariel nutzte den Moment und setzte alles auf eine Karte. »Ich habe das Kind nicht angeschossen, aber ich bin der Nimrod, und ich werde euren ganzen Stamm auslöschen, wenn ihr mich nicht zu dem Kind bringt.«

»Wozu, zum Teufel?«

»Nur so eine Idee«, erwiderte Sariel in Gedanken, »es ist der einzige Ausweg, der mir noch bleibt.«

Er versuchte, dem harten, prüfenden Blick der Häuptlinge standzuhalten, während ihm vor Angst fast die Knie wegsackten, und wartete auf ihre Antwort. Die drei Weißgestreiften wechselten ein paar kurze Worte, dann gab der erste Häuptling ein paar scharfe Befehle und die bewaffneten Wald-Ori brachten Sariel zu einer Hütte am Rande der Lichtung. Vor der Hütte hockte eine verzweifelte Mutter, weinte und schrie. Als Sariel gebracht wurde, stieß sie verzweifelte Verwünschungen aus, sprang auf und versperrte den Eingang. Zwei Wald-Ori mussten die junge Mutter wegführen. Sie wehrte sich heftig, und Sariel entschuldigte sich leise, obwohl er ihrem Kind nichts getan hatte.

Die Wald-Ori stießen ihn in die Hütte und die Häuptlingsfrau folgte ihm. Die Hütte sah genauso aus wie die, in der Sariel erwacht war. Ein kleines Feuer in der Mitte verpestete die Luft mit Qualm, da der Rauchabzug im Hüttendach zu klein war. Neben dem Feuer lag ein etwa zehnjähriger Junge, nackt und rot bemalt wie alle Wald-Ori. Er zitterte, schwitzte und keuchte heftig, und Sariel brauchte kein Arzt zu sein, um zu erkennen, dass der Junge hohes Fieber hatte. An seiner linken Schulter klaffte eine hässliche, geschwollene Schusswunde, rötlich entzündet und stark eiternd.

Die Häuptlingsfrau hinter ihm redete auf Sariel ein und beschimpfte ihn als Kindermörder. Sariel kniete sich neben den Jungen und drehte ihn vorsichtig auf die Seite. Der Junge stöhnte und die Wald-Ori holten mit ihren Speeren aus. Sariel bekam es nicht mit. Er tat nur das, was er einmal bei seiner Mutter beobachtet hatte, als sie einem verletzten Motorradfahrer am Straßenrand Erste Hilfe geleistet hatte. Und was er in den vielen Kursen gelernt hatte, auf die seine Mutter bestanden hatte.

Sariel sah, dass der Eisdorn aus Mingans Shì glatt durch die Schulter gegangen war. Keine tödliche Verletzung, aber die beiden Wunden waren nicht versorgt worden und vermutlich würde der Junge ohne Behandlung sehr bald sterben.

»*Wie sieht es aus?*«

»Übel. Die Wunde hat sich entzündet. Er hat hohes Fieber und vermutlich Wundstarrkrampf. Er wird sterben, wenn sich niemand um ihn kümmert.«

»*Kannst du ihn retten?*«

Das genau war eben die Frage. Bislang hatte Sariel sich darüber noch keine Gedanken gemacht. Bislang hatte er einfach Zeit schinden wollen. Jetzt aber musste er Farbe bekennen. »Ich weiß nicht«, dachte er.

»*Das gibt's jetzt nicht mehr!*« Lìyas Ton wurde scharf. »*Kannst du oder kannst du nicht? Wir haben immer noch Yuánfèns Kräuter.*«

Sariel sah sich die verletzte Schulter noch einmal an. Dann wandte er sich zu der Häuptlingsfrau um, die ihn schon etwas weniger feindselig anstarrte.

»Ich kann den Jungen retten«, sagte er, obwohl er nicht davon überzeugt war. »Ich habe ihn nicht angeschossen, aber ich kann ihn retten.«

»Du retten? Du Mörder! Du Feind! Warum retten?«

»Ich bin der Sariel«, erklärte Sariel laut, denn er fand, dass dies kein guter Zeitpunkt für bescheidene Untertreibungen war. »Ich bin ein großer Magier. Ich habe den Nimrod getötet und ich kann diesen Jungen ins Leben zurückholen.«

Seine Worte bereiteten ihm selbst Übelkeit, doch er hatte keine andere Wahl. Er würde sein eigenes Leben nur retten können, wenn er das des Jungen rettete.

Zu Sariels Überraschung schienen die Häuptlingsfrau und die Wald-Ori ihm zu glauben. Oder der ganze Stamm sorgte sich so sehr um den Jungen, dass sie bereit waren, sich an die absurdeste Hoffnung zu klammern. In diesem Moment kamen Sariel die Wald-Ori schon viel weniger schrecklich vor. Sie waren auch nur Menschen, die versuchten, in einer feindlichen Umwelt zu überleben, und das Leben jedes Einzelnen genau so hoch schätzten wie er selbst. Nicht die Wald-Ori waren die Bestien – sondern Mingan.

Sie brachten ihm, was er verlangte. Lìyas Beutel mit den Heilkräutern, den kostbaren Kyrrschal, feste Pflanzenfasern, saubere Blätter und frisches Wasser. Die Wald-Ori lie-

415

ßen ihn sogar mit dem Jungen allein, allerdings umstellten sie die Hütte, um ihn auf der Stelle zu töten, falls er das Kind verhexte.

Als Erstes löschte Sariel das qualmende Feuer und riss mit bloßen Händen den Rauchabzug etwas auf, damit frische Luft in die Hütte kam. Danach verteilte er die Kräuter auf dem Boden und ließ sich von Lìya ihre Wirkung und Anwendung erklären. Lìya wusste auch nur das, was Yuánfèn ihr auf dem Ritt ins Gebirge beigebracht hatte. Sariel zweifelte, ob sie es wirklich schaffen konnten, aber er zögerte keine weitere Minute. Vorsichtig wusch er beide Schulterwunden des Jungen mit dem frischen Wasser aus und kaute nach Lìyas Anweisungen einen Brei aus verschiedenen Kräutern in seinem Mund weich. Die Kräuter schmeckten ätzend, bitter und zum Teil nach Erbrochenem, aber Sariel unterdrückte den Würgereflex. Den grünbräunlichen Brei trug er vorsichtig auf die beiden Wunden auf. Dann versuchte er, aus Blättern und Pflanzenfasern einen festen und dichten Verband zu machen, was ihm erst beim dritten Versuch gelang.

Der Junge vor ihm zitterte und schwitzte nach wie vor. Er war nicht bei Bewusstsein, rief nur immer wieder nach seiner Mutter und schien große Schmerzen zu haben. Da er offenbar fror, wickelte Sariel ihn in Lìyas Kyrrschal ein. Dann zündete er ein neues Feuer an, sorgte diesmal jedoch dafür, dass es weniger qualmte. Die ganze Zeit über blieb Sariel vollkommen ruhig. Seine Hand zitterte kein einziges Mal, und er erledigte alle Handgriffe rasch und entschlossen, während Lìya ihm ebenso ruhig und konzentriert sagte, was er als Nächstes tun musste. Sie arbeiteten zusammen, mit einem blinden Verständnis, als hätten sie ihr ganzes Leben lang nichts anderes gemacht. Als der Junge schließlich eingewickelt vor ihm lag, blieb nur noch eines zu tun. Sariel trat kurz vor die Hütte und bat, dass man die Mutter des Jungen rufen möge. Die junge Frau wurde geholt und fürchtete sich offenbar vor dem fremden Magier, der unheimliche Dinge mit ihrem Sohn anstellte. Sariel versuchte, sie zu beruhigen, und bat sie, in die Hütte zu kommen. Denn genau das hatte seine Mutter immer getan, wenn er krank war: Sie war bei ihm gewesen, die ganze Zeit, und Sariel erinnerte sich noch gut, dass er das sogar in seinen schlimmsten Fieberträumen gewusst hatte.

Und die Mutter des Jungen verstand das.

Den ganzen Tag und die kommende Nacht verbrachten Sariel und die Wald-Ori neben dem Jungen. Abwechselnd tupften sie seine Stirn ab und die Mutter des Jungen schenkte Sariel manchmal einen dankbaren Blick. Als die lange Pangea-Nacht allmählich zu Ende ging und das erste Dämmerlicht durch den Rauchabzug sickerte, sank das Fieber, und der Junge fiel endlich in einen ruhigen, erschöpften Schlaf.

Am Morgen erschien die Häuptlingsfrau in der Hütte und wechselte ein paar rasche Worte mit der Mutter. Danach warf sie Sariel einen seltsamen Blick zu und verschwand wieder. Kurz darauf brachte man ihm frische Mondtränen und Wasser. Sariel war zum Umfallen hungrig, dennoch zögerte er, das Essen anzurühren, aus Angst, es könnte vergiftet sein. Erst als ihm die Mutter des Jungen aufmunternd zunickte, griff er beherzt zu.

Diesen Tag und auch noch die kommende Nacht brachten sie auf diese Weise zu. Sie sprachen nicht viel, der junge falsche Magier und die Wald-Ori. Sariel dachte auch nur kurz daran, dass Mingan nun bald einen uneinholbaren Vorsprung hatte. Das war nicht zu ändern. Falls es ihr gelang, den Krater ungehindert zu erreichen und die Zeitmaschine zu zünden, dann sollte es eben so sein.

Dann war es eben Schicksal. Nicht zum ersten Mal.

Zwischendurch schlief er kurz und wachte dann wieder mit der Mutter bei dem Jungen. Das Fieber ging. Und kam zurück. Aber die Schübe wurden kürzer. Sariel kaute frischen Kräuterbrei und wechselte den Pflanzenverband. Und in der Nacht, um wach zu bleiben und weil er fand, dass der Junge in seinem Fieber eine Stimme hören sollte, erzählte er das Märchen von der Prinzessin Shan und dem goldenen Kalmar, das er von Lìya kannte.

Irgendwann fiel auch Sariel in einen schweren Erschöpfungsschlaf voller wirrer Träume. Als er am Morgen des kommenden Tages erwachte, war der Junge bei Bewusstsein.

Gleichzeitig war Lìya verschwunden.

Sariel fiel es zunächst nicht auf, da er zu überrascht vom Anblick des Jungen war, der hellwach und mit klaren Augen neben seiner Mutter saß und stückchenweise Mondtränen verzehrte, die sie ihm reichte. Die Mutter lächelte Sariel an und nickte ihm zu. Dann kümmerte sie sich wieder um ihren Jungen.

»Wir haben es geschafft!«, dachte Sariel glücklich und stolz. »Wir haben ihn gerettet! Wir beide zusammen!« Stille.

Sariel dachte den Gedanken noch einmal, aber auch diesmal blieb eine Antwort aus. »Lìya? He, Lìya! Pennst du oder was?... Lìya, mach keinen Scheiß, sag was! Das finde ich nicht komisch!«

Panik ergriff ihn, eine große Faust, die sein Herz plötzlich zusammenpresste. Er dachte zunächst, es läge an ihm, also richtete er seine ganze Konzentration auf Lìya, stellte sie sich vor, formte ihren Namen mit den Lippen und rief sie in Gedanken. Aber Lìya antwortete nicht mehr. War spurlos irgendwo in Raum und Zeit verloren gegangen, während er geschlafen hatte.

Die Verzweiflung war ihm jetzt deutlich anzusehen. Die Mutter des Jungen blickte ihn besorgt und ein wenig ängstlich an. Sie flüsterte ihrem Jungen etwas zu und verließ die Hütte. Kurz darauf kam sie mit der Häuptlingsfrau zurück. Die alte Wald-Ori sah den gesunden Jungen und dann Sariel, der sie anstarrte, ohne sie wirklich wahrzunehmen, und immer nur »Lìya!«, murmelte.

Das rettete Sariel das Leben. Die Wald-Ori gingen davon aus, dass Sariel sein Leben gegen das des Jungen getauscht hatte und an dem Fieber, das nun in ihm steckte, über kurz oder lang sterben würde. Das flößte ihnen offenbar so viel Respekt ein, dass sie Sariel nun wie einen Ehrengast behandelten. Sie brachten ihm Essen und frisches Wasser und gaben ihm seine Sachen zurück, sogar die Säbelzähne des Nimrods, und stellten ihm eine eigene Hütte auf der Lichtung zur Verfügung, wo er in Ruhe den Geist des Nimrods ausatmen und sterben konnte.

Sariel ließ alles mit sich geschehen. Seitdem Lìyas Stimme verschwunden war, fühlte er sich ohnehin fast wie tot. Unendlich leer und wund, als ob ihm ein Teil seines Körpers abgerissen worden war. Er hatte keinen Zweifel, dass Lìya tot war.

Dass er sie nicht schnell genug hatte retten können. Dass er schuld war. Und das bedrückte ihn mehr als alles Heimweh, lähmte ihn und verdrängte jeden Gedanken daran, was Mingan schon bald mit der Zeitmaschine anstellen würde.

Es war wieder einmal Biao, der ihn zurückholte. Er stand plötzlich auf der Lichtung, als hätte er nur einen kurzen Ausflug gemacht, zupfte unschuldig ein paar Mondtränen aus den Bäumen und gab ein paar schnorchelnde Laute von sich. Und er war nicht allein.

Ein weiterer Königskalmar stand neben ihm, etwas kleiner, und soweit Sariel das inzwischen erkennen konnte, ein weibliches Tier. Sariel ahnte sofort, dass es sich um Mingans Kalmar handeln musste, denn er wusste, dass Königskalmare die Waldregionen mieden. Biao und seine neue Freundin standen einträchtig zusammen, rieben ihre Tentakel aneinander und schienen regelrecht zu turteln. Gleichzeitig ging von den beiden riesigen Oktopussen eine Welle des Trostes und der Freundschaft aus, ein warmes Gefühl, mit allem verbunden zu sein, selbst mit dem Fernsten und Unsichtbarsten. Ein starkes Gefühl von Hoffnung.

Das emotionale Signal, das die beiden Kolosse in seine Richtung aussandten, überwältigte Sariel und riss ihn aus seiner Verzweiflung. Er trat zu Biao und seiner Freundin und tätschelte ihnen die Tentakel.

»Wo warst du bloß?«, fragte er, obwohl er wusste, dass er darauf nie eine Antwort erhalten würde. Genauso wenig wie auf die Frage, wo Lìya war oder warum sich Mingan von ihrem Kalmar getrennt hatte. Oder besser der Kalmar von Mingan. Selbst Mingan wusste, wie lebenswichtig die Unterstützung eines Kalmars in der Wildnis war. Eine mögliche Erklärung waren die Wunden, die Sariel an einem Tentakel von Shan entdeckte, wie er den Kalmar, einem Impuls folgend, einfach nannte. Sie waren frisch, aber nicht tief. Gekreuzte, glatte Schnittwunden von einem Messer, wie es aussah. Oder einer Machete. Da die Wald-Ori Steinmesser benutzten, gab es nur eine Erklärung: Mingan hatte Shan mit ihrer Machete verletzt. Warum sie etwas derartig Idiotisches getan hatte, blieb nach wie vor unklar, aber wahrscheinlich hatte sich Shan daraufhin geweigert, weiterzugehen. Das bedeutete jedoch, dass Mingans Vorsprung kleiner war, als Sariel befürchtet hatte. Es bedeutete, dass er wieder eine Chance hatte.

Eine hauchdünne Chance, wie sich umgehend herausstellte, denn in der kleinen Wald-Ori-Siedlung gab es plötzlich Aufregung. Späher meldeten das Unvermeidbare: Die Übermacht der Zhàn Shì hatte den Berg erreicht und war dabei, ihn von allen Seiten einzukreisen. Teilweise drangen bereits erste Trupps mit ihren Kalmaren in den Wald ein, auf der Suche nach Sariel.

Die Wald-Ori hatten offenbar noch nie so viele Ori auf einen Haufen gesehen und wirkten völlig ratlos. Der ganze

Stamm kam aufgeregt auf dem Versammlungsplatz in der Mitte der Lichtung zusammen. Dennoch gab es kein großes Geschrei. Im Gegenteil verhielt sich der wild lebende Clan erstaunlich besonnen und diszipliniert. Man hörte die Späher an, danach berieten die drei Häuptlinge, was daraus zu schließen sei, während die anderen Wald-Ori stumm auf eine Entscheidung warteten.

»Sie suchen mich!«, unterbrach Sariel die Beratung und schlug sich auf die Brust. »Sie jagen den Geist des Nimrods.« Das erschien ihm in diesem Moment zielführender als langatmige Erklärungen. Den Häuptlingen schien es ebenfalls einzuleuchten. Sie nickten ernst und blickten Sariel lange an. Dann traf die Häuptlingsfrau eine Entscheidung. Wieder überschüttete sie ihn mit einem schier unverständlichen Wortschwall. Sariel bekam nur so viel mit, dass er nach der Rettung des Jungen jetzt zu ihrem Stamm gehörte und sie stolz waren, den Geist des Nimrods in ihrer Mitte zu haben. Sie würden nicht zulassen, dass er gejagt wurde.

Sariel verneigte sich und versuchte zu erklären, dass das eine zu große Gefahr für den ganzen Stamm sei. Aber davon wollten die Wald-Ori nichts hören. Sie wollten Sariel so lange vor den Zhàn Shì im Wald verstecken, bis er in Ruhe an seinem Fieber gestorben war.

Es war nicht leicht für Sariel, das Kauderwelsch der Wald-Ori zu verstehen und ihnen umgekehrt Verschiedenes begreiflich zu machen. Zum Beispiel, dass er kerngesund war und nicht vorhatte, so bald zu sterben. Dass der Geist des Nimrods vielmehr noch einem großen Ruf folgen musste. Dass er den Krater erreichen musste.

Als die Wald-Ori das so weit verstanden hatten, hielten sie eine erneute Beratung ab. Mit dem Ergebnis, dass der Geist des Nimrods seinem Ruf zum Krater folgen sollte. Die Wald-Ori würden sich in der Zwischenzeit um die Zhàn Shì kümmern. Aber auch das gefiel Sariel nicht. Er wollte kein

Blutvergießen zwischen Wald-Ori und Zhàn Shì. Zu viele Menschen waren bereits gestorben und er wollte nicht verantwortlich sein für noch mehr Leid. Doch die Häuptlingsfrau schnitt ihm mit einer Handbewegung wieder das Wort ab.

»Wir haben nicht vor, zu sterben, und wir haben auch nicht vor, andere Ori zu töten«, sagte sie plötzlich in einwandfreiem Mandarin.

»Wwwas...«, stammelte Sariel völlig perplex. Die alte Wald-Ori lächelte ihn an, voller Würde und Stolz.

»Ja, ich spreche deine Sprache. Die alte Sprache. Hast du wirklich geglaubt, dass wir so verwildert sind, wie wir aussehen? Natürlich hast du. Ich bin übrigens Samahani.«

»Aber dann habt ihr mich ja die ganze Zeit verstanden!«, rief Sariel erschüttert.

»Ich zumindest. Und natürlich wissen wir inzwischen, dass du den kleinen Han nicht angeschossen hast. Ich musste dich prüfen. Ich weiß auch, dass in dir kein Fieber ist. Aber dafür viel Gutes. Obwohl du der Sariel bist.« Sariel schluckte und nickte.

»Aber du bist nicht hier, um uns zu vernichten, das hast du bewiesen. Und die Kalmare haben es bestätigt. Wir vertrauen dir. Deswegen werden wir dir helfen. Und es wird kein Blutvergießen geben. Dies ist unser Wald, niemand kommt hier durch ohne unseren Willen. Und wir sind viele, viel mehr, als du glaubst.«

»Aber die Zhàn Shì sind zu Tausenden! Wie wollt ihr die aufhalten?« Samahani lächelte Sariel milde an, wie ein Kind, dem man gerade vergeblich versucht, die einfachsten Naturgesetze zu erklären.

»Die Kalmare sind bei uns«, sagte sie nur geheimnisvoll. »Ohne den Willen der Kalmare öffnet sich der Wald nicht.«

Mehr verriet sie allerdings nicht, denn sie fand, dass Sariel keine Zeit mehr zu verlieren hatte. Samahani gab ihrem Stamm einige Anweisungen, und sofort begannen die Wald-Ori damit, ihre wichtigste Habe zusammenzupacken. Bald hatte sich die ganze Lichtung geleert und nach und nach verschwanden sie im Wald. Die Mutter des geretteten Jungen brachte Sariel Vorräte und warme Decken aus Pflanzenfasern, da es in Kraterhöhe empfindlich kalt werden würde.

»Über den Weg brauchst du dir keine Gedanken zu machen«, sagte Samahani. »Die Kalmare kennen ihn.«

»Aber Biao und Shan waren doch noch gar nicht dort!«

»Glaub mir, sie kennen den Weg. Jeder Kalmar kennt ihn. Sie träumen ihn jede Nacht.«

Dann verabschiedete sie sich von ihm, indem sie ihm die Hand auf den Kopf legte, und folgte den Letzten ihres Stammes eilig in den Wald. Mit einem Mal war Sariel allein. Nur Biao und Shan standen noch auf der Lichtung, turtelten nach wie vor mit ihren Tentakeln und fütterten sich gegenseitig mit Mondtränen.

Einen Moment wusste Sariel nicht recht, was er nun tun sollte. Dann jedoch spürte er plötzlich eine massive Anwesenheit von Kalmaren, die sich von unten langsam näherten. Es mussten Hunderte sein, dem Gefühl nach, und wenn Sariel inzwischen eines gelernt hatte, dann, seinen Vorahnungen zu vertrauen. Die Zhàn Shì waren längst im Wald und kamen stetig näher. Es wurde Zeit, den Aufstieg zu beginnen.

»Also los, ihr Turteltäubchen!«, rief er den beiden Kalmaren zu. »Schluss mit dem Geschmuse, der Krater ruft!«

DER GROSSE PLAN

Die Zeit hielt nicht an. Die Zeit war ein Fluss ohne Richtung, der alles umgab und durchdrang und mit sich fortspülte. Ungerichtet, aber nicht völlig unbegreifbar. Es gab Wesen, die Zeit fühlen und sich in ihrem gewaltigen Strudel frei bewegen konnten. Wesen, die wie alle Lebewesen nur ein Interesse hatten: das Überleben ihrer Art zu sichern. Diesen Wesen, die so leicht auf der Zeit schwimmen konnten wie Wassermücken auf einem Tümpel, bedeuteten Jahrhunderte oder Jahrtausende nichts. Diese Wesen führten einen verzweifelten Kampf gegen einen unterirdischen Feind, der mit Macht an die Oberfläche drängte. Ein monströser Parasit, der sich durch alle Zeiten hindurch ausbreiten und alles Leben auf der Welt auslöschen würde. Die Wesen erkannten, dass sie Hilfe brauchten, und entwickelten einen Großen Plan, um den Parasit ein für alle Mal zu vernichten. Ein Plan, der viel weiter durch die Zeit reichte, als Menschen begreifen konnten. Und weil die Menschen keine Vorstellung davon hatten, nannten sie alles, was diesem Plan folgte, Schicksal. Dieser Große Plan, dicht und komplex gewoben, hatte viele Rückschläge überwinden müssen und war schließlich doch allmählich aufgegangen.

Und stand nun kurz davor, endgültig zu scheitern.

Während Sariel bei den Wald-Ori ein Kind rettete und dabei Lìya verlor, träumte Eyla, fern und allein in ihrem luxuriösen Apartment in Sar-Han, von einem roten Kater, der sich behaglich auf ihr einrollte, vorsichtig mit den Pfoten gegen ihren Bauch trat und dabei leise schnurrte. Ein schöner

Traum, und obwohl Eyla noch nie im Leben eine Katze gesehen hatte, erschien ihr das Tier mit dem weichen Fell, das sie fast riechen konnte, so vertraut, als wäre es ein Teil von ihr. Das warme Glücksgefühl, mit dem Eyla aus diesem Traum erwachte, verging nicht und machte ihr endgültig etwas klar, was sie eigentlich schon seit längerer Zeit gewusst hatte. Dass sie einen Fehler gemacht hatte, einen großen Fehler. Eyla handelte sofort und schlich sich aus der Wohnung des Sariel hinaus. Als Freundin von Khanh ließ man sie widerstandslos passieren. Dennoch brauchte Eyla ihren ganzen Mut und größte Vorsicht, um ihren Vater unbemerkt aus seinem Hausarrest zu befreien und zu verstecken. Lin-Ran verlor keine Zeit mit Vorwürfen gegen seine Tochter und organisierte mithilfe der regierungstreuen Zeitvögel den umgehenden Widerstand gegen Khanhs Machtübernahme. Eyla war überrascht, wie viele Sari nur auf sein Zeichen gewartet hatten, und ahnte, dass Khanhs Plan niemals hätte klappen können. Wenige Stunden später wurden Khanh und seine Leute gefangen genommen und die kurze Revolution in Sar-Han war beendet. Zwei von Khanhs Leuten hatten sich mit Gewalt widersetzt und waren von den Zeitvögeln in die Zwischenzeit entfernt worden. Khanh erwischte man in seinem geheimen Raum, als er gerade dabei war, die Daten seiner letzten Verbindungen zu Mingan zu löschen. Es würde lange dauern, um herauszufinden, mit wem er alles in Kontakt gestanden hatte, aber das war im Moment nebensächlich. Die alte Ordnung musste wiederhergestellt werden, und vor allem mussten sie einen neuen Sariel finden, denn durch Khanhs Verrat hatte sich auch diese Sariel-Aktion wieder als totaler Fehlschlag erwiesen.

Währenddessen geriet weit entfernt Mingans Leben vollends aus den Fugen. Plötzlich war die Stimme des Herrn in ihrem Kopf verstummt und meldete sich nicht wieder. Sosehr Mingan auch versuchte, den Herrn zu rufen, sosehr sie sich auch mit den Fäusten gegen den Kopf hämmerte, bis ihre Knöchel bluteten – die Stimme sprach nicht mehr zu ihr und ließ sie ohne Anweisungen. Und das ausgerechnet in dem Augenblick, als ihr Kalmar die Anwesenheit eines anderen Kalmars spürte und sich hartnäckig weigerte weiterzugehen. Mingan, inzwischen kaum noch bei Sinnen, schrie ihren Kalmar an, beschimpfte ihn und trat ihn mit Füßen. Ohne Erfolg. Im Gegenteil schien der weibliche Kalmar sich sogar noch von ihr abzuwenden. Da geriet Mingan in rasende Wut und ging mit ihrer Machete auf den großen Oktopus los, der ihr nicht mehr gehorchte.

Statt Mingan jedoch mit einem einzigen Tentakelschlag zu töten, wandte sich die friedliche Shan um und verließ sie endgültig, um dem Ruf des Kalmars zu folgen, den sie durch die Tiefen des Waldes hindurch vernommen hatte. Damit war Mingan nun auf sich allein gestellt und musste den weiteren Aufstieg zum Krater zu Fuß bewältigen. Sie nahm nur ihr Shì, die kostbare Zeitbombe und gerade so viel an Mondtränen und warmer Kleidung mit, wie sie tragen konnte. Verzweifelt über das Schweigen des Herrn und zunehmend entkräftet durch die Strapazen des Aufstiegs, die Kälte und die Höhenluft, verfestigten sich Mingans Wahnvorstellungen, bis sie fest daran glaubte, dass ihr ganzes Unglück nur eine Ursache hatte: der Sariel. Der Sariel war schuld an allem. Der Sariel hatte sie verflucht und verfolgte sie weiterhin aus der Ferne mit übermächtigen Kräften. Der Sariel war das Böse. Dieser Schluss erschien Mingan vollkommen einleuchtend. Daher traf sie eine Entscheidung. Nach wie vor wollte sie den Plan erfüllen und die Zeitmaschine im Krater zünden, wie der Herr ihr befohlen hatte. Aber vorher wollte sie den Sariel töten. Wie sie Lìya getötet hatte.

Aber Lìya war nicht tot. Immer noch nicht. Mingans Zeitmaschine hatte sie ins Nichts zwischen Raum und Zeit geschleudert. Körperlos und in vollkommener Dunkelheit hatte Lìya dort festgehangen wie ein defekter Fahrstuhl. Ein Zustand wie tot und doch nicht tot, allein mit der Angst, dass es für immer so bleiben würde. Nur der Kontakt zu Sariel hatte sie davor bewahrt, zu verzweifeln. Lìya hatte in Sariels Gedanken stöbern können, in den Kisten und Schachteln seiner Erinnerungen, Hoffnungen und Ängste. Lìya hatte verstanden, dass Sariel sie mochte. Sehr mochte. Und sie hatte auch verstanden, dass es ihr ebenso ging. So absurd es scheinen mochte, erst als sie körperlos im Nichts festklemmte, hatte sie gemerkt, dass sie verliebt war. Zum ersten Mal in ihrem Leben. Und dass sie sich nichts mehr wünschte, als wieder in ihre Welt zurückzukehren, um Sariel zu küssen.

Aber genau in dem Moment, als er dem kranken Jungen das Märchen erzählte, ihr Märchen, als sie dachte, dass jetzt doch noch alles gut werde – geschah die Katastrophe. Begann der Große Plan, das feine Gespinst über Raum und Zeit, zu scheitern. Löste sich alles auf. Ging alles schief.

Die Zeit hatte einen Riss bekommen, als die Sari die Zeitvögel losgeschickt hatten, um einen Jungen namens Huan zu entführen. Durch diesen Riss fiel Lìya nun. Etwa in der Mitte des Märchens spürte sie, dass sich etwas um sie herum veränderte. Es war das unheimliche Gefühl, sich aufzulösen. Und ehe Lìya noch einen letzten Hilferuf schicken konnte, wurde sie wie von einer Lawine fortgerissen und weiter durch die Zeit gewirbelt. Als hätte jemand den defekten Fahrstuhl repariert. Allerdings landete Lìya nicht in Pangea. Der Zeitstrom, in dem sie hilflos trudelte, spülte sie in eine ferne Vergangenheit an einen fernen Ort.

Nach Hamburg. In genau die Nacht, bevor Huan von den Zeitvögeln entführt wurde, an die gleiche Stelle in der Alster. Lìya war noch nie in ihrem Leben geschwommen. Sie hatte noch nie das Meer gesehen, noch nicht einmal einen See. Dennoch wusste ihr Körper instinktiv, was er tun musste. Panisch schwamm Lìya auf die Wasseroberfläche zu.

AUFSTIEG

Der Krater rief ihn. Schon die ganze Zeit, die ganze Reise über, womöglich schon immer. Je näher Sariel dem Krater kam, desto deutlicher wurde ihm bewusst, dass seine früheren Vorahnungen und die dunklen Träume mit diesem Berg und seinem Geheimnis zusammenhingen. Hier am Ngongoni, in unmittelbarer Nähe des Kraters, begriff Sariel, dass Pangea schon sein ganzes Leben lang in ihm gewesen war und auf ihn gewartet hatte. Pangea war sein Schicksal und vielleicht würde er hier sterben. Ziemlich wahrscheinlich sogar. Aber zumindest – das schien nun klar – würde Sariel kurz zuvor noch das größte Geheimnis von allen erfahren. Doch zuvor musste er Mingan finden und verhindern, dass sie mit der Zeitmaschine der Sari zuletzt noch eine entsetzliche Katastrophe auslöste. Sariel hatte keinen Plan, was er mit der Zeitmaschine anstellen würde. Er ahnte nur, dass sie seine letzte Chance war, sich und Lìya zu retten.

Er hatte wenig Zweifel, dass er Mingan finden würde, so riesig das Waldgebiet um den Vulkan herum auch sein mochte. Der Geist des Nimrods machte ihn zum Jäger. Das Einzige, was er brauchte, war eine erste Spur. Dazu musste er eigentlich nur das Wesen fragen, das Mingan zuletzt gesehen hatte. Aber wie fragte man einen Kalmar?

Sariel tätschelte ratlos einen von Shans Fangtentakeln. Er wusste, dass er sich mit Kalmaren über den Austausch von Gefühlen verständigen konnte. Er hatte jedoch keine Ahnung, wie man auf diese Weise Fragen formulierte. Also stellte er sich einfach Mingan vor, wie er sie in Orisalaama gesehen hatte, versuchte, ihr Bild in allen Einzelheiten wiederherzustellen. Er rief sich sämtliche Ereignisse seiner Flucht vor Augen und bemühte sich, dabei jedes Gefühl zuzulassen, das damit verbunden war. Die Bilder, die in seinem Kopf entstanden, waren chaotisch und verzerrt. Er schweifte oft ab und musste sich immer wieder aufs Wesentliche konzentrieren. Er erzählte in Gedanken eine verworrene Geschichte vom Verlorengehen und Finden, von Verzweiflung, Furcht, Hoffnung und Freundschaft. Eine Geschichte, die er selbst nicht verstand. Sariel hoffte nur, dass die Kalmare klüger waren als er.

Auch darauf bekam er keine Antwort. Aber irgendwann unterbrach ihn Shan, indem sie ihm den Tentakel abrupt entzog und sich unruhig nach Biao umwandte, der die ganze Zeit dicht neben ihr gestanden hatte. Sariel spürte, dass Shan plötzlich sehr aufgebracht war. Richtig wütend. Ihre Hautfarbe wechselte in ein dunkles Blau und sie stieß erboste Pfeiflaute aus. Ganz offenbar wollte sie nicht an Mingan erinnert werden. Biao beruhigte sie, indem er seinen Fangtentakel um einen von ihren schlang und ihn nicht mehr losließ. Eine Weile standen sie nur so da und Sariel spürte eine Welle von Zärtlichkeit um die beiden großen Wesen herum. Dann löste sich Shan sanft von ihrem neuen Freund und stupste Sariel ein wenig an. Da kapierte Sariel, dass Shan seine Frage verstanden hatte und ihn führen würde.

Ohne weiteres Zögern, beinahe wild entschlossen schlug sie sich nach links durch das dichte Grün und bahnte mit ihren Tentakeln einen kleinen Pfad für Biao und Sariel. Biao wollte Sariel beim Aufsitzen helfen, aber diesmal folgte Sariel Shan lieber zu Fuß, um sich auf Spuren zu konzentrieren. Dabei spürte er, dass Shan ihn schon die ganze Zeit auf etwas hinwies. Ein Gefühl verzweifelten Hasses, ungewöhnlich für einen Kalmar. Kurz darauf hatte Sariel verstanden: Dies war Mingans Spur. Mingans Hass war so stark, dass er für Sariel mit Shans Hilfe zu einem Wegweiser wurde.

Auf dem ganzen Weg durch den Wald sah Sariel keinen einzigen Wald-Ori mehr. Dafür begleiteten ihn die Waldkalmare bei jedem Schritt. Sariel schätzte, dass es Hunderte sein mussten, die sich um ihn herum durch das dichte Geäst hangelten und von Baum zu Baum schwangen. Überall Bewegung. Sariel fühlte sich wie ein Schwimmer in einem dunklen grünblauen Meer, der auf einer großen Welle fortgetragen wird. Er ritt wieder auf Biao, der Shan in kurzem Abstand folgte, wobei er sie immer wieder wie zufällig mit einem seiner Fangtentakel streifte. Begleitet und beschützt von den Waldkalmaren, gab Sariel auch seine gewohnte Achtsamkeit auf und dachte wieder an Lìya. Der Gedanke, dass sie tot war oder auf ewig im Nichts verschollen, quälte ihn, und er überlegte verzweifelt, ob es nicht eine Möglichkeit gab, nach ihr zu suchen. Sariel dachte an die Zeitvögel der Sari, die ihn entführt hatten. Doch erstens erschien es ihm leichter, eine Stecknadel in der Siringit zu finden als ein Mädchen in der Unendlichkeit von Zeit und Raum. Und außerdem hatte er aus Sicht der Sari längst die Seiten gewechselt; sie würden ihm wohl kaum helfen, seine Freundin zu retten.

Falls sie noch zu retten war. Seine Freundin.

Zum ersten Mal dachte Sariel daran, dass er Lìya wirklich als Freundin betrachtete. Als einen Menschen, dem er voll und ganz vertraute und der ihm ebenso vertraut hatte. Und zum ersten Mal seit ihrer Begegnung im Regenschattengebirge wünschte er sich nichts sehnlicher und schmerzlicher, als ihre Hand zu halten.

Sie zu küssen.

Sariel erinnerte sich daran, wie viele Freunde er in letzter Zeit verloren hatte. Erst den Kater, dann Eyla, dann Lìya. Und seine Eltern hatten ihn verloren. Er fragte sich, ob sie das inzwischen überhaupt bemerkt hatten oder ob die Vergangenheit einfach stillstand, solange er auf Pangea weilte. Noch so ein Rätsel, das er nicht lösen konnte. Also konzentrierte er sich lieber wieder auf seine Suche nach Mingan. Die Fährte ihres Hasses wurde jetzt immer deutlicher. Bald musste er sich überlegen, was er mit Mingan tun wollte, wenn er sie traf. Eines war klar: Sie würde ihn töten, falls sie die Gelegenheit dazu bekäme. Die Frage war, ob er das auch konnte.

Der Weg wurde steiler. Die Waldkalmare sprangen zwar wie schwerelos von Baum zu Baum, aber Shan und Biao waren mit ihrer Masse deutlich langsamer. Dennoch schienen sie nicht müde zu werden und wirkten auch nicht, als ob ihnen der Wald unvertraut wäre. Eher als ob sie nach langer Abwesenheit wieder in ihre alte Heimat zurückkehrten. Sariel fragte sich, was Samahani damit gemeint hatte, dass die Kalmare ständig vom Krater träumten.

Dichte Nebelbänke zogen jetzt immer öfter durch den Wald, hüllten die kleine Karawane ein, erstickten die Geräusche des Waldes und durchdrangen Sariel bis aufs Mark mit ihrer kalten Feuchtigkeit. Auf halber Höhe zum Krater lichtete sich der Wald schließlich und ging über in dichten Bewuchs aus rötlichen Nadelbüschen, an denen zartgrüne Beeren wuchsen. Horden von käferartigen Insekten bevölkerten diese Büsche, ernteten die Beeren und transportierten sie in langen Kolonnen in ihre unterirdischen Bauten. Lìya hätte ihm die Büsche und die Käfer sicher erklären können, aber Lìya gab es nicht mehr.

Immer wieder passierten sie jetzt breite, längst erkaltete Lavaströme. Schwarzgrauer, poröser und scharfkantiger Stein mit schwefeligem Glanz, der sich einst rot glühend in breiten Schlieren den Berg hinabgewälzt hatte. Stellenweise war die Lava mit Kolonien von Mondtränen bewachsen, aber nicht so dicht, wie Lìya ihm die großen Vorkommen am Fuße des Vulkans beschrieben hatte. Die Pilze hier oben in der Höhe schimmerten bläulich, waren glatt und fast durchsichtig. Sie wirkten wie eine Glasur auf dem Fels und glitzerten im letzten Abendlicht.

Sariel spürte inzwischen die Höhe sehr deutlich an seinen kurzen Atemzügen und dem leichten Schwindelgefühl. Da es ohnehin dunkel wurde und sie sich auf einem kleinen Lavaplateau befanden, hielt er es für besser, zu campieren und sich über Nacht an die Höhe zu gewöhnen. Außerdem waren sie Mingan inzwischen sehr nahe gekommen. Sariel rechnete damit, dass er ihr am nächsten Tag begegnen würde.

Die Waldkalmare machten sich über die bläulichen Mondtränen auf den Felsen her und lagerten sich dann dicht um Shan und Biao. Sariel suchte sich einen bequemen Platz an Biaos Seite. Um nicht aus der Ferne von Mingan oder den Zhàn Shì entdeckt zu werden, vermied er es, ein Feuer anzuzünden. Es tat gut, den Körper eines Kalmars im Rücken zu spüren und sich absolut sicher zu fühlen. Nach einem kurzen Mahl rollte Sariel sich in den Kyrrschal ein und versuchte zu schlafen. Gedanken an Lìya und an die bevorstehende Begegnung mit Mingan hielten ihn noch lange wach. Erst der leise pulsierende Rhythmus von den träumenden Kalmaren schwemmte ihn schließlich in einen unruhigen Schlaf voller Albträume.

Der nächste Tag begann grau und feucht und kalt. Dicke Wolken stauten sich am Berg und hüllten ihn ein. Kein Lüftchen rührte sich. Die Wolken schluckten den Wald, alles Grün, raubten der Welt jede Farbe. Mit klammen Gliedern und einem beunruhigenden Gefühl aus seinem letzten Traum packte Sariel seine Sachen zusammen und setzte die Verfolgung von Mingan fort. *Kein guter Tag*, dachte er.

Trotz der Höhe schienen die Büsche und Bäume noch dichter zu werden. Sogar Shan hatte Mühe, sich einen Weg zu bahnen. Als sie eine enge Schlucht zwischen zwei uralten Lavaströmen durchqueren mussten, verlor Sariel Mingans Spur. Das Gefühl grenzenlosen Hasses, das ihn die ganze Zeit über wie eine Schweißfährte geführt hatte, war plötzlich verschwunden. Einfach weg, wie abgeschnitten. Die Kalmare spürten es ebenfalls und traten ratlos auf der Stelle. Sariel untersuchte die Stelle, an der sie sich befanden, genauer. Der Bewuchs war so üppig, dass kaum zu erkennen war, ob irgendwelche Zweige geknickt oder abgebrochen waren. Dennoch war Sariel überzeugt, dass er Mingan jetzt sehr nahe sein musste. Er spürte es an der Erregung, die ihn plötzlich ergriff, an der Mischung aus Angst und Entschlossenheit, die seine Sinne schärfte, bis er Mingans Fährte wieder wahrnahm – schwach, aber deutlich näher als vorher. Sariel überhörte eine Warnung von Biao und bahnte sich vorsichtig mit der Machete einen Pfad durch das Gestrüpp. Biao und Shan blieben zurück. Je tiefer Sariel in das Grün eindrang, desto stärker wurde das Gefühl der Furcht. Sariel fasste die Machete fester. Das Gefühl von Mingans Anwesenheit lockte ihn tiefer in die enge, überwucherte Schlucht. Shan und Biao waren nicht mehr zu sehen und seltsamerweise auch keine Waldkalmare. Die Welt war still geworden, Sariel hörte nur sein eigenes Keuchen und das Geräusch der Machete, die durch die Luft sirrte und sich durch das Unterholz fraß. Und dann, plötzlich, war Mingan weg. Einfach weg. Keuchend blieb Sariel stehen und versuchte, das Gefühl wieder zu orten. Die Machete in Abwehrhaltung vor sich, drehte er sich vorsichtig einmal um sich selbst. Die Gefahr konnte aus allen Richtungen kommen.

Und sie kam von oben.

Ohne Vorwarnung fiel sie aus dem Baum über ihm. Als Sariel den Kopf hob, war es bereits zu spät. Mingan hatte lange geduldig gewartet. Hatte ihren Hass benutzt, um den Sariel auf ihre Spur zu locken. Und als er sich näherte, hatte sie ihre Gefühle so weit unterdrückt, dass der Sariel sie nicht mehr orten konnte und dennoch die Fährte nicht ganz verlor. Mingan war eine Zhàn Shì, ausgebildet zu einem einzigen Zweck: den Sariel zu töten. Und das würde sie nun tun. Sie hatte sich den Baum sorgfältig ausgesucht und seit über einem Tag in einer schmerzhaften, unbequemen Position ausgeharrt, bis der Sariel mit der Machete genau unter ihr stand und sich wie ein Anfänger benahm.

Wie eine überreife Frucht fiel Mingan vom Baum und riss Sariel mit ihrem Gewicht von den Füßen. Der Rucksack mit der Zeitmaschine machte sie noch schwerer. Durch die Wucht des Aufpralls verlor Sariel die Machete und schlug hart mit dem Rücken gegen einen Ast. Der Schlag raubte ihm den Atem. Einen Moment konnte er sich nicht bewegen, sah nur, wie Mingan sich bereits wieder aufrappelte und nach der Machete tastete. Da setzten die Reflexe des Sariel ein. Trotz des Schmerzes in den Lungen schnellte er nach vorn und versuchte, die Machete zu erwischen, die vor ihm im Unterholz lag, und prallte Kopf an Kopf mit Mingan zusammen. Sariel wurde fast ohnmächtig. Mingan dagegen schien überhaupt keinen Schmerz zu spüren, obwohl sie sich beim Sturz von dem Baum den linken Fuß gebrochen hatte. Dennoch war sie immer noch kräftig und schnell genug. Mit der rechten Hand schlug sie nach Sariel. Sariel wich dem Schlag zwar aus, aber dafür erwischte Mingan nun die Machete. Mit einem triumphierenden Schrei holte sie mit der extrem scharfen Klinge nach Sariel aus.

Klock! Sariel rollte unter einem Ast hindurch und hörte, wie die Klinge über ihm in das harte Material des Gebüschs eindrang. Keuchend wälzte sich Sariel zur Seite weg und suchte Deckung in einem Geflecht aus wurzelartigen Ästen.

Klock! Der nächste Schlag. Viele Fluchtmöglichkeiten gab es nicht in dem dichten Unterholz. Sariel war praktisch im Gestrüpp der faserigen Pflanzen gefangen und versuchte dabei irgendwie, Mingans Machete zu entgehen. Nicht leicht. Mingan war direkt über ihm und hieb wie rasend auf ihn ein. Sariel wich den Schlägen instinktiv aus, hörte nur das *Klock-Klock* der Klinge, wenn sie dicht neben ihm ins Holz schlug. Für einen Moment fragte er sich, wie es sich wohl anhören würde, wenn die Klinge ihn traf. Nicht mehr lang, dann würde er es wissen, und es würde das letzte Geräusch sein, das er hörte. Das machte ihn wütend.

Endlich wütend genug, um zurückzuschlagen.

Ohne auf die tödliche Gefahr zu achten, tauchte Sariel beim nächsten Schlag unter Mingans Arm durch und warf sie mit seinem Gewicht um. Mingan war zu überrascht von dem Gegenangriff, um ihn abzuwehren. Sariel gelang es, ihren rechten Arm zu packen. Mingan schlug und trat blindlings nach ihm, doch Sariel ließ den Arm mit der Machete nicht mehr los. Keuchend wie Ringer wälzten sich die beiden auf dem Boden, traten und schlugen sich. Sariel staunte, wie viel Kraft Mingan hatte, obwohl sie die ganze Zeit den schweren Rucksack trug. Immer noch hielt sie die Machete eisern fest und wehrte sich wie rasend. Sariel wusste, dass sie ihn mit einem Hieb töten würde, sobald sie den Arm nur für einen Moment freibekam. Das verlieh ihm neue Kräfte. Es gelang ihm, den Arm mit einem Ruck hinter Mingans Rücken zu verdrehen. Mit einem Schmerzensschrei ließ Mingan die Machete fallen. Sariel reagierte sofort und kickte das scharfe Messer von sich, irgendwo ins Unterholz. Nur weg.

Aber Mingan gab sich immer noch nicht geschlagen. Mit einer blitzschnellen Drehung wirbelte sie herum und schüttelte Sariel ab. Sofort stürzte sie zu der Stelle, wo die Machete liegen musste. Aber Sariel war schneller und warf sich sofort wieder auf sie.

Er hatte immer noch keinen Plan, was er überhaupt mit Mingan tun wollte. Sie töten auf keinen Fall. Er wollte keinen Menschen töten, niemals. Die einzige Chance schien ihm, Mingan irgendwie kampfunfähig zu machen, zu fesseln und dann mit Shan zurück zu den Zhàn Shì zu schicken.

Aber dazu musste er sie erst einmal besiegen.

Zum ersten Mal in seinem Leben bestritt Sariel einen Zweikampf auf Leben und Tod und wunderte sich nicht einmal, dass er so gut kämpfte, als hätte er sein Leben lang nichts anderes gemacht. Wie besinnungslos rangen die beiden, prügelten aufeinander ein, und jede Drehung, jede Abwehr und jeder Schlag kamen so schnell und präzise, dass Sariel nicht einmal darüber nachdenken musste. Er kämpfte mit Armen und Beinen, duckte sich blitzschnell unter Mingans Schlägen und Tritten weg oder wehrte sie ebenso schnell ab, wie sie kamen. Er bewegte sich geschmeidig durch das Gestrüpp ringsum und nutzte jede Schwäche in Mingans Deckung. Sariel hatte keine Zeit, sich über seine neue Kampfkunst zu wundern. Allerdings fragte er sich zwischendurch, warum die Kalmare nicht eingriffen. Biao und Shan konnten nicht weit weg sein und mussten doch mitbekommen, dass er in Gefahr war. Sariel versuchte, Biao in Gedanken zu rufen, erhielt aber keine Antwort, nicht das kleinste Signal. So unfassbar der Gedanke war – es schien, als seien die beiden Kalmare längst weg. Einfach geflohen.

Sariel merkte, dass er allmählich schwächer würde. Die Lehrträume der Sari hatten ihm zwar Kampftechnik und Kaltblütigkeit einprogrammiert – die nötige Kraft kam jedoch nur durch regelmäßiges Training. Sariel war immer noch ein eher schwächlicher Fünfzehnjähriger, der sich früher regelmäßig vor dem Sportunterricht gedrückt und Sport allgemein für Zeitverschwendung gehalten hatte. Das rächte sich nun. Seine Arme wurden schwerer, seine Bewegungen langsamer. Mingan merkte es sofort und schlug noch härter zu. Sie zielte immer dahin, wo es wehtat: ins Gesicht und in die Nieren. Und dabei drängte sie ihn erneut zu der Stelle, wo irgendwo im Gebüsch die Machete liegen musste. Von den Kalmaren war keine Hilfe mehr zu erwarten. Aber Mingan humpelte und zog den gebrochenen Fuß nach, der ihr höllische Schmerzen bereiten musste. Und Schmerzen machten schwach.

Es wurde Zeit für die schmutzigen Tricks.

»Warte mal!«, rief Sariel laut.

»Was?«, brüllte Mingan und achtete für einen Moment nicht auf ihre Deckung. Diese Sekunde nutzte Sariel, um ihr voll gegen den gebrochenen Fuß zu treten.

Mit einem Schrei sackte Mingan zusammen und krümmte sich wimmernd am Boden. Sariel warf sich sofort mit seinem ganzen Gewicht auf ihr verletztes Bein. Mingan schrie wieder auf, aber das hörte Sariel kaum. Mit raschen Griffen packte er ihre Arme und verdrehte sie hinter ihrem Rücken. Mingan war jetzt kampfunfähig. Sariel saß keuchend auf ihrem Bein, hielt ihre Arme unbarmherzig fest und fragte sich, wie er Mingan in dieser Position fesseln sollte. Und überhaupt: womit!

Zeit, sich lange darüber Gedanken zu machen, hatte er jedoch nicht.

»Lass sie los!« Plötzlich eine Stimme von hinten, ganz nah, und irgendjemand drückte ihm den Lauf eines Shì in den Rücken. »Lass sie sofort los oder ich töte dich auf der Stelle!«

Jetzt erkannte Sariel die Stimme. Sie gehörte Li, Lìyas Zhàn-Shì-Freund. Er war offenbar allein.

»Nein!«, keuchte Sariel. »Ich kann nicht!«

»Lass. Sie. Los!« Lis Stimme klang kühl und entschlossen. Sariel zweifelte nicht mehr, dass er es ernst meinte. Auch Li hatte man nur dazu ausgebildet, den Sariel zu töten. Mingan hatte aufgehört zu schreien. Sie schien die neue Situation sofort erfasst zu haben.

»Li!«, keuchte Mingan voller Hass. »Töte ihn! Worauf wartest du? Er ist der Sariel!«

Sariel versuchte verzweifelt, einen klaren Gedanken zu fassen. »Wenn ich Mingan loslasse, tötet sie mich, und wenn ich sie nicht loslasse, tötest *du* mich. Wo ist der Unterschied?«

»Niemand wird getötet, wenn du tust, was ich sage.«

Li drückte ihm den Lauf des Shì ein wenig fester in den Rücken. Sariel fragte sich, ob er noch das dumpfe Ploppen hören würde, bevor der Eisdorn ihn von hinten ins Herz traf.

»Du hast keine Ahnung, Li! Mingan ist eine Verräterin!«

»Töte ihn, Li!«, rief Mingan.

»Zum letzten Mal: Lass sie los und steh auf!« Sariel hatte keine Wahl. Er ließ Mingans Arme los und Li trat hinter ihm einen Schritt zurück. »Jetzt steh auf! Aber langsam!« Sariel gehorchte. Augenblicklich robbte sich Mingan von ihm weg und versuchte stöhnend, sich an einem Ast aufzurichten. Sariel ließ sie nicht aus den Augen.

»Dreh dich um!«, befahl Li. Sariel wandte sich nur halb zu Li um, sodass er Mingan immer noch im Blick hatte. Li hielt sein Shì direkt auf ihn gerichtet.

»Glaub mir, Li, sie ist eine Verräterin.« Ein kurzes Ploppen, ein scharfes Zischen, und dicht neben Sariel schlug ein Eisdorn in einen Ast und zersplitterte im Holz. Nur ein Warnschuss, aber Sariel zuckte dennoch panisch zusammen.

»Halt die Schnauze!«, zischte Li. »Du hast Lìya getötet!«

»Sie ist nicht tot!«, rief Sariel verzweifelt. »Sie hängt nur irgendwo zwischen den Zeiten fest! Ich hab die ganzen letzten Tage mit ihr gesprochen!« Li schoss erneut auf Sariel, diesmal sirrte der Eisdorn haarscharf an Sariels Ohr vorbei.

»LÜGNER!«, brüllte Li.

»SCHEISSE!«, brüllte Sariel voller Angst und Wut zurück. »DANN KNALL MICH DOCH AB, DU ARSCH! ABER DANN WIRST DU DIE WAHRHEIT NIE ERFAHREN!«

Li zögerte. Aus den Augenwinkeln sah Sariel, dass sich Mingan bewegte. Li sah es ebenfalls. »Bleib stehen, Mingan!«

»Du wirst ihm doch nicht etwa glauben!« Mingan bewegte sich langsam weiter. »Er hätte mich getötet, und er wird auch dich töten, wenn du noch weiter zögerst. Er ist gerissen. Er ist stark. Töte ihn, Li! Jetzt gleich!« Sariel merkte, dass sie auf die Stelle zusteuerte, wo seine Machete liegen musste. Li bemerkte es ebenfalls, zögerte jedoch.

»Li! Sie hat die Zeitbombe in ihrem Rucksack, du kannst nachsehen. Sie hat sie aus dem Zimmer von Lìyas Vater gestohlen. Wir kamen zu spät. Mingan hat Lìya mit einer kleinen Zeitmaschine ins Nichts zwischen den Zeiten katapultiert. Da hängt Lìya jetzt fest und ich habe den Kontakt zu ihr verloren! Ich glaube aber, dass wir sie noch retten können.«

»Und diesen Schwachsinn soll ich dir glauben?«, knurrte Li.

»Wenn ich Lìya wirklich umgebracht hätte – glaubst du etwa, dass mich ihr Kalmar einfach so durch die Wüste getragen hätte?«

Das war endlich ein Argument, das Li zu denken gab. Sariel sah, dass er die Waffe bereits senkte, und wollte gerade noch etwas hinzufügen, als er Mingan mit der Machete auf Li zustürzen sah. Sie hatte offenbar ihre Gefühle wieder völlig unter Kontrolle, deswegen hatten weder Sariel noch Li sie bemerkt.

»LI!«, schrie Sariel. Li wirbelte herum, doch im gleichen Moment traf ihn die Machete seitlich am Kopf. Zwar streifte ihn die Klinge nur, aber es reichte für einen hässlichen, stark blutenden Schnitt an der Schläfe. Mingan schlug Li das Shì aus der Hand und versuchte erneut, ihn mit der Machete zu erwischen. Li rollte sich geistesgegenwärtig zur Seite weg. Das Blut aus der Platzwunde rann ihm in die Augen und raubte ihm die Sicht. Li versuchte irgendwie, Mingans Schläge abzuwehren, aber er hatte kaum eine Chance in dem dichten Gestrüpp. Mingan stand bereits hinter ihm und holte zum tödlichen Schlag aus – als sie der Schuss traf.

Sariel hatte sofort reagiert und sich auf Lis Shì gestürzt. Die Waffe war ihm inzwischen vertraut. Er hatte einen Nimrod damit erlegt, aber er wollte nicht noch einmal töten. Daher zielte er auf Mingans unverletztes Bein und der Eisdorn

439

durchschlug ihre Wade knapp unterhalb des Knies. Ohne einen Laut sackte Mingan zusammen und ließ die Machete fallen. Li rollte sich hastig weg. Sariel ließ das Shì fallen und stürzte sich zum zweiten Mal auf Mingan. Diesmal jedoch, das wusste er, würde er sie nicht mehr loslassen.

Mingan wimmerte nur noch, als Sariel ihr sein Knie ins Kreuz drückte und ihre Arme festhielt. Auch ihre Kraft war nun am Ende.

»Bist du in Ordnung, Li?«, rief Sariel.

»Glaube ja!«, keuchte Li und betastete vorsichtig die Wunde am Kopf. »Der Schnitt scheint nicht tief zu sein.« Er wischte sich das Blut aus den Augen und für einen Moment saß er nur so da und starrte Sariel an.

»Danke«, sagte er schließlich.

Nachdem sie Mingan gemeinsam gefesselt hatten, versorgte Sariel Lis Platzwunde. Er stillte die Blutung mit einer Salbe aus Lìyas Beutel und legte Li danach einen Druckverband aus Pflanzenfasern an.

»Wie hast du mich überhaupt gefunden? Und wieso bist du allein gekommen?«

Li antwortete nicht direkt. »Lìyas Kalmar hat mich gerufen. Ich war mit meinem Trupp dabei, den Berg nach dir abzusuchen, als mein Kalmar ein Signal von Biao empfing. Kurz darauf hab ich es dann auch gespürt. Er hat mich gerufen und ich bin ihm gefolgt. Das war's.«

»Aber warum bist du allein los? Das war doch riskant.«

Li drickste herum. »Er hat nur mich gerufen. Ich … sollte allein kommen.«

»Ich denke, ihr könnt nicht mit Kalmaren reden.«

»Kann ich auch nicht. Eigentlich. Aber ich hab's genau gespürt, als der Ruf kam. Ich hab meinen Trupp unter einem Vorwand zurückgelassen.« Offenbar schien ihm das Sorgen zu bereiten. Immerhin hätte es ihn fast das Leben gekostet.

»Du hättest deine Leute ja trotzdem mitnehmen können«, bohrte Sariel weiter.

Li schüttelte den Kopf. »Wenn ein Kalmar dir eine Botschaft schickt, dann tust du besser, was er sagt.«

»Also glaubst du wie Lìya auch an den Großen Plan der Kalmare?«

Li zuckte mit den Schultern, aber Sariel wusste, dass er richtig lag. Wie viele Ori glaubte auch Li an eine geheime Weisheit der Kalmare. Deswegen hatte er Sariel auch nicht sofort getötet. Li sah blass aus. Sariel befürchtete, dass er unter Schock stand, aber nach und nach kam wieder Leben in Li. Gemeinsam versorgten sie Mingans verletzte Beine, schienten den gebrochenen Fuß und verbanden die durchschossene Wade. Sariel stellte erleichtert fest, dass das Knie unverletzt geblieben war. Er hatte Mingan also nicht zum Krüppel gemacht. Das Mädchen gab die ganze Zeit über keinen Laut mehr von sich, blickte beide Jungen nur hasserfüllt an. Sariel öffnete ihren Rucksack, zog die Zeitbombe heraus und reichte sie Li.

»Glaubst du mir jetzt?«

Li nahm die Zeitmaschine entgegen und wog sie behutsam in der Hand. Er nickte. »Alles meine Schuld«, sagte er leise. »Ich hatte den Auftrag von Lìyas Vater, die Bombe an einen sicheren Ort zu bringen. Der Ort liegt weit weg, und ich hab gezögert, weil ich unbedingt noch mit Lìya sprechen wollte. Wenn ich meinen Auftrag sofort erfüllt hätte, würde sie noch leben.«

»Aber sie lebt!«, rief Sariel aus. »Also, ich meine ... es gibt noch eine Chance, dass sie lebt!«

»Das ist doch Schwachsinn!«

Sariel erzählte ihm, was nach Lìyas Verschwinden passiert war. Er berichtete von ihrer Stimme und dass sie ihn geführt und beschützt hatte. »Ich lüge nicht!«, beteuerte er.

»Selbst wenn«, sagte Li, immer noch zweifelnd. »Aber

dann hast du dir das alles nur eingebildet.« Er stand vorsichtig auf, immer noch etwas wackelig auf den Beinen. »Ich bringe euch beide jetzt zurück nach Orisalaama, da wird man weitersehen.« Er steckte die Zeitmaschine in Mingans Rucksack zurück, warf ihn sich auf den Rücken und griff nach seinem Shì.

»Li!«, rief Sariel beschwörend. »Ich kann nicht mit dir kommen!«

Lis Blick verdüsterte sich wieder. »Was soll das heißen?«

Sariel erhob sich ebenfalls und kam nun ganz nah an Li heran. »Hältst du mich immer noch für einen Feind?«

»Du bist der Sariel.«

»Das habe ich nicht gefragt. Ich frage dich, ob du mich für einen Feind hältst.«

Li zögerte. Die Antwort fiel ihm offensichtlich nicht leicht.

»Nein. Aber ich traue dir trotzdem nicht. Du bist der Sariel. Mein Auftrag ist, dich zu töten. Aber du hast mir das Leben gerettet. Also gut, ich lasse dich laufen. Du kannst gehen. Aber ohne die Zeitmaschine.«

Sariel stöhnte. »Ich weiß, dass du mich nicht magst. Vielleicht weiß ich sogar, warum. Aber das spielt keine Rolle. Wenn wir Lìya retten wollen, dann *musst* du mir die Zeitmaschine geben!«

»Damit du doch noch deinen Auftrag erledigen und unsere Lebensgrundlage zerstörst kannst?«

»NEIN, UM LÌYA ZU RETTEN, VERDAMMT!«, schrie Sariel.

»Und wie willst du das tun?«

Sariel atmete aus und wandte den Blick ab. Plötzlich fühlte er sich müde und sehr allein. »Ich hab keine Ahnung. Ich weiß nur, dass ich mit der Zeitmaschine hoch zum Krater muss. Ich muss. Da oben wartet etwas auf mich. Ich träume schon mein ganzes Leben davon. Es gibt keinen anderen

Weg. Vielleicht werde ich dort oben wissen, was ich tun muss. Vielleicht auch nicht. Aber du musst mir glauben, dass ich den Ori niemals schaden würde.«

Die beiden Jungen standen einen Augenblick nur so voreinander, während Mingan am Boden bereits vergeblich versuchte, sich aus ihren Fesseln zu befreien.

»Mein Volk würde mir das niemals verzeihen.«

»Vertrau mir!«, sagte Sariel. »Bitte!«

Li warf einen Blick auf Mingan und sah dann wieder Sariel an. Mit einer kurzen, entschlossenen Bewegung riss er sich den Rucksack vom Rücken und hielt ihn Sariel hin. »Ich muss vollkommen verrückt sein, dass ich das tue.«

Sariel nahm den Rucksack und schulterte ihn entschlossen. »Da wo ich herkomme, wäre ich froh gewesen, wenn ich so einen Freund wie dich gehabt hätte.« Damit wandte er sich um und setzte ohne ein weiteres Wort, ohne Abschied oder Gruß, den Aufstieg zum Krater fort, den er vor langer, langer Zeit, wie ihm schien, einmal begonnen hatte. Auch Li sagte nichts mehr. Aber Sariel spürte plötzlich ein schwaches warmes Gefühl hinter sich und wusste, dass Li die Hand zum Abschied erhoben hatte.

GESTRANDET

Keiner der wenigen nächtlichen Spaziergänger und Jogger bemerkte das nackte Mädchen, das hustend und prustend ans Ufer paddelte und sich hastig im hohen Schilf versteckte. Dort verbrachte Lìya Stunden, bis sie kaum noch Menschen in ihrer Nähe wahrnahm und sich vorsichtig herauswagte. Sie hatte Angst, natürlich hatte sie Angst, aber sie verlor nicht den Kopf. Immerhin war sie nicht tot, und sie war in einer Welt gelandet, in der Menschen lebten. Das war schon mal etwas. Lìya war gewohnt, mit Gefahren zu leben und praktisch zu denken. Als Erstes brauchte sie etwas zum Anziehen, um nicht zu erfrieren. Dann musste sie herausfinden, wo sie war. Danach vielleicht etwas zu essen organisieren, und erst dann konnte sie sich darum kümmern, ob es eine Chance gab, in ihre Zeit zurückzukehren.

Geübt durch das Leben in der Savanne, schlich Lìya unbemerkt aus dem Schilf. Das Ufer stand voller Buden und kleiner Häuser, die aber verschlossen waren und unbewohnt wirkten. Um sich die Stelle zu merken, an der sie ans Ufer gekommen war, malte Lìya das Symbol aus ihrem Buch in den Schmutz der Seitenwand einer Bude. Am nächsten Tag würde Huan dieses Symbol entdecken. Auch die Zeitvögel würden es sehen und es wieder auswischen. Aber das wusste Lìya nicht. Für sie war es nur eine Orientierungsmarke.

Dann schlich sie geduckt an den seltsamen Hütten vorbei. Im Gebüsch unter einem Baum entdeckte sie das Zelt eines Penners, der dort seinen Rausch ausschlief und nicht bemerkte, wie ihm ein fünfzehnjähriges Mädchen einige Kleidungsstücke und sogar ein altes Küchenmesser stahl.

In den zu großen Sachen des Penners, die Lìya mit Stricken zusammenband, erkundete sie weiter ihre Umgebung. Sie befand sich immer noch im Alsterpark, aber rings um sie herum war Lärm und Licht. Lìya hatte noch nie eine Stadt gesehen und überlegte einen Moment, ob sie womöglich in Sar-Han gelandet war. Aber auch diesen ein wenig hoffnungsvollen Gedanken verwarf sie, als sie auf eine Straße mit Autos stieß und die ersten beleuchteten Reklametafeln sah, deren Schrift sie nicht lesen konnte. Auch sahen die Menschen nicht wie Sari aus. In der Ferne, am anderen Ufer des Sees, in dem sie aufgetaucht war, standen hohe Häuser, höher als alle Häuser, die Lìya kannte. Und überall war Licht, überall waren Menschen. Eine laute, helle, stinkende Welt. Lìya bewegte sich sehr vorsichtig und immer im Schutz von Bäumen und Büschen. Trotzdem fiel das seltsame Mädchen in der Pennerkleidung einigen nächtlichen Passanten auf. Ein Streifenwagen hielt plötzlich neben Lìya und ein Polizist sprach sie an. Lìya floh sofort zurück in den Alsterpark. Die Polizisten folgten ihr mit Taschenlampen. Panisch versteckte sich Lìya in einem Gebüsch und traute sich erst hinaus, als sie die Lichtkegel nicht mehr sah.

Die Nacht verging schneller, als Lìya es von Pangea gewohnt war. Die Sonne ging auf, kündigte einen strahlenden Maitag an, und Lìya wurde klar, dass sie dringend ein Versteck für den kommenden Tag brauchte. Sie wünschte sich, dass sie jemanden um Hilfe bitten könnte, aber weder wusste sie, in welcher Sprache, noch, wem sie überhaupt trauen konnte. Sie dachte einen Moment an den Mann im Zelt, verwarf den Gedanken aber sofort wieder. Männer, die alleine in Zelten campierten, bedeuteten meist Ärger. Immerhin begriff Lìya nach dem ersten Schock, dass sie offenbar in Sariels Zeit gelandet war. Unterwegs hatte er ihr viel von seinem Zuhause erzählt und alles passte zusammen. Also dachte Lìya, dass sie es irgendwie zu Sariels Eltern schaffen musste. Wenn sie

445

ihnen von ihm erzählte, würden sie ihr vielleicht helfen. Das Problem war nur, dass Lìya keine Ahnung hatte, wo sich Sariels Eltern befanden. Sie erinnerte sich nicht mehr an den schier unaussprechlichen Namen seiner Stadt und ahnte auch nicht, dass sie keine fünfhundert Meter von Sariels Elternhaus entfernt war. Sie ahnte noch nicht einmal, dass Huan selbst ganz in der Nähe gerade seinen Kater suchte.

Die Welt, in der sie gestrandet war, war für Lìya ebenso fremd und bedrohlich wie Pangea einst für Sariel. Aber Lìya war eine Zhàn Shì, eine Kriegerin. Sie war in der Savanne aufgewachsen und hatte die Regenschattenwüste durchquert. Sie wusste, wie man in der Wildnis überlebte. Und nur darum ging es – zu überleben.

So verbrachte Lìya den ganzen Tag im Schutz des Schilfs. Hunger hatte sie nicht und ihren Durst konnte sie direkt in der Alster löschen. Den ganzen Tag lag sie still und regungslos und wartete auf die Nacht. Nur hin und wieder wagte sie einen vorsichtigen Blick und spähte fasziniert über die größte Wasserfläche, die sie in ihrem Leben je gesehen hatte. Sie hatte gar nicht gewusst, dass es so viel Wasser auf einen Fleck geben konnte. Die Menschen in Sariels Zeit mussten sehr glücklich sein.

Auf dem Wasser fuhren seltsame Vehikel unter großen, bauschigen Tüchern. Darin saßen zwei oder drei Menschen und wirkten tatsächlich sehr glücklich. Am Ufer erspähte Lìya den ganzen Tag über Menschen. Einige hatten vierbeinige Tiere dabei, die sie teilweise an Stricke angebunden hatten. Die Tieren machten laute Geräusche und tollten um die Menschen herum. Zweimal drang so ein Tier auch zu ihr vor und schlug laut an. Lìya zog sich ängstlich noch tiefer ins Schilf zurück und fürchtete, nun entdeckt zu werden. Aber beide Male wurden die Tiere zurückgerufen und gehorchten augenblicklich.

Gegen Nachmittag sah sie, dass die Hütten in der Nähe

aufgeschlossen wurden. Kurz darauf drang der Geruch von gebratenem Fleisch zu ihr herüber. Dazu sehr laute, rhythmische Geräusche, die Lìya Angst machten und sie an Trommeln erinnerten. Die Hütten waren zudem jetzt hell erleuchtet und lockten Tausende von Menschen an. Noch vor Einbruch der Nacht war das ganze Ufer voller Menschen, die um die Hütten herumstanden, gebratenes Fleisch aßen und goldgelbe Getränke mit weißem Schaum aus Bechern tranken. Lìya sah keine Chance mehr, unerkannt aus dem Schilf zu kriechen. Dann ging über ihr das Feuerwerk los. Lìya hatte noch nie ein Feuerwerk gesehen und die bunten Sterne und Goldregen am Himmel verbunden mit den Donnerschlägen der Explosionen jagten ihr Todesangst ein. Bei jedem Schlag zuckte sie panisch zusammen, schrie sogar zweimal laut auf und kniff irgendwann die Augen zusammen.

Als sie die Augen zwischendurch einmal aufschlug – sah sie Sariel! Sie erkannte ihn sofort, trotz der Dunkelheit und trotz der seltsamen Kleidung, die er trug. Sie sah ihn dicht an ihrem Versteck vorbeirennen. Er wirkte gehetzt, wandte sich oft um. Elektrisiert hob Lìya ein wenig den Kopf aus dem Schilf, spähte in die Richtung, in die Sariel geblickt hatte, und sah vier Sari, die ihn verfolgten. Die Sari trugen seltsame Kleidung, die sie fast unsichtbar machte, aber Lìya hatte scharfe Augen und war geübt darin, Tiere im Savannengras zu erspähen. Sie erinnerte sich nun wieder daran, was Sariel ihr über seine Entführung erzählt hatte. Und in diesem Moment war Lìya egal, wo und in welcher Zeit sie sich befand. Ihr Freund wurde verfolgt und brauchte Hilfe. Ohne noch weiter an die Gefahr zu denken, stürzte Lìya aus dem Schilf und rannte den Sari hinterher.

Lìya rannte, ohne auf irgendetwas anderes zu achten, bahnte sich einfach einen Weg durch die Menge und merkte kaum, dass sie dabei gegen einen gleichaltrigen Jungen stieß, der gerade mit seiner Freundin Jana Schluss machte.

Der angerempelte Junge stolperte unglücklich, fiel mit dem Gesicht in eine Bierpfütze und brach sich einen Arm. Nichts Schlimmeres zum Glück. Als man Christoph Glasing später bat, das seltsame Mädchen zu beschreiben, konnte er nur immer wiederholen, dass es wie eine Pennerin ausgesehen hatte und geradewegs in Richtung Alster gerannt war.

Auch andere Besucher des Kirschblütenfestes bestätigten übereinstimmend, dass gegen 22.36 Uhr ein jugendliches Mädchen in die Alster gerannt und dort untergetaucht sei. In einigen Aussagen kam sogar ein Licht vor, das in der Alster geleuchtet habe. Doch weder von dem angeblichen Licht noch von einem Mädchen in Pennerkleidung fand man am nächsten Tag und in den folgenden Wochen irgendeine Spur.

ERWACHEN

Tief unter der Erde war die Zeit gekommen. Das Böse, das die Menschen *GON* nannten, war zu seiner vollen Größe angewachsen. Es war jung und dennoch bereits viele Millionen Jahre alt. Vor langer Zeit, als die Kontinente über den GON noch nicht zu einem neuen Pangea zusammengewachsen waren und an der Oberfläche der Erde gerade wieder eine Eiszeit herrschte, hatte sich der Parasit aus dem All verpuppt und war in das letzte Stadium seiner Entwicklung getreten. In seinem schützenden Kokon aus einem Material, das auf der Erde nicht existierte, trieb es langsam mit den Strömen der flüssigen Schlacke im Erdmantel dahin und bereiste so die ganze Erde. Auf der Erde verschoben sich die Kontinentalplatten und transportierten unter sich eine monströse, tödliche, träumende Fracht. Mit dem Magma des Erdmantels wurde der Kokon allmählich nach oben gepumpt, durch Risse und Spalten in der Erdkruste dorthin, wo das Magma nach draußen trat und Vulkane bildete. Dicht unter dem Vulkan bildeten die GON ein letztes Nest, eine gigantische Höhle, wo sie in Ruhe weiterwachsen und dann, wenn es so weit war, endgültig an die Oberfläche kommen würden, um die Welt in Besitz zu nehmen.

Das Böse wuchs. Seit Millionen von Jahren wuchs es unaufhörlich. Langsam. Unendlich langsam. Aber die GON hatten auch keine Eile, und das, was sich dort unten in der Erde in einem riesigen, widerlichen Kokon entwickelte, musste auch sehr groß werden, um endlich aufsteigen zu können. Die GON brauchten keine Nahrung, um zu wachsen, denn sie bestanden nicht aus organischem Material. Nüchtern betrachtet waren sie nur ein Haufen von Millionen von Virenarten. Jede einzelne Art für sich so simpel und lächerlich, dass die Natur der Erde keine zehn Jahre gebraucht hätte, um sie abzuwehren. Aber alle Virenarten zusammen bildeten einen gigantischen Organismus, der träumen und Pläne machen konnte. Ein Wesen, das sich an seine verlorene Heimat erinnerte. Ein Wesen, das leben wollte, wirklich leben. Denn das würde es erst, wenn es aus seinem Kokon schlüpfte und sich in seiner neuen Gestalt über die Erde verbreitete. Dann erst würde es sich mit allem Leben auf der Erde vermischen, es verdauen und zusammenwachsen lassen – bis die gesamte Oberfläche des Planeten eines Tages von den GON bedeckt sein würde. Von einem einzigen, gewaltigen Schleimpilz, der alles auf der Erde vernichtet haben würde. Danach würden die GON geduldig darauf warten, dass ein Komet erneut den Planeten traf und Teile von ihnen ins All schleuderte und auf eine ungewisse Reise schickte. Der Kreislauf würde sich wiederholen, immer wieder. Zeit war wirklich nichts, was den GON etwas bedeutete.

Doch noch war es nicht so weit. Noch träumten die GON ihre schrecklichen Träume. Seit Millionen von Jahren hatten sie erste Sporen in die Welt geschickt, die sie einst erobern würden. Die Sporen waren ihre Fühler, mit denen sie schmecken, hören und sehen konnten. Und diese neue Welt schmeckte fruchtbar. Ein guter Planet. Aber es gab auch Rückschläge. Der Vulkan explodierte. Danach verstopfte der Magmakanal und versperrte den GON den Weg nach oben. Das Wesen in seinem Kokon hatte jedoch noch genug Zeit, eine Lösung des Problems zu träumen, und es fand auch eine. Das größere Problem tauchte auf, als die Sporen eine unbestimmte Gefahr meldeten. Der Planet, den die GON erobern wollten, wehrte sich.

Der Planet war ungewöhnlich fruchtbar und produzierte

geradezu explosionsartig eine Unzahl von Lebensformen, ließ sie aussterben und brachte wieder neue hervor. Scheinbar lustvoll und planlos wie ein Kind erschaffte er Lebensformen in einer Geschwindigkeit, mit denen die viel langsameren GON nicht mitkamen. Sie reagierten verwirrt in ihrem Kokon, vor allem als die Sporen eine neue Lebensform meldeten, die sogar in der Lage war, sich und das Leben selbst zu verändern. Zum Glück starb auch diese Lebensform bald wieder aus. Nicht lange danach jedoch brachte der Planet zwei neue Lebensformen hervor, die den GON wirklich gefährlich wurden. Die eine Lebensform schlug die GON geradezu mit ihren eigenen Mitteln. Es war ein Schleimpilz, der die Sporen der GON neutralisierte und sich überall auf der Erde verbreitete. Doch die GON fanden auch dafür eine Lösung. Die zweite Lebensform dagegen war noch gefährlicher, denn sie entdeckte den Parasit unter der Erde und wehrte sich massiv. Diese zweite Lebensform fand einen Weg, die Grenzen von Raum und Zeit zu durchstoßen. Sie baute eine Stadt direkt über dem Nest der GON, um sie zu überwachen. Und sie hatte einen Großen Plan.

Die GON merkten es daran, dass plötzlich auch eine längst ausgestorbene Lebensform wieder auf der Erde erschien. Diese drei Lebensformen zusammen bildeten nun eine echte Bedrohung. Der Planet hatte den GON den Krieg erklärt und schien entschlossen, sie zu vertreiben.

All das erreichte die träumenden GON in ihrem Kokon unter der Erde nur über die Sporen. Die Geschwindigkeit der Entwicklung auf der Erde überforderte die GON unter der Erde. Zum ersten Mal in ihrer uralten Geschichte mussten sie gleichzeitig wachsen und für ihre Zeitbegriffe blitzschnell reagieren. Das war schwierig, denn die GON dachten, wie sie wuchsen: langsam. Daher beschlossen sie, ihren Plan unverändert beizubehalten und nur den Wachstumsprozess früher als geplant abzuschließen.

Die Zeit der Träume war vorbei. Die Zeit der Auferstehung war gekommen.

Etwa zu der Zeit, als Sariel mit Lìya durch die Siringit ritt, riss der Kokon unter dem Ngongoni auf und löste ein kleines Erdbeben aus. Als Sariel auf dem Weg zum Krater war, hatten die GON ebenfalls ihren unaufhaltbaren Aufstieg begonnen.

Das Schicksal der Erde wurde durch die Frage entschieden, wer zuerst oben ankam.

DER KRATER

Sariel wusste nichts von den GON. Zwar spürte er immer deutlicher die Anwesenheit von etwas sehr Bösem, aber das schob er auf seine Anspannung, auf die Ereignisse der letzten Tage und auf das, was ihn oben im Krater erwarten mochte. Für Sariel war das Böse nur ein Gefühl. Eine Warnung des Unterbewusstseins vor sich selbst, wie ihm seine Mutter einmal erklärt hatte. Er ahnte nicht einmal, wie falsch er damit lag.

Am Ende der engen Lavaschlucht, in der Mingan ihm aufgelauert hatte, wurde Sariel bereits von Biao erwartet, als wäre nie etwas anderes verabredet gewesen. Biao wirkte sogar ein wenig ungeduldig, als Sariel sich endlich mit der Machete durch das dichte Grün gekämpft hatte und keuchend und schwitzend vor ihm stand.

»Wo hast du deine neue Flamme gelassen?«, fragte Sariel statt einer Begrüßung. Biao blickte ihn nur an und schien die Frage zu überhören. Sariel vermutete schon, dass Shan bereits zu den Zhàn Shì zurückgekehrt war, um sie zu Li zu führen. Biao schien überhaupt nicht in der Laune für irgendwelche Erklärungen zu sein, die Sariel ohnehin nicht verstanden hätte. Er wirkte jedoch aufgeregt wie vor einem großen Ereignis.

»Okay, dann bring mich mal zum Krater!«, sagte Sariel und ließ sich von Biao auf seinen Rücken helfen. Augenblicklich setzte sich der große Kalmar in Gang und legte ein für ihn völlig unübliches Tempo vor. Er schien es ungeheuer eilig zu haben.

Wie schon zuvor wuchs mit jedem Schritt das Gefühl,

vollkommen allein zu sein und sich immer weiter aus dem Leben zu entfernen. Ein Gefühl, das nach und nach jeden anderen Gedanken verdrängte. Eine Art Schrecken, der umso schärfer wurde, je höher sie kamen. Eine uralte Furcht, die dem Menschen angeboren war und bald jede Faser von Sariels Körpers ergriff. Das Entsetzen, etwas Allmächtigem Auge in Auge gegenüberzustehen.

Die Angst vor dem Bösen.

Und das Böse war nahe. Sariel konnte es nun deutlich spüren, ein Zittern, das in Wellen durch den Boden lief und den Berg auf und ab rollte. Er hatte es bereits einmal in der Siringit erlebt und für ein Erdbeben gehalten. Nun jedoch wurde ihm klar, dass es etwas ganz anderes sein musste. Eher wie der Atem von etwas Großem, das tief unter dem Berg lebte und seine Anwesenheit bemerkt hatte.

Mit jedem Schritt wurde es stärker und auch die Kalmare schienen es wahrzunehmen. Ihre Hautfarbe wechselte in ein stumpfes Violett, und Sariel fühlte, dass sie ebenso beklommen waren wie er selbst. Dennoch wurden sie nicht langsamer. Weder Kälte noch Höhenluft schien sie aufhalten zu können. Sariel dagegen atmete nur noch in kurzen Zügen und kämpfte bereits gegen die Kopfschmerzen und die Übelkeit an. Erst als er sich überwand, die bläulichen Mondtränen zu probieren, die Biao ihm abzupfte und mit einem Tentakel aufdrängte, wurde es besser.

Und dann, am nächsten Morgen: der Krater. Die Wolken lichteten sich und blieben als geschlossene weiße Decke unter ihnen zurück. Der Kraterrand lag jetzt nur noch wenige hundert Meter voraus, grau, abweisend und stellenweise schneebedeckt. Bis jetzt hatte Biao Sariel getragen, ohne irgendein Anzeichen von Erschöpfung. Nun jedoch schien er zu zögern, aber nicht aus Furcht, sondern erwartungsvoll und ehrfürchtig wie vor einem ganz großen Tag.

Sariel stieg ab und ging die letzte Strecke zu Fuß. Die Luft war klar und schneidend kalt. Die Wolken lagen nun weit unter ihm, ein aufgewühlter weißer Schaum, der im Morgenlicht rosig aufglühte. Darunter, wie für immer verloren gegangen, lag die Savanne, lag die ganze Welt und gehörte nicht mehr dazu. Der Anblick der Wolken war atemberaubend, doch als er den Kraterrand schließlich keuchend erreichte, sah er etwas, das alles übertraf, was er bislang auf Pangea gesehen hatte. Monströs und völlig fremdartig, nicht für menschliche Sinne geschaffen.

Die Stadt.

Als erster Mensch warf Sariel einen Blick auf die Stadt der Kalmare. Er hatte keinerlei Zweifel, dass er eine Stadt sah, nicht nur irgendwelche Bauten wie bei den Gigamiten. Da unten im Krater lag eine richtige Stadt, von intelligenten Wesen geplant und gebaut. Sie schien alt zu sein, sehr alt und verlassen, und Sariel verstand schlagartig, dass er die Stadt bereits längst in den Träumen seines alten Lebens gesehen hatte.

Die Caldera des Ngongoni, die nach seiner Explosion vor Urzeiten übrig geblieben war, hatte einen Durchmesser von etwa zwanzig Kilometern, schätzte Sariel, und lag fast tausend Meter tiefer als der Kraterrand, der vor seinen Füßen steil nach unten abfiel. Sariel erkannte Gebäude von perfekten geometrischen Ausmaßen: Pyramiden, Quader, perfekte Kugeln und Polyeder, die gleißend das Sonnenlicht reflektierten. Sie alle besaßen, soweit Sariel erkennen konnte, keine Fenster oder Türen. Die Stadt lag noch zur Hälfte im Schatten des Kraters und erstreckte sich über die ganze Fläche der Caldera, jedoch mit unterschiedlicher Baudichte. Sariel konnte drei Zentren ausmachen, die jeweils von einer spitzen, turmartigen Pyramide überragt wurden. Die exakte Mitte der Caldera wurde von einem gigantischen flachen Gebäude beherrscht, das wie ein angeschnittener Elipsoid aussah. Irgendwelches

Leben konnte Sariel dort unten nicht erkennen. Nirgendwo stieg Rauch auf, auch konnte Sariel keinerlei Produktionsanlagen oder Ähnliches entdecken. Wie es von hier oben aussah, war die Stadt ausgestorben. Aber das konnte täuschen.

Sariel konnte sich nicht an der Stadt sattsehen, trotz der unbestimmten Furcht, die ihr Anblick bei ihm auslöste. Obwohl die Stadt von so weit oben friedlich wirkte. Aber auch das konnte täuschen.

Sariel bemerkte eine plötzliche Unruhe bei Biao und suchte den Kraterrand ab nach einer Stelle für den Abstieg in die Caldera. Er war sich immer noch nicht sicher, was ihn dort unten erwartete. Vielleicht war dies ein verbotener Ort für Menschen. Vielleicht erwartete ihn dort der Tod. Aber Sariel hatte nun keine Wahl mehr.

Nicht weit von seinem Standort entfernt entdeckte Sariel schließlich eine Art Pfad, der gewunden in die Caldera hinabführte. Ohne weiter zu zögern, stieg er wieder bei Biao auf und begann den Abstieg. Der Pfad führte immer am Rand der Caldera entlang und wurde allmählich breiter. Wie es aussah, war er mehr als nur ein Trampelpfad. Er war richtig angelegt und mit behauenen Lavasteinen gepflastert worden. Und offenbar war er auch oft benutzt worden, denn die Lavasteine am Boden wirkten ausgetreten und wie poliert. Sariel vermutete, dass der Pfad viele hundert Jahre alt war. Womöglich älter. Womöglich sehr viel älter, als Sariel sich vorstellen konnte.

Je tiefer sie kamen, umso mehr verlor Sariel den Überblick über die Stadt, gleichzeitig aber konnte er genauere Strukturen der Gebäude erkennen. Sie schienen nicht alle aus Lava zu bestehen. Einige waren aus einem sehr hellen Sandstein gebaut, andere aus einem rötlichen Granit. Offenbar hatten die unbekannten Baumeister das Baumaterial von überallher herangetragen. Ein äußerst beschwerliches Verfahren, dachte Sariel, wo doch überall genug Lava herumlag.

Nach zwei Stunden erreichte er den Grund der Caldera. Die Luft war kalt und immer noch sehr dünn, aber schon viel leichter zu atmen, und Sariels Kopfschmerzen ließen nach. Aus der Nähe wirkten die geometrischen Gebäude monströs und furchterregend. Eine beklemmende Stille lag über allem, wie über einem uralten Friedhof in der Novemberdämmerung. Das war es, woran die Stadt von hier unten Sariel erinnerte – einen Friedhof. Auch Biao schien es zu spüren und zögerte, weiterzugehen. Seine Hautfarbe wechselte in ein mattes Blau, schwarz gefleckt vor Beunruhigung.

Dennoch trieb Sariel ihn entschlossen an. Sie waren so weit gegangen, um hier unten anzukommen. Jetzt mussten sie die Stadt auch betreten. Irgendwelche Straßen gab es nicht. Die Gebäude waren nach einem nicht erkennbaren Plan angelegt und dicht nebeneinandergewürfelt worden. Manchmal so dicht, dass sie fast eine unüberwindliche Mauer bildeten. Zwischendurch aber gab es immer wieder Lücken, manchmal sogar regelrechte Einschnitte. Alles in allem wirkte die Stadt aus der Nähe wie die Nachbildung eines Gebirges. Je nachdem wie die Sonne einfiel oder wie man den Kopf hielt, schien sie sich sogar unruhig hin und her zu bewegen. Sariel schob das auf irgendeinen optischen Effekt der dünnen Höhenluft. Die einzige Form von Leben, die Sariel entdecken konnte, waren Mondtränen, die überall in Massen wuchsen. Offenbar hatten sie über die Jahrhunderte allmählich Besitz von der toten Stadt ergriffen. Ihr Anblick brachte ein tröstliches Gefühl von Vertrautheit und Erleichterung zurück. Immerhin würden sie hier nicht verhungern.

Sariel suchte sich einen breiten Einschnitt zwischen einem liegenden Kegel und einem großen Quader und zog nun in die Stadt ein. Bald erkannte er, dass in einige Gebäuden große Risse klafften, wie nach einem gewaltigen Erdbeben. Das wäre bei dieser Lage in der Mitte eines Vulkans nichts Ungewöhnliches gewesen. Niemand jedoch hatte diese Schäden je ausgebessert und nun konnte Sariel durch die Risse einen Blick ins Innere der Gebäude werfen. Sie wirkten vollkommen leer. Nicht einmal Strukturen von Stockwerken, Fluren oder irgendwelchen Räumen waren zu erkennen. Einfach nur gigantisch große, leere Hallen.

»Warte mal!«, sagte Sariel zu Biao, als sie bereits einige der Gebäude passiert hatten, und ließ ihn halten. »Psst! Sei mal still!« Biao stellte sein unbehagliches Schnaufen ein, rührte sich nicht mehr und Sariel lauschte in die kalte Luft.

Kein Laut. Kein einziger Laut.

»Hier ist niemand, merkst du das? Diese ganze Stadt ist vollkommen leer!« Enttäuschung überflutete ihn, trotz der Angst und Beklemmung, trotz des drängenden Wunsches, den unheimlichen Ort so schnell wie möglich zu verlassen. Er fühlte sich betrogen um die Antworten, die er sich erhofft hatte. Den ganzen Weg, all das Leid, den Schmerz und Lìyas Verschwinden – nur um eine tote Stadt zu finden?

Trotz der Bitterkeit, die ihn plötzlich befiel, kehrte er jedoch nicht um. Er nahm sich vor, zumindest eines der Zentren zu finden, die er aus der Höhe gesehen hatte. Wenn es dort wohl auch keine Antwort gab, so doch vielleicht irgendeine Art Hinweis auf die Erbauer oder den Grund, warum sie ihre Stadt aus so vielen verschiedenen Steinsorten errichtet hatten. Denn kaum ein Gebäude bestand aus dem gleichen Stein, wie er jetzt aus nächster Nähe erkannte. Sie waren alle vollkommen verschieden. *Wie Lebewesen*, dachte Sariel unwillkürlich. Es mochte Hunderte, vielleicht Tausende von Jahren gedauert haben, diese Stadt zu erbauen.

Schweigend ritt Sariel mit Biao weiter in die Stadt hinein und versuchte, so gut es ging, eine Richtung anzupeilen, in der er eines der Zentren vermutete. Als sie an einem tetraederförmigen Gebäude vorbeikamen, das einen Riss aufwies, der breit und tief genug war, wagte er einen Versuch und kletterte ins Innere des Gebäudes. Wie er bereits von außen gesehen hatte, war das Gebäude völlig leer. Der Boden der Halle bestand aus dem gleichen Material wie der Rest und schien fugenlos in Wände und Decken überzugehen. Einziges Zeichen des Verfalls war der feine Lavasand, der durch den Riss ins Innere geweht war, an den Wänden kleine schwarze Dünen bildete und sich mit den Kolonien von weißlichen Mondtränen vermischte, die auch hier alles überwucherten. Ein seltsamer, abgestandener und ein bisschen käsiger Geruch lag in der Luft. Er ging offenbar von den Steinen aus und verstärkte den Eindruck, sich im Inneren eines Lebewesens zu befinden.

Ein scharrendes Geräusch ließ ihn herumfahren. Nichts. Unbehaglich drehte sich Sariel im Kreis und suchte die große dunkle Halle ab. Er fühlte sich beobachtet. Außerdem erinnerte ihn der Geruch in dieser Halle noch an etwas anderes. Es war ein sehr vertrauter, leicht penetranter Geruch. Sariel überlegte fieberhaft, woher er ihn so gut kannte – bis es ihm plötzlich einfiel. Katzenpisse.

Kein Zweifel, ein Hauch von Katzenpisse wehte durch die Halle. Aber auf Pangea gab es keine Katzen. Katzen waren ausgestorben wie alle anderen Säugetiere auch. Weder Sari noch Ori hatten Katzen. Vielleicht also alles nur Einbildung, eine Geruchshalluzination wie kurz vor einem schizophrenen Schub, wie seine Mutter ihm einmal erklärt hatte. Aber der Geruch war so... *real*! Es roch auch nicht überall gleich stark. Sariel durchstreifte die Halle und versuchte zu erschnuppern, wo die Quelle des Geruchs lag. Er spürte einen warnenden Ruf von Biao draußen und versuchte, ihn zu beruhigen. Sariel erkannte nun, dass die Wände Durchgänge zu den anliegenden Gebäuden bargen. Er entdeckte sogar Reste von Mauern, die die Halle vielleicht einst geteilt hatten. Der Geruch wurde immer intensiver und schien aus einer Ecke der Halle zu kommen, wo zwei der schrägen

Wände in einem spitzen Winkel zusammenstießen. Sie lag im Halbdunkel, aber Sariel konnte eine vage Bewegung ausmachen. Er verfluchte sich, dass er keine Fackel mitgenommen hatte, griff nach der Machete und näherte sich vorsichtig. Was immer sich dort in der Ecke bewegte, es ließ sich nicht stören. Als er sich langsam auf wenige Meter genähert hatte, hörte er das Fauchen.

Das Fauchen, das er unter tausend Geräuschen wiedererkannt hätte. Das Fauchen des roten Katers.

Er machte noch einen Schritt nach vorn, dann wurden seine Beine wackelig wie Pudding und er sackte einfach in die Knie. Vor ihm kauerte der rote Kater, nagte an einem erbeuteten Windstürmerküken und blinzelte ihn misstrauisch an.

»Kurkuma!«, hauchte Sariel. Mehr brachte er nicht hervor. Kurkuma zögerte einen Moment. Schien zu überlegen. Dann ließ er fast widerwillig von dem Küken ab und lief Sariel entgegen. Das heißt, er lief nicht, er trottete gemächlich wie immer, ohne irgendeinen Grund zur Eile. Trottete einfach auf Sariel zu, um ihn zu begrüßen, und schnurrte dabei, als wäre er nur kurz weg gewesen. Nur mal eben kurz um die Ecke.

Erst als er das rotbraune Fell des Katers berührte, glaubte Sariel, dass es keine Halluzination war. Es war Kurkuma, sein Kater, sein verlorener Freund. Wie auch immer er hierhergekommen war.

Allerdings sah er furchtbar aus. Ziemlich abgemagert, das Fell struppig, und vom rechten Ohr fehlte die Hälfte. Offenbar hatte Kurkuma keine leichte Zeit auf Pangea gehabt. Aber er hatte schnell gelernt, in der fremden Welt zu überleben, hatte die ganze Zeit geduldig und zuversichtlich darauf gewartet, dass sein Freund Huan ihn finden und zurück nach Hause bringen würde.

»Kurkuma!«, hauchte Sariel. Immer wieder nur »Kurkuma!«, nur dieses eine Wort, mehr brachte er nicht heraus.

Tränen rannen ihm über die Wangen und verklebten seine Augen, als er den roten Kater vorsichtig mit beiden Händen hochhob. Und ihn fest an sich drückte. Und ihn nie mehr loslassen wollte. Und der Kater immer lauter schnurrte vor Glück.

»Mein lieber, alter Kurkuma!«

Kurkuma ließ sich Sariels Zärtlichkeiten und die Tränen in seinem verfilzten Fell huldvoll eine Weile gefallen, dann wurde es ihm zu viel und er entwand sich. Rannte aber nicht weg, sondern strich weiter um Sariel herum und ließ sich an all den Stellen kraulen und knuffen, die Sariel so gut kannte, sogar am Bauch. Erst als ihm auch das nach einer Weile offenbar genug der Sentimentalität war, kehrte er zu seiner Mahlzeit zurück.

Immer noch fassungslos starrte Sariel den Kater an und fragte sich nun, wie er nach Pangea gekommen sein mochte. Hatten ihn die Zeitvögel vor ihm geschnappt? Aber wieso? Und wie hätte der Kater dann aus Sar-Han entkommen und den Weg durch die Wüste und übers Gebirge zurücklegen können? Es konnte nur so sein, dass Kurkuma kurz vor ihm irgendwo in der Nähe des Vulkans gelandet war. Bloß, wer hatte ihn geholt? Und warum? Nichts von alledem ergab irgendeinen Sinn. Erst als er sich den Kater nach langer Zeit erneut schnappte und mit ihm ins Freie zurückkehrte, begann er zu begreifen.

Sariel hatte Kurkuma fest im Griff, weil er befürchtete, dass er sich vor Biao erschrecken und womöglich fliehen würde. Das Gegenteil jedoch trat ein. Kaum hatte der rote Kater den Kalmar erblickt, begann er wohlig zu schnurren. Gleichzeitig spürte Sariel ein warmes, freundschaftliches Gefühl, das von Biao ausging. Kurkuma wand sich geschickt aus Sariels Griff, trottete Biao entgegen und rieb sich an dem ausgestreckten Fangarm. Und dann – Sariel glaubte es kaum – streichelte der Fangarm den Kater!

Der Kater und der Kalmar benahmen sich wie die ältesten Freunde, begrüßten sich erfreut und innig und schienen Sariels Gegenwart dabei völlig zu vergessen. Da dämmerte Sariel, dass die Kalmare womöglich ihre Tentakel im Spiel hatten. Das warf jedoch tausend neue Fragen auf. Wie konnten die Kalmare ohne Technik einen Kater durch die Zeit reisen lassen? Und wozu überhaupt?

Auf keine dieser Fragen fand Sariel eine Antwort. Das war ihm im Augenblick aber auch egal, denn er hatte den roten Kater wiedergefunden. Ein größeres Glück hatte er seit Langem nicht mehr erlebt. Und wenn der Kater es ohne die Sari nach Pangea geschafft hatte, bedeutete das, dass man auf seine Weise womöglich auch wieder zurück nach Hause kam. Vielleicht sogar von dieser toten Stadt aus. Der rote Kater bedeutete Hoffnung.

Eine Weile überließ Sariel sich ganz der Wiedersehensfreude, streichelte Kurkuma und sah zu, wie der Kater und der Kalmar miteinander spielten. Tatsächlich *spielten* sie! Biao schubste den Kater sanft mit seinem Fangtentakel und ließ Kurkuma dann danach schnappen. Sie wirkten so vertraut, als wären sie zusammen aufgewachsen. Das machte Sariel ein wenig eifersüchtig, aber er begann zu begreifen, dass die Kalmare viele Geheimnisse hatten, die zu groß waren, als dass er sie je verstehen würde. Darauf kam es im Moment jedoch auch nicht an. Er wollte Lìya retten und er wollte zurück nach Hause. Und zwar beides so schnell wie möglich.

»He, ihr beiden Komiker, wir müssen weiter!« Sariel erhob sich und wollte sich den Kater schnappen, aber seltsamerweise weigerte sich Kurkuma hartnäckig, bei Biao aufzusteigen. Auch Biao wirkte irgendwie unwillig. Erst als Sariel genervt aufgab und alleine aufstieg, verstand er den Grund. Gut gelaunt, mit hoch erhobenem Schwanz und in aufgeräumtester Abenteuerlaune lief der Kater voraus und führte sie. Und der Kalmar folgte ihm, als sei all das längst zwischen ihnen abgesprochen. Kurkuma lief munter voraus und schien eine bestimmte Richtung zu verfolgen. Sariel vermutete, dass der Kater in der Zwischenzeit die gesamte Stadt erkundet hatte. Um die Mittagszeit erreichten sie eines der Zentren der Stadt. Die Gebäude wurden immer höher und bildeten teilweise hohe Türme, die steil in den wolkenlosen Himmel ragten. Hier hielt der Kater an und streunte nur noch um Biao herum. Als Sariel abstieg, um die Stelle näher zu untersuchen, maunzte der Kater, trabte zielstrebig auf ein kegelförmiges Gebäude aus dunklem, porösem Lavastein zu und verschwand ohne viel Federlesens in einem Spalt in der Außenwand.

»Verdammt!«, fluchte Sariel, der keine Lust hatte, Kurkuma erneut zu verlieren. »Warte hier, Biao!«, rief er dem Kalmar zu, schulterte seinen Rucksack mit der kostbaren Zeitmaschine und dem Rest von Lìyas Sachen und rannte dem Kater nach. Er merkte noch, dass Biao ihm ein warmes, dankbares Gefühl hinterherschickte. Dass dies bereits ein Abschied war, ahnte Sariel nicht.

Der Spalt, durch den Kurkuma verschwunden war, war eng. Sariel hatte Mühe, sich hindurchzuquetschen, musste den Rucksack zuerst durchschieben und schrammte sich Hände und Wangen auf. Im Innern des Kegels erwartete ihn der Kater bereits, maunzte ihn ungeduldig an und lief wieder voraus. Auch dieses Gebäude war vollkommen leer, und auch in diesem Gebäude roch es so muffig und eigenartig wie in der Halle, in der er Kurkuma gefunden hatte. Diesmal allerdings ohne den Hauch von Katzenpisse. Kurkuma lief zielstrebig auf eine große, torartige Öffnung in der gegenüberliegenden Wand zu, groß genug für zwei Kalmare. Hinter diesem Tor führte eine breite Rampe steil hinab in ein Kellergewölbe aus schwarz glänzendem Stein. Wie tief es war, konnte Sariel nicht erkennen, denn die Rampe machte eine Biegung und verschwand unter dem Boden. Aus der Tiefe drang ein schwaches, fahles Licht herauf. Augenblicklich regten sich uralte Instinkte bei Sariel, er musste ganz dringend, bekam eine Gänsehaut und die Härchen auf seinen Armen standen ab. Es war nicht nur das Licht, das ihn so entsetzte. Aus dem Gewölbe wehte ein Luftstrom heran. Ein entsetzlicher Gestank, wie der Atemzug eines riesigen Wesens, das alles Leben aufgefressen hatte und nun bösartig vor sich hin rülpste.

Kurkuma schien Sariels Horrorvorstellung nicht zu teilen. Ohne zu zögern, stieg er über die Rampe hinab in die Tiefe. Sariel musste sich überwinden, ihm zu folgen. Vorsichtig und mit angehaltenem Atem setzte er einen Fuß vor den anderen. Tiefer. Noch tiefer.

»Kurkuma!«, rief Sariel schwach und horchte. Erst als er ein aufmunterndes Miauen hörte, ging er weiter.

Das fahle Licht reichte gerade so, um einige Meter voraus zu sehen. Außer seinen eigenen Schritten und dem gelegentlichen Miauen des Katers gab es keine Geräusche. Das beruhigte Sariel jedoch keineswegs, denn der Gestank wurde immer schlimmer. Je tiefer Sariel kam, desto intensiver stank es nun nach Fäulnis und Verwesung. Sariel atmete nur noch flach, konzentrierte sich auf Kurkumas miauende Lockrufe und summte das Lied dabei. Plötzlich war es ihm wieder eingefallen, und solange er es summte, vertrieb es die Angst vor dem Grauen, das ihn dort unten erwartete.

Nur das Lied und der Kater ließen Sariel überhaupt weitergehen. Summend stieg er in die endlose Tiefe hinab und verlor dabei jegliches Zeitgefühl. Wie lange war er bereits unterwegs? Stunden? Tage? Hin und wieder zweigte ein Gang seitlich ab, doch Sariel ging weiter auf ein Entsetzen zu, das seine Fantasie sich nicht vorzustellen vermochte. Manchmal hielt er an, um zu verschnaufen. Nach kurzer Zeit jedoch kam der Kater zu ihm gelaufen und trieb ihn erneut an. Er schien es sehr eilig zu haben.

Nach unendlich langer Zeit, wie Sariel schien, endete die Rampe schließlich auf sandigem Grund, und er stand in einer großen Halle, die von innen heraus zu glimmen schien. Auch der Kater wirkte nun nervös, was Sariel an dem gesträubten Fell erkannte. Es war sehr warm hier unten, daraus schloss er, dass er sich in großer Tiefe befand. Der Gestank war nun bestialisch, die Luft kaum zu atmen. Sariel musste gegen den Brechreiz und einen schier übermächtigen Fluchtimpuls an- kämpfen und befürchtete, dass die Luft ihn vergiften könnte. Das Erste, was Sariel entdeckte, war die Quelle des Lichts und des Gestanks. In der Mitte der Halle gab es eine Art großen Tümpel, in dem eine besonders schleimige Mondtränenart waberte. Die weißliche Masse leuchtete fluoreszierend, be- wegte sich in trägen Wellen und warf hin und wieder Blasen an der Oberfläche. Mit ihrer pulsierenden Bewegung verän- derte sich auch das Licht und verbreitete einen flackernden Schein in der Halle. Sariel vermutete, dass der Tümpel sehr tief war. Der leuchtende Schleimpilz wirkte bedrohlich. Vielleicht war es aber auch einfach nur der letzte Rest einer Lichtquelle, die die Erbauer dieser Stadt geschaffen hatten. Die ganze Zeit beobachtete Sariel Kurkuma, der offenbar bereits hier unten gewesen war. Der Kater mied den Tümpel, streunte lieber die Wände der Halle entlang. Sariel hielt es für klüger, es genauso zu machen, und hielt sich von dem Tümpel fern.

Da erst entdeckte er die Hieroglyphen.

Im fahlen Licht der Mondtränen sah er, dass die ganzen Wände ringsum mit Ornamenten, Schriftzeichen und Hie- roglyphen bedeckt waren. Ein gewaltiger, umlaufender Fries, den ein unbekanntes Wesen vor langer Zeit in den Stein ge- kratzt hatte. Und dieses Wesen musste ein großer Künstler gewesen sein, denn die Ornamente und Zeichen waren von großer Schönheit, außerordentlich fein und akkurat gearbei- tet, voller Einzelheiten und von unendlicher Vielfalt. Wenn man vor der Wand stand und hinaufblickte, schien der Stein zu leben und sich zu bewegen. Sariel wurde schwindlig bei dem Anblick und er konnte dennoch nicht wegsehen. Nach längerer Betrachtung fiel ihm auf, dass die scheinbare Bewegung des Frieses durch eine raffinierte optische Täuschung erzeugt wurde. Der Fries bestand aus einem Band, das am Boden begann und sich spiralförmig die Wand entlangzog. Oben und unten wurde das Band durch eine schmale Borte begrenzt. Dazwischen reihten sich seltsame Schriftzeichen an Hieroglyphen, getrennt durch kleine Ornamente und Bilder, die offenbar Szenen aus der Zeit darstellten, in der die Kraterstadt noch bewohnt gewesen war.

Und die Szenen zeigten Kalmare.

Sariel hatte es die ganze Zeit geahnt, dass die Stadt von Kalmaren erbaut worden war. Alles andere hätte für ihn noch weniger Sinn ergeben. Die kunstvoll geritzten Bilder zeigten deutlich, dass die Stadt einst voller Leben gewesen war. Kalmare bewohnten die großen Gebäude und wimmelten durch die engen Gassen dazwischen. Kalmare in allen Größen und Formen. In den Bildern am unteren Teil des Bandes sah man die Anfänge der Stadt, die Entdeckung des Kraters. Wenn man das Band weiterverfolgte, stieß man auf Szenen, die den Fortschritt im Bau der Stadt darstellten, bis zu ihrer endgültigen Fertigstellung. Die Stadt musste sehr prächtig gewesen sein, womöglich nicht einmal die einzige auf Pangea. Sariel schätzte, dass fast eine Million Kalmare hier gelebt haben könnten. Und den Bildern nach war es ein glückliches und zufriedenes Leben gewesen, ohne Kriege, ohne Bedrohung. Die Frage war nur, warum die Kalmare dann die Stadt verlassen hatten? Welche Katastrophe hatte sie vertrieben?

Die Antwort lag in den Schriftzeichen und Hieroglyphen, vermutete Sariel, die offenbar eine Art Chronik waren. Eine Chronik, die er nicht entziffern konnte, obwohl ihm die Symbole seltsam vertraut schienen. Wie eine Sprache, die man einmal konnte und über die Jahre vergessen hat.

Ein Schriftzeichen erkannte er jedoch. Es sprang ihm geradezu ins Auge und kam immer wieder vor.

Das Symbol, das ihn nach Pangea geführt hatte. Das Symbol, das auch auf Lìyas Buch prangte.

Eilig nahm Sariel den Rucksack ab und zog das Buch heraus, das er seit Lìyas Verschwinden wie einen Schatz hütete. Er durchblätterte es hastig, bis er zu den Skizzen der magischen Symbole kam. Sariel verglich sie mit den Zeichen an der Wand und tatsächlich hatte Mike Calamaro einige der Hieroglyphen aus dem Fries beschrieben.

Sariel zitterte vor Erregung und spürte, dass er der Lösung des Rätsels sehr nahe war. Während der rote Kater sich einfach neben ihm einringelte und schlafen legte, versuchte Sariel, sich auf die Zeichen zu konzentrieren, die offenbar eine Sprache bildeten. Der Schlüssel zu dieser Sprache schien in dem einen zentralen Symbol zu liegen. Aber was bedeutete es?

Sariel zwang sich zur Ruhe. Meist sei die Lösung viel einfacher, als man denke, hatte seine Mutter immer gesagt. Sariel blätterte wieder in dem Buch und versuchte, herauszufiltern, was der Autor Mike Calamaro über die Zeichen wusste. Und plötzlich wurde ihm alles klar.

Die Zeichen bildeten den Text des Liedes.

Aufgeregt stellte sich Sariel in einigem Abstand vor die Wand, sodass er möglichst das ganze Band im Blick hatte. Er hielt nur einen gewissen Sicherheitsabstand zu dem leuchtenden Tümpel. Dann begann er zu singen. Er sang das Lied, das ihn mit Lìya verband. Das Lied, das die Angst vertrieb. Das Lied der Kalmare. Das Lied aus seinen Träumen.

Denn während er das Lied sang und dabei auf die Wand

mit den Hieroglyphen starrte, verstand er plötzlich, dass die Kalmare ihn längst ausgewählt und gerufen hatten. Er war immer ein Teil des Großen Plans der Kalmare gewesen. Und der Große Plan entrollte sich nun vor ihm, während er das monotone Lied in jener fremden Sprache sang, die nichts weiter war als eine Nachahmung von Kalmarlauten. Eigenartigerweise spielte es kaum eine Rolle, in welcher Reihenfolge man den Fries las. Er ergab an jeder Stelle einen Sinn, solange Sariel nur dem Lied folgte.

Als erstes Zeichen verstand Sariel das zentrale Symbol. Es hatte mehrere Bedeutungen. Es bedeutete die Erde, auf der er stand. Es bedeutete gleichzeitig »ich« und »du«. Es bedeutete »Zeit« und es bedeutete »Raum«. Es bedeutete »nah« und »weit«. Es bedeutete »eins« und »viele«. Ein verwirrendes Zeichen, aber Sariel verstand es nach und nach besser, als sich ihm auch die anderen Symbole und Hieroglyphen offenbarten. Bald konnte er die Zeichen wie eine Schrift lesen und erkannte, dass es sich um viel mehr als nur eine Stadtchronik handelte. Was die Kalmare in die Wand geritzt hatten, war nicht weniger als eine Geschichte der Erde vom Anfang bis zum Ende.

Sariel hatte keine Ahnung, woher die Kalmare es wussten, aber alles, was in dem Fries über die Entstehung der Erde und des Lebens stand, deckte sich mit seinem spärlichen Wissen aus dem Erdkundeunterricht. Der Fries beschrieb das Auftauchen der Dinosaurier und den Kometeneinschlag, der ihren Untergang einleitete. Der Fries beschrieb die Entwicklung der Säugetiere und des Menschen. Der Fries beschrieb den Untergang des Menschen und die Rettung der Sari und Ori durch die Zeit. Der Fries erwähnte sogar die verlorenen Städte. Die Kalmare hatten immer alles gewusst. Sie hatten die Ankunft der Menschen auf Pangea vorausgesehen, hatten sie womöglich sogar gerufen. Denn wenn *er* solche Träume gehabt hatte, dann würden noch viele andere Menschen ähnliche Träume gehabt haben. Es schien Sariel immer klarer, dass die Kalmare auf irgendeine Weise durch die Zeit reisen und auf die Welt Einfluss nehmen konnten.

Diese Vermutung bestätigte sich, als Sariel zu der Stelle kam, als die Kalmare Millionen von Jahren nach dem letzten Kometeneinschlag an Land kamen. Tatsächlich schienen die Kalmare eine besondere Intelligenz zu besitzen. Für sie waren Gefühle und Träume so real und greifbar wie die Erde, auf der sie schritten. Und für die starken Gefühle und Träume der Kalmare war die Zeit nichts weiter als ein zarter Vorhang vor einem offenen Fenster. Nichts konnte sie daran hindern, von einer Seite zur anderen zu wehen. Sie selbst konnten zwar nicht durch die Zeit reisen, aber mit ihren empfindlichen Sinnen blickten die Kalmare einfach durch die Zeit hindurch in die Vergangenheit und in die Zukunft. Und was sie dort gesehen hatten, hatte sie offenbar so entsetzt und alarmiert, dass sie den Großen Plan entwickelten.

Den Plan zur Rettung der Erde. Denn die Erde stand kurz vor dem Untergang. Der Fries offenbarte Sariel eine Bedrohung, die sein Fassungsvermögen beinahe überstieg. Er verstand nur, dass genau unter ihm etwas Monströses lebte und gerade dabei war, aufzusteigen und die Welt zu fressen mit allem, was darauf lebte. Ein Wesen, das zugleich eines und viele war. Ein Wesen, das die Sari für ein simples Virus hielten und GON nannten. Die Kalmare jedoch hatten es besser gewusst. Sie hatten die Mondtränen kultiviert, weil sie das Virus bekämpften, und hatten eine Stadt über dem Nest der GON erbaut, um sie am Aufstieg zu hindern. Sie hatten die Stadt jedoch aufgeben müssen, weil von den GON so monströse Gefühle ausgingen, dass die Kalmare nach einer Weile daran zugrunde gingen. Die Kalmare verstanden, dass sie alleine machtlos waren. Also entwickelten sie den Großen Plan und riefen durch die Zeit die einzige Lebensform zu Hilfe, die intelligent und gleichzeitig unempfindlich genug

469

gegenüber starken Gefühlen war. Den Menschen. Aber die Kalmare hatten nebenbei noch eine Lebensform entdeckt, die ihnen viel näherstand und ihre Gefühle viel mehr teilte als der Mensch. Katzen. So hatten sie eine besondere Verbindung zu Katzen entwickelt. Eine geheime Verbindung über Raum und Zeit hinweg, die der Mensch niemals enträtselte.

In dem Fries, den die Kalmare vor langer, langer Zeit angelegt hatten, las Sariel auch, an welcher Stelle die GON an die Oberfläche treten würden. Die Stelle lag genau hinter ihm – das große Loch, in dem die leuchtenden Schleimpilze schwammen, die eine Art letzten schützenden Pfropf bildeten.

Die Kalmare hatten alles vorbereitet. Sie hatten den Kater ebenso geholt wie Sariel. Sie hatten alles für den einen Tag vorbereitet, an dem die GON an die Oberfläche von Pangea treten würden. Den Tag, an dem sich das Schicksal der Welt entscheiden würde. Und dieser Tag – das las Sariel genauso klar wie alles andere – war heute.

An dieser Stelle brach Sariel das Lied ab und hockte sich erschöpft auf den Boden. Eine große Übelkeit, die nichts mit dem Gestank aus dem Tümpel zu tun hatte, überkam ihn. Ihm war übel vor Angst. Denn mittlerweile hatte Sariel begriffen, warum er hier war, mit einer Zeitmaschine im Rucksack. Er war das letzte Teilchen im Großen Plan. Er musste die GON vernichten, und er wusste nicht, ob ihm das gelingen würde. Denn obwohl die Kalmare auch die Zukunft in ihrem Fries festgehalten hatten, konnte er sie nicht lesen. Sobald er über den Zeitpunkt hinausging, an dem er sich selbst befand, wurden die Zeichen unklar, und auch das Lied führte ihn nicht mehr weiter, begann zu stocken und verließ ihn dann. Offenbar wussten die Kalmare, dass man einem Menschen den Blick in seine eigene Zukunft besser ersparte. Sie selbst schienen da weniger empfindlich zu sein.

Sariel sah den Kater an, der inzwischen erwacht war. »Du hast es gewusst, nicht wahr? Vom ersten Augenblick an, schon damals im Maschendraht, nicht wahr?« Der Kater gähnte nur, streckte sich ausgiebig und begann, sein Fell zu schlecken.

»Und was ist mit Lìya? Habt ihr auch mal an Lìya gedacht?«

Kurkuma hörte für einen Moment auf, sich zu schlecken, und blickte Sariel ein wenig verwundert an. Dann setzte er seine Körperpflege unbeeindruckt fort. Aber Sariel wusste längst, was mit Lìya war. Auch das hatte ihm der Fries verraten. Lìyas Verschwinden und der Verrat von Mingan waren zwar nicht Teil des Großen Plans, aber die Kalmare hatten es auch nicht verhindern können. Es gab jedoch eine hauchdünne Chance, wie Sariel gleichzeitig die Welt und Lìya retten konnte. Der Schlüssel lag wieder einmal in dem Lied. Es funktionierte nicht nur als Navigationshilfe durch eine Wüste – sondern auch durch die Zeit.

Die Aufgabe, die der Große Plan für ihn vorsah, war ganz einfach. Die Kalmare hatten genau beschrieben, was er tun musste. Sariel sollte mit der Zeitmaschine der Sari durch den leuchtenden Tümpel hinab in das Nest der GON tauchen und sie dort auslösen. Damit würden die GON ins Nichts katapultiert, genauso wie Lìya. Der Haken an der Sache war, dass das eine Kamikazeaktion war, denn die Zeitbombe würde Sariel ebenso mitreißen wie die GON. Seine einzige Hoffnung bestand darin, mithilfe des Liedes irgendwie durch die Zeit zu Lìya zu finden, sie zu holen und mit ihr zusammen wieder zurückzukehren.

Irgendwie.

Sariel hatte keine Ahnung, wie er das tun sollte. Ihm kam es eher so vor, als verlange man von ihm, auf einer Monsterwelle über den Atlantik zu surfen. Aber eine Wahl schien er nicht mehr zu haben. Sariel griff nach seinem Rucksack und holte die Zeitmaschine heraus. Er hatte sie lange nicht mehr genau betrachtet. Der schwere schwarzgraue Klotz wirkte immer noch unverändert, wie schlafend. Keine Knöpfe oder Tasten, mit denen man die Bombe zünden konnte. Lin-Ran hatte ihm erklärt, dass sie die Zeitmaschine von Sar-Han aus fernzünden würden. Das kam ja wohl nicht mehr in Frage. Sariel hoffte, dass die Kalmare dafür eine Lösung vorgesehen hatten. Er jedenfalls konnte sich nicht weiter damit aufhalten. Für ihn wurde es nun Zeit.

Er zog sich langsam aus und nahm die Zeitmaschine und die Zähne des Nimrod in die linke Hand. Mit der rechten schnappte er sich den Kater, der einen leisen Protestlaut ausstieß, sich aber nicht weiter sträubte. Er schien bereits zu wissen, was ihm blühte. Sariel drückte den Kater fest an sich. »Tut mir leid, mein Kleiner«, murmelte er und sog den vertrauten Geruch des Katzenfells ein. »Das ist nicht gerade das, was man seinem besten Freund zumuten sollte.«

Dann trat er, nackt, wie er war, an den Rand des stinkenden Tümpels. Den Rucksack und auch Lìyas Buch ließ er zurück. Wie beim Abstieg spürte Sariel nun sehr deutlich die Anwesenheit von etwas unheilvollem Bösem direkt unter sich, das sich unaufhaltsam näherte. Es war schon ganz nah.

Sariel verspürte Todesangst und die noch entsetzlichere Angst, dass es jenseits des Todes weitaus schlimmere Dinge geben mochte. Sariel dachte an die Wesen, die er liebte. An seine Eltern, an Lìya, an den Kater und an Biao, der irgendwo weit über ihm auf ihn wartete. Der Gestank aus dem Tümpel und die Vorstellung von dem, was ihm nun bevorstand, raubte ihm beinahe den Verstand.

»Leb wohl, mein Freund«, murmelte Sariel leise, drückte den Kater ein letztes Mal fest an sich, holte noch einmal tief Luft und sprang in den leuchtenden Tümpel.

BEGEGNUNGEN

Sariel sank. Sobald er in die wabernde Masse der Schleimpilze eingetaucht war, sank er tiefer und tiefer. Er hatte die Augen zwar geschlossen, aber das fluoreszierende Licht drang sogar durch seine Augenlider. Die ganze Zeit über hielt er den Kater und die Zeitmaschine fest umklammert. Und er sank immer weiter, immer tiefer. Ewig, wie ihm schien. Die Luft wurde knapp. Die glibberige Masse war kalt und presste ihm immer schmerzhafter die Lungen zusammen. Da kam Sariel der Gedanke, dass die Kalmare in ihrem Großen Plan womöglich einen schrecklichen Fehler gemacht haben könnten. Dass sie irgendeine wichtige Kleinigkeit übersehen hatten. Dieser Gedanke wurde immer mächtiger, je weniger Luft er bekam. Der Gedanke verfestigte sich zur Gewissheit. Die Kalmare hatten einen Fehler gemacht. Der Große Plan war gescheitert. Er, Sariel, würde sterben.

Hier. Jetzt.

In diesem Augenblick, als Sariel die Last auf seinen Lungen nicht mehr aushielt und einatmen wollte, ein letztes Mal – ließ der Druck plötzlich nach. Sariel atmete ein, aber statt einer schleimigen Masse, die seine Lungen verkleben und ihn ersticken würde, atmete er reine Luft. Erschrocken öffnete er die Augen und spürte, dass er auf festem Grund lag. Sehen konnte er nicht viel, nur dass der Boden aus einer Art festem, faserigem Material bestand. Er befand sich in einer großen Höhlenkammer, die nur durch ein diffuses Leuchten erhellt wurde. Die faserige Masse klebte in Fetzen überall an den Wänden. Immer noch hielt Sariel den Kater fest an sich gepresst. Er ließ ihn auch nicht los, als er sich vorsichtig aufrichtete und in die Richtung blickte, aus der das schwache Licht kam. Er hielt ihn auch dann noch fest, als er sich aufrichtete und das Ding auf sich zukommen sah. Das Böse. Da wusste Sariel, dass alle Legenden und Mythen der Menschheit über den Teufel und die Hölle wahr waren. Er wusste es in dem Augenblick, als er die GON sah.

Das Ding war riesig, füllte den ganzen Raum aus, die ganze Welt. Es hatte keine klare Gestalt, glimmte schwach und pulsierend aus seinem monströsen Innern und bewegte sich mit rasender Geschwindigkeit auf ihn zu. Bevor ihn jedoch das Ding selbst erreichte, traf ihn ein Gefühl, so übermächtig, dass es alle anderen Gefühle mit einem Schlag auslöschte. Ein Gefühl abgrundtiefer Verzweiflung und Hoffnungslosigkeit. Ein Gefühl maßlosen Entsetzens.

Ein Gefühl, das töten konnte. Es griff nach Sariels Herz und presste es wie eine Faust zusammen. Sariel hörte noch, wie der Kater schrie. Dann erreichte sie das Ding und von irgendwo weit weg zündeten die Kalmare die Zeitmaschine.

Sariel hatte immer eine Art Explosion erwartet, sobald die Zeitmaschine hochging. Irgendwas in der Art einer Atombombe oder so ähnlich. Aber nichts dergleichen geschah. Es gab nicht einmal einen Knall. Im Gegenteil.

Plötzlich herrschte Stille und Dunkelheit. Vollkommene Dunkelheit. Sariel konnte noch nicht einmal seinen eigenen Körper sehen, spürte ihn auch nicht mehr, war einfach nur da und fragte sich, ob das wohl schon der Tod sei. Aber das war irgendwie unwahrscheinlich, denn er spürte die Anwesenheit des Katers ganz in der Nähe. Sariel hatte das Gefühl, zu fallen und gleichzeitig zu steigen, und begriff endlich, was los war. Die Bombe hatte funktioniert. Er befand sich im Nichts zwischen den Zeiten. Genau wie Lìya. Und dort würde er auch bleiben, wenn er nicht bald etwas dagegen täte.

Singen, zum Beispiel.

Das Lied war Sariel inzwischen so vertraut geworden, so

in Fleisch und Blut übergegangen, dass er gar nicht mehr darüber nachdenken musste. Es kam fast von alleine und wie immer nahm es ihm die Angst. Das Lied hatte ihn bislang da hingeführt, wo er hatte hinfinden sollen, und Sariel vertraute darauf, dass es ihn auch diesmal nicht im Stich lassen würde.

Nach den ersten Strophen blieb die Situation unverändert. Sariel trudelte irgendwo durch Raum und Zeit ohne Wohin oder Woher. Aber mit den nächsten Strophen stellten sich Stimmen ein. Die Stimme seiner Mutter, die ihn morgens weckte oder ärgerlich wurde, wenn er log. Die Stimme seines Vaters beim Autofahren. Lìyas Stimme ganz nah an seinem Ohr. Das Schnurren des Katers. Sogar Jana und Christoph Glasing. Irgendwas war mit dem, verletzt oder so. Nach und nach stellten sich auch Bilder ein, die rasch wechselten, Erinnerungsfetzen und alte, längst vergessene Träume. Das alles machte nicht den Eindruck, als ob er seinem freien Fall durch die Zeit irgendeine Richtung gab. Also versuchte Sariel, sich beim Singen mehr auf ein paar wesentliche Dinge zu konzentrieren. Auf Lìya vor allem, die er ja schließlich retten wollte. Er versuchte, sich ihr Gesicht vorzustellen, und sang das Lied nun ausschließlich für sie.

Das erste Liebeslied seines Lebens.

Sariel spürte, dass sich irgendetwas veränderte. Das Gefühl endlosen Fallens ließ nach. Mehr und mehr fühlte es sich an wie ein Sog, der ihn in eine bestimmte Richtung zerrte. Sariel surfte auf einer Monsterwelle über den Atlantik, und er hatte nicht vor, zwischendurch abzuspringen.

Das Ende kam wieder ganz plötzlich. Von irgendwo hörte Sariel dumpfe Geräusche, sah in der Ferne Lichter aufblitzen. In der Nähe schwamm der rote Kater. In diesem Augenblick wusste Sariel, dass er angekommen war. Und sah Lìya.

Sie schwamm um ihn herum und lächelte ihn an wie schon einmal. Ihr Anblick löste unbändige Freude in Sariel aus.

Hallo, Sariel.

Hallo, Lìya.

Ich hab gewusst, dass du mich holen kommst.

Ich hab nicht geglaubt, dass ich's schaffe.

Aber jetzt bist du ja hier.

Ja. Jetzt bin ich hier.

Sariel sah Lìya an und begriff, dass der Große Plan der Kalmare aufgegangen war.

Dass er es geschafft hatte. Er war hier bei Lìya und die GON waren irgendwo im Nichts, für alle Zeiten. Er hatte das Tor für Lìya geöffnet, sie musste bloß noch hindurchtreten. Und Sariel verstand auf einmal, dass er mit ihr gehen wollte. Er verstand, dass Pangea die Welt war, in der er leben wollte. Die Welt, von der er immer geträumt hatte. Und er verstand auch, dass das nicht ging. Noch nicht.

Der Druck auf seinen Lungen nahm langsam zu. Das Tor zur Zeit war dabei, sich wieder zu schließen.

Was hast du, Sariel?

Ich kann nicht mit dir mitkommen, Lìya.

Warum nicht?

Sariel versuchte ein Lächeln und merkte, dass er kaum noch atmen konnte. Es wurde Zeit.

Ich bin noch nicht so weit.

Aber ich liebe dich, Sariel.

Ich weiß. Ich liebe dich auch, Lìya.

Lìya schien zu verstehen, was in ihm vorging. *Bist du ganz sicher?*

Nein, wollte er sagen. Neinneinnein! *Ja.*

Lìya lächelte ihn an. *Du warst sehr mutig, Sariel. Du hast uns alle gerettet.*

Die Kalmare haben euch gerettet.

Die Kalmare und du.

Du musst jetzt gehen, Lìya.

Ich könnte ja bei dir bleiben.

476

Das würde viele Menschen sehr unglücklich machen.

Sie nickte betrübt. *Wie werde ich zurückfinden?*

Das Lied wird dich führen.

Lìya nickte wieder und kam jetzt ganz nah an ihn heran. *Dann wird es dich ja vielleicht eines Tages auch wieder zu mir führen. Das wäre schön.* Damit nahm sie seinen Kopf in beide Hände und küsste Sariel zärtlich auf den Mund. Ein Kuss zwischen den Zeiten. Ein Kuss für alle Ewigkeit.

Vergiss mich nicht.

Nein. Niemals.

Dann löste sie sich von ihm und trieb langsam weg. *Leb wohl, Sariel.*

Leb wohl, Lìya.

Um 22.37 Uhr tauchte ein fünfzehnjähriger Junge prustend und keuchend mitten in der Alster auf, in der er kurz zuvor untergetaucht war. Der Junge hieß Huan. Er war nackt und hielt einen pitschnassen roten Kater im Arm. Am Himmel über ihm stiegen Feuerwerksraketen in die Luft und zerplatzten mit wunderbaren Donnerschlägen zu bunten Feuerblumen. Von diesem Anblick und dem Geräusch der Detonationen am Himmel würde der Junge namens Huan sein Leben lang nie genug bekommen. Und würde dennoch jedes Mal dabei weinen müssen, sein ganzes Leben lang.

Gegen 22.46 Uhr, als das Feuerwerk vorbei war, kletterte Huan erschöpft ans jenseitige Ufer der Alster im Hamburger Stadtteil Uhlenhorst. Huan kannte den Weg nach Hause und rannte, so schnell er konnte, mit dem nassen Kater im Arm. Ein paar Leute riefen ihm etwas hinterher, doch Huan achtete nicht darauf. Seine einzige Sorge war, dass er keinen Haustürschlüssel mehr hatte. Zum Glück stand das Schlafzimmerfenster seiner Eltern offen. Huan, immer noch nackt und immer noch den Kater im Arm, kletterte verblüffend geschickt an der Regenrinne hinauf auf den Balkon und gelangte so zurück in

477

seine Wohnung. Als Erstes rubbelte er den Kater mit einem Handtuch trocken. Der Kater ließ es über sich ergehen und zog sich dann in seine Schmollecke unter Huans Bett zurück. Dann erst kümmerte Huan sich darum, selbst trocken zu werden. Er ging zu seinem Schrank, suchte sich frische Sachen heraus. In seinem Zimmer und in der ganzen Wohnung lagen überall Blätter herum mit einem Tuschesymbol, das niemand außer ihm kannte. Als Huan die Blätter sah, sackte er endlich in die Knie und weinte. Er weinte um Lìya, um Biao, um Eyla und um all die Menschen, die gestorben waren. Er weinte um die Liebe, die er gefunden und wieder verloren hatte. Er weinte um eine wunderbare, gefährliche Welt, die sein Zuhause hätte werden können. Er weinte um sich. Um sein Leben und um das Glück, überlebt zu haben. Mehr als das. Er hatte die Welt gerettet und das war schon was. Niemals würde ihm irgendein Mensch das alles glauben. Aber vielleicht würde er es trotzdem erzählen können. Vielleicht würde er eines Tages unter dem Pseudonym Mike Calamaro einen Fantasyroman schreiben, in dem die ganze Wahrheit stand.

Vielleicht würde ihn das Lied eines Tages nach Pangea zurückführen, falls die Kalmare das wollten. Vielleicht.

Vielleicht würde er auch sein ganzes Leben lang nur davon träumen. Er war dünn geworden, noch dünner als sonst, aber auch kräftig und geschickt, und da draußen wartete ein Leben darauf, von ihm angefangen zu werden.

Im Augenblick jedoch weinte Huan nur. Als er sich ein wenig besser fühlte, versteckte er die Zähne des Nimrods, den einzigen Beweis seiner Zeitreise, in einer Schublade. Danach zog er sich an und fütterte den roten Kater. Das erinnerte ihn daran, wie hungrig er selbst war. Fast drei Monate nichts anderes als Nglirr und Mondtränen. Gerichte mit Tintenfischen würde er zwar nie wieder essen, aber jetzt kochte Huan sich erst einmal einen Teller Spaghetti mit aufgewärmter Tomatensoße und wartete geduldig auf seine Eltern.

Andreas Schlüter, geboren 1958 in Hamburg, gründete 1989 das Journalistenbüro und die Fotoagentur SIGNUM und arbeitet seit 1996 als freier Autor. Sein erstes Buch »Level 4 – Die Stadt der Kinder« gehört bereits zu den modernen Kinderbuchklassikern. Gemeinsam mit Mario Giordano schreibt er Drehbücher, unter anderem für den »Tatort«.

Mario Giordano, geboren 1963, studierte Psychologie und schreibt seit 1992 Drehbücher, Romane und Kinder- und Jugendbücher. Darunter Kunstbücher für Kinder und den Jugendroman »Der aus den Docks«. Sein Psychothriller »Das Experiment – Black Box« wurde zur Vorlage für Oliver Hirschbiegels Film »Das Experiment«. Für das Drehbuch erhielt Mario Giordano 2001 den Bayerischen Filmpreis.